国家出版基金项目
NATIONAL PUBLICATION FOUNDATION

"十二五"国家重点图书出版规划项目

兰州大学"985工程"敦煌学哲学社会科学创新基地资助

敦煌讲座书系

郑阿财 著

敦煌佛教文学

读者出版传媒股份有限公司
甘肃教育出版社

图书在版编目（CIP）数据

敦煌佛教文学／郑阿财著. -- 兰州：甘肃教育出版社，2010.12
(敦煌讲座书系)
ISBN 978-7-5423-2383-5

Ⅰ. ①敦… Ⅱ. ①郑… Ⅲ. ①敦煌学－佛教－宗教文学－文学研究－中国 Ⅳ. ①I207.99

中国版本图书馆CIP数据核字(2010)第242835号

出 版 人：吉西平
策　　划：王光辉　薛英昭
项目负责：秦才郎加　王露莹
责任编辑：张玉霞
封面设计：徐晋林
版式设计：赵　鹏

敦煌佛教文学
郑阿财　著
甘肃教育出版社出版发行
（730030　兰州市读者大道568号）
www.gseph.com　0931-8773255
兰州新华印刷厂印刷
开本 787毫米×1092毫米　1/16　印张 28.75　插页 4　字数 385 千
2013年12月第1版　2013年12月第1次印刷
印数：1~2 000
ISBN 978-7-5423-2383-5　　定价：55.00元

总　序

位于河西走廊西端的敦煌，曾经是游牧民族驰骋的舞台，也是中原王朝的边镇和经营西域的基地，更是东西文化交往的丝路重镇，蕴涵着多元文化。公元4世纪开始开凿的敦煌莫高窟，迄今仍保留着大量的洞窟、塑像、壁画，而在莫高窟第17窟藏经洞发现的大量写本和绘画等，数以万计，内容丰富多彩。

敦煌石窟的美术作品和藏经洞的各种语言文字的文献，构成了百年来敦煌学研究的基本资料，加上周边石窟、简牍、墓葬出土文物，敦煌学研究的内涵并非仅仅限于敦煌。敦煌学研究的范围，涉及宗教、思想、历史、考古、语言、文学、美术、科技等等许多学科，利用敦煌保存的材料，学者们对于这些学科的研究构成了现代学术的一个新兴的分支学科——“敦煌学”。

20世纪二三十年代，中国学界有的学者把敦煌学看作是一部伤心史，陈寅恪先生虽然不太赞同这种说法，但也指出当时中国研究敦煌学者不过三数人而已，且“罕具通识”。历史的车轮转到21世纪初，中国敦煌学已经有了长足的进步，成果涉及多个领域，可谓蔚为大观。

然而，敦煌学越是深入发展，也有着题目越来越小、视野越来越窄的倾向。敦煌学的成果越来越多，有自己的刊物和专题会议，与学界其他领域的沟通因此受到一定程度的影响，外界面对如此庞大的敦煌学研究成果，即使想略知一二，也不知从何下手。这样的倾向其实严重影响着敦煌学的发展和进步。

在21世纪，敦煌学的发展不仅仅要追求新材料，还要向其他学科学习，进一步更新方法，思考新问题。

我们发起编纂《敦煌讲座》书系，就是希望利用集体的力量，来撰写一套敦煌学各个分支领域的通论性著作，体现百年来国内外敦煌学各个学科的研究成果，代表中国敦煌学研究的整体水平。这套书的作者队伍以中青年敦煌学研究者为主，希望新人写新书，把相关领域的敦煌学研究水平系统地呈现出来。每本著作既是作者对某一领域研究的代表作，又是能够让敦煌学领域外的人阅读、参考的读物，可以引导读者进入敦煌学的相关领域。

日本学者在20世纪80年代曾出版过9本一套的《讲座敦煌》丛书，主要以不同类别的文献为基础，对敦煌学的材料做了通论性的阐述。现在30年过去了，各国收藏的敦煌文献资料基本上刊布于世，敦煌石窟的图像资料也比较容易见到了。因此，我们编纂的《敦煌讲座》书系，力图区别于传统的敦煌文献研究，希望以跨学科的研究方法，从文献到历史，从文献到艺术，从文献到各个领域，把敦煌文献与历史、艺术等学科中的某个专题结合，把敦煌学的基础知识用新的方法、新的脉络串联起来，用新的视角来阐述敦煌学的各个方面。

敦煌学博大精深，在某些方面我们做得还远远不够，《敦煌讲座》书系可以说是我们努力的一个阶段性成果，我们期待今后敦煌学的新人谱写更加美好的篇章。

《敦煌讲座》书系编委会

（荣新江执笔）

2013年9月30日

目 录

第一章

绪　论

“敦煌佛教文学”顾名思义是“敦煌学”组成的一部分，也是中国文学范畴中崭新的一环。它既属“敦煌文学”的内涵，又是“中国佛教文学”领域的一部分。其本质上除了具备文学的属性外，同时还具有“敦煌”地区的时空特性与“佛教”的“宗教”特性。

“敦煌学”是一门以敦煌文献为核心的新兴学科。自1900年敦煌莫高窟藏经洞发现以来，随着文献内容的陆续披露而渐次发展。1930年陈寅恪（1890—1969）在为陈垣（1880—1971）所编的《敦煌劫余录》作序时，提出了“敦煌学”一词[①]，学术界普遍认为这是最早使用“敦煌学”一词的。直至20世纪90年代以后，池田温、方广锠、王冀青等先后提出1925年日本石滨纯太郎（1888—1968）在大阪自行印刷《敦煌石室的遗书（怀德堂夏期演讲）》的小册子中，已揭示了“敦煌学”一

① 陈寅恪《敦煌劫余录序》，《中央研究院历史语言研究所集刊》第1本第2分，1930年；后收入陈寅恪《金明馆丛稿二编》，上海：上海古籍出版社，1980年，第236—237页。陈氏序文中使用“敦煌学”一词，先后出现5次。

词[①]。可见在30年代中期日本学界已经开始对敦煌学有了理论的自觉。

至于最早使用“敦煌学”一词，是中国的陈寅恪？还是日本的石滨纯太郎？固然要加以辨正；但探源的目的与意义更重要的是在于“敦煌学”概念与内涵的提出，因为这同时也涉及了研究范畴的界定，是学术史基本且重要的问题。

虽然“敦煌学”一词，从严谨的学科命名法来看，似乎并不科学，但学界已约定俗成地沿用它来指有关敦煌的所有研究。随着研究的发展，“敦煌学”的概念也不断地扩大。举凡对于敦煌莫高窟藏经洞发现的写本文书、敦煌石窟的壁画、塑像，洞窟遗址及其他有关遗物的研究，均可归属于“敦煌学”的范畴。同时，随着学术的快速发展，“敦煌学”也逐渐形成自己的学术体系。

众所周知，“敦煌文学”是“敦煌学”重要的一环；“敦煌佛教文学”又是“敦煌文学”构成的主要部分[②]，因此“敦煌佛教文学”概念的厘清自然是研究此一课题的当务之急。以下谨先分别简论“敦煌文学”“佛教文学”之概念发展，借以厘清“敦煌佛教文学”之概念，并廓清其研究范畴。

---

① 池田温《敦煌学与日本人》，《日本学》，1989年5月；中译本收入池田温《敦煌文书的世界》，北京：中华书局，2007年，第54—68页。方广锠《日本对敦煌佛教文献研究(1909—1954)》，载《敦煌学佛教学论丛》，香港：中国佛教文化出版公司，1998年8月，第359—360页。王冀青《论“敦煌学”一词的词源》，《敦煌学辑刊》2期，2000年，第110—132页。

② 李正宇《敦煌学结构表》（收入李正宇《敦煌学导论》，兰州：甘肃人民出版社，2008年，第145页）便在“敦煌文学”下列有“敦煌佛教文学”一项。

第一节

敦煌文学

回顾敦煌学的发展历程，其中“敦煌文学”的整理与研究可说是起步最早，成果也较为丰硕；但“敦煌文学”一词与具体概念的提出，相对而言是较为晚出的。在发展过程中，有关“敦煌文学”的各种名词与概念随着研究篇章的陆续发表而先后被提出。其中较受重视的首推“敦煌俗文学”，这个概念主要滥觞于王国维（1877—1927）1920年发表的《敦煌发见唐朝之通俗诗及通俗小说》一文①，而至1929年郑振铎（1898—1958）《敦煌的俗文学》②一文的发表，使“敦煌俗文学”这一名词与概念才正式被提出。

由于从中国文学的立场看，莫高窟藏经洞发现的文献中，以变文、曲子词等最受学界瞩目，其属性具通俗性、民间性等特色，所以长期以来人们沿用“敦煌俗文学”这一名词，甚至用它来概括敦煌写卷中所有的文学作品。例如向达（1900—1958）1937年发表《记伦敦所藏敦煌俗

---

① 静庵（王国维）《敦煌发见唐朝之通俗诗及通俗小说》，《东方杂志》17卷8期，1920年。

② 郑振铎《敦煌的俗文学》，《小说月报》20卷3期，1929年。

文学》[①]，傅芸子（1902—1948）1942年发表《敦煌俗文学之发现与展开》[②]等。直至1984年，林聪明仍然以《敦煌俗文学研究》[③]为题撰写博士论文。是“敦煌俗文学”俨然成为敦煌文学研究对象的总称。

1955年王利器（1911—1998）发表了《敦煌文学中的〈韩朋赋〉》[④]一文，这是“敦煌文学”概念的初现；1971年金冈照光（1930—1991）出版了《敦煌の文学》一书[⑤]，系统地讨论了敦煌文学的素材、形态等问题。在中国则到1980年才有张锡厚（1937—2005）《敦煌文学》专著的出版[⑥]，此书以“敦煌文学”为书名，内容则是以敦煌歌辞、敦煌变文、敦煌话本小说、敦煌俗赋等作为主要讨论的范围和对象。这两本专著虽然都以“敦煌文学”作为书名，述介的内容主要也都是以变文、曲子词、诗歌为主。相较于过去的研究，范围渐有拓展，且亦较具系统，但并未对“敦煌文学”提出清晰的概念。整体而言，概念与范畴仍是模糊的。

1982年甘肃省社会科学院文学研究所召开“敦煌文学研究座谈会”，这次会议是直接以“敦煌文学研究”作为会议的名称，显示出敦煌文学的概念已然成形。不过，对于敦煌文学的范畴则尚未确认。1986年周绍良（1917—2005）撰写了《敦煌文学概论》一文（后来发表时改题为

---

① 向达署名方回《记伦敦所藏敦煌俗文学》，《新中华》5卷13期，1937年1月；后收入向达《唐代长安与西域文明》，北京：三联书店，1957年。

② 傅芸子《敦煌俗文学之发现与展开》，《中亚细亚》1卷2期，1942年10月，第36—42页。

③ 林聪明《敦煌俗文学研究》，东吴大学中文研究所博士论文，1984年7月。

④ 王利器《敦煌文学中的〈韩朋赋〉》，《文学遗产》增刊1期，1955年9月。

⑤ 金冈照光《敦煌の文学》，东京：大藏出版株式会社，1971年。

⑥ 张锡厚《敦煌文学》（上海古籍出版社，1980年，第16页）说：“敦煌文学是敦煌学的重要组成部分之一，包括的作品很多、很复杂，除文人作品和某些专选集的残卷外，大多是来自民间的文学作品，主要有歌辞、变文、诗歌、话本小说、俗赋等文学样式，这就是敦煌文学要讨论的范围和对象。”

《敦煌文学刍议》)[①]，对自来有关“敦煌文学”内容与范围的理解进行修正，提出了敦煌文学除俗文学外，还应包括非俗文学作品的主张。以为从体裁看，除变文、曲子词等少数几种外，还需包括书、状、牒、碑、铭等几十种文体的作品。之后，颜廷亮主编的《敦煌文学》及《敦煌文学概论》[②]等专著便是在此理念指导下分工撰写成书的。发展到此阶段，敦煌文学的范畴，可以说经由概念的厘清而大大地扩展，敦煌文学文献的内容也大为丰富了。

1996年颜廷亮在《敦煌文学概说》中为“敦煌文学”下了一个简明的定义，他说“敦煌文学”是“保存并仅存于敦煌遗书中的唐五代宋初四百多年间的文学作品”[③]。1997年柴剑虹以为敦煌文学的研究中，不论在作品的时代、作者、地域、体裁、内容等许多重要问题上，都还存在着不少的疑问。特别发表了《模糊的敦煌文学》[④]一文，除论述敦煌文学的模糊性外，也提出了“敦煌文学”修正后的界定，以为“敦煌文学”是“指保存或仅存于敦煌莫高窟的，以唐、五代、宋初写卷为主的文学作品及与此相关的文学现象与理论”。此一界定基本上掌握了敦煌的地域、时间以及藏经洞文学文献的特性，虽似模糊但较明确地厘清了敦煌文学的范畴，有利于敦煌文学的研究发展。

近年随着敦煌学与敦煌文学的快速进展，研究内容分工越来越趋细密。除了沿袭既有的敦煌俗文学、敦煌民间文学的提法与概念外，有专

---

① 周绍良《敦煌文学刍议初稿》，《社会科学》（甘肃）1期，1988年1月，第100—111页；后收入周绍良《绍良文集》下册，北京：北京古籍出版社，2005年，第1714—1765页。

② 颜廷亮主编《敦煌文学》，兰州：甘肃人民出版社，1989年；颜廷亮主编《敦煌文学概论》，兰州：甘肃人民出版社，1993年。

③ 颜廷亮《敦煌文学概说》，载《敦煌吐鲁番学研究论集》，北京：书目文献出版社，1996年，第378—390页。

④ 柴剑虹《模糊的敦煌文学》，《敦煌文学论集》，成都：四川人民出版社，1997年，第1—8页。

就体裁进行分类钻研的，如“敦煌变文研究”“敦煌诗歌研究”“敦煌曲子词研究”“敦煌赋研究”“敦煌小说研究”“敦煌愿文研究”等等；也有针对特定主题进行探究的，如“敦煌孝道文学”“敦煌儿童文学”“敦煌边塞文学”“敦煌道教文学”等等，如此种类繁多而多样多彩分类与专题的整理、研究，使得敦煌文学的内涵更加丰富，体系越趋完备。

由于敦煌是佛教圣地，发现写卷的莫高窟17窟藏经洞是佛教的洞窟，甚或有以为是莫高窟三界寺的图书馆①，其文献与佛教关系密切，其中的文学文献颇多涉及佛教，也存在着大量佛教僧徒创作的作品与寺院活动所使用的文书。解读这些文学内容，诠释其中的内涵与现象，自是离不开“敦煌”这一地域，更离不开“佛教”这一范围。因此“敦煌佛教文学”区块的形成必是自然发展的结果。

---

① 参见荣新江《敦煌藏经洞的性质及其封闭原因》，《敦煌吐鲁番研究》第2卷，北京：北京大学出版社，1996年，第23—48页；郑炳林《晚唐五代敦煌三界寺藏经研究》，《西北第二民族学院学报》（哲学社会科学版）2004年2期，2004年5月，第11—17页，收入《敦煌归义军史专题研究三编》，兰州：甘肃文化出版社，2005年，第25—47页。

第二节

佛教文学

宗教、文学从起源到发展，一直是处于互为表里、相互交融的状态。宗教每每透过文学来进行传播；文学更以宗教思想来呈现其所要表达的意涵，二者之间关系极为密切。因此，便有“宗教中的文学”与“文学中的宗教”的提法，同时也就成为关心宗教文学研究者长期以来讨论的焦点。

作为世界三大宗教之一的佛教，其与文学的关系尤为密切。然而什么是“佛教文学”似乎一直是看法分歧，界定不明。我在从事“中国佛教文学”研究与教学时，对此曾有过思索，特别是有关“佛教文学的界义”问题。因为历来对“佛教文学”的看法，大多侧重在佛典中譬喻、因缘等一类具有故事性的文字记述。经典是以教理、教法为主要内容，然而许多经典的内容与呈现的形式，不但具有文学的特质，有些更是文学的渊薮，这是毫无疑义的。

随着佛教东传的发展，弘法布道的通俗化与世俗化，更将佛教教理有意无意地透过文学创作与口头讲唱来进行宣扬鼓吹，形成具有佛教主体意识的“中国佛教文学”，在中国文学史或中国佛教史上，也随着文学观念与文学视野的扩展而逐渐受到关注。

“佛教文学”一词的概念与界定的提出，时间是较晚的。明治维新之后，佛学研究蓬勃发展的日本，深受欧洲学术发展的影响，积极推动新的佛学研究。除了佛教教义、经典文献、语言等整理与研究外，同时也关注到佛教经典中的文学。

欧洲学界将所有佛教经典视为印度文学的种类之一，明治以来，日本的学术界深受此一观念的影响，不但开始使用“佛教文学”一词[①]，而且也沿用其内涵，并陆续出现有关佛教文学的论著。如明治二十八年(1895)佐佐木惠璋便发表有《佛教文学の过去及び将来》[②]；1902年，和田觉二有《佛教文学に就きて》[③]；1907年，芳贺矢一（1867—1927）有《佛教文学の研究》[④]，这些论著无疑昭告世人，日本学界已开始投入“佛教文学”的研究。1925年，小野玄妙（1883—1939）更有系统的专著《佛教文学概论》[⑤]的出版；1929年深浦正文（1889—1968）出版了《佛教文学物语》[⑥]；1931年，铃木畅幸也出版了《佛教文学概论》[⑦]；此外，1929年更有《佛教文学》[⑧]专门刊物的刊行；昭和三十七年(1963年1月）以大正大学日本文学研究室及大谷大学日本国文学研究室为中心成立了“佛教文学研究会”并出版了“佛教文学研究”辑刊[⑨]。

---

① 如著名的温特尼兹（M. Winternitz)(1863—1937) *Geschichte der indischen Litteratur*, Leipzig: C. F. Amelangs, 1920. 日本中野义照、大佛卫便及时翻译为《印度佛教文学史》，东京：丙午出版社，1923年。其观念的吸取与沿用可以想见。

② 佐佐木惠璋《佛教文学の过去及び将来》（一）—(三)，《禅宗》7—9，1895年5—8月。

③ 和田觉二《佛教文学に就きて》，《东洋哲学》8卷1期，1902年1月。

④ 芳贺矢一《佛教文学の研究》，《宗教界》2卷10期，1907年10月。

⑤ 小野玄妙《佛教文学概论》，东京：甲子社书房，1925年。

⑥ 深浦正文《佛教文学物语》，东京：东林书房，1929年。1970年又在《佛教文学物语》的基础上出版了《佛教文学概论》，京都：永田文昌堂，1970年。

⑦ 铃木畅幸《佛教文学概论》，东京：明治书院，1931年。

⑧ 京都：佛教文学社，1929年6月创刊；又东京：佛教文学研究会，1977年3月创刊《佛教文学》杂志。

⑨《佛教文学研究》第1集，京都：法藏馆，1963年1月。

在这些佛教文学的论著及专门刊物所载的篇章中，其所讨论的内容主要是佛教经典中具有文学意味的经典，同时也论述其中的思想、语言以及佛教与文学相关涉等问题。其中，小野玄妙《佛教文学概论》一书所论述的对象，除了以佛教经典为中心外，还触及了印度、中国与日本三国的材料。其他诸人的论著中也不乏论及“日本文学与佛教”以及日本历代佛教文学作品等论题。显示日本在佛教文学概念的建立及研究发展的过程中，同时也开始积极的试图整理、建构“日本佛教文学”与研究体系。

早在1899年织田得能（1860—1911）便有《国文中の佛教文学》[①]一书的编辑，此书虽是编辑，但关注日本本身的佛教文学已然呈现。之后，系统性的论著不断涌现，各阶段都有专著的出版。如1935年坂口玄章著《日本佛教文学序说》[②]；永井义宪1957年出版有《日本佛教文学研究》[③]，1967出版有《日本佛教文学》；1994年榎克朗出版了《日本佛教文学と歌谣》[④]。1967年甚至还有《日本佛教文学》[⑤]杂志的出刊，以及《佛教文学讲座》[⑥]等总结性系列研究的出版。这些论著与刊物的发表与印行，在在说明了日本对佛教文学研究的重视与进展，已渐趋系统。

除了日本佛教文学外，对于汉传佛教主体的中国佛教文学，日本学界也多所用心，其中加地哲定（1890—1972）更专就中国佛教文学进行

① 织田得能编《国文中の佛教文学》，东京：国语传习所，1899年。

② 坂□玄章《日本佛教文学序说》，东京：启文社，1935年。

③ 永井义宪《日本佛教文学研究》，东京：古典文库，1957年；《日本佛教文学》，东京：塙书房，1963年。

④ 榎克朗《日本佛教文学と歌谣》，东京：笠间书院，1994年。

⑤《日本佛教文学》杂志，东京：豊岛书房创刊，1967年。

⑥ 如伊藤博之、今成元昭、山田昭全编集《佛教文学讲座》全9册，东京：勉诚社，1994年。包含佛教文学の原典、佛教思想と日本文学、法语·诗偈、和歌·连歌、俳谐、物语、日记、随笔、僧传、诗社源起、绘卷、绘传、歌谣、艺术、剧文学、唱导の文学、研究史と研究文献目录。

系统的研究，他在 1965 年出版了《中国佛教文学研究》[①]一书，这是一本以中国佛教文学为研究对象，内容较为全面、严谨且系统的专著。其中除了传统文学体裁的作品外，也讨论了变文、歌谣等俗文学中的佛教文学与禅门中的佛教文学。

早期学界尽管关注“佛教文学”，但是始终并没有对“佛教文学”的概念与范畴做出严谨明确的厘清与界定。一般论著主要着眼于佛教经典中具文学性的部分，也就是集中在印度佛教十二分教中的本生、本缘、本事及譬喻等作为研究讨论的主体。例如小野玄妙《佛教文学概论》、深浦正文《佛教文学物语》等便是。

这种从佛教经典出发的论著，无疑是源于印度佛教文学的概念，基本上成为长期以来佛教文学的主流观点与研究范围，由于研究的文本均属佛教经典，因此也有将之称为“佛经文学”[②]的。

针对“佛教文学”的界定问题，加地哲定可说是较早地认真展开思辨的学者，他以为自来有关佛教文学研究主要以佛教经典为对象，这种所谓的佛教文学，实际上不是“纯粹的”佛教文学；因为佛教经典中的文学，只是借文学为手段来阐明教理，并非从文学创作的意识去进行写作。真正的佛教文学应当是作者将自己对佛教教理的心得、体验及信仰，有意识地从事文学创作，化为文学作品来表达。福井康顺（1898—1991）在为加地哲定这本书所写的序中便明白地指出：

> 佛教文学历来似乎仅指经典中的譬喻、说话之类的文字。而本书作者认为，那些为数众多的、为解释说明教理而把追求形式美作为目的的作品，不能称为纯粹的佛教文学。真正的佛教文学应当是

---

① 加地哲定《中国佛教文学研究》，高野町（和歌山县）：高野山大学文学部中国哲学研究室，1965 年。

② 如陈允吉、胡中行主编《佛经文学粹编》，上海：上海古籍出版社，1999 年；王立《佛经文学与古代小说母题比较研究》，北京：昆仑出版社，2006 年。

为揭示或鼓吹佛教教理而有意识地创作的文学作品。[①]

具有文学性质的佛教经典，即所谓“佛教经典文学”，加地哲定认为虽然可以将之纳入佛教文学的范围，但这不是佛教文学的核心，真正的佛教文学是作者有意识地从事文学创作，即作者把自身对佛教的体验或理解，运用文学的技巧、形式等表达出来的作品。

对于这样的界定，虽然已相当的严谨与进步，但学界仍然有所歧见。丁敏在《中国当代佛教文学研究初步评介》一文[②]中，综合诸家论述后，主张：

“佛教文学”一词，可从较宽广的角度来界定它，约可分为两大部分：一是佛教经典文学的部分。自阿含以来的各大小乘经典及律藏中，都有许多充满文学色彩的地方。十二分教中的本生、本缘、本事、譬喻更是经典文学中的主流。另一是佛教文学创作部分。即以文学手法来表现佛理，带有佛教色彩的文学创作。包括历来文人、僧人及庶民的佛教文学创作，表现在小说、戏曲、散文、诗歌及俗文学中的作品。

丁敏的看法基本上照顾到佛教文学的根本与渊源，也符合佛教文学的实际发展，自有一定的合理性。不过，“佛教经典”“佛经文学”与“佛教文学”本质上是有其界限的。黑田彰、黑田彰子合撰的《佛教文学概说》一书以日本佛教文学为其研究对象，书中便认为“佛教文学”是以宗教为宗的创作；而“佛教的文学”则是以佛教思想观念出发

① 加地哲定《中国佛教文学》，福井康顺《代序》，刘卫星译，高雄：佛光出版社，1993年，第1页。

② 丁敏《当代中国佛教文学研究初步评介——以台湾地区为主》，《台大佛学研究中心学报》2期，1997年6月，第233—280页。

的言语艺术作品。[①]

“佛教文学”一词的形成，是“佛教”与“文学”两种概念的组合。佛教重在教义、思想；文学长于本质、形态，二者价值与特色各有所重：佛教侧重精神内容，文学尤重艺术形态。二者结合，或以佛教教义为主，文学形式为辅，借以宣教弘法；或以文学为主，佛教内涵为辅，供作艺术创作。是以各自所重，比率层次不可一概而论。然“佛教文学”一词毕竟为偏正结构，主体是“文学”。若从语法与词汇结构来看，“佛经文学”与“佛教文学”并不相同，虽然其词汇结构是“N+N”，实际上等同于“N”与“N”中间有“的”，所以名词“佛经”“佛教”都是用来限定“文学”的性质与范畴。换句话说，佛经当中具文学性质的则可称为“佛经的文学”或“佛经文学”。若在佛教发展过程中使用文学的艺术形态来表达有关题材、思想内涵的作品，则当作“佛教的文学”或“佛教文学”。

在中国，佛教界素以经典、佛理为研究主体，而视“文学”为末，甚少给予应有的关注与重视；因此自来鲜少强调“佛教文学”，即使有所论及，一般也多以“佛学与文学”来称述，且重心尤在探究其间的关系。如李志夫主编《佛学与文学：佛教文学与艺术学术研讨会论文集(文学部分)》[②]，孙昌武《唐代文学与佛教》[③]；或以中国文学为主体而称“佛教与中国文学”，如张漫涛（1933—1981）编《佛教与中国文学》[④]、张中行（1909—2006）《佛教与中国文学》[⑤]等，都是以“佛教与文学”来作为研究的领域。至于“佛教文学”的称谓是近年才渐

① 参考黑田彰、黑田彰子《佛教文学概说》，大阪：和泉书院，2004 年。

② 李志夫主编《佛学与文学：佛教文学与艺术学术研讨会论文集（文学部分）》，台北：法鼓文化出版社，1998 年。

③ 孙昌武《唐代文学与佛教》，西安：陕西人民出版社，1985 年。

④ 张漫涛编《佛教与中国文学》，台北：大乘文化出版社，1981 年。

⑤ 张中行《佛教与中国文学》，合肥：安徽教育出版社，1984 年。

趋流行，如1997年陈允吉、陈引驰主编《佛教文学精编》①、陈引驰《佛教文学》②等。

按：佛教文学是指以佛教内容为题材，旨在宣扬佛教信仰的文学作品。其渊源最早当来自佛教经典，就中国佛教文学而言，指的自然是汉译佛典。随着佛教在中土的快速发展，寺院僧人弘法布道之作，文士学佛参禅之篇，各式各样的中国佛教文学作品与时俱进，纷呈并现。从佛经文学到僧人文学，进而发展到文士文学，这一脉相承的中国佛教文学发展脉络，其渊源流别交叉纠结，彼此之间有着难舍难分的密切关系。

对于这不易割舍的关系，为了兼顾理论与实际，孙昌武在《佛教与中国文学》一书中便主张将“佛教文学”区分为广义与狭义两种。他说：

> 在学术界，“佛教文学”这个概念内涵本来十分模糊。从广义说，可以指所有受到佛教影响，包含佛教内容的文学作品，狭义则专指那些富于文学性的佛典。严格地讲起来，宗教经典与文学作品是有明确界线的。③

“佛经文学”是指佛教经典中富含文学色彩的部分，展现出作为佛教宣教工具的佛经本文，蕴涵着文学的优雅面向。“佛教文学”则指以佛教思想为精神，以文学类别为载体的文艺创作，包括了僧、俗两界的作品：僧人作品有僧诗（化俗诗歌、佛曲）、偈颂（修道偈、传法偈、证道歌等）、语录……世俗作品则有正统文人的佛教诗歌、骈散文章，以及俗文学里的讲唱变文、灵验记等等。

新版的《中国大百科全书》立有“佛教文学”条，以为：“一般说

---

① 陈允吉、陈引驰主编《佛教文学精编》，上海：上海文艺出版社，1997年。

② 陈引驰《佛教文学》，上海：上海人民美术出版社，2003年。

③ 孙昌武《佛教与中国文学》，上海：上海人民出版社，1988年，第26页。

来，一切文字形式的佛教文献都可以说是佛教文学。稍加限定：一切与佛教题材相关、使用佛教文字体裁、表达佛教理想、观念、意境、情趣的美文作品就是佛教文学。通常，佛教文学指后一内含意义。”又以为“可以从形式和内容两个方面来看待佛教文学。所谓内容，就是佛教文献中涉及人生理想的题材或主题；所谓形式，旨在宣教手段上佛教文献采用了同世俗文学相近或相同的形式体裁。”[①]相对而言，观念较为清晰，界定也较为具体。但也是存在广义与狭义的佛教文学主张。

① 《中国大百科全书》第 6 册，第 2 版，北京：中国大百科全书出版社，2009 年，第 595 页。

第三节

敦煌佛教文学

1900 年敦煌莫高窟藏经洞重见天日以来，以敦煌文献为核心的研究快速发展，而产生了敦煌学这一门新兴的学科。研究的领域也从文献、石窟艺术、地理历史等等，不断地扩展，随着深入、壮大，许多研究门类也从最初的散漫，逐渐趋向于系统，研究概念与理论也纷纷从随兴自发走向自觉。“敦煌文学”的研究便是其中重要的一环；而“敦煌佛教文学”也在敦煌文学发展的基础上，渐受重视，其研究意义也不断地提升。

葛兆光《重理中国宗教与文学之因缘——关于中国大陆》一文中说:“20 年代以来，白话文学成为话题，又适逢敦煌文献逐渐面世，这一轰动世界的发现引起了国际学界对于佛教与佛教文学的注意，大量变文俗讲资料又恰恰对应了当时挣脱传统文学、为白话文学寻根溯源的潮流，于是关于宗教与文学关系的研究，就不仅是宗教研究的话题，逐渐也成了文学研究的话题。”[①]这段话，既指出了宗教与文学的关系，又道出了佛教文学发展的时代因缘，也说明了敦煌佛教文学发展的契机。

---

① 葛兆光《重理中国宗教与文学之因缘》，《华学》第 2 辑，1996 年 12 月，第 218—226 页；后收入葛兆光《中国宗教与文学论集》，北京：清华大学出版社，1998 年，第 1—19 页。

至于“敦煌佛教文学”一词的提出，1974年日本金冈照光曾以《敦煌の佛教文学》为题[①]作了一次演讲，演讲的内容主要谈论的是敦煌变文，实质上并未涉及变文以外的“敦煌佛教文学”，也未对敦煌佛教文学提出任何概念与范畴的界定。尽管如此，但却是较早公开使用“敦煌佛教文学”一词的学者。[②]

1991年，汪泛舟发表了《敦煌佛教文学儒化倾向考》[③]一文，文中以敦煌《降魔变》等佛教讲唱文学，《王梵志诗》《百岁篇》等敦煌佛教题材的诗歌和佛曲，以及碑铭、斋文、祈福文等佛教寺庙文学杂著作品为例，借以揭示敦煌历史上佛教传播时与儒家相融的现象。这篇短文虽然对敦煌佛教文学也未作出界定，但从其援引的《降魔变》《破魔变》《父母恩重经讲经文》《故圆鉴大师二十四孝押座文》等敦煌佛教讲唱文学，敦煌佛教题材的诗歌《王梵志诗》《百岁篇》等，《太子赞》《十二时》等佛曲作品以及《亡文》《斋文》《庆幡文》《祈福文》《追福文》等敦煌寺庙文学，从中不难看出其所谓的“敦煌佛教文学”当是指敦煌文学中的佛教题材的作品。1995年周丕显（1934—1997）发表了题名为《敦煌佛教文学》[④]的专文，文中以敦煌藏经洞发现的佛教文学为研究主体，说明敦煌佛教文学在其特殊地理位置影响下所彰显出的文书研究之重要性。同年，曲金良出版了《敦煌佛教文学研究》[⑤]专书，除论述“佛教文学因子及其在敦煌的聚结”外，主要论述内容仍是以敦煌佛教讲经文为主，兼及敦煌佛教曲子词、佛教诗歌、王梵志诗等，同时还讨论了敦煌佛教剧本问题。2001年，邵文实《敦煌佛

① 金冈照光《敦煌の佛教文学》，《三康文化研究所报》9，1974年3月，第5—27页。

② 之后，开始逐渐出现有以“敦煌的佛教文学”为题发表的论文，如山田胜久《唐代敦煌的佛教文学——大目乾连冥间救母变文研究 》，《东洋哲学研究所纪要》4，1988年12月，第25—44页。

③ 汪泛舟《敦煌佛教文学儒化倾向考》，《孔子研究》，1991年3期，第85—91页。

④ 周丕显《敦煌文献研究》，兰州：甘肃文化出版社，1995年。

⑤ 曲金良《敦煌佛教文学研究》，台北市：文津出版社，1995年。

教文学与边塞文学》[①]、2005年王晓平《远传的衣钵：日本传衍的敦煌佛教文学》[②]等论著的纷纷出现，说明了“敦煌佛教文学”概念不但成形，且已然成为敦煌学研究的热点。不过，这些都题名为“敦煌佛教文学”，内容却未碰触“敦煌佛教文学”的界定问题。尽管如此，但明显地透露出“敦煌佛教文学”的论著已广泛受到重视的信息，且逐渐从“敦煌文学”中突显出来，甚至形成独立的研究范畴。

倘若我们遵循着“敦煌文学”的概念与范畴来看，则所谓“敦煌佛教文学”当指“保存或仅存于敦煌遗书中的唐五代宋初四百多年间的佛教文学作品”。敦煌文学与敦煌佛教文学的交集，也就是既要合乎敦煌文学又要合乎佛教文学。

我们主张强调“佛教文学”是以佛教思想为精神，以文学类别为载体的文艺创作，其作者跨越僧、俗两界，其作品有雅也有俗。那么“敦煌佛教文学”的研究视野，相较于一般传统文学的研究，除了注重“敦煌”文献的独特性外，更要注意佛教的自觉性，以及文学的创作性。因此，敦煌文献中的佛教经典也不乏具有文学性的记述，这种归属“佛经文学”的作品，在此则不纳入“敦煌佛教文学”的范畴来探讨。

虽然敦煌文学、敦煌佛教文学的概念厘清与名词的提出时间较晚，但随着敦煌文献的发现与公布，敦煌佛教文学作品本体的研究时有所见，其中有关变文的整理与研究便是最早开始，且最具成果。我们不管从中国文学的立场或佛教文学的立场来看，敦煌藏经洞所发现的这批材料，恐怕最受瞩目的还是首推绝传已久的讲唱“变文”。

由于变文的发现，解答了中国俗文学史上许多疑案，因此自发现以来，即成为海内外研究敦煌文学的焦点。“变文”是佛教通俗讲经及其

---

① 邵文实《敦煌佛教文学与边塞文学》，《敦煌学辑刊》，2001年2期，第24—31页。

② 王晓平《远传的衣钵：日本传衍的敦煌佛教文学》，银川：宁夏人民出版社，2005年。

演化的讲唱文学；是佛教徒“揭示或鼓吹佛教教理而有意识地创作的文学作品”[①]，是不折不扣的“佛教文学”。它既是仅保存于敦煌藏经洞文献中的一种佛教文学，更是“敦煌佛教文学”的代表，但绝非是“敦煌佛教文学”的全部。敦煌佛教文学有其更为宽广的内容与面相，变文只能说是其中较为突出而鲜明的部分。

回顾敦煌学的研究历程，初期大都基于文献学的立场来进行整理与研究，因此，主要多以序跋、校录为主。敦煌文学研究也是如此，囿于藏卷的公布，获睹不易，研究的对象多局限于个别写卷或作品。之后，则是在文献的基础上逐渐展开文体的考述、内容的探究，其中从佛教文学主体、佛教视角出发的尚不多见。大多或单从佛教教理入手而忽视其文学特质；或仅从传统文学形式入手而忽略其中的佛教意涵。整体而言，即使偶有根据这些作品展开与佛教关系之论述，也大抵仅为个别作品中有关佛教题材或思想意涵之探究而已，其进路仍多从传统文学观点出发，缺乏系统，且少有着眼于佛教文化的视野与面向。

---

① 加地哲定《中国佛教文学》，福井康顺《代序》，刘卫星译，高雄：佛光出版社，1993年，第1页。

第四节

本书的结构

有鉴于上述敦煌佛教文学研究发展的情况，且以敦煌为佛教圣地，莫高窟藏经洞属佛教洞窟，其中所发现的敦煌文献百分之九十以上与佛教有关。因此，特基于“佛教文学”的主体意识，希望较有系统地来审视敦煌文学文献，并尝试阐释“敦煌佛教文学”的研究意涵与面向。

本书的架构，首先厘清“敦煌佛教文学”的概念，以确立其范畴；第二章分别从“韵文”“散文”“讲唱体”等三大类进行“敦煌佛教文学的文体分类”；第三章从“赞颂”“自证”“弘传”等三类，析论“敦煌佛教文学的功能分类”；第四章，以敦煌佛教文学中“无常”“地狱”等主题为例，论述“敦煌佛教文学主题研究”的要义；第五章，分别从禅宗、净土宗等佛教中国化、世俗化最典型且成功的两大宗派，作为考察佛教文学与佛教发展的两大面向，论述“敦煌佛教文学与敦煌佛教发展”等外延研究的价值与意义。由于文学是由语言构成的，敦煌佛教文学的语言具佛教、白话与通俗的属性与特色，尤其正值古白话发展的关键期，其提供中古汉语研究的丰富语料弥足珍贵，因特立第六章以论述“敦煌佛教文学的语言研究”。文学是文化的窗口，文化是文学的土壤，第七章为论述“敦煌佛教文学的文化研究”，特选择敦煌礼忏与佛诞节为例，结合敦煌佛教文学与文献，加以说明观察佛教寺院文化与佛教节庆文化，借以彰显敦煌佛教文学在特定空间与时间下的文化表现与意义。

敦煌佛教文学以敦煌俗讲变文最为代表，且深受学界所瞩目。讲唱变文的取材主要来自佛典中之本行、本生、因缘或譬喻。佛教经典之传播，由翻译而传抄，卷帙浩瀚，难以齐全，且不易遍检。僧人准备讲唱底稿之拟定，未必参考经典本经原文；佛教类书的编纂，分类立目，方便讲唱者选题采择，类聚汇抄，以为临场参照。敦煌文献中更有将因缘故事类抄列入俗讲仪式，编入次序，形同个人演讲大纲或底稿的写本。这些现象显现出敦煌佛教文学的创作与佛教文献之传播息息相关，因立第八章“敦煌佛教文学与佛教文献传播研究”，就敦煌文献中《金藏论》《经律异相》《诸经要集》《法苑珠林》等体系完备的大型佛教类书，论述其文献传播，有助于化俗法师讲唱时，在题材与内容上的采择。特别是《金藏论》的传播对中日古代佛教文学之发展与影响，具有相当深远的意义，并透过其与敦煌变文、变相题材的对照，印证敦煌佛教文学与佛教文献传播关系研究之必要。

又基于敦煌佛教文学研究的经验，深切体认到“图像”可作为“文献”“文学”的形象佐证；“文献”“文学”则能提供“图像”的叙事释读。因此为拓展敦煌佛教文学研究的新面向，特立第九章“敦煌佛教文学与壁画图像研究”，以敦煌佛教叙事文学为核心，结合相关的敦煌佛教文献与敦煌石窟壁画中的佛教叙事图像，将这些数据视为一有机体，采取学科交叉的方法进行统整研究，应有助于敦煌佛教文学之研究与阐释，提供研究发展的新窗口。

总的来说，数量可观，内容庞杂的敦煌佛教文献，提供了唐五代丰富而多样的敦煌佛教文学资料。这些数据所涉及的层面不仅含括了僧人信仰与实践的记载，还有民间佛教活动的写真遗迹、佛教深入民间成为庶民信仰的历程，更成为藏经洞中佛教文书所揭示的重要现象。

敦煌佛教文学研究，不仅仅成为中国佛教文学研究的一块新天地，当可更进一层地从历史、文化的角度延伸开展出崭新的研究方向。全面的敦煌佛教文学研究范畴，还包含了中国佛教文学本身的发展、敦煌佛教文学与唐代文学的相互影响、中世纪佛教传播的佐证、佛教文学与民间文学的兴盛与互持、中国民间儒释道思想共融等等。

除此之外，唐五代佛教的兴盛与传播，让中国佛教文学体裁更趋多元化，亦同时激荡着中国雅文学与民间俗文学的兴盛，尤其佛教中国化、世俗化最为成功而普及的禅宗、净土宗，浸濡了士人文学与思想后，佛教文学益发流行。其深入世俗弘法布道采取的传播手法，带动了佛教俗文学的兴起，更是敦煌佛教文学最为亮丽的遗存。

透过对敦煌藏经洞遗存的唐五代佛教文学全视角的透视与观察，当有助于深入了解并深化敦煌佛教文学的研究，廓清佛教文学在中国文学发展的面貌，开阔中国佛教文学研究的视野。

第二章

敦煌佛教文学体裁分类

文学体裁是文学作品的形式要素，是在文学发展的历程中逐渐形成的。文学体裁的分类既反映文学的特点，也凸显文学发展的规律。

一般文学体裁系根据文学作品语言运用押韵与否的特点，区分为“韵文”与“散文”两大类，这种二分法，长期以来一直是中国文学主要的分类方法。近代随着中西文学的交流，文学观念的拓展，以及文学体类的衍生，文学体裁的分类也有所进展。特别是小说、戏剧文学地位的提升，诗歌、散文、小说、戏剧四分法随之兴起，既体现文学发展的实况，也彰显二分法不能完全满足近代文学发展的实际情况。这种四分法，由于定名具体、类属单一，易于掌握，理论上既奠基于中国传统二分法的文学分类基础；又能兼顾文学发展的实况，理论日趋确立而被广泛地接受与采用，成为现今文学分类的主流。

至于佛教文学的分类，在印度将原始佛典分为十二分教，其中修多罗 sūtra 义译为“契经”，亦称“长行”，是佛所说法中简单的散文形式，即散文体的经文。只夜 Geya 义译为“应颂”“重颂”，是指用韵文来重复散文所叙述的作品，也就是说散文与韵文（偈）兼而有之的佛说法形式。记说 Vyākara am 音译为“和伽罗那”，亦称“授记”，是问答体解说的散文。伽陀 gāthā 义译为“讽颂”，亦称“孤起颂”，这是一种用以歌颂的优美韵文形式[①]。随着佛教文学发展与研究的需求，中国佛教文学体裁分类的基础也在汉译佛典的发展传播与影响下，照应佛教文学的实际状况逐渐形成的。

近代佛学研究的发展，佛教文学领域渐趋明确，大学图书馆佛学研究专题图书的快速增加，佛教专题图书馆也纷纷成立，一般图书馆因应读者的需求，佛教图书的系统化日益迫切，佛教专题图书馆更需分类完备体系的建构。其中，佛教文学也随着概念与范畴的完备，在佛教图书的分类中占有重要的一环。白化文《佛教图书分类法》“佛教文学”下“中国汉传佛教文学”项便分总集、别集、诗歌、偈赞、讲唱文学、故事、小说、剧本、散文、应用文、杂著等[②]。如此分法，大抵依据世俗文学图书分类而加以调整，是基于整体中国佛教文学图书存在的实况，是通代而宏观的，呈现的是图书目录学视角下的分类观点。这种分法被一般介绍佛教文学的相关著作所采用。

对于佛教文学研究较早的日本，由于早期主要以佛教一切经所见具文学性的文本作为研究对象，因此大多承袭印度原始佛教十二分教的分类基础作为佛教学（佛教经文学）主要的分类依据。如小野玄妙分为本生文学、譬喻文学、因缘文学、纪传文学、律藏文学、阿含经文学、世纪经文学、方广经文学、论藏文学、秘密仪轨文学等十类[③]；深浦正文则根据佛教文学观念的实际进展，进一步地调整为譬喻文学、因缘文学、本生文学、佛传文学、求道文学、名称文学、戏曲文学、理想文

---

① 至于十二分教中的自说 Udama 音译为“优陀那”。本事 Itivitaka 音译为“伊帝目多迦”，亦作“如是语”。本生 Jataka 音译为“阇陀迦”。方广 Vaipulya 音译为“毗佛略”。未曾有法 Adbbuta—aharma 音译为“阿浮陀达磨”。因缘 Nidana 音译为“尼陀那”。譬喻 Avadana 音译为“阿波陀那”。论议 Upades`a 音译为“优波提舍”。这八种则是按照内容来加以分类立名的。

② 白化文《佛教图书分类法》，北京：北京图书馆出版社，2001 年，第 32—34 页。

③ 小野玄妙《佛教文学概论》，第三篇《汉译经典文学概观》，东京：甲子社书房，1925 年，第 159—547 页。

学、赞永文学等九类[①]。之后分法众多，各有增减。其中武石彰夫在《佛教文学辞典》前撰写的“佛教文学概说”中，总结其收录对象分为圣典及び翻译文学注释文学、碑文铭记类、法仪歌谣、法仪文学、僧传文学、佛传·圣众赞仰の文学、佛教说话文学、教义宣扬·劝化教诫の文学、教团の历史文学、佛教诗歌、佛教艺术辞章、佛教传说及び笑话、佛教小说稗史类、佛教随笔类、佛教纪行类等一十五类[②]，虽是以“日本佛教文学”为主，仍颇有可资借鉴之处。

至于从文学观点出发，对中国佛教文学主体进行述介并加分类的，如陈允吉、陈引驰合编的《佛教文学精编》[③]，将佛教文学区分为佛经文学、通俗文学、诗文小说三编。“佛经文学”下立有佛典名篇、佛陀本行、缘起本生、寓言譬喻；“通俗文学”下立有化俗诗歌、呗赞佛曲、传说志怪、变文讲唱；“诗文小说”下立有释子清韵、文人题咏、骈散文掇、传奇小说等子目，选录各类佛教文学精华。这基本上是从中国文学的角度出发，而立足于汉译佛典与中国文学，是概念较清楚、内容较具体的一部佛教文学作品选。新版的《中国大百科全书》立有“佛教文学”条，论及“中国佛教文献中的文学体裁”主要标举了“赞颂”“游记”“纪行”“传记作品”“禅宗文学：语录、灯录”“唱导文学”“诗歌”等七类[④]。

日本加地哲定的《中国佛教文学研究》则是较为系统而严谨的论述。此书先对“佛教文学”概念进行厘定，以为：“真正的佛教文学应当是为揭示或鼓吹佛教教理而有意识地进行创作的文学作品。”将六朝

---

① 深浦正文《佛教文学概论》，第二部理论部《第十章佛教文学の种别》，京都：永田文昌堂，1970 年，第 156—157 页。并参见“第二部实例篇”，同前，第 159—470 页。

② 武石彰夫、菅沼晃编《佛教文学辞典》，东京：东京堂，1980 年，第 14 页。

③ 陈允吉、陈引驰主编《佛教文学精编》，上海：上海文艺出版社，1997 年。

④《中国大百科全书》第 2 版，第 6 册，北京：中国大百科全书出版社，2009 年，第 595 页。又说：“总之，佛教的文学体裁非常广泛，寓言、童话、箴言、轶闻、偈颂、歌赞、散文、故事、俗讲、变文、语录、传记、游记、文集等都属此列。”

时代视为中国佛教文学的“成长期”，唐宋时代才是中国佛教文学真正的“产生期”。在内容上，主要分别讨论了“中国佛教文学的兴起与文体”“正统文学中的佛教文学”“俗文学中的佛教文学”“唐代民间歌谣中的佛教文学”“禅门中的佛教文学”等。其涉及的文学体类则有“赞、赋、铭、文、诗、论、义、书、变文、定格联章、和声联章、偈颂、公案、语录、诗偈”等。其中与敦煌佛教文学多所交集，尤其是“变文、定格联章、和声联章”所论，为敦煌佛教文学所独有且为敦煌佛教文学之核心。

敦煌佛教文学是中国佛教文学的组成部分，“敦煌”的地域属性是其特性之一，因此“敦煌文学”既有的分类，自有其可借鉴之处。更何况敦煌佛教文学是敦煌文学的重要内容，敦煌佛教文学的分类自然必须参酌既有敦煌文学的分类。

1971 年金冈照光《敦煌出土文学文献分类目录附解说》[①]一书，将敦煌文学文献分为讲唱体、散文体、韵文体三大类。各类之下复分小类。其中“讲唱体”下分为讲经文类、变文类；“散文体”下分为俗文类、对话体、小说类；“韵文体”下分为长歌类、短篇歌咏类、押座文类、赞文佛曲类、赞文类、和声联章类、曲子词类、定格联章类、通俗诗类、杂诗赋（文）类、诗文集类。同年金冈氏出版了另一专著《敦煌の文学》[②]，其中敦煌文学的形态的部分便是据此文学文献分类来进行论述的。1980 年，张锡厚《敦煌文学》[③]一书，则分为敦煌歌辞、敦煌变文、敦煌话本小说、敦煌俗赋等四大类，对敦煌文学进行概要的论述。

---

① 金冈照光《敦煌出土文学文献分类目录附解说——スタトン本.ペリオ》，东京：东洋文库敦煌文献研究委员会，1971 年。

② 金冈照光《敦煌の文学》，东京：大藏出版株式会社，1971 年。

③ 张锡厚《敦煌文学》，上海：上海古籍出版社，1980 年。

直至1988年周绍良（1917—2005）《敦煌文学刍议》[①]，“敦煌文学”的范围才大为扩展。其讨论的体裁，除变文、曲子词等少数几种外，还包括了书、状、牒、碑、铭等在内的几十种传统文学体类。之后，承袭周绍良这一理念，颜廷亮主编的《敦煌文学》便分为：“书、启、表、疏、状、牒、帖、书仪、契约、传记（附行状）、杂记、题跋、论说、文录、偈、颂、赞、箴、碑、铭、祭文、赋、诗歌、邈真赞、词（附佛曲）、俚曲小调（附儿郎伟）、变文、讲经文、（附押座文、解座文）、因缘（缘起）（附因缘记）、小说、话本、诗话、词文。”突破过去以变文、诗歌、曲子词等仅仅几项的分类，总计罗列了敦煌遗书中的文学体裁三十余类，分类至细。之后，颜廷亮主编的《敦煌文学概论》[②]在此书的基础上进行调整，分为“敦煌说唱文学和小说”“敦煌诗赋词文”“敦煌文学杂著”三大类进行论述。其中，“敦煌说唱文学和小说”下分“敦煌讲经文和因缘”“敦煌变文”“敦煌诗话、词文和故事赋”“敦煌话本”“敦煌小说”；“敦煌诗赋词文”下分“敦煌诗赋”“敦煌歌辞”“敦煌文”；“敦煌文学杂著”下分“书仪文学作品”“童蒙文学作品”“寺庙文学作品”。

随着敦煌文学研究的普遍与分工的日趋细密，在“敦煌文学”领域下，逐渐凝聚出许多的子题，如“敦煌俗文学”“敦煌讲唱文学”“敦煌孝道文学”“敦煌道教文学”“敦煌音乐文学”等。“敦煌佛教文学”便是近年深受重视的一类，而以“敦煌佛教文学”为题的论著也时有所见。这些研究论著所显示的实际分类情形，是我们讨论分类时最为直接且必须参考的。例如曲金良《敦煌佛教文学研究》[③]论述有

---

① 周绍良《敦煌文学刍议初稿》，《社会科学》（甘肃）1期，1988年1月，第100—111页；后收入周绍良《绍良文集》下册，北京：北京古籍出版社，2005年，第1714—1765页。

② 颜廷亮主编《敦煌文学概论》，兰州：甘肃人民出版社，1993年。

③ 曲金良《敦煌佛教文学研究》，台北：文津出版社，1995年。

关敦煌佛教讲经文、敦煌变文、敦煌佛教曲子词、敦煌佛教诗歌、敦煌写本王梵志诗、敦煌佛教剧本等，虽非全面系统的论述，但其论述内容均属敦煌佛教文学无疑。周丕显《敦煌佛教文学》①则是尝试对敦煌佛教文学进行系统论述的一篇专文。他以为："中国佛教文学的产生，始于魏晋，盛于隋唐，其内容初以佛法赞叹、忏悔招福之类居多，后来逐渐渗透到书、论、表、文、铭、启、疏、赋、诗等诸多方面，而且还引申出新的文学形式——变文。"这发展的时代与敦煌文献的时代多同，其文学体类大抵也是敦煌佛教文学所呈现的。由于体类繁多，为叙述方便，周氏仅从诗、变文、散文和歌辞四个方面来考察敦煌文学作品中的佛教文学。

按：中国文学分类自来普遍采用文体分类法，"敦煌文学""佛教文学"或"敦煌佛教文学"均属中国文学的一环，当然也不例外。然传统文学的二分法或四分法均无法涵盖敦煌佛教文学的体类；而过于细致的文体分类，又有流于散漫之虞，且不易掌握敦煌佛教文学的特色与发展规律。因此，基于现存敦煌佛教文学文献的实际状况，参考历来诸家分法，兹区分为韵文类、散文类、讲唱类等三大类来加以统摄，三类之下，复依主要体裁分节、分目要述。

① 周丕显《敦煌佛教文学》，《敦煌文献研究》，兰州：甘肃文化出版社，1995年，第79—115页。

第一节
韵文类

韵文是所有文学体类的主体，是运用具有押韵形式特色的语言文学的总称。中国文学中的韵文主要以诗歌为主体，包含诗、词、曲之类的作品。敦煌佛教文学中的韵文也是以诗歌为主，包含了赞颂与佛曲。

有关敦煌韵文的整理，1961 年美籍华裔的佛教学者斯里兰卡（Sri Lanka）大学教授巴宙，在英国伦敦不列颠博物馆阅读馆藏斯坦因所获的敦煌写卷时，曾就其中有关韵文部分一百多件写卷，加以缮写校辑，分类编纂出版了《敦煌韵文集》[①]一书。此书凡分甲、乙、丙三篇。甲篇“诗词集”，“雅”“俗”兼收。计辑录有《四季诗》《读史编年诗》《敦煌二十咏》《山僧歌》《大乘五更转》《丈夫百岁篇》《十二时》等四十二题僧俗诗歌作品。词的方面，收录了许多文人学士所不经意的词作，甚至还有比《云谣集杂曲子三十首》更为通俗与普及的“俚曲”，其曲调有《百岁篇》《五更转》《十二时》《十无常》《十劝拨禅关》等以佛教题材为主的俚曲。

乙篇“赞颂集”，计校辑了《太子赞》《降魔赞》《散华乐》《净土法身赞》《十恩德》《父母恩重赞》《十空赞》《五台山赞》等四十

① 巴宙《敦煌韵文集》，高雄：台湾佛教文化服务处，1965 年。

三题赞颂偈作品。内容有赞扬释迦牟尼之出家、修道、降魔及涅槃；有赞叹西方净土；也有对佛典、高僧、名山佛刹及禅师行持的颂词，可说是纯属佛教的韵文作品。

丙篇“警训集”，计校辑了《严父教》《宣宗皇帝劝百寮》《亡名和尚绝学箴》《断酒肉》《李涉法师劝善文》《了性句》等三十五题类似训示诗的警惕诗句的韵文。其中除了一小部分类似嘉言懿训类非佛教的训世诗外，大部分为佛教大德保志、秀禅师及洞山和尚等释徒的作品。

佛教杂志《海潮音》[①]在《敦煌韵文集》未出版前，征得巴宙同意，将其“序论”改题为《论敦煌佛教韵文》[②]加以刊载，盖基于此书虽然雅俗兼收，然实际内容以佛教文学居多，这也反应敦煌文献以佛教为主的事实。

日本金冈照光将敦煌文学中的韵文体分为长篇叙事诗类、短篇歌咏类、押座文类、赞文佛曲类、赞文类、和声联章类、曲子词类、普通曲子、大曲、定格联章类、通俗诗类、杂诗赋（文）类、诗文集类，[③]其中隶属于佛教文学范畴的有赞文类、佛曲类、定格联章类、通俗诗类、杂诗赋类、诗文集类等。押座文虽属韵文，然实际乃佛教俗讲变文讲唱前震慑座下听众的吟词，属于俗讲变文的构件部分，不当独立为一文类。晚近张锡厚主编的《全敦煌诗》[④]将敦煌遗书中抄有韵文的写卷1000多卷号，校辑其中各体类作品20000多首，去其重复，得4500首，按其体裁特征区分为诗歌编、曲词编、偈赞编等三编。

按：中国佛教对于韵文的运用，除了继承中国传统文学的“诗歌”

---

① 《海潮音》杂志系1920年2月由太虚法师在上海创办的佛教期刊，1949年迁台续刊，是民国时期历时最久、影响最大、具学术价值的佛教期刊。

② 巴宙《论敦煌佛学韵文》，《海潮音》45卷6期，1964年6月，第13—16页。

③ 金冈照光《敦煌出土文学文献分类目录附解说——スタトン本.ペリオ》，东京：东洋文库敦煌文献研究委员会，1971年。

④ 张锡厚主编《全敦煌诗》，北京：作家出版社，2006年。

外，主要则在凸显佛教特色的“赞颂”与“佛曲”。其中佛曲本与赞颂同流，原属佛教仪式中唱经或赞叹歌咏的曲调与歌辞，主要用在对佛、菩萨赞叹的颂歌。其目的是赞佛，同时也具有娱人的作用。

中国的佛曲最初为梵呗，与燕乐无关。汉传佛教的梵呗就是模仿印度曲调创为新声，而以汉语来歌唱。宋陈旸《乐书》卷 159“胡曲调”条下提及唐代乐府曲调有“普光佛曲”“弥勒佛曲”“日光明佛曲”“大威德佛曲”“如来藏佛曲”“药师琉璃光佛曲”“无威感德佛曲”“龟兹佛曲”“释迦牟尼佛曲”“宝花步佛曲”“观法会佛曲”“帝释幢佛曲”“妙花佛曲”“无光意佛曲”“阿弥陀佛曲”“烧香佛曲”“十地佛曲”“摩尼佛曲”“苏密七俱陀佛曲”“日光腾佛曲”“邪勒佛曲”“观音佛曲”“永宁佛曲”“文德佛曲”“娑罗树佛曲”“迁星佛曲”等，凡二十六曲。这些曲调名大抵均传自西域，而盛行于隋唐。

魏晋南北朝至隋唐五代，佛教音乐的发展，除了有佛曲曲调被借作燕乐歌唱外①，同时也有借用燕乐或民歌作为佛曲的出现。如《百岁篇》，晋人就有《百年歌》《五更转》，陈伏知道就有《从军五更转》《十二时》，刘宋宝志有《十二时颂》，隋有新声《十二时》等，然皆不见于唐崔令钦《教坊记》。

唐代佛曲的用途大致可分为礼佛的乐曲与法会的乐曲两大类。据唐南卓《羯鼓录》所载有十首“诸佛曲调”，其中，如《卢舍那仙曲》《四天王》《于门烧香宝头伽》等属于礼佛乐曲，而另外《羯鼓录》

① 如西凉所进的《婆罗门》《望月婆罗门》等，根据唐《教坊记》所载，已成为燕乐曲调。又唐五代民间俗曲也出现直接从佛赞演变过来的。如著名的《文溆子》曲，就是根据俗讲僧文溆唱导梵呗之声来谱写的。《乐府杂录》云：“长庆中，俗讲僧文溆善吟经，其声宛畅，感动里人。乐工黄米饭依其念四声观世音菩萨，乃撰此曲。”《太平广记》引《卢氏杂说》则谓文宗所撰“上采其声为曲子，号《文溆子》”。赵璘《因话录》卷四，亦记载其曲倾动朝野的盛况：“愚夫冶妇，乐闻其说，听者填咽寺舍，瞻礼崇拜，呼为和尚。教坊效其声调，以为歌曲。”

所载“食曲”三十三首中的《散花》《大燃灯》等，则是用于法会的乐曲。

随着敦煌藏经洞的发现，佛曲研究也开始受到学者关注。1924 年，罗振玉刊印《敦煌零拾》，其中便收录有称之为“佛曲”的作品，不过，此系罗振玉自行定名用以称谓《维摩诘经讲经文》等佛教讲唱文学[①]。之后，徐嘉瑞《敦煌发现佛曲俗文时代之推定》[②]、郑振铎《佛曲叙录》[③]，也先后使用佛曲来称谓敦煌变文。实际上，这样的“佛曲”是一种误解。盖由于变文传世文献不载，敦煌偶然的发现，学者以其内容为佛教题材，且形式有讲唱韵文，因此姑且以“佛曲”称之。真正对“佛曲”提出正确看法的则是向达。他为了探究“佛曲”的性质，1926 年发表了《龟兹苏只婆琵琶七调考原》一文，溯源至印度北宗的音乐。1929 年更发表《论唐代佛曲》，对唐代佛曲展开探究，论证了“敦煌发现的俗文之类而为罗先生所称为佛曲者，与唐代的佛曲，完全是两种东西”[④]。

唐代真正佛曲的内容旨在宣扬佛教，形式则是具有一定曲调。因此，既属于佛教文学的范畴，又属于音乐文学的范畴。换句话说，是曲调和曲辞的联合体。这些佛曲在唐代佛教寺院举行宗教仪式时是如何应用，其实际状况现在已无从考察。

莫高窟藏经洞发现大量唐五代歌辞写本的面世，提供世人探讨唐五代佛曲面貌的材料，其中有在梵腔基础上融入中国传统文学与民间音乐

---

① 罗振玉《敦煌零拾》，上虞罗氏自印本，1924 年。又见罗振玉《佛曲三种跋》《松翁近稿》。

② 徐嘉瑞《敦煌发现俗曲俗文时代之推定》，载《文学周报》199，1925 年，第 223—225 页。

③ 郑振铎《佛曲叙录》，载《小说月报》（中国文学研究）17 号外，1927 年 6 月。

④ 向达《龟兹苏只婆琵琶七调考原》，《学衡》54，1926 年 6 月；《论唐代佛曲》，载《小说月报》20 卷 10 期，1929 年。后均收入向达《唐代长安与西域文明》，北京：三联书店，1957 年。

的作品。任二北从歌辞的整体论，将敦煌歌辞分为杂曲—云谣杂曲子、杂曲—只曲、杂曲—普通联章、杂曲—重句联章、杂曲—定格联章、杂曲—长篇定格联章和大曲等七类[①]。其所谓的联章是指几组形式相同、内容连贯的歌辞体制，特别将《五更转》《十二时》《十恩德》《百岁篇》等，纳入定格联章；《散花乐》《好住娘》《归去来》《悉昙颂》等，归为和声联章。由于任二北可说是较早对敦煌歌辞进行全面系统整理与研究的学者，自《敦煌曲校录》《敦煌曲初探》[②]到《敦煌歌辞总编》专著的出版，影响甚大，其有关定格联章与和声联章的说法颇为一般敦煌文学研究者所采用。然亦有看法不同者，如饶宗颐在《炖煌曲》一书就以为："佛赞之兴甚早，其用长短句者，为例极伙，不得概目为词。《五更转》之《南宗赞》，形式虽作长短句，而分明题曰'赞'，其非词曲可知。任二北所谓联章曲子，多属佛赞，混入于曲，未免稍滥。"[③]又说："一为宗教性之赞偈佛曲；一为民间歌唱之杂曲；前者属于梵门，后者则为杂咏。衡以严格曲子词标准，梵门之制，不宜拦入"[④]。

确实我们从音乐的视角来看佛曲，既为曲必然要有曲调，而非单从有非整齐句来立论。盖中国讲唱文学中诗赞系，以七言为主，其间有"三、七"攒十字的情形，至为普遍，敦煌佛教文学中的歌赞也是如此。在敦煌佛教文学中，有真正确定的曲调名称，且明确为后世词牌者，以余所得见仅《五台山曲子寄在苏莫遮》一篇。因此，基于敦煌佛教文学的实际情况，以下谨根据今所知见敦煌佛教文学的韵文作品，分为

---

① 任半塘编《敦煌歌辞总编》，上海：上海古籍出版社，1987 年。

② 任二北校《敦煌曲校录》，上海：上海文艺联合出版社，1955 年；任二北《敦煌曲初探》，上海：上海文艺联合出版社，1954 年。

③ 饶宗颐《敦煌曲》（*Airs de Touen—Houang*）中篇《词与佛曲之关系》，with an adapation into French by Prof. Paul Demieville Centre National de La Recherche Scientifique, Paris 1971，第 14 页。

④ 饶宗颐《敦煌曲》（*Airs de Touen—Houang*）引论《弁言》，第 2 页。

“诗歌”“赞颂”两大类，各类之中复依特征归纳若干小类，分别择要略述如下：

一、诗歌

佛教的传播或僧人对于佛道的体悟，往往借助文学手法来表现，诗是中国传统的主流文学，此一主流文学体裁自然被加以广泛的运用，所以佛教诗歌也就成为佛教文学的主体。

此外，佛经原典中颇多唱词，佛教东传之后，佛典汉译，借用中国固有诗歌的体制，此类韵文遂成为中国佛教独特的诗歌形式。按：梵文Gāthā，汉文音译作“偈陀”，一般省称作“偈”，意为“颂”“讽颂”。佛教经典中的偈主要有：通偈与别偈二种。①其中别偈，一般为四句，每句四至七言不定。随着汉译经典的流通，别偈在中国盛行，其或协韵或不协韵，之后中土僧人更据以结合中土诗歌而发展出以四句为主的诗偈来阐发佛理，可说是结合佛经体裁与中国诗歌而形成汉传佛教特有的文学体裁，发挥了兼有佛教、诗歌双重性质的特征。特别是在诗歌黄金时代、佛教盛行与诸宗并起的唐代，僧人运用这种诗偈更是普遍流行。

敦煌文献中保存的诗歌作品范围广泛，形式多样，风格各异。依时间看，有先唐时期的作品，更多的是唐五代北宋初的作品；按地域论，有中原等地传入的诗集及佚诗，更有大量敦煌地方人士的作品；就属性言，有世俗社会的作品，有僧侣的创作，以及佛教僧侣的相关作品。

敦煌为佛教圣地，藏经洞是佛教的石窟，因此敦煌文献中佛教题材诗歌的数量自然是丰富而可观的。有关这些佛教诗歌的文本校录，大抵

---

①《百论疏》(《大正藏》第42册，No.1827《百论疏》，238b)上曰：“偈有二种：一者通偈，二者别偈。言别偈者，谓四言、五言、六言、七言皆以四句而成。目之为偈，谓别偈也。二者通偈，谓首卢偈。释道安云：盖是胡人数经法也。莫问长行与偈，但令三十二字满即便名偈，谓通偈也。”

辑录在徐俊《敦煌诗集残卷辑考》[①]一书中，又张锡厚《全敦煌诗》[②]收录敦煌写卷中所谓的“诗歌”，形式多样，包括俗诗、歌诀、曲词、诗偈、颂赞。汪泛舟《敦煌僧诗校辑》《敦煌石窟僧诗校释》[③]则是专门耙梳校辑敦煌文献中僧人诗作的整理，其题名有称“诗”“歌”“偈”“吟”“文”等等，不一而足。项楚《敦煌诗歌导论》[④]中立有“释道诗歌”专章，其中“第一节佛教诗歌”下分“佛教义理诗”“佛教劝善诗”“佛教寓言诗”“禅宗歌偈”“僧徒篇咏”等五目来讨论。以下谨分为诗集、具名诗篇、无名氏诗篇等三大类对敦煌佛教诗歌进行概述。

1. 诗集

(1) 王梵志诗集

王梵志诗是敦煌佛教诗中数量最多，也是敦煌文献发现以来最受瞩目，众多学者从事整理、研究，造成风潮的一部佛教通俗白话诗集。

王梵志诗“不受经典，皆陈俗语”，在我国白话诗发展史上具有重要地位和深远影响。项楚《唐代白话诗派研究》[⑤]中特别推崇，以为“通俗诗类”中的佛徒之作以王梵志的诗最为重要。

有关王梵志诗的写卷，据今所得知，总计有四十多件，分别庋藏于英国图书馆、法国国家图书馆、俄罗斯科学院东方研究所圣彼得堡分所，以及日本奈良宁乐美术馆、杏雨书屋等。此外敦煌写卷《历代法宝记》等，历代诗话、笔记亦存有王梵志诗之零篇散句。综观敦煌写本，

---

① 徐俊《敦煌诗集残卷辑考》，北京：中华书局，2000年。

② 张锡厚《全敦煌诗》20册，北京：作家出版社，2006年。

③ 汪泛舟《敦煌僧诗校辑》，兰州：甘肃人民出版社，1994年；汪泛舟《敦煌石窟僧诗校释》，香港：和平图书有限公司，2002年。

④ 项楚《敦煌诗歌导论》，台北：新文丰出版公司，1993年；又成都：巴蜀书社，2001年。

⑤ 项楚、张子开、谭伟、何剑平《唐代白话诗派研究》，成都：巴蜀书社，2005年，第109—183页。

其中有十几个没有诗题卷次，其余均标有诗题卷次，各卷呈现的标题卷次计有“卷上并序”“卷中”“法忍抄本”“卷第三”“一卷”等，各卷内容虽无重复，但亦未衔接，经过研究分析，大致可归纳为卷上并序、卷中、法忍抄本、卷第三、零卷、一卷本、辑佚等七系。其中辑佚部分，主要来自历代诗话、笔记，零篇散句，最为杂乱。而现存敦煌写本各系抄本则是彼此不相杂厕，现象奇特，因此产生了“各本王梵志诗不是同一人创作”的设想；而以为王梵志诗应作“梵志体诗”，非一个人的作品来了解。此一梵志体诗的创始者王梵志，就是《桂苑丛谈》中所记载生于隋时的那位王梵志。此记载和敦煌写卷P.4978《王道祭杨筠文》所载时代与地点相符，可知《桂苑丛谈》所载虽为传说，然有其来源而非凭空捏造的。可确定的是黎阳王梵志是位活动于唐初的诗人。王梵志诗面世后，受到普遍的欢迎，成为特殊的诗体，后人跟着创作，亦以此为名，不同系统的诗，或为不同的作者，那是“梵志体诗”广为流行后的作品，虽各系思想风格有别，但都属梵志体诗。

以上各卷的内容研究分析，大致可分为三个系统，即社会诗——三卷本；宗教诗——法忍抄本、卷之三、零卷；教诲诗——卷本。①

其中内容涉及佛教题材的作品主要为法忍抄本、卷之三、零卷的宗教诗。宗教诗是王梵志诗最大的特色，特别是大历六年法忍抄本，内容明显地集中表现佛教主题，更呈现出禅宗南宗的思想，当是盛唐时期的作品。

王梵志诗除了口语俚词外，大量集中地运用佛教语汇入诗，更是王梵志诗的特色之一。“不受经典，皆陈俗语”的通俗诗，言虽鄙俚、理则归真、耐人寻味。他的“但言时事，不浪虚谈”，更每于谐谑中挟带劝世导俗，针顽砭愚的热忱，故唐宋以来缁流儒徒，迭加称引，有用以宣说佛学禅理的，更有用来评论诗文格式的。

---

① 陈庆浩、朱凤玉合撰《王梵志诗之整理与研究》，收入《新世纪敦煌学论集》，成都：巴蜀书社，2003年，第156—167页。

然王梵志诗最为人所称道且影响后世最深的是他“俗”“辣”的诗风。而敦煌写卷王梵志诗的发现，提示了我国通俗白话诗的发展一条清晰可寻的脉络。如王维、顾况、白居易、罗隐、杜荀鹤等唐五代诗人，及寒山、拾得、丰干等唐代诗僧，不管在诗的风格上，或思想内涵上，均有着直接间接的关系，随着写卷的流布传抄，王梵志充满教训、说理、佛理、格言的诗篇，普遍影响敦煌地区的通俗文学与佛教艺文。宋代范成大的诗有：“纵有千年铁门槛，终须一个土馒头。”《红楼梦》中也有“铁槛寺”“馒头庵”，在在显示出王梵志诗影响的深远。

虽然如此，《全唐诗》中并没有收录王梵志诗，历代唐诗的研究者也很少提到“王梵志”这个人，近代真正使得王梵志其人其诗为大家所注意的当推提倡白话文学的胡适（1887—1957）。他在1927年发表的《白话诗人王梵志》一文[①]，根据《太平广记》所引《史遗》“王梵志”条和晚唐冯翊子《桂苑丛谈》的资料，考证出王梵志的出身和年代，并且注意到敦煌卷子和历代笔记中载录的王梵志诗。他在1928年出版的《白话文学史》“唐初白话诗”部分有较为深入的研究。1936年，郑振铎主编《世界文库》的第五册中，刊出《王梵志诗一卷》《拾遗》和《王梵志诗跋》，之后，又在他编著的《中国俗文学史》和《插图本中国文学史》中介绍王梵志诗。

日本方面，由于1932年《大正新修大藏经》卷85，收录了S.778的“王梵志诗并序上”一卷。提供了王梵志诗的新数据，引起日本学者进一步的探究。加上英藏敦煌写卷的公布，大量的资料丰富了研究的内容。入矢义高（1910—1998）先后发表《王梵志について》（1956）和《王梵志诗集考》（1957）[②]，对王梵志的人物与诗集展开了较为全面

① 胡适《白话诗人王梵志》，《现代评论》6卷156期，1927年。

② 入矢义高《王梵志について》(上)，《中国文学报》3，1956年4月，第50—60页;《王梵志について》(下)，《中国文学报》4，1956年10月，第19—56页;《王梵志诗集考》，《神田博士还历纪念书志学论集》，东京：平凡社，1957年，第491—501页。

的探讨，使得王梵志诗研究，再度受到学术界的重视。

20世纪80年代，王梵志诗研究更趋热烈，重要的文章有赵和平、邓文宽的《敦煌写本王梵志诗校注》（1980）[①]，张锡厚的《唐初白话诗人王梵志考略》（1980）[②]等等。进行全面整理研究的有四家，时间也都集中在80年代，而且出版年代相差不多，最早出版的是法国戴密微(Paul Demiéville 1894—1979)的《王梵志诗附太公家教》(1982)[③]，之后有张锡厚的《王梵志诗校辑》（1983）[④]，其次，1985年朱凤玉完成的博士论文《王梵志诗研究》，之后并于1986、1987年[⑤]分上下册出版。再次则是项楚1987年发表在《敦煌吐鲁番文献研究论集》第四辑的《王梵志诗校注》，此篇修订后于1988年单行出版，2010年增订再版[⑥]。

这四本王梵志诗整理与研究的专著出版后，引起了相当的回响，陆续出现了读后、匡补、书评等相关文章。1987年陈庆浩《法忍抄本残卷王梵志诗初校》[⑦]一文的发表，使我们得以一睹期盼已久的圣彼得堡俄罗斯科学院东方文献研究所藏，题有“大历六年”（771）题记的王梵

① 赵和平、邓文宽《敦煌写本王梵志诗校注》，《北京大学学报》(哲学社会科学版)，1980年5期，第64—81页；第6期，第32—37页。

② 张锡厚《唐初白话诗人王梵志考略》，《中华文史论丛》1980年第4辑，1980年10月，第61—75页。

③ *L'oeuvre de Wang le Zelateur (Wang Fantche), Suivie des Instruction de l' aieul (T'ai—kong Kia—kiao) Poemes Populairies des T'ang,* by Paul Demieville, College de France Institut des Hautes Etudes Chinoises, Paris, 1982.

④ 张锡厚《王梵志诗校辑》，北京：中华书局，1983年10月，第382页。

⑤ 朱凤玉《王梵志诗研究》，台北：中国文化大学中文研究所博士论文，1984年；又台北：台湾学生书局，2册，1986年，第326页；1987年，第516页。

⑥ 项楚《王梵志诗校注》，《敦煌吐鲁番文献研究论集》4，北京：北京大学出版社，1987年，第128—602页；《〈王梵志诗校注〉续拾》，同前，第603—622页。又《王梵志诗校注》，上海：上海古籍出版社，1991年；《王梵志诗校注：增订本》，上海：上海古籍出版社，2010年。

⑦ 陈庆浩《法忍抄本残卷王梵志诗初校》，《敦煌学》12，1987年2月，第89—98页。

志诗残卷。同时也使朱凤玉得以据以确定 S.4277 号残卷亦为王梵志诗残卷，并且发现此二卷子实系同一写卷断裂的两个部分而加以缀合。S.4277 为前段，存诗为第四十六首至第六十八首，L1456 为后段，存诗为第六十九首至第一百十三首，此一缀合与重大发现，更为王梵志增添了五十八首诗篇。《法忍抄本残卷王梵志诗书后》[①]则提出了王梵志诗指的是由王梵志开创出来的王梵志体诗，从初唐、中唐到晚唐，都有这类作品。王梵志诗既不是王梵志一人的作品，也不能说是一群化俗法师假托的名字。

由于有了较为完整可据的文本，之后的研究则更多利用王梵志诗为材料进行音韵或语法的考探；或从诗歌艺术与思想切入，展开作品内容的讨论与赏析。有关研究篇目可参《1908—1997 敦煌学研究论著目录》[②]《1998—2005 敦煌学研究论著目录》[③]，2010 年项楚《王梵志诗校注》增定本附录“王梵志诗论著目录”，收录 2008 年以前，计著作 6 种，论文 232 篇。[④]

（2）心海集

《心海集》是敦煌文献中保存的唐人禅诗集子，作者不详。现存写本有两件，分别为 S.3016、S.2295。S.3016 写卷正面为《太上元阳经卷十》残卷；背面抄此诗集，首题《心海集迷篇》，计抄有《执迷篇》（七言 7 首）、《解悟篇》（七言 51）、《勤苦篇》（七言 7 首）、《至道篇》（七言 11 首）、《菩提篇》（残存五言 23 首）[⑤]；S.2295 写卷正面为《老子变化经》；背面抄此诗集，前十五行，当是《菩提篇》（五言 15 首）；中题“《心海集至道篇》五言三十首”；后抄有题名《修道说法

① 陈庆浩《法忍抄本残卷王梵志诗书后》，第 89—98 页。

② 郑阿财，朱凤玉主编《1908—1997 敦煌学研究论著目录》，台北：汉学研究中心，2000 年，第 224—228 页。

③ 郑阿财，朱凤玉主编《1998—2005 敦煌学研究论著目录》，台北：乐学书局，2006 年，第 133—134 页。

④ 项楚《王梵志诗校注》增订本，上海：上海古籍出版社，2010 年，第 818—835 页。

⑤ 原卷《心海集菩提篇》下标有“五言四十二首”，残卷存 19 首。

戒禅之三》诗十一首，当属《修道篇》。李正宇以为“内容均为阐发禅学意蕴及修禅要道，全以议论手法写诗，似开宋诗议论化先声。为唐代久佚之重要释子诗集。”[①]

有关《心海集》的整理研究，最早见于巴宙的《敦煌韵文集》，巴氏据微卷辑录了 S.3016 写卷，收入“警训集”中；1980 年，幻生（1923—2003）也据英藏缩微胶卷撰写《介绍〈心海集〉——读敦煌胶卷笔记之五》[②]，之后，陈祚龙《关于敦煌古抄〈心海集〉》[③]，项楚《敦煌诗歌导论》中以为《心海集》是敦煌禅宗诗偈中篇幅最为浩瀚的作品，作者虽不知为谁，但一定是禅宗大行之后，及盛唐以后之人[④]。汪泛舟《敦煌石窟僧诗校释》均作了简单的校释。S.3016《心海集》虽然为残卷，但仍保存有迷执、解悟、勤苦、至道、菩提五篇，大体可呈现《心海集》的风貌。S.2295 卷仅有至道、菩提两篇，存诗 44 首。由于两卷体例不一（S.3016 有五、七言，S.2295 卷仅为五言）、内容多寡亦有别，因此汪氏将 S.2295 卷视为《心海集》之别卷，而附于 S.3016《心海集》后。

2. 具名诗篇

敦煌写卷中的诗作除专集、选集外，数量最多的则为散篇零卷，佛教诗歌也是如此。敦煌文献中的佛教诗歌，作品有具名，或虽不具名但可明确考定作者的不多。其中主要有敦煌当地的名僧悟真，中原洛阳著名的俗讲僧云辩等。兹分别略述如下：

---

① 李正宇“心海集”条，收入季羡林《敦煌学大辞典》，上海：上海辞书出版社，1998 年，第 564 页。

② 幻生曾据英藏缩微胶卷撰写《介绍〈心海集〉——读敦煌胶卷笔记之五》，《内明》101 期，1980 年 8 月，第 3—7 页。后收入幻生《敦煌佛经卷子巡礼》，台中：菩提树杂志社，1981 年，第 164—187 页。

③ 陈祚龙《关于敦煌古抄〈心海集〉》，《海潮音》63 卷 9—10 期，1982 年 10 月，第 44—54 页；收入《敦煌学园零拾》上册，台北：台湾商务印书馆，1986 年，第 178—214 页。

④ 项楚《敦煌诗歌导论》，台北：新文丰出版公司，1993 年，第 144—146 页。

(1) 悟真诗

悟真（811？—895）是敦煌佛教史上最著名的僧人之一，俗姓唐，约生于唐宪宗元和六年（811），十五岁出家，二十岁受具足戒，后任灵图寺寺主。悟真曾跟随其师洪䛒（？—862？）积极参与张议潮驱逐吐蕃、收复瓜、沙二州的军事活动，并于大中五年（851）赴京奏事，唐朝封其为沙州义学都法师京城临坛大德并赐紫衣。大中十年四月升任沙州都僧录。咸通三年（862）六月，又任河西副僧统。咸通十年十二月任都僧统一职，并加"教喻归化大法师"称号，第二年又改称"阐扬三教大法师"。乾宁二年（895）三月辞世。

悟真主理河西僧务四十年，是晚唐五代归义军时期敦煌历任都僧统中任职时间最长的一位，也是诸位敦煌都僧统中最具文学才华的一位，敦煌文献中保留有他的各类作品数十种。

今敦煌写本中保存有他的诗篇《百岁诗》，计有 S.930、P.2748、P.2847、P.3054、P.3821、P.4026 等抄本。其中 S.930 残卷，开首有"诗序"仅存前两首诗；P.3821 首题"百岁诗十首"，无序，存诗十首；P.2748 首题"国师唐和尚百岁书"有诗序并诗十首，最为完整[①]。

悟真"百岁诗"每首七言四句，格律严整，音韵谐和。其"诗序"云："敕授河西都僧统赐紫沙门悟真，年逾七十，风疾相兼，动静往来，半身不遂，思忆一生所作，有为实事；难竞寸阴，无为理中，功行阙少，犹被习气，系在轮回。自责身心，裁诗十首，虽非佳妙，狂简斐然，散虑摅怀，暂时解闷，鉴识君子，矜勿诮焉。"此诗盖为悟真回首往事，追忆一生而写的自省诗，语言通俗，明白如话，叙事说理，即情而发，凸显出佛教诗歌口语白话的语言特色。

此外，敦煌文献中还存有悟真诗多首，如 P.3720《悟真未敢酬答和

① 按：西北方音，"诗""书"不分，如《孔子项托相问书》P.3833 写本便题作"孔子项托诗一首"。是"百岁书"当即为"百岁诗"。

尚，故有辞谢》五言四句，为大中五年（851）奉使长安与京城诸大德酬答之作；P.3681《奉酬判官七言》约作于咸通十年。有研究者认为P.2762及S.6161+S.3329的《张氏修功德记》卷背所抄“海晏河清好瑞年”等十四首诗亦为悟真作品，作于咸通二年前后。又P.2807有“三五年来复圣唐”七律一首，亦疑为悟真所作。悟真诗代表着晚唐敦煌地区诗歌创作的一般水平。

有关悟真诗作的研究，早在1966年陈祚龙便撰有《悟真生平与著作》[①]，之后，续华的硕士论文《悟真事迹初探》[②]中也有论及，齐陈骏、寒沁合撰《河西都僧统唐悟真作品和见载文献系年》[③]，张先堂《敦煌写本〈悟真与京僧、朝官酬赠诗〉新校》[④]对悟真的作品与诗篇进行系年与新校，可参考。

（2）云辩诗

圆鉴大师云辩是五代后唐至后周广顺初年，活跃于洛阳、开封一带的俗讲高僧。他经常出入宫廷宣讲、谈论，以“有文章，敏于应对”且长于俗讲著称，是一位精于文学的俗讲僧。敦煌文献中保存不少有关他的作品，除了讲唱变文《长兴四年中殿应圣节讲经文》外，有关韵文的篇章有《十慈悲偈》《赞普满偈》《辞亲偈》及《圆鉴大师云辩上君王诗十首》等，其中诗歌方面主要有《上君王诗十首》。兹略述

---

① 法文原名为 La Vie et les Oeuvres de Wou—Tchen（816—895），《法国远东学院丛刊》第60卷，法国：远东学院出版，1966年。内容主要收集了敦煌文献中悟真所作之诗歌、邈真赞等，以及他人所写有关悟真的诗歌、赞文、文书等。勾勒悟真的生平事迹，论述其在敦煌佛教的贡献。陈氏考订悟真的生卒年为816至895年，诗序称“年逾七十”，则本诗的写作年代上限当在光启二年（886年）。

② 续华《悟真事迹初探》，兰州：兰州大学历史系硕论，1990年；2002年正式出版收入《法藏文库·中国佛教学术论典》5，高雄：佛光山文教基金会。

③ 齐陈骏、寒沁《河西都僧统唐悟真作品和见载文献系年》，《敦煌学辑刊》1993年2期，1993年12月，第5—15页。

④ 张先堂《敦煌写本〈悟真与京僧、朝官酬赠诗〉新校 》，《周绍良先生欣开九秩庆寿文集》，北京：中华书局，1997年，第388—396页。

如下：

S.4472 号“左街僧录圆鉴大师云辩诗文抄并李琬抄记”。此卷计有“诗十首”二十八行、“左街僧录圆鉴大师云辩进十慈悲偈”二十三行、“左街僧录与缘人遗书”二十八行等，同抄于一卷。其中“诗十首”，无标题，不署撰者。刘铭恕《斯坦因劫经录》拟题作《圆鉴大师云辩上君王诗十首》①。

第一首中有：“去年开讲感皇情。敕旨教书云辩名。”第六首：“佛殿再宣云辩讲，大家努力与重修。”两次提及“云辩”，而第五首：“天子聪明与酌量……特诏微僧启道场。”凡此均可印证此十首诗当是云辩所作。寻绎全篇内容旨意，盖为云辩和尚为重修寺院发起募捐化缘而作。

此外，P.3808《长兴四年中兴殿应圣节讲经文》后，尾题《仁王般若钞》前，接抄有十九首七言绝句。字迹与前抄讲经文同，系同一人所抄。内容不属讲经文部分，亦非庄严之辞。《长兴四年中兴殿应圣节讲经文》的宣讲者，据学者考定当是圆鉴大师云辩所撰②，则此十九首诗作亦当属云辩之作无疑。唯内容非佛教题材，这些诗篇字句锻炼颇为精纯，用辞掇藻亦多见学养；隶事用典精当，句法对仗工巧，音声节奏跌宕，足见云辩和尚之文学造诣，实非一般俗讲僧可比。

有关圆鉴大师云辩的研究主要有：陈祚龙《释云辩及其诗文》《关于五代名僧云辩的“诗”与“偈”——云楼杂简之二》③，周绍良

---

① 敦煌研究院编《敦煌遗书总目索引新编》，北京：中华书局，2000 年，第 139 页。

② 刘铭恕《敦煌遗书丛识》，收入杭州大学古籍研究所等合编《敦煌语言文学论文集》，杭州：浙江古籍出版社，1988 年，第 43—55 页。

③ 陈祚龙《释云辩及其诗文》，《华学月刊》24 期，1973 年 12 月，第 38—53 页；《关于五代名僧云辩的“诗”与“偈”——云楼杂简之二》，《东方杂志》复刊 9 卷 2 期，1975 年 8 月，第 68—74 页。

《五代俗讲僧圆鉴大师》[①]，郑阿财《敦煌文献中圆鉴大师作品考论》[②]等。

3. 无名氏诗篇

除了《王梵志诗》《心海集》等诗集以及悟真、云辩等具名诗作或作者可考的诗篇外，敦煌文献中尚有不少无名氏或作者不可考知的佛教诗篇，或为成章诗篇，或为零篇散句。兹略述其中之要者如下：

(1) 九想观诗

《九想观诗》又作《九相观诗》。内容盖为吟咏人身九种不净相，每种一首。借以破除世人对此身的迷恋，以求超脱欲海。这类诗歌今所得见的敦煌写本计有 S.6631、P.3892、P.4597、P.3022 及上海博物馆藏 48 等五件。五件写本系统不尽相同，依其内容而论，可大别四种。即：

S.6631 为卷子本。卷背抄有《九相观诗》系五言诗形式，首尾俱完，计五十行。全篇计九首，每首十二句，六韵。前有序。

P.3892 为卷子本，卷背抄《九想观诗》为七言绝句形式。首尾俱完，计十七行。全篇九首，此外与 P.3892 内容相同的还有 P.4597，此件写本为卷子本，正面抄《九想观诗》，首尾俱完，计十四行。

P.3022 为卷子本，卷背抄《九想观诗》，计八行。全篇为五言十六句八韵。通篇隐括九想观的全程要旨。

上博 48（41379）为包背装册子本。其中第八十三页上半页第五行起，至八十七页下半页第二行止，为《九想观》一卷，计五十一行。通篇九首，各首首句为“三字句”，其他各句主要为七言，间有“三、三”句式，其形式颇似定格联章“十二时”，各首句式不一。

从九想观的源流及唐五代九想观诗歌流行与内容、名目异同等进行考察，可知九想观自原始佛教到大乘佛教的倡导以来，一直是佛教主要

---

① 周绍良《五代俗讲僧圆鉴大师》，《佛教文化》创刊号，1989 年 12 月，第 2—7 页。

② 郑阿财《敦煌文献中圆鉴大师作品考论》，《文学新钥》4 期，2006 年 7 月，第 1—18 页。

的禅观之一。至隋天台智顗（538—597）力倡后才成为“止观”的主要部分，之后天台兼弘净土，而净土念佛也重“观想”，遂使唐以后九想观渐由实践的教理转趋世俗化；诗歌内容也由隐括歌咏人死的九种尸相，转变为生、老、病、死等五生相与四死相的结合。成为宣扬佛教无常思想特色浓郁的诗歌。

有关敦煌“九想观诗”的研究，先后有汪泛舟《敦煌九想观诗地域时代及其他》、①郑阿财《敦煌写本九想观初探》②《敦煌写本〈九想观〉诗歌新探》③、陈自力《从陆机〈百年歌〉到敦煌〈九想观〉诗》④等篇章，分别探究了九想观诗的起源、内容及其发展等面向。

（2）《谒法门寺真身》

P.3445 号佚名《谒法门寺真身》一首，全篇九十八句，王十韵，一韵到底，是敦煌佛教诗中最长的一首五言古诗。诗中涉及了唐武宗会昌法难、唐懿宗迎佛骨以及秦王李茂贞重修法门寺的历史，是研究皇家寺院法门寺及当时佛教世俗信仰的珍贵资料。

此诗内容描述了敬塑法门寺佛像，及唐代帝、后敬谒瞻仰礼谒真身的盛况。通过歌咏谒陕西扶风法门寺真身，赞叹佛法，颂扬圣主“礼佛躬亲”，感慨“盛筵难际会”，表达感恩心情。根据“懿宗亲礼处，军主见同时”诗句，可推测此诗写作年代当在咸通年间或咸通以后，乃晚唐作品。全诗语言通畅、精练，用词典雅，结构严谨，堪称佛教诗篇之佳构。

---

① 汪泛舟《敦煌九想观诗地域时代及其他》，《社科纵横》1994 年 4 期，第 15—18 页。

② 郑阿财《敦煌写本九想观初探》，《敦煌文学论集》，成都：四川人民出版社，1997 年，第 21—42 页。

③ 郑阿财《敦煌写本〈九想观〉诗歌新探》，《敦煌佛教艺术文化论文集》，兰州：兰州大学出版社，2002 年，第 512—538 页；又《普门学报》12，2002 年，第 87—120 页。

④ 陈自力《从陆机〈百年歌〉到敦煌〈九想观〉诗》，《敦煌研究》2001 年 3 期，第 130—136 页。

王重民（1903—1975）《补全唐诗拾遗》[①]有校录，陈祚龙《新校重订敦煌古抄“谒法门寺真身五十韵”》[②]，暨远志《敦煌写本〈谒法门寺真身五十韵〉考论》[③]，则就诗中所反映的史实进行系统的论述。

(3)《山僧歌》

S.5692佚名的《山僧歌》，写作时间不详，抄写年代约在五代宋初。全诗以三、七言句为主，穿插四言或五言诗偈，凡五十九句四百二十五字。其形式多富变化，融传统诗歌与佛教偈颂为一体，为唐人诗歌中所罕见，是一极具特色的敦煌佛教诗歌。主要描写山僧餐松柏、卧崖龛，身闲心畅，无诸事相扰的独隐生活，略带自嘲意味；对“免交三涂”“自在闲闲”的独隐好处进行阐发；宣传莫谩喜，莫谩愁，放四大，离五欲的处世哲学，阐述“识心见性又知时，无心便是释迦老”的思想。诗中三、七言句交替使用，如“粮木子，衣结草，鲁莽贼来无可盗。行往坐卧纤毫无，影逐随身移转了。悟真知，没生死，人人尽有菩提道。只为贪爱逞无名，旷劫轮回受鞭拷”。内容撷取佛典要义，结构对仗工整，音韵和谐，转换自然，节奏流畅明快，富有较强的音乐感，易于演唱，显然深受梵歌的影响。陈祚龙《敦煌学海探珠》[④]有录文，《敦煌大辞典》中柴剑虹有《山僧歌》的介绍[⑤]。徐俊《敦煌写本〈山僧歌〉缀合与斯5692蝴蝶装册的还原》[⑥]，将S.5692错乱的散页次序，根据原

---

① 王重民《补全唐诗拾遗》原发表于《中华文史论丛》1981年4期，后收入王重民《敦煌遗书论文集》，北京：中华书局，1984年。

② 陈祚龙《中华佛教文化史散策三集》，台北：新文丰出版公司，1985年，第209—211页。

③ 暨远志《敦煌写本〈谒法门寺真身五十韵〉考论》，《敦煌研究》2期，1992年5月，第71—80页。

④ 陈祚龙《敦煌学海探珠》，台北：台湾商务印书馆，1979年，第144—145页。

⑤ 柴剑虹“山僧歌”条；收入季羡林主编《敦煌大辞典》，上海：上海古籍出版社，1998年，第550—551页。

⑥ 徐俊《敦煌写本〈山僧歌〉缀合与斯5692蝴蝶装册的还原》，收入《中国典籍与文化论丛》第2辑，北京：中华书局，1995年，第72—80页。

卷复印件细为整理，使《山僧歌》得以缀合完整。

（4）《念珠歌》

S.4243《念珠歌》形式与《山僧歌》类似，也是佚名的敦煌佛教诗歌。原诗无题，刘铭恕《斯坦因劫经录》拟作《念珠歌》[①]。全诗五十五句，凡二百九十九字。以七言为主，杂以三言，如："无相珠，方丈觅，能青能黄能赤白，玛瑙珊瑚堆合成，慧线穿连无间隔。悟人收，智人识，常思念念无休息，念过恒沙处处明，始知无量神通力。"内容以无相念珠为中心，宣扬佛教非有非无、非空非实、本无即有、离有能无的无相理论。具有推理周密，逻辑性强和语言浅切、音韵流畅等特点，不失为敦煌释氏诗中的佳作。项楚《敦煌诗歌导论》对《念珠歌》的内容多所阐释，可资参考。

此外，尚有S.2702《三喔歌》、S.2503《赞禅门诗一首》、P.3241《劝善歌》、S.6469《劝善诗》、S.2104《赠道清和尚》、P.3626《送达法师》、S.5558《龙兴寺香严和尚嗟世三伤吟》等，都属于不知名之单篇佛教诗歌，以化俗劝善主题的通俗诗歌居多，彰显了敦煌佛教文学世俗化之特色。

二、"赞颂"

佛教的赞颂有押韵与不押韵、齐言与长短句之分。因此每有与诗歌难以区分之作品，所以自来论者颇多直以诗歌来概括。

在印度原始佛典十二分教中，韵文居其二，即重颂（Geya）与讽颂（Gāthā，偈颂）。尤其佛典中用来赞叹佛德具高度文学性的偈颂，汉译后自然也是最具文学性的作品，如著名的诗人马鸣（Aśvagho a）赞颂

① 敦煌研究院编《敦煌遗书总目索引新编》，北京：中华书局，2000年，第130页。

佛陀生涯的 Buddha-carita《佛所行赞》二十八品[①]，可说是佛传文学之白眉。佛教东传，在汉译佛典的发展过程中，逐渐结合中国固有文学中的诗歌赞颂等文体，而形成了中国佛教文学中独特的赞颂文体。它既不同于印度古代佛教用以颂扬佛陀的赞颂（Stotra）；也与中国传统文学中的赞、颂有别。这种汉传佛教特有的赞颂文体的成熟与大乘佛教的兴起并行发展；不仅在文学史上具有意义，在宗教发展史上也有着一定的作用。

汉译佛典中出现颇多译作“赞”的文体，由于是翻译的产物，其基本文化源自印度佛教。因此，汉译佛典标示为“赞”的文体，其内涵不必然等同于中国文学中的“赞”。中国传统文学体裁中，“赞”和“颂”为性质相近的两种文体，二者往往并称。梁刘勰《文心雕龙》第九篇《颂赞》便是将“颂”“赞”两种相近而常用的文体合在一篇论述。以为“颂”的意思就是形容状貌，通过形容状貌来赞美盛德；“颂”的写作，要求内容典雅，文辞明丽，描写虽然近似赋，严肃庄重有如“铭”。“赞”的意思就是说明、辅助。本义是对事物的赞美感叹，所以自古以来，赞的篇幅都短而不长；简单扼要，文辞明白为其写作要点。赞的产生虽然很早，考其流变，盖为“颂”之支派。

随着佛教在中国的发展，释徒作品更出现融合中国传统赞颂与佛典赞颂而成的佛教赞颂文学。尤其在唐代佛教中国化、世俗化最为成功的净土宗与禅宗，大量创造普遍使用赞颂作品来传道布教。

净土教是中国佛教诸多宗派中与音乐文学结合最为密切，且最受称道的。北魏昙鸾（476—542?）《赞阿弥陀偈》盖为净土颂赞之嚆矢。七言一句、二句一行，计九十二行，凡五十一偈。内容主要据《无量寿

---

① 印度马鸣菩萨造《佛所行赞》，又称《佛本行赞经》《佛所行赞经》《佛所行赞传》《所行赞经传》《马鸣菩萨赞》《马鸣赞》，全五卷，共分二十八品，北凉昙无谶译。内容以梵文韵体五言偈颂叙述佛陀一生。全篇共九千三百句，四万六千余字，是一部长篇叙事诗，堪称印度佛教文学的空前巨著。

经》以赞叹佛陀过去修行的结果。每偈末句分别以"归命礼""顶礼""稽首""头面礼""礼"等作结，显然是礼佛仪式中大众集一堂齐唱的实际使用赞颂[①]。唐代佛教全盛，佛曲流行，尤其净土宗兴起，提倡专心念佛。初唐善导（613—681）弘传"净土法门"，更有《法事赞》《往生礼佛赞》《般舟赞》等歌赞三卷，其中有赞曰："咸然奏天乐，畅发和雅音，歌叹最胜尊，供养弥陀佛。"中唐法照更制定"五会念佛"法规，有《净土五会念佛略法事仪赞》《净土五会念佛诵经观行仪》等，影响甚远。

唐代禅宗大量使用赞颂来表现体道、悟道的心境与禅理，乃至作为传法的媒介；因而禅门一般以赞颂来作为偈颂、铭赞等佛教韵文的总称。

今敦煌文献中有颇多此类以宣教劝善为主要功用的佛教文学体裁，与三藏经典中的梵赞、偈陀不同，而是出自中土释门佛子的汉赞和劝善作品。其形式多采五、七言韵文，或长短杂言句式，具有中国诗歌文学的特点，内容既有法事、礼佛之用，也扩展到广为世俗所用。[②]赞颂类中依其名称主要可分为偈、颂、赞三类，兹分别说明如下：

1. 偈

"偈"是佛经与讲经文中的诗赞，本为佛经偈颂中的颂辞；敦煌佛教文学中的偈，对于中国诗歌的通俗化，产生了很大的影响。汪泛舟曾于《敦煌文学》中提到："偈是梵文'偈陀'（gāthā）的简称，本是佛经和礼佛仪式中的唱颂词；颂是我国传统文学中早已有之的一种文体。当然，由于偈系对释门'联美辞而歌颂之者'，与中国颂文所具有的对对象的颂赞性质相类，所以有时又被译为'颂'，有时还连称为'偈

① 如："若闻阿弥陀佛号，欢喜赞仰心归依；下至一念得大利，则为具族功德宝。设满大千世界火，亦应直过闻佛名，闻阿弥陀不复退，是故至心稽首礼。"

② 徐俊《敦煌佛教赞颂写本叙录》，"第三届中国俗文化国际学术研讨会暨项楚教授七十华诞学术讨论会"论文，成都：四川大学中国俗文化研究所主办，2009 年，第 28—30 页。

颂’，但和我国传统文学中的颂，并非一源，其所颂赞的对象也不同。”[①]由此可知，由印度传进来的佛教偈颂，虽然与中国的颂文性质雷同，但是源流不同、使用对象亦不同。汉译经典中的偈，句式整齐，但不一定押韵；敦煌佛教文学中的“偈”，格律较为严整，有一部分往往作为故事人物代言体，穿插在俗讲变文中作为唱词，是一类相当具有代表性的佛教文学体裁。

敦煌写本中保存不少题名为偈的作品，由于其形式近于诗，所以一般纳入敦煌诗歌来讨论，如项楚《敦煌诗歌导论》中便讨论了禅宗歌偈，汪泛舟《敦煌僧诗校辑》《敦煌石窟僧诗校释》[②]也将“偈”纳入僧诗校辑校释的内容。其中有关出家修道的如S.2165《先洞山祖辞亲偈》，S.5657、S.6631、P.4597、BD05541（北图8345、菓41）的《卧轮禅师偈》，P.3409《六禅师偈》等；有佛事应用的，如S.440、S.2580、S.4218的《唱行香说偈文》《受香汤受偈文》《入布萨堂说偈文》[③]、S.2557《愿往生礼佛偈》、P.5575《初夜无常偈》等，有赞颂佛菩萨及佛典功德的，如P.3817《观音偈》、P.3035《华严经偈》、P.2603《赞普满偈十首》等。

关于佛教偈颂赞的相关研究有：石井修道《传法偈》[④]与《传法偈の成立の背景に关す当一考察》，[⑤]田中良昭《传法偈に关する敦煌新出

① 参见颜廷亮主编《敦煌文学》，兰州：甘肃人民出版社，1989年，第88页。

② 汪泛舟《敦煌僧诗校辑》，兰州：甘肃人民出版社，1994年；《敦煌石窟僧诗校释》，香港：和平图书有限公司，2002年。

③ 计有入布萨堂说偈文、受水偈文、浴筹说偈文、受香汤受偈文、唱行香说偈文、受筹说偈文、还筹偈文、清净妙偈文、布萨竟说偈文九种。参考敦煌研究院编《敦煌遗书总目索引新编》，北京：中华书局，2000年，第79页。

④ 石井修道《传法偈》，《讲座敦煌8·敦煌佛典と禅》，东京：大东出版社，1980年，第281—306页。

⑤ 石井修道《传法偈の成立の背景に关す当一考察》，《宗学研究》22，1980年3月，第199—205页。

资料とその关系》，[1]金冈照光《敦煌本赞偈类数则》，[2]松阴了谛《敦煌出土善导礼赞偈に就いて》，[3]郑阿财《佛曲偈赞在敦煌讲唱文学的应用》，[4]陈祚龙《敦煌写本〈赞普满偈〉之研钻》[5]与《关于中世敦煌流行某些“偈”或“偈子”》[6]等单篇研究。专著部分有田中良昭《敦煌禅宗文献の研究》的第三章“铭·箴·赞·偈类”，铃木哲雄著《唐五代禅宗史》的后篇“第三章　机と偈颂”，以及篠原寿雄、田中良昭编《敦煌佛典と禅》的“Ⅳ　禅僧の偈颂”与田中良昭“一　、修道偈Ⅰ”。[7]

2. 颂

佛教文学中的颂与偈相近，其同源于佛经中的偈赞；因而有合称为“偈颂”。梁慧皎《高僧传》卷二：“天竺国俗，甚重文制。其宫商体韵，以入弦为善。凡觐国王，必有赞德；见佛之仪，以歌叹为贵。经中偈颂，皆其式也。”[8]在佛经原典中的偈颂有一定的韵律格式，译为汉语，多采用四、五或六、七言诗的形式。中国佛教文学中的颂，相传始于三国魏陈思王曹植游鱼山时，曾闻空中梵响，乃摹其音节，撰《太子颂》《睒颂》等，传为后式。佛教颂的发展，不但影响后世佛教文学的创作，也促进中国诗歌的通俗化，而且还影响到讲唱变文的体制与唱词

① 田中良昭《传法偈に关する敦煌新出资料とその关系》，《宗学研究》3，1961年3月，第106—111页。

② 金冈照光《敦煌本赞偈类数则》，《东方宗教》46，1975年10月，第1—14页。

③ 松阴了谛《敦煌出土善导礼赞偈に就いて》，《龙谷大学论丛》297，1931年，第16—36页。

④ 郑阿财《佛曲偈赞在敦煌讲唱文学的应用》，《文学与宗教全国学术研讨会论文集》，台北：新文丰出版公司，2003年，第635—665页。

⑤ 陈祚龙《敦煌写本〈赞普满偈〉之研钻》，《日本东京东方宗教》30，1967年，第35—55页。

⑥ 陈祚龙《关于中世敦煌流行某些“偈”或“偈子”》，《海潮音》62卷1期，1981年，第16—27页。

⑦ 田中良昭《修道偈Ⅰ》，《讲座敦煌8·敦煌佛典と禅》，东京：大东出版社，1980年，第245—262页。

⑧ 梁慧皎《高僧传》卷2，汤用彤校注，北京：中华书局，1992年，第53页。

的运用。

敦煌文学中的颂类作品，既继承佛教赞叹佛德的传统，又有中国佛教文学的时代发展，不过还是以赞叹佛法僧三宝为主，如《佛诞颂词》(S.4413)、《五洲五尊者颂》(P.5504)、《泉州千佛新著诸祖师颂》(S.1653)、《唐僧统和尚赞述四兽恩义颂》(P.2187)、《讲经和尚颂》(S.3702)、《某法师颂》(S.5625)、《女弟子出家颂》(S.6001)、《因缘心论颂》(S.2462)、《顿悟无声般若颂》(S.5619)、《菩萨戒律廿颂》(P.3950)、《梁朝傅大士颂金刚经》(S.110、S.1846、S.3373、S.4732、S.5944、S.5699、P.3325、P.2277、P.2286、P2756、P.2997、P.3094、P.4823）等。

其中《梁朝傅大士颂金刚经》抄本较多，是当时极为流行赞叹《金刚经》的颂。全篇由序、真言、赞、发愿文、奉请八金刚四菩萨名、经文、三真言等结构所构成。张勇《傅大士研究》[①]对创作年代及作者考辨，可供参考。

3. 赞

(1) 净土赞

佛教徒举行讲经等宗教仪式时多用歌赞来赞叹佛菩萨。敦煌佛教文学中赞体作品颇为丰富，依其内容大致可分为净土宗的赞、禅宗的赞与一般的赞三大类。

净土赞以法照的作品为最多。盖唐代净土教兴起，风靡一世，净土宗四祖的法照于大历年间在衡州首创“五会念佛”的修行法门，净土五会念佛赞是净土五会念佛道场中使用的赞文。由于法照及其门徒在北方五台山、并州太原、京都长安等地的努力弘传，这种修行法门从中唐开始，历经晚唐、五代，直至宋初，在北方许多地区流传。后世有关法照及其门徒编集、创作的净土五会念佛赞文大多散佚，有幸在东瀛的日本

---

① 张勇《傅大士研究》，台北：法鼓文化公司，1999年，第249—296页。

及西陲的敦煌尚保存有《净土五会念佛诵经观行仪三卷》《净土五会念佛略法事仪赞一卷》及《净土五会念佛略法事仪赞》等相关写本，成为近代中日学者研究净土信仰的新课题。

由于唐代净土信仰发达，念佛法门风行，所使用的净土佛曲歌赞也多，今见于敦煌文献所保存的资料相当丰富，特别是法照的《净土五会念佛诵经观行仪》（P.2066、P.2250、P.2936、守屋孝臧藏本、日本羽634、羽704V），原本上中下三卷，今存中、下二卷，内容收录的佛曲歌赞极为丰富，卷中有《宝鸟赞》《观经十六观赞》《阿弥陀经赞》《维摩赞》《涅槃赞》《般舟赞》《道场赞》《无量寿佛赞》《观世音赞》《大势至赞》《出家乐赞》《净土乐赞》《请观世音菩萨赞》《六根赞》《琮法师导和尚》《归西方赞》《西方礼赞文》等十八种；卷下有《依无量寿经赞》《依阿弥陀经赞》《叹散花供养赞》《净土五会赞》《叹五会妙音赞》《极乐欣厌赞》《极乐庄严赞》《厌此娑婆愿生净土赞》《归向西方赞》《念佛之时得见佛赞》《校量坐禅念佛赞》《高声念佛赞》《极乐宝池赞》《六道赞》《叹弥陀观音势至赞》《西方十五赞》《极乐连珠赞》《归西方赞》《四十八愿赞》《随心叹西方赞》《西方新赞》《善导和尚西方赞》《慈愍三藏西方赞》《西方极乐赞》《净土五会赞》《净土法身赞》《净土五字赞》《厌苦归净土赞》等三十种，俨然是净土赞的大全。

其他汇抄净土歌赞的写卷有《法照和尚念佛赞》（龙谷大学藏本）、《西方净土赞文一卷》BD05441（北图8345、菓41）、《西方阿弥陀佛礼文》BD08168（北图8348、乃68），及无题名之会抄写本英藏S.370、S.1807、S.2143、S.2945、S.4443、S.5572、S.6631V；法藏P.2130、P.2483、P.3156、P.3216、P.3645、P.3892、P.4572、P.4597；北图8347、上博48、俄藏Дx00883及日本羽155（李盛铎旧藏）、羽412（李盛铎旧藏）等。

散卷零抄的则有《大乘净土赞》（S.0382、S.447、S.3096、S.4654、S.5569、S.6109、S.6734V、P.2690、P.3839、浙敦079、Дx01407、Дx02890、日本羽711）；《大乘六根赞》（S.0263、P.3242）；《净土礼赞》（P.2066V）；《五会念佛赞》（P.2147V）；《鹿儿赞文》（S.1441V、S.1973V、Дx01009）；《西方十五愿赞》（S.3287、Φ109、Дx01563、Дx06170）；《佛母赞》（S.5466、S.5473、S.5581、S.5689、S.5975、BD02918（北图6878V、阳78）、BD08174（北图8371、乃74）、上博49、Φ176V、日本羽615）等。

1930年矢吹庆辉《鸣沙余韵》便著录并解说英藏的净土五会念佛赞[①]开始，冢本善隆、佐藤哲英、广川尧敏、伊藤进传等[②]，相继对日本所藏及敦煌文献中有关法照五会念佛赞做出系统的整理与研究。中国方面近年对此课题也有进展，主要以施萍婷及张先堂较为集中而深入[③]，林仁昱、李小荣则从佛教音乐的面向加以论述[④]，且咸有所得。整体而言，

① 矢吹庆辉《鸣沙余韵》，东京：岩波书店，1930年。

② 冢本善隆《唐中期の净土教》六《法照传考》10《法照の门徒》，载《冢本善隆著作集》第四卷，第371—375页，日本大东出版社，1976年；佐藤哲英《龙大图书馆山内文库藏法照和尚念佛赞——本文并解说》，日本庆华文化研究会，1951年；《法照和尚念佛赞について》（上、下），载《佛教史学》第三卷第一、二号，平乐寺书店，1952年；《敦煌出土法照和尚念佛赞》，载《西域文化研究》第六卷《历史と美术诸问题》，法藏馆，1963年；广川尧敏《敦煌出土法照关系资料について》，载《石田充之博士纪念论文集——净土教の研究》，永田文昌堂，1972年；《礼赞》，载《讲座敦煌7·敦煌と中国佛教》，东京：大东出版社，1984年。藤进传《"净土五会念佛略法事仪赞"について》，《睿山学院研究纪要》30，2008年2月，第45—65页。

③ 施萍婷《法照与敦煌文学》，载《社科纵横》1994年4期；施萍婷《法照与敦煌初探》，载《1994年敦煌学国际学术研讨会论文集·宗教文史卷上》，甘肃民族出版社，2000年，第75—104页；张先堂《敦煌本唐代净土五会赞文与佛教文学》，《敦煌研究》1996年4期，第70—73页；《晚唐至宋初净土五会念佛法门在敦煌的流传》，载《敦煌研究》1998年1期，第48—64页。

④ 林仁昱《唐代净土赞歌之形式研究》，中山大学中国文学研究所硕士论文，1985年6月；林仁星《敦煌佛教歌曲之研究》，中正大学中国文学研究所博士论文，2001年6月；李小荣，《敦煌佛教音乐文学研究》，福州市：福建人民出版社，2007年。

从文学的视角来论述净土赞的还是太少①。

净土五会念佛赞乃唐代净土宗用以劝世化俗辅教而作的佛教文学，从本质上说是佛教实用传播功能的宣传品，其作品深具音乐性与文学性。在法会仪式进行的过程中，用来表现净土信徒对阿弥陀佛及西方净土礼敬、赞颂、皈依的宗教感情，尤其集中在阿弥陀佛及西方净土的赞美，形成净土歌赞独特的文学特色。其中主要如：

①《归去来》

此为净土念佛法会所广为使用的歌赞。敦煌写本 P.2066《净土五会念佛诵经观行仪卷中》中的《出家乐赞》《归西方赞》；P.2250《净土五会念佛诵经观行仪卷下》中有法照的《归西方赞》；日本守屋孝臧藏本《净土五会念佛诵经观行仪卷下》中的法照《归西方赞》；日本龙谷大学藏本《法照和尚念佛赞》中的《归极乐去赞文》；李盛铎旧藏现归杏雨书屋藏《敦煌秘籍》羽 412 号的《归极乐去赞一本》《西方极乐赞一本》；S.6631 卷背的《归极乐去赞》；P.2483 的《归极乐去赞》；P.4572 的《归西方赞》；P.3118 的《归西方赞》；P.3373 卷背的《归西方赞》；BD07989（北图 8346、文 89）的《归西方赞》沙门惟休述等，均出现使用“归去来”作为和声的歌赞。这些都是唐五代佛教歌赞重要的文学样式。

按：《归去来》一词盖取义于晋陶渊明《归去来辞》。“归去来”等于说“回去吧”，带有兴奋喜悦的祈使语气。净土歌赞《归去来》具有劝人修行礼佛，往生西方净土的期望与呼唤，其后更衍生有以《归去来》歌赞来歌咏归隐净土的期盼。

上述敦煌写本净土歌赞“出家乐赞”“归西方赞”“归极乐去赞”等三种使用《归去来》和声联章佛曲的情形，其体制基本以

① 张先堂曾论述净土五会念佛赞文具有“普遍采用押韵形式以追求韵律”“运用多种修辞手法”“直白浅显”“回环连绵的声韵之美”等文学性。（见《敦煌本唐代净土五会赞文与佛教文学》，第 70—73 页）

“三、三、七、七”为基调，或作“三、三、五、五”。其中必以“归去来”三字为起句，后接五言或七言、句末或加三字句和声，是净土法门传教弘法在道场法会之中广为传唱之歌赞。

有关敦煌佛曲《归去来》的研究，拙文《敦煌净土歌赞〈归去来〉析论》①，根据敦煌写本净土佛曲歌赞中，结合敦煌以外的净土佛曲歌赞《归去来》，对其体制与内容进行系统析论，以明其在净土法事歌赞行仪的重要性，并彰显其音乐特质与文学特质。

②《散华乐》

除了《归去来》外，《散华乐》也是敦煌文献中常见具有特色的净土歌赞。今敦煌文献中计有 S.668、S.1781、S.5557、S.4690、S.5572、S.6417，P.2563，BD07805（北图 8362、制 5）、BD09369（周 90）、Дx00828 等 17 件本。或作《散花梵》，其体制为“七、三、七、三”句式，三字句为和声，前均作“散花乐”，后均作“满道场”。依照形式可分两类：一如法照《净土五会念佛略法事仪赞》中的《散华乐文》，是在净土念佛法会中奉请场合所使用的，内容为奉请诸佛菩萨。另一类歌辞内容则是以歌咏脍炙人口的八相成道故事为主。此类抄本有 S.4690、BD09369（周 90）、BD07805（北图 8362、制 5）、S.1781、S.6417、S.5572、S.5557、P.2563、S.668、P.3645、Дx00828 等 11 件。

有关敦煌佛曲《散花乐》，除了任二北《敦煌曲校录》、巴宙《敦煌韵文集》、饶宗颐、戴密微《敦煌曲》等之校录外，主要有铃木和子（砂冈和子）《散华乐曲の来た道（敦煌卷）》及《敦煌散花乐和声曲辑

---

① 郑阿财《敦煌净土歌赞〈归去来〉析论》，《敦煌学辑刊》4 期，2007 年 12 月，第 6—24 页。

考》[①]，林仁昱《敦煌佛教歌曲之研究》[②]，李小荣《敦煌佛曲〈散花乐〉考源》[③]，诸家对《散华乐》之性质，或作赞文和声，或主法会佛赞。

（二）禅宗歌赞

在佛教各宗各派中，除了净土宗在念佛法会中大量使用歌赞外，禅宗也出现相当多的歌赞创作。尤其是南宗禅使用特别多元，这些赞的使用，以体现禅门修道、体道、悟道、传法为主，其中尤以五更转、十二时、行路难等最为著称，数量也多。兹略述如下：

①《五更转》

“五更转”，是一种以夜间更次为单位，从一更迭唱到五更的联章歌辞，一般形制分作五章，每章一首，也有变格为每章多首的。其体制有齐言、杂言之分，内容多元且相当丰富。

《五更转》在南朝齐梁之间已见流行，唐五代期间更加广为流传，出现有众多歌咏传唱佛教思想主题的作品。今敦煌文献中这类作品数量可观，除了佛教题材外，也有世俗生活题材，如 P.2647《闺思》内容为闺妇怀念夫君的题材；罗振玉旧藏本《叹五更》的内容则是哀怨未读书识字之苦的题材。整体而言，敦煌本《五更转》的题材、内容仍以宣传佛教人物故事及佛教教义的占多数，尤其以禅宗的使用最为鲜明，也是敦煌佛曲《五更转》的主要特色。如《南宗定邪五更转》（一作《大乘五更转》），敦煌文献中保存有 S.2679、S.4634、S.4654、S.6083、S.6923、P.2045、P.2270、P.2984、P.4617、BD06318（北图 8325、咸 18）、BD03406（北图 7233、露字 6）等十一件抄本；《南宗五更转》，

---

① 铃木和子（砂冈和子）《散华乐曲の来た道（敦煌卷）》，《驹泽女子大学研究纪要第三号》，1996 年，第 137—151 页；《敦煌散花乐和声曲辑考》，《敦煌佛教文化研究》，兰州：甘肃《社科纵横》编辑部，1996 年，第 22—29 页。

② 林仁昱《敦煌佛教歌曲之研究》，中正大学中国文学系博士论文，2001 年；修订后由高雄：佛光山文教基金会出版，2004 年。

③ 李小荣《敦煌佛曲〈散花乐〉考源》，《法音》2000 年 10 期，第 20—25 页。

原题作《南宗赞》，更有 S.4137、S.4654、S.5529、S.5689、P.2690、P.2963、P.2976、P.4608、Φ171、Дx.2175、BD06200（北图 8369、姜字 100）、BD08174（北图 8371、乃 74）等十三件；《荷泽和尚五更转》有 S.6103、S.2672 两件抄本；《无相五更转》有 S.607 一件；《第六禅师与卫士相逢五更转》有 S.3017、S.5996、P.3409 三件；《太子入山修道五更转》有 P.3061、P.3065、P.3817、S.6537 四件写本；《太子五更转》有 P.2483d、P.2483k、P.3083 三件；《维摩五更转十二时》有 S.2454、S.6631、P.3141 等等。

关于敦煌《五更转》的研究，自敦煌文献发现以来，便受到禅学研究者的关注，尤其长期致力于唐代禅宗史研究的日本学者，如铃木哲雄《荷泽神会と五更转》[①]与《神会和尚五更转试论（一）》[②]，便是据敦煌写本神会和尚《五更转》讨论荷泽神会之禅学思想；桐野好觉《"五位颂"与"五更转类"についての考察》[③]，以为"五位颂"是采用"五更转"句式的颂，其特殊体式也被归类在联章歌曲中，文中探讨五更转的特征据以审视五位颂的体式，并探讨"五位颂"的形成背景。衣川贤次《荷泽寺神会和尚五更转译注》[④]则做了扎实的文本解读；吕斯微《"南宗定邪正五更转"に于ける顿悟思想とその文学的表现》[⑤]则在讨论顿悟思想外，也从格律用韵上论述其文学表现。

中国学者则较多用心于文献校录，如任二北《敦煌曲校录》《敦煌歌辞总编》、饶宗颐《敦煌曲》等。从佛教文学的视角针对个别作

① 铃木哲雄《荷泽神会と五更转》，《宗教研究》198，1969 年 3 月，第 539—553 页。

② 铃木哲雄《神会和尚五更转试论（一）》，《驹泽大学佛教学研究会年报》2，1968 年，第 49—56 页。

③ 桐野好觉《"五位颂"与"五更转类"についての考察》，《驹泽大学佛教学部论集第二十六号》，平成七年十月，第 275—290 页。

④ 衣川贤次《荷泽寺神会和尚五更转译注》，《禅学研究》74，1996 年 3 月，第 81—104 页。

⑤ 吕斯微《"南宗定邪正五更转"に于ける顿悟思想とその文学的表现》，《禅学研究》84，2006 年 1 月，第 109—134 页。

品进行探讨，主要有龙晦的《敦煌佛曲五更转兼十二时、维摩托疾跋——维摩诘文学试论》[①]，文中根据 S.6631、S.2454 及 P.3141 三写卷，全面系统地考察探索中国居士禅受维摩诘故事的影响，并持与《维摩诘经》《维摩诘经讲经文》对比，提供佛教文学与佛教史之补充。

此外，较全面以文学研究的视角对五更转进行讨论的，还有周丕显《敦煌俗曲中的分时联章体歌词——关于五更转、十二时辰、十二月的考察》《敦煌俗曲分时联章体歌体再议》[②]及拙文《唐代佛教文学与俗曲——以敦煌写本〈五更转〉、〈十二时〉为中心》[③]、林仁昱《敦煌佛教歌曲研究》等。

②《十二时》

“十二时”是一种按中国古代计时时序歌唱的辞章；其形制是将一昼夜依十二地支划分为十二时辰，一般分作十二章，每章一首，或可变格为每章多首，甚至十数首。主要以三字开头，如“鸡鸣丑”“平旦寅”等。一般采三、五、七言来加以铺陈。

《十二时》在南朝齐梁之间已流行，唐五代北宋期间更广为流传。敦煌文献中今存此类作品有十多种，其题材内容也是世俗与佛门兼而有之。如罗振玉旧藏本《天下传孝十二时》是以儒家孝道思想为宣扬主题，P.2564《发愤长歌十二时》则是以传唱发愤志学与勤劳苦作精神的作品。

至于佛教文学中的“十二时”，敦煌写本所保存的数量相对较多，如《禅门十二时》有 S.5567、P.3116、P.3604、P.3821、罗振玉《敦煌

---

① 龙晦《敦煌佛曲五更转兼十二时、维摩托疾跋——维摩诘文学试论》，《世界宗教研究》4 期，1988 年 12 月，第 17—28 页。

② 周丕显《敦煌俗曲中的分时联章体歌辞——关于五更转、十二时辰、十二月的考察》，《关陇文学论丛（敦煌文学研究专集）》，兰州：甘肃人民出版社，1982 年，第 1—14 页；《敦煌俗曲分时联章体歌体再议》，《敦煌学辑刊》创刊号，1983 年，第 14—22 页。

③ 郑阿财《唐代佛教文学与俗曲——以敦煌写本〈五更转〉、〈十二时〉为中心》，《普门学报》20，2004 年，第 93—136 页。

零拾》五件；《禅门十二时》(劝凡夫）的有 S.427、BD07310（北图 8440、鸟 10）二件；S.2679《十二时》为咏佛性成就。《法体十二时》有 P.2813、P.3113、P.4028、S.5567 四件写本。《圣教十二时》有 P.2734、P.2918、S.5567 三件。《维摩五更转十二时》有 S.6631、P.2454、P.3141 三件。《学道十二时》有 P.2943 一件。《普劝四众依教修行十二时》有 P.2054、2714、3087、3286 与上海博物馆藏 48 号等五件。内容或演述佛陀故事，或提醒佛徒持守律戒律潜心修道，或劝喻化导俗众入教皈依。

就体制言，《十二时》的篇幅相较于《五更转》可说增大许多，由于载体增大，因此作品所体现的事理物象也就更为丰富。特别是《十二时普劝四众依教修行》，12 章，凡 134 首，歌辞不但对每个时辰中的自然景象有生动描绘，于形形色色人物的生活场景及其心态亦多所描写，内容涉及方方面面，宛如一幅幅当时社会生活的老照片。

有关“十二时”的研究，主要有向达《禅门十二曲》[①]，王重民《读十二辰歌》《说十二时》[②]，拙文《敦煌写卷定格联章〈十二时〉研究》[③]探讨了定格联章十二时的起源，并对今存石室遗书的 29 件敦煌写卷及散见于内典、语录中的作品一一加以叙录，分析其体制，探讨其内容和影响。另有《唐代佛教文学与俗曲——以敦煌写本〈五更转〉、〈十二时〉为中心》[④]一文，吕斯微《〈禅门十二时〉（敦煌文献ぺリオ三六〇四）について》，[⑤]川崎ミチコ《敦煌本十二时—禅门十二时

① 向达《禅门十二曲》，《国立北平图书馆馆刊》6 卷 6 期，1932 年，第 55—56 页。

② 王重民《读十二辰歌》，《上海申报·文史周刊》30，1947 年 6 月 4 日；《说十二时》，《上海申报·文史》22，1948 年 5 月 8 日。

③ 郑阿财《敦煌写卷定格联章〈十二时〉研究》，《木铎》10（林景伊先生逝世周年纪念论文集），1984 年，第 229—260 页。

④ 郑阿财《唐代佛教文学与俗曲——以敦煌写本〈五更转〉〈十二时〉为中心》，《普门学报》20，2004 年，第 93—136 页。

⑤ 吕斯微《禅门十二时（敦煌文献ぺリオ三六〇四）について》，《印度学佛教学研究》54 卷 1 号，2005 年，第 159—162 页。

(一) ——について》[①]《校异试译敦煌本“法体十二时”》[②]与《敦煌本〈圣教十二时〉管窥》,[③]陈祚龙《敦煌写本〈法体十二时〉订正》[④]等篇,这些研究除了有关十二时的文本校录外,主要在阐述以佛教乐曲的形式表现念佛观心的思想,并讨论佛教以民间乐曲来彰扬佛教思想。

(三)一般歌赞

①《十恩德》

“十恩德”是将父母对儿女之恩概括为十种典型事例,采“五、七、五、三、三、六、七、五”分题歌咏,每题一首,全篇十首的定格联章。如“第一怀耽守护恩:说者气不苏,慈亲身重力全无,起坐待人扶,如佯病、喘息粗,红颜见觉燋枯,报恩十月莫相辜,佛且劝门徒。”“第二临产受苦恩”……“第十究竟怜愍恩”等。此类作品,目前所见的敦煌写本主要有 S.289、S.2204、S.4438、S.5564、S.5573、S.5591、S.5601、S.5638、S.5687、S.6270、S.6274、P.2843、P.3411、P.4700、BD09366(周 87)等。其内容多是结合着儒释孝道思想,歌颂父母一生含辛茹苦,操劳关心,生育抚养儿女的恩情。

有关“十恩德”的研究,主要有郑阿财《孝道文学敦煌写卷〈十恩德〉初探》[⑤],本文网罗了散见于伦敦、巴黎、圣彼得堡、北京的 15 个关于《十恩德赞》写卷,一一详加校录并探究其起源、体制和对中国俗

---

① 川崎ミチコ《敦煌本十二时—禅门十二时(一)——について》,《东洋大学大学院纪要》15,1978 年 2 月,第 131—146 页。

② 川崎ミチコ《校异试译敦煌本“法体十二时”》,《东洋学研究》14,1979 年 3 月,第 9—90 页。

③ 川崎ミチコ《敦煌本〈圣教十二时〉管窥》,《东洋大学文学部纪要》14,1989 年 3 月,第 53—77 页。

④ 陈祚龙《敦煌写本〈法体十二时〉订正》,《华冈学报》4,1967 年 12 月,第 149—155 页。

⑤ 郑阿财《孝道文学敦煌写卷〈十恩德〉初探》,《华冈文科学报》13,1981 年,第 229—279 页。

文学的影响。高国藩《论敦煌写本〈十恩德〉》、[①]高启安《十重深恩与敦煌曲子词十恩德、十种缘、孝顺乐》，[②]泽田瑞穗《十恩徳と十报恩》[③]等。

②《父母恩重赞》

父母恩重赞或作《孝顺乐》。敦煌写本有P.2843、P.3934、P.4560等，三件写本内容相同，文字略有异同。其中P.3934首题“孝顺乐赞一本”。册子本。存五页，每半页三行，每行十字左右。起“人生一世大堪常”，迄“来生的定往天堂”。P.2843首题“孝顺乐”。存三十一行，每行十字左右。起“孝顺向耶娘，孝顺乐，人生一世大堪常”，迄“愿德（得）今身行孝道”。P.4560首残缺题，存十四行，每行二十三字左右。起“第一是怀胎，阿娘日夜数般哉”，迄“来生徒定往天堂”。内容列述阿娘自怀胎临产、养育子女的十大恩德，奉劝世人行孝，与十恩德大抵近似，而表现形式则有所不同。

此外，又如《辞阿娘赞》或作《辞娘赞文》、或作《好住娘》。“好住”二字意为安居。娘，乃指母亲。写本分别为（1）S.1497、S.19，P.2713，北乃74等，原卷首题“好住娘赞”；（2）S.5892，P.2581背、2919，原卷首题“辞娘赞文”；（3）S.4634等三系。内容系咏唱将剃度为僧，辞别阿娘入山修道的情事，在与母亲离别之际，担忧母亲日后生活、无法割舍世俗尘缘的心情，对刚出家的心理描述极为深刻。高国藩《试论敦煌写本〈辞娘赞〉》[④]可参考。

还有《出家赞》（S.5539、5572、6273、6923，P.3116、3892，Дx.2430a），每四句一组，每句六言，每组开头六句均为“舍利佛国难

① 高国藩《论敦煌写本〈十恩德〉》，《南京大学学报》1987年4期，第13—20页。

② 高启安《十重深恩与敦煌曲子词十恩德、十种缘、孝顺乐》，《敦煌研究》1991年1期，第97—102页。

③ 泽田瑞穗《十恩徳と十报恩》，《中文研究》4，1964年，第7—13页。

④ 高国藩《试论敦煌写本〈辞娘赞〉》，《固原师专学报》1987年4期。

为，吾本出家之时”，内容为表明出家心志的赞咏。《乐住山赞》（S.779、S.1497、S.3287、S6321、P.2563、P.3915、Дx.1629）七言21句，开头冠有“乐住山乐住山”，结尾有和声“乐住山”；内容赞咏住山修行之乐。《乐入山》（S.1497、S.3287、Дx.1629）、《小小黄宫养赞》（S.1497、S.6923、P.4785）与《乐住山赞》近似，七言15句，开头冠有“乐入山乐入山”，结尾有和声“乐入山”；内容赞咏发愿入山求佛之乐。

另外，作为唐宋佛教圣地的五台山，敦煌写本保存有大量相关的赞，赞咏文殊菩萨道场的五台山圣境。如《五台山赞》（S.4039、S.4429、S.4039卷背、P.3843、P.3563、P.4560、P.4647、P.4608、S.5487、S.5573、S.370）内容完全相同，仅文字略有差异，可判定此卷为《五台山赞》之完本。通篇以七言句为主，每四句下有和声“佛子，大圣文殊师利菩萨佛子”，内容为赞颂文殊师利菩萨镇压毒龙于五台山。《五台山圣境赞》P.4617、4641。P.4617与前举P.3563、P.4625、P.2483等《五台山赞》相比，此圣境赞文词较雅，韵律严整，应为文化修养较高之僧人所作。杜斗城《敦煌五台山文献校录研究》[①] 一书，有较全面的整理与研究。

---

① 杜斗城《敦煌五台山文献校录研究》，太原：山西人民出版社，1991年。

第二节

散文类

1971年金冈照光《敦煌出土文学文献分类目录附解说》[①]一书，将敦煌文学文献分为讲唱体、散文体、韵文体三大类。其中，散文体又分作俗文类、对话体、小说类三种；金冈氏同年出版的《敦煌の文学》一书中在“敦煌文学の形态（二）——散文体”下则仅分散文体俗文、对话体俗文两类[②]。

中国文学中所谓的散文体泛指所有具文学色彩的叙事、抒情、状物、表意、说理的、主要以散体表达的文字，其内容庞杂，体式多样，包括表、疏、状、牒、书、启、碑、铭、传、记、文、录、帖、说、邈真赞、祭文、序跋，等等。

敦煌散文类作品，或称之为“敦煌文”，是指具有文学色彩散见于敦煌遗书中的表、疏、状、牒、书、启、帖、碑、铭、传、论、录、说、邈真赞、祭文、杂记，等等。这些作品既有官府文书，也有私人文书；有世俗文书，更有佛教寺院文书。其内容盖为唐五代敦煌地区民众生活与思想情感的呈现与投射，具社会史料价值，文辞亦具文采，可丰

① 金冈照光《敦煌出土文学文献分类目录附解说》，东京：东洋文库敦煌文献研究委员会，1971年。

② 金冈照光《敦煌の文学》，东京：大藏出版株式会社，1971年。

富唐五代的文学作品。

周绍良《敦煌文学刍议》，依据《昭明文选》的文体，对“敦煌文学”的体裁进行分类。除了变文、曲子词等少数几种俗文学外，还包括书、状、牒、碑、铭等在内的几十种文体[①]。此理念为大多数敦煌文学研究者所接受，如颜廷亮主编的《敦煌文学》便承袭之，罗列敦煌遗书中的文学体裁，包括韵文、散文等三十余类，其中属于散文的有“书、启、表、疏、状、牒、帖、书仪、契约、传记（附行状）、杂记、题跋、论说、文录”等。[②]这样的分类基本上合乎中国文学文体分类的传统，也照应了敦煌文献的实际状况。

此外，历来据敦煌文献以补充《全唐文》作品者也依循传统文章分类及《全唐文》编辑体例来进行补苴辑校。如 2000 年周绍良总主编《全唐文新编》[③]辑补了敦煌藏经洞发现的唐五代手抄写本，如王绩《元正赋》、阙名《王梵志诗集序》、刘希夷《死马赋》、刘长卿《酒赋》、窦昊《为肃州刺史刘臣璧答南蕃书》等皆为罕见的孤本，是可补《全唐文》之佚。又如敦煌本抄存的表、疏、状、牒、书、启、论、录、功德记、发愿文、邈真赞、碑、铭、墓志、书仪、契约、社邑文以及释氏应用文等，加以补收。2005 年陈尚君辑校的《全唐文补编》[④]，通检《敦煌宝藏》，复据缩微胶卷校录英、法及北京所存敦煌文献中之单文，以作者卒年先后为序，世次无可考及缺名的文章则置于末。2007 年吴钢主编的《全唐文补遗》第九辑[⑤]，纠集了西北师范大学及敦煌研究院学者，

① 周绍良《敦煌文学刍议初稿》，《社会科学》（甘肃）1988 年 1 期，第 100—111 页；后收入《绍良文集》下册，北京：北京古籍出版社，2005 年，第 1714—1765 页。

② 颜廷亮主编《敦煌文学》，兰州：甘肃人民出版社，1989 年。

③ 周绍良总主编《全唐文新编》第 17 册卷 901“敦煌文一”至第 18 册 903“敦煌文三”，长春市：吉林文史出版社，2000 年。

④ 陈尚君辑校《全唐文补编》，北京：中华书局，2005 年。

⑤ 吴钢主编《全唐文补遗》，第九辑，西安：三秦出版社，2007 年。

以现存敦煌文献为主要内容，由刘进宝、张先堂起草辑录体例、文体分类与收录范围。除依《全唐文》文体的分类，分为赋、颂、表、疏、状、启、牒、书、记、文、说、帖、赞、铭、碑、传、墓志铭等类外，收录的敦煌文近600篇，补充了《全唐文》中没有而敦煌文献中大量保存的有特色的文体，如“文”类下加了愿文、法事文，“赞”类下增加了“邈真赞”等。

至于从佛教文学观点来论述敦煌散文类作品，主要有周丕显《敦煌佛教文学》，其论及散文部分，依据《弘明集》《广弘明集》中所收的“论、启、表、疏”等类作品，检视敦煌文学中的佛教散文，粗估约150篇。虽然所呈现的文类大体相同，但相较而言，品类较多，较能照应佛教散文的发展实况。周氏文中选介了“碑、铭、赞、疏、帖、牒、记、文”等八类敦煌佛教散文。这些文类大抵盖为佛教对中国传统散文体类之运用，然其内容主要呈现唐五代敦煌佛教的意涵，也呈现了敦煌佛教文学之特色与面向。

检视现存敦煌佛教散文作品，可以发现主要为佛教僧团活动如请佛、叹佛、开经、礼拜、忏悔、劝请、回向、发愿等，所产生的礼佛与礼忏等佛教仪式文学，以及因佛教佛事活动而衍生的应用文学，如燃灯文、行像文、行城文、布萨文、转经文、安伞文、斋琬文等。这类文学传世文献或佛教典籍罕载，鲜活而具体地呈现了佛教活动的真实面貌。兹就其中数量较多且较具特色的文类，择其要者略述如下，以见一斑。

一、记

记是古代一种散文体裁，其源甚早，至唐宋而大盛。作为一种文体，“记”在六朝获得文体生命，唐代进入文苑，宋代其内容得到拓展，形式更加稳固。可叙事、写景、状物，抒发情怀抱负，阐述观点。在写法上大多以记述为主而兼有议论、抒情成分。

“记”的文字含义是识记，在这种含义基础上，“记”逐步获得了它的文体意义，成为经史中一种专事记录的文章体式。根据史志中以记名篇的书目数量和文学总集中记体文内容的变化以及类目的增减，可以客观地了解“记”作为一种文体，其内涵发生的变迁。

敦煌佛教文学作品中的记，较具特色的则为“功德记”“因缘记”与“灵验记”等，兹略述如下：

1. 功德记

佛教“功德记”是古人为祈愿福安康乐、神佛庇佑而开窟、修龛、造塔、建寺，窟龛塔寺营建完成后，为记叙其功德而撰写与镌刻的一种文章，旨在记录其修建始末与功德。文章严肃、庄重，文字较一般佛教应用文书来得雅丽。由于佛教在中国的盛行，流传久远，历来各地窟龛塔寺建造修葺不辍，“功德记”也就成为佛教散文之大宗。

敦煌为佛教圣地，寺院林立，莫高窟规模雄伟，窟龛众多。历代开窟造像，营建不断，功德记之作较多。今敦煌文献中保存此类作品为数可观，如P.3608《大唐陇西李氏莫高窟修功德记并序》，S.4860《创建伽蓝功德记并序》，P.4640《张潜建和尚修龛功德记》，P.2762《张淮深修功德记》，P.3564《莫高窟功德记》，S.4245《河西节度使司空造佛龛功德记》等。这类功德记，主要记述、颂扬功德主修寺造窟、修龛的事迹，内容多为颂祝赞誉之词，因此皆使用骈偶文体，对仗工整，文笔雅致，文学性强。又多用佛教事典，穿插法相名数，佛教特色鲜明。如S.4245《河西节度使司空造佛龛功德记》：

我河西节度使司空先奉为龙天八部，护塞表而恒昌；社稷无危，立法轮而常轮。刀兵罢散，四海通还，疠疫不侵，搀枪永灭。三农秀实，民歌来暮之秋；霜疸无期，誓绝生蝗之患。亦愿当今帝主，等北辰而永昌；将相百僚，应五星而顺化。

此功德记记载了曹议金及其回鹘夫人天公主等“割舍珍材，敬造大龛一所”的事迹，言辞华丽，叙事清晰。

有关功德记的校录主要有郑炳林《敦煌碑铭赞辑释》[①]，之后，王书庆《敦煌佛学·佛事篇》[②]《全唐文补编》《全唐文新编》《全唐文补遗》诸书也都有所辑校。高明翠硕士论文《敦煌功德记研究》[③]则是整合了敦煌文献中所保存的唐五代功德记，及莫高窟中现存的功德记，探讨敦煌功德记的题材、考述功德主及其撰者与年代，论述功德记的价值。

2. 因缘记

为佛教叙述因缘的散文体传记文作品[④]。所谓“因缘”本是佛家观念里“因”和“缘”的合称，是佛教用事物间的相互关系来说明它们生起变化现象的用语，所谓“因缘和合，诸法即生”。佛家认为世界上万事万物无不处于因果联系、依一定条件生起变化之中；众生皆在善恶因果的严密关系中，只有皈依佛法，虔诚修持，才能脱离苦海，获得解脱。敦煌说唱文学中的因缘，就是讲述佛弟子或善男信女前世、今生因果报应的故事。

佛教原始经典十二分教，其中第十为“因缘”Nidana，音译为“尼陀那”。是佛说经、律的事缘，“大毗婆沙论”卷一二六：“因缘云何？谓诸经中，遇诸因缘而有所说，如义品等种种因缘。如毗奈耶作如是说；由善财子等最初犯罪，是故世尊集苾刍僧，制立学处。”因缘是各佛法的缘起，有如诸经之序。可从律和经两方面来说。律方面以制律因缘为主，如善财子因初犯戒而制立学处，可知戒律是随着违犯而制定

① 郑炳林《敦煌碑铭赞辑释》，兰州：甘肃教育出版社，1992年。

② 王书庆《敦煌佛学·佛事篇》，兰州：甘肃民族出版社，1995年。

③ 高明翠《敦煌功德记研究》，台中：逢甲大学中国文学研究所硕士论文，1997年。

④ 柴剑虹“因缘记”条，收入季羡林主编《敦煌学大辞典》，上海：上海古籍出版社，1998年，第523—524页。

的。经方面是叙述引起说法的因缘，如义足经先叙因缘——佛化作一苾刍，向佛请问，而后由世尊答说的。小部经和本生经有序偈和交代各种因缘。

敦煌遗书中保存的因缘记作品有《佛图澄和尚因缘记》（S.1625、P.2680 等）、《刘萨诃和尚因缘记》（P.2680、P.3570、P.3727、日本羽 698）、《隋净影寺沙门慧远和尚因缘记》（P.2680、P.3570、P.3727 等）、《灵州龙兴寺白草院史和尚因缘记》（S.276、5528，P.2680、3570 等）。

今敦煌写本因缘记多叙述一般凡夫皈依受戒，出家得道的因缘。其文或撷取佛经故事，或径取某高僧之传记，照本宣科，或略加渲染，以阐明因果，宣扬积善求福。如《刘萨诃和尚因缘记》叙述刘萨诃和尚早年性好游猎，因杀鹿过多，被鬼使捉至冥间，变为鹿身遭人射杀，又复为人身，遍历地狱。后受观音菩萨感化，出家为僧，四处起塔等故事。审其内容实属灵应故事，因此以往学者多将之列入灵验记范畴加以讨论。

因缘记一般篇幅短小，有的直接撷取《高僧传》以成篇，书面性强，讲究文采；有的以骈文写成，且多具故事情节与传奇色彩。显然与当时寺院的说因缘之风密不可分，是寺院用以配合俗讲而使用的佛教文学。

3. 灵验记

佛教的灵验记是指向佛、菩萨，祈祷、忏悔；或念佛、诵经、造经、造像之后，出现感通、灵异等神异经验的记述。又称感应记、冥报记、灵验功德记。

六朝以来，这种佛教见证与宣传的记述，随着佛教的传播与发展而渐趋流行。其中不乏深富志怪小说情趣，既被视为佛教“辅教之书”，又可视为中国佛教文学之一员。

隋唐五代佛教全盛，各类佛教灵应事迹有增无减。唐临《冥报记》、道宣《集神州三宝感通录》《道宣律师感通录》及道世《法苑珠林》的感应缘等，均集录不少此类作品。

今存敦煌写本中有七八十件唐五代灵应故事写本。其中有中原传去的，也有敦煌本地的；有见存于后世佛教史传、类书的，也不乏为现存诸书所未载的。就内容而言，有持诵佛经而感应、有抄经造经而感应、有造塔而感应、有念佛而感应、有鸣钟而感应等。就主旨而言，有以还魂故事为主题，鼓吹抄写《普贤菩萨说此证明经》的感应故事《黄仕强传》；有宣扬抄造《金光明经》的《忏悔灭罪金光明经传》等。就形式而言，有多则抄撮一起的集录，有抄录单则零篇的，也有断简残篇而仅存单则的。

如《持诵金刚经灵验功德记》（P.2094、日本羽 184）为专持一经而卷子较长的一种灵验记集，内容计收录十九则南朝梁以及隋唐各代僧俗人士持诵、抄录《金刚经》的灵验事迹。旨在以具体生动的见证经验，来劝诱大众书写、受持、读诵、为人解说《金刚经》。此卷是具有小说雏形的作品，可视为广义的小说。

《金光明经冥报验传记》，全称《忏悔灭罪金光明经传》，或称《忏悔灭罪金光明经冥报传》《金光明经冥报验传记》或省称《金光明经传》，是敦煌灵验记篇幅最长，写本最多的。内容记述张居道因杀生被带往冥府，冥使示之以忏悔法——《金光明经》四卷。张居道因发愿，使牲畜得生善道，因而得以复活。还魂后，不复杀生，并努力抄写《金光明经》，同时大力劝化世人忏悔戒杀、抄写《金光明经》的故事。敦煌本此一灵应故事皆冠于《金光明经》卷首，系专为鼓吹《金光明经》而编的灵应故事。故事内容虽或涉荒诞，然情节动人且深富文学特性。就写作方法而论，此类文献当属志怪小说之流。今所知见有三十多件敦煌写本，同时还有西夏文本，回鹘文本，据此亦可想见其流行之广远。至于其他敦煌灵验记，可详见第三章。

二、文

周绍良《敦煌文学刍议》说："敦煌遗书中经常可以看到叫作'××文'的作品，有的是为某一现实目的而发，有的是在法会或讲经时使用的。其名目繁多，篇数亦复不少。"并简述了《善惠雪山修道文》(S.3052)、《燃灯文》(S.1442)、《患难月文》(S.1442)，此外还列举了许多佛门信徒撰写的各类文，如《建佛堂门楼文》(P.2857)、《于阗宰相礼佛文》(P.2815)、《写经功德文》(S.6229)、《回向文》(S.4084)、《设斋文》(P.2769、P.2974)等，以为均可从文学角度进行探讨[①]。

按：佛教的文，有礼忏文与愿文两种。礼忏文又称"忏文"，是表达礼佛忏悔的言语。礼忏文是佛教徒在日常修道时所用的一种文体，也就是记载了请佛、叹佛、礼拜、忏悔、劝请、随喜、回向、发愿等仪式的文书。

现存敦煌写本中，以"礼忏"或"礼忏文"名篇的也不少。例如，题为"礼忏文"的有 B.8308；题为"礼忏"的有 S.5651、S.5562；题为"寅朝礼忏"的有 B.8317、P.2692、P.2991、P.3842、S.1084、S.1473V、S.5562；题为"寅朝礼忏文"的有 P.2692、S.59；题为"黄昏礼忏"的有 P.2692、P.2991、S.5490、S.5620；题为"黄昏六时礼忏"的有 S.4293；题为"十二光礼忏文"的有 P.2722、S.2659V 等等。这些都是研究隋唐五代佛教仪式文学珍贵的第一手资料。

关于敦煌礼忏文的研究，向来甚受日本学者关注，其中有关三阶教礼忏文之研究，较早有矢吹庆辉，他在《三阶教之研究》中，曾立专章

---

① 周绍良《敦煌文学刍议初稿》，《社会科学》(甘肃) 1 期，1988 年 1 月，第 100—111 页；后收入《绍良文集》下册，北京：北京古籍出版社，2005 年，第 1714—1765 页。

校录敦煌写本《七阶礼忏》[①]，并对七阶礼忏的名义、经典依据等问题提出相当珍贵的论证。其后，井ノロ泰淳《敦煌本“礼忏文”について》[②]，广川尧敏《敦煌出土七阶佛名经について——三阶教と净土教との交涉》[③]，则有进一步对七阶礼忏的研究多所接续与开展，广泛地罗列了许多不同种类的敦煌礼忏文，对后人的继续研究提供不少的方便。有关净土礼忏文研究，先有松阴了谛《敦煌出土善导礼赞偈に就いて》[④]，之后广川尧敏发表《敦煌出土善导〈往生礼赞〉古写本について》[⑤]，并撰有《礼赞》[⑥]一文，将礼忏、礼赞文类归为五大类，分别是从佛名经抄出的佛名忏悔文，以及三阶教、弥勒教、净土教、禅宗等四个宗派的行仪文等做出系统的介绍。有关禅宗礼忏文的研究，从柳田圣山对禅宗文献《传法宝纪》的研究[⑦]，开启了学术界对于《金刚五礼》《大通和尚七礼文》的重视，同时把这两件礼忏文视为禅宗的礼忏文。其后，川崎ミチコ也承袭了这种看法。[⑧]有关《佛名经》的忏悔文研究，有井ノロ泰淳在《敦煌本“佛名经”の诸系统》[⑨]一文中就《大佛略忏》的

---

① 矢吹庆辉《三阶教之研究》，东京：岩波书店，1927 年，第 512—536 页。

② 井ノロ泰淳《敦煌本“礼忏文”について》，收入岩井博士古稀纪念事业会：《岩井博士古稀纪念论文集》，同事业会编、刊，1963 年，第 80—89 页。

③ 广川尧敏《敦煌出土七阶佛名经について——三阶教と净土教との交涉》，《宗教研究》251，1982 年 3 月，第 71—105 页。

④ 松阴了谛《敦煌出土善导礼赞偈に就いて》，《龙谷大学论丛》297，1931 年，第 16—36 页。

⑤ 广川尧敏《敦煌出土善导〈往生礼赞〉古写本について》，《善导大师の思想とその影响：小沢教授颂寿纪念》，东京：大东出版社，1977 年。

⑥ 收入牧田谛亮、福井文雅编《讲座敦煌 7·敦煌と中国佛教》，东京：大东出版社，1984 年，第 425—470 页。

⑦ 柳田圣山《传法宝记与其作者——围绕伯希和 3559 号文书的北宗系研究资料的札记 1》，《禅学研究》53，1963 年，第 45—71 页。

⑧ 川崎ミチコ《礼赞文·塔文》，收入筱原寿雄、田中良昭编《讲座敦煌 8·敦煌佛典と禅》，东京：大东出版社，1980 年，第 307—316 页。

⑨ 井ノロ泰淳《敦煌本“佛名经”の诸系统》，《东方学报》（京都）35，1964 年 3 月，第 397—437 页。

部分写本进行解说，并且指出它与《慈悲水忏法》的文字相同，同时也阐述了《大佛略忏》的组织内容，为后人的继续研究提供了良好的基础。

由于敦煌写本分藏世界各地，早期对于敦煌写本的研究也比较难以掌握全面性的资料，因此学术界对于敦煌佛教礼忏文献的整理，只有少数几篇的校录，对于各类礼忏文的内容、形式、构成与时代等相关问题，则有待进一步地研究。

晚近对敦煌礼忏文展开系统而深入的研究，则推汪娟的《敦煌礼忏文研究》①，此书针对《法身礼》《十二光礼》《七阶礼》《金刚五礼》《上生礼》《赞礼地藏菩萨忏悔发愿法》等礼忏文，分别就礼忏文的名称结构、仪式程序、经典依据及缮写时代等问题进行了探讨，同时也对书中所收礼忏文献的结构与特色作了整体的研究。此外，汪娟尚有《从敦煌写本〈十二光礼〉看礼忏文的构造与变化》《敦煌本〈大佛略忏〉在佛教忏悔文中的地位》《跋〈上生礼〉及其相关写卷二篇》《历代地藏忏仪析论》《敦煌写本〈观音礼〉初探》等相关论文。②可供参考。

祈愿文又称“愿文”，是向佛菩萨表达祈求发愿的言语。敦煌写本中，这类作品数量可观，如燃灯文、行像文、行城文、转经文、安伞文、斋琬文等。黄征、吴伟从271个卷号的敦煌文献中辑录编校了《敦煌愿文集》，提供此类作品广泛而丰富的材料。并揭示敦煌愿文对宗教学、文学、史学、民俗学、语言学及文体学等方面之研究价值。

---

① 汪娟《敦煌礼忏文研究》，台北：法鼓文化，1998年。

② 汪娟《从敦煌写本〈十二光礼〉看礼忏文的构造与变化》，铭传大学应用中文系“学理与应用研讨会”，1996年4月；《敦煌本〈大佛略忏〉在佛教忏悔文中的地位》，收入项楚主编《敦煌文学论集》，四川人民出版社，1997年，第388—402页；《跋〈上生礼〉及其相关写卷二篇》，铭传大学应用中文系“定期学术研讨会”，1999年4月；《历代地藏忏仪析论》，《佛学研究中心学报》4期，1999年3月，第169—207页；《敦煌写本〈观音礼〉初探》，《吴其昱先生八秩华诞敦煌学特刊》，台北：文津出版社，2000年，第307—338页。

敦煌愿文的研究，陈祚龙在1975年曾对法藏《斋琬文》进行校订①，1979年梅弘理（Paul Magnin）对《天台智者大师发愿文》②有所研究；饶宗颐则对《东都发愿文》③有所探讨，之后有关《斋琬文》的论题成为学界讨论的热点④。1995年，黄征、吴伟校录编印了《敦煌愿文集》，汇集了大量的愿文数据，敦煌愿文才真正受到学界的重视，开始针对“愿文”的名义、起源与内涵，结构与类型，乃至“愿文”与“斋文”“礼忏文”等的关系，展开热烈地探讨，敦煌愿文研究一时蔚然成风，甚至影响到日本、韩国等东亚愿文的研究，或发为篇章，或撰写硕博论文，成果丰硕，颇为可观。

不过《敦煌愿文集》所收录的所谓“愿文”，范围甚广，几乎将所有法会佛事文书都包括在内。《敦煌愿文集》“前言”中明言：“我们认为以祈愿禳灾为主要内容的文章都是愿文，但真正用“愿文”二字作为篇名的文章却并不多。”而主张文书的标题以愿文或有“愿”字出现的固然是愿文，愿斋文纳入。标题中无愿字的文书，参照类似文书的内容也纳入愿文之类。以此类推，行城文、布萨文、燃灯文、临圹文、儿郎伟等也都可以归入愿文类。⑤

黄征将各类佛事文书视为愿文，主要基于此类文书内容具有祈愿禳灾的文字。对此学界有着不同的看法，如郝春文便以为敦煌文献中的愿

① 陈祚龙《新校重订〈斋琬文〉》，《海潮音》56卷8期，1975年8月，第18—21页；后收入《敦煌学海探珠》，台北：台湾商务印书馆，1979年，第322—332页。

② 梅弘理（Paul Magnin）《敦煌学论文集》（一），巴黎：1979年。

③ 饶宗颐《〈东都发愿文〉研究》，《敦煌学论文集》（三），巴黎：1984年。

④ 梅弘理著，耿升译《根据P.2547写本对《斋琬文》的复原和断代》，《敦煌研究》1990年2期，第50—55页；王书庆《敦煌文献中的“斋琬文”》，《敦煌研究》1997年1期，第141—147页；张广达《“叹佛”与“叹斋”——关于敦煌文书中的〈斋琬文〉的几个问题》，《庆祝邓广铭教授九十华诞论文集》，北京大学出版社，1997年，第60—73页；王三庆《敦煌本斋琬文一本研究》，《第三届中国唐代文化学术研讨会论文集》，台北：中国唐代学会，1997年，第17—68页。

⑤ 见黄征、吴伟《敦煌愿文集》“前言”，长沙：岳麓书社，1995年，第3—5页。

文，必须以有原来的体裁为依据，主张愿文是各种斋文中的一种，应该包括在斋文之中，不能与斋文并列，更不能涵盖斋文。①

湛如在讨论斋文与愿文之关系时以为：研究这一类佛事文书的性质和所属时，最重要的是应从文书的具体应用场所去定位，其次从文书的内容构成进行分析。根据上述的两条原则对斋文与愿文的关系，结合文书次第论述。同时也注意到敦煌文书中的发愿文、愿文、愿斋文，与佛事应用文之间既有联系又有区别。因而主张愿文的内容有设斋的部分，斋文与愿文两者并非等同。广义的愿文应归为功德文书。②

学界对于"愿文"名义与范畴的看法至今仍然颇有分歧。愿文的内容广泛，除儒释道三教并行外，宗教与世俗也皆有使用。敦煌佛教文学中的愿文，指的是敦煌文献中属于佛教消灾祈福活动中所使用的祈愿文。对于敦煌愿文从文学视角来加以关注的，主要是汪泛舟。1993年出版的《敦煌文学概论》一书，他所承担撰写的第十六章《寺庙文学作品》中说：

> 发（还）愿与祈愿（祷、安）文，这类作品，一般略称为愿文。其中，有传自外地的，有产自敦煌本土的，共有约140个写卷。③

又说：

> 敦煌发愿文作品中，既有600字以上之稍长者，又有仅50字

---

① 郝春文《关于敦煌写本斋文的几个问题》，《首都师范大学学报》1996年2期，第64—71页。

② 湛如《敦煌佛教律仪制度研究》，《第八章　敦煌的斋文斋会法会辨析》，北京：中华书局，2003年，第323页。

③ 颜廷亮主编《敦煌文学概论》，兰州：甘肃人民出版社，1993年，第558页。

> 左右的短篇，既有散体，又有诗体。不过，尽管篇幅长短不一，体制有别，却都是用于发愿或祈愿的，大都具有文学特点。……在谋篇上都有赞佛、明愿两层。

近年也有采用广义的愿文概念，将敦煌佛教愿文分为佛教礼仪愿文、佛教修持愿文、佛教祈福禳灾愿文、佛教丧葬愿文、综合类愿文等[①]。在此谨以散文体且原卷题有“愿文”“发愿文”的作品为主，也就是属狭义的佛教愿文。如P.2189《东都发愿文》、P.3183《天台智者发愿文》、S.4318《尸陀林发愿文》、S.522《消灭交念往生发愿文》、S.3427《结坛散食发愿文》等。其中，时代最早且有作者具名的是P.2189《东都发愿文》。此卷首残尾完，后有题记作：

> 大统三年五月一日中京广平王大觉寺涅槃法师睿智供养《东都发愿文》一卷，仰奉明王殿下，在州施化斋于友称之世，流润与姬文同等，十方众生同含生同于上愿。

从题记所述可知此篇愿文为梁武帝萧衍所撰，今《全梁文》不载，当属萧衍之佚文。其内容主要以忏悔、发愿两部分交叉成文，以忏悔、仰愿、又愿为其中心部分。其文：

> ……如诸佛菩萨所知所见，弟子萧衍罪恶数量多少，今日于十方尽虚空界一切诸天前，于十方尽虚空界一切法仙前，于十方尽虚空界一切聪明正直善神前，又于十方不可说、不可说无边幽显、广大众中，至诚发露、惭愧忏悔。愿诸罪恶□□□□□□□□障，皆得清静。又愿从今以来□□□□□□□□世，……又愿从今以去，至乎

① 陈晓红《论敦煌佛教愿文类型及其文学性》，西北师范大学硕士论文，2003年。

道场，生生世世，舍命以后，若为死魔所覆，忘失本心。仰愿慈悲，普垂觉悟，另忆本愿，中不忘失。宿命智力，常得现前。又愿凡诞生处，若值欲恶，及悟本誓，不起染心。……

在忏悔之后，则为发愿。忏悔即清净、清净则庄严，由此仰赖诸圣加持，完成所愿成就。文中有关“又愿”“仰愿”的字样出现频仍。仰愿是对诸佛等的祈求加持，使“又愿”的内容得以实现。在发愿文中亦有将所作功德进行回向发愿，如此在发愿与回向的对象与结果时，发愿文的内容较广，这也是发愿文的另一特点。

三、语录

“语录”，是佛教文学散文类的表率，是一种由“口语体写成的对话录”，[①]是禅师对弟子的说法以及师徒间问答的纪录，可说是最接近真实谈论佛法彼刻的文学载体。胡适之《白话文学史》中提到：

六朝以下，律师宣律，禅师谈禅，都倾向白话的讲说；到禅宗大师的白话语录出来，散文文学遂开一生面了。[②]

禅宗语录的内容主要是记载、辑录中国佛教禅宗历代禅师法语的书籍。大都为禅师口语，由亲随左右的门弟子笔录编集而成。

禅宗虽然自初祖达摩开始因重视《楞伽经》而有“离言说相”的特点；二祖慧可、三祖僧灿也都并不游心文字，而是“不出文记”；六祖慧能以下，“不假文字”以成祖训。然六祖以《坛经》传世，之后，历代禅师法语心得，便成启示弟子之筌筏，南宗一枝独秀后，丛林制度日

① 参考加地哲定《中国佛教文学》，刘卫星译，高雄：佛光出版社，1993 年，第 320 页。

② 胡适《白话文学史》，台北：胡适纪念馆，1969 年，第 180 页。

趋完备。基于此类文学大都为禅师口语，由亲随左右的门弟子笔录编集而成，举凡师徒传法心要、参悟验证、方便施化，诸方学士参学所得，并互相问答、诘难、辩论、参究等，均详作记述。因此在许多禅宗大寺，方丈下设有书记，专司记录禅师言行，如此更使“语录”作品遽增，成为唐宋时期禅宗发展下的新兴佛教文学体裁，且属中国佛教文学散文类的突出作品，其成就在中国散文史上颇值得注意。

过去大家注意的是传世的《祖堂集》《景德传灯录》《五灯会元》等一类禅籍及其中所录的语录。敦煌文献的发现，其中保存有相当多的禅宗语录，提供了唐代早期丰富的语录数据，尤其敦煌地处西北，未受唐武宗会昌法难之影响，特别提供了南宗一枝独秀前北宗禅学的珍贵材料，最受称道。

今敦煌文献中保存的禅宗语录主要有菩提达摩《二入四行论》的写本，计有 S.2715《论一卷》、S.3375v《达摩论》、P.2923《禅师语录》、P.3018《禅宗部禅师语录》、P.4634v《二入四行论》、P.4795《二入四行论》、北图 8374（宿 99）、S.1880v《达摩论一卷》八个写本。智颚《澄心论》有 S.2669vd、S.2558、S.4064b、P.3434a、P.3777d、龙谷大学藏 122 等写本。道信《入道安心要方便法门》收在 S.2054《楞伽师资记一卷》、S.4272《达摩传》、P.3294《楞伽师资记》、P.3436《楞伽师资记一卷》、P.3537《楞伽师资记残卷》、P.3703《楞伽师资记一卷》、P.4564《楞伽师资记并序》等七个写卷中。弘忍《蕲州忍和尚导凡趣圣悟解脱宗修心要论》有 S.2669vg、S.3558b、S.4064c、P.3434b、P.3559b、P.3777e、北 BD00204（北图 8391、宇 40）、龙谷大学图书馆藏本等八个写本。以及藏于日本奈良药师寺，故桥本凝胤氏所藏的敦煌本《达摩禅师论》。

北宗禅语录的部分有 P.3559e 稠禅师《大乘心行论》、S.2595《观心论一卷》、P.3559b《导凡圣悟解脱宗修心要论》、S.1494《卧轮禅师看心法》。南宗禅语录有 S.5619《无心论一卷》、P.3047a《南阳和尚问答杂征义》、S.5475《南宗顿教最上大乘摩诃般若波罗蜜经六祖惠能大师于韶州大梵寺施法坛经一卷戒弘法弟子法海记》（即敦煌本《六祖坛经》）、P.2045b《南阳和上顿教解脱禅门直了性坛语》（后称《神会语录》）、P.4638 沩山灵佑禅师《大沩警策》。敦煌卷子中有六个《绝观论》语录写本，除北图 8384（闰 84）、石井光雄藏本外，另有 P.2045《三藏法师菩提达摩绝观论》、P.2074《绝观论》、P.2732《入理缘门一卷》尾题《缘观论》、P.2885《达摩和尚绝观论一卷》等四写本。S.2583vd、S.2669vc、S.6958、龙谷大学图书馆藏本《南天竺国菩提达摩禅师观门》。P.2162、S.4286 沙门大照集释的《大乘开心显性顿悟真宗论》。P.3922b《顿悟真宗要决》。

关于敦煌禅语录的研究，自敦煌文献发现以来即颇受学界关注，特别是日本佛学界投入大批的人力进行整理研究，成果丰硕。田中良昭《敦煌新出ペリオ本楞伽师资记二种について——特に浄觉序の首欠を补ら》[①]与《付法藏因缘传と禅の传灯——敦煌资料数种を中心として》[②]，胡适《神会和尚语录的第三个敦煌写本〈南阳和尚杂征议：刘澄集〉》[③]与《胡适校敦煌写本神会和尚遗集》，[④]铃木贞太郎《敦煌出土（荷泽）神会（禅师语）录·附解说》，[⑤]铃木哲雄《〈神会和尚五更转〉

① 田中良昭《敦煌新出ペリオ本楞伽师资记二种について——特に浄觉序の首欠を补ら》，《宗学研究》4，1962 年。

② 田中良昭《付法藏因缘传と禅の传灯——敦煌资料数种を中心として》，《印度学佛教学研究》10 卷 1 期，1962 年，第 243—246 页。

③ 胡适《神会和尚语录的第三个敦煌写本〈南阳和尚杂征议：刘澄集〉》，《史语所集刊外编》4 上，1960 年 7 月，第 1—31 页。

④ 胡适《胡适校敦煌写本神会和尚遗集》，台北：胡适纪念馆，1982 年。

⑤ 铃木贞太郎《敦煌出土（荷泽）神会（禅师语）录·附解说》，东京：森江书店，1934 年。

试论（一）》[①]《荷泽神会より坛经に于ける五更转颂の背景》[②]与《荷泽神会における五更转颂の背景》。[③]

田中良昭早在四十年前便有《敦煌禅宗资料分类目录初稿》的整理[④]，提供敦煌禅宗文献数据方便的研究信息；近年更与程正合作，在《初稿》的基础上网罗近四十年来研究成果与新公布之敦煌文献资料，为编撰最新的《敦煌禅宗资料分类目录》[⑤]提供了更为完备的参考数据。其个人研究成果则结集有《敦煌禅宗文献の研究》[⑥]是重要的参考。

柳田圣山《语录の历史——禅文献の成立史的研究》[⑦]长达四五百页的长篇，可说是一部前所未有的禅宗语录专著。书中除对语录的定

---

① 铃木哲雄《〈神会和尚五更转〉试论（一）》，《驹泽大学佛教学研究会年报》2，1968年，第49—56页。

② 铃木哲雄《荷泽神会より坛经に于ける五更转颂の背景》，《驹泽大学佛教学研究会年报》3，1969年，第17—23页。

③ 铃木哲雄《荷泽神会における五更转颂の背景》，《爱知大学论丛》（一般教育研究）17卷4期：4，1969年2月，第1—7页。

④ 田中良昭《敦煌禅宗资料分类目录初稿：I传灯·嗣承论》，《驹泽大学佛教学部研究纪要》27，1969年3月，第1—17页；《敦煌禅宗资料分类目录初稿：Ⅱ禅法·修道论（I）》，《驹泽大学佛教学部研究纪要》29，1971年3月，第1—18页；《敦煌禅宗资料分类目录初稿；Ⅱ禅法·修道论（2）》，《驹泽大学佛教学部研究纪要》32，1974年3月，第30—49页；《敦煌禅宗资料分类目录初稿；Ⅱ禅法·修道论（3）》，《驹泽大学佛教学部研究纪要》34，1976年3月，第1—24页。

⑤ 田中良昭、程正《敦煌禅宗资料分类目录I传灯类》，《驹泽大学禅研究所年报》20，2008年12月，第13—43页；《敦煌禅宗资料分类目录Ⅱ语录类（I）》，《驹泽大学禅研究所年报》21，2009年12月，第37—61页；《敦煌禅宗资料分类目录Ⅱ语录类（2）》，《驹泽大学禅研究所年报》22，2010年12月，第1—35页；《敦煌禅宗资料分类目录Ⅱ语录类（3）》，《驹泽大学禅研究所年报》23，2011年12月，第15—37页；《敦煌禅宗资料分类目录Ⅱ语录类（4）》，《驹泽大学佛教学部论集》42，2011年10月，第1—24页。

⑥ 田中良昭《敦煌禅宗文献の研究》，东京：大东出版社，1983年；《敦煌禅宗文献の研究》第2，东京：大东出版社，2009年。

⑦ 柳田圣山《语录の历史——禅文献の成立史的研究》，《东方学报》57，1985年3月，第211—663页；后收入《柳田圣山集第2卷——禅文献の研究上》，京都：法藏馆，2001年，第3—540页。

义、时代加以探究外，并对诸本语录进行全面论述，敦煌禅文献中的语录更是其重点之所在。

尽管大家都说语录是禅宗祖师主要的言教，是中国佛教特有的文学体类，是中国散文史上独具特色的成就，特点是文辞贴近口语、通俗、自然，要言不烦，多非长篇大论；对当代和以后的文坛造成了相当广泛、深刻的影响。虽然论述众多，成果丰硕，然皆为禅宗史与禅学思想之研究。至于被视为禅宗独特文学表现之一的语录，似乎极少就文学的视角进行论述与探讨。

四、疏

中国传统文学中的疏，是臣子进奏帝王之文，所谓“陈情为表，陈事为疏”。疏的内容旨在向君主陈述个人意见，因受文对象为君主，故其文辞多典雅华贵。敦煌佛教文学中有关佛事的疏，数量不少，多半是供神佛道场之用，主要在向佛、菩萨表白，以示恭敬之意。

敦煌佛教文学中疏的种类众多，如布施疏（S.3565《曹元忠夫妇等人布施疏》、S.4470V《乾宁二年三月十日归义军节度使张承奉、副使李弘愿布施疏》）、回向疏（如 S.1181《长兴二年曹议金施舍回向疏》、P.2704《后唐长兴四年曹议金回向疏》、P.4046《后晋天福七年十一月二十二日归义军节度使曹元深舍施回向疏》）、礼佛疏（如 P.2692《天福五年三月归义军节度留后使检校司空曹礼佛疏》、P.2704《曹议金礼佛疏》、P.2732《曹大王礼佛疏》、P.3576《曹延禄礼佛疏》）等，虽是佛事，一般写得比较严肃、虔诚，行文也讲究文采，有四六文之特色，颇具文学气息。

五、牒

牒原为官方文书的一种名称，在敦煌文书中有数百件之多，其中有不少佛教寺院所使用关涉佛事的牒，行文讲究炼句，颇具文采。今存有中原传入敦煌的牒，如S.529《定州开源寺僧文牒》，更多是敦煌当地佛教寺院的牒，如《释门法律庆深牒》（S.3876），另外还有大量的戒牒，如S.6246《天兴十二年南阎浮提大宝于阗国匝摩寺八关戒牒》、S.532《乾德二年五月二十三日沙洲三界寺授张氏五戒牒》、S.4482《大宋国沙州灵图寺授菩萨戒牒》等。此类因属寺院应用文书，大都格式化，多套语。

有关研究主要有幻生《见于敦煌卷子的古代戒牒问题》[1]、湛如《敦煌菩萨戒仪与菩萨戒牒之研究》[2]、王书庆《敦煌文献中五代宋初戒牒研究》[3]等。

① 幻生《见于敦煌卷子的古代戒牒问题》,《菩提树》316期，1979年3月，第16页，第21—27页。

② 湛如《敦煌菩萨戒仪与菩萨戒牒之研究》,《敦煌研究》1997年2期，第74—85页。

③ 王书庆《敦煌文献中五代宋初戒牒研究》,《敦煌研究》1997年3期，第33—42页。

第三节
讲唱体类

以中国文学的立场来看，敦煌文献的发现，最重要的当推讲唱变文。由于敦煌变文确实是传世文献所未见，关系着中国讲唱文学与佛教传播通俗化的发展，它的发现是中国文学史上的大事。因此，当敦煌变文公之于世，立即引起中外学者的瞩目，纷纷根据写本撰写序跋、转写校录，变文的整理与研究是敦煌文学起步最早的研究。百年来，变文研究更成为中国文学研究的重要课题，变文的名义、起源、体制及其与佛教关系的探究，最热烈、成果最丰硕。论文、专著，据初步统计约有1368篇[①]。本丛书中有专著论述，此仅简述，不予深论。

从敦煌佛教文学论，讲唱变文可说是最具特色且最受瞩目的新兴文体。据1957年王重民等编《敦煌变文集》所辑录的78种作品中，除了史传变文、故事赋、话本、词文、小说外，属于佛教文学的主要有讲经文及讲释迦、佛教故事、押座文等四类。然押座文乃佛教俗讲变文讲唱前震慑座下听众专心听讲的吟词，属于俗讲变文的构件部分，不当独立为一文类。其中“讲经文”在形式上需引据佛经词句进行说解与讲唱；而讲释迦和佛教故事的“变文”则不需引据佛经；故一般将之分为“讲

① 据朱凤玉、郑阿财合编《1909—2009敦煌变文论著目录》（初稿）。

经文”与“变文”两类。

实际上，潘重规1979年撰写了《敦煌变文新论》[①]一文，文中举出《大唐大慈恩寺三藏法师传》卷九有“报恩经变一部”的记载，作为俗讲经文可以称作变文的重要证据。先生说：

> 《大唐大慈恩寺三藏法师传》卷九云：
>
> (显庆元年十二月五日）其日，法师又重庆佛光王满月，并进法服等，奏曰：辄敢进金字般若心经一卷并函，报恩经变一部。

据此，玄奘公元六五六年献给唐高宗的般若心经一卷，是心经原本；而报恩经独称为“报恩经变一部”，当然不是报恩经原本，而应该是报恩经的俗讲经文，可见讲经文是可以称为变文的。

潘先生又根据俄藏敦煌写本Φ96《双恩记》残卷写本的情况，说明俄藏这个敦煌写本《双恩记》就是报恩经变文。Φ96写卷现存三卷，计684行，其中第1行题“双恩记第三”，第238行题“双恩记第七”，第460行卷末题“佛报恩经第七”。第461行题“报恩经第十一”，第684行卷末题“佛报恩经第十一”。此外，写卷内容第129行有“说报恩经于此处”，第166行有“于佛会之中听说报恩经典”，第213行有“知佛欲说大报恩经”，第216行有“闻说报恩演畅”，先生据此推论说：

> 可见变文是根据“佛报恩经”来讲唱，而由讲唱写成的变文，则题有正式的专名为“双恩记”。故就其所本则为“佛报恩经”，就其讲唱之变文则名为双恩记。便是最明白的证据。由此看来，俗讲

① 见潘重规《敦煌变文新论》，《幼狮月刊》49卷1期，1979年1月，第18—41页。

经文不但可以称为变文，而且还有别立专名的变文。玄奘的报恩经变是否即双恩记，不得而知；但双恩记是报恩经变的一种，则无问题。

根据这事实，变文正和变相一样，它都是因描写佛经的故事而得名的。有了玄奘呈献的报恩经变，无论是玄奘自撰的讲经文，亦或是玄奘以前的旧作，这都证明了唐显庆元年（公元六五六年）以前，已有称呼俗讲经文为变文的。而且也可以说，变文这一名称的开始，便是指的俗讲经文，这是变文的源头，然后可以看清楚它的流变。

潘先生这一提法可说是敦煌变文研究一个重大且关键的论点，解决了自郑振铎、王重民以来等主张讲经文是最早变文的说法一直陷于苦无具体证据的僵局，提出了既明确且时代又早的重要证据，“讲经文是变文”的说法，至此可说得到了证明。

1989年美国梅维恒（Victor H. Mair）《*T'ang Transformation Texts: A Study of the Buddhist Contribution to the Rise of Vernacular Fiction and Drama in China*》①一书，第六章“转变存在的证据”中，以一千多字的篇幅，针对作为“讲经文”称“变文”的关键证据《大慈恩寺三藏法师传》卷九“报恩经变”加以否定。以为现存最早写本是日本奈良南都兴福寺的写本，抄写年代为1021年。这个现存最早的写本文中无“变”字，因此认定当作“报恩经一部”。言下之意，高丽本等其他后来的本子作“报恩经变一部”，其中“变”字当系后人所增添。并以为

① Victor H. Mair：*"T'ang Transformation Texts: A Study of the Buddhist Contribution to the Rise of Vernacular Fiction and Drama in China"*, published by the Council on East Asian Studies, Harvard University, 1989；中译本：杨继东、陈引驰译《唐代变文——佛教对中国白话小说戏剧兴起的贡献之研究》，香港：中国佛教文化出版有限公司，1999年。

即使假定《大慈恩寺三藏法师传》的原本实有“变”字，“某某经变一部”的表述法极不寻常，仍存在一些问题。

由于梅氏此书对中西方变文研究有相当的影响，此一辩驳与质疑关系着讲经文与变文的关系，影响变文发展史的论述至巨。我曾撰《敦煌讲经文是否为变文争议之平议》[①]一文，据宇都宫清吉《大唐大慈恩寺三藏法师传及考异》[②]，详细检核兴福寺本所有异文、缺文现象，并分从“兴福寺本《慈恩传》‘报恩经变’‘变’字的有无”“报恩经变一部”“‘部’字量词的用法”“‘报恩经变一部’献给唐高宗合适否”进行论述，并参酌抄写年代早于兴福寺本的知恩院藏本与小泉策太郎氏旧藏本，作为各本均作“报恩经变一部”的佐证。去年更于日本觅得兴福寺本照片[③]，明白确认兴福寺本在“经”字下“一”字右侧补写有一“变”字，字迹与原写本相同，当系抄者漏抄，发现后所补。其写本照片如左：

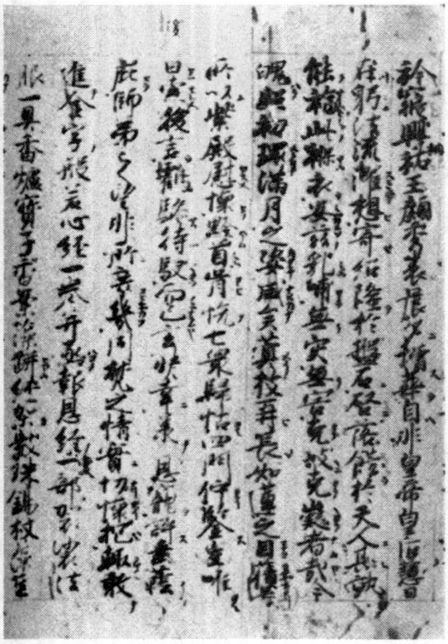

兴福寺本图

综合论之，可以确定《大唐大慈恩寺三藏法师传》卷九载玄奘献给唐高宗除了《般若心经》一卷外，确实也进献了“《报恩经变》一部”。这记载既证成了“讲经文是变文”的说法，也说明了讲唱《报恩经》题材的讲经文又称《双恩记》，且在七世纪中叶时，已被人们称为变文，并为帝王所接受。

讲唱体文献，是敦煌文学鲜明而特殊的文

① 《百年敦煌文献整理研究国际学术讨论会论文集》，中国，杭州：中国敦煌吐鲁番学会、浙江省社会科学界联合会主办，2010 年 4 月。后收入《郑阿财敦煌佛教文献与文学研究：当代敦煌学者自选集》，上海：上海古籍出版社，2011 年。

② 宇都宫清吉《大唐大慈恩寺三藏法师传及考异·索引》，京都：朋友书店，1979 年。

③ 筑岛裕《兴福寺本大慈恩寺三藏法师传古点の国语学的研究》译文篇，东京都：东京大学出版会，1966 年。

体，也是中国文学分类上的新兴文体，与韵文、散文鼎足而三。讲唱体的形式特征便是韵散夹杂，也就是指散文与韵文交互表现的文章形式；散文用来宣讲与叙述故事情节，以古文、骈文或赋体等方式呈现；韵文用以咏唱，以七言为较普遍的形式，也有五、六言等韵句，用韵有时一韵到底，也可反复转韵，有时韵文以较精要的方式复诵散文内容，以加深阅听者的印象，有时韵文与散文合为作品的整体，韵文也兼具有推进故事情节的作用，不再重复散文的叙述；在散韵结合的基本形式上又有一定的自由灵活度。

敦煌佛教文学中的讲唱文学，基本上包括了讲释佛经的“讲经文”变文与讲唱佛家故事的“变文”。兹分别略述如下：

一、讲经文

讲经文是变文中最初的形式。它的产生时期在变文中为最早，并与佛经文本密切相关，内容是先引据经文，而后进行讲唱与解说，其间穿插故事，使之通俗化，既说且唱，用以吸引听众。它的仪式是讲前有押座文；次唱经题名目；唱经题毕，用白话解释题目，叫开题；开题后摘诵经文，故开头往往标示有“经云”“经曰”等套语；之后一白一歌，又说又唱地进行，唱词末尾常运用“××唱将来”等套语；反复讲唱形式直至讲完为止。其讲经的形式与方法乃将讲经分为“序分”“正宗”“流通”三个部分，如S.6551《佛说阿弥陀经讲经文》：“将释此经，且分三段，初乃序分，次则正宗，后乃流通，一句一偈。”P.3808《长兴四年中兴殿应圣节讲经文》开篇以几句颂圣语和两首七言唱词开始，类似押座文，接着开赞、祝祷、说庄严：

经　皇帝万岁

从此开赞，大乘所生功德，谨奉上严尊号帝皇陛下。伏愿圣枝万叶，圣祷千春；等渤澥之深沈，并须弥之坚固。奉为 念佛写卷此处注“经”“念佛”等处，应是实际讲唱时由都讲诵出经文并提示其念佛处。接着唱经题名目并逐字加以解释：

> 适来都讲所唱经题，云仁王护国般若波罗蜜多经序品第一者：仁者，五常之首；王者，万国之尊；护者，圣贤垂休；国者，华夷通贯；般若即圆明智惠；波罗蜜多即超渡爱河；经者显示真宗。此即略明题目。……

以散文解释经题后又以韵文唱词复诵，唱词末尾云：“未审此经何处说，甚人闻法唱将来”，“××唱将来”即是催经的套语，故在催经后写本注一“经”字，即在实际讲唱时必须于“经”字处诵出原经文，引出经文后再进行说解：

> 将释此经，大科三段：第一，序分；第二，正宗；第三，流通。三分之中，且讲序分。……

解说后又复以唱词：

> 大觉牟尼化有缘，亲宣护国向灵山；
> 万千徒众闻金偈，十六君王礼玉颜。
> 智惠宝舡希共上，菩提花树愿同攀；……

而后散韵相间，又说又唱，直到经文一一讲完为止。这篇讲经文仅讲唱了经题和《序品》的三句，但已大致可看出讲经文的基本形式与体制，即必须先引据所要解释的经文，其后以散文讲说、韵文咏唱的方式阐释经文，使经文通俗化，达到向俗众说解的目的。今敦煌文献中存有的讲经文计有：

《长兴四年中兴殿应圣节讲经文》P.3808。

《金刚般若波罗蜜经讲经文》P.2133。

《佛说阿弥陀经讲经文》P.2931、P.2955、P.3210、P2122、BD09541（殷62）、BD07883（北图8735、制字83）、S.6551V等。

《妙法莲华经讲经文》P.2305、P.2133、BD07849（北图6204、制49）、俄藏Φ365、Φ365V以及日本羽153V等六件。

《维摩诘经讲经文》S.4571、S.3872、P.2122、P.2292、P.3079、BD05394（北图8435、光94）、BD15245（北京新1445）、罗振玉旧藏、俄藏Φ101、俄藏Φ252、Дx684。

《佛说观弥勒菩萨上生兜率天经讲经文》P.3093。

《父母恩重经讲经文》P.2418、BD06412（北图8672、河12）。

《双恩记》（《佛报恩经讲经文》）俄藏Φ96号。

《盂兰盆经讲经文》台北中央图书馆32。

其中最重要的一篇是P.3808《长兴四年中兴殿应圣节讲经文》。此篇为今存敦煌写卷原题有"讲经文"且首尾完整的讲经文。从首题可知此为后唐明宗生日长兴四年九月九日应圣节时，百僚于敬爱寺设斋，召缁黄之众于中兴殿讲论，此篇即为当时俗讲之话本。刘铭恕曾考定此篇讲经者为"圆鉴大师云辩"①。

本篇讲经文以讲唱《仁王护国般若波罗蜜多经·序品第一》为主，同时规劝皇帝修如来妙法，并为之歌功颂德。内容严格按照讲经形式，大科三分：第一序分，第二正宗，第三流通的科判程序。全文除卷首"开赞"外，主要讲释"序分"部分，演绎"信、时、教主、处所、听众"等五种成就。并将讲经与颂圣结合，以为帝王降诞之讲唱。因此内容也兼带宣讲皇帝应先诫六官、尝念农夫、修德修人、去奢示俭，然后才能国泰民安，恩泽四海，圣人长寿等等。行文多骈俪及用典。为敦煌讲经

① 刘铭恕《敦煌遗书丛识》，收入杭州大学古籍研究所等合编《敦煌语言文学论文集》，杭州：浙江古籍出版社，1988年，第43—55页。

变文文学层次较高之作品。

另外，俄藏Φ96《佛报恩经讲经文》又称《双恩记》，也是脍炙人口且关系讲经变文发展的重要作品。

此篇为一长卷，原卷首题“双恩记第三”尾题“佛报恩经第十一”，现存第三卷、第七卷、第十一卷。第三卷所引经文，出自《大方便佛报恩经·序品第一》，第七卷、第十一卷则出自《佛报恩经·恶友品第六》。此变文的文体是讲经文，形式是引述经文，加以解说，继之则以韵文反复咏唱。

潘师重规曾据《大唐大慈恩寺三藏法师传》卷九有“报恩经变一部”的记载，以为此“报恩经变一部”，指的便是报恩经的俗讲经文，可见讲经文是可以称为变文的。并根据俄藏Φ96《双恩记》残卷写本的情况，说明俄藏这个敦煌写本《双恩记》就是报恩经变文，也就是佛报恩经讲经文[①]。

《佛报恩经讲经文》形式上多以散体叙说，有时也使用骈体文，借以加强感情色彩和铺叙的形象化。其中诗体部分往往连用两首以上的七言诗，表现出格律工整的倾向。在整个讲唱过程，作者还善于把散体、骈体和诗体有机地结合起来，既能适应讲经文的形式变化，也便于听众的理解，是讲经文日趋成熟的标志。

此外，敦煌讲经文中写本较多，文学性较高的则属《维摩诘经讲经文》。这篇讲经文系据鸠摩罗什所译的《维摩诘所说经》加以演绎讲唱。今存敦煌写本九件残卷，分别取材于《佛国品》《方便品》《菩萨品》《问疾品》，虽为引据经文的讲经文，但讲唱者或作者在讲唱经文时，颇多脱离经文极力演述故事，具有曲折起伏，韵味隽永的文学性。

讲经文主要表现形式在讲唱之前，先引经文一则，然后依经文加以虚构敷衍、铺陈排比。唯P.2122残卷，全是唱词，并无说白。唱词分两

---

① 参见潘重规《敦煌变文新论》，《幼狮月刊》49卷1期，1979年1月，第18—41页。

部分，前半无标题，隐括本经《佛国品》，后半标题《方便品》，隐括本经《方便品》大意。与 S.4571、S.3872 写本《维摩诘经讲经文》体裁不同，无一般讲经文对都讲提示之套语，亦无安排经文之段落。

有关敦煌讲经变文的整理本，自 1954 年周绍良《敦煌变文汇录》[①]开始展开大规模汇集校录，之后陆续有王重民、向达、启功、王庆菽、刘修业、曾毅公等 6 人合编的《敦煌变文集》[②]；潘重规《敦煌变文集新书》[③]；黄征、张涌泉《敦煌变文集校注》[④]，提供便于阅读及据以研究的完备文本。

二、讲唱佛家故事的变文

讲唱变文的发展，从最早引据经文，逐段、逐句解说讲唱的讲经文；进一步地开展为不唱经文，随意选择经文中的故事，经短的便全讲，经长的便摘取其中最热闹的一段讲。在正讲前也还要唱出经题，所以这一种也仍是讲经的一体，照例也题作变文，称之为讲唱佛教故事的变文。其体制上可见遗留有许多讲经文的痕迹，如押座文的沿用、回向发愿、念佛、开释经题、解座文等[⑤]；依其内容可分为演述佛经中有关佛陀故事的佛传类变文以及演述佛经中有关佛弟子故事的佛教故事变文。

1. 演述佛陀故事的佛传类变文

讲唱释迦牟尼太子故事的佛传类变文，主要是讲太子出家成道和破魔降魔的故事，如：

《太子成道经》P.2999、P.2924、P.2299、BD06780（北图 8436、潜

---

① 周绍良《敦煌变文汇录》，上海：上海出版社，1954 年。

② 王重民等编《敦煌变文集》，北京：人民出版社，1957 年。

③ 潘重规《敦煌变文集新书》，台北：中国文化大学中文研究所敦煌学研究会，1984 年。

④ 黄征、张涌泉《敦煌变文集校注》，北京：中华书局，1997 年。

⑤ 参见陆永峰《敦煌变文研究》，成都：巴蜀书社，2000 年，第 207—212 页。

字 80）、S.2682V、S.548V、 S.2352V、S.4626。

《悉达太子修道因缘》S.3711V、S.5892、龙谷大学藏本。

《太子成道吟词》P.2440。

《太子成道变文》P.3496、S.4480、S.4128、S.4633、S.3096、Дх1228、Дх285a、日本羽 675。

《须大拿太子变文》：BD08006（北图 8531、字 6）、Дх.285、Дх.2150、Дх.2167、Дх.2960、Дх.3020、Дх.3123。

《八相变》BD03024（北图 8437、云 24）、BD08191（北图 8438、乃 91）、BD04040（北图 8671、丽 40）、日本宁乐美术馆藏、日本羽 708。

《破魔变》P.2187、S.3491、Дх409、Дх410、Дх5802、Дх5853、Дх6043、Дх10731、Дх11139。

《降魔变》S.4398、S.5511、罗振玉旧藏、P.4524V、P.4615。

《难陀出家缘起》P.2324。

《只园图记》P.2344、P.4615。

这类变文内容相近，主要叙述释迦牟尼生前到成道的故事，在叙述时有部分作品连遣词造句都有相近之处，例如《太子成道经》与《悉达太子修道因缘》不仅情节相似，语句上也有许多相似之处，《太子成道经》云：

> 是时净饭大王，为宫中无太子，忧闷寻常不乐。或于一日，作一梦，梦见双陆频输者，明日即问大臣是何意旨。大臣答曰："陛下梦见双陆频输者，为宫中无太子，所以频输。"大王问臣，如何求得太子？

《悉达太子修道因缘》此段情节描述文字大体相同，只在少数字词上有差异，"是时"作"尔时"，"一日"后加"之中"，省略了"者""明白""旨"，"陛下"前加"即是"，"问"前加"又"等，文字的相似度高，连别字也皆将“忧闷”作“优闷”。在净饭王夫妇祀神发愿时的韵文“拨棹乘船过大池，尽情歌舞乐神祇”等用字亦高度相似，可见两者间的关系密切。两篇变文的情节上，只在结尾部分有所差异，《太子成道经》在火坑验真后，耶输母子终往雪山修道，得证正觉；《悉达太子修道因缘》则谓佛来殿前细说前世因缘，于是罗睺认父皈依，成阿罗汉，在体制上两者同样以韵散夹杂的形式进行讲唱。

另外，《八相变》与《太子成道经》的故事情节也相类似，皆先叙述释迦牟尼历经百世百劫之事，说明其“于过去无量世时，百千万劫，多生波罗奈国 ”后，方展开故事，以韵散交错的形式讲唱释迦牟尼出生、成道等事，文字运用相似，如：《太子成道经》云：“眼暗都缘不弁色，耳聋高语不闻声；欲行三里二里时，虽是四回五回歇”，《八相变》只有“闇”字写为“暗”其余皆同；《太子成道经》云：“国王之位大尊高，煞鬼临头无处逃；死相之身皆若此，还漂苦海浪滔滔”，《八相变》只有“头”字写为“终”，“之身”作“来侵”其余皆同，可见此三篇变文作品为同一系列的佛传变文。

《破魔变》则在太子成道的故事中独挑出成道之际降伏魔王魔女的情节，以押座文开赞，继以祈愿文疏，接着用韵散夹杂的方式讲唱佛降魔的故事，终有解座文；在体制上保留着一些讲经文的痕迹。《降魔变》题材出自《贤愚经》卷十的《须达起精舍品第四十一》，先以骈文开赞，然后开题、解释经题，转而叙述“只园布施”“劳度叉斗圣”的故事。两篇变文虽内容不同，但都在太子成道过程的一系列佛经故事中，挑出精彩的“降魔”主题，分别敷衍成情节曲折，具精彩降魔斗法场面的故事，进行讲唱以吸引阅听大众。另外，两者在叙事时骈偶句法皆运用圆熟，如《破魔变》：

魔王闻说斯计，欢喜非常。库内绫罗，任奴妆束，

侧抽蝉鬓，
斜插凤钗，

身挂绮罗，
臂缠璎珞。

东邻美女，实是不如；
南国娉人，灼然不及。

玉貌似雪，徒夸洛浦之容；
朱脸如花，谩说巫山之貌。

行风行雨。
倾国倾城。

人漂五色之衣，
日照三珠之服。

仙娥从后，持宝盖以后随；
织女引前，扇香风而塞路。

召六宫彩女，发在左边；
命一国夫人，分居右面。

可见变文在以散文叙述魔女的美貌及装扮时，营造出四、六工整的骈俪句法，用词夸饰华丽，讲求形式上的美感，所使用的是当时流行的骈偶文。《降魔变》也将骈偶句法运用在描述园林景象上：

去城不近不远，显望当途，忽见一园，竹木非常蓊蔚，

三春九夏，物色芳鲜；
冬际秋初，残花翁郁。

草青青而吐绿，
花照灼而开红，

千种池亭，
万般果药，

香芬芬而扑鼻，
鸟噪咶而和鸣。

树动扬三宝之名，
神钟震息苦之响。

祥鸾瑞凤，争呈锦羽之晖；
玉女仙童，竞奏长生之乐。

同样可见将骈偶句法运用在讲唱文学的散文叙述上，句法排列整齐骈俪。骈文在唐代是颇为流行的文体，变文也受到时代风尚的影响，骈偶化的成分，有可能是为了配合演出时的听众身份；《破魔变》有“伏惟我府主仆射”“小僧愿讲经功德，更祝仆射万万年”等语，有可能是在归义军节度使府第中讲唱，骈偶文的运用可使内容更显华贵，以配合听众身份。此外，降魔、破魔等故事情节及表现手法，已开后世《西游记》等神魔战争小说的先河。

2. 演述佛弟子故事的佛教故事变文

除了讲唱佛陀出生至成道过程的佛传变文外，讲唱文学中还有讲唱佛弟子等佛家故事的变文，主要有：

《大目乾连冥间救母变文并图一卷并序》S.2614、S.3704、P.2249、P.2319、P.3485、P.3107、P.4044、P.4988、BD00876（北图 7707 V、盈 76V）、BD04085（北图 8445、丽 85）、BD03789（北图 8443、霜 89）、石谷风藏卷。

《目连变文》BD02496（北图 8444、成 96）。

《目连救母变文》BD04108（北图 8719、水 8）。

《目连缘起》P.2193。

《地狱变文》BD08333（北图 8439、衣 33）。

《频婆娑罗王后宫绥女功德意供养塔生天因缘变》S.3491、P.3051、P.2187。

《欢喜国王缘》P.3375、上海市文物保管委员会藏。

《丑女缘起》S.4511、P.3048、S.2114、P.3592、P.2945V。

其中最受关注的是根据《佛说盂兰盆经》演绎的《大目乾连冥间救母变文》《目连变文》《目连救母变文》等目连系列作品，此类作品写本留存较多，可见是当时颇受欢迎的讲唱类作品，《大目乾连冥间救母变文并图一卷并序》更是所有变文中抄本最多者，可见当时流传广泛。目连是释迦牟尼的弟子，其母死后堕入地狱，目连因此入地狱救母，最终借十方众僧之力助母解脱；情节中有大量地狱酷刑的描述，传达出孝道的思想。此类作品为韵散相兼的讲唱体，故事内容与后世的目连故事、戏曲有所传衍，传到日本后亦受重视，因而产生了目连尊者绘、饿鬼草纸等作品，因此也受到研究者较多的重视，早期如青木正儿、仓石武四郎、矢吹庆辉等皆对目连变文有所关注。①

金文京也指出《大目乾连冥间救母变文》在体制上的特殊之处，除了散韵交错的讲唱体基本特征外，此篇变文在散文讲说时，同时运用了“散文体”“骈体”与“赋体”，认为这种例子在变文作品中几乎绝无仅有，这种体制对于中国说唱文学的文体架构是有参考价值的，如诸宫调《董西厢》的散文部分也参用了三种文体，这三种文体与韵文间互相轻重消长的比例，是说唱文学演变为小说过程中的重要因素之一。②

在写卷书写的体制上，荒见泰史《从新数据来探讨目连变文的演变及其用途——以上图 068、北京 8719、北京 7707V 文书为中心》指出 BD00876（北图 7707 V、盈 76V）写本在一段一段的文字记载间留有大段相等的空白空间，文字书写部分均有乌栏线，空白空间则无，这种预留空间的写卷形式，类似于有图有文的《佛说阎罗王授记四众预修生七往生净土经》（P.2003、P.2870、S.3961），足可证明预留下的空白处是为了图像所留，目连变文原来是带有图像的，用途应为伴图讲唱。③另外，《盂兰盆经讲经文》是讲唱同一题材的“讲经文”作品。

《频婆娑罗王后宫綵女功德意供养塔生天因缘变》是“因缘”与“变”同时标示于题目中的作品，在敦煌文学作品中，“缘起”或称“因缘”“缘”，其体制与变文相同，也都是不引经文、韵散兼行；其结构类似于《破魔变》，两者以几乎完全相同的押座文起首，并在押座文开赞后继以发愿文，而后才进入本文，并以韵散相间的体裁讲唱，结尾

① 青木正儿《敦煌遗书〈目连缘起〉〈大目乾连冥间救母变文〉及〈降魔变文〉に就いて》，《支那学》4 卷 3 号，1927 年；仓石武四郎《目连变文绍介の后に》，《支那学》4 卷 3 号，1927 年；矢吹庆辉《大目乾连冥间救母变文并序一卷》，《鸣沙余韵》解说，1930 年。

② 参见金文京《敦煌变文の文体》，《东方学报》京都第 72 册，2000 年，第 243—265 页。

③ 参见荒见泰史《从新资料来探讨目连变文的演变及其用途——以上图 068、北京 8719、北京 7707V 文书为中心》，收入《敦煌讲唱文学写本研究·第二章》，北京：中华书局，2010 年，第 39—89 页。

则有解座文，这说明“因缘”与“变文”在体制上并无不同；《丑女缘起》在文末也自言“丑变”，可见名称上亦可互通。

在因缘类作品中，《欢喜国王缘》的体制上有较特殊之处，其开篇用“仅案藏经说”五个字起始，直接说明其故事源于佛经，唱词又标明有“吟”“侧”“断”“吟断”等指示性用语，也和讲经文相似，虽然没有援引经书，但从体制上可知其与经文有密切的关联。

以上这些演述佛教故事的变文，主要是从《佛本行经》《贤愚经》《杂宝藏经》《撰集百缘经》中，有关佛本行、本生、因缘、譬喻等记载的佛传及佛教故事加以演绎的。而其讲唱形式依旧继承俗讲经文韵散夹杂，有说有唱。这类变文与讲经文的区别，是以佛经故事为主，不必像讲经文一样引据佛经原文，逐句讲释，而是完全脱离讲经文的拘束，直接演述故事。因此，在内容上可自由发挥丰富的想象力而极尽渲染与夸饰之能事，在艺术手法成就上往往比讲经文高。

第三章

敦煌佛教文学的功能分类

“佛教文学”的本质是文学，所以从“文学”为主体的视角出发来看“佛教文学”的分类，自然跟其他文学分类一样，首先关注的是文学的形式，因此也就会以文学体裁的分类为其首要的观察；然而“佛教文学”毕竟是“佛教”与“文学”的结合体，在关注文学本质的分类外，以“佛教”特性为焦点的分类方式也是值得关注的一个面向。

佛教这个世界性的古老宗教，信仰、崇拜、修行、传道与弘法是其主体，文学在宗教中所扮演的角色是依附在活动，作为活动过程中的表现。也就是颂赞教主、庄严道场、体悟修道、弘法布道的工具；换言之，佛教文学是佛教徒借文学为媒介以遂行教义、教法传播的文学。正因如此，所以对于“佛教文学”的分类，我们除了从“文学”视角出发的体裁分类外，从“佛教”的视角出发进行分类，也确实有其必要性。

日本泽田瑞穗在《佛教と中国文学》一书的题记中，论及佛教文学与中国文学的关系说：“在创作上，佛教文学确实属于中国文学之领域。来自绝对皈依信仰的宗教文学，带有于古代汉文学所见不到的特质。”[1]同时还强调佛教文学是以自我信仰心作源泉，指向某个方向宣流

---

① 泽田瑞穗《佛教と中国文学》，东京：国书刊行会，1975 年。

而出；并将佛教文学分作对佛法僧三宝赞颂的“赞颂文学”；专注于自我心灵层面时所产生的“自证文学”；以及指向于不特定多数对象弘法的“唱导文学”等三类。此一分法的提出，不论从佛教或文学的立场来看，均有其一定的意义。

以下谨根据敦煌佛教文学的实际情形，参考前贤的见解，尝试从文学在宗教中所呈现的“功能”性出发，将敦煌佛教文学分为以赞颂佛教内容为主的“赞颂文学”；以释徒自身修道、证道经验为主的“自证文学”；及以形式、内容作为传教弘法之用的“弘传文学”三类。略述如下。

第一节
赞颂文学

赞颂是印度古代社会生活礼仪中一种隆重的礼敬形式。梁僧佑(445—518）撰《出三藏记集》卷十四《鸠摩罗什传第一》，记载了鸠摩罗什与僧睿谈论西方辞体，并比较中外辞体异同时说：

> 天竺国俗甚重文藻，其宫商体韵，以入弦为善。凡觐国王，必有赞德；见佛之仪，以歌叹为贵。经中偈颂，皆其式也。[①]

可见古代印度，十分重视歌咏、赞叹，并常常作为歌赞礼敬之仪式，用于正式隆重的场合，并被视为古印度的礼制，“以入弦为善”，“以歌叹为贵”。产生于古印度的佛教，也继承了此一传统，在原始佛典中即有大量的偈颂歌赞，便是礼佛、颂佛的唱辞。唐义净在《南海寄归内法传》中也说：“然而西国礼敬，盛传赞叹。但有才人，莫不于所敬之尊而为称说。”印度佛教文学中赞颂（Stotra、Stava、Stuti）始终占其一席之地。深浦正文《佛教文学概论》将佛教文学体裁分为譬喻、本生、佛传、理想、赞颂等十种，山田龙城《梵语佛典导论》将原始佛教

---

① 梁僧佑撰《出三藏记集》卷十四，北京：中华书局，1995 年，第 534 页。

的典籍，分为五大类，后三类即为譬喻文学、佛传文学、赞颂文学。郭良鋆《梵语佛教文学概述》一文，提及与文学较为密切的梵文佛教文献有传记类、譬喻类、赞颂类以及马鸣的诗歌和戏剧。

佛教文献中将赞美佛菩萨及祖师等功德伟业之韵文章句称为赞或赞颂。有关之梵语有 stava，stotra，stuti，等，音译戍怛罗。印度自古即有赞歌，如出于富兰那（梵 Purqza）文学等有关毗湿奴（梵 Vilzu）、湿婆（梵 liva）等之赞歌，其旨趣与佛教相类似。

对佛陀之赞歌最早见于大事（梵 Mahqvastu），早期佛教经典中以偈颂赞叹佛德者也很多见。

赞歌成为独立之典籍者，见于汉译之梵文经典，有马鸣所作之佛本行赞、揵椎梵赞、及佛三身赞、普贤菩萨行愿赞、七佛赞呗伽陀、赞扬多罗菩萨一百八名赞等。

印度之制，“以入弦为善”，“以歌叹为贵”，并常常作为歌赞礼敬之仪式，用于重要正规的场合。同时也指出佛经中大量的偈颂歌赞，便是礼佛、颂佛的唱辞。义净译《根本说一切有部毗奈耶药事》卷五，记载了赞国王的情形：“时都末罗即诣摩羯陀国韦提希子未生怨王所，到已便用吉祥赞颂，而赞其王，退住一面。”由上述可知，在印度国俗中，偈颂的内容是以“赞德”为主，并且可入弦歌唱。佛教徒运用偈颂来赞佛，逐渐发展成为一种专门文体的赞颂诗。

赞颂文学是赞颂佛法僧三宝的文学，包括皈依顶礼三宝，颂扬其威德之时，颂扬佛德之赞叹歌曲；歌咏佛法甚深微妙之诗文；传达高僧作为。净土法门中尤多此类作品。

“赞颂文学”最早可推至南北朝时期汉译佛经中的“赞叹”“赞颂”与“偈赞”等形式。“赞颂”文体盖源于印度当地对于有德者的赞叹习俗，后来延伸进入佛经中，成为一种特殊的赞扬佛德、佛境等圣洁意境的文体。中国汉译佛经中“赞颂”的形式早期为五言、七言与散文，后来演变为整齐的四言形式，这种形式的转变可能受到中国史传文学中

“赞”的影响。

敦煌佛教文学中的赞颂文学是佛教传入中国之后，随着佛教盛行而兴起的作品，是属于偏向世俗化的赞颂文学。大体来说，佛教歌赞的特色是“迂回而不迫切，歌词亦反复而成联章，而音声则多齐和而成妙音，且必合奏管弦而带有音乐曲调。”[①]以一种贴近世俗的角度，劝人赞佛诵经、宣扬佛教，以达浸世化俗的目的，故“散华乐”“好住娘”“归去来”等，不仅仅是佛曲歌赞，更是当时民间所流行的乐曲。因此，从敦煌出土丰富的佛教赞颂文学，不仅可以了解佛教宣教的精神，亦可窥见当时民间广为传唱而流行的乐音曲调。

敦煌佛教文学中，对佛、法、僧三宝进行赞颂的文学作品，其内容主题包括了赞佛成道、赞佛子出家、赞西方净土或佛教圣地、赞颂佛典等方面。其中赞佛成道的，如 S.2204《太子赞》、S.5487a《悉达太子赞一本》、S.6537v《太子修道赞文》、P.2924v《太子赞》、P.3065《太子入山修道赞》、P.3817《太子入山修道赞》、P.3061“太子入山修道赞之开端”、P.3645va《萨唾太子赞》、P.3817《太子入山修道赞一本〉、P.4017《太子赞》、S.0126《太子赞》、P.3645v《悉达太子赞》、S.4654v《悉达太子赞》、S.6537v《悉达太子赞》、BD07676（北图 8441、皇 76v）与 BD06780（北图 8436、潜 80）《悉达太子赞》等。从赞颂太子的文章内容可知，歌颂佛陀除了本生故事外，还包括佛陀生平之事迹，例如诞生、出家、苦行、降魔等，这些作品在赞颂佛陀的同时，也成为另类的佛陀生平传记。

赞佛子出家的，如 S.1947a《辞道场赞》、S.1947b《送师赞》、S.4634vb《辞阿娘赞》、S.5572c《出家赞一本》、S.5572d《辞道场赞》、S.5572f《向山赞》、S.5892《辞娘赞文》、S.6923vh《出家赞》、S.5722

① 郑阿财《敦煌孝道文学研究》，中国文化大学中文研究所博士论文，1982 年，第 528 页。

《辞道场赞》、P.3011《儿出家赞一本》、P.3120a《送师赞》、S.6631vg《辞父母赞文一本》、S.5539c《出家赞》。赞佛子出家的内容，多是赞颂出家人的修道生活、觉悟心境等方面，以歌颂修道者的生活与心境，赞扬、鼓励信徒及早觉悟并皈依佛教。

赞西方净土的，如S.2579《西方净土赞》、S.6109《大乘净土赞一本》、P.2483a《归极乐去赞》、P.2483b《兰若赞》、P.2483c《阿弥陀赞文》、P.2483e《往生极乐赞》、P.2483f《五台山赞文》、P.2483g《五台山赞文并序》、P.2483h《宝鸟赞》、P.2483l《大乘净土赞一本》、P.3373v《净土五会念佛观行仪卷下》残卷、P.4572b《归西方赞》、P.2130《净土乐赞》、P.3839《西方净土赞》、P.3645vb《大乘净土赞》、S.5569a《大乘净土赞一本》；赞佛教圣地的，如S.5473b《五台山赞》、S.5487b《五台山赞》、S.5456b《五台山赞》、S.5573a《五台山赞》、P.4608b《十空赞》、P.4608c《南宗赞》、P.4608v《五台山赞文》、P.3645ve《五台山赞文》、S.0373《诸山圣迹题咏诗丛抄赞》等。这类赞颂文章旨在赞颂宣扬佛教圣地，尤其是五台山。五台山是唐代时期的国际佛教圣山，不仅吸引中国佛教徒的朝拜，也让印度、朝鲜与日本等地的高僧欣羡向往，因此借由赞颂佛教圣地，彰显佛教圣景的光辉与荣盛，达到宣扬佛教的功能。

赞颂佛典的，有S.5464b《金刚经赞》、P.2039《金刚经赞》、P.2094与P.2721《开元皇帝赞金刚经》、S.4037与P.2104《赞念法华经僧》、P.3645c《金刚经赞文》、P.2094a《开元皇帝赞金刚经功德一卷》、P.2184《金刚般若经赞》、P.6923v《金刚经赞文》、P.3645《金刚经赞文》、Дx.00296《金刚经赞一本》、P.2277《金刚经赞》等。赞颂佛典主要是为了传播与弘扬佛教经典，因此赞颂佛典之赞文乃是借由赞文此一体裁，颂扬佛典的妙法，以达宣扬教义之功效。

此外，还有S.5581d与S.5689《佛母赞》、S.6631ve《香赞文》、S.5466《佛母赞》、S.5473a《佛母赞一本》等。赞扬高僧与居士的赞文，例如 S.6631vi《唐三藏赞》，S.0276v《佛图澄罗汉和尚赞》，S.276、S.6631v、P.2680 与 P.4597《罗什法师赞》，S.6631v、P.2680、P.3727《义净三藏法师赞》，P.2104v、S.4036《禅月大师赞念〈法华经〉僧》，S.1774v、P.3727、P.2680《寺门首立禅师颂》，S.0223 与 Дx .01563《赞六宅王坐化诗》等。还有礼赞文系统，如 S.2659、S.779《往生礼赞文》，S.1674“金刚五礼文”，S.4173《金刚五礼》，S.4579《金刚五礼文》，S.4712《金刚五礼》，P.3559《姚和上金刚五礼》，P.3645《金刚五礼文》，BD07329（北图 8373、鸟 29）《金刚五礼一本》等为“五礼文”系统。S.1494“大通和上七礼文”为七礼文。《第七祖大照和尚寂灭日斋赞文》则属于斋赞文。S.1635《泉州千佛新著诸祖师颂》是赞颂祖师的颂文，S.468《顿悟无生般若颂》是赞颂神会和尚的顿法。这些赞颂虽然与上述仪式用的赞颂有所差异，但是对应起印度赞颂文学的原始用法，却也颇值玩味。

关于佛教赞颂文学的研究，有上山大峻《敦煌出土〈净土法身赞〉について》，[①]陈祚龙《新校重订敦煌写本〈十空赞〉表隐》，[②]川崎ミチコ《佛母赞管见》，[③]杜斗城《敦煌所见〈五台山图〉与〈五台山赞〉》[④]与《关于敦煌本〈五台山赞〉与〈五台山曲子〉的创作时代问题》，[⑤]贺世哲《莫高窟第 192 窟〈发愿功德赞文〉重录及有关问题》，[⑥]入矢义高

---

① 上山大峻《敦煌出土〈净土法身赞〉について》，《真宗研究》21，1976 年 12 月，第 62—71 页。

② 陈祚龙《新校重订敦煌写本〈十空赞〉表隐》，收入《东洋文化论集：福井博士颂寿纪念》，东京：早稻田大学出版社，1969 年，第 18—318 页。

③ 川崎ミチコ《佛母赞管见》，《东洋学论丛》41，1988 年 3 月，第 119 页。

④ 杜斗城《敦煌所见〈五台山图〉与〈五台山赞〉》，收入郑炳林主编《敦煌吐鲁番文献研究》，兰州：兰州大学出版社，1995 年，第 391—401 页。

⑤ 杜斗城《关于敦煌本〈五台山赞〉与〈五台山曲子〉的创作时代问题》，《敦煌学辑刊》1987 年 1 期，第 50—55 页。

⑥ 贺世哲《莫高窟第 192 窟〈发愿功德赞文〉重录及有关问题》，《敦煌研究》1993 年 2 期，第 1—4 页。

《太子修道赞》[①]等篇都是关于“赞”的研究。关于法照和尚的佛赞研究，有佐藤哲英《法照和尚念佛赞の纸背文书について》、[②]《法照和尚念佛赞——文本并解说》[③]与《法照和尚佛赞について》，[④]郑阿财《佛曲偈赞在敦煌讲唱文学的运用》，[⑤]佐藤哲英《法照和尚念佛赞解说》[⑥]，施萍婷《法照与敦煌文学》[⑦]，程正《法照撰〈净土法身赞〉の依据文献について》[⑧]以及冢本善隆《唐中期的净土教——特に法照禅师の研究》，[⑨]这些研究包括了法照的著述、传记、主张的教义系统与法照对后来佛教的影响，特别突出的是净土五会念佛的文献研究。“颂”的相关研究则有李玉昆《敦煌遗书〈泉州千佛新著诸祖师颂〉研究》。[⑩]

---

① 入矢义高《太子修道赞》，《墨美》62，1937年。

② 佐藤哲英《法照和尚念佛赞の纸背文书について》，《佛教学研究》5，1951年6月，第71—72页。

③ 佐藤哲英《法照和尚念佛赞——文本并解说》，《龙大图书馆山内文库庆华丛书》，京都：京都庆华文化基金会，1951年。

④ 佐藤哲英《法照和尚佛赞について》（上），《佛教史学》3卷1期，1952年6月，第42—64页；《法照和尚佛赞について》（下），《佛教史学》3卷2期，1952年10月，第38—48页。

⑤ 郑阿财《佛曲偈赞在敦煌讲唱文学的运用》，《文学与宗教全国学术研讨会论文集》，台北：新文丰出版社，2003年，第635—665页。

⑥ 佐藤哲英《法照和尚念佛赞解说》，《西域文化研究》1卷，京都：法藏馆，1958年，第211页；第42—44页。

⑦ 施萍婷《法照与敦煌文学》，《社科纵横》1994年4期，1994年，第12—14页。

⑧ 程正《法照撰〈净土法身赞〉の依据文献について》，《印度学佛教学研究》53卷1号，2004年12月，第175—177页。

⑨ 冢本善隆《唐中期的净土教——特に法照禅师の研究》，《东方文化学院京都研究所研究报》第4册，第171—174页。

⑩ 李玉昆《敦煌遗书〈泉州千佛新著诸祖师颂〉研究》，《敦煌学辑刊》1995年1期，第29—35页。

第二节
自证文学

禅宗、净土宗是佛教中国化、世俗化最为成功，也是汉传佛教中最具独特性的两个宗派。在中国佛教文学中禅宗、净土的表现也最为突出而鲜明，特别是唐宋时期禅门弟子在修习过程中，专注于自我心灵所产生的证悟发为诗偈的文学作品，相当独特而丰富。这种将悟道解脱之历程与心境寓托于外界之万象，以比喻、象征的文学手法来表达，形成禅师的诗偈、赞颂；与禅师开悟之言行记录而成的语录、灯录等作品，均是中国佛教独特的禅门文学，此类文学就功能论可称之为“自证文学”。

禅宗的发展历程，众所周知，初期特别讲究内证，也就是极力主张“内证禅”，其方法是自我体认和师生间之参究；随着禅宗在中国的发展，历经晚唐、五代到北宋，禅宗的面貌产生了明显的改变，也就是由过去不立文字的“内证禅”，逐渐演变成不离文字的“文字禅”，其方法主要以文字、言语来解说禅法，这也就是一般所认知唐代禅学与宋代禅学的显著区别。

事实上，唐代禅门通过语言文字习禅、教禅；甚至透过语言文字衡量迷悟以及得道深浅的情形时有所见。历代祖师的传法偈，乃至六祖慧能“身是菩提树”更成脍炙人口的美谈。可见北宋时注重经由学习经典而达到认识转变的文字禅确立前，禅门已有各种文学形式的禅师偈颂、诗僧艺文用以表达修道体悟的文化现象。在敦煌文献未大量公布前，人们仅能从《景德传灯录》《五灯会元》等传世禅籍中捕捉一二，之后《祖堂集》的发现，此类作品更为大家所关注。今敦煌文献中保存着为数可观的禅宗发展过程中的修道偈、证道歌、传法偈等各类“自证文学”，更提供禅宗发展史上由“内证禅”过渡到“文字禅”渐进的历程与脉络，也丰富佛教自证文学的内容。

敦煌佛教自证文学文献，如S.2165a、S.5692c《亡名和尚绝学箴》，S.2054《息心铭》（收于《楞伽师资记一卷》中），P.4638b僧灿《信心铭》，P.2104vd、S.4037a《禅门秘要诀》。合抄于P.3591的洞山和尚《神剑歌》、青锉和尚《诫后学铭》、丹遐和尚《玩珠吟》。S.2165b《青峰山和上戒肉偈》、S.2165c《先洞山和上辞亲偈》、S.2165e《先青峰和上辞亲偈》；合抄于S.2165v的《思大祖坐禅铭》与《龙牙和上偈》。存于P.2104vd《永嘉证道歌》。S.5657、S.6631、P.4597、BD05441（北图8345、果41）的《卧轮禅师偈》与S.1494《卧轮禅师看心法》等。

关于自证文学的相关研究，有田中良昭《〈僧亡名息心铭〉と敦煌〈亡名和尚绝学箴〉》[①]与《敦煌本〈禅门秘要诀〉をめぐる诸问题》，[②]陈祚龙《新校重订敦煌古钞释亡名的〈绝学箴〉》，[③]徐俊《关于〈禅门秘要诀〉——敦煌释氏歌偈写本三种合校》[④]等。

至于禅僧的“修道偈”，包括了定格联章类的《五更转类》《十恩德类》《十二时类》《行路难类》《百岁篇类》等，这些以一定的篇章

---

① 田中良昭《〈僧亡名息心铭〉と敦煌本〈亡名和尚绝学箴〉》，《印度学佛教学研究》12卷1号，1964年1月，第275—278页。

② 田中良昭《敦煌本〈禅门秘要诀〉をめぐる诸问题》，《宗学研究》6，1964年4月，第73—78页。

③ 陈祚龙《新校重订敦煌古钞释亡名的〈绝学箴〉》，《海潮音》56卷1期，1975年1月，第19—21页。

④ 徐俊《关于〈禅门秘要诀〉——敦煌释氏歌偈写本三种合校》，收入《庆祝吴其昱先生八秩华诞敦煌学特刊》，台北：文津出版社，2000年，第221—242页。

数形成特殊书写形式，其中的自证篇章是颇具代表性的佛教文学。

象征着“禅门师徒之间佛心相承（以心传心）的‘传法偈’”①是一种独特的传法文学，亦属佛教文献中极具代表性的文学体裁，S.5475《南宗顿教最上大乘摩诃般若波罗蜜经六祖惠能大师于韶州大梵寺施法坛经一卷戒弘法弟子法海记》（即敦煌本《六祖坛经》）便是达摩祖师至六祖的传衣付法颂的授受记录，S.1635《泉州千佛新著诸祖师颂》是赞颂各代祖师的颂文，其中也含有数量颇多且内容丰富的传法诗偈。田中良昭《传法偈に关する敦煌新出资料二种とその关系》②一文便是讨论敦煌传法偈资料对于佛教传法的影响。石井修道《传法偈》③与《传法偈の成立の背景に关す当一考察》，④则是针对传法偈所出的研究成果。

① 参考田中良昭编《禅学研究入门》，东京：大东出版社，1994年。

② 田中良昭《传法偈に关する敦煌新出资料二种とその关系》，《宗学研究》3，1961年3月，第106—111页。

③ 石井修道《传法偈》，《讲座敦煌8·敦煌佛典と禅》，东京：大东出版社，1980年，第281—306页。

④ 石井修道《传法偈の成立の背景に关す当一考察》，《宗学研究》22，1980年3月，第199—205页。

第三节

弘传文学

弘传文学是指向不特定的多数对象进行弘法传教的文学，此类文学的功能与赞颂文学、自证文学，在中国的佛教传播过程迥然有别，不论禅、净土与其他法门，都不乏有此类作品的制作。这些被视为文学之前，大抵附在实际的法仪中被演出，所以还具有法仪文学的性格。其末流被许多下级之宗教者演出，遂与宗教以外之世俗的艺术与文艺起了交涉，比起赞颂文学、自证文学，其所关联的领域要广得多了。这是中国佛教文学研究极其特殊而有趣的议题之一。

佛教弘扬佛法，宣传教理，面对世俗大众为了发挥吸引听讲，达到宣传效益，每每透过文学的表现手法与形式来进行。佛教东传，初期的传播者主要是外来的高僧，他们传播的方式，凭借着记忆口诵经典，进而诉诸于文字。所以佛教初传，经典翻译乃首要之务。透过经典翻译的传播，信众有了凭借可以展开诵习。但经典教义严肃、佛理抽象，一般信众难以阅读，更难理解。为了广开教义宣扬与教法的弘传，便出现了注解、讲说与图像的展示。正因如此，佛教在中土遂快速发展。终使原本来自印度经由中亚入传的宗教信仰，建构出汉传佛教的庞大体系，使其成为世界佛教的主体。

隋唐五代，佛教在中国进入全盛时期。佛教的发展与传播也进入了由雅而俗的新阶段。大型法会诉诸语言声音的转经、诵经与说法、布道；民间村落法邑经幢镌刻等造经活动，诉诸于视觉的造像与绘制壁画等图像的传播，使各阶层与不同地域的信众，得以有缘接受。

因应这一阶段的传播对象，不论是识字而不便或无缘读经的信众，或不识字无法读经的信众，化俗法师透过语言，以讲唱经文或俗曲歌赞唱颂的方式来进行口头的传播。这些作为都遂行着佛教的中国化、世俗化，在宣唱佛理，开导众心的唱导活动中“杂序因缘、旁引譬喻”，使内容趋于故事化，形式讲唱文学化，逐渐地形成中国佛教独特的“唱导文学”。

一、敦煌唱导文学

“唱导”是佛教斋集法会时，僧侣采用浅近的说教形式来宣传教义、开导世俗信众崇奉佛教的传播手段。“唱导”在中国六朝以来已成汉传佛教重要而普及的弘传活动，只是传世典籍甚少载录，以致尽管六朝至隋唐广泛流行，然后世对其详情仍不甚明了。1900年敦煌藏经洞发现，大量的佛教讲唱文献重见天日，掀起了敦煌变文的研究风潮。有关变文的名义、起源、体制及其与佛教“唱导”“俗讲”的关系成为研究的焦点，在探索唐代俗讲渊源时，学者溯及六朝以来盛行的“唱导”，俗讲由唱导发展而来的说法几成学界公认。

向达探索敦煌变文的起源，发表《唐代俗讲考》的前后，日本佛教文学研究者筑土铃宽（1901—1947）提出了“唱导文艺”一词①；民俗学、国文学者折口信夫（1887—1953）则提出了“唱导文学”一词②，开启了日本民俗学、日本文学、佛教文学学者对“唱导”的热切研究与

① 筑土铃宽《唱导文艺としての百座法谈》，《文学》（讲座附录），1932年7月；收入《筑土铃宽著作集》第3卷，东京：せりか书房，1976年，第255—270页。

② 折口信夫《唱导文学序说として》，“日本文学讲座 第二卷”，东京：改造社，1934年，后收入《折口信夫全集》4，东京：中央公论社，1995年。

探讨，泽田瑞穗（1912—2001）便是深受启发的一位。他在1939年发表了《支那佛教唱导文学の生成》一篇长文[①]，一方面深受向达的影响，一方面继承折口信夫所提出的“唱导文学”术语与观念，分别从行乞、神异、祝愿、梵呗、讲经等，探讨播种期的唱导文学及寺院文艺唱歌与说话等基础样式，论述唐代俗讲与变文、变文与变相等佛教讲经演艺化，并从唐代变文、宋代说经溯流到诸宫调、弹词、鼓词、道情、宝卷等后期俗讲。

无论是中国的唱导或日本的唱导，其根本核心都在佛教的“唱导”，而且特别与汉传佛教中“唱导”活动的发展与内容关系密切。回顾有关“唱导”的研究，自向达《唐代俗讲考》以来论述颇多，或解释名义，或追溯源流，或考究制度，或论述其与俗讲变文之关系，不一而足。

“唱导”一词的使用，汉译佛典中早有所见，如东汉失译的《大方便佛报恩经》[②]、后秦鸠罗摩什（334—413）译《妙法莲华经》[③]及梁伽婆罗（459—524）译《阿育王经》[④]等，虽然如此，但我们似乎未能找到相应的梵语原文与解释。可见“唱导”一词当非印度原有，乃中土用语。然中土所谓“唱导”，其概念、内容则大抵渊源于印度。佛教东传，佛典汉译时多借汉语固有词汇进行翻译，对佛典中之演说、说法等因与

---

① 泽田瑞穗《支那佛教唱导文学の生成》，《智山学报》13卷、14卷，1939、1940年。修订后改题《唱导文学の生成》，收入《佛教と中国文学》一书，东京：国书刊行会，1975年，第1—66页。

②《大方便佛报恩经》卷1“序品”中有云：“有一梵志是六师徒党——其人聪辩，悉能通达四围陀典、历数算计、占相吉凶、阴阳改变，豫知人心。亦是大众唱导之师，多人瞻奉；执着邪论，为利养故，残灭正法，心怀嫉妒，毁佛法众。”（T03，no.0156，第0124 b25—29页）“尔时，大众中有十千菩萨，——菩萨，皆是大众唱导之师。”（第0125 a23—24页）

③《妙法莲华经》卷5“从地涌出品”：“是诸菩萨，闻释迦牟尼佛所说音声，从下发来。——菩萨皆是大众唱导之首。”（T09，no.0262，第0140 a03—05页）

④《阿育王经》卷3“供养菩提树因缘品”：“是时王子畏其父，故不敢发言。便举二指示唱导比丘。表其修福倍多其父。”（T50，no.2043，第0140c9—10页）

唱导同义，乃有以“唱导”一词作为译语。是故汉译佛典中所谓的“唱导”，与佛教传入中国后发展出来的“唱导”在意义上虽然相近似，但仍有所差异。

最早对“唱导”一词提出明确释义的是梁慧皎（497—554）。他在《高僧传》“唱导传论”上说：“唱导者，盖以宣唱佛法，开导众心也。”其释义盖以增字为训的训诂方式来进行，是中国古代常用释名以彰义的解释手法，其特色是言简而意赅。但这也给学界留下各自解读的空间。汉语词汇的涵义，每每随时代变迁而有所发展，其语意或扩大，或转移，或缩小；而作为一术语的出现，也往往在命名取义时有侧重，一名含多义的情况更是时有所见。后世释名，又因力求简明，时有所重，而难以周全，此盖学术之常例，如《易经》之“易”一名含三义：简易、变易、不易之说；《诗序》诠释六义之“风”则云：风，风也，教也；风以动之，教以化之。

从汉语文字学来考察，“唱导”的“唱”与“倡”属同源字。东汉许慎《说文解字》云：“唱，导。从口，昌声。”《段注》云：“古多以倡为之。”《广韵·漾韵》：“唱，发歌。”清朱骏声《说文通训定声》“倡”字下云：“唱，导也，从口昌声。……经传皆以倡为之。”

“导”，《说文解字》云：“导，引也。从寸，道声。”《玉篇·寸部》：“导，教也。”“唱”，原来有“领唱”之意，通“倡”字；“导”字有“领道”“引路”“引导”等的意思在里面。“唱导”是这两个字的联合词，意指“先导、带路”。

从词汇学的构词方式来看，“唱”与“导”是同义（近义）的并列式复合词。从词义学来看，古代有所谓的“浑言（统言）则同，析言则别”[①]，“唱”与“导”二字便是“统言不分，析言有别”。换言之，“唱导”成词中的“唱”与“导”笼统地说是同义词（近义词），都有引

① 训诂学中对于同义词释词时，经常使用“统言”“析言”的术语。统言又称浑言、通言、散言、散文；析言又称别言、对言、对文。

领、引导之意，但若仔细分析二者之间的区别，则是同中有异。“唱”在于彰显“宣唱”的特征，而“导”在于突出“开示”的特征。是“唱”既是带头引领，又是高声宣唱；“导”则既是启发引导，又是表达开示。

据《大方便佛报恩经》《妙法莲华经》《阿育王经》记载得知印度早期所谓唱导者，可以是“梵志”“菩萨”或“比丘”，而“唱导”活动也不限于“宣唱佛法”，因为六师徒党的梵志，也是大众唱导之师。且已有赞佛仪式的雏形[①]。至于印度佛教中所谓“唱导”活动的性质与具体内容，唐义净（635—713）《南海寄归内法传》记载于“那烂陀寺”所见当时寺院“唱导”活动的实际情形，系由导师来进行，内容有“巡行礼赞”“礼佛叹佛相好”等赞礼仪式，从晡时到日暮始完成。[②]由此可知，在印度寺院盛行的“唱导”活动，是运用“梵呗”以曲调诵经，赞咏、歌颂佛德。宋赞宁（919—1001）《大宋僧史略》以为唱导非出自中国，它有其印度之渊源，是耆宿大德应邀受供时，为斋主祈求

① 如《大方便佛报恩经》卷一云：“尔时，大众中有十千菩萨，——菩萨皆是大众唱导之师，即从座起，偏袒右肩，右膝着地，叉手合掌，而白佛言：‘惟愿世尊加威神力，令我等辈得往娑婆世界，亲近供养释迦牟尼如来，并欲听大方便佛报恩微妙经典。’”是佛陀宣说佛法前，由菩萨——唱导之师，先行赞佛仪式，从座起，偏袒右肩，右膝着地，双手合掌，再赞叹佛陀神力。

② 唐义净《南海寄归内法传》卷4记“赞咏之礼”：“至如那烂陀寺，……然此寺法，差一能唱导师，每至晡西，巡行礼赞。净人童子持杂香华，引前而去。院院悉过，殿殿皆礼。每礼拜时，高声赞叹，三颂五颂，响皆遍彻。迄乎日暮，方始言周。此唱导师恒受寺家别料供养。或复独对香台，则只坐而心赞。或翔临于梵宇，则众跪而高阐。然后十指布地，叩头三礼，斯乃西方承借礼敬之仪。而老病之流，任居小座，其赞佛者而旧已有，但为行之稍别，不与梵同。且如礼佛之时，云叹佛相好者，即合直声长赞，或十颂二十颂，斯即其法也。又如来等偈，元是赞佛。良以音韵稍长，意义难显。或可因斋静夜，大众凄然。令一能者，诵《一百五十赞》及《四百赞》，并余别赞，斯成佳也。”（唐义净原著《南海寄归内法传校注》，王邦维校注，北京：中华书局，1995年，第177页）

吉祥，以赞叹、宣唱的方式表达咒愿，乃表白的开始。[①]

佛教传入中国后，“唱导”活动既有继承印度的赞佛唱导，又有所发展与变化，且主要与斋会有关。东晋之后，“唱导”制度确立，六朝以来“唱导”活动普遍流行。南朝梁释慧皎（497—554）以为：唱导“虽于道为末，而悟俗可崇”，因此特于其所撰的《高僧传》中，为六朝以来以唱导闻名之高僧道照、昙颖等十余人立传，《唱导传》《经师传》更与译经、义解、神异、习禅、明律、遗身、诵经、兴福等八科并列，而为十大类。这不但凸显了六朝以来唱导活动盛行之事实，也说明唱导活动在佛教传播上具有重要的作用与贡献。

不但如此，慧皎更于《唱导传》末，专文对“唱导”进行论述，首开对“唱导”一词的定义，他除了释名以彰义外，还原始以表末，敷理以举统地对“唱导”做出系统性的说明，对唱导建构了完备的系统理论，此“唱导论”是后世研究者最常援引论述的根本文献。

> 论曰：唱导者，盖以宣唱法理，开导众心也。昔佛法初传，于时齐集，止宣唱佛名，依文致礼。至中宵疲极，事资启悟，乃别请宿德升座说法，或杂序因缘，或傍引譬喻。其后庐山释慧远。道业贞华，风才秀发。每至斋集，辄自升高座，躬为导首，先明三世因果，却辩一斋大意。后代传授遂成永则，故道照、昙颖等十有余人，并骈次相师，各擅名当世。[②]

开宗明义地以“唱导者，盖以宣唱法理，开导众心也”，进行了“唱导”一词的名义解释。其采用的解释方式，乃当时传统的训诂方式，

---

① 宋赞宁《大宋僧史略》：“唱导者始则西域，上座凡赴请，咒愿曰：二足常安，四足亦安，一切时中皆吉祥等，以悦可檀越之心也。舍利弗多辩才，曾作上座，赞导颇佳，白衣大欢喜，此为表白之椎轮。”

② 梁慧皎《高僧传》，汤用彤校注，北京：中华书局，1992 年，第 521 页。

即所谓的增字为训。此一诠释言简意赅，说明唱导活动的宗旨是透过宣“唱”法理的手段，来达到开“导”众心的目的。

根据慧皎《高僧传》《唱导传》及《唱导论》的记述，可见唱导活动主要出现在八关斋会、礼忏斋会、荐亡会等场合。其目的在“宣唱法理，开导众心”，而内容则是宣唱佛名、依文致礼、升座说法、明因果、辩斋意等。讲经职事包括法师、都讲、香火、维那和梵呗。在这些活动中所使用的文学，包括有：宣唱佛名时唱和佛、菩萨名的佛赞；受八关斋戒时使用的应用文、讲经说法相关的文本；穿插于讲经说法间“杂序因缘，傍引譬喻”的诸经缘喻因由以及辩斋意之相关文书，如咒愿、表白、庄严、回向、发愿等。今敦煌文献中所保存大量此类佛教唱导活动所使用的文书，唐道宣（596—667）《广弘明集》也收录了不少南北朝的忏悔文、发愿文、初夜文等一类“导文”，似可持与相互印证。唯这些唱导活动所使用的文书，各有体类，过去并无“唱导文学”之称，充其量只能说是“唱导”所使用的文书或文学。

近年来日本荒见泰史在长期研究敦煌讲唱文学文献的基础上[①]，更尝试以“唱导文学”概念来进行敦煌文学的研究，希望能由此探索出一条新的研究路径。他先后发表了《敦煌的唱导文学文献——以〈佛说诸经杂缘喻因由记〉为中心探讨》[②]《敦煌的唱导数据及其分类方法》[③]等论文，以为：“历史悠久的中国佛教上‘唱导’一词应该不只为六朝时期所特有，而且唐朝以后也有很多用例，加上考虑到在日本学术研究上

① 荒见泰史《敦煌讲唱文学写本研究》，北京：中华书局，2010年；《敦煌变文写本的研究》，北京：中华书局，2010年。

② 荒见泰史《敦煌的唱导文学文献——以〈佛说诸经杂缘喻因由记〉为中心探讨》，此论文2009年11月13日于成都：四川大学中国俗文化研究所主办的“第三届中国俗文化国际学术研讨会暨项楚教授七十华诞学术讨论会”发表，收入《项楚先生欣开八秩颂寿文集》，北京：中华书局，2012年，第48—61页。

③ 2010年4月10—13日于杭州：浙江大学文献研究所主办的“百年敦煌文献整理研究国际学术讨论会”发表。

'唱导文学'一词是常用术语这一事实，那么，用'唱导文学'来称谓敦煌的一些文献，笔者以为是很顺理成章的。"[①]虽然如此，他仍自觉地对用"唱导文学"概念来囊括演变成敦煌讲唱文学之前的那些周边资料，恐有"师出有名"的质疑。因此时以"唱导数据"来称这些文献，可见仍不免有些迟疑，这也显示出他在力求开创的同时，仍不失谨慎的态度。

余意以为用"唱导"来系联敦煌佛教文献，可将唱导文、庄严文、表白、回向文、愿文等各类相关文书结合在以"唱导"活动为中心之下，使其依照一定的时序与仪式有机地展现开来，成为一声文并茂，庄严完备的佛教弘法活动。既可使庞杂凌乱的各类篇章断卷能有所归属，并且能呈现出其在佛教唱导活动中的位置、功能与意涵。

中国佛教斋集法会活动主要包含诵经、转读、唱导等三大部分。"诵经""转读"重在音声，"唱导"主在演说，所以梁慧皎《高僧传》中有"诵经""经师""唱导"三传的分立，足见六朝期间经师与唱导已发展成声业的专科，当时或称经、导二技。从事经、导之业的僧人，称为"经师""唱导师"。经师以转咏经文为业，导师则专事宣唱法理、讲叙事缘。隋唐发展，乃渐合经、导而有"唱读"[②]，唐道宣《续高僧传》、宋赞宁《续高僧传》则将之合为"声科杂德"[③]。有唐一代佛教世俗化盛行，更有揉经、导二技之讲唱方式而发展出所谓的俗讲。今所得见之敦煌俗讲变文，既宣唱经文法理，又讲说因缘譬喻。其体制特色韵散夹杂，除阐释经文的散说外，也有大量唱释的韵文，其中更出现了"平、侧、断、吟、韵"等标注转读音曲的提示符号，凸显出讲经文的

① 唐道宣《续高僧传》卷第三十，《杂科声德篇第十》："释智果，会稽剡人。率素轻清，慈物在性。常诵法华，颇爱文笔；经史固其本图，摘目得其清致。时弘唱读，文学所欣。"(T.50，no.2060，第704b页)

② 同注①。

③ 唐道宣《续高僧传》卷第三十，《杂科声德篇第十》，T.50，no.2060；宋赞宁《宋高僧传》卷第二十九、第三十，《杂科声德篇第十》，T.50，no.2061。

融唱导、转读于一体之特色。又因经、导二技各有所司，故俗讲经文之讲唱乃有都讲唱经，法师讲释之分工。

诚如向达所说：“俗讲与唱导，论其本质，实殊途而同归，异名而共实者尔”，尽管唱导与俗讲本质相同，但唱导为六朝佛教斋集法会中的主要活动，俗讲则是唐五代斋会由化俗法师主持，只会男女，借以劝之输物，充造寺资的特有的讲唱活动。唱导是佛教斋集法会中的主要活动，俗讲是唐五代每年正月、五月、九月所谓“三长斋”中特有的活动，并非所有佛教斋集法会都有俗讲节目的开讲。是俗讲系由唱导发展而来，但不等同于唱导。所以俗讲文学对象是世俗大众，目的主在劝人输财，因之内容有讲经文、有说缘喻等与唱导文学性质相同者，关系密切。然则唱导不等同于俗讲，俗讲不等同于唱导。

敦煌讲经变文为“俗讲”使用特有的文本，向达称之为“俗讲文学”当极妥适，然由于郑振铎确立“变文”一词以之统称敦煌写本中此类讲唱文学，影响广大，受到学界普遍的接受，“俗讲文学”一词因之未能有效、持续地发展，致使后世大抵袭用变文来作为唐代俗讲文学的专称。“俗讲文学”遂为变文或讲唱文学所取代。

以“唱导文学”称谓咒愿文、庄严文、回向文、发愿文等文献，有其方便，但这些文献并非唱导所独有的文学或文类，而是与唱导有关的文学或文献。若从语法与词汇结构来看，“唱导的文学”与“唱导文学”并不相同，“唱导的文学”中的“的”是一个由实词虚化而来的结构助词，不具实义，只是具语法作用的虚词，它与前面的修饰语“唱导”组成一个结构，再一起修饰后面的中心语，构成“定语+中心语”的偏正结构；“唱导文学”的词汇结构是“V+N”，“V”与“N”中间没有“的”，所以动词“唱导”直接支配名词“文学”，构成动宾结构。由此可见，唱导活动中所使用的仪式、文献、文学与数据，宜称为“唱导的文献”。若专就其中的文学而言，准确的称法，应作“唱导的文学”，而不宜称为“唱导文学”。

“唱导的文学”与“唱导文学”语法与词汇结构不同，当然在语义上也就不同。所以若将偏正结构“唱导的文学”中的结构助词“的”省略时，动词“唱导”便会直接与中心词“文学”结合，形成动宾结构，则会造成与“唱导文学”的词型相同，而产生歧义。既然如此，何以仍会有以“唱导文学”来指称唱导有关的文献，而罕用“唱导的文学”？盖汉语多以双音节词为主，“2+2”的四字短语“唱导文学”较五字的“唱导的文学”音节整齐，韵律也更和谐。且“唱导文学”不用“的”连接，可使“唱导”与“文学”结合得更紧密，形同一个合成词，有专门的定义或解释。若有结构助词“的”，则其前后成分之间的关系相对于前者而言较为松散。在语言经济的原则下，往往会删繁就简，尤其当它是一个专有名词时，更会要求语言的简洁，因有这些因素，以至于应称为“唱导的文学”，因约定俗成而被习称为“唱导文学”，并非意味着有一种称之为“唱导文学”的特殊文学体裁或文类。又咒愿文、庄严文、回向文、发愿文等虽然是唱导活动中使用的文学，但并非唱导活动专用的文学，在唱导活动以外的佛事活动中也经常使用。

二、敦煌俗讲文学

弘传功能的敦煌佛教文学中最受学界瞩目的当推变文一类的俗讲文学。1929 年郑振铎率先确立了“变文”的名称[①]。1934 年向达为探索变文的起源问题发表了《唐代俗讲考》一文[②]，除提出“俗讲与唱导，论其本质，实殊途而同归，异名而共实者尔”等观点外，并提出“俗讲文学”一词，对其起源与演变进行探讨，为中国讲唱文学发展史提示了基

① 郑振铎《敦煌的俗文学》，《小说月报》20 卷 3 号，1929 年，第 475—496 页。

② 向达《唐代俗讲考》以为：“俗讲与唱导，论其本质，实殊途而同归，异名而共实者尔。”（原载《燕京学报》16 期，1934 年，第 1—13 页；修订后，又刊于《文史杂志》3 卷 9 期、10 期合刊，1944 年，第 40—60 页；后收入《唐代长安与西域文明》，北京：三联书店，1957 年， 第 294—336 页）

本纲领，开启了中国讲唱文学史的研究。1938年郑振铎在《中国俗文学史》中首立专章来讨论敦煌写本中的变文，他解说“变文”的涵义：“所谓‘变文’之‘变’，当是指‘变更’了佛经的本文而成为‘俗讲’之意”①，此一说法影响广泛，普遍为学界所采纳。随着“变文”的风行，向达所提出的“俗讲文学”一词在不知不觉中被掩盖了，之后也就乏人提起。

向达所谓的“俗讲文学”，顾名思义指的是佛教“俗讲”活动中的讲唱文学。它是“俗讲”活动的产物。因此，要理解它的性质与内容，乃至历史发展与演变，势必先得对“俗讲”有所厘清。然传世文献有关俗讲的记载是既稀少又简略。所幸今所得见唐代日本僧人的记述中，尚有几则有关的记述，有助于我们对俗讲的理解。圆珍《佛说观普贤菩萨行法经记》中清楚地告诉我们，讲经是佛教寺院弘法布道的主要活动，唐代讲经因应听讲对象的不同，而有“僧讲”与“俗讲”的区别。其文云：

> 言讲者，唐土两讲：一、俗讲，即年三月，就缘修之。只会男女，劝之输物，充造寺资。故言俗讲。（僧不集也。云云。）二、僧讲，安居月传法讲是。（不集俗人类也。若集之，僧被官责。）上来两寺事，皆申所司，（可经奏外申州也，一月为期）蒙判行之。若不然者，寺被官责。（云云。）②

据此可知，“俗讲”是以在家世俗信众为听讲对象的讲经说法活动，其目的在劝信众输物以充造寺资。其讲说内容除佛教经义外，也可进一步讲唱佛经中具故事性的内容，属于推广佛教世俗化的通俗讲经。其所开讲的内容则可从圆仁《入唐求法巡礼行记》的记述窥知一斑。圆

① 郑振铎《中国俗文学史》，上海：商务印书馆，1938年。

② 见《大正藏》，T.56，第1108页。

仁《行记》中曾记述唐开成六年（841）正月长安左、右街七寺开俗讲的情形，说：

> 正月九日：五更时，拜南郊了。早朝归城。幸在丹凤楼，改年号——改开成六年为会昌元年。又敕于左、右街七寺开俗讲。左街四处：此资圣寺令云花寺赐紫大德海岸法师讲《花严经》；保寿寺令左街僧录三教讲论赐紫引驾大德体虚法师讲《法花经》；菩提寺令招福寺内供奉三教讲论大德齐高法师讲《涅槃经》；景公寺令光影法师讲。右街三处：会昌寺令内供奉三教讲论赐紫引驾起居大德文溆法师讲《法花经》——城中俗讲，此法师为第一；惠日寺崇福寺讲法师未得其名。……从太和九年以来废讲，今上新开。正月十五日起首至二月十五日罢。①

唐代俗讲须经官方允许，举行的时间主要在三长斋月，即每年的正月、五月、九月等，各为期一个月。俗讲所开讲的佛经，较常见者，有《法华经》《涅槃经》《金刚经》《维摩诘经》《佛报恩经》等大乘经典。其仪式、程序大抵依循正式讲经之仪轨，听讲对象为在家俗众，因而语言浅白，内容通俗易懂。俗讲的文本即所谓的"讲经文"，是化俗法师俗讲的底稿或听讲的纪录，称为"俗讲经文"，省称"讲经文"，也是最早的讲唱变文。今所得见敦煌写本中的《长兴四年中兴殿应圣节讲经文》（《仁王护国般若波罗蜜多经讲经文》）《金刚般若波罗蜜经讲经文》《佛说阿弥陀经讲经文》《妙法莲华经讲经文》《维摩诘经讲经文》《双恩记》（《佛报恩经讲经文》）《佛说观弥勒菩萨上生兜率天经讲经文》《父母恩重经讲经文》《盂兰盆经讲经文》便是俗讲文本的遗存。潘重规先生《敦煌变文新论》一文即说：

① 白化文、李鼎霞、许德楠校注《入唐求法巡礼行记校注》，石家庄：花山文艺出版社，1992年，第369页。

最早的变文，是引据经文，穿插故事，使之通俗化，既说且唱，用以吸引听众。它的仪式是讲前有押座文，次唱经题名目。唱经题毕，用白话解释题目，叫开题，开题后摘诵经文，以后一白一歌，又说又唱，直至讲完为止。进一步的开展，是不唱经文，可以随意选择经文中故事，经短的便全讲，经长的便摘取其中最热闹的一段讲。在正讲前也还要唱出经题，所以这一种也仍是讲经的一体，照例也题作变文。①

又敦煌写本 P.3849V 及 S.4417 有拟题《俗讲仪式》的写本，两件内容相同，其中记载《温室经讲经文》仪式有云：

夫为俗讲，先作梵了，次念菩萨两声，说押座了。索唱《温室经》。法师便唱释经题了，念佛一声了，便说开经了。便说庄严了，念佛一声。便一一说其经题名字了。便说经本文了。便说十波罗蜜等了。便念佛赞了。便发愿了。便又念佛一会了，便回发愿，取散，云云。以后便开《维摩经》。

可见俗讲活动是先以梵唱说押座文，接着念佛号（念观世音菩萨三两声），然后唱经题，接着解释经题；然后唱经文，接着解释经文，直到终卷，然后发愿取散。其中还穿插着“说庄严”“念佛赞”“发愿”。根据俗讲仪式及现存俗讲经文的文本分析，可知俗讲是唐代佛教世俗化、通俗化的弘法活动，俗讲所使用的文学是“讲经文”，包含了开题前的押座文与结束前的解座文，是“俗讲文学”的核心。另外穿插有“庄严文”“念佛赞”“发愿文”则是俗讲活动中所使用的各种文学。这些在其他非俗讲活动的场合中也经常使用，不具俗讲专有的独特性，

① 潘重规《敦煌变文新论》，《幼狮月刊》49 卷 1 期，1979 年 1 月，第 18—41 页。

严格说当不属于“俗讲文学”的核心。

基于“俗讲”的表现方式是韵散夹杂，既说又唱，以此种讲唱方式来唱释经文的文本就是“讲经文”，即最早的变文，向达《唐代俗讲考》中所称的“俗讲文学”其指称的对象与内容最初就是讲经文，是之谓也。

三、敦煌见证宣传文学

敦煌文献中性质属于佛教弘传文学，且具敦煌文献特色除了俗讲变文外，尚有“灵验记”一类文学文献。

“灵验记”的产生是随宗教传播而出现。六朝以来，这种深富志怪性质的故事与宣扬因果报应的说教合流，促使志怪小说的创作成果更加丰硕，甚至成为宣扬宗教的利器。虔诚的佛教徒众，往往搜罗有关宣扬教义及奉佛感应的故事，编纂成书，以作为“辅教之书”，如刘义庆（403—444）的《宣验记》就是较早的一种。其后蔚为风气，数量大增，如朱君台《征应传》、王延秀《感应传》、张演（5世纪前半）《续观世音应验记》、范晏《阴德传》、王琰（ca.454—ca.520）《冥祥记》、萧子良（460—494）《宣验记》、陆杲（459—532）《系观世音应验记》、王曼颖《补续冥祥记》、刘泳《因果记》、颜之推（531—ca.591）《还冤记》《集灵记》、释亡名《验善知识传》及释净辩（？—618）《感应传》等均是。惜此类作品后世大都散佚，因而较少受到关注。

唐代是中国佛教的全盛时期，此类作品到了唐代逐渐发展而成为唐人小说的另一特色。唐临（601—661？）《冥报记》即为唐代著名的佛教小说，此书撰成于唐高祖永徽三年（653），据他的自序说：

> 昔晋高士谢敷、宋尚书令傅亮、太子中书舍人张演、齐司徒从事中郎陆杲，或一时令望，或当代名家，并录《观世音应验记》，及齐竟陵王萧子良作《冥验记》、王琰作《冥祥记》，皆所以征明善

恶，劝戒将来，实使闻者深心感寤。临既慕其风旨，亦思以劝人，辄录所闻，集为此记，仍具陈所受及闻见由缘，言不饰文，事专扬确，庶人见者能留意焉。①

可见此类宣传佛教信仰的故事作品种类繁多，或以“记”称，或以“传”名；内容皆以佛教因果报应思想为基础，借动人的神异故事以宣扬佛教的灵验，期能诱导世人信奉受持。

由于灵应故事较之义理深奥、思想抽象的经论，更易为一般庶民所接受，尤其故事情节曲折、内容丰富有趣，深具感染力与说服力；因而自来高僧大德每有留心集录，如唐道世编有《法苑珠林》、道宣编有《集神州三宝感通录》等，正是此类作品的结集。

事实上，此类故事自隋唐以来即普遍流传于广大民间，且跟着宗教信仰的传播随处孳生。故事内容虽或涉荒诞，然颇有具文学特色者；就其写作方法而论，当属志怪小说之流。宋李昉编《太平广记》卷三七五—三八六“再生”类中，即收有“皇甫恂”“裴龄”“六合县丞”“薛涛”“邓成”“张瑶”“ 梁甲”“杨师操”“卢弁”“崔绍”等佛教灵应故事；宋洪迈《夷坚志》中亦收录不少同类的故事，足见感应记实具神怪小说之文学特质。

敦煌莫高窟藏经洞发现大批唐五代写本文书中，亦有为数可观的佛教感应故事写本，具保存民间实际流传的原貌，对于考察此类故事在文献学、文学、佛学与民间信仰等方面的意义，颇具价值。

1. 敦煌佛教灵验记的研究发展

对于佛教灵验记的关注与研究，主要也是因为敦煌文献的发现所激发的。1911 年日本松本文三郎在《敦煌石室古写经研究》②一文中，特别介绍了北京所藏的《忏悔灭罪金光明经冥报传》，提到温州张居道临

① 方诗铭辑校《冥报记》，北京：中华书局，1992 年，第 2 页。
② 松本文三郎《敦煌石室古写经研究》，《艺文》第 2 年第 5 号、第 6 号，1911 年。

死到地狱，受狱卒苛责，阎王使者告诉他若能抄写四卷《金光明经》，可以其功德消灭罪孽，他听闻后醒来，到处寻找此经，而“此经天下少本，询访不获，躬历诸方，遂于卫州禅寂寺检得目录，有此经本，写得随身供养”。此“天下少本”应指四卷本，恐非《金光明经》的全本。原来四卷本、五卷本乃至七卷本都不完整，宝贵将三者合为一完整本，以补此不足之憾（参照《开元录》十一卷“金光明经”条下），因此以前的三经很自然地就很少流布于世。松本并判定《忏悔灭罪金光明经冥报传》乃中国人所撰作，属藏外经典。虽年代不明，然从写本书体来看，无疑是唐代的风格，所以当唐代之作。

按：松本文三郎（1869—1944）明治三十九年（1906）四月任京都帝国大学文科大学设置委员；明治四十一年十月至大正五年五月（1908—1916），任文科大学校长。1910 年 9 至 10 月间，京都帝国大学文科大学的狩野直喜、小川琢治、内藤虎次郎教授及富冈谦藏、滨田耕作讲师，奉派前往北京考察敦煌文献，1911 年 2 月曾公开陈列，其中小川琢治撰有《北支那旅行概报附敦煌石室遗书》[①]。松本校长则据“报告展览会”上展出的《敦煌石室遗书翻阅目录》一卷，先后撰文发表了《敦煌石室古写经之研究》。文中从佛典文献的角度注意到《忏悔灭罪金光明经冥报传》的存在，尚未注意到佛教文学的意义方面；只指出“其内容不过是一些与《金光明经》之功德有关的怪谈”以其文颇长，乃摘取其要，加以翻译介绍而已。

真正正视敦煌佛教灵验记的文学意涵与价值的则是陈寅恪先生。他在 1928 年为《忏悔灭罪金光明经冥报传》所写的跋中说：“此经于佛教大乘经典中流通为无广，以其意主忏悔，最易动人故也，至灭罪冥报传之作，意在显扬感应劝讲流通，远托法句譬喻经之体裁，近启太上感应篇之注释，本为佛教经典之附庸，渐成小说文学之大国。盖中国小说

① 小川琢治《北支那旅行概报附敦煌石室遗书》，《地学杂志》第 23 年第 266 号，1911 年 2 月，第 85 页。

号称附于长篇巨制，往往为数种感应冥报传记杂糅而成。若能取此类果报文学详稽而广证之，或亦可为治中国小说史之一助欤。”[①]这可说慧眼独具，并一语道出了敦煌灵验记在中国小说史的地位与价值。他在跋文的开头同时还提到“合肥张氏藏敦煌写本金光明经残卷，卷首有冥报传载温州治中张居道入冥事。日本人所藏敦煌写经亦有之。（日文原报告未见，仅见一千九百十一年安南远东法兰西学校报告第十一卷第一百七十八及一百八十六页所引）予未见其原文，以意揣之，当与此无异。”按：他所说的安南远东法兰西学校报告，指的就是法国远东学院诺耶鲁·培利引用小川报告及松元氏论文等撰写了题为《日本的中国考古调查团》的文章，发表在《远东学院纪要》[②]。陈寅恪说“日本人所藏敦煌写经亦有之”，恐是误解，实是北京京师大学堂图书馆所藏。又他所指的合肥张氏藏敦煌写本金光明经残卷卷首有冥报传，当即张广建所藏，今归日本三井家[③]。

对敦煌灵验记的关注虽然始自松元文三郎，然他仅注意个别写本的《忏悔灭罪金光明经冥报传》，且视野也止于佛教藏外文献。陈寅恪为合肥张氏藏卷撰跋，不仅从传世佛典考述张居道事，更联系俄国所藏维吾尔文译本、德藏吐鲁番所获吐蕃文残本、西夏文译本[④]，同时更着眼于灵验记的文学特性，凸显其在中国小说史、俗文学史之意义。之后，1936年王重民为P.2094《持诵金刚经灵验功德记》叙录“将书中所载灵验事十八则，考之他书”而以为“有九则与初唐人撰述相同，盖为作于

① 陈寅恪《〈忏悔灭罪金光明经冥报传〉跋》，《国立北平图书馆馆刊》2卷1号，1928年6月，第58—59页。

② Noël Péri, "Une mission archéologique japonaise en Chine", *BEFEO, Tome XI*, 1911, pp.171–198.

③ 参见荣新江《海外敦煌吐鲁番文献知见录》，南昌：江西人民出版社，1996年，第214页。

④ 陈寅恪《敦煌本唐梵对字音〈般若波罗蜜多心经〉跋》，《清华研究院国学论丛》2卷2期，1930年。

初唐或中唐之世者。”①事实上，此卷收载灵验故事一十九则；1972 年河内昭圆《持诵金刚经灵验功德记私考》②；1973 年陈祚龙《刘萨诃研究——敦煌佛教文献解析之一》③；1974 年马渊和夫《忏悔灭罪金光明经传について》④；1977 年戴密微（Paul Demiéville）发表了《唐代魂游地狱故事——黄仕强传》⑤为敦煌佛教灵验记的研究进行开路奠基的工作。

20 世纪 80 年代以后，随着敦煌文献的陆续公布与流通，两岸学者对于此类文献的整理与研究，更趋热络，发表论著篇章总数近 70 篇。其中多为单篇文献校录或简介概述。本人及杨宝玉的研究较为集中且具系统。杨氏自 1991 年以来发表 17 篇相关论文，大抵为敦煌灵验记的文献校注，近期结集为《敦煌本佛教灵验记校注并研究》一书⑥，盖为敦煌灵验记文本完整之整理，可供参考。本人自 1993 年以来先后近 20 篇相关论文，2010 年，选择其中部分篇章结集为《见证与宣传——敦煌佛教灵验记研究》一书⑦。本人研究重点主要在于灵验记所涉及之佛教信仰、文化等问题之探究，特别是从佛教文学的视角发抉此类文献之文学价值。

盖志怪小说之内容，以侈陈远方异物、张皇鬼怪、称道灵异等深具神怪色彩为其特色。东晋以前，主要源于巫觋和方士的荒唐之言。东晋

---

① 王重民《敦煌古籍叙录》，北京：商务印书馆，1958 年，第 268—269 页。

② 河内昭圆《持诵金刚经灵验功德记私考》，《大谷大学所藏敦煌古写经》，京都，1972 年，第 93—102 页。

③《华冈佛学学报》5 卷，1973 年 5 月，第 33—56 页。

④《忏悔灭罪金光明经传について》，永山勇博士退官纪念会编《国语国文学论集》，东京：风间书房，1974 年，第 73—84 页。

⑤ Paul Demié ville, Une descente aux enfers sous T'ng, La biographie Houang che—k'ng《唐代魂游地狱故事——黄仕强传》，"*udes d'historire et de literature chinoises offertes au Professeur Jaroslav Prušek*", 1977.

⑥ 杨宝玉《敦煌本佛教灵验记校注并研究》，兰州：甘肃人民出版社，2009 年。

⑦ 郑阿财《见证与宣传——敦煌佛教灵验记研究》，台北：新文丰出版公司，2010 年。

以后，佛教盛行，因果报应、轮回转生等思想流行，乃至渗入志怪小说中，成为此一时期的小说特色。隋唐五代为中国佛教的全盛时期，此种志怪与宣扬因果报应的说教合流，为宣扬宗教的利器，作为“辅教之书”。

敦煌写本中存有为数可观的唐五代佛教灵应故事，就功用而言，此类作品乃为辅教之具，然其内容情趣与写作手法而论，则当属志怪小说之流。近代敦煌学研究者亦多将此类作品视为小说。周绍良《敦煌文学》“小说”一节中，即多方论及此类作品；张先堂在《敦煌文学概论》第十章“敦煌小说”中，亦立“敦煌佛经感应记”一节以论述；柴剑虹《敦煌古小说浅说》亦论述此类小说特质。①

事实上，此类作品除在故事情节与记叙手法，极具小说文学的特质与意义外，其于佛教文献学与佛教史学上亦深具意义，唯向来鲜有关注。

盖近代中国佛学研究，主要特征有三——史学的研究、哲学的研究及文献学的研究。史学的研究是根据可靠的历史资料，正确地反映历史真相；而中国佛学的来源与发展，正是佛教史学的根本问题。按：中国佛学的来源，基本上是依靠传译和讲习，译经的先后与经典思想发展关系的混淆，更是中国佛教史与印度佛学史的重大差别。②中国佛教译经的状况，可据历代经录来考察；佛经的讲习则可从历代僧传的《诵经篇》《读诵篇》获得讯息。不过这些多属于上层佛教的信仰活动，至于佛教在民间实际的发展概况及其弘扬信奉的经典与思想情形，则当从感应传、灵验记、功德记、冥报记等一类的作品进行析论。

---

① 以上三文，分别见于颜廷亮主编《敦煌文学》，兰州：甘肃人民出版社，1989年，第279—287页；颜廷亮主编《敦煌文学概论》，兰州：甘肃人民出版社，1993年，第336—344页；《1990年敦煌学国际研讨会文集》（石窟史地·语文篇），沈阳：辽宁美术出版社，1995年，第272—285页。

② 吕澄《中国佛学源流略讲》，台北：里仁书局，1985年，第1—5页。

唐朝是中国佛教的黄金时期，十宗并起，蓬勃发展；同时也是佛教中国化、民间化、世俗化的关键时期。敦煌地处西陲，胡汉杂处，蕃汉互通。佛教盛行，显密兼容，大小乘并施。寺院众多，弘法活动频仍，其经典与信仰的流传也深受中亚高昌、于阗等国的影响，这些特质亦往往呈现在敦煌地区所流传的灵应故事中。透过敦煌文献所保存灵应故事的析论，结合译经、讲习、信奉三者的相互参照，相信对于上承六朝，下启宋元的中国佛学经典流通与民间信仰发展脉络的掌握，当有所帮助。因此，佛教灵应故事的整理与研究当是中国佛教史不可忽视的一个课题。

2. 见证与宣传的佛教灵验记

敦煌莫高窟发现的佛教灵应故事写本，总数约有六七十件。其中保存的灵应故事，有中原地区流传至敦煌的、也有敦煌地区所产生的；有见存于佛教史传感应记的、也有为现存感应记诸书所未载的。就内容而言，有持诵佛经而感应的、有抄经造经而感应的、有造塔而感应的、有念佛而感应的、有鸣钟而感应的等。就主旨而言，有以还魂故事为主题，鼓吹抄写《普贤菩萨说此证明经》的感应故事《黄仕强传》；有宣扬抄造《金光明经》的《忏悔灭罪金光明经传》等；就形式而言，有多则抄撮一起的集录、有抄录单则零篇的、也有断简残篇而仅存单则的。

兹就本人所普查庋藏在中、英、法、俄、日等地敦煌文书中的佛教灵应故事，条列如下：

(1) 灵应故事的集录

①《集神州三宝感通录》

敦煌写本计有 S.3728、P.3898 二件。按：《集神州三宝感通录》原名《东夏二宝感通记》，后称《集神州塔寺三宝感通录》，简称《三宝感通录》，三卷。唐麟德元年（664），西明寺沙门道宣撰，全书共收录故事一百五十则，上自东汉，下至唐初。是现存灵应故事集录诸书中较为重要的一种，收入《大正藏》第52卷。敦煌写本S.3728卷末“左街僧录大师押座文”前，题有“《大藏经集神州三宝感应录》上卷　中南山释道宣撰”，后接抄“敕天下三十三州内建造舍利塔”等六行，文句与今传本不尽相同。P.3898，残存七十行，内容存《集神州三宝感通录》卷下“孙敬德”至“释昙韵”等十五则故事。

②《持诵金刚经灵验功德记》

敦煌写本计有P.2094、P.4025、S.4037、Дх.0514及日本《敦煌秘籍》羽184等五件。是敦煌写本中专持一经且内容较长的一种灵验记集，计收录十九则南朝萧梁及隋唐各代僧俗持诵、抄造《金刚经》，而得延年益寿、死而复生、消灾免厄的灵验事迹。

日本羽184有《诵持金刚般若波罗蜜经灵验记》全卷首尾俱完，计112行，行约22字。首题：“诵持金刚般若波罗蜜经灵验记”，尾题：“金刚般若波罗蜜经受持灵验记”。内容计收录僧琰、僧藏、婆罗门僧藏法师、赵文昌、遂州人、畦彦通、僧法藏、刘弼等8则持诵、抄录《金刚经》的灵验事迹。就内容故事论，相较于P.2094写卷少了12则，然而篇幅却仅仅少44行而已。此12则，除“僧灵寂”一则篇幅较长外，其他各则均相对短小，甚至短至20字左右，如“魏煦”一则仅26字，“李延”一则仅28字。羽184前七则内容与次第均与P.2094同，第三则“婆罗门僧藏法师”事，亦见孟献忠《金刚般若经集验记》“神力篇第四”引萧瑀《金刚般若经灵验记》，三者内容篇幅大致相同，然文字差异较大。①

此外，S.4037号还录有李庆好畋猎，杀害无数。后卒亡，入冥因持《金刚经》功德而获遣归，经三日复生，年八十岁而终的故事。此故事不见于P.2094的十九则中。

③《佛顶心观世音菩萨救难神验经》

---

① 参见郑阿财《论日本藏敦煌写本及古写经灵验记的价值》，《敦煌写本研究年报》第七号，2013年，第23—50页。

敦煌写本计有 P.3236 及 P.3916 二件。按：此为《佛顶心观世音菩萨大陀罗尼经》卷下；此卷虽名“经”，然内容则是四则感应故事的集录。例如第四则是记叙一拟赴任县令的官人，向泗州普光寺常住借钱，寺主乃命一沙弥随官人取钱，途中官人欲谋害沙弥，然因沙弥持诵《佛顶心陀罗尼经》功德而得免难，并感化官人持经的故事。这是专为宣扬鼓吹《佛顶心观世音菩萨大陀罗尼经》而编的灵应故事。

④“《金刚坛广大清净陀罗尼经》感应记”（拟题）

敦煌写本 P.3918 系梵夹本，计抄有《佛说回向轮经》《佛说金刚坛广大清净陀罗尼经》等。其中《佛说金刚坛广大清净陀罗尼经》卷末抄有：大仆卿赵彦宾感梦，得老人指示书写石经感应征验；被弃经夹，半夜放光，致感僧俗讽诵弘持等几则宣扬《金刚坛广大清净陀罗尼经》的灵应故事。

⑤“《阿弥陀经》感应记”（拟题）

敦煌写本 BD01897（北图 178、秋 97）号中，有唐法照《净土五会念佛诵经观行仪》的一段文字，后有叙明念诵功德之文字，其中抄录有庐山珍禅师持诵《阿弥陀经》获善报等感应故事。

⑥“侵损常住僧物恶报感应记”（拟题）

敦煌写本 S.5257 号于“勒旨京城诸寺各写示道俗侵损常住僧物，现报灵验具列如后”句后，接抄有台州丰县丞等四则灵应故事，内容均简述侵损僧物，造成死后转生为奴婢或牲畜等。

（2）单则感应故事

①《黄仕强传》

敦煌写本计有 P.2136、P.2186、P.2297、BD02921（北图 8290、阳 21）、BD06558（北图 8291、淡 58）、上海图书馆藏 81253 号、浙江博物馆藏（浙敦 026）、俄藏 Дx.1672、Дx.4792 号及日本大谷大学藏卷（大谷莹诚氏购自李盛铎）等十件。

《黄仕强传》主要记叙黄仕强因与名为仕强的屠夫同名，以致被冥吏误抓，因其自报冤屈，得重行勘案；又因发愿写《普贤菩萨说此证明经》而还魂，后得以长寿的灵应故事。此故事抄于《普贤菩萨说此证明经》经首，系专为鼓吹《普贤菩萨说此证明经》而编的灵应故事。

②《忏悔灭罪金光明经冥报传》

《金光明经传》，全称《忏悔灭罪金光明经传》，或称《忏悔灭罪金光明经冥报传》《金光明经冥报验传记》。今所知见的抄本达三十多件，分别庋藏于中、英、法、俄、日等地的图书馆及私人收藏。不但有敦煌汉文写本，同时也有西夏文本。今所得见的敦煌写卷分别是：题为《金光明经传》的有 S.364、S.1963、S.2981、S.3257、S.4984、S.6514、BD02162（北图 1360、藏 62）、BD00611（北图 1361、日 11）、BD03669（北图 1362、为 69）、BD02413（北图 1363、成 13）、BD00961（北图 1365、昃 61）、BD06466（北图 1369、河 66）、BD01477（北图 1425、寒 77）；题为《忏悔灭罪金光明经传》的有 S.3257、S.4155、S.4487、P.2099、P.2203、BD04786（北图 1424、海 69）、BD04255（北图 1426、玉 55）、Дx.5755；残缺无首尾题的有 S.462、S.6035、BD01255（北图 1364、列 55）、BD03999（北图 1367、生 99）、Дx.2325、Дx.4363、Дx.6587、Φ260a。

此外，陈寅恪《忏悔灭罪金光明经冥报传跋》曾提及："合肥张氏藏敦煌写本《金光明经》残卷卷首有冥报传载温州治中张居道入冥事；日本人所藏敦煌写经亦有之。"此归日本三井文库藏。又日本杏雨书屋羽 192 亦有藏卷；另房山云居寺石经，第八洞唐刻《金光明最胜王经》卷第一正面亦刻有《金光明经忏悔灭罪传》；北平图书馆亦藏西夏文《金光明经冥报传》，足见其流行之广远。

内容记述张居道因杀生被带往冥府，冥使示之以忏悔法——抄写《金光明经》四卷。张居道因发愿，使牲畜得生善道，因而得以复活。还魂后，不复杀生，并努力抄写《金光明经》，同时大力劝化世人忏悔戒杀、抄写《金光明经》的故事。敦煌本此一灵应故事皆冠于《金光明经》卷首，系专为鼓吹《金光明经》而编的灵应故事。

③《龙兴寺毗沙门天王灵验记》

敦煌写本 S.381 有《龙兴寺毗沙门天王灵验记》一则，内容记述敦煌龙兴寺圆满因误打毗沙门天王，遭天王恶报，后由于至心忏悔，复得毗沙门天王救护的灵应故事。

④《还魂记》“道明和尚入冥故事”（拟题）

敦煌写本 S.3092 号引《还魂记》有“道明和尚入冥故事”，内容记叙唐开元寺道明为冥吏误为龙兴寺道明，而被拘拿入冥府，阎罗王见其相貌而疑有误，道明得以蒙洗雪，并亲眼目睹新样地藏菩萨尊像，还魂后图写丹青，绘列地藏真容的故事。

⑤“唐京师大庄严寺僧释智兴鸣钟感应记”

敦煌写本计有 S.381、S.1625 二件。故事记叙唐道宣的师兄京师大庄严寺钟头释智兴，戒行精淳，慈悲为怀，赖其精诚而神通广大，以鸣钟功德救护阴间受难众生的灵应故事。主要宣扬鸣钟可停毒、息恶、生善心、增正念、除重罪、解脱苦受等功德。此故事当时即为道宣载入《续高僧传》，道世编入《法苑珠林》。

⑥“《法华经》感应记”（拟题）

敦煌写本 P.3023 抄录一则有关持诵《妙法莲华经》的灵应故事。此故事为其他有关的《法华经》灵验记所未见。

⑦“《羯谛真言》感应记”（拟题）

敦煌写本 P.3142 抄录一则唐大历年间，有女春娘将献祭于神魅，因诵“羯谛真言”，得神佛救护，免难消灾的灵应故事。此故事陈祚龙拟题为“白龙庙记”①，兹依其内容拟题为《羯谛真言感应记》。

⑧“忏悔设斋感应记”（拟题）

敦煌写本 S.6036，刘铭恕《敦煌遗书总目索引》《斯坦因劫经录》

---

① 见陈祚龙《新集中世敦煌三宝感通录》，《敦煌学海探珠》下，台北：台湾商务印书馆，1977 年，第 333—343 页。

中拟题作“落蕃贫女忏悔感应记”。依内容似当拟为“落蕃贫女之子忏悔感应记”或“忏悔设斋感应记”较妥。

⑨“普劝事佛文灵应记”（拟题）

敦煌写本S.2713，内容系咸亨元年（670）扬州僧珍宝遇定光佛，得佛指示免灾方法的灵应故事。写本缺题，兹暂依陈祚龙《新集中世敦煌三宝感通录》定名为“普劝事佛文”。

3. 敦煌佛教灵验记的特色与价值

敦煌写本中所保留下来的佛教灵应故事，虽为数不少；然与集录灵应故事的专著，如道宣的《集神州三宝感通录》、唐临的《冥报记》等相较，则无论篇数或篇幅均明显不如，但敦煌写本的灵应故事仍有其特质，兹举其要者略述如下：

(1) 每多冠经首流通

佛教灵应故事多具有专为鼓吹抄造某经的灵应记，就宣传目的而言，这些灵应故事理应附经流传，然后世流传藏经史传部、目录部所收录隋唐五代的佛教灵应故事，仅集录故事，附经流传均不得见。敦煌写本所保存的灵应故事，则每见附经流传，如《黄仕强传》抄于《普贤菩萨说此证明经》经首；《忏悔灭罪金光明经传》抄于《金光明经》经首。故事与经文字体相同，当视为一体。

(2) 中原与敦煌并行

敦煌写本的灵应故事，主要以中原地区所发生的居多，但同时也有发生于敦煌当地的，如S.381号的《龙兴寺毗沙门天王灵验记》，此一灵验故事当是唐德宗贞元十七年（801）敦煌龙兴寺发生之事。此外，S.6036号的“忏悔设斋感应记”，内容为落蕃贫女之子忏悔的感应故事，发生的地点是在敦煌，时间也是吐蕃占领敦煌的时期。

(3) 内容深具史传意义

敦煌写本灵应故事的内容，基本上各篇均清楚交代时间、人物、地点、故事原委，结构完整。既具有小说的要素，亦具有相当程度的事实反映。如《龙兴寺毗沙门天王灵验记》，首题《龙兴寺毗沙门天王灵验记》，知此灵验事迹当发生于“龙兴寺”。“龙兴寺”乃唐代敦煌地区著名的大寺院，全篇内容对人物、地点、故事情节均交代清楚，结构亦称完整，叙事力求具体有据，此正与唐临《冥报记》一类灵验小说强调真人真事的宗教经验特色相同。凡此均说明敦煌灵应小说具有反映佛教历史的特色。

灵应故事的流传并非敦煌地区所独有，且时代也早在六朝即产生。敦煌文献中的佛教灵应故事，就量而言，远不如藏经史传部、目录部所收录，及唐唐临《冥报记》、宋李昉编《太平广记》等载录的多，然其特质多具研究意义，兹举其荦荦大端如下：

（1）可丰富唐五代佛教小说的内容

敦煌文献中所保存的灵应故事，有中原地区流传去的，更有敦煌地区所产生的。中原传去的有为现存感应记诸书所未载的；敦煌当地所产生的，则大抵为未见于其他载录。因此，敦煌写本佛教灵应故事的整理与研究，由文献的角度看，至少可丰富唐五代佛教小说的内容。如《黄仕强传》《还魂记》“道明和尚入冥故事”等，及敦煌地区所产生的灵应故事（如《龙兴寺毗沙门天王灵验记》“忏悔设斋感应记”等），均为后世所不传，当可丰富唐五代佛教小说的内容。

即使故事见于其他载籍，然因传说记叙，故事多有详略，情节亦见歧异，且文字亦多所异同，亦具校勘及比较研究之价值。

（2）可觇灵验故事并经流传的原貌

灵应故事附经流传的情形，后世不易见。敦煌写本所保存的灵应故事，每见附经流传，如 P.2094《持诵金刚经灵验功德记》十九则故事抄撮在《金刚经》经文前；《黄仕强传》抄录在《普贤菩萨说此证明经》经文前；且故事与经文字体相同，行款一致，似视故事与经文为一体，其互为表里的作用极为明显。从敦煌写卷此类并经流传的灵应故事，可以窥见当时此类鼓吹抄造持诵专经的灵应故事并经流传的原貌。

(3) 可资考察佛教疑伪经形成的原因

敦煌写本 P.3236、P.3916 有《佛顶心观世音菩萨救难神验经卷下》，虽题为“经”，然实乃灵应故事。按：此经名《佛顶心观世音菩萨大陀罗尼经》，分上中下三卷；藏经未收，历代史志目录不载。然俄藏西夏文佛经则见有《佛顶心陀罗尼经》《佛顶心观世音菩萨治病生□法经》《佛顶心观世音菩萨大陀罗尼经》，日本亦藏有西夏文《佛顶心观世音菩萨陀罗尼经》。

又山西应县木塔发现的辽代秘藏中，见有完整的《佛顶心观世音菩萨大陀罗尼经》[①]。北京房山石经中，亦见有金代皇统三年（1143）七月十三日，由施主奉圣州住人李阿安为生身父母及法界含灵施造的《佛顶心观世音菩萨大陀罗经》三卷。

晚近陈燕珠《房山石经中辽末与金代刻经之研究》一书中有云：

> 此经未载于各藏，应是古代僧人节录智通译《千眼千臂观世音菩萨陀罗尼神咒经》，或菩提流志译《千手千眼观世音菩萨姥陀罗尼身经》之部分经文与部分陀罗尼、再行增润而成，它是借经附会、用以治病或方便修持度化的疑伪经。[②]

《佛顶心观世音菩萨救难神验经》原为《千眼千臂观世音菩萨陀罗尼神咒经》的灵应故事，因附记在经后以为见证，并宣扬鼓吹《千眼千臂观世音菩萨陀罗尼神咒经》之神验，后经增润改易，形成另一部三卷经典《佛顶心观世音菩萨陀罗尼经》。其卷中的“疗病催产”，卷下的“救难神验”，均属与现世利益有关。此乃佛教中国化、民间化、世俗化的必

① 见山西省文物局、中国历史博物馆主编《应县木塔辽代秘藏》，北京：文物出版社，1991 年，第 457—459 页。

② 陈燕珠《房山石经中辽末与金代刻经之研究》伍、辽末单本刻经之探讨，台北：觉苑出版社，1995 年，第 573 页。

然现象，也是中世疑伪经形成的主要原因。[①]

(4) 可借以考察民间佛经流行的情况

敦煌写卷《持诵金刚经灵验功德记》等一类作品，记录了受持、读诵、讲说《金刚经》而得到救护、复活、延寿或灭罪等神奇灵应功德的见证。将此类灵验功德的见证，抄撮安置于经前以流通散布，其凸显现实的利益，极具劝诱作用；此种手法，在佛经流传的初期经常被用来鼓吹抄写、受持、读诵的。如讲温州治中张居道还魂故事的《金光明经忏悔灭罪冥报传》，抄在《金光明经》前[②]，视为经文，一并流通；《黄仕强传》则抄在《普贤菩萨证明经》前[③]，一并流通等情形。对于此经的推广，实具推波助澜之功。唐道宣《大唐内典录》卷十《历代众经应感兴教录》序文有云：

> ……三圣敬重，借顾复之劬劳；幽明荷恩，庆静倒之良术。所以受持读诵，降征祥；如说修行，无不通感。[④]

因此，经由灵应故事中受持、读诵经典的考察，并参照译经与讲习的情况，将可掌握佛典的流传与发展的历史脉络。

(5) 可资寻绎民间信仰发展的脉络

佛教徒每每运用曲折动人的小说情节与笔法，描写个人的宗教体验，借动人之神异故事以宣扬佛教之灵验，期能诱导世人信奉受持。因此，经由此类故事的研究，可以一窥当时民间佛教发展的一斑。如

---

① 郑阿财《敦煌写本〈佛顶心观世音菩萨救难神验经〉研究》，《新国学》1，成都：巴蜀书社，1999年，第313—333页。

② 郑阿财《敦煌写本〈忏悔灭罪金光明经传〉研究》，收入《敦煌文薮》下册，台北：新文丰出版公司，1999年，第69—92页。

③ 戴密微《唐代入冥故事——黄仕强传》，耿升译，收入《敦煌译丛》1，兰州：甘肃人民出版社，1985年，第133—147页。

④ 见《大正藏》，T.20，第338页。

S.3092《还魂记》道明和尚入冥故事即是明显的例子。

《还魂记》中记叙：道明和尚因同名之累，被阎罗王的使者误捉带至冥府，因得以亲眼目睹地藏菩萨真容，还魂后图写新样地藏真容，流传于世。此则故事关系着晚唐以后，地藏信仰的发展及以十王信仰兴起的复合。唐玄奘译《地藏十轮经》，地藏的信仰便随之在中国各地流行，地藏菩萨的形象，均作“声闻形”。五代至北宋敦煌壁画、绢画中的地藏菩萨形象，与一般“声闻”“比丘”造型中剃发、圆顶、不戴宝冠的形象有明显的差异，更有些壁画与绢画，出现了“道明和尚”和“金毛狮子”等画面，这些新的形象正可从《还魂记》中道明入冥睹地藏菩萨真容相契合得到解决。

第四章

敦煌佛教文学的主题研究

任何文学作品都有作者想要达到的目的和企图揭示的问题，这就是一般所谓的文学主题。主题对文学作品而言是凝聚著作者一定的思想、感情与追求；也有人以为主题是指论题、话题，也就是一篇作品主要谈论的对象，此种说法等同于题材。

近年随着西方比较文学的引进，“主题”（theme）之称渐为学界所使用。西方比较文学所谓的“主题”是对事件的归纳与概括。一般来说，一部文学作品可以有多个主题，作品中的每一部分，包括每一段文字、每一句话，都表达着某一主题。从整体上看，一部作品可以有多个主题，而不同的作品也可以反映同一个主题。

佛教文学既然是作者把自身对佛教的体验或理解，运用文学的技巧、形式等表达出来的作品，那么佛教文学自然也就以佛教的主要思想、教义为其表现的主题；因此，佛教文学的主题研究无疑是佛教文学研究的核心问题之一。

佛教思想教义体大思精，因此造就了佛教文学的众多主题。详审敦煌佛教文学的诸多主题，主要较集中在教主释迦牟尼佛诞生、学道、证道、弘法历程的“佛传”主题；教法核心的“无常”“因果”“报应”“轮回”“报恩”以及“天堂”“地狱”“佛国”“净土”等等。以下谨以“佛传”“无常”“ 地狱”等主题为例，尝试说明敦煌佛教文学主题研究的意义。

第一节
敦煌佛教文学中的佛传主题

任何宗教教主的传记都是极具现身说法的宣教作用，而且始终是各宗教宣扬教法的最佳题材。佛教教主释迦牟尼佛的生平事迹，更是佛教经典文学中最为脍炙人口的鲜明主题。就敦煌佛教文学的发展来说，佛传主题自然是极其重要的题材。所谓“佛传”乃敷衍释迦牟尼生平事迹的传记，主要记载佛陀出生、出家、成道、传教等故事。总的来说各种佛传的表现可大分为三：①历史的：传记的、叙事的佛传表现；②文学的：叙景的、叙情的佛传表现；③宗教的：佛迹、圣迹为核心而展开的佛传表现。[①]在印度不论九分教或十二分教均有“佛传文学”，尤能显现其重要性。佛传文学的萌芽、成立与发展，时代相当早。在原始佛教《阿含经》中便有诸多关于佛陀生涯的记述；在印度古代传记文学中，佛传更是居于最重要的部分，其中最著名的作品便是马鸣（Aśvaghoa）的“Buddhacaritas”，汉译作《佛所行赞》，堪称佛典汉译文学作品的精心之作，具有宗教文学和外国文学的双重文学价值[②]。汉译佛典中有关

---

① 中央学术研究所《原始佛教圣典资料による釈尊伝の研究》，《中央学术研究所纪要：モノグラフ篇》NO.1—5，东京：中央学术研究所，1999 年 7 月—2002 年 5 月。

② 参见孙昌武《艺术性与宗教性的成功结合——佛传：〈佛所行赞〉》，收入觉醒主编《觉群·学术论文集》，北京：商务印书馆，2001 年，第 288—293 页。

佛传的记述，除了北凉昙无谶译《佛所行赞经》（马鸣菩萨造）外，主要还有东汉昙果、康孟详译《中本起经》、东汉竺大力、康孟详合译《修行本起经》、吴支谦译《太子瑞应本起经》、西晋竺法护译《普曜经》、西晋聂道真译《异出菩萨本起经》、东晋迦留陀伽译《佛说十二游经》、刘宋求那跋陀罗译《过去现在因果经》、刘宋宝云译《佛本行集经》、苻秦僧伽跋澄等译《僧伽罗刹所集经》、北凉昙无谶译《佛所行赞》、隋阇那崛多译《佛本行集经》、唐地婆诃罗译《方广大庄严经》、北宋法贤译《众许摩诃帝经》等。中国有关佛传文学，萧梁时著名的律师僧佑（445—518）自经律中抄录佛传记事加以编纂的《释迦谱》五卷；之后，唐释道宣（596—667）也有《释迦氏谱》一卷，提供了有关佛传文学的完备素材。

这些佛传故事的记述各有千秋，或从释迦族悉达太子降生叙述起，或从释迦族的祖先谈起，或从释迦牟尼的前生开始讲述。内容不仅包括历史性的传记数据，亦揉入信仰因素的传奇故事，以及富神话色彩的民间传说。就情节发展而言，主要是以示现佛陀一生化仪，从印度到中土，不论南传佛教或汉传佛教普遍流传着有“四相”①“八相”②的说法。其中尤以“八相成道”最为著名，也是佛传文学之总结与精华。但检视上述与佛传有关的经典，并未见以“八相”总括佛陀一生的说法。历代经论对八相内容的见解也不一致，如北魏菩提流支译《十地经论》云：

是菩萨住此菩萨法云地，于一世界中从兜率天退、入胎、住

---

① 南传佛教主要流传“四相”说，即出生、成道、说法、涅槃。

② 北传佛教主要流传“八相”说，又称八相成道、释迦八相、如来八相、八相示现、八相作佛等，其究竟指哪八相，说法不一，一般指降自兜率、托胎、出生、出家、降魔、成道、转法轮、入涅槃等八阶段。

胎、初生、出家、得佛道、请转法轮、示大涅槃。[①]

《十地经论》中虽未出现八相，但所举事例多已相符。武周实叉难陀译《大乘起信论》卷二则具体提出“现八种事”：

> 菩萨如是发心之时，则得少分见佛法身，能随愿力现八种事，谓从兜率天宫来下、入胎、住胎、出胎、出家、成佛、转法轮、般涅槃。[②]

隋智𫖮《四教义》卷七则云：

> 所言八相成道者：一从兜率天下、二托胎、三出生、四出家、五降魔、六成道、七转法轮、八入涅槃。[③]

相较于《大乘起信论》，《四教义》没有住胎相，增加降魔相，且明确称之为“八相”。[④]之后，唐窥基《妙法莲华经玄赞》引述《大般若经》的说法来解说八相成道利益众生时，说：

> 八相成道利益众生，权巧智用故名方便。八相者，《大般若经》第五百六十八卷说：一从兜率天没即入胎相、二婴儿、三童子、四苦行、五成道、六降魔、七转法轮、八入般涅槃。[⑤]

---

① 《十地经论》，T.26，no.1522，第138c页。

② 《大乘起信论》，T.32，no.1667，第589b页。

③ 《四教义》，T.46，no.1929，第745c页。

④ 宋志盘撰《佛祖统纪》卷二云：“自昔依《起信论》，列大乘八相，存住胎而没降魔；依《四教义》，列小乘八相，存降魔而没住胎。”（T.49，no.2035，第141b页）

⑤ 《大正藏》，T.34，第698c页。

文中将婴儿相、童子相析分为二，而直以苦行相来取代出家相。此外，敦煌本 P.2049《维摩经疏》则云：

> 现色身故，化身八相：一兜率天相、二降神母胎相、三纳妃相、四出家相、五苦行相、六得菩提相、七转法论（轮）相、八般涅槃相。[①]

此卷记述较独特的地方是将纳妃别立一相。由上述可知，尽管诸经疏对于八相内容的说法并不一致，但自隋唐以来，普遍以“八相”来总括释迦牟尼佛一生的重要历程，则是毋庸置疑。[②]

除了佛传典籍的传布之外，为了向庶民大众宣扬佛教，让庶民了解释迦牟尼修行成佛的历程，因而采撷佛陀一生最精彩动人的故事情节，如诞生的祥瑞、出家的决心和降魔的过程，转变为通俗易懂的讲唱形式，借以认识佛陀并吸引世俗信众的兴趣与注意。在弘法布道的过程中，这些题材广泛地出现在法会、俗讲的活动，或寺院、道场的庄严场面。以佛曲、歌赞、或雕塑、壁画呈现给广大信众；透过听觉与视觉的媒介来传布佛陀学佛成道的心路历程，成为敦煌佛教文学与艺术中极为鲜明的主题。今所得见敦煌文献中有不少以佛传故事为主题的变文、歌赞，以及礼忏文中的《降生礼文》和《八相礼》等与佛传主题有关的作品，正是其宝贵的留存。

一、佛传变文

在敦煌变文方面，有关佛传故事主题的计有 13 篇，分别为《太子

---

① 此亦收入《维摩经疏·见阿閦佛品》卷六，T.85，no.2772，第 416a 页。

② 参见汪娟《唐宋古逸佛教忏仪研究》，台北：文津出版社，2008 年，第 21—60 页。

成道经》[①]《悉达太子修道因缘》[②]《太子成道变文》（一）[③]《太子成道变文》（二）[④]《太子成道变文》（三）[⑤]《太子成道变文》（四）[⑥]《太子成道变文》（五）[⑦]《八相变》（一）[⑧]《八相变》（二）[⑨]《破魔变文》[⑩]《降魔变文》[⑪]《难陀出家缘起》[⑫]和《只园图记》[⑬]。

这些佛传变文的内容，大抵承袭汉译佛典有关佛传之记述而来，但是并非完全依照所谓的“八相”内容全盘讲释，而是基于宣说之实际需要，撷取扣人心弦、引人入胜的故事情节，主要集中在释迦牟尼降生兜率、乘象入胎、腋下诞生、逾城出家和破魔、降魔等修行过程，至于成道、转法轮、入涅槃等情节，或因内容过于抽象，不易表述；或因情节不够具象，难以刻画，且劝化世俗之功效不易发挥，以致少有涉及。

从今存变文标题来看，北图 8437（云 24）虽原卷题有《八相变》，文中亦有云：“况说如来八相，三秋未尽根原”，然实际内容仅描绘到

① 敦煌写卷中的《太子成道经》，现存有 8 种，分别为 P.2999、S.548、S.2682、S.2352、P.2924、P.2299、S.4626 和北图潜字 80 号（北图 8436）。

② 敦煌写卷中的《悉达太子修道因缘》，现存 3 种，分别为日本龙谷大学藏本、S.3711 和 S.5892。

③ 敦煌写卷中的《太子成道变文》（一），现存 2 种，分别为 P.3496 和北图 8370（推 79）。

④《太子成道变文》（二）现存 S.4480，篇尾残缺。

⑤《太子成道变文》（三）现存 S.4128，首尾残缺。

⑥《太子成道变文》（四）现存 S.4633，首尾残缺。

⑦《太子成道变文》（五）现存 S.3096，首尾残缺。

⑧ 敦煌写卷中的《八相变》（一），现存 3 种，分别为北图 8437（云 24）、北图 8438（乃 91）和北图 8671（丽 40）。

⑨《八相变》（二）现存日本宁乐美术馆藏本，首尾残缺。

⑩ 敦煌写卷中的《破魔变文》，现存 2 种，分别为 P.2187 和 S.3491。

⑪ 敦煌写卷中的《降魔变文》，现存 6 种，分别为 S.5511、胡适藏本、S.4398、罗振玉藏本、P.4615 和 P.4524。

⑫《难陀出家缘起》现存 P.2324，首尾俱全。

⑬ 敦煌写卷中的《只园图记》，现存 2 种，分别为 P.2344 和 P.3784。

降魔而已。P.2299《太子成道变文》，每段文字开头虽有“第二下降阎浮提胎相”“第三王宫诞质相”“第四纳妃相”“第五逾城出家相”[①]等与“八相”有关的小标题，然因首尾不全，现存残卷仅存至逾城出家的描述而已。《太子成道经》和《悉达太子修道因缘》顾名思义是着重在修道成佛的部分。至于《破魔变文》[②]，则着重叙述佛陀成道之际，魔王波旬欲扰乱破坏，最终被佛陀降伏的情节。《降魔变文》和《只园图记》[③]主要聚焦于舍利弗与六师外道斗法大获全胜，六师外道皈依佛陀的神奇故事。《难陀出家缘起》则是佛陀为度化其弟难陀，带领其弟游历天宫、地狱诸处，使难陀感悟出家。这些变文中又以《太子成道经》《悉达太子修道因缘》《八相变》的内容最为完整，记叙内容从兜率天宫降生到出家修行各阶段皆有铺叙。至于其他佛传变文或因囿于宣讲时间及场合，颇有仅针对某一部分（如太子诞生、王宫生活、逾城出家）或片段集中进行发挥。由此可见，佛传变文主题基于俗讲变文的化俗本质及宣讲目的与效果，特别着重铺陈太子修行成道的历程，有别于佛传经典重视佛陀一生化仪的示现。显然是宗教的佛传与文学的佛传的差异，这也是佛教世俗化适合阅听受众在主题与情节上所做的抉择，更是敦煌佛传变文的特色之一。

就情节发展来看，佛传变文除了敷衍太子成道的故事外，为了使故事情节更贴近民众心理，讲唱者还渗入许多与佛教无关的题材，包括史

---

① 见潘重规《敦煌变文集新书》，台北：文津出版社，1994 年，第 513 页。

② 侯纪萍《佛经“魔女惑佛”与〈破魔变文〉之比较》（《东吴中文研究集刊》13，2006 年 6 月，第 99—118 页）一文，将魔女惑佛的情节进行比较，发现佛经虽叙事性不强，但对于情欲刻画深刻，《破魔变文》仅描绘表面事物，内容不及佛典精彩。

③ 罗宗涛《贤愚经与只园因由记，降魔变文之比较研究》（《中国古典小说研究专集》2，1981 年，第 109—188 页）一文，将《贤愚经》《只园因由记》和《降魔变文》进行比较分析，认为《降魔变文》乃根据《贤愚经》，并将顺序另作安排，而《只园因由记》则杂揉各种资料，不完全遵循《贤愚经》。

传、笔记小说[①]，民间传说、风俗以及信仰等，借此强化与阅听受众的互动，增强宣讲之感染力。例如在“入胎情节”方面，《太子成道经》和《悉达太子修道因缘》皆描绘了净饭王梦见双陆频输的内容，《太子成道经》云：

是时净饭大王，为宫中无太子，忧闷寻常不乐。或于一日，作一梦，梦见双陆频输者。明日即问大臣：“是何意旨？”大臣答曰：“陛下梦见双陆频输者，为宫中无太子，所以频输。”

此梦兆虽未出现在汉译佛传经典之中，然而《新唐书》卷115《狄仁杰传》则记载狄仁杰与王方庆为武则天解说“双陆频输”梦兆意义[②]的相关记述，显然是变文吸取了唐代的时事轶闻。其次，在有关净饭王夫妇祈子的情节中，《太子成道经》有云：

大王问大臣：“如何求得太子？”大臣奏大王曰：“城南满江树下，有一天祀神，善能求恩乞福。往求太子，必合容许。”……是时大王便到天祀神边，索酒〔亲〕自发愿，……夫人道：“大王何必多贪？求男是男，求女是女。〔男女〕一双，难为求觅。”夫人索酒，亲自发愿浇来。甚道：“若是得男，神头上伞盖左转一匝；〔若是〕得女，神头上伞盖右转一匝。”

“不孝有三，无后为大”乃中国儒家传统的孝道思想观念，深入民心而

① 侯淑娟《敦煌文书“太子成道故事”初探》，收录林炯阳先生六秩寿庆论文集编辑委员会编《林炯阳先生六秩寿庆论文集》，台北：洪叶文化事业有限公司，1999年，第799—837页。

② 宋欧阳修、宋祁撰《新校本新唐书附索引》，台北：鼎文书局，1981年，第4212页。

牢不可破。变文中净饭王夫妇祈天祀神的求子行为，有别于佛传经典的内容，这显然是讲唱变文的化俗法师将当时中国社会流行的求子习俗反映在变文的讲唱，以期制造听众真实的情境，达到听讲的感染效果。

在“诞生情节”方面，如《太子成道经一卷》云：“九龙吐水早是贵，千轮足下有瑞莲开”，《悉达太子修道因缘》则：“九龙吐水早是贵，千轮足下有莲开”，《八相变》则云：“太子既生之下，感得九龙吐水，沐浴一身……九龙吐水浴身胎，八部神光曜殿台”，可见九龙吐水的说法在佛传变文中大抵一致。然《佛本行集经》仅有灌注冷、暖二水的两条龙而已，九龙浴佛有可能受到中国以“九”为吉利数字有关。盖九为阳数，乃帝王之数。龙在中华民族象征着吉祥喜乐，九龙更代表帝王至尊无上的神圣意涵，所以变文讲唱均称九龙浴佛，实不难理解。另外，“回娘家产子”情节，《太子成道经》《悉达太子修道因缘》《八相变》皆将佛传中摩耶夫人回娘家途中生下太子的内容，转变成摩耶夫人留在迦毗罗国生产，此种改变印度生产习惯之转变显然是因应中国文化观念而变异。

在“纳妃”情节方面，《悉达太子修道因缘》和《太子成道经》中，皆描述悉达太子选定耶输陀罗为妃时，问道：“且问夫人三从之事，有则在家从父，出嫁从夫，及至夫亡，即须任从长子。……你从与不从？”表明耶输陀罗必须能行“三从”才能结婚。众所周知，“三从”“四德”是中国古代妇女礼教的核心①，讲唱者特意穿插中国儒家对妇女“三从”的道德推崇，作为太子纳妃的条件，显然是为了投合儒家思想，以期更能拉近与听众的距离。

就人物形象来说，佛传变文主要以世俗情感的刻画为重，以《悉达太子修道因缘》为例，将净饭王、摩耶夫人因宫中无太子而忧恼，以及向天祀神祈子的迫切心态，淋漓尽致地表现出来；其次，为太子游四门

① 《仪礼·丧服·子夏传》：“妇人有三从之义，无专用之道。故未嫁从父，既嫁从夫，夫死从子。”

之后，不再眷恋世俗，逾城修道的决心；又特意留一瓣香，嘱咐耶输有难烧此香当来救护；担忧宫人受罚，并刻意留其马踪：

太子遂告四天门王，其诸处宫门，并皆锁闭，所伴宫人，悉是不睡，如何去得！便被四天门王以手指开宫门关锁，应有守伴之人，便交睡着。太子道："我一身觅其解脱，向后彩女，苦难如何。"太子预见前事，遂唤夫人向前，"今有事付嘱，别无留念，只有一瓣美香，夫人若有难之时，但烧此香，遥告灵山会上，启愿必当救护。切须依此言语。"付嘱已讫，其太子便被四天门王齐捧马足，逾城修道，回手却著玉鞭，遥指耶输道："有佛来世出现之时，生八王子，见大圣出家，亦须随梵行，引接太子。"临行，宫人睡着，彩女昏迷。太子思忖再三，恐虑宫人在后不知所去，遭受苦楚，遂于城上，留其马踪。太子与四天门王，便往雪山修行。

当耶输母子被推入火坑，世尊手指火坑变作清凉池，因而不被烧，证明罗睺罗为世尊之子，《悉达太子修道因缘》如此描述：

到雪山已经时久，耶输降下一子。父王闻之，拍手大怒道："我儿山间苦行，近及六年，因何有此孩子。"其新妇答云："此是马鞭指腹化生之男。"……耶输既是使人不肯取其香炉去，寻时却发遣道："将火只于手心中，若是乱宫之子，其无情之火烧手交烂，或是马鞭指腹之子，其火变作清凉。"耶输遂于裙带头取得太子所留美香一瓣，只于手中焚烧，其香烟化为一盖，直诣灵山。其世尊见于香盖，便知耶输母子被父王推入火坑，遭其此难。世尊遂向灵山遥望火坑，以手指其一指，火坑变作清凉池，兼有两朵莲花，母子各坐一朵，不苦化生之子，莫论焚烧耶输母子，直言毫毛一枝不动。

这些在在都流露出世俗父母、子女与夫妇之间的情愫。又变文讲唱之进行，于进入正式宣讲经文或故事之前，例有吟唱一段震慑座下听众使其专心致意听讲之押座文。押座文通常以篇幅短小的七言韵语为主，内容或概括正式讲唱的内容；或以宣说人生无常；或扼要地概括咏叹佛陀一生的“八相”主题以作为通用押座文。是有关佛传主题的押座文，可作为《太子成道经》或《八相变》的专用押座文，也可作为一般讲经变文套用的通用押座文。如S.2440《八相押座文》描述降生、纳妃、逾城出家、六年苦行、降魔成正觉、转法轮等。

始从兜率降人间，先向王宫示生相，
九龙齐唱香和水，争浴莲花叶上身。
圣主摩耶往后园，嫔妃彩女走乐喧，
鱼透碧波堪赏玩，无忧花色最宜观。
无忧花树叶敷荣，夫人彼中缓步行，
举手或攀枝余叶，释迦圣主袖中生。
释迦慈父降生来，还从右胁出身胎，
九龙洒水早是衩，千轮足下有瑞莲。
阿斯陀仙启大王，太子瑞应极贞祥，
不是寻常等闲事，必作个菩提大法王。
前生与殿下结良缘，贱妾如今岂敢专，
是日耶输再三请，太子当时脱指环。
长成不恋世荣华，厌患深宫为太子，
舍却金轮七宝位，夜半逾城愿出家。
六年苦行在山中，鸟兽同居为伴侣，
长饥不食真修饭，麻麦将来便短终。
得证菩提树下身，降伏众魔成正觉，
鹫岭峰头放毫相，鹿苑初度五俱轮。

先开有教益群情，次说空宗令悟解，

后向灵山谈妙法，益今利后不思议。

此外，S.3711v《悉达太子押座文》，以及 P.2044《押座文》中也吟唱有赞叹佛陀悟道转法轮的内容："只为慈悲愍念多，现八相人间成正觉，先向鹿苑谈四谛，后到灵山说一乘。"

佛陀的降生，广为宣说，为重要而鲜明的弘传文学，破魔、降魔也是信众喜闻乐道的精彩故事之一。宣讲佛传主题中破魔变与降魔变是文学性极为强烈而浓郁的讲唱文学，深受中日文学研究者的重视，以为其叙事手法、故事情节视为后代封神、西游等一类神魔小说之嚆矢。

佛陀本是迦毗罗卫国的悉达太子，因感于生命的无常而舍弃王位出家修道，是一位历史上真实存在过，由精进求道而获得正觉的修道典范。作为佛教的创始人，佛陀的个人形象在亲传弟子、再传弟子和其他佛教信众心目中都是极其崇高伟大的。信徒们把佛陀的身世、经历及言行一代一代地传述下来，作为传教的教材和信众行为的规范与楷模。后来随着佛教的发展，僧人们对佛陀的生平与经历进行了改造与神化，佛传故事便大大丰富起来，佛传故事中的佛陀与历史上的佛陀也就有了相当大的距离，且逐渐被渲染为神。

佛陀的传记是一个不断被发展、丰富的过程，后来的佛传文学往往将当时佛教发展的特色渗入佛传中。汉译佛传经典主要集中在本缘部，包含有《修行本起经》《中本起经》《太子瑞应本起经》《普曜经》《异出菩萨本起经》《僧伽罗刹所集经》《佛所行赞》《过去现在因果经》《佛本行集经》《方广大庄严经》《众许摩诃帝经》《佛本行经》等，叙述佛陀从出生到得道的过程，充满神异的内容，关于佛陀及其声闻弟子的各种神通变化，叙事丰富，具有浓厚的神话色彩，佛陀也由人而上升为具神格性的全能者。其中，《佛本行集经》为汉译佛传经典中的集大成者，情节内容最为丰富，文学价值亦最高。

从对佛传变文的内容分析中，我们可以看到，从汉译佛传经典至佛传变文，其间的联系是明显的，后者脱胎于前者。尽管佛传变文是以汉译佛传经典为基础，仍以佛传故事为题材，但故事性成为其首要特征，宣教反而属于次要。佛传变文在内容上、形式上都渐渐脱离汉译佛传经典的束缚。

汉译佛传经典将佛陀的生命历程归纳成八段最重要的情节，谓之“八相成道”，包括第一降兜率相，世尊由兜率天宫下生人间；第二入胎相，世尊乘坐白象由摩耶夫人右胁入胎；第三诞生相，世尊从摩耶夫人右胁降生；第四出家相，世尊有感于人之生、老、病、死的苦而出家学道；第五降魔相，世尊成道前降服群魔的扰乱，正定不为所动；第六成道相，世尊经过六年苦修，终于在菩提树下成等正觉；第七说法相，世尊成佛后，四处行化，广说法教；第八涅槃相，世尊最后娑罗双树下入于涅槃。“八相成道”显示佛陀一生从自觉、觉他，以致觉行圆满的生命典范。

佛传变文的情节是依据汉译佛传经典“八相成道”的结构而成，通常省略了较缺乏神异色彩及庶民大众不易理解的成道和涅槃两个情节。有些情节单元是承袭汉译佛传经典而来，如菩萨上生兜率陀天、菩萨遣金团天子观察下界、观田生厌、向护弥提亲等。有些情节单元则是在汉译佛传经典的基础上进行转化，如善慧受记的情节将汉译佛传经典记载的泥地变为大池，以增强善慧向佛的坚定意念。菩萨托胎的情节将汉译佛传经典记载的菩萨从右胁而入，变为自顶而入，后安于右胁或先托胎于左胁，然后再入于右。净饭王召相师的情节将汉译佛传经典记载净饭王的忧愁恐惧，演绎为怀疑悉达太子是妖精鬼魅。结坛说法的情节将汉译佛传经典记载的讲堂，融合说法转变为结坛说法；出游四门的情节将汉译佛传经典记载的老苦、病苦、死苦，搭配东、南、西、北四门，新增生苦。舍弃苦行的情节将汉译佛传经典记载的天神或树神相助，转变为文殊菩萨垂手引之。世尊化饭的情节将汉译佛传经典记载的非时浆转变为饭。有些情节单元则是新增汉译佛传经典所没有的，如净饭王梦见双陆频输的情节是采用当时流行的双陆题材而新增的。净饭王夫妇祝祷祈子的情节是为了增加佛陀出生的传奇色彩而新增的。净饭王讲述四种轮王的情节是融入佛教的四种轮王而新增的。须达诳只陀太子的情节是为了增加故事的曲折性而增加的。舍利弗欲提前斗法是为了强调舍利弗有必胜的把握而新增的。

佛传变文的故事人物也是依据汉译佛传经典而来，包含有主要人物佛陀，次要人物净饭王、摩耶夫人、阿斯陀仙人、耶输陀罗、须达多长者、舍利弗、难陀、魔王、魔女等人，其中佛陀、须达多长者、舍利弗、难陀、魔王、魔女的人物形象，皆和汉译佛传经典的记载有所不同。佛陀殊胜的容貌由汉译佛传经典的详细记载，转为简略叙述，是为了因应佛传变文的讲唱性质。须达多长者由汉译佛传经典记载的行事磊落，转变为工于计谋，是为了增强娱乐的效果。舍利弗由汉译佛传经典记载的智能第一，转变为较缺乏自信，是为了烘托佛陀的法力无边。难陀由汉译佛传经典记载的贪恋尘世，转变为断除尘念，是唯恐世俗大众对佛教产生误解。魔王波旬由汉译佛传经典记载的商量讨论，转变为独断专行，是为了因应佛传变文讲唱演出时的需要。魔女由汉译佛传经典记载的动作诱惑，转变为语言诱惑，也是为了因应佛传变文讲唱演出时的需要。

汉译佛传经典本身寄寓了太多的说教内容，到佛传变文时，由于故事的曲折离奇、悦耳动人以吸引信众，是佛传变文生存下去的第一要素，因此，佛传变文将汉译佛传经典的记载加以转化，对故事情节刻意渲染夸大，以增加文学性和趣味性。为了使人物的形象、性格更加立体，佛传变文注意人物的心理描写，借以揭示人物的精神世界。在语言方面，佛传变文除了采用当时流行的俗语、谚语，以此拉近讲唱者和听众之间的距离外，也不乏典雅的骈文丽句。

佛传变文在宣讲佛陀生平事迹的宗教内容时，不时夹带着中国传统的儒家思想色彩，鼓吹忠君爱国等观念，以迎合和吸取儒家的义理，调和佛教与儒家的冲突。这是汉传佛教的重要表现之一，也是佛教中国化的结果。

面对庶民百姓，佛教的传播必须以通俗的方式、口语化的语言、生动的故事来集中其注意力，诱导信众向善崇佛，不仅促进了佛传变文宣讲方式的通俗化，也加快了佛教世俗化的进程。佛传变文的讲唱者按照民间的理想、观念、角度，对情节单元、人物形象加以改造、安置，民间的一切得到较为全面、集中的展示。在佛传变文中，佛陀虽然拥有非凡的能力，一切的困难和敌人在佛陀面前都是不堪一击，但是影响、支配佛陀行动的，仍然是民间最基本的道德标准、世俗亲情。这些民间的处事准则，是推动着佛传变文的故事发展、人物行动的真正动力，佛传变文以民间的眼光对它们作了肯定和张扬。在佛传变文中，充溢、激动着民间的灵魂与情感，寄托了他们对美好世界的向往和对释迦牟尼佛的歌赞，同时也反映着庶民百姓的梦和生活。

佛传变文作为佛教的一种宣传方式，为佛教的中国化、世俗化提供了一条极佳的途径。

佛传变文杂糅进许多中国的传统思想、习俗观念等具有本土色彩的文化因素，使得佛传变文的宗教性和世俗性相互辉映，达到宣传佛教教义和满足听众心理需求的双重目的。佛传变文的流传，使得佛教走入更广泛的社会基层，推动和促进了佛教的中国化过程。而佛传变文表现出的对儒家思想积极的投合吸取，对道教强烈的排斥对抗，以及受到中国传统习俗观念的深刻影响，都是佛教传入中国后与中国传统思想文化相互碰撞、对立而后走向圆融的种种表现。这个碰撞融合的过程就是佛教中国化过程，敦煌佛传变文正好反映了佛教中国化过程的轨迹，所以说佛传变文是佛教思想融入社会意识的一个象征，是佛教中国化过程的一个里程碑。

整体而论，佛传主题在敦煌讲唱变文的运用，使用率颇高，且在佛传文学中，孕有中国化、世俗化的发展特色，深受重视。日本黑部通善在《日本佛传文学の研究》[①]一书中特立“民众の佛传文学——敦煌の佛传变文”一节来讨论；也有以“敦煌佛传变文研究”为题撰写硕士论文的[②]。

二、佛传歌赞

佛曲歌赞主要用来赞叹诸佛菩萨，敦煌佛曲歌赞中涉及佛陀生平之歌咏甚多，其中较为集中且形成佛传主题的佛曲歌赞作品，今存写本主要约有七种，分别是《悉达太子赞》（悉达太子修道因缘）[③]、《太子赞》（听说牟尼佛）[④]、《太子入山修道五更转》[⑤]、《太子五更转》[⑥]、《圣教十二时》（摩耶夫人生太子）[⑦]、《太子赞》（我今舍却人间宝）[⑧]、《太子赞》（释迦住在保城楼）等[⑨]。

虽然敦煌佛曲歌赞的内容与佛传经典、佛传变文主题相同，然文献属性有别，因此对于佛传内容的表现就有其各自的重点与特色。整体来说，敦煌佛传歌赞比较着重歌咏悉达太子夜半逾城入雪山修道的情节。例如《悉达太子赞》（悉达太子修道因缘）的开端：“迦维卫国净饭王，悉达太子厌无常。誓求无上菩提果，夜半逾城坐道场。太子十九远离宫，夜半腾身越九重。莫怪不辞父王去，修行暂到雪山中”；《太子赞》（听说牟尼佛）：“太子无心恋，笙歌不乐观，惟留娱乐意忡忡，只欲游四门……作瓶来下界，太子乘朱鬃，宫人美女一丛丛，太子出樊

① 黑部通善《日本佛传文学の研究》，大阪：和泉书院，1989年。
② 游靖珠《敦煌佛传变文研究》，嘉义大学中国文学系研究所硕士论文，2011年。
③ 敦煌写本计有S.3711、S.5487、S.5892、P.2924、P.3645等五件。
④ 敦煌写本计有S.0126和S.2204两件。
⑤ 敦煌写本计有P.3061、P.3065、P.3817、S.6537及李盛铎旧藏本等五件。
⑥ 敦煌写本计有P.2483、P.3083两件。
⑦ 敦煌写本计有P.2734、P.2918两件。
⑧ 敦煌写本计有P.4017。
⑨ 敦煌写本计有Дx.1230。

笼”；《太子入山修道五更转》：“三更夜已停，嫔妃睡不醒，美人梦里作音声，往相迎。出家时欲至，天王号作瓶，空中闻唤太子声，甚叮咛。我是四天王，故来远自迎，朱鬃便蹑紫云腾，共去夜逾城。”这些作品描写嫔妃美人熟睡之际，正是出家好时机，且有四天王来迎接，太子趁此机缘乘朱鬃逾城而出。《太子五更转》：“一更初。太子欲发坐寻思，奈知耶娘防守到，何时度得雪山川。二更深。五百个沈士睡昏沈，遮取黄羊及车匿，朱鬃白马同一心。”也是叙述太子决心入山修道前，受到爷娘的阻碍，于是趁五百力士熟睡时，骑朱鬃白马出城而去。

因此，对于人物形象的刻画，并不在于太子在雪山修道的过程，而是着墨铺陈宫中成员失去太子之后的各种反应。例如《悉达太子赞》(悉达太子修道因缘)：“发遣车匿却回归，朱骔步步泪双垂。车匿闻言声哽咽，浑捶自扑告夫人。父闻惊走出宫门，姨母号咷问去因。怨恨去时不相报，肝肠寸断更无踪。”描述车匿返回报告后，引起父王、姨母不舍而号啕大哭的情形。其次，生动描摹太子妃耶输的可怜情境，本来以为“自为新妇到王宫，将谓君心有始终”，却换来“准望百年同富贵，抛我如何半路中”。更烦恼的是“六年始养冤家子，此事何如辩伪真?”在“父王问时多少怒，释众闻知发大嗔”情况下，被武士推向火坑，“武士拥至火坑傍，垂垂泪落数千行。阿娘一身遭火难，不忍怀中一子伤”。所幸太子以神通力，使火坑变为清凉池，耶输母子才幸免于难。虽然耶输陀罗母子遭难、遇救的过程，情节多与史实不符，却颇能掌握一般信众所关怀的故事焦点，夫妻情义、母子亲情，深有吸引听众的魅力。

此外，《圣教十二时》（摩耶夫人诞太子）的内容，则是歌咏悉达太子诞生的异象、游四门后决定修道、苦行、悟道成佛、行教，以迄双说法，弟子忏悔等故事，内容与“八相成道”较相近。其文云：

夜半子。摩耶夫人诞太子。步步足下生莲花。九龙齐吐温和水。

鸡鸣丑。昔日诸亲本自有。黄羊车匿圈东西。不那千人自心有。
平旦寅。太子因中是佛身。本有三十二相好。神通智慧异诸人。
日出卯。出门忽逢病死老。即知此界正堪修。便是回心求佛道。
食时辰。本性持戒断贪瞋。不羡世间为国王。唯求涅槃成佛因。
隅中巳。库藏金银尽布施。怜贫恤老又慈悲。每有苦灾今日事。
正南午。太子修行实辛苦。每日持斋一麻麦。舍却嗔贪及父母。
日昳未。太子神通实智慧。眉间放光照十方。救拔众生出五趣。
晡时申。法性广开妙法门。降得魔王及外道。莎罗邻里见至尊。
日入酉。阎浮提众生难化诱。愿求世尊陀罗尼。若有人闻诵持受。
黄昏戌。佛闻双林无有失。阿难合掌白佛言。文殊来问维摩诘。
人定亥。十大弟子来忏悔。佛说西方净土国。见文自消一切罪。

其中，“黄昏戌”写文殊问维摩诘之事，似乎与佛传主题无关，而“人定亥”写“十大弟子来忏悔，佛说西方净土国”，与《太子赞》（听说牟尼佛）中“常念弥陀转法轮，救度世间人”，皆显示本歌曲可能与净土信仰的流传有关，尤其《太子赞》将“念弥陀”观念融入佛传歌赞之中，很可能受到“弥陀净土信仰”的影响。

另外“七、三、七、三”句式《散花乐》和声的联章佛曲歌辞，也有歌咏八相成道故事的内容。此类抄本有 S.4690、BD09369（北图周90）、BD07805（北图 8362、制 5），S.1781、S.6417、S.5572、S.5557、P.2563、S.668、P.3645、Дx00828 等 11 件。如 S.1781：“散莲华乐、散华林，散莲华乐、满道场。稽首归依三学满，散华乐，天人大圣十方尊，满道场。昔在雪山求半偈，散华乐，不顾躯命舍全身，满道场。巡历百城求善友，散华乐，敲骨出髓不生嗔，满道场。帝释四王捧马足，散华乐，夜半逾城出宫阙，满道场。苦行六年成正觉，散华乐，鹿苑初度五归轮，满道场。弘誓慈悲度一切，散华乐，三乘设教济群生，满道场。大众持花来供养，散华乐，一时举手散虚空，满道场。”全篇十六句，除前两句“散莲华乐、散华林”，“散莲华乐、满道场”外，其他各句均作七言，句末接三言和声，分别以“散华乐”与“满道场”交替运用。其“帝释四王捧马足”“夜半逾城出宫阙”“苦行六年成正觉”“鹿苑初度五归轮”分别歌咏逾城出家、苦行证道、初转法轮等，无疑也是以佛传故事为主题的歌赞。可见唐代佛传在佛曲歌赞之运用，不论禅宗、净土宗，均普遍而流行。

三、礼忏文的佛传主题

敦煌礼忏文中，也出现有关佛传主题的内容，主要在表现对释迦佛的虔敬、赞叹，北图 8347（生 25）《降生礼文》和 S.5433《八相礼》[①]便是。

《降生礼文》的主礼对象为释迦牟尼佛，并以八礼依次敬礼佛陀一生所示现的八相成道，包括第一护明菩萨从兜率来仪相、第二岚毗降生相、第三四门游观相、第四逾城出家相、第五雪山修道相、第六因缘果满相、第七宝座降魔相、第八说法韬光相。汪娟在《〈降生礼文〉与八相成道》[②]一文，将《降生礼文》与其他经疏的八相内容进行比对，认为《降生礼文》对八相的取择，较偏重于修道的历程和人天的赞叹，尤其着重佛陀的诞生，包括从右胁生、天王捧足、七步生莲、九龙吐水等精彩情节，故《降生礼文》中充满热闹、祥瑞、喜庆的气氛。其次，太子逾城出家的关键，在于游四城门之后，深感生老病死无常之苦，因此，《降生礼文》特立“第三四门游观”一相。至于涅槃相，在《降生礼文》中仅与“时时转法轮”的说法合并，或许是为了避免影响庆祝佛诞的喜悦心情，而淡化了对佛陀入灭的哀伤。

---

① S.5433 册子中抄写的《八相礼》，极有可能是《降生礼文》的异称，或是和《降生礼文》性质相近的礼忏文，故不特别介绍。

② 参见汪娟《唐宋古逸佛教忏仪研究》，台北：文津出版社，2008 年， 第 21—60 页。

就情节发展而言，第四逾城出家相中的“朱骔素月侵”，叙述太子月夜里骑朱骔白马逾城出家的景象。但各佛传经典仅作白马，不言朱骔；而在佛传变文中却频频出现“朱骔”或“騃骔”盖为抄本文字的类化，如《太子成道经》描述太子于出四城门及逾城时，曾多次出现“騃骔”白马；《悉达太子修道因缘》有“騃骔白马泪双垂”；《太子成道变文》有“车匿五百白马共成騃骔，共佛四月八日同时生”“忽见槽上所有百千疋龙马内，见騃骔白马一疋”；《八相变》也有“太子来日，遂遣车匿，被于騃骔，往出城门”和“被得騃骔白马，牵来直近阶前”等等。[①]又如第五雪山修道相中的“鹊向顶心巢”，说明太子在雪山修苦行，与鸟兽为伴，甚至有鹊鸟在其头顶筑巢，此段情节亦不见于佛传经典，但也出现在佛传变文中，如《悉达太子赞》有“鸦鹊巢居顶上安”；《悉达太子修道因缘》有“鸦雀巢窠顶上安”；《八相变》有“顶鹊为巢”以及“鸦鹊巢窠顶上安”等。[②]可见《降生礼文》除了依据佛传经典既有的情节外，隋唐五代时期，随着佛教传播的中国化、世俗化，也增添了许多佛教经典所未见的情节。

① 参见潘重规《敦煌变文集新书》，台北：文津出版社，1994 年，第 503—507 页、第 535 页、第 557 页、第 567 页、第 580—581 页。

② 同前注，第 511 页、第 535 页、第 582 页。

第二节

敦煌佛教文学中的无常主题

一、佛典中的无常思想

“无常”系相对于“常住”而言，指世间一切万有皆处于变动的状态，随因缘生灭迁流而不常住。佛教根本教义“三法印”之一的“诸行无常”，即说明了世间一切无有常性的现象。因此，认清无常、正观无常，可达到解脱生死的修行目的。譬如《杂阿含经》卷一云：“当观色无常……受想行识无常，如是观者则为正观。正观者则生厌离，厌离者喜贪尽，喜贪尽者说心解脱。”[①]从色、受、想、行、识五蕴去观察一切现象没有永久存在的，随时在变化，无常而不实。又《大智度论》卷三十七有云：“观一切有为法无常，智慧相应相，是名无常想。一切有为法无常者，新新生灭故，属因缘故，不增积故。复次，生时无来处，灭亦无去处，是故名无常。……若观诸法无常，是为真涅槃道。”[②]这说明一切有为法皆由因缘和合而有，未生前不存在，生后又会消灭，灭后亦不存在，没有常住的实体可寻。此外，《大般涅槃经》卷十四的“无常

① 《杂阿含经》卷一，T02，no99，第1a页。

② 《大智度论》卷三十七，T25，no1509，第229a页。

偈”云：“诸行无常，是生灭法；生灭灭已，寂灭为乐。”[①]更明白地歌咏世间有生就有灭，没有什么是长存不坏的，只有了悟生灭相续的无常之理，才能超脱生灭，达到寂灭的境界。

除了义理的阐释外，《大智度论》中也记载了运用各种事相的描述来呈现无常的观念。例如：“复次，二种世间无常，故说无常；一者众生无常，二者世界无常。”又：“凡夫人或时知身无常，而不能知心无常。”又如：“现见死亡啼哭，是则众生无常；如草木凋落，华果磨灭，是则外物无常；大劫尽时，一切都灭，是为大无常。”还有：“无常亦有二种：一者念念灭，一切有为法不过一念住；二者相续法坏，故名为无常，如人命尽，若火烧草木，如煎水消尽。”[②]《佛说无常经》也说：“生者皆归死，容颜尽变衰，强力病所侵，无能免斯者。假使妙高山，劫尽皆坏散，大海深无底，亦复皆枯竭，大地及日月，时至皆归尽，未曾有一事，不被无常吞。”[③]更具体从人类生老病死的变化，以及山川大地的生住异灭，说明世间没有一个人不死亡，没有一件事是恒常不变的道理。

佛教传入中国之后，经由佛典的翻译与传播，文人雅士对佛法多所接触，于是南北朝开始有关无常主题的诗歌一时蜂出。如晋陶渊明《拟古诗》四首，已蕴含佛教“世界无常”的观念，“山河满目中，平原独茫茫。古时功名士，慷慨争此场。一旦百岁后，还相归北邙。松柏为人伐，高坟自低昂。颓墓无遗主，游魂在何方。荣华诚足贵，亦复可怜伤。”梁简文帝的《被幽述志诗》，也是咏叹无常的诗作。至于专以无常为主题的佛教诗歌，则有北周释亡名的《五苦诗》，此诗从生、老、病、死、爱别离五苦，描述一切无法常住不变，以“老苦”为例：“少日欣日益，老至苦年侵；红颜既罢艳，白发宁久吟。”说明青春少年终会变

① 《大般涅槃经》卷十四，T12，no374，第450a页，第451a页。
② 《大智度论》，T25，no1509，第372b页。
③ 《佛说无常经》，T85，no2912，第1458b页。

老，红颜无法常驻，有朝一日也会白发苍苍。佛教普及的唐五代，文人居士于佛教诗歌赓续发展，无常主题的作品更是丰富多姿。

二、敦煌佛教文学中的无常主题

敦煌文献中，有关宣说“无常”主题的佛教文学作品。有佛曲、诗赞，如《十无常》《百岁篇》《叹百岁诗》《九想观》《十二时》；有俗讲变文，如《无常经讲经文》、押座文、解座文及各讲经变文中，均见穿插无常思想以劝化大众；礼忏文也有“无常偈”的吟唱等，这些作品的主题内容多以咏叹人身无常和世间无常为主。

其中，直接以无常为题名者，有S.126和S.2204的《十无常》。全篇分十章，除末章之外，其他九章末句皆套用“不免也无常”，用以加强无奈的叹息感。首章主要感叹时光短促，以为纵使福报具足的转轮圣王，不知不觉中容颜也随着岁月流逝而改变：“每思人世流光速，时短促，人生日月暗催将，转茫茫。容颜不觉暗里换，已改变，直饶便是转轮王，不免也无常。堪嗟叹，堪嗟叹，愿生九品坐莲台，礼如来。”接着，各章列举历史人物为例，慨叹即使像具有文才武艺的张良、樊哙，好争人我的少年英雄，夸打巢云令的好儿郎，芙蓉貌的美女，长寿的彭祖等，皆无法摆脱无常催逼，最后终究会离开世间，甚至连苦心经营的财宝、荣华富贵、所居住的浊世，亦不能长久。

佛教唱导、俗讲的活动中，无常思想的宣说更是主要而普遍的内容。梁慧皎《高僧传》唱导论即明白地说：“谈无常，则令心形战栗，语地狱，则使怖泪交零；征昔因，则如见往业，核当果，则已示来报；谈怡乐，则情抱畅悦，叙哀戚，则洒泪含酸。”[①]今所得见P.2305《无常经讲经文》（拟题）内容更是充满无常思想的宣说，如“人生一世，喻若漂蓬，贵贱虽殊，无常一盖。上至帝王，下及庶民，富贵即有高低，

---

① 梁慧皎《高僧传》，汤用彤校注，北京：中华书局，1992年，第521页。

无常且还一种。”阐述生命无常，不分贵贱终将死亡，并列举圣王三皇、商山四皓、美貌潘岳、长寿彭祖、教导五常的孔子、窈窕红颜的西施和妲己、富贵的石崇、甚至清净修持的僧道，皆一样被无常逼迫，随岁月渐长而白发徒增；又统领万方的金轮王、美若天仙的嫦娥与洛神、驻颜有方的道人、甚至清霄寺宇的僧众等，大限来时一样会死亡。这类作品中的“无常”，大多指“死亡”而言。

《十无常》和《无常经讲经文》皆列举曾经风光一时的历史人物为例，说明人生在世宛如电光石火一般，不论相貌美丑、寿命长短、财富多寡、德行高低，皆不可能久住世间，因而觉悟唯有发愿祈求往生阿弥陀佛西方净土，方能免除娑婆世间无常轮回的痛苦。从《十无常》每章句末和声的联章歌辞：“堪嗟叹，堪嗟叹，愿生九品生莲台，礼如来”，以及末章“分明招引经云教，净土好”；《无常经讲经文》：“念观音，求势至，极乐门开随取意，一弹指顷到西方，大圣弥陀见欢喜。更闻经，兼受记，必定当来值慈氏，永抛浊世苦娑婆，不向三涂受沈坠。”等等，可见这些佛教通俗文学均呈现明显鼓吹净土信仰的意图，借由阐述宣扬人世无常的道理，劝诱信众切莫迟疑，往生九品莲台的佛国净土才是究竟之道。

其次，敦煌佛教文学中还有以人生岁月次第为轴，运用身体迁流不息的变动状态来阐述无常主题的作品。如《百岁篇》《九想观》。《百岁篇》是以十年为一阶段，随着时间的流转，分别咏叹人生自十岁到百岁的盛衰生灭过程，呈现无常的现实，用意与《无常经》“假使寿命满百年，终归不免无常逼”相近。S.2947、S.5549、P.3821 三件写本均以《缁门百岁篇》《丈夫百岁篇》《女人百岁篇》三篇连抄，透过一生形象不断变化的过程，强调人生、富贵皆无法恒常不变的事实，借以劝告庶民信徒莫羡慕世俗荣华，一切终将随百岁肉身死亡而化为尘土。

《缁门百岁篇》[1]，从“壹拾辞亲愿出家”写起，年幼进入寺院为沙弥，经历“贰拾”正式“剃发整威仪”，“叁拾”能够“精通法论全”，“肆拾”已达“幽玄总揽知”，“五十”获聘入宫担任国师，说法颇具影响力，“六十人间置法船，广开慈谕示因缘”，“七十”想退隐“求清净”，“八十”偶有“道人邀说法”，“九十”已感受“残灯未灭光辉薄”，终于“百岁”归尘土。特别是国师悟真在“三车已立门前路”弘法事业的巅峰，已深切体悟到世间无有常性，一切不可能长久维持不变，因此提醒信众应“念念无常劝福田”，否则百岁时“平生意气今朝尽，聚土如山总是空”，已后悔莫及。

《丈夫百岁篇》，内容咏叹男子青春年少时备受宠爱，“弟兄如玉父娘夸”，能参与各项游乐之事，“终日不解忧衣食”；到壮年四十时，人生渐走“下坡”，深刻感受“时光没有多”；五十岁强谋几事成之后，却很难适应“红颜已向愁中改，白发那堪镜里生”，无常变化的事实；历经六十到了七十岁，生理机能已大不如前，一方面要接受“无端老去令人笑”的事实，另一方面则面对“衰病相牵似拔茅”的痛苦；至于八十已是“忘前失后少精神”；到了九十岁进入“欲将言语泪先垂，三魂六魄今何在，霹雳头边耳不知”等种种衰象；而百岁终究“万古空留一土堆”。

《女人百岁篇》，叙述女人年少时婀娜多姿的美貌，让父娘倍加疼惜；二十笄年时父母许嫁；三十岁过着“纱窗揽镜整花钿，牡丹时节邀歌伴，拨棹乘船采碧莲”的愉快生活；但“四十当家主计深，三男五女恼人心”的家庭重责大任，只能努力“机织”而放弃“秦筝”。五十岁时为了不被夫家嫌弃，得强颜欢笑侍奉诸亲好友，回忆二八年华时仗着青春美丽，得以“不愁姑嫂阿家严”，心中便有无限感慨。到了六十岁，出现“面皱发如丝”“行步龙钟”的老态，却还得为儿女烦恼，“愁儿

---

① 《缁门百岁篇》除上述与《丈夫百岁篇》《女人百岁篇》连抄外，还有 P.3054、P.4525 两件写本。此篇人物为国师悟真。

未得婚新妇，忧女随夫别异居”。到“七十”与“八十”的年纪，身体出现“明晨若有微风至，筋骨相牵似打锣”“眼暗耳偏聋”“出门唤北却呼东”的老化现象。“九十”已是“残叶凋零大暮秋”的年岁，到“百岁”化为“尘埃”，只能“明月长年照土堆”。这些都是释门劝化世人所编写的佛曲歌赞。

此外，还有S.1588《叹百岁诗》，此诗自一十一歌咏至一百岁，内容与《丈夫百岁篇》类似。诗中借人生由年少（“春禾垄上苗初出”）到老死（“寂寂泉台掩夜空”）的过程，将每个阶段的人生样貌，以重点叙写的象征方式，呈现无常变化的生命。尤其从三十三“弯弓直向单于北，仗剑仍过瀚海南”的英气风发；演变成四十四“红颜夜夜改常仪，蝉鬓朝朝不相似”，到五十五“鬓边白发如素丝，颊上青颜若秋露”，八十八是“力弱形枯垂鹤发，骨瘦穷秋怯夜风”，甚至九十九“新生白发头上无，映日红颜更何有”，由容貌渐衰，鬓发转白的层层铺迭，对无常的体会更加深切。特别是“红颜夜夜改常仪，蝉鬓朝朝不相似”，更真实认清生命于相续演化过程中的无常变异。虽不见标示为僧徒之作，但佛教无常思想之意味浓厚，纵使非出自释徒之手，亦当是佛教无常思想影响下文人居士之作。

《九想观》，系以人从出生到老死的九个阶段为诗题，前五章言生相，写初生（婴孩）、童子（朣朦）、盛年（盛少年）、衰老、病苦（病患、病在状）等；后四章言死相，写死、膖胀、烂坏、白骨的变化过程，以观察相续不灭的无有常性。敦煌写本中表达无常主题的《九想观》诗，计有S.6631、P.3829、P.4597、P.3022及上海博物馆藏48（41379）等五件，其意旨大抵相近，但内容略有不同，兹分别说明如下：

S.6631《九想观诗》（婴孩相第一），借由观察婴孩相、童子相、盛年相、衰老相、病患相、死相、膖胀相、烂坏相、白骨相等不同阶段的变化过程，体悟众生无常的现实。前五章叙述人生阶段，从婴孩出生的

“宠怜膝下育，娇爱掌中存”；进而“状貌随年盛，形躯逐日红，三周离膝下，七载育成童”，到“竹马游闾巷，纸鹤戏云中”的童年欢乐；盛年时过着“烹鲜充美馔，酌醴献交酬”与“堂馆笙歌合，亭台舞伎流”的享乐生活；直至青春逝去转为衰老，深切感受到“肌肤随日减，容发逐年衰”“形消魂屡怯，气弱魄增微，伏策身难举，心行足不随”；最终呈现“伤叹老将至，悲病忽假□，力羸魂悄悄，气弱识沉沉”的病患貌，直至“始悔平生罪，悬愁业镜临”，开始担忧无常业报即将来临。后四章铺写死后肉体的演变，从死相的“气逐风灯化，神从朝露晞”；膖胀相的“魄散形瘤黑，魂离体胀彤”；烂坏相的“肢节一离散，形骸几断分”；到白骨相的“冥寞形神古，摧残白骨新，支离散荒野，零落瘗沙尘”。

本篇经由从出生到衰老的过程和死后烂坏成枯骨的演变，呈现世间没有恒久不变的事实。特别是以“状貌随年盛，形躯逐日红”，“壮年非久驻，盛色岂长留”，“肌肤随日减，容发逐年衰”，运用身体不断变化，没有一刻停止的现象，具体阐述无常之理。另外又以“逝水无还滴，流水岂再追”和“名与身俱灭，人将我共终，昔日欢笑地，今日尽成空”，用流水的一去不返，与今昔对比，更能强调无常的效果。此《九想观诗》透过观察色身无常的变化，体会一切万物无有常性，其目的在劝人认清“可患无常境，浮生若电云”的真相，应反省“何贪此火宅，不向涅槃门”，决心“禅慧由兹觉，知令离我人”，终能“心余解脱境，起度涅槃津”。

P.3892、P.4597《九想观诗》（初生想），将人生分为初生、童子、盛年、衰老、病苦、死、膖胀、烂坏、白骨等九个阶段。首章“初生满月字婴孩，内外亲罗送喜来”说婴儿初生时备受疼爱；次章“聚沙为佛塔”描写幼童玩耍的情景，但心智未开无法判别西东；到“三十红颜盛少年，意气英雄文武全”的盛年，不仅衣冠、车马等荣华富贵享用充足，也有“妻妾纵横满目前”的风光；等到步入衰老阶段，不仅生理上

“骨竭筋枯皮肉疏”，外貌上“面上红颜千道皱”，甚至连行动“欲行十步九长嘘”；第五章“四支沉重染缠屙，日夜衽羸苦渐多，百味目前俱不入”，观想年老的各项病苦，纵有美味当前亦食不下咽。前五章依岁月增长描写由幼到老的变化过程，特别在衰老与病苦时，对无常的体会最为深刻。后四章描绘死后身体烂坏为白骨的过程，第六章将生时“妻妾平生多捧拥”，与死时妻妾避之唯恐不及，形成强烈对比；第七章膖胀时被家人送至“丘冢”间，此时“唯见一堆浓血聚，何曾更有旧红颜”，将死尸与红颜做了前后对照；第八章经风吹日晒后皮肉已烂，而“虫衔兽曳”更使筋骨分离，支节散落；末章感叹荒草中的白骨，当年皆曾是富豪或意气风云者。此卷除了从身体的变化宣说无常之外，更进一步从生前死后人事变化的差别，说明世间无常之理。

P.3022《九想观诗》，本卷的表现形式有别于其他写卷，仅以五言十六句涵盖人生与死后的过程，内容略过了初生、童年、盛年阶段，直接感叹世间无常的变化。从“荣盛宁堪久，红颜俄已迁”写起，前八句写人生由衰老（早怀白首恨）至病苦（更苦病来缠），而烦忧难入眠（枕席霄难度），终至于死（含怨赴黄泉）；后八句则写死后鸟兽狼虎啃食血肉，万化为灰烬，随风野散的状态。

上海博物馆藏48（41379）《九想观》，开端序诗云：“如来妙法大慈悲，广度众生无尽期。地水火风成四大，观心阿那是无为。世人每思九想观，即知变太化来非。识性了心须觉悟，从生至死缀成词”，已点明世间由地水火风假合而成，没有恒常不变的事物，透过《九想观诗》观察人从生至死的过程，便可体悟无常变化的现实。

“第一观　作婴孩”，从“绫彩罗画迎三日，瑞锦箱成满月裁”起，描写婴孩初生受父母亲人疼爱的情形。“第二观　作艟艨”，以“骑竹马，逐游从”“争能鹦鹉牵猧子”“筑城弄土一丛丛”等游戏，叙述童年嬉戏欢乐之事。“第三观　盛少年”，年轻气盛时，好与人斗武，“拓石翘关唯斗壮，弯弓遥射五陵前”，还能“论诗说赋”赛诗文，而

“呼朋日日归于赏，结伴朝朝花果园”，更是青春年华的写照。“第四观赏犹欢”，此章呈现人生的大转折，最能体悟“红颜欲老阿谁催”的无常现实。原本自恃仍保持着“红颜美貌”，能“朝将玉管堂前弄，夜取鸣琴月下弹”，甚至“一过富贵多妻妾”，还可将“袍裤”资助庄里人。出乎意料地忽然揽镜自照，发现“一茎白发送愁来”，才惊觉自己不得不面对即将衰老的残酷事实。“第五观　衰老时”，不仅描写身体的老化现象，“鬓边白发乱如丝，起坐唯闻腰里痛，目下寻常冷泪垂”，甚至连“盘中美食看便饱，槽中骏马不能骑”亦无福消受，尤其对“红颜能不存始终，白发偏能善改移”的感叹，在“昔时少年兴八乐，如今闻曲转生悲”，增添几许无奈的心情。

“第六观”为“病在床”，描述卧病在床困苦的心态，不只“百骨节头一时痛”，甚至连“百味饮食将来吃，口苦嫌甘不肯尝”。人生已走到老病的阶段，纵使拥有“黄金白玉”又有何用？除了面对老病的苦痛点出无常主题之外，本章“路逢狂象来相趁，怕急将身入井藏。井下四蛇催命促，攀枝二鼠咬藤伤”，更直接引用《众经撰杂譬喻》卷一第八则①和《佛说譬喻经》卷一②，之典故。佛陀因一切众生贪着世乐不虑无常，不以大患为苦，便举死囚逾狱被狂象追逐的譬喻故事，用典更能强调众生被无常逼迫的主题：

> 譬如昔有一人遭事应死，系在牢狱恐死而逃走。国法若有死囚逾狱走者，即放狂象令蹈杀，于是放狂象令逐此罪囚。囚见象欲至走入墟井中，下有一大毒龙张口向上，复四毒蛇在井四边，有一草根此囚怖畏一心急捉此草根，复有两白鼠啮此草根。时井上有一大树，树中有蜜，一日之中有一滴蜜堕此人口中，其人得此一滴，但

① 《众经撰杂譬喻》卷一，T4，no.208，第533a—b页。

② 《佛说譬喻经》，T4，no.217，第801b—c页。

> 忆此蜜不复忆种种众苦，便不复欲出此井，是故圣人借以为喻。狱者三界囚众生，狂象者无常，井众生宅也，下毒龙者地狱也，四毒蛇者四大也，草根者人命根也，白鼠者日月也，日月克食人命日日损减无有暂住。然众生贪着世乐不思大患，是故行者当观无常以离众苦。

最后指出“此是众生命尽处，君知者，审思量。吾我只今何处在，千金究竟是无常”，与此无常譬喻相呼应。“第七观　守魂空”，述说人老死之后，骨肉回归四大（地水火风），家人“忧悲恼，号咷哭，永别摧残一老翁”，亡者被送往荒山，“古往今来无在还”。“第八观”为“坏烂时”，观想死后葬于荒野，为虎狼鸦鹊争食，甚至是“蝇蛆臭秽令人怕，蝼蚁无亲强守尸”，终于“到头虚化无人我”，回归到医缘灭去之后的“空性”。“第九观”为“停孤坟”，即使剩下白骨一堆，最终也都化成微尘。结尾从“世人每思九想观，不知何处是我身。若也世间合有我，在生富贵总犹人。十二因缘轮回转，但是无常莫共亲。”明白指出《九想观》所呈现的身体变化，正是众缘和合的无常现象。因此，劝人归向极乐净土，“智者若能悟此事，听取西方净土因。西方有佛号弥陀，国名极乐遍娑婆”，立定决心勤念弥陀名号，才能永远脱离无常的轮回之苦。

值得注意的是，佛教典籍中的九想，系透过观想他人尸体腐化的过程体会无常，借此断除众生对情欲的染着。自原始佛教经典四阿含到倡导大乘的《大智度论》《大乘义章》，以及隋智顗大师的天台三大部《法华文句》《法华玄义》及《摩诃止观》等大量论说，其名目、次第或有差异，然内容思想大抵相同。如《大智度论》卷六十九云：“无常空观是入佛法门。能厌离三界，冢间常有悲啼哭声，死尸狼借眼见无常。后或火烧，鸟兽所食，不久灭尽。因是尸观，一切法中易得无常相、空相。又冢间住，若见死尸臭烂不净，易得九想观。是离欲初门，是故应受冢间住法。"[①]中唐空海所作的《九想诗》，亦描述人死后的九种尸相，其内容、旨趣也大致合于佛典所列。唯独敦煌写本各种《九想观》诗歌内容兼容了四苦，从歌咏人一出生、孩提、壮年、衰死、病死，直到死后尸体腐烂化为白骨的过程，形成五生相、四死相的组合，与佛典有明显的不同。关于此点，项楚曾依据敦煌其他佛教艺文作了相当好的解释，他说：

> 二、初生想、衰老想、病苦想、死想为一组，则是歌咏"生老病死"等"四相"。按佛教认为人生的本质是苦，佛经载释迦牟尼为太子时，就是由于在四门游观时看到了生、老、病、死等四种痛苦，而厌弃人生、发誓出家的。因而佛经经常渲染生苦、老苦、病苦、死苦等四相之苦（也有增为八苦的），《广弘明集》卷三十载有周释亡名《五苦诗》，即生、老、病、死，再加上"爱离"，成为"五苦"。《景德传灯录》卷三也载有傅大士《四相诗》四首。敦煌变文描写太子成道故事，也有许多渲染"四相"之苦的唱词，这和《九想观》诗中的初生、衰老、病苦、死等想，又是相似的。三、死想、肪胀想、烂坏想、白骨想是描写尸相，这才真正属于佛教的"九想观"，但作者尽量避免直接描写那些令人呕吐的丑恶形象。从以上的分析可以看出，初生想，衰老想，死想等三想兼有"百岁篇"和"四相"两者的性质，而"死想"则兼有"百岁篇""四相"和"九想观"三者的性质。正是这些兼有不同属性的部分，把这三方面的内容贯穿连缀起来，成为统一完整的《九想观》诗。[②]

由此可见，《九想观》原本是佛教徒透过尸相观想的修行法门，而敦煌写卷的《九想观诗》显然是为了避免直接观想尸相不能被世俗百姓

① 《大正藏》25，第538a页。

② 项楚《敦煌诗歌导论》，台北：新文丰出版公司，1993年，第105—106页。

所接受，因此将内容转变成切身较能体会人生的变化，不论是观察自身从婴儿、孩童、青壮年、老年没有停止的变化，或从生、老、病、死四苦的无有常性去体会，皆能让众生在吟诵中深刻觉悟世间无常之理。

除了上述以专篇宣讲无常主题之外，《十二时》歌赞的宣教内容，也多有兼叙无常主题之作。如 S.427、BD07310（北图 8440、鸟 10）的《禅门十二时》（劝凡夫）有五首，与《百岁篇》所强调的无常主题有关，内容旨趣一致：

夜半子，夜半子，众生重重萦俗事，不能禅定自观心，何日得悟真如理？ 豪强当贵暂时间，究竟终归不免死。非论我辈是凡夫，自古君王亦如此。（其一）

鸡鸣丑，鸡鸣丑，不分年贬侵蒲柳，忽然明镜照前看，顿觉红颜不如旧。 眼暗尪羸渐加愁，头鬓苍茫面复皱，不觉无常日夜催，即看强梁哪可久？（其二）

隅中巳，隅中巳，所恨流浪共生死，法船虽达涅槃城，二鼠四船从后至。 人身犹如水上泡，无常煞鬼忽然至，三日病卧死临头，善恶二业终难避。（其六）

日入酉，日入酉，观看荣华实不久，劫石尚自化为尘，富贵哪能得长有？ 愚人不悟守迷津，专爱杀生并好酒，无常不肯与人期，地狱刀山长劫受。（其十）

人定亥，人定亥，罪福总是天曹配。善因恶业自相随，临渴掘井终难悔。荣华恰似风中烛， 眼里贪色大痴昧。一朝冷落卧黄沙，百年富贵知何在。（其十二）

《普劝四众依教修行十二时》[1]的内容旨趣，亦与 P.2305《无常经讲经文》趣味相同，思想相似，同为演述人生之无常。如：

大丈夫，自支料，不用教人再三道，七十岁人犹自稀，何须更作千年调。

火宅忙，何日了，朽树临崖看即倒，只忧闲事不忧身，蹉跎不觉无常到。

孕者生，寿者夭，壮者衰残小者老，古来美貌是潘安，谁免无常暗侵耗。

况此身，如聚泡，终是与常归坏灭，暂时光腻与肥充，两日不安瘦如刮。

潘岳容，石崇富，美丽西施并洛浦，死王谁怕镜前花，煞鬼徒劳掌中舞。

春复秋，旦复暮，改变桑田易朝祚，三王五帝总成空，四皓七贤皆作土。……

火宅忙，须割舍，自古无常谁免者？暂寄浮生白日中，终归永卧黄泉下。

死又生，生又死，出没憧憧何日已，或前或后即差殊，一例无常归大地。

又 P.2813、P.3113、P.4028、S.5567 的《法体十二时》，提及身体乃地水火风四大和合，不可能恒久不灭的人身无常观，如：

鸡鸣丑，四大之身应不久，刹那造罪即无常，三途地狱没人救。

---

① 敦煌写卷中的《普劝四众依教修行十二时》，计有 P.2054、P.2714、P.3087、P.3286、上海博物馆四十八号等五件。

此外，S.5558 的佚题诗或拟题为《池台楼观非吾宅》诗，内容在劝诫世人认清世间真相，运用人们常观常见、常生感叹的池台楼榭、王侯将相、贫富贵贱等现象，喻托人们对无常的嗟叹：

池台楼观非吾宅，百年还同一宿客。
无常忽至即分离，各自东西如路陌。
……
过去王侯数百千，若个久住得长年。
良贱有主皆有死，一朝命尽总虚然。

礼忏文献中也存在着为数不少和无常思想有关的偈颂。如 S.0236、S. 1473V、S.5651 等写卷之《无常偈》，用于六时礼忏。据汪娟的研究指出：礼忏文的结构可分为十二项，其中第九项“六时偈颂”中包括有午时、黄昏、初夜、中夜、后夜等五个时段的《无常偈》，又也有“三时偈颂”，指的是寅朝清净偈、午时无常偈、黄昏无常偈，是在白日三时（寅朝、午时、黄昏）礼忏中分别念诵的三首偈颂。这些无常偈的内容主要用以警醒信众精勤修道，如：

1 人生不精进　喻若树无根
菜花至日终　能得几时新
花亦不久鲜　色亦非常好
人命如刹那　须臾难可保
今劝诸众等　恳修无上道（午时无常偈）
2 人生不精进　孰若弓无弦
大□不安歌　如镰不交订
与戒亦复然　人命亦如是

无常须偷闲
劝诸行道众勤求乃至真（午时无常偈）
3 此日已过 命即随减 如少水鱼 斯有何乐（黄昏无常偈）
4 此日已过 命渐减少
当观此身　念念衰老
一念之间　云何可保
是诸众等　勤心行道（黄昏无常偈）
5 西方日已暮　尘劳犹未除
老病死时至　相看不久居
念念催年促　犹如少水鱼
劝诸行道众　勤学至无余（黄昏无常偈）
6 世界不牢因　如水沫泡炎
众等感应当　疾生厌离心
是故诸众等　勤求无上道（黄昏无常偈）
7 烦恼深无底　生死海无边
度苦船未至　云何乐睡眠
睡眠当觉悟　莫令睡覆心
勇猛勤精进　摄心恒在禅
勤修六度行　菩提道自然（初夜无常偈）
8 汝等勿抱丑尸卧　种种不净假名身
如得重病渐入体　诸苦频集安可眠（中夜无常偈）
9 时光迁流转　忽指五更初
无常念念至　恒与死王居
劝诸行道众　修学至无余（复夜无常偈）

其中第三首出自《法句经》，第七首的前四句出自《坐禅三昧经》，第八首出自《大智度论》，其余不详所出。内容主要在于强调“人命如刹那，须臾难可保”“此日已过，命即随减”“老病死时至”“念念催年促”。除了人身不久长之外，世界也是不牢固的，因此勿将“种种不净假名身”，当作真实；只有“疾生厌离心”“勤心行道”，才能解脱生死苦海，求得“无上道”。

第十项总“无常偈”即是《大般涅槃》等经中所见的“诸行无常，是生灭法；生灭灭已，寂灭为乐。”一般置于礼忏文的收尾，带有警惕信众世间无常的意义，再一次地对世间法表示否定；而在“寂灭为乐”“常得无量乐”中提出信众努力精进的目标，是对于出世间法的肯定。

总而言之，就无常主题的表现形象而言，《十无常》和《无常经讲经文》是列举曾经风光一时的英雄人物，如樊哙、张良，长寿的彭祖，或美女西施等，而今已不复在，说明生命无有常性，人从初生开始终究要面临死亡的事实。《百岁篇》则是透过每隔十年身体的变化，《九想观诗》是借人从婴儿初生到死亡，以及尸体腐化的过程，来观察色身具体的变化，以凸显无常的现象，目的多在劝导众生念佛，往生西方净土。

第三节

敦煌佛教文学中的地狱主题

佛教在中国的传布，以无常苦空与因果报应影响最为深远。而因果轮回思想之中，六道轮回最为具体，其中的天堂、地狱尤为鲜明。天堂的美好庄严，与佛国世界、西方净土的清静同为信众所向往；相对的死后审判，地狱道、饿鬼道、畜生道、阿修罗道、人道和天道等六道的轮回转世，促使世人戒慎恐惧，其中地狱的恐怖，更成惕厉顽劣世人的最后手段。地狱世界的阴森，各类酷刑之严厉，牛头马面之狰狞，极尽能事的描绘令人怖怕的惨烈场面，成为中国佛教文学的特殊主题。

地狱，梵语 niraya 或 naraka，音译作泥梨、泥梨耶、捺落迦、那落迦、奈落，意译作不乐、可厌、苦具、苦器、无有等，系六道轮回中最卑劣的一处。佛教认为人死后，随众生所造业因，招感不同的果报，特别是生前造恶多端者，将堕地狱受种种酷刑。描写有关地狱的佛教经典，有东汉安世高译《佛说十八地狱经》《佛说罪业应报教化地狱经》；支娄迦谶译《道行般若经》卷三《泥犁品》； 三国吴支谦译《大明度经》卷三《地狱品》《撰集百缘经饿鬼品》；维祇难译《法句经》卷下《地狱品》；西晋法力、法炬译《大楼炭经》卷二《泥犁品》；竺法护译《修行地道经》卷三《地狱品》等。佛典中记载各种不同类型的地狱，如《瑜伽师地论》的八大地狱、八寒地狱：

谓八大那落迦，何等为八？一等活、二黑绳、三众合、四号叫、五大号叫、六烧热、七极烧热、八无间（即阿鼻），此诸大那落迦处，广十千逾缮那。此外，复有八寒那落迦处，何等为八？一疱那落迦、二疱裂那落迦、三喝哳詀那落迦詀、四郝郝凡那落迦、五虎虎凡那落迦、六青莲那落迦、七红莲那落迦、八大红莲那落迦。①

又东晋佛陀跋陀罗译《观佛三昧海经》记载，属于阿鼻（无间）地狱的小地狱，尚有：

十八寒地狱、十八黑暗地狱、十八小热地狱、十八刀轮地狱、十八剑轮地狱、十八火车地狱、十八沸屎地狱、十八镬汤地狱、十八灰河地狱、五百亿剑林地狱、五百亿刺林地狱、五百亿铜柱地狱、五百亿铁机地狱、五百亿铁网地狱、十八铁窟地狱、十八铁丸地狱、十八尖石地狱、十八饮铜地狱，如是等众多地狱。②

另外，《地狱报应经》《泥犁经》《楼炭经》《大智度论》卷十六③和《地藏菩萨本愿经》《地狱名号品》④等，皆广说地狱之名及受报情况。

中国古代文化本无地狱观念，东汉以前，华夏民族以为人死之后魂归泰山，故有泰山主招魂之说。东汉年间佛教传入中土，随着传播地狱思想经典的翻译，地狱观念逐渐深入人心，并与民间泰山冥界观念相融合，而称地狱为泰山或太山，或把阎罗称作太山府君。魏晋以后，阴森恐怖的地狱主题与冥间游行相结合，成为志怪、冥报类小说的最佳题

① 《瑜伽师地论》卷四，T30，no. 1579，第 294 c 页 。
② 《佛说观佛三昧海经》卷五，《观佛心品》，T15，no.643，第 668b 页。
③ 《大智度论》卷十六，《序品》，T25，no. 1509，第 175c18—177a 页。
④ 《地藏菩萨本愿经》卷一，《地狱名号品》，T13，no. 412，第 781c—782b 页。

材。宋刘义庆《幽明录》“赵泰”遍观地狱，备见地狱苦状的故事，是最早描写地狱有官府、刑狱的志怪小说。从南朝齐王琰《冥祥记》到唐唐临《冥报记》，出现许多像人间一般的冥司地狱，以及地狱巡游和死而复生的情节。这些故事皆以惩恶扬善为主，在宣教时能发挥警惕作用，因此经常被寺院当作对民众进行“俗讲”的素材，鲁迅将这类志怪小说称为“释氏辅教之书”。

志怪小说所记的冥界故事，大都出自文人之手，尚未能真实反映民间的地狱观念。到了唐代，地狱信仰盛行，更大量的呈现在佛教文学作品中。敦煌文献中保存不少与地狱主题有关的作品，例如通俗白话诗有《王梵志诗》；变文方面有《地狱变文》《目连缘起》《大目乾连冥间救母变文并图一卷并序》《目连变文》等；以及与入冥有关的灵验记，如《持诵〈金刚经〉灵验功德记》《忏悔灭罪金光明经传》《黄仕强传》《道明和尚还魂故事》《刘萨诃和尚因缘记》等。这些作品多抄写、流传于民间，更能反映唐五代时期庶民百姓的地狱观念。主要分为“地狱酷刑”和“入冥还魂”两方面加以说明。

一、地狱酷刑

敦煌佛教文学中对于地狱形貌的描绘，在王梵志通俗白话诗中有极为鲜明的表述。王梵志诗中认为立身行事，应本着“恶事总须弃，善事莫相违”（卷四）的态度，诗中多方阐扬佛教因果报应观念，奉劝世人多行善积福，否则“平生不造福，死被恶道收”（卷二），堕入三恶道受苦无尽。例如《沉沦三恶道》之二：“有食不能吃，向前恒受饥；冥冥地狱苦，难见出头时”，呈现堕饿鬼道就必须受饥饿的折磨，堕地狱道于幽冥处受苦，难以解脱。王梵志诗在唐代就被视为“菩萨示化”，亦为佛教徒开悟的法语。为了发挥劝善阻恶的效果，王梵志诗中多处描绘人死后堕地狱的惨状，其中以《沉沦三恶道》之一最具典型：

沉沦三恶道，负特愚痴鬼。荒忙身卒死，即属伺命使。反缚棒驱走，先渡奈河水。倒拽至厅前，枷棒遍身起。死经一七日，刑名受罪鬼。牛头铁叉插，狱卒把刀掇。碓捣碾磨身，覆生还覆死。①

这首诗具体地刻画罪人在地狱受苦的情状，如实呈现初唐时期民间对地狱的想象。从愚痴造恶者被伺命鬼追索入冥间，先被反绑及棍棒驱赶渡过奈河水，接着铐上枷锁到厅前接受审判，七日后被判罪入地狱，开始遭受叉刺、刀掇、碓捣、碾磨等酷刑的反复折磨。尽管诗中未提及地狱审判者，但从《自死与鸟残》："傥见阎罗王，亦有分踈取"来看，即可推知是阎罗王。另从伺命、牛头、狱卒等属吏所执行的任务，可看出初唐民间地狱的组织已颇具体，而冥间有奈河水为界，则是地狱观念本土化的反映。此外，关于地狱主题的描述，尚有《百岁乃有一》："痴皮裹脓血，顽骨强相随。两脚行衣架，步步入阿鼻。"《双盲不识鬼》："双盲不识鬼，伺命急来追。赤绳串着项，反缚棒脊皮。露头赤脚走，身上无衣被。独自心中骤，四面被兵围。向前十道挽，背后铁锤锤。伺命张弓射，苦痛剧刀锥。"《众生眼盼盼》："牛头捉得你，鑊里熟煎汤。"以韵文形式，阐释恶人堕地狱遭受种种酷刑，读之令人毛骨悚然，透过传诵更充分发挥戒慎恐惧之效。

至于变文方面，北图 8439（衣 33）虽拟题为《地狱变文》，但内容实从堕入三恶道的饿鬼出发，自述长年受苦的情况，如"行似破车声，卧如枯树倒。遍身烟焰生，口里如烟道。一日之中百度烧，长年受苦何时了。"由于首尾残缺，今写卷仅呈现生前因造悭贪嫉妒、父母处不孝、宗亲处无情、兄弟姐妹处无义等恶业，死堕饿鬼道，在追悔莫及之余，觅一铁棒痛打自己死尸，似乎未见对地狱景象的描写。

变文中针对地狱恐怖情状有精彩演说者，当为讲述目连救母故事的

---

① 项楚《王梵志诗校注》（增订本），上海：上海古籍出版社，2010 年，第 31—32 页。

《目连缘起》《大目乾连冥间救母变文》《目连变文》。此故事乃根据西晋竺法护译《佛说盂兰盆经》加以演绎，为了强调地狱受苦的阴森恐怖，刻意将原堕入饿鬼道的目连母亲，改堕至阿鼻地狱受无间苦。变文是唐五代时期民间讲唱的底本，透过目连入冥游历所见，详细描绘各地狱的种种形貌，借以达到奉劝世人诸恶莫做之目的。《目连缘起》描摹了无间地狱惩罚罪人永无休止的景象：

> 其地狱者黑壁千重，乌门千仞，铁城四面，铜狗喊呀，红焰黑烟，从口而出。其中受罪之人，一日万生万死，或刀山剑树，或铁犁耕舌，或洋铜灌口，或吞热铁火丸，或抱铜柱，身体燋然烂坏。枷锁杻械，不曾离身。牛头每日凌迟，狱卒终朝来拷，镬汤煎煮，痛苦难当。受罪既若不休，所以名为无间。

对于地狱环境的想象，基本上是根据佛典加以敷衍，《大目乾连冥间救母变文》目连向冥途寻母过程中，历经阎罗大王判罪处、奈河、五道鬼门关、刀山剑树地狱、铜柱铁床地狱及阿鼻地狱。特别对于阿鼻地狱种种险恶、惨烈的形貌有非常细腻的描绘：

> 其阿鼻地狱，且铁城高峻，莽荡连云，剑戟森林，刀枪重迭。剑树千寻，似芳拨剑刺相揩；刀山万仞，横连巉岩乱倒。猛火掣浚，似电吼，踯踉满天；剑轮簇簇，似星明灰尘铺地。铁蛇吐火，四面张鳞；铜狗吸烟，三边振吠。蒺藜空中乱下，穿其男子之胸；锥钻天上旁飞，剜刺女人之背。铁杷踔眼，赤血西流；铜叉锉腰，白膏东引。于是刀山入炉炭，髑髅碎，骨肉烂，筋皮折，手胆断。碎肉迸溅于四门之外，凝血滂沛于狱垆之畔。声号叫天，岌岌汗汗；雷震动地，隐隐岸岸。向上云烟，散散漫漫；向下铁锵，撩撩乱乱。箭毛鬼喽喽窜窜，铜嘴鸟咤咤叫唤。

阿鼻地狱乃生前造作极重恶业者命终所堕之处，因位于幽暗世界的最底层，所受惩罚最重也最苦，如刀山剑树、铁犁耕舌、洋铜灌口、吞热铁丸、蒺蔾穿胸、锥钻刺背、铁杷踔眼、铜叉锉腰等惨绝人寰的酷刑。由于罪孽深重，必须承受没有间歇的惩罚，故又称无间地狱。因此，当目连大费周折在阿鼻地狱第七隔中，找到被四十九道长钉钉在铁床的青提夫人时，“生杖鱼鳞似云集，千年之罪未可知，七孔之中流血汁。猛火从娘口中出，蒺篱步步从空入。由如五百乘破车声，腰脊岂能相管拾”，青提夫人被行刑后苦不堪言的模样，便是堕地狱受苦的最佳写照。

《目连变》除了延续佛经描绘地狱受苦的狰狞可怖之外，更强调堕入地狱的业感果报。通过地狱惩罚体系，阐扬佛教六道轮回与报应不爽的观念，发挥更大的宣传效果，例如《目连缘起》多次提及青提夫人生前所造恶业，“在世悭贪多杀害，命终之后堕泥犁”“汝母在生之日，都无一片善心，终朝杀害生灵，每日欺凌三宝”“母为前生造罪多，积集悭贪结网罗，毁佛谤僧无敬信，不曾将口念弥陀，死堕三途无间狱，终朝受罪苦波波”。《大目乾连冥间救母变文》其母因生性悭吝、不营斋作福、欺诳凡圣而堕阿鼻地狱，“母生悭之心，所嘱咐资财并私隐匿。儿子不经旬月，事了还家。母语子言，依汝斋作福。因兹欺诳凡圣，命终遂堕阿鼻地狱中剧苦”。更运用命终升天堂与下地狱对比，来强调业报的差别。例如父亲生天宫与母亲堕地狱的对比：“汝母生存在日，与我行业不同。我修十善五戒，死后神识得生天上；汝母平生在日，广造诸罪，命终之后，遂堕地狱。”另一次是五道将军向目连说明，一切罪人皆需经阎罗王审判，只有直接生天及入地狱者例外：

> 世间两种人不得见王面：第一之人，平生在日，修于十善五戒，死后神识得生天上，不见王面。第二之人，生存在日，不修善业，广造之罪，命终之后，便入地狱，亦不得见王面。唯有半恶半善之人，将见王面断决，然始托生，随缘受报。

阎罗王未见到青提夫人的原因，在于其广造恶业，直接堕入地狱，而最佳的救赎方式，就是发心向佛、广植福田，方能“欲得亡人没苦难，无过修福救冥魂”。

另外，借由地狱罪人所犯恶行与所受责罚的讲述，无形中对世人言行起了规范作用。如目连经过锋剑相向，涓涓血流的“刀山剑树地狱”时，问“狱中罪人作何罪业，当堕此地狱?”狱主报言：“狱中罪人，生存在日，侵损常住游泥伽蓝，好用常住水果，盗常住柴薪。今日交伊手攀剑树，支支节节皆零落处。”若不想堕此地狱，必须“无过寺家填好土，栽接果木入伽蓝，布施种子倍常住。”至于堕入“铜柱铁床地狱”的原因，在于“在生之日，女将男子，男将女人，行淫欲于父母之床，弟子于师长之床，奴婢于曹主之床，当堕此狱之中。”行淫者于此地狱必须承受，女卧铁床钉钉身，男抱铜柱胸怀烂，铁钻长交利锋剑，馋牙快似如锥钻等苦报。

就地狱形象而言，《目连缘起》仅简单交代地狱鬼卒的职务，如“牛头把棒，狱卒擎叉，夜叉点领罪人，鬼使令交逐后”，阎王形象并不明显。而《大目乾连冥间救母变文》则结合中国泰山冥界的地狱观念，传达人间善恶对死后审判的影响。例如“太山定罪卒难移，总是天曹地笔批”，于是业官经查证后，向阎罗王报告青提夫人配罪案总在“天曹录事司太山都尉一本”。而“至奈河之上，见无数罪人，脱衣挂在树上，大哭数声，欲过不过，回回惶惶，五五三三，抱头哭啼”。此外，地狱也有审理失当抓错人的情形，有些人因同名同姓被狱卒误抓入地狱，经三五日审查后被放还阳间，返家时却发现躯骸已被妻儿埋入坟墓中，无奈之余，只好闲闲无事在荒郊作游魂。

就人物形象而言，《大目乾连冥间救母变文》透过目连蒙佛神力入冥寻亡母的过程，一路遇见的冥神，除了阎罗大王、地藏王菩萨之外，更融入了中土传统的冥界职司，如五道将军、平等王、业官、伺命、司录、牛头马面、罗刹夜叉、善恶童子等，人物多元且形象鲜明，对照于敦煌本《佛说十王经》所述情景，体现出晚唐五代民间大众的地狱概念。例如五道将军的威赫形象："五道将军性令恶，金甲明晶剑光交错，左右百万余人，总是接飞手脚。叫諴似雷惊振动，怒目得电光耀鹤，或有劈腹开心，或有面皮生剥。"又如狱卒的凶煞形貌："狱卒数万余人，总是牛头马面，饶君铁石为心，亦得亡魂胆战处"和"须臾之间，即至阿鼻地狱。空中见五十个牛头马脑，罗刹夜叉，牙如剑树，口似血盆，声如雷鸣，眼如掣电，向天曹当直。"将地狱里执行惩罚的冥界官吏，描绘成牛头马面、铁石为心、青面獠牙的可怕模样，让听闻者胆战心惊，无形中产生了劝善惩恶的作用。

二、入冥还魂

除了借由地狱刑罚的叙写，阐发因果业报思想之外，敦煌遗书中以入冥还魂故事为主题的有鼓吹抄写《普贤菩萨说此证明经》的《黄仕强传》；宣扬抄造《金光明经》的《忏悔灭罪金光明经传》，鼓吹地藏菩萨信仰的《道明和尚入冥故事》等。这些入冥故事没有地狱审判的恐怖森严，而是如同人世间充满世俗人情和欲望的世界，入冥主角皆非作恶多端、罪大恶极之人，往往因为阳寿未尽、或今生造福、或被误捉等原因得以出冥还阳，死而复活后多鼓吹抄经功德，或受菩萨感化，出家为僧，广造佛塔等，内容多以具体的见证经验作为宗教宣传，劝诱大众信奉受持，具有释氏辅教之书的特点。

《黄仕强传》主要记叙永徽三年（652）安州安陆县人黄仕强因与屠夫黄仕强同名，以致被冥吏误抓。入冥后因自报冤屈，得以重行勘案；又因发愿写《普贤菩萨说此证明经》得以还魂，且增长寿命的应验事迹。故事对于黄仕强入冥游历地狱的情节描写细腻，初死之时，有四人来取仕强魂魄，至阎罗王处接受审判，"初死之时，见有四人来取。一人把文书、一人撮头，二人策腋，将向阎罗王处"。接着描绘入地狱所见景象："初入一土城内，如今时州县城相似；又入铜城内，又入银城内，又入金城内。”从土城入铜城，再入银城，最后到最尊贵的金城即是阎王所在，此种层层递进的地狱情景，与“今时州县城相似”，而从金城前往见判官（曹司）处的路上，“傍墙东向，见有数十间舍，并朱柱白壁”，所呈现的地狱居所与人间雷同，可说是现实人间的折射。

《忏悔灭罪金光明经传》内容记述张居道因适女事，杀生宴客受报入冥，后张居道发愿造《金光明经》四卷，以求忏悔灭罪，使牲畜得生善道，因而还阳复活。故事由张居道亲自演说入冥见闻，初始由四位狱卒前来捕捉，“初见四人来，一人把棒，一人把索，一人把袋，一人着青衣，骑马戴帽，至门下马，唤居道着前”。待张居道看过诉讼文书之后，“一人以索系居道咽，一人以袋收居道气，一人以棒打居道头，反缚居道两手”，将其带往阎王厅，以及无数罪人在厅前等待受审刑求的痛苦哀嚎，“厅前无亿数人问辩答款，着枷被锁，遭杻履械，鞭挞狼借，哀声痛响，不可听闻”。轻描淡写地狱的情状，不若佛典那么阴森惨烈。

《刘萨诃和尚因缘记》叙述刘萨诃早年性好游猎，因杀鹿过多，忽然被鬼使捉至冥间，变为鹿身被箭射杀，又复为人身，遍历地狱。后受观音菩萨感化，出家为僧，四处起塔等故事。《因缘记》记载的地狱极为简略，“唯见诸地狱中，罪人无数，受诸苦毒。”反而着重描写在地狱中受惩罚的友人王叔谈和无数罪人，嘱托刘萨诃的救赎之道：“若却至人间，请达音耗，谓我妻男，设斋造像，以济幽冥。”

《还魂记》（《道明和尚入冥故事》拟题），内容叙述唐开元寺道明为冥吏误为龙兴寺道明而被拘拿入冥府，因阎罗王见其相貌而疑有误，使道明得蒙洗雪，并得亲眼目睹新样地藏菩萨尊像，还魂后图写丹青，绘列地藏真容。此故事对于地狱的描写，仅有奉阎罗王令的二位黄衣使者前来，请和尚前往冥司与阎王对质而已，而将重点放在道明和尚入冥见地藏菩萨的情景，“目比青莲，面如满月，宝莲承足，缨络庄严，锡振金环，衲裁云水”，有大力鼓吹地藏信仰的作用。

就地狱形象而言，这类灵验记对地狱的描绘，不再像佛典以惩善扬恶、果报不爽、阴森惨烈为主的地狱描绘，而是取材于现实生活，逐渐中国化的冥间世界。因此，冥界官吏的编制组织、冥界中亡者的生活、刑罚等，皆可说是活人世相的投影。例如《忏悔灭罪金光明经冥报传》中猪等控诉张居道的诉状：

其辞曰："猪等虽前身居罪，合受畜生之身，配在世间，自有年限。年满罪毕，自合成人。然猪等自计受畜生身，化时未到，遂被居道枉相屠煞，时限欠少，更归畜生。一个罪身再遭刀机，在于幽法，理不可当，请裁。"

这些状词、问案、刑求等情形，均取材自现实世界的衙门。而《黄仕强传》发现狱卒误捉"卫士仕强"入狱，而非"煞猪仕强"时，阎王要文书人等向曹司勘当。阴间官吏却一副事不关己的态度：

官人并下，佐史亦无。唯有一人独守文案，见把文书人并三人撮仕强入，即问："为何将此人来?"把文书人答云："阎罗王遣将曹司勘当，有死名不?"守文案人云："官人并下，案典复无，谁为君勘当？此事任君自检案。"把文书人仍与仕强共检文案，无有死名。守文案人即语把文书人云："死案既多，难可卒遍，君向录事头检抄，即知有死名不。"仕强共把文书人向录事头检案，又无死名。

守文案人竟然胆大包天，擅自让把文书人和黄仕强自行检抄生死簿，完全不担心触犯法规，揭露冥间办事效率低下、擅离职守、纪律松懈的弊端。甚至冥间官员索贿情事，也反映出现实衙门索贿的丑态，《黄仕强传》守文案鬼徇私向仕强勒索钱财：

仕强行，又得十步许，守文案人唤仕强住："汝有钱不？与我少多，示汝长命法。"仕强云："无有多钱，唯有三十余文，恐畏少短。"守文案人云："亦足，何必须多！汝还家可访写《证明经》三卷，得寿一百二十岁。"

在入冥还魂故事中，地狱不再是一个公正的审判场所，地狱官吏徇私枉法、敲诈勒索等丑态，无疑透露了中国狱政的黑暗，以及民众对丑恶官僚的嫌恶，对现实社会中官场腐败进行了有力的讽刺与鞭挞。

相较于阴司官吏的马虎、守文案人的贪婪，入冥故事中的阎罗王形象显得威严端正，如《黄仕强传》中由把文书人引仕强至殿前，"阎罗王当殿正坐，威仪服饰，甚自严毅"。尤其在《黄仕强传》和《道明和尚还魂记》中，黄仕强和道明和尚皆因同名同姓，被不察的冥间官吏误抓入冥。当仕强不服被判投猪提出抗辩时，阎王立即请文书人至判官处进行了解：

王即语把文书人："得仕强将来，送置猪胎中。"仕强既闻此语，即分疏云："仕强小来不盗，实不食猪肉，实不曾煞猪，遣入猪胎，情实不服。"王即语把文书人："遣汝取煞猪仕强？何因将不煞猪仕强来？出去问曹司勘当。"

此段话描述了阎王公正严明的处事态度。至于误捉龙兴寺的道明和尚，也是阎王仔细盘查，才发现相貌不符的事实，"再三询问，据此仪表，不合追来。审勘寺额法名，莫令追扰善人，妨修道业"。拙文《唐代入冥故事中的衙役书写》[①]有见于此，特依据敦煌佛教灵验记《黄仕强传》

① 郑阿财《唐代入冥故事中的衙役书写》，《六朝隋唐学术研讨会论文集》，台北：文史哲出版社，2004年，第647—665页。

《忏悔灭罪金光明经传》等及《冥报记》《广异记》等唐人小说集中，有关“入冥”主题的作品，从中梳理有关书写，以及反映唐代现实生活中的衙役形象。

第五章

敦煌佛教文学与佛教发展

中国学界对于佛教的研究，自来主要集中在佛教史与教理的探讨。东亚的日本在明治维新以后，其佛学则在哲学的研究、史学的研究与文献学的研究方面有着快速的发展。在中国佛教哲学研究方面，特别注重成长于中国的天台、华严、禅与净土等四宗的教理探究；在史学的研究方面，除了一般佛教史的研究外，更注意思想史、传译史与教团史的研究；在文献学的研究方面，因正值欧洲佛教文献学研究与中亚佛教考古风潮而深受影响；主要集中在梵文、巴利文等佛教原典以及中亚地方古文字佛典的解读。在这样的学术风潮与氛围下，1900 年敦煌藏经洞大量佛教文献的发现，自然引起日本学界的关注，或调查、或收集、或整理、或研究；成果丰硕、创获良多，也造就了早期日本在敦煌学界独领风骚的局面，尤其在敦煌禅宗文献与净土文献的整理与研究上，硕果累累，直至目前依然是备受称道。

佛教文学的研究是 20 世纪以来逐渐发展起来的，其时机正与敦煌藏经洞的发现相衔接。敦煌发现的大批佛教文献，除了在教理史、传播史上有着重要的价值外，其中颇多也兼具有佛教文学的价值与研究意义。在此多重意涵与研究价值的激荡,更加速了佛教文学的抬头。然而不论是佛经文学研究或佛教文学研究，其研究焦点主要都侧重在故事结构的解析，文学体裁流变的考述，表现手法与意境的探究，以及题材渊源的考索等。另外则是大量投入佛教文学与中国文学关系与影响的析论。

整体而言，佛教学者关注的是佛教教理与佛教传播的发展，文学于道为末，相对措意不多。而文学研究者，虽于佛教文学渐多关注，然几乎多集中在绝世已久的佛教讲唱变文；此外则是将焦点集中在佛教经典文学，以探究其文学特质；即使对于有意识创作的佛教文学之研究也多聚焦于文学特性的分析，文学体裁的运用，文学手法的展现。事实上，“佛教文学”是“佛教”与“文学”的结合体，是以“佛教”思想意涵为其主要内容，以“文学”语言艺术为其表现形式。因此，我们在关注佛教文学特色的同时，实有必要留意这些文学背后所蕴含的思想意涵及其呈现的佛教宗派发展讯息。

禅宗是唐代佛教兴起的一大宗派，虽然标榜不立文字，但却也始终不离文字。在其教派的发展历程中，诗歌艺文的运用与展现是其重大的表现之一。北宋僧人道原所编的《景德传灯录》（1004 年上呈）三十卷，其中第二十九“赞颂偈诗”即收录有《志公和尚大乘赞》《十二时颂》《十四科颂》《归宗至真禅师颂》等一百多首；第三十卷“铭记箴歌”也收录有傅大士《心王铭》、三祖僧璨大师《信心铭》、牛头山初祖法融禅师《心铭》、僧亡名《息心铭》、荷泽大师《显宗记》、丹霞和尚《玩珠吟》等作品。这些都是禅师向门下修行者说明修行机要以及表达自身修道喜悦与悟境的韵文作品。敦煌文献中更有不少类似的佛教韵文，就中属于禅宗文学的作品占有相当的比重。这些作品又以属于南宗禅的作品数量最多。其中有见于《景德传灯录》所载，如志公和尚《十二时颂》、永嘉真觉大师《证道歌》、丹霞和尚《玩珠吟》等，还有不少仅见存于敦煌文献的，透过这些作品内容的考察，有助于对唐五代禅学发展实况的再认识。尤其以《五更转》《十二时》《行路难》等各禅僧们用以歌咏禅法、禅学的世俗歌曲，最具特色。释门禅子借助民间传诵已久、人们喜闻乐道的俗曲歌谣，用以展现自我的体悟心境，进而作为唱导之用的珍贵禅门艺文，提供我们在灯史、灯录等宋人编纂的禅宗历史之外极其珍贵的新材料，同时也开启了探究唐五代禅宗发展实况的另一窗口。

虽然，近代禅学研究者已注意到敦煌禅籍的价值，也开始运用这些新材料来重新检视中国禅学的发展历程，提出新解，发为新论，甚至改写了中国禅宗史，但其研究对象还是以禅籍文献为主。其间虽然也不乏触及个别的敦煌禅宗文学文献，如荷泽神会《五更转》《南宗赞》等，但对敦煌禅宗文学进行系统与适切研究，尤其是宣传各宗派教义的俗文学作品，仍有努力的空间。

从敦煌文献已公布的数量与内容看，佛教文献约占百分之九十。在如此庞大的数量中,各类写卷的研究价值并不相同。就佛教文学文献论，除禅宗文学外,净土歌赞也占有相当的比重,也是重要的研究课题。

中国净土教的发展，东晋慧远（334—416）开其端，北魏昙鸾（476—542）、唐初道绰（562—645）承其绪，至善导（613—681）而创其宗。经盛唐、中唐慈愍（680–748）、怀感（680 顷）、少康（736—805）、法照（约 747—821）而大弘。在中国佛教史上，净土宗与禅宗同为佛教中国化最为称著的宗派,也是使用佛曲歌赞作最为普遍的佛教宗派。

净土歌赞的兴起与净土教徒礼佛活动的发展关系密切。相较于其他佛教宗派，净土宗的特色明显地表现在注重具体的修持践行，主张凭借阿弥陀佛的“愿力”与自身修行而往生西方极乐净土。他不如天台宗、华严宗深具玄旨，若单凭念佛则又失之单调枯燥，因此历经隋、唐、五代诸大师的努力，大事倡导文学与音乐的结合，借以调剂其单调之念佛法事，逐渐形成整套的净土法事赞仪轨。不论在念诵、礼拜、忏悔、念佛、转经等法事中，处处可见佛曲歌赞的运用。除了对佛菩萨的颂德、佛国净土的赞颂之外，更依据经典与修行法门编写创造大量的佛曲歌赞，透过声情来庄严法会，进行修行实践易行法门。佛曲歌赞也就成为净土宗的主要特征。

唐五代净土教发达，从善导、慈愍到法照，净土礼赞风行全国；不但流传于西北边陲的敦煌地区，甚至还远播东瀛。特别是被后世尊称为“后善导”的净土宗四祖法照，他大力提倡五会念佛的修行法门，使《净土五会念佛赞》从中唐开始，历经晚唐五代，直至北宋初期，在五台山、太原、长安等地广为流传，而盛极一时。法照倡导的修行法门净土五会念佛赞，主要收集在《净土五会念佛诵经观行仪》与《净土五会念佛略法事仪赞》中。其后，法照门徒亦有所续作。不过，法照及其门徒编著的“净土五会念佛赞”在中国久已亡佚，然邻国日本保存有入唐求法僧人将来的《净土五会念佛略法事仪赞》。[①]敦煌莫高窟藏经的重见天日，其中存有为数可观的净土五会念佛赞抄本。这些歌赞的整理与研究当有助考察唐代敦煌佛教发展的实际情况，了解敦煌地区民间净土宗教活动的具体容貌，探究唐五代净土信仰的发展与演变。

1986 年龙晦撰写了《论敦煌词曲所见之禅宗与净土宗》论文，文中即说到“研究中国佛学……往往忽略了另一个重要方面，即注意佛教徒的传教宣传品——佛教文学，特别是用较接近民间口语的俗文学，它的影响面较高僧、诗僧的作品感染士大夫远远来得宽广，影响来得深刻，而研究俗文学的同志们，又多注意佛教文学故事的结构，以及他们所用的体裁，很少从佛教各宗宗教思想分类，去研究其如何利用作品去宣传自己宗派的教义，去剖析他们当时在民间进行的宗教活动。”[②]龙晦的视角，是兼具宗教与文学，尤其呼吁重视利用俗文学作为佛教宣传的作品，其中可供剖析各宗宗教思想与宗教活动，另一方面也可补充佛教史的不足。龙晦的看法无疑是慧眼独具,也提醒我们在关注敦煌佛学研究与敦煌文学研究的同时，也当留意敦煌佛教文学与敦煌佛教发展间的密切关系。

---

① 见《大正新修大藏经》47 卷，第 474—490 页。

② 龙晦《论敦煌词曲所见之禅宗与净土宗》，《世界宗教研究》，1986 年 3 期，第 59—67 页；后收入龙晦《龙晦文集》，成都：巴蜀书社，2009 年，第 347—359 页。

众所皆知，唐代盛行的净土宗与禅宗是佛教中国化、世俗化最为成功的宗派。中国化是将印度的思维、文化及语言特色，以中国的思维模式、文化特色及表达方法来呈现佛教的教义。世俗化则是以非佛教的世俗文化来展现佛教的教理与教法。其表现的特色，在语言方面，则是白话口语；在文学方面，则是通俗诗歌的运用。敦煌文献中保存相当多的佛教诗歌曲词，特别是禅宗、净土宗用以表达其思想主张与意念的作品，透过这些作品的析论，将有助于印证唐五代中国佛教的发展情况，了解敦煌佛教的发展与特色。

第一节

敦煌佛教文学与禅学发展

“禅”梵文作“dhyāna”，是古印度宗教哲学中的一种特定的宗教实践；指的是安住一心、静心思考的宗教修行活动。汉译音译作“禅那”，省称“禅”；意译作“静虑”“思维修”等。释迦牟尼把传统的印度禅法引入了佛教，后世佛教徒更将禅法视为佛教修习的重要法门。

禅法随着佛教传入中国后，不但受到重视，到了唐代更发展出以禅命名的佛教宗派——禅宗，这是佛教中国化所开的花朵。此时的佛教对于禅的看法是继承印度佛教禅法而多所创新，多有变化；也就是在印度传来禅法的基础上，加上中国人自己对禅的理解与创造而形成的禅法。因此，中国禅宗思想既具有印度佛教特色，又深富中国民族文化特色的宗教思想。

唐代禅宗兴起，禅学是历代参禅问道文士们所探讨参究的问题；近代禅学研究更因为大批敦煌佛教文献的发现，为学者带来崭新而珍贵的材料，更掀起了中国禅学研究的热潮。许多知名的禅宗史学家，如胡适（1891—1962）、铃木大拙（1870—1966）、宇井伯寿（1882—1953）、戴密微（P.Demieville,1894—1979）、关口真大（1907—1986）、印顺（1906—2005）、柳田圣山（1922—2006）、镰田茂雄（1927—2001）、冉云华（1924—）、田中良昭（1933—）等，纷纷从禅学史或思想史等角度出发，其研究多所突破，新果迭出，促使中国禅宗史不断改写。

回顾唐代禅宗的发展历程，冉云华曾根据近人研究的成果，将之分为早期、中期、后期三个阶段。第一阶段是由菩提达摩的传教开始到道信、弘忍上承达摩以来的禅法建立“东山法门”。第二阶段是慧能从弘忍受法南归曹溪传法；神秀与普寂等以两京为中心的北方传法，到神会北上争禅门正统，所谓南北分宗的局面。第三阶段禅宗的定型，指马祖、石头系下发展而成的五家，所谓新南宗取代荷泽系统的旧南宗。①

敦煌禅宗文献总数虽然不多，且卷子亦不如长安宫廷写经等一类正式的佛教经典来得精美，但却是中国佛教史、禅宗史极其重要的材料。盖以《祖堂集》《宝林传》等较早期刊印的禅宗史书尚未为世人所知之前，中国禅宗历史典籍主要以《景德传灯录》及其后续的《灯录》最受尊崇。然此类禅宗史书，作者宗派属性强烈，对于禅宗早期历史的记述存在着不少与事实不尽相符的现象。因此，敦煌禅宗文献的发现，对中国佛教史的意义也就更加的重要了。

晚唐中土地区，南宗禅一枝独秀，五家七宗，均属南宗；此后，灯录、灯史都为南宗各派发声；北宗历史遂趋湮没。千年后，敦煌禅宗文献的发现，不仅提供禅宗史研究的珍贵材料，特别是有关北宗禅的文献。更有助于学者对于早期、中期禅宗的发展、历史、典籍，有更为接近史实的理解。②我们从前辈学者对敦煌禅宗文献研究的成果中，深深意识到敦煌禅宗文献资料内容所反应禅门思想意涵，正可印证唐代禅宗发展的历程。

又由于敦煌地处丝路要冲，自来为佛教圣地，特别是唐武宗会昌法难（845），中土佛教遭受破坏，敦煌因正值吐蕃占领时期，未遭波及，不受影响。因此敦煌文献的重见天日，对于禅宗的重要性，显得更为突出。传统崇信的禅门五宗定型时期及更晚所撰写的宗派史书，对于前期

① 冉云华《敦煌遗书与中国禅宗历史研究》，《中国唐代学会会刊》4 期，1993 年；收入《从印度佛教到中国佛教》，台北：东大图书公司，1995 年，第 97—116 页。

② 详参上注。

及中期禅宗史的歪曲与改造，透过敦煌写本中有关的禅史、语录、偈颂等禅宗文献的对照，对于其中的人物、事迹、禅法等禅宗发展史得以补充与更正，或重新评估与再认定。

因此，敦煌文献自发现以来，学界相继展开敦煌禅宗文献的整理与研究，不论是禅宗文献的人物事迹、文献教义、禅学历史，均做出相当突出的贡献。其中有系统数据分类目录的著录，如田中良昭《敦煌禅宗数据分类目录初稿》；文献图录结集的，如林世田《敦煌禅宗文献集成》；文本辑校的，如荣新江、邓文宽《敦博本禅籍校录》。而据以修正禅宗思想史、禅宗史的，如铃木大拙《禅宗思想史研究第二》、宇井伯寿《禅宗史研究》、关口真大《禅宗思想史研究》、印顺《中国禅宗史》、铃木哲雄《唐五代禅宗史》[①]等；更有系统的专著，如柳田圣山《初期禅宗史书の研究》、田中良昭《敦煌禅宗文献の研究》《敦煌禅宗文献の研究第二卷》等。这些整理、研究都彰显了敦煌禅宗文献的价值。

一、敦煌文献中的禅宗文学

像《景德传灯录》所辑录的一些广泛流行的偈颂铭赞，或是敦煌文献中保存的禅僧文学作品，我们从中可以发现一个现象，那就是随着唐五代禅宗的发展，此类作品有越来越多的趋势。虽然如此，但清人编纂的《全唐诗》中，却完全没有收录。推究其原因，当是由于这些禅宗文学过去人们都将之视为佛教的法语，从未将它们视为文学作品所导致。项楚在《敦煌诗歌导论》中特别从诗歌文学的视角对敦煌禅宗歌偈提出“应该看作是唐诗中的一大门类”[②]。

---

① 铃木哲雄《机与偈颂》，收入《唐五代禅宗史》，东京：山喜房佛书林，1985 年。

② 项楚说：“其实，这些歌偈中固然有很大一部分带有浓厚的玄言诗的色彩，但也有很多禅宗歌偈是富有文学趣味的，形式上具有歌行体流转骏快的特点，一般都带有白话诗的倾向，内容上歌唱‘妙悟’的领会或‘禅悦’的心情，也都能运用各种手段去感染读者，应该看作是唐诗中的一大门类。”（项楚《敦煌诗歌导论》，《第二章释道诗歌·第一节佛教诗歌》“四、禅宗歌偈”，台北：新文丰出版公司，1993 年，第 130 页）

确实，这些禅宗文学，其中或涉及禅法，或宣扬宗派，我们从中可考察敦煌禅学与禅宗流行的实际情况。因此，像胡适《神会和尚遗集》[①]附录、铃木大拙《禅思想史研究第二》[②]、田中良昭《敦煌禅宗文献の之研究》[③]，铃木哲雄《唐五代禅宗史》[④]等等禅学专著中论及初期禅宗修道偈时，也触及敦煌禅宗文献中铭箴偈颂一类的作品。但只是片段或零散的论述。

较为全面而宏观的论述，当推田中良昭 1980 年出版的《讲座敦煌 8—敦煌佛典と与禅》，此书中对敦煌文献中禅僧的偈颂作了综合论述[⑤]。同书还有川崎ミチコ针对定格联章《五更转》《十二時》《行路难》等禅僧修道偈进行综述[⑥]。这些都是从禅学的角度出发，将之视为敦煌禅宗文献的重要内容。总的来说，相对于敦煌禅籍所受到的重视而言，敦煌禅宗文学文献的研究显然仍有不足。

敦煌佛教文学中有关禅宗文学体类也是最多，正凸显了禅门善于运用文艺的特色，又反映出敦煌地区禅学普遍流行的实况。据今所知见的敦煌文献，大致可归为诗歌类、铭箴偈颂类及定格联章类等三大类。

诗歌是佛教文学的主要体裁。两晋六朝，僧人诗作已时有所见，中国诗歌黄金时代的唐朝，随着佛教的发展、禅学的兴起，众多禅僧“禅诗”大量面世，诗学与禅学也就成为热门的研究课题。敦煌文献中的禅

---

① 胡适《神会和尚遗集》，上海：亚东图书馆，1930 年。

② 铃木大拙《禅思想史研究第二》，东京：岩波书局，1951 年。

③ 田中良昭《铭、箴、赞、偈类》，《敦煌禅宗文献之研究》，东京：大东出版社，1983 年。

④ 铃木哲雄《机与偈颂》，《唐五代禅宗史》，山喜房佛书林，1985 年。

⑤ 田中良昭《讲座敦煌 8—敦煌佛典と禅·修道偈 I》（东京：大东出版社，1980 年，第 245—262 页），内容论述了敦煌禅宗文献中的修道偈。之后又在《禅学研究入门》（东京：大东出版社，1994 年，第 67—72 页）一书中针对“禅僧の偈颂と诗文类”，作了简明的解说。

⑥ 见《讲座敦煌 8——敦煌佛典と禅·修道偈 II——定格联章》东京：大东出版社，1980 年，第 263—280 页。

诗，有见于传世文献的，有仅见存于敦煌文献的。其中主要的诗集如《心海集》（S.2295、S.3016）；单篇诗歌，如《扬州频禅师游山遇石室见一女人独机一床赠诗一首》［S.646、S.2672、S.3441、北图 8412（海51］、《赞禅门诗》（S.2503）、《秀禅师劝善文》（S.5702、P.3521）等，其中不少作品与禅宗关系密切。如全篇采七言九十二句的《秀禅师劝善文》，敦煌文献中存有二件写本：S.5702V 题作《秀禅师劝善文》，P.3521V 题作《秀和尚劝善文一本》。诗的内容旨在劝诫僧徒“善护普萨戒”；开首以“此身无常速败坏”警告僧徒，苦心劝导应当“努力善护菩萨戒”。按：“秀和尚”“秀禅师”当指唐代禅宗名僧神秀（605—706）。禅宗自四祖道信（580—651）始即有菩萨戒的开设，并著有《菩萨戒法》，倡导“戒禅合一”，道信后的门风，都是禅与菩萨戒相合。之后北宗神秀一系亦有菩萨戒仪以及忏摩；神秀的菩萨戒，首重发菩提心，并不强调十重戒或三聚净戒，以及其他轻戒。神秀除了菩萨戒仪之外，并且精通四分律，北宗后学亦重视戒律，强调戒、定的行持。从敦煌此类禅宗文学中不难看出北宗禅以“持戒安禅”作为教法宣扬的面目与特色。

除了上述外，也有以“歌”“吟”命名的诗作，如 P.3591《洞山和尚神剑歌》，P.3591《丹遐（霞）和尚翫珠吟》，S.2944《融禅师定后吟》等，都是著名的禅宗诗歌。

铭、箴、偈、颂类也是禅僧常用的韵文，唐五代禅门各宗派每每借助此类文学来展现其禅学思想与强调禅法。敦煌文献中保存有不少此类作品的写本，主要如《亡名和尚绝学箴》（S.2165、S.5692）、《信心铭》（S.4037、S.5692、P.2104、P.2105、P.4638）、《顿悟无生般若颂》（S.468、S.5619）、《寂和上偈》（P.3559）、《卧轮禅师偈》［S.5657、S.6631、P.4597、BD05441（北图 8345、果 41］、《卧轮禅师看心法》（S.1494、龙谷本）、《了性句》［S.3558、S.4064、P.3434、P.3777、北图 8385（裳 67）］、释寰中《佛说楞伽经禅门悉谈章》（S.4583、

P.2204，P.2212、P.3082 、P.3099 ）等。这些作品以南宗系禅者的偈颂居多，也较受学者注意。

其中以“箴”命名的禅宗文学，后周释亡名的《亡名和尚绝学箴》四言诗箴最受瞩目。全诗六十四句，以“诫之哉，诫之哉，无多虑，无多知”开头，余皆四字韵语。主张绝学无虑，宣扬“长死长绝，无相无形，无姓无名，无贵无贱，无辱无荣，无大无小，无重无轻，教怡贤哲，斯道利贞”。按：《续高僧传》卷7《亡名传》与《景德传灯录》第30卷之“铭记箴歌”第4，均作《息心铭》。田中良昭以为敦煌本《亡名和尚绝学箴》是据南宗系改变成立的[①]。《绝学箴》颇为后所援引，其中如“头上不可安头，嘴上不可安嘴”，成为其后禅宗著名的话头。[②]

以“铭”命名的禅宗文学中，相传为三祖僧璨所作的《信心铭》[③]最为称著。今所得见 S.4037、P.2104、P.2105 三件敦煌写本《信心铭》均接抄于《禅门秘要诀》（即《永嘉证道歌》）之后，为一四言长篇。铃木大拙《禅思想史研究第二》、田中良昭《围绕敦煌本〈禅门秘要决〉的各种问题》等论著，对此文献之重要性已有论述，可资参考。其他如 S.2165《思大和上坐禅铭》、P.3591b《青剉和尚诫后学铭》等亦很有名。

以“颂”命名的禅宗文学，敦煌本《顿悟无生般若颂》最受重视。此颂盖为《景德传灯录》30 卷所收录神会《荷泽大师显宗记》的别本，是《显宗记》早期的形式。胡适在《神会和尚遗集》[④]中最早介绍了 S.468 写本；同年，矢吹庆辉《鸣沙余韵》则介绍了另一写本 S.5619 并

---

① 田中良昭《〈僧亡名息心铭〉と敦煌本〈亡名和尚绝学箴〉》，《印度学佛教学研究》12 卷 1 号，1964 年 1 月，第 275—278 页。

② 如《景德传灯录》卷十六《澧州乐普山元安禅师》：“十二月一日告众曰　‘吾非明即后也。今有一事问，汝等若道这个是，即头上安头；若道不是，即斩头求活。’时第一坐对曰：‘青山不举足，日下不挑灯。’师曰：‘遮里是甚么时节，作这个语话’”。

③ 徐俊《敦煌诗集残卷辑考》，北京：中华书局，2000 年，第 7 页。

④ 胡适《神会和尚遗集》，上海：亚东图书馆，1930 年。

将之影印出版[①]。之后胡适《新校订的敦煌写本神会和尚遗著两种》[②]又将此二本进行校订。

至于以“偈”命名的禅宗文学，如《寂和上偈》，这是一篇短偈，见存于P.3559写卷中。此写卷计汇抄十个文献资料。日本学者以为这份卷子是北宗禅资料的总集；冉云华《敦煌文献与僧稠的禅法》一文从其中抄录的《稠禅师意》等去考察、推论，以为有些文献未必全属北宗。按：普寂被普遍视为神秀弟子。田中良昭在《敦煌佛典と禅》一书中，论及《寂和上偈》时以为这位寂和上，是神秀的弟子普寂（651—739）。冉云华从《寂和上偈》文内用了第一人称的“吾”字；和第二人称的“汝”字看，以为当是普寂的弟子们纪录的普寂语录，是普寂语录唯一流传下来的文字。[③]

《寂和上偈》开头说：“万般求法，不如看心”。这个“看心”正是北宗禅的标志之一。其次谈到“禁口、秽言”等，可能是普寂晚年所说的偈语。胡适《荷泽大师神会传》中以为：“文中的教意集中于看心、禁口、忍辱、慎言、取弱、平等诸教训，似乎是普寂和尚在受到神会攻击以后，教导其门人的训示。”[④]

另外《卧论禅师偈》也是属于北宗系禅者的五言诗偈。全诗十二句，四句一转韵，似为三首诗偈接抄而成，其宗旨则浑然一体。中间四句云：“浑浑常不浊，澄澄亦不清。清细合不合，故号生无生。”是全偈中心思想。另外还有《卧轮禅师看心法要》。关于卧轮禅师，目前虽无确切证据指实其为北宗禅系之人，但从他与后世南宗之祖六祖慧能之对照上，如今这个观点应可成立。《卧轮禅师偈》S.5657、S.6631、

① 矢吹庆辉《鸣沙余韵》，东京：岩波书店，1933年。

② 胡适《新校订的敦煌写本神会和尚遗著两种》，《史语所集刊》29，1958年。

③ 冉云华《北宗禅籍拾遗--记寂和尚偈》，《敦煌学》10，1985年10月，第1—8页。

④ 关于这一件写本，柳田圣山《传法宝纪とその作者——ペリオ三五五九号文书をめぐる北宗禅研究资料の札记、その》（《禅学研究》53，京都：荻须纯道，1963年7月，第45—71页）有相当详细的论述。

P.4597、北图 8345（果 41）四件写本里，每一件都是与净土系赞偈类连抄，都是五言十二句。《卧轮禅师看心法》，有 S.1494 与龙谷大学图书馆藏的秃氏佑祥旧藏本，二者都与北宗资料连抄。铃木大拙《禅思想史研究第二》[①]有关于 S1494 的影印与介绍，并对“看心”做了论考。吴其昱《卧轮禅师逸语炖煌吐蕃文（伯希和 116 号）译本考察　兼论卧轮与摩诃衍入蕃所授禅法之关系》[②]，除了文本校订外，并论及与西藏译 Ptib.116 的关系。

另外，《了性句并序》有 S.3558、S.3777、S.4064、BD08467（北图 8385、裳 67）、BD（北图陶 31）09110 等五件写本，为崇济寺禅师满和尚的撰述。历代经录及大藏经有收录。《了性句并序》，前有序文，正文采七言偈颂，凡 134 句。旨在说明万法性空，法体清净，烦恼即菩提。内容强调“看”，显然也是北宗系的偈颂。

唐五代禅师们除了运用中国传统的文学体裁创作大量的禅宗文学外，其中也借助民歌俗曲来发挥启迪开悟的功能，定格联章一类的作品则是此一期间的主要特色。今敦煌文献中保存为数可观的此类作品，可为明证。

所谓定格联章类是指拥有不增减之一定的章数，数首联系成一篇独特的俗曲歌辞形式，此一称法为任二北所命名。敦煌文献中的定格联章，依其形式大别有《五更转》《十恩德》《十二时》《百岁篇》《行路难》《归去来》等。其中内容与禅学有关的主要有《五更转》《十二时》及《行路难》等，盖为采自民间俗文学体制联章体一类的作品，大多与南宗禅相关，前贤已有论著篇章触及。如芳村修基《徵心行路难残卷考》[③]；入矢高义《徵心行路难——定格联章の歌曲について》、

① 铃木大拙《禅思想史研究第二》，东京：岩波书局，1951 年。

② 吴其昱《卧轮禅师逸语炖煌吐蕃文（伯希和 116 号）译本考察兼论卧轮与摩诃衍入蕃所授禅法之关系》，《敦煌学》4，1979 年 7 月，第 41—52 页。

③ 芳村修基《徵心行路难残卷考》，收入《西域文化研究》1，京都：法藏馆，1958 年，第 191—196 页。

《敦煌定格联章曲子补录》[①]；田中良昭《〈行路难〉と〈安心难〉——P.3409写本考》[②]等等。川崎ミチコ《修道偈——定格联章》[③]则为以上相关作品作了综合概述，但基本上都是着眼于禅学，至于兼顾文学与禅学，有较为具体论述的则推龙晦《论敦煌词曲所见之禅宗与净土宗》[④]一文。

我们从敦煌佛教文学的特色切入，考察禅宗文学，便会发觉禅僧们运用各式各样的文学体式中，显然以采取《五更转》《十二时》《行路难》等世俗歌曲的数量较多且具鲜明之时代特色。从中可窥探唐代禅宗发展初期，释门禅子借助这些民间传诵已久、喜闻乐道的俗曲歌谣，以展现自我的体悟心境，进而作为唱道之用的事实与作为；也可作为考察敦煌佛教文学与禅学发展关系之例证。

二、敦煌禅宗文学中的《五更转》

《五更转》又作《叹五更》，是唐代广为流行的民间歌曲。《五更转》之“转”，任二北以为“可能有二义：一则递转之谓，指从第二更起，先复述前更，再递入后更，如是递转，直至五更。”至于第二层字义，任氏说是“啭咔”之谓。他认为此“与魏晋以来，佛徒经导中转读之转……皆谓歌唱也”。《五更转》分五段，每更一段，由“一更”唱

---

① 入矢高义《徵心行路难——定格联章の歌曲について》，收入《冢本博士颂寿纪念佛教史学论集》，京都：冢本博士颂寿纪念会，1961年，第79—93页；《敦煌定格联章曲子补录》，《京都东方学报》35，1961年3月，第523—543页。

② 田中良昭《敦煌出土〈行路难〉数种について——ペリオ本3409号を中心として》，《驹泽大学佛教学会志》3，1961年2月，第70—79页；《〈行路难〉と〈安心难〉——P3409写本考》，《驹泽大学宗教学论集》9，1979年12月，后收入《敦煌禅宗文献の研究·第三章、第四节〈行路难〉と〈安心难〉》，东京：大东出版社，1983年，第314—334页。

③ 川崎ミチコ《修道偈·定格联章》，载篠原寿雄、田中良昭主编《讲座敦煌8·敦煌佛典と禅》，东京：大东出版社，1980年，第263—280页。

④ 龙晦《论敦煌词曲所见之禅宗与净土宗》，《世界宗教研究》，1986年3期，第59—67页；后收入龙晦《龙晦文集》，成都：巴蜀书社，2009年，第347—59页。

到“五更”。每更格调一致，体制或齐言，或杂言。每更也可另加唱辅曲。今敦煌写本《五更转》，计有 45 件；种类约有 11 种；依其体制大可分为 7 式类。内容大多为释徒用来宣扬教义，或呈现个人修道体悟的作品；同时也有一般民间用来歌咏世俗生活感情题材的俗曲，内容有七夕望夫、闺妇思征夫、劝人读书等。兹将今所得见与佛教文学有关的《五更转》，依内容归纳条列，说明如下：

1.《南宗定邪正五更转》

一作《大乘五更转》。敦煌写本计有 S.2679、S.4634、S.4654、S.6083、S.6923、P.2045、P.2270、P.2984、P.4617、BD06318（北图 8325、咸 18）、BD03406(北图 7233、露 6)等 11 件抄本。全套五首，每首 10 句，第 1、2、4、6、8、10 句末押韵，其体制为“三韵、七韵、七、七韵、三、三韵、三、三韵、七、七韵”。此套俗曲内容主要在宣扬禅宗南宗顿悟学说。任二北根据 P.2045 此俗曲抄录于神会和尚所作《南阳和尚顿悟解脱禅门直了性坛语》之后，推定此曲词亦出于神会[1]。法国戴密微则认为非神会之作。

2.《南宗五更转》

原题作《南宗赞》。敦煌写本计有 S.4173、S.4654、S.5529、S.5689、P.2690、P.2963、P.2976、P.4608、Φ171、Дx .2175、BD06200（北图 8369、姜 100）、BD08174（北图 8371、乃 74）、BD09355（北图周 76）等 13 件。全套五首，每首 11 句，第 1、2、3、5、7、9、11，句末押韵，其体制为“三韵、三韵、七韵、七、七韵、三、三韵、三、三韵、七、七韵”。有关《南宗赞》的作者，究竟为谁？难以断定，但有一点可以肯定，作者应是荷泽一派的南宗禅门信徒[2]。内容主要在宣扬禅宗的修行坐禅，

① 参见任半塘《敦煌歌辞总编》，上海：上海古籍出版社，1987 年，第 1441 页。

② 冉云华《〈南宗赞〉小记》（原载《敦煌学》15，1989 年 12 月，第 1—7 页；收入《中国佛教文化研究论集》，台北：东初出版社，1990 年，第 185—195 页）：“原《赞》的作者，因有关的材料不多，仍然无法找出写《赞》的人是谁，但有一点可以肯定，即作者一定是荷泽一派的南宗禅门信徒。否则的话，他不会在禅宗派系斗争白热化的年代，写出一首大捧南宗的曲子。”

与《南宗定邪正五更转》宣扬顿悟的说法，旨趣不同。

3.《荷泽和尚五更转》

敦煌写本计有 S.6103、S.2679 二件抄本。全篇五首，每首 10 句，第 1、2、4、6、8、10，句末押韵。其体制为“三韵、七韵、七、七韵、三、三韵、三、三韵、七、七韵”。按 S.6103 原题《荷泽和尚五更转》，“泽”字下有朱笔作“寺”字，“尚”字下有朱笔“神会”二字，任二北据此定为释神会之作①。入矢义高则认为很可能为神会弟子所作②。内容主要反对看心。与荷泽宗旨相符。

4.《无相五更转》

敦煌写本《无相五更转》仅一件，编号为 S.607。全套五首，每首 4 句，第 1、2、4 句，句末押韵。体制为“三韵、七韵、七、七韵”。内容主要取自《般若经》，主张定慧渐修，但第五首云：“超透四禅空寂处，相应一念见如来”，又似有顿悟因素。

5.《第六禅师与卫士相逢五更转》

敦煌写本计有 S.3017、S.5996、P.3409 三件。其中 S.5996 存前四更，S.3017 存第五更，二卷系同一抄本断裂为二，可缀合。全套有十首，每首 4 句，第 1、2、4，句末押韵。其体制为“七韵、七韵、七、七韵”。

6.《太子入山修道五更转》

敦煌写本计有 P.3061、P.3065、P.3817、S.6537 及李盛铎旧藏本等五件。全套十五首，每更三首。第一首四句，每句句末押韵，其体制为“五韵、五韵、七韵、三韵”。第二首、第三首四句，2、3、4 句句末押韵，其体制为“五、五韵、七韵、三韵”。末句或作五字句。内容主要在歌咏悉

---

① 参见任半塘《敦煌歌辞总编》，上海：上海古籍出版社，1987 年，第 1424 页。

② 参见入矢义高《敦煌定格联章曲子补录》，《东方学报》（京都）35，1961 年 3 月，第 528 页。

达太子夜半逾城，入雪山修道的故事。

7.《太子五更转》

敦煌写本计有 P.2483d、P.2483k、P.3083 三件。全套五首，每首四句，第 1、2、4 句，句末押韵。体制为“三韵、七韵、七、七韵”。内容主要在歌咏悉达太子出家修道成佛的故事，较之《太子入山修道五更转》简单。

8.《维摩五更转十二时》

敦煌写本计有 S.2454、S.6631、P.3141 三件，合《五更转》与《十二时》为一篇，演维摩问疾。《五更转》部分五首，每首 4 句，第 1、2、4 句，句末押韵。其体制为“三韵、七韵、七、七韵”。另 P.3554 有题为“谨上河西节度公复政及禅瑞五更转兼十二时，共一十七首并序”，按：仅存序文，作者为悟真。

敦煌写本《五更转》，除了有关禅宗文学的《五更转》外，尚有歌咏非佛教题材的《五更转》俗曲，如 S.1497、Дx2147，内容咏七夕相望；P.2647 内容为咏闺妇思征夫的《五更转》。罗振玉《敦煌零拾》收有内容歌咏识字的《叹五更》。说明了《五更转》原为民间俗曲。

今所见敦煌写本所存的《五更转》俗曲中，内容有关禅宗的作品特多。其中有明确署有宗派的；有虽未标明宗派，然明确标有作者的；也有既未标明宗派，也未标明作者，但就作品内容加以考察，也可略知其宗派倾向。

禅宗虽主张“不立文字”，然却是佛教中与文学关系最为密切的宗派。唐代禅宗文学作品，是佛教文学中最受瞩目的部分，在敦煌文献中也是学界研究的焦点，就今所保存的“五更转”抄本数量而言，尤以“南宗”为最多。南宗禅为慧能所创，主要主张“一切善恶都莫思量，自然得入清净心体，湛然常寂，妙用恒沙”，嗣法弟子有行思、神会、玄觉等。“南宗”的确立则是在荷泽神会的大力倡导下完成的。

敦煌写本的《五更转》有慧能弟子神会的《五更转》，如 S.6103 原卷即题《荷泽和尚五更转》，内容有“了性即知当解脱，何劳端坐作功夫”，“顿见境，佛门开”等，明显与北宗渐门不同，其为南宗顿门之作了然。

除了 S.6103《荷泽和尚五更转》外，还有《南宗定邪正五更转》，题名明明白白地标志着“南宗”，从内容看，如“顿与众生开佛眼，皆令见幸免沈沦”，毫无疑问的是宣扬南宗教义。我们从现存抄本数量之多，不难窥知当时敦煌南宗禅的发达，此与安史之乱后，禅宗荷泽系在河西地区的传播正相吻合[①]；同时也反映了神会荷泽系门下善于运用《五更转》这种俗曲文学形式来主张其宗派学说，充分发挥世俗化的宣传效果。

另外，《五更转南宗赞》从标题也可确定是歌颂南宗禅的作品，其创作时间虽较《荷泽和尚五更转》《南宗定邪正五更转》为晚，但也说明了南宗禅从神会之后一枝独秀，一直到中晚唐，相仍不替地利用《五更转》俗曲来宣传教义。

除了明确标志有“南宗”的《五更转》外，《第六禅师与卫士相逢五更转》虽无宗派标志，但据其内容仍可考知当是南宗教徒所作。这些既是考察俗曲在佛教中国化、世俗化运用的基本材料，又是研究唐代禅宗宗派宝贵的参考资料。

三、敦煌禅宗文学中的《十二时》

《十二时》也是唐代流行极为广泛的民间歌曲。每一时辰格式一致，多为杂言长短句。每时辰也可另加唱辅曲。今敦煌石室所发现的《十二时》，为各俗曲中数量仅次于《五更转》的一种，凡 13 种，计 32 件。其原本即为民歌俗曲，因此，写本中也存在颇多歌咏世俗生活题材的作

---

① 参见杜继文、魏道儒《中国禅宗通史》，《第三章 禅宗的南北对立和诸家态势》，南京：江苏古籍出版社，1993 年，第 126—191 页。

品，内容有劝人行孝、劝人发愤、劝人求宦等[①]。敦煌佛教文学中，《十二时》与《五更转》同样凸显唐代僧侣们借用民歌形式来作为宗教宣传的特色。兹将今所得见有关敦煌佛教文学中的《十二时》，依其内容归纳条列，说明如下：

1.《禅门十二时》

敦煌写本《禅门十二时》计有 S.5567、P.3116、P.3604、P.3821 及罗振玉《敦煌零拾》等五件。系晚唐五代至宋初写本。P.3604 辞后原题云："维大宋乾德捌年，岁次庚午，正月二十六日，炖煌乡书手兼随身判官李福延，因为写十二时一卷为愿"。乾德仅五年，"八年"即宋开宝三年（970）。全套十二首，每首四句，其体制为"三韵、五韵、五、五韵"。内容主要为劝人灭嗔养性、静心修行。

2.《禅门十二时》（劝凡夫）

敦煌写本《禅门十二时》，歌咏劝凡人的计有 S.427、BD07310（北图 8440、鸟 10）两件。全套十二首。其体制为"三韵、七韵、七、七韵、七、七韵、七、七韵"。BD07310 题作"劝戒文"。内容主要劝人弃世修行，解脱生老病死，免受地狱之苦。

3.《十二时》（佛性成就）

敦煌写本《十二时》咏佛性成就者，仅存 S.2679 一件。每首四句，其体制为"三韵、七韵、七、七韵"。内容歌咏人人皆有佛性，但若要有所成就，还须究竟大乘之"空"义。

4.《法体十二时》

敦煌写本《法体十二时》计有 P.2813、P.3113、P.4028、S.5567 4 件。全套十二首。其体制为"三韵、七韵、七、七韵"。内容主要歌咏释徒刚出家时，剃发修持，以求六根清净的情形。

① 详参拙文《敦煌写卷定格联章"十二时"研究》，《木铎》10 期（林景尹先生逝世周年纪念论文集），1984 年 6 月，第 229—260 页。

5.《学道十二时》

敦煌写本《学道十二时》仅有 P.2943 一件。全套十二首。其体制为“三韵、五韵、五、五韵”。内容为歌咏学道真谛。

6.《圣教十二时》

敦煌写本《圣教道十二时》计有 P.2734、P.2918、S.5567 3 件。全套十二首。其体制为“三韵、七韵、七、七韵”。内容主要歌咏悉达太子由诞生、修道、成佛、行教，以迄双林说法，弟子忏悔等故事。

7.《维摩十二时》

《维摩十二时》又称《维摩五更转兼十二时》。敦煌写本计有 S.6631、P.2454、P.3141 等 3 件。“十二时”部分，全套十二首（残一首），计存二十三首，各首体制均作“三、三韵、七韵、七、七韵”。内容为演述《维摩诘经》中维摩托疾、文殊问疾的故事。

8.《普劝四众依教修行十二时》

敦煌写本《普劝四众依教修行十二时》计有 P.2054、P.2714、P.3087、P.3286，上海博物馆 48 号等 5 件。其中，P.2054 卷背有题记作“智严大师十二时一卷”。全套分十三段，依按十二时为十二段，凡 128 首，末段 6 首，为全文总结。总计 134 首。是长篇成套的歌辞，具有讲唱的效果，颇似变文中的《无常经讲经文》。其中，第一段“鸡鸣丑”段，有九首，第一首体制为“三韵、七韵、七、七韵”，其余八首均为“三、三韵、七韵、七、七韵”；第二段“平旦寅”段，十一首；第三段“日出卯”段，十首；第四段“隅中巳”段，十二首；第五段“隅中巳”段，十二首；第六段“日南午”段，十首；第七段“日昳未”段，十首；第八段“晡时申”段，十三首；第九段“日入酉”段，十首；第十段“黄昏戌”段，十二首；第十一段“人定亥”段，九首；“夜半子”段，十首；末段六首。各首的体制均为“三、三韵、七韵、七、七韵”。内容主要演说人生之劳役不休，或因贪图口腹，或为迷恋室家。而人世之间，但知生，不知老，不知生死壮老皆无常；儿女亲情难依倚，世务虚幻总是空；生死循环亦无常，奉劝世人，宜觉悟，趁早归依自修行。

除了歌咏佛教内容的《十二时》外，敦煌写本的中尚有非佛教内容的俗曲《十二时》，如《敦煌零拾》的《天下传孝十二时》、P.3821及上海博物馆48号《白侍郎十二时行孝文》、S.4129、P.2564、P.2633、P.3821《发愤长歌十二时》、P.3821咏历史人物的《十二时行孝文》、P.2264、P.2633、P.3821、S.4129《发愤勤学十二时》，P.2952《劝学求宦十二时》等。

除上述敦煌石室中所发现的写本外，在唐宋期间禅宗诸大师的语录中，也有不少以俗曲《十二时》歌咏修禅学道的心境与心得。今检诸禅宗语录，计得11种，除前举《景德传灯录》卷二十九所载，刘宋时志公和尚《十二时颂》外，尚有10种，条列于下，以资参考。

（1）《舒州华山举和尚语要》所载之《十二时歌》12首。（见《古尊宿语录》卷26）

（2）《念佛镜》下，所载之《修西方十二时》12首。（见《大正藏》卷47，1966，第132页）

（3）《慈明禅师语录》所载《十二时歌》12首。（见《古尊宿语录》卷11；《卍续藏经》册118）

（4）《云门匡真禅师广录》卷中所载《十二时歌》12首。（见《古尊宿语录》卷15，《大正藏》卷47，1988年，第553页；《卍续藏经》，册118）

（5）“云门和尚”之《十二时偈》12首。（见《祖堂集》卷11）

（6）《云峰悦禅师初住翠严语录》所载《十二时歌》12首。（见《古尊宿语录》卷41；《卍续藏经》册118）

（7）“宝峰湛堂准禅师”之《十二时颂》12首。（见《罗湖野录》卷3；《卍续藏经》册142）

（8）《汾阳无德禅师语录》所载之《十二时歌》12首。（见《大正藏》卷47；1992年，第629页）

(9)《明觉禅师语录》所载“往复无间”十二首。(见《大正藏》卷47，1996年，第703页)

(10)《赵州真际禅师语录》所载之《十二时》12首。(见《古尊宿语录》卷14；《卍续藏经》册118)

《十二时》所呈现的内涵，为有禅宗思想的，如《禅门十二时》《法体十二时》《学道十二时》及抄在《南宗定邪正五更转》之后的《十二时》，咏佛性成就。禅宗诸大师语录中，出现有十种《十二时》，总此可见禅门运用佛曲《十二时》来呈现“禅定法门”之一斑。[①]

四、敦煌禅宗文学中的《行路难》

敦煌写本有关《行路难》体的诗歌，今所得见计有8件。分别收藏在英国、法国、俄国及日本。卷号为S.2672、S.3017、S.6042、P.2555、P.2901、P.3409、Дx .0665及日本龙谷大学藏本。

以上8件写本中，除S.3017、P.3409外，原卷皆无标题，今见标题盖为后人据内容所拟。就内容而论，8件写本可大别为4种。即(一)S.2672与P.2901《行路难》；(二)S.3017与P.3409《行路难》；(三)S.6042、Дx .0665及龙谷大学藏本《徵心行路难》；(四)P.2555《行路难》。其中P.2555《行路难》诗题作《明堂诗》，属世俗诗歌，内容无关佛教，与其他7件写本迥异。其他3种，均系禅宗歌辞，内容盖为发明牛头禅之宗旨。

就形式而论，则可分为3系：(一)S.2672、S.6042、Дx. 0665及龙谷大学藏本的《徵心行路难》与P.2555《行路难》均属同一系。即各首以“君不见”三字为起句，后接一句五字句，末尾则有“行路难，路

① 又今存敦煌写本《十二时》歌曲，其内容主要除了与佛教禅宗有关外，其中也有谈说人世尘劳，空幻无常，宣扬净土宗思想教义的。如《普劝四众依教修行十二时》等，从其歌颂弥陀、歌颂净土等等，可见显然是出自净土宗的门徒的作品。但从现存敦煌文献及禅宗语录看佛教对俗曲《十二时》的运用，仍是以禅门为最。

难〇〇〇〇〇”重句和声或套语，后接二句七字句，其中各句主要也是七字句为主。（二）S.3017及P.3409《行路难》，二卷所存语句大抵相同，当是据同一底本衍化而来。以P.3409最为完整。各首皆不用“君不见”三字作起句，“君不见”三字则出现于末尾“行路难，路难道上无踪迹”前，作为呼告。至于歌辞的主体部分，各首无一相同。句式亦不一致，有三、四、五、六、七、八、十言不等，不过主要仍以七字句或五字句为主。至于各首的句数也不尽相同，其中有三首为八句，四首分别作六句、九句、十七句、二十句不等。当属前一系之变格。（三）S.2672及P.2901《行路难》，全首四句，以“行路难，路难〇〇〇〇〇”后接二句七字句。属于行路难的简单型，或是今存写本不完整。由上各系可见“行路难，路难……”的句式，盖为唐代《行路难》的形式特征。

有关敦煌写本《行路难》的时代，由于各卷均无作者署名，且无写卷抄写题记可资考察。但龙谷大学藏本中出现有“地”“天”等武后新字，同时卷中避唐太宗名讳，“世”字缺笔等写卷抄写情况来看，则此《徵心行路难》写本抄写年代的上限当在则天武后时期。至于其他亦属牛头一系的敦煌写本《行路难》，根据张勇以《傅大士语录》中的《行路难二十篇并序》与敦煌本对照研究，以为虽撰者不可考究，然要当为后世徒众慕钦慧忠而作，时处慧忠高足遗则踵武其师而托名傅翕的九世纪初叶之后[①]。

关于敦煌写本《行路难》的研究，最早是1939年宇井伯寿在《中国禅宗史》[②]中提及牛头宗第六祖慧忠著有《见性序》《行路难》，经旨密要，盛行于世，而疑即慈觉大师圆仁入唐将来的《徵心行路难》一卷。1957年，关口真大在《达摩大师の研究》卷末介绍了禅思想史研究

① 张勇《傅大士研究》，台北：法鼓文化，1999 年。

② 宇井伯寿《禅宗史研究》，东京：岩波书店，1939 年，第 121 页。

的新材料，其中便附有《行路难（敦煌出土）傅大士》[①]，讨论敦煌本行路难与傅翕的关系。1958 年，芳村修基《徵心行路难残卷考》[②]则是首先揭示日本龙谷大学所藏的敦煌写本，并据秃氏佑祥拟题作《徵心行路难》。1961 年，入矢义高《徵心行路难——定格联章の歌曲について》[③]则在芳村修基的基础上，又介绍了 S.6042 的《行路难》残卷。并以为 S.3017《行路难》可能为第六禅师的徒弟们（“贵贱等”的“诸人”）分别合作，第六禅师究为何人，尚待查考。而就内容论，前半“五更转”曲与“劝诸人一偈”是第六禅师赠与徒弟们的饯别之作。1961 年，田中良昭《敦煌出土〈行路难〉数种について——ペリオ本 3409 号を中心として》《〈行路难〉と〈安心难〉——P3409 写本考》[④]综合了历来的研究，介绍缀合的 S.5996（五更转）与 S.3017（五更转、行路难）写卷，及完整写本的 P.3409 文本。特别提到 P.3409 卷末的《安心难》，以为此《安心难》的内容与荷泽神会之语一致，而推论此《安心难》与其前之《行路难》当出自于南宗系禅者之手。1971 年，法国戴密微（Paul Demieville）与饶宗颐合著的《敦煌曲》校录了新获的 P.3049《行路难》卷子[⑤]。1987 年，任半塘《敦煌歌辞总编》[⑥]卷三《杂曲普通联章》，则

① 关口真大《达摩大师の研究》，东京：彰国社，1957 年，第 365—390 页。

② 芳村修基《徵心行路难残卷考》，收入《西域文化研究》1，京都：法藏馆，1958 年，第 191—196 页。

③ 入矢义高《徵心行路难——定格联章の歌曲について》，收入《冢本博士颂寿纪念佛教史学论集》，京都：冢本博士颂寿纪念会，1961 年，第 79—93 页。

④ 田中良昭《敦煌出土〈行路难〉数种について——ペリオ本 3409 号を中心として》，《驹泽大学佛教学会志》3，1961 年 2 月，第 70—79 页。田中良昭《〈行路难〉と〈安心难〉——P3409 写本考》，《驹泽大学宗教学论集》9，1979 年 12 月；又收入《敦煌禅宗文献の研究·第三章、第四节〈行路难〉と〈安心难〉》，东京：大东出版社，1983 年，第 314—334 页。

⑤ 戴密微（Paul Demieville）、饶宗颐《敦煌曲》*(Airs de Touen-houang)* with an adapation into French by Prof.Paul Demieville CentreNational de La Recherche Scientifique; Paris 1971.

⑥ 任半塘《敦煌歌辞总编》，卷四《杂曲·重句联章》，上海：上海古籍出版社，1987 年，第 987—1003 页、1219—1146 页。

据 S.3017、P.3409 校录“《行路难》‘共住修道’八首”；卷四《杂曲重句联章》，则据 S.6042、日本龙谷大学藏本校录“《行路难》‘无心律’十二首”；1993 年，项楚《敦煌本〈行路难〉之再探讨》[①]，则针对任二北《敦煌歌辞总编》收录的两组《行路难》辞，在文字的校订与义理的阐释方面，逐条提出一些修正。张勇的博士论文《傅大士研究》[②]中编“疑经点窜或伪托的诗偈”第六章立有专章讨论傅翕的《行路难二十篇并序》，其中第四节据《敦煌遗书总目索引》及《敦煌宝藏》论述敦煌写本中的《行路难》，特别析论其内容与傅大士《行路难二十篇并序》同具牛头禅风；尤其于“无心”禅观多所阐发。郑阿财《敦煌禅宗歌诗〈行路难〉综论》[③]一文，据文献研究为基础，以文体研究为重心，就今所得见的敦煌写本《行路难》，析论其系统、源流与体制，并论述禅宗对此世俗歌诗之运用等相关问题。

1.《行路难》在禅门的运用

（1）佛理禅观体悟的呈现

释门运用《行路难》来创作歌辞，自南朝以来到唐五代，据宋郭茂倩《乐府诗集》所录，计有齐僧宝月一首[④]；五代前蜀诗僧禅月大师贯休（852—913）五首；后唐齐己二首。另外，《续高僧传》中提到慧命（531—568）著《行路难》《详玄赋》，通述佛理，识者成诵[⑤]。只是其

---

① 见《第二届国际唐代学术会议论文集》，台北：文津出版社，1993 年，第 701—725 页。

② 张勇《傅大士研究》第六章《行路难二十篇并序》，台北：法鼓文化公司，1999 年，第 169—212 页。

③ 郑阿财《敦煌禅宗歌诗〈行路难〉综论》，2003 年“第六届唐代文化学术研讨会”宣读，修订后刊载《文学新钥》3 期，2005 年，第 1—24 页。

④ 关于宝月《行路难》的问题，钟嵘《诗品》有所怀疑，《诗品》卷下云：“《行路难》是东阳柴廓所造。宝月尝憩其家，会廓亡，因窃而有之。廓子赍手本出都，欲颂此事。乃厚赂止之。”

⑤ 《续高僧传》卷十七《周河阳仙城山善光寺释慧命传》：“初，命与慧思定业是同，赞激衡楚。词采高拔，命实过之。深味禅心，慧声遐被。著《大品义章》《融心论》《还源镜》《行路难》《详玄赋》，通述佛理，识者成诵。文或隐逸，未喻于时，有注解者，世宗为贵。”

《行路难》今已不传。《宋高僧传》提及牛头六祖慧忠（683—769）著有《行路难》[1]。今亦失传。因此，数量较多的是敦煌藏经洞发现的《行路难》《徵心行路难》及《善慧大士语录》中所收录托名傅大士的《行路难二十篇》。这些《行路难》在内容上主要发明南宗禅的禅理与思想。至于牛头禅“无心”观之充分展现，则是敦煌本《行路难》主要的内容特色之一；更是佛教借用《行路难》此一世俗歌曲以宣唱佛理，并作为寓意习禅修道的艰辛历程与悟道心境的方便法门。

S.3017、P.3409 的《行路难》处处可见佛教名相法数，如“五荫”“四大”“二十五有”“三途”“二乘”“四果”等，尤其是第七首《行路难》：“身骑精进马，忍辱作鞍辔。持戒作枪翻，慈悲为军将。手把禅定弓，射破卅六军贼，获得菩提勋，无心是官职。差作巡境使，四方和六贼。……”更是展现了大乘佛教中成佛道所实践的布施、持戒、忍辱、精进、禅定、智慧等六种德目，倡导修习禅定，以使心能安定。而 S.2672、S.6042、ДХ.0665 及龙谷大学藏本的《徵心行路难》，“第十一：君不见。无心之大施。”“第十二：君不见。无心大木叉。”“第十三：君不见。无心之大忍。”“第十四：君不见。无心之大勤。”“第十五：君不见。无心之大禅。”“第十六：君不见。无心之大慧。”也是歌咏六度，一首一个德目，自“布施”开始，依次为“持戒”“忍辱”“精进”“禅定”而“智慧”，最后归结于涅槃。所以第十六首最后两句为“涅槃生死不关怀。荡荡如空无罣碍。”详审内容，可知释门透过《行路难》将佛教的基本教理，会通原始佛教到大乘佛教以简明扼要的手法展现出来，发挥宣说教理的具体功能。

敦煌写本《行路难》，除了宣唱佛理外，在禅宗体悟的呈现，也特别突出。S.2672《行路难》中的心中无物方可安心，无见始能见佛，正

① 《宋高僧传》卷十九《唐升州庄严寺慧忠传》：“忠著《见性序》及《行路难》，精旨妙密，盛行于世。”

是牛头“无心无观”禅风的流露，此歌辞当出自法融门徒之手。S.3017、P.3409 的《行路难》内容，主要在劝人“无住”，以虚空为本、超越二乘等，虽属诸家常谈；然从其第七首“获得菩提勋，无心是官职”一句，隐然透露牛头禅的蛛丝马迹。而《徵心行路难》的内容更是反复强调“无心”，歌辞中涉及“无心”的旨义，可说所在多有，如“无心甚清高”（第五首）；“无心甚洹洹”（第六首）；“如来无心得自在，所以号为诸法王”（第八首）；“无心之心过世间，故得称为施中至。无心之心通法界，法界平等非殊异”（第十一首）；“无心之心无异体”“于今既学无心律，超过彼律出尘沙”（第十二首）；“无心无碍若虚空，知复何人能触恼”（第十三首）。

又 P.3409《行路难》，前为五荫山中逢六禅师，每禅师先各作一偈，又各作一《五更转》；后为劝诸人偈及《行路难》，之后又有《安心难》一首。其体制为“安心难，欲得安心无处安。”后接 32 句，以七字句为主，间有少数五字句及六字句，是《安心难》当为《行路难》的衍化。《徵心行路难》，“徵心”之意谓“制心”，是牛头禅之主要宗旨；“安心”亦是禅宗的主要法门。

此外，托名傅大士的《行路难》后，还有《行路易十五首》；五代《庞居士语录》也有《行路易》杂句。此《行路易》盖取意与《行路难》相反，是《行路难》发展之变体。内容亦同为禅门对禅理体悟之呈现。

世俗歌曲与禅宗文学的关系以及禅子与文士的关系，近年来成为学者所瞩目的焦点。其中特别是唐五代到北宋期间禅门透过《五更转》《十二时》《牧牛诗》《渔父词》《拨棹歌》等，来创作佛教艺文，以为乐道、寓理、颂古及说禅之用。唐五代时期，《渔父词》《渔歌子》《渔父引》《渔家傲》均是歌咏渔家生活的曲调，其来源可能是渔人传唱的民间歌曲。船子和尚华亭德诚的青原法系，多有《拨棹歌》属渔父词之作，其或以为禅门渔父词之始，且为禅宗渔父词之典范，更是禅门渔父词之特征。德诚《拨棹歌》盖借行船渡水来譬喻凭借智慧的力量超越生死苦海，或喻慈悲法船接引众生，渡生死苦海。今传世《渔父拨棹子》盖为流行于吴越之曲调，词作大抵出于南方禅子之手。又唐五代每施于讲唱之《十二时》《五更难》等曲调，甚至《行路难》歌辞，其源均与南朝清乐有关，而禅宗曲词大多出自南宗禅子之手，且今所得见唐五代佛教歌诗曲辞，其作者里籍亦殆为南方。观其风流所使，渊源脉络，实无二致。

周裕锴《宋代禅宗渔父词研究》①一文，据禅宗灯录考察，以为曹洞宗出自药山惟俨，而“船子和尚”亦为惟俨法嗣。《渔歌子》词全以渔调生活为歌颂内容，即所谓“缘题而赋”，命名多属本意。“渔父”是曹洞禅法中的重要象征性意象，而《渔父词》的作者却又都属于曹洞宗。之后《渔父词》在禅林影响很大，并形成了一个借讴歌渔父而畅情乐道的填词传统。特别是北宋初期，南方禅林流行《渔父》《拨棹子》等渔歌类的唱道之词，推究其因恐为《渔父词》原题多为歌颂渔家自由自在的生活，与禅宗无住、无相、无念的宗教精神相通有关。

《行路难》为杂曲歌辞，内容极言世路崎岖，行道历程艰难；或人生旅途坎坷，感伤生离死别。其源本为民间歌谣，出自众人之手，故入杂曲；流传至南朝，文士多所拟作，至唐五代，不仅付之歌唱，且奏入笛乐。韦应物的《行路难》，一名《连环歌》，其歌辞中有：“上客勿遽欢，听妾歌《路难》，旁人见环环可怜，不知中有长恨端。”敦煌写卷所发现的《行路难》《徵心行路难》《善慧大士语录》中所收录托名傅大士的《行路难二十篇》，盖以《行路难》作为禅门唱道，及体悟禅理之言筌，在内容上也正好凸显南宗禅的宗旨。此外，集中在牛头禅“无心”观的体现，也是一大特色。这恐怕也是与《渔父词》多系南方释子用来作为“唱道之词”，且作者均属曹洞宗的现象，极为特殊而有趣，

① 周裕锴《宋代禅宗渔父词研究》，收入《中国俗文化研究》1，成都：巴蜀书社，2003年。

值得深入探究。

(2) 禅门化俗之说唱

见性成佛为禅门的终极关怀，上堂参禅、静坐禅修、公案颂古均为悟道体性之手段。《六祖坛经》脍炙人口的记载，便是五祖弘忍拟选法嗣，命门人作偈，以观学佛心得。当时神秀于众弟子中为第一，夜作一偈，题于廊壁。五祖见了，认为"祗到门前，尚未得入"，要神秀思考一两天后再写一偈。那时在碓坊舂米的慧（惠）能，听人唱念该偈，就也作了两偈，但因不识字，乃请人代写上壁。五祖见慧能的偈言，半夜叫慧能入他室中，为他说《金刚经》；慧能一闻便悟，于是五祖授以顿法和袈裟，慧能即成为禅宗的第六代祖。

如此将体悟的心境撰作偈语，透过偈语以观察其悟道之深浅，此一风气自六祖之后蔚然成风，俨然成为禅门修道必然的过程之一；甚至可供作上堂参禅的公案。尤有进者，透过各禅师悟道心境以诗偈或俗曲歌辞来呈现，借以点化开悟禅门子弟与俗家信众，这些诗偈歌辞或于道场吟咏唱诵，更有于法会之中穿插讲唱，因此每每取用民间流行的民歌俗曲来创作歌辞，以唱道化俗，如《五更转》《十二时》《行路难》等便是。

王小盾《〈行路难〉与魏晋南北朝的说唱艺术》[①]一文，论述《行路难》的说唱特点，以为南朝宋鲍照所作《行路难》18 首是现存最早的作品。其体制大抵为七言，而杂以其他句式。其说唱特点有二：一是采用"第一人称的表白口吻"；二是使用"景内景外相切换的手法"。他说：

特点之一是采用第一人称的表白口吻。例如，第一首言奉酒而

---

① 王小盾《〈行路难〉与魏晋南北朝的说唱艺术》，《清华大学学报》17，2002 年，第 9—13 页。

作歌，有云“愿君裁悲且减思，听我抵节行路吟”；第二首从“洛阳金博山”起兴，言“承君今夜之欢娱”，而有云“如今君心一朝异，对此长叹终百年”。其特点之二是使用景内景外相切换的手法。例如，第三首转入叙事，云“中有一人字金兰……含歌揽涕恒抱愁”；第四首加以评论，云“酌酒以自宽，举杯断绝歌路难”。同样的情况又见于其他部分。例如，五首以下主题不一，文辞特征大致如《乐府诗集》卷七十引《乐府解题》所云：“备言世路艰难及离别悲伤之意，多以君不见为首。”这些篇章的悲伤情调和“君不见”口吻，便进一步印证了第一人称表白、景内景外切换的特点，说明《行路难》是按“一人多角”“口语叙事”的方式表演的。

在敦煌《行路难》写卷中，说唱特点的呈现尤为鲜明。如S.2672除女子所赠《行路难》系歌辞外，前面禅师与女子问答均以对答诗体的方式展现，透过故事情节，引出女子体悟禅理的《行路难》歌辞。虽情节简单，只是作为串联诗歌的作用而已，然已具备讲唱的雏形。

又《徽心行路难》歌辞中有“劝君迷路诸人辈”“君等若其不信者”“赠言同志诸人辈”等等，语气显然具有讲唱用语的意味。而S.3017、S.5996及P.3409三件，其中《行路难》是穿插在一篇关于六禅师与七卫士故事中的插曲。依据残存部分，其故事梗概为：有卫士常贵贱等七人路遇六禅师，六师每人各作一偈，至夜又赠《五更转》，禅师各作一“更”，第六禅师无“更”可转，作“劝诸人”一偈。弟子等（指七卫士）受禅师启迪，个个以《行路难》一首表明愿随禅师学道，其后“尊一个有德为师，两个亲近承事，十个诸方乞食”则是传戒。最后总结则是为首的有德和尚以《安心难》的咏叹，来劝诫徒众制勒贪欲、专心修禅，以求定慧妙境。

按：S.5996与S.3017，实为同一卷子前后相连的两断页。连接处无缺字。饶宗颐《敦煌曲》以为当缀合。即S.5996首残，尾接S.3017之首，S.3017 尾缺。又内容与 P.3409 为同一《行路难》歌辞。综观全文，系以故事形式贯串僧偈佛曲，虽故事性不强，与 S.2672 相似，只是作为引起歌辞的串场作用而已。然其性质似乎较 S.2672 更具讲唱特色，颇值得玩味。李正宇《试论敦煌所藏〈禅师卫士遇逢因缘〉》[①]一文，以为此一写本，类似宋、金、元时代的《诸宫调》，但早于《诸宫调》三百多年，可以说是《诸宫调》之祖。并据白化文《敦煌变文集补编》录文进行探讨，以为此篇文字系规模传奇的雏形作品，可称之为和尚传奇。从内容看，属佛教随缘故事一类；而其体裁形式，则前所未闻，可方之宋金元诸宫调，然而唐又无诸宫调之名，因拟其名为“禅师卫士遇逢因缘”。同时根据初盛唐府兵制度等，推论其创作下限当不晚于天宝十一载，并分析其语言性质属作品人物的代言体。

唐五代化俗的俗讲活动甚为流行，在弘法化俗的过程中，运用“世俗歌曲”以宣唱佛理，开导众心，这些俗曲不但传诵于释门佛子之间，同时也透过大套联章歌辞用以讲唱，以宣说人生无常，奉劝世人当修净土；或开悟禅理，宣演宗风。除了上举 S.5996、S.3017、P.3409 所谓的《禅师卫士遇逢因缘》及 S.2672 、S.646、S.3441、P.2901 卷背及北图 8412（海 51）等所谓“扬州颉禅师游山遇石室见一女人独枕一床赠诗”具有故事情节，深具说唱特色外，此一特殊形式与 S.2454、S.6631 及 P.3141 的《五更转兼十二时》成套以讲唱“维摩托疾”同样具有变文的讲唱功能。而大套长篇定格联章的《十二时普劝四众依教修行》内容性质与变文《无常经讲经文》相近的这些情况，在在说明了禅门与净土对于运用俗曲进行化俗说唱之积极作为。

其中《行路难》《徵心行路难》便是极为特殊的一种，透过这些写卷内容的考察，可见禅宗从六祖慧能“无念为宗，无相为体，无住为

---

① 李正宇《试论敦煌所藏〈禅师卫士遇逢因缘〉》，《文学遗产》3，1989 年，第 48—56 页。

本”的禅学体系，而牛头禅重“无心绝观”以“无念即无心，无心即真道”则是此体系的发展。

《行路难》原为汉代以来的乐府歌辞，盖为北人挽歌，经南朝文士拟作而发展衍化，至唐代流行不绝；不论文士或僧人，多有所作。其中文人之作多歌人生怨离之情绪；僧人之作则多诵修禅体道之艰辛，甚至由单曲而联章成套，穿插故事，借讲唱以喻禅理，期收悟众化俗之功，发挥佛教艺文之传播功能。

尤其在禅宗各宗各派为求区别，各显所专，取用歌辞亦自有其独特之取向与选择。《渔歌子》曲词之作，多出自曹洞宗禅僧之手；《行路难》歌诗之篇，则多彰显牛头一脉之宗旨。概而观之，不论《渔歌子》《拨棹歌》或《行路难》，要皆南宗禅子之作，此一现象至为鲜明，尤为研究禅宗文学所宜关注，得敦煌写本相关资料之呈现，得以更加印证此一特色。

第二节
敦煌佛教文学与净土信仰的流行

一、唐五代净土教的发展与净土歌赞

净土宗是佛教东传在中国发展出来的宗派，以专修往生阿弥陀佛净土法门而得名。净土信仰可分为弥勒净土与弥陀净土。一般认为，中国的弥陀净土信仰始于慧远（334—416），他与刘遗民（352—410）等僧俗共结“白莲社”，塑造阿弥陀佛像，同修念佛，共愿往生，因此奉慧远为初祖。

其后，昙鸾（476—542）著《往生论注》，判立难行、易行二道。其易行道便是修净土念佛法门，借助弥陀佛力加持，命终当日或七日之内，即可往生净土。此说为净土立宗奠定了理论基础。昙鸾之后有道绰（562—645），著有《安乐集》，亦以净土一门为唯一出离之道。

道绰之后有善导（613—681），专传净土法门，是净土宗的正式创立者。他写《阿弥陀经》十万卷，画净土变相三百壁，僧俗皈依者无数，著有《观无量寿经疏》《法事赞》《观念法门》《往生赞》《般舟赞》等，更提出净业专、杂二修说。其专修，指专念阿弥陀佛名，念念相续，命终即得往生。称名念佛的专修既简便稳妥，又最富效益。善导之后，唐代净土宗大盛，代有名师，如承远、怀感、法照、少康等等。

相较于其他宗派，中国净土宗尤其注重修持的具体践行，倡导凭借阿弥陀佛的“愿力”及自身的修行以求往生西方净土，因此特别强调念佛，而念佛法门也就成为净土宗的主要特色之一。唐代净土宗的修行，不仅注重口称阿弥陀佛名号，持诵净土经典，同时还特别注重运用歌赞来进行对阿弥陀佛与西方净土的礼敬与赞颂。

回顾净土宗的发展史，其中北魏昙鸾撰有《往生论注》《略论安乐净土义》，以阐述净土教义，其《赞阿弥陀佛偈一卷》，可说是中国净土歌赞创作之开端。唐代净土宗的开创者善导，透过《无量寿经》的注疏与《观念阿弥陀佛相海三昧功德法门》的撰著，阐述净土教义与修行方法，同时更强调“欲生净土，必须自劝劝他广赞净土依正二报庄严事。”①，创作了《依观经等明般舟三昧行道往生赞一卷》，并将古印度天亲、龙树与隋彦琮及善导本人创作的净土赞文，编撰成《安乐行道转经愿生净土法事赞二卷》《往生礼赞偈一卷》等，使之成为念诵、礼拜、忏悔、念佛、转经等相结合的一整套净土法事赞仪轨。使净土宗的修行更为系统化、规范化；净土念佛活动更为风行。中唐有“后善导”之称的法照，他在善导净土礼赞仪轨的基础上，更大力提倡推广“五会念佛法门”。他编撰的《净土五会念佛诵经观行仪三卷》《净土五会念佛略法事仪赞一卷》，既汇集了隋唐净土名僧彦琮、善导、慈愍、净遐、神英、灵振、惟休等净土赞文，也结合了他自己创作的净土歌赞。

佛教净土信仰在中国的传播源远流长，唐五代期间更流行于敦煌地区。今可见的敦煌石窟经变画种类颇多，其中以有关净土的经变画，数量最多。大量净土赞文在敦煌的出现与应用，与保存的一百多铺敦煌西方净土经变画相互印证，在在说明了净土念佛、礼忏在唐五代乃至北宋初期在敦煌地区风行的信仰实况。

① 见善导《依观经等明般舟三昧行道往生赞一卷》，《大正藏》47卷，第448b页。

唐五代敦煌地区的佛教发达，其寺院大多属于禅律同居的状态；而其信仰则属以净土为主的庶民佛教。因此，基于净土信仰法会行事等活动需要而使用的礼忏赞佛的赞文数量颇多，透过这些赞文，我们可观察净土信仰在敦煌流行的实况。

按：赞呗梵文作 Bhasa，是赞叹、止断的意思。佛法东传之初，译经发达而赞呗尚未获传授。由于梵文与汉语在结构上的差异，因此无论以梵腔来歌咏汉语，还是用汉曲来歌咏梵声，实际上均存在相当的难度。[①]印度将歌咏十二部经的长行、偈颂均称之为呗。随着佛经的大量翻译，译经家为了方便人们诵读经典，而将歌咏长行称为转读，偈赞称为呗。

古印度的传统习俗，在参拜国王时，必先颂赞国王；佛教拜佛时也需利用歌赞来赞叹。[②]唐道世《法苑珠林》卷 36《赞呗篇第三十四》“述意部第一”说：

> 寻西方之有呗，犹东国之有赞。赞者从文以结音，呗者短偈以流颂，比其事义，名异实同。是故经言：以微妙音声歌赞于佛德斯之谓也。[③]

唐法照《净土五会念佛诵经观行仪》《第八赞佛得益门》中也云：

> 利益无边，说不可尽……赞佛得益，具在诸经。今之四众，若

① 梁慧皎云：“自大教东流，乃译文者众，而传声盖寡。量由犯因重复，汉语单奇。若用梵音以咏汉语，则声繁而偈迫；若用汉曲以咏梵文，则韵短而辞长，是故金言有译，梵响无授”，见《高僧传》卷 13《经师论》，北京：中华书局，1996 年，第 507 页。

② 梁慧皎《高僧传》：“天竺国俗，甚重文制，其宫商体韵，以入弦为善。凡觐国王，必有赞德。见佛之仪，以歌叹为贵。经中偈颂，皆其式也。”

③ 《大正藏》53，No.2122，第 574b 页。

赞佛时，现世为人恭敬仰瞻；命终之时，佛来迎接，定生极乐世界；身真金色，舌相广长，词辩纵横，得无碍智。世界庄严，尽皆七宝，名闻广大，普遍十方，一切众生，无不尊重赞叹。[①]

中国佛教初期创作的歌赞与佛经中颂扬佛德的歌赞不尽相同，多为用于佛教法会作梵之时，系供人唱诵的长短偈语。随着佛教的东渐，汉传佛教迅速发展，产生了印度佛教文化与中国传统文化相结合的中国佛教歌赞，尤其是中国佛教在因应礼佛活动需要而产生的净土歌赞，既是佛教的礼佛、赞佛的佛曲音声，更是中国文学的新秀。它与中国传统歌赞具有相同的赞颂功能，也使用相同的汉语韵文形式，同时又具有与中国传统歌赞不同的赞颂对象与不同的思想情感。它的应用范围相较于中国传统的歌赞，更加广泛，除了与中国固有史籍中对人或事的褒扬赞颂的同样功能外，主要可用作内典中颂扬佛陀，即大乘佛经中序分的启请庄严；也可作为十二部经中的重颂；更可作为礼佛作梵时的唱赞及对三宝的歌赞之用。

据现存的汉文佛典数据来看，早在东晋时，中土便已开始佛教歌赞的创作。如东晋支道林（314—366）有《释迦文佛像赞》《阿弥陀佛像赞》《诸菩萨赞十一首》。宋谢灵运（385—433）有《佛赞》《菩萨赞》《缘觉声闻合赞》《维摩诘经中十譬赞》等。这些佛教歌赞，就形式而言，多采当时盛行的四、五言韵文，内容则多集中在对佛、菩萨的咏赞。

隋唐以后，随着佛教的兴盛，歌赞在佛教的运用更广，尤其是净土宗的兴起，净土教的法会行事渐趋完善，礼赞仪轨日益完备，歌赞与转经、礼忏、念佛等同为净土教的主要行愿资粮。净土歌赞的创作与日俱

---

① 《大正藏》85卷，第1244c页。

增，形式、内容也日渐丰富。

二、敦煌写本中的净土歌赞

中国净土教最初的礼赞文是北魏昙鸾（476—610）的《赞阿弥陀佛偈》，今存敦煌写本两件[①]。其后，隋彦琮（557—610）有《愿往生礼赞偈》，今存写本两件，一见于敦煌本 P.2066 法照《净土五会念佛观行仪卷中》中，一见于日本正仓院藏《圣武天皇宸翰杂集》中。之后，善导的《往生礼赞》，可说是净土教系统寺院法会上极为重要的实践行仪文，现存有关的敦煌写本有十一件[②]。中唐被尊称为“后善导”的法照，大力倡导五会念佛之法，更大量地撰述净土歌赞。其主要著作《净土五会念佛诵经观行仪》，赖敦煌写本得以保存，卷中、卷下今收入《大正藏》第八十五卷。

法照积极倡导以音乐念佛、礼赞行道、诵经等行仪，更使中唐以后净土歌赞得以持续发展。这些净土歌赞，由于 1900 年敦煌藏经洞的重见天日而得以保存，以今所知见，日本、英国、法国、中国及俄国所藏敦煌写本中有关的净土歌赞，有神英、灵振、彦琮、净遐、惟休及法照等的作品，更有许多不知作者姓名的歌赞。

以下谨根据前辈学者的研究成果及现今已经公布的敦煌写卷进行普查，得到英、法、中、俄及日本等公私收藏的敦煌写本中的净土歌赞，表列如下，以资参考。

1. 净土歌赞专集

（1）P.2066：《净土五会念佛诵经观行仪卷中》南岳沙门法照撰

---

① 分别藏于英国和日本，即：S.2723《赞阿弥陀佛并论上卷》（尾题）及日本龙谷大学藏本《赞阿弥陀佛并论上卷》（尾题）。

② S.5227、S.2659、S.2553、S.2579、P.3841、P.2722、P.2066《净土五会念佛诵经观行仪卷中》引“导和尚西方礼赞文”、P.2963《净土五会念佛诵经观行仪卷下》引“善导和尚西方赞”、北服字 28、日本《二乐丛书》《往生礼赞前序》残片、守屋孝臧藏《净土五会念佛诵经观行仪卷下》引“善导和尚西方赞”。

(首尾具完)。

(2) P.2250:《净土五会念佛诵观行仪卷下》南岳沙门法照撰(首尾具完)。

(3) P.2963:《净土念佛诵经观行仪卷下》(尾题,首残尾完)。

(4) 日本守屋本:《净土五会念佛诵经观行仪卷下》(首残尾完)。

按:《净土五会念佛诵经观行仪》卷中、下(2卷)内容如下:

阿弥陀经 (第二卷)

宝鸟赞 依《阿弥陀经》 (善导法事赞中的一节)

观经十六观赞 依《观经》各诵少多 释净遐

阿弥陀经赞 依《阿弥陀经》 释净遐

维摩赞 依《维摩经》

涅槃赞 依《涅槃经》亦大会时亡者处诵

般舟赞 依《般舟三昧经》大会时及亡者处诵 释慈愍和上

道场赞

无量寿佛赞 依《无量寿经》通一切处诵得

观世音赞 依《观世音经》通一切处诵得

大势至菩萨赞 上念了即诵依《无量寿经》

出家乐赞 依《出家功德》通一切处诵

净土乐赞 依《称赞净土经》亦通一切处诵 (法照)

请观世音菩萨赞 依《瑜伽论》

六根赞 依《大般若经》通一切处诵

净土礼赞 彦琮法师

归西方赞

西方礼赞文 善导和上

归西方赞

依无量寿观经赞　二十八偈（第三卷）　释法照述
依阿弥陀经赞　十六偈　释法照述
叹散花供养赞　释神英
净土五会赞　通一切处诵　释法照
极乐五会赞
叹五会妙音赞
极乐欣厌赞　释灵振
极乐庄严赞　释法照
厌此娑婆愿生净土赞　慈愍和上
归向西方赞
念佛之时得见佛赞
高声念赞　释法照
极乐宝池赞
六道赞
叹弥陀观音势至赞　释法照
西方十五愿赞
极乐连珠赞
归西方赞　沙门法照述
四十八愿赞
随心叹西方赞　沙门惟休述
西方杂赞
善道和上西方赞　善导和上
慈愍三藏西方赞　慈愍三藏
西方极乐赞　释法照述
净土五会赞　沙门法照
西方极乐赞　沙门法照
净土法身赞　此赞通一切处诵　释法照

净土五字赞

厌苦归净土赞

(5) 日本龙谷大学藏本：《法照和尚念佛赞》《西方十五愿赞》《十愿赞》《法照和尚赞》《弥陀本愿赞》《西方极乐赞》《净土行行赞》《法船一去赞》《往生极乐赞文》《五台山赞文》(梁汉禅师出世间)《宝鸟赞文》《兰若空赞文》《归极乐去赞文》《法华廿八品赞文》。

(6) P.2130：《法照五台山、太原、长安行游记略》《西方道场法事文》《散华乐赞》《宝鸟赞》《极乐阎浮欣厌赞》《念佛赞》《校量修禅念佛赞》《念佛偈赞》《西方十五愿赞》《西方念佛赞》《净土乐赞》《西方礼赞偈文》《善导禅师劝善文》。

(7) P.2483：《归极乐去赞》《西方十五愿赞》《十愿赞》《法照和尚赞》《弥勒本愿赞》《净土行行赞》《法船一去赞》《往生极乐赞》《五台山赞文》(梁汉禅师出世间)《宝鸟赞》《大乘净土赞一本》。

(8) S.5572：《辞道场赞》《向山赞》《高声念佛赞》释法照、《极乐宝池赞》释法照、《叹弥陀观音势至赞》《西方十五愿赞》《四十八愿赞》、善导和上《西方赞》、《随心叹西方赞》沙门惟休述、《佛母赞》。

(9) S.370：《西方极乐赞》(前残)、《净土行行赞》《法船一去赞》《同会往极乐赞》《五台山赞》(梁汉禅师出世间)。

(10) P.3118：《佛母赞》《归西方赞》《归向西方赞》；背面：《念佛之时得见佛赞》《校量坐禅念佛赞》《观音势至赞》释法赞(照)。

(11) P.3156：《观经十六观赞》(前残)、《上都章敬寺西方念佛赞文》《太子逾城念佛赞文》《西方净土念佛赞文》《佛母赞》《道场乐赞》。

（12）BD05441（北图 8345、果 41）：《西方道场法事文》（前残）、《散华乐赞》《宝鸟赞》《极乐阎浮欣厌赞》《念佛赞》《西方礼赞文》《十五愿赞》《西方念佛赞》《净土乐赞》《西方礼赞偈文》。

（13）BD07989（北图 8346、文 89）：《极乐连珠赞》（前残）、《归西方赞》沙门惟休述、《四十八愿赞》。

（14）Дх.00883：《西方极乐赞》（前残）、《净土行行赞》《法船一去赞》《往生极乐赞》《宝鸟赞》《兰若空赞》。

（15）李氏鉴藏本（散录 324）：《六根赞》《十空赞》《维摩赞》《阿弥陀经赞》。

（16）李氏鉴藏本（散录 540）：《阿弥陀赞一本》《往生极乐赞一本》《宝鸟赞一本》《归极乐去赞一本》《西方极乐赞一本》。

（17）S.5581：《十愿赞》《佛母赞》。

（18）S.6631 背：《归极乐去赞》《兰若赞》。

（19）P.4597：《佛母赞》《辞道场赞》。

（20）S.2945：《般若赞》（前残）、《净土乐赞》。

（21）BD03925（北图 8347、生 25）：《大乘净土赞一本》《佛母赞一本》（尾题：《涅槃赞一本》）。

（22）Дх.00883：《西方净土赞》《往生极乐赞》《宝鸟赞》《兰若空赞》。

（23）上博 48（41379）：《高声念佛赞》《念佛之时得见佛赞》《校量坐禅念佛赞》。

2. 净土歌赞散抄

S.779：《辞道场赞》。

S.1497：《辞道场赞》。

S.1947：《辞道场赞》。

S.5652：《辞道场赞》。

S.5722：《辞道场赞》。

S.6143：《辞道场赞》。

S.10014：《辞道场赞》。

P.2575 背：《辞道场赞》。

P.4028：《辞道场赞一本》。

BD05746（北图 7845、柰 46）：《辞道场文一本》。

BD06318（北图 8325、咸 18）：《辞道场赞文》。

BD06200（北图 8369、姜 100）：《辞道场一本》。

S.382：《大乘净土赞一本》。

S.447：《净土赞》（按：此篇所抄内容与《大乘净土赞》同）。

S.3096：《大乘净土赞》。

S.5569：《大乘净土赞》。

S.6734 背：《大乘净土赞》。

S.6109：《大乘净土赞》。

P.2690 背：《大乘净土赞》。

P.3697：《大乘净土赞》。

P.3839：《净土赞一本》。

Дх.02890：《大乘净土赞》一本。

Дх.10297：《大乘净土赞》。

S.5466：《佛母赞》。

S.5473：《佛母赞一本》。

S.5689：《佛母赞》。

S.2632：《大乘六根赞》。

P.3242：《六根赞》。

S.1441 背：《鹿儿赞文》。

S.1973：《鹿儿赞文》。

BD08174（北图 8371、乃 74）：《涅槃赞》。

Дx.00176：《涅槃赞》。

S.3287：《十五愿礼佛忏》（按：内容仅抄十愿，与《十愿赞》同）。

S.4504 背：《十愿赞》。

Дx.01563A：《阿弥陀念佛赞》《西方十五愿赞》。

Дx.0109：《西方十五愿赞》。

Дx.06170：《阿弥陀赞文》（内容与《西方十五愿赞》同）。

P.2147 背：《五会念佛赞》。

P.3120：《法华廿八品赞文》。

P.4572：《归西方赞》。

Дx.01047：《净土法身赞》。

除了上列敦煌写本净土歌赞外，《大正藏》四十七卷 No.1983 收录德川时代刊本《净土五会念佛略法事仪赞一卷并序》；日本奈良东大寺正仓院尚藏有《圣武天皇宸翰杂集》，其中亦见有属于净土歌赞多种。

唐代是中国文学、宗教的辉煌时期，也是继承与创新的关键年代，特别是佛教文化与文学的表现，明显表现出“由雅而俗”的时代特色。佛教世俗化的过程中，俗曲在宣扬教义的运用上，尤为鲜明。中国佛教，不论出世的个人修为，或入世的弘法渡人，总是离不开现实的社会生活。因此，个人的修行与教义的宣扬过程中，每每借助世俗流行的艺文来表达个人熏习的心境或作为弘扬教化的媒介，尤其以禅宗与净土宗等最具中国化、世俗化的宗派，在这一方面的表现更能展现人间佛教的特质。

由于净土教义浅近，容易晓谕下层群众，因此净土宗在民间势力颇大。然净土不如天台、华严之深具玄旨，唯凭念佛则不免单调枯燥，故此宗最讲究文学、音乐以调剂其念佛之单调，因此他们利用民间俗曲鼓吹净土教义与思想，如广为佛教徒众所传唱的《十二时》，道镜、善导共集的《念佛镜》，附《修西方之十二时》，其中第十首便云：

人定亥,深心念佛真三昧,十地高人尚尔修,将知不修宁非罪。

所谓“深心念佛真三昧”，即指一心称佛名之净土修行法。善导为唐代弘扬净土最为用力，对净土宗贡献最大的一位，净土重念佛，善导的著述现存有《观无量寿佛经疏》《往生礼赞偈》《净土法事赞》《般舟赞》及《观念法门等五部》。其中《往生礼赞偈》又称《六时礼赞偈》，主要说明昼夜六时（晨朝、日中、日没为昼三时，初夜、中夜、后夜为夜三时）礼赞弥陀、观音及势至的仪式。由六时念佛礼赞，进而运用俗曲《十二时》来宣扬净土，当是极其自然的发展。

三、敦煌净土歌赞研究概况

最早投入唐五代净土歌赞研究，且成果最为丰硕的当推日本。1928年起，岩井大慧根据日本正仓院藏天平三年写《圣武天皇宸翰杂集》的净土诗赞展开研究，先后发表了《圣武天皇宸翰杂集に见えたる隋大业主净土诗に就いて》《広法事赞を通して再び圣武天皇宸翰净土诗を论ず》[①]；1930年，矢吹庆辉《鸣沙余韵》中的《敦煌净土教研究资料に就いて》便对英藏敦煌写本《净土五会念佛赞》进行移录并加解说[②]；1932年，道端良秀《善导与三阶教》[③]一文对善导与三阶教的关联、教义上的相似点作了详尽的研究，认为善导的赞文，在接受道安——慧远

① 岩井大慧《圣武天皇宸翰杂集に见えたる隋大业主净土诗に就いて》，《东洋学报》17卷2号，1928年10月；《広法事赞を通じて再び圣武天皇宸翰净土诗を论ず》，《东洋学报》21卷2号，1934年1月；后均收入岩井大慧《日支佛教史论考》，东京：原书房，1980年，第1—4页；第95—136页。

② 矢吹庆辉《鸣沙余韵》，东京：岩波书店，1930年，第78—90页。

③ 道端良秀《善导与三阶教》，载《中国净土教史の研究 》，京都：法藏馆，1980年。

——昙鸾——智者的行道仪式影响之外，三阶教的《七阶佛名经》的礼赞忏悔文、六时发愿文等，均对《往生礼赞》的偈文内容、形式、顺序等产生了一定影响。

1933年，冢本善隆《唐中期の净土教》一书，主要对法照五会念佛赞进行了系统的研究[①]；1951年起，佐藤哲英先后发表了《龙大图书馆山内文库藏法照和尚念佛赞——本文并解说》《法照和尚念佛赞について》（上、下）《敦煌出土法照和尚念佛赞》等一系列论文[②]，对日本龙谷大学山内文库所藏敦煌本《法照和尚念佛赞》及英、法所藏的净土五会赞写本进行比较研究；1972年，广川尧敏发表了《敦煌出土法照关系资料について》[③]，在前贤的基础上，对法照及其门徒的净土五会念佛赞进行全面考察；1975年，上山大峻《敦煌出土"净土法身赞"について》一文[④]，根据对法照所撰的《净土法身赞》进行考察，而强调流行于敦煌的五会念佛，是中原禅净合一影响下的产物。1976年，冢本善隆《中国净土教史研究》[⑤]一书，立有专章，对法照进行研究，并以五会念佛为中心进行了精密的考察，对我们进一步探讨敦煌的净土赞给予了重要的启发。1984年，广川尧敏《讲座敦煌》第七卷《礼赞》[⑥]中，

---

① 冢本善隆《唐中期の净土教》，京都：日本东方文化学院京都研究所出版，1933年；修订再版，京都：法藏馆，1975年2月。

② 佐藤哲英《龙大图书馆山内文库藏法照和尚念佛赞——本文并解说》，日本庆华文化研究会，1951年；《法照和尚念佛赞について》（上、下），《佛教史学》3卷1、2号，京都：平乐寺书店，1952年，第42—64页、第38—48页；《敦煌出土法照和尚念佛赞》，《西域文化研究》6卷《历史美术的诸问题》，京都：法藏馆，1963年，第197—222页。

③ 广川尧敏《敦煌出土法照关系资料について》，收入《石田充之博士古稀纪念论文集：净土教の研究》，京都：永田文昌堂，1972年。

④ 上山大峻《敦煌出土"净土法身赞"について》，《真宗研究》21辑，1976年12月，第62—71页。

⑤ 冢本善隆《中国净土教史研究》，《冢本善隆著作集》4卷，东京：大东出版社，1976年。

⑥ 广川尧敏《礼赞》，收入牧田谛亮、福井文雅编《讲座敦煌7·敦煌と中国佛教》，东京：大东出版社，1984年，第425—470页。

以净土宗的人物为核心，分别就昙鸾、善导、法照等赞文进行了研究，认为中国的净土礼赞史始于昙鸾，确定其顺序的是善导，集大成者为法照。这一研究对我们了解净土赞成立史的过程，提供了极为珍贵的线索。2001 年五十岚明宝有《净土五会念佛略法事仪赞》[①]的出版，对《净土五会念佛略法事仪赞》进行解说与录文。

俄罗斯学者在 20 世纪 60 年代开始关注赞文的整理与研究。1963 年，孟列夫选辑了敦煌赞文，列入苏联科学院亚洲民族研究所的《东方古代文献丛书》。

至于海峡两岸学者，对此研究课题，起步较晚。在大陆方面，对法照与敦煌的关系有深入研究的，主要是 1977 年，香港观本法师《香光阁随笔》[②]，将于日本所见五会念佛有关文献携回香港，谱上乐谱，利用敦煌写本对法照进行全面研究，并对五会念佛进行溯源性的考察。1994 年，施萍婷先后发表有《法照与敦煌文学》[③]及《法照与敦煌初探》[④]，论述法照的生平与敦煌文学的关系。其后，张先堂在施氏的启发与指导下，尝试总结前贤的研究成果，从文学的角度论述法照五会念佛的文学特性，发表了《敦煌本唐代净土五会赞文与佛教文学》；根据 64 件敦煌写本《五会赞文》，考察五会念佛法门在敦煌流传的年代上下限，发表了《晚唐至宋初净土五会念佛法门在敦煌的流传》[⑤]论文。1997 年，湛如法师的博士论文《敦煌佛教律仪制度研究》第七章《论敦煌净土教

---

① 五十岚明宝《净土五会念佛略法事仪赞》，京都：永田文昌堂，2001 年。

② 观本法师《香光阁随笔》，香港：东莲觉苑印行，1977 年；又收入《现代佛学大系》第 35 册，台北：弥勒出版社，1983 年。

③ 施萍婷《法照与敦煌文学》，《社科纵横》1994 年 4 期，第 12—15 页。

④ 施萍婷《法照与敦煌初探》，收入《1994 年敦煌学国际研讨会论文集——纪念敦煌研究院成立 50 周年》"宗教文史卷上"，兰州：甘肃民族出版社，2000 年，第 75—104 页。

⑤ 张先堂《敦煌本唐代净土五会赞文与佛教文学》，《敦煌研究》1996 年 4 期，第 63—73 页；《晚唐至宋初净土五会念佛法门在敦煌的流传》，《敦煌研究》1998 年 1 期，第 48—64 页。

赞文》[①]中，对敦煌写本中的善导的《往生礼赞》进行有关仪軌与次第的论述，也对法照的《法身赞》与《大乘净土赞》从思想的角度进行考察。台湾方面，1985年林仁昱撰写了硕士论文《唐代净土赞歌之形式研究》[②]，2001年又撰写博士论文《敦煌佛教歌曲之研究》[③]，主要从音乐歌曲的立场切入，对净土赞歌展开形式分析，并论述其文学内容。释觉旻博士论文《唐代西方净土礼忏法研究：以敦煌莫高窟西方净土信仰为中心》[④]，其中第二章论述了善导《法事赞》《往生礼赞》的结构、内容及其特色；第三章则对法照的五会念行宜多所论述。

回顾自来有关净土歌赞的研究，主要集中在法照五会念佛相关赞文的研究上，或为文献之介绍说明，或为法照生平事迹之考探，纵有关于法照与敦煌文学或五会念佛法事赞与佛教文学之论述，也大抵为总括式之论述，鲜有微观深入之考探[⑤]。尤其隋唐五代净土歌赞，除敦煌写本以外，也时有所见，且净土念佛法会之礼赞包含极丰，体类繁多，若能分类分体展开系统之分析研究，并结合所有净土歌赞进行统观，当可考察敦煌佛教文学与唐五代净土信仰发展之关系。兹谨以净土歌赞《归去来》为例，略试说明如下：

---

① 湛如法师《敦煌佛教律仪制度研究》，1997年中山大学历史系博士论文，后收入《法藏文库·中国佛教学术论典》51，高雄：佛光山文教基金会，2002年，第245—282页；又见《华林博士文库》，北京：中华书局，2003年。

② 林仁昱《唐代净土赞歌之形式研究》，中山大学中国文学研究所硕士论文，1994年。

③ 林仁昱《敦煌佛教歌曲之研究》，中正大学中国文学研究所博士论文，2000年。

④ 释觉旻，本名杨明芬，台湾省新竹市人，1998年依止台湾佛光山寺星云大师出家；《唐代西方净土礼忏法研究：以敦煌莫高窟西方净土信仰为中心》，2005年兰州大学敦煌学研究所博士论文，2007年4月由北京民族出版社正式出版。

⑤ 1976年，上山大峻有《敦煌出土“净土法身赞”について》（《真宗研究》21辑，1976年12月）一文，根据对法照所撰的《净土法身赞》进行考察，而强调流行于敦煌的五会念佛，是中原禅净合一影响下的产物。这些虽为个别赞文之研究，然均为教理思想与仪轨之探索，非从文学角度来进行。

四、敦煌净土歌赞《归去来》研究

“归去来”一词，盖因晋陶渊明《归去来辞》而著称于世。由于陶渊明作品内容以人生无何，去日苦多，不愿富贵，期望回故乡，以乐天知命为主要要求，故曰“归去来”①。后世文人每以“归去来”作为逃避现实环境或所追求的人生境界。其后，梁《鼓角横吹曲》有“逐郎归去来”，梁武帝时童谣有“逐欢归去来”，便是引“归去来”入曲。唐张炽有《归去来引》，可能为琴曲歌辞，故曰“引”。其辞云：“归去来，归期不可违。相见故明月，浮云共我归。”

净土歌赞《归去来》，伴有和声，是曲词也是佛曲。虽“归去来”一词源自晋陶渊明的《归去来辞》，然作为净土歌赞的佛曲《归去来》，所劝诱呼唤的不是回归故乡，而是回归弥陀极乐净土。可能佛门为传教弘法之方便而利用乐府旧曲《归去来》套入佛调而成佛教歌赞的一体。如P.2250原题《归西方赞》，十首皆以“归去来”起句。《净土五会念佛略法事仪赞》内《西方乐赞》之末四首，套用的依然是“归去来”调。出现这种佛门歌赞借用“归去来”调的现象，唐张炽有《归去来引》，其目的在于宣扬佛法，歌唱佛子，扩大佛徒的影响。

1. 敦煌文献中的《归去来》

敦煌写本净土歌赞中，不论是与法照的五会念佛有关的歌赞专集或散卷抄录的净土歌赞，其中使用《归去来》歌赞的计有以下几件：

P.2066《净土五会念佛诵经观行仪卷中》中有：《出家乐赞》《归西方赞》。

P.2250《净土五会念佛诵观行仪卷下》中有：法照的《归西方赞》。

日本守屋孝臧藏本《净土五会念佛诵经观行仪卷下》中有：法照的

---

①《晋书》卷94《陶潜传》云：陶潜“素简贵，不私事上官。郡遣督邮至县，吏白应束带见之。潜叹曰：‘吾不能为五斗米折腰，拳拳事乡里小人邪！’义熙二年，解印去县，乃赋《归去来》。其辞曰：‘归去来兮，田园将芜，胡不归？……’”。

《归西方赞》。

日本龙谷大学藏本《法照和尚念佛赞》中有：《归极乐去賛文》。

李氏鉴藏本(散录540)有:《归极乐去赞一本》《西方极乐赞一本》。

S.6631背有《归极乐去赞》。

P.2483有《归极乐去赞》。

P.4572有《归西方赞》。

P.3118有《归西方赞》。

P.3373背有《归西方赞》。

BD07989（北8346、文89）有《归西方赞》沙门惟休述。

总括而论，敦煌净土歌赞中使用《归去来》的佛曲歌赞计有《出家乐赞》《归西方赞》《归极乐去赞》等三种。兹分别移录如下：

（1）《出家乐赞》

法照《净土五会念佛诵经观行仪》卷中有：

出家乐赞

归去来，宝门开。正见弥陀升宝座，菩萨散花称善哉。称善哉。

宝林看，百花香。水鸟树林念五会，哀婉慈声赞法王。赞法王。

共命鸟，对鸳鸯。鹦鹉频伽说妙法，恒叹众生住苦方。住苦方。

归去来，离娑婆。常在如来听妙法，指授西方是释迦。是释迦。

归去来，见弥陀。今在西方现说法，拔脱众生出爱河。出爱河。

归去来，上金台。势至观音来引路，百法明门应自开。应自开。

上举《出家乐赞》中的《归去来》歌赞，见于P.2066法照《净土五会念佛诵经观行仪》卷中。六首均作“3、3、7、7、3”五句，除了第二、三两首外，其他四首，首句皆用“归去来”，且各首末句均以倒数第二句的最后三字为和声。任二北以为：“已符三分二之限，格调同作‘三三七七三’，连重句叶三韵，均无违。依格以叠句为和声，乃其特点。”[①]又 P.2066 另有《出家乐赞》二首，题名《出家乐赞》，题下注有“依《出家功德经》，通一切处诵。”[②]二者虽均题作《出家乐赞》，然体制并不相同。按：《净土五会念佛诵经观行仪》所列的各个标目，盖为净土法会中诵经之行仪，并非指歌赞曲调，标示“出家乐赞”，当是指以下乃是颂赞“出家乐”的曲辞，至于其所用的曲调则无明示，因此上举六首颂赞“出家乐”则是采用《归去来》的曲调。因此同为“出家乐赞”，前后可分采不同的曲调，分为二组，两组前后紧接，共戴一题自是理所当然。

(2)《归西方赞》

①《归西方赞》A

《净土五会念佛诵经观行仪》卷中有：

归西方赞

至心归命礼西方阿弥陀佛

归去来,娑婆不可停。轮回无定止,长劫铁犁耕。苦苦何能忍。

三涂路上行，不如专念佛，极乐归悟无生。

上举《归西方赞》A 的《归去来》，见于《净土五会念佛诵经观行仪》卷中，以归去来起句，全首 8 句，“3，5。5，5。5。5，5，6。”按：唐智升《集诸经礼忏仪》卷上也有《归西方赞》：“归去来，魔乡不可停。旷劫来流转，六道尽皆经。到处无余事，唯闻生死声。为此生

---

① 任二北《敦煌歌辞总编》，上海：上海古籍出版社，1987 年，第 1063 页。

②《出家乐赞》：“出家乐，出家乐。无始起，离诸著。今生值善割亲缘。顿舍尘情断众恶。断众恶。发身心，依圣学。除于结使下金刀，落发披衣餐宝药。餐宝药。怀法喜，加踊跃。谁其长夜睡重昏，此日轻身忻大觉。忻大觉。出家安，出家安。一切事，不相干。年登二十逢和尚，敬受尸逻遇净坛。遇净坛。修定慧，证非难。悟若琉璃明内外，妙喻莲华恣总看。恣总看。称释子，法门宽。出入往来无碍道，解脱逍遥证涅槃。证涅槃。”（见《大正藏》85 卷，第 1247a—b 页）

平后。入彼涅槃城。”与法照《净土五会念佛诵经观行仪》卷中所存《归西方赞》A，体制相同，均属于《归去来》歌赞。只是末尾较敦煌本多出了“愿共诸众生，往生安乐国”二句祈祷文。

②《归西方赞》B

《净土五会念佛诵经观行仪》卷中有：

归西方赞

至心归命礼西方阿弥陀佛

归去来，谁能恶道受轮回。旷劫已来流浪久，今日相将归去来。

借问家国何处是，极乐池中七宝台。

上举《归西方赞》B的《归去来》，见于《净土五会念佛诵经观行仪》卷中，以“归去来”三字起句，全首六句，作“3，7。7，7。7，7。”起句“归去来”前有“至心归命礼西方阿弥陀佛”礼拜文。

③《归西方赞》C

《净土五会念佛诵经观行仪》卷下有：

归西方赞 沙门法照述

归去来，谁能西边受轮回。且共念彼弥陀号，往生极乐坐化台。

归去来，裟婆世境苦难哉。急手专心念彼佛，弥陀净土法门开。

归去来，谁能此处受其灾。总勤同缘诸众等，努力相将归去来。

且共往生安乐界，特花普献彼如来。

归去来，生老病死苦相催。昼夜勤须念彼佛，极乐逍遥坐宝台。

归去来，娑婆苦处哭哀哀。急须专念弥陀佛，长辞五浊见如来。

归去来，弥陀净刹法门开。但有须心能念佛，临终决定坐化台。

归去来，昼夜为闻唱苦哉。但有须心能念佛，临终决定坐化台。

归去来，昼夜为闻唱苦哉。努力回心归净土，摩尼殿上礼如来。

归去来，娑婆秽境不堪停。急手须归安乐国，见佛闻法五无生。
归去来，三涂地狱实堪怜。千生万死无休息，多劫常为猛焰燃。
声声为念弥陀号，一时闻者坐金莲。
归去来，刀山剑树实难当。饮酒食肉贪财色，长劫将身入镬汤。
不如西方快乐处，永超生死离无常。

上举《归西方赞》C 的《归去来》，见于法照《净土五会念佛诵经观行仪》卷下，写本计有 P.2250、P.3373、BD07989，其中 BD07989 注有沙门惟休述。按：全十一首，除第三、十、十一三首作“3、7。7、7。7、7。”外，其他各首均作“3、7、7、7。”而有“3。7。7、7。”与“3、7。7、7。”二种协韵情形。

(3) 《归极乐去赞》

英藏 S.6631 及法藏 P.2483 二件敦煌写本中有《归极乐去赞》，内容也有《归去来》歌赞，其文如下：

归极乐去赞

归去来，归去来。
西方极乐坐莲池。归去来，归去来。阎浮秽恶何时恋。归去来，归去来。
身居浓血行时光。归去来，归去来。纵有耶娘看不久。归去来，归去来。
中路即有各分离。归去来，归去来。哀泣空思终无见。归去来，归去来。
痴心不照我西方。归去来，归去来。西方国净人无剔。归去来，归去来。
一人便寿永长存。归去来，归去来。思衣千重罗纶至。归去来，归去来。
念食百味在边旁。归去来，归去来。眷属诸亲同花坐。归去来，归去来。
常闻妙法说真宗。归去来，归去来。水鸟树林皆念佛。归去来，归去来。
微风吹动妙音清。归去来，归去来。六时讲说无休息。归去来，归去来。
虚空自降万般花。归去来，归去来。清旦将花十方散。归去来，归去来。
食时还到饭经行。归去来，归去来。如此逍遥快乐处。归去来，归去来。

发心不去待何时。归去来,归去来。努力生心专念佛。归去来,归去来。
来生必得坐莲池。归去来,归去来。①

上举《归极乐去赞》中的《归去来》歌赞,开头先以两句"归去来"作和声。后便以一七言句开头,后接两句"归去来"重复呼唤,其下紧接着以二十二组《归去来》作为联章,歌咏阎浮秽恶,人生无常,赞颂西方净土,而劝诱专心念佛,以求得坐莲池。各句不协韵。

2. 敦煌文献以外的净土歌赞《归去来》

除了敦煌写本中保存有关《归去来》歌赞外,唐智升《集诸经礼忏仪》卷上(收入《大正藏》47卷"诸宗部")也有与法照《净土五会念佛诵经观行仪》卷中所存《归西方赞》A,体制相同的《归去来》歌赞。其文如下:

归去来,魔乡不可停。旷劫来流转,六道尽皆经。
到处无余事,唯闻生死声。为此生平后,入彼涅槃城。
愿共诸众生,往生安乐国。②

按:此首"归去来"见于句首,且仅出现一次,不构成联章体。又《集诸经礼忏仪》所载的《归去来》歌赞与法照《净土五会念佛诵经观行仪》卷中所存《归西方赞》A,体制相同,只是末尾较敦煌本多出了"愿共诸众生,往生安乐国"二句祈祷文。

又《大正藏》47卷"诸宗部"法照《净土五会念佛略法事仪赞末》"出家乐赞"中有:

归去来,见弥陀。今在西方现说法,运渡众生出爱河。出爱河。

① 见《大正藏》47卷,第462a—b页。
② 见《大正藏》47卷,第462a—b页。

归去来，上金台。势至观音来引路，百法明门应自开。应自开。[1]

按：此二首均作“3、3、7、7、3”五句，皆用“归去来”三字起句，末句均以倒数第二句的最后三字为和声。此二首内容与敦煌本法照《净土五会念佛诵经观行仪》卷中《出家乐赞》中《归去来》六首的第五、第六首相同。只是第五首第四句“运渡众生出爱河”，敦煌本作“拔脱众生出爱河”。

此外，日本奈良东大寺正仓院宝物中，有一被称为《圣武天皇宸翰杂集》的诗文长卷，其内容大体与佛教有关，一般文学研究者或历史学家罕有留意[2]。1998年池田温《关于圣武天皇宸翰〈杂集〉》一文[3]，略论1921年佐佳木信纲复制此长卷以来，学界研究的概况，并阐述“本卷之价值于保存中土古佚之诗文诸篇甚为明显，如南朝学僧僧亮吟咏、北朝宗室赵王碑文或隋僧真观颂赞、王居士连作，各存特色，其多样外形与变化句法，对于六朝隋唐文学研究裨益处不少”。文后并附录有《杂集》内容略目，其中在《王居士涅槃诗廿五首》前有《归去来》三首（第一首仅存末部残字）二十一行。承池田先生寄赠中田勇次郎编《书道艺术》第十一卷《圣德太子、圣武天皇、光明皇后》[4]，因得睹原卷复印件。兹将其诗校订移录如下：

---

① 见《大正藏》47卷，No.1983，第483c—484a页。唯《大正藏》标点多误作：“归去来。见弥陀。今在西方。现说法运渡众生。出爱河出爱河。归去来。上金台。是至观音。来引路百法明门。应自开应自开。”

② 1921年佐佳木信纲复制，内容解说由内藤虎次郎撰。其后研究《杂集》主要有岩井大慧《圣武天皇宸翰杂集中所见之隋大业主净土诗》，小野胜年《宸翰〈杂集〉所收“周赵王集”释义》，《〈宸翰杂集〉所收“观行内杂诗”等释义》，《〈宸翰杂集〉所收宝人铭等释义》，《〈宸翰杂集〉所收早还林、净土、秽土释义》。近年研究，如佐藤美知子《忆良之释教的诗文》、合田时江编《圣武天皇杂集汉字总索引》等。

③ 池田温《关于圣武天皇宸翰〈杂集〉》，《中国唐代会刊》9期，1998年11月，第1—34页。

④ 日本中央公论社，1982年。

归去来，三界扰扰不可居。会是归依真□□，阴心归意游太虚。莫谓无心同木石，寂寥之外仍多娱。譬如日月无心照，冥灵感应光自舒。悕求外行次第实，不及身中无价珠。訇訇诰诰无异语，千思万虑同一如。钗铛环钏名虽别，总言全体无异殊。但言空宗无二行，勿学二乘长专愚。君不见，岩栖隐遁阿练师，邀身出累实稀奇。餐松食柏支躯命，端心静虑守威仪。从形信命随狼虎，无□无虑惧安危。匡坐长林磐石上，游神雅素快无为。良由厌离诸尘色，□□独步不□饥。行路难，路难审依经。莫作门前逐块狗，离群别侣即望成。不如光同四众眼，看□声色不关情。五尘五境能调得，敌彼岩谷当千龄。善观六尘无来去，百烦百恼亦无形。千思万想皆心作，征本究末寂无名。

归去来，他乡不久安。不如还归无相宅，方寸之地容涅槃。三千世界同居止，恒沙杂类共一般。山河出入皆无妨，本不嫌狭亦不宽。譬若须弥入芥子，往来无碍复中现。□□□□□□□，恒沙菩萨道场端。观此逍遥栖神处，三径六道悉荒残。急手安心持净戒，勿使头白岁将阑。

除此之外，在卷末《宝人铭并序》[①]后也还有不详作者的《归去来》二首，十一行。兹将其诗移录如下：

归去来二首

归去来，厌娑婆。众生弊恶贪痴厚，世界丘陵荆棘多。八苦炽然燃火宅，五浊漂浪浪痴河。六趣有身如转辐，三界无明譬网罗。

① 按：《宝人铭并序》为北周释亡名之作，又作《绝学箴》《息心铭》。详见《续高僧传》卷7《周渭滨沙门释亡名传》及《法苑珠林》卷61《诫勖篇》第48“感应缘”“周沙门释亡名”条。

释迦大仙今已度，弥勒慈父未来过。从闇入暗无时晓，谁能久住许亲窠。归去来，举世并邪魔。

归去来，忻净土。流转娑婆无数劫，谁能久住怀羁旅。诸佛世界恒清净，菩萨庄严至容与。地树花池俱宝成，风响琴声论法语。归命大圣弥陀佛，决欲往生安乐所。三福净业已思修，九辈逢迎悕接叙。归去来，安心聊自许。

原卷明白标示“归去来二首”，且各首均以“归去来”起句，全首14句，作“3、3。7、7。7、7。7、7。7、7。7、7。3、5。”倒数第二句亦以“归去来”三字为结。末句则作五言。按：正仓院本的作者一直被认为是隋大业主即隋炀帝，但由于敦煌本P.2066法照《净土五会念佛诵经观行仪》卷中，明确标有“彦琮”名字，比对之下，可确定正仓院藏圣武天皇宸翰《杂集》中的这几首《归去来》也是“彦琮”的作品。只是敦煌本各首歌赞的首尾均有礼忏文，或在前作“至心归命礼西方阿弥陀佛”，或在后作“愿共诸众生往生安乐国”。

3. 净土歌赞《归去来》的体制与内容

根据上列有关唐五代净土歌赞《归去来》，不论敦煌写本或敦煌以外的写本，依其使用的文例而论，其体制可大别为以下六种：

（1）“3。7。7、7。”四句式。以“归去来”三字为起句，其中一、二、四三句协韵。按着这个结构重复，且连续数首，构成联章。如上举法照《净土五会念佛诵经观行仪》卷下《归西方赞》，如：

归去来，谁能西边受轮回。且共念彼弥陀号，往生极乐坐化台。

归去来，裟婆世境苦难哉。急手专心念彼佛，弥陀净土法门开。

（2）“3。7。7、7。7、7。”六句式。以“归去来”三字为起句，接着七言五句。其中一、二、四、六句协韵。按照这个结构重复，且连续数首，构成联章。如上举法照《净土五会念佛诵经观行仪》卷下《归西方赞》，如：

归去来，谁能此处受其灾。总勤同缘诸众等，努力相将归去来。
且共往生安乐界，持花普献彼如来。
归去来，三涂地狱实堪怜。千生万死无休息，多劫常为猛焰燃。
声声为念弥陀号，一时闻者坐金莲。
归去来，刀山剑树实难当。饮酒食肉贪财色，长劫将身入镬汤。
不如西方快乐处，永超生死离无常。

另外，也有在首句前有"至心归命礼西方阿弥陀佛"的礼拜文。如法照的第二种《归西方赞》：

至心归命礼西方阿弥陀佛
归去来。谁能恶道受轮回，旷劫以来流浪久，今日相将归去来。
借问家乡何处是，极乐池中七宝台。

(3) "3、3。7、7。3。"五句式。以"归去来"三字为起句，接着一句三言，二句七言，一句三言。其中二、四、五句协韵。P.2066 法照《净土五会念佛诵经观行仪》卷中有《出家乐赞》六首及法照《净土五会念佛略法事仪赞末》"出家乐赞文"中二首。各首均作"3、3。7、7。3。"五句，除了第二、三两首外，其他四首，首句皆用"归去来"，且各末句均以倒数第二句的最后三字为和声。如：

归去来，宝门开。正见弥陀升宝座，菩萨散花称善哉。称善哉。
归去来，见弥陀。今在西方现说法，拔脱众生出爱河。出爱河。

归去来,上金台。势至观音来引路,百法明门应自开。应自开。

(4) “3、5。5、5。5、5。5、5。”八句式。以“归去来”三字为起句,后接五言七句。其中二、四、六、八句协韵。虽为单首,不构成联章,但前有“至心归命礼西方阿弥陀佛”的礼拜文。如法照《净土五会念佛诵经观行仪》卷中《归西方赞》:

归西方赞

至心归命礼西方阿弥陀佛

归去来,娑婆不可停。轮回无定止,长劫铁犁耕。苦苦何能忍,三涂路上行。不如专念佛,极乐悟无生。

(5) “3、3、7、7、7、7、7、7、7、7、7、7、3、5”十四句式。以“归去来”三字为起句,倒数第二句复以“归去来”三字呼应作结。其中二、四、六、八、十、十二、十四句协韵。如日本正仓院藏圣武天皇宸翰《杂集》卷末《宝人铭并序》后的《归去来》二首,兹举其一如下:

归去来,厌娑婆。众生弊恶贪痴厚,世界丘陵荆棘多。八苦炽然燃火宅,五浊漂浪浪痴河。六趣有身如转辐,三界无明譬网罗。释迦大仙今已度,弥勒慈父未来过。从闇入暗无时晓,谁能久住诈亲窠。归去来,举世并邪魔。

(6) “7、3、3”三句式。以“7、3、3”为基本句式,形成长句组合。即开头为七言句,后接和声“归去来,归去来”,接续又以七言句,后接和声“归去来,归去来”,组成长篇,连续接咏。各句不协韵。如敦煌本S.6631、P.2438《归极乐去赞文》:

归极乐去赞　归去来，归去来

西方极乐坐莲池。归去来，归去来。
阎浮秽恶何时恋。归去来，归去来。
身居浓血行时光。归去来，归去来。
纵有耶娘看不久。归去来，归去来。

至于正仓院《杂集》中《王居士涅槃诗廿五首》前的《归去来》诗。虽开头有“归去来”起，后都为七言，又偶句均押韵，盖为七言长诗，非联章歌赞。

《归去来》佛曲歌赞，不论是使用在“出家乐赞”“归西方赞”或“归极乐去赞”，均是以歌颂、赞叹西方净土的殊胜为旨趣。按：净土是中国佛教中最常提及，也是影响民众最为深远的。阿弥陀佛的西方净土，正是净土宗最为推崇的，据说生此佛国的众生只有快乐，没有各种痛苦与烦恼。因此，西方净土，又称极乐世界。西方净土有何殊胜？净土宗主要的经典《佛说阿弥陀经》《佛说无量寿经》对此便有种种描述。

《佛说阿弥陀经》说：西方极乐国土，有七重栏楯，七重行树，七重罗网围绕。这些栏楯、行树和罗网都是由各种宝物组成。国内有用金、银、琉璃、玻璃、赤珠、玛瑙等七种宝物砌成的池子，池底布以金沙。池中莲花盛开，大如车轮，并发出青黄赤白各色光芒和各种微妙香味。池边楼阁，亦以各种宝物装饰而成。西方极乐世界以黄金为地，昼夜六时，天上散下曼陀罗花。国中有各种奇妙杂色之鸟，按时发出优美动听的鸟鸣，其音亦是宣演佛法。生于极乐世界的众生，都是修行而得不退转之果者，也就是说，这些众生总是不断向上修行正果，取得愈来愈大的成就，绝不会再退入三界，堕入轮回。他们每天以各种鲜花供养十方诸佛，他们寿命无限，时常听闻佛法微妙音声，故一心思念佛法，享受无尽欢乐。

《佛说无量寿经》则说：极乐净土没有地狱、饿鬼、畜生诸恶道。

极乐世界气候适宜，既无秋冬春夏之别，又无寒天酷暑之异，不冷不热，常和调适。其土遍布七宝，所成诸树，行行相植，茎茎相望，枝枝相准，叶叶相向，花花相顺，实实相当。荣色光曜，不可胜视。清风拂树，发出微妙音声，其声自然相和，敷衍无量妙法。听闻其音声者，耳根清切，不遭苦患，即得不退转之果，直到成就佛道。往生极乐国土的众生，都是诸根具足，体貌相好，智慧高明，神通洞达，颜貌端正，容色微妙，非我们想象能够描述。所居宫殿楼阁，均由诸宝装饰。衣服饮食，都是随意所取。如若食时，便有七宝钵器，自然现于面前，各种美味饮食，自然盈满其中。众生但见其色，闻其香，即以为食，自然饱足。食毕即自然化去。其余各种宝物，亦是如此随意而至。

极乐世界教主阿弥陀佛，常在七宝讲堂，为佛国众生宣说佛法。闻者随心得解，莫不欢喜，熙怡快乐，不可胜言。因此佛国众生，心无染著，随意自在，无所莫适。他们心情宁静，无竞无讼，灵诸烦恼，离诸恶趣，一心修行，志证佛道。

此种往生西方极乐净土简便易行的修行方法，对广大教徒最有吸引力的，也是唐五代净土宗深受信众欢迎的主要原因。唐五代净土歌赞的内容，不论是“出家乐赞”“归西方赞”或“归极乐去赞”，其所使用的佛曲歌赞《归去来》，主要便是对这些西方净土殊胜的歌咏与赞叹。

“出家乐赞”中的《归去来》歌赞，根据《出家功德经》，歌颂出家的快乐，期盼回归西方的阿弥陀净土，赞叹因出家而得以宝门开，见弥陀。聆听水鸟树林五会念佛，共命鸟、鹦鹉、频伽等宝鸟说妙法，因得见释迦、弥陀，出离爱河。而“归西方赞”于“至心归命礼西方阿弥陀佛”后，使用《归去来》歌赞劝人为求免受恶道轮回之苦，当专心念佛以期及早回归佛国净土，永超生死，常住西方极乐世界。至于“归极乐去赞”中的《归去来》歌赞，均以两句“归去来”作和声联章，歌咏阎浮秽恶，人生无常，赞颂西方净土，劝诱专心念佛，以求得坐莲池。

被后人尊称为“后善导”的法照，是净土大师中擅长诗文的一位，今《全唐诗》收录有他的《寄钱郎中》《送清江上人》《送无著禅师归新罗》等诗三篇[①]。法照大力推动五会念佛，搜罗前辈大师的净土歌赞加以编纂，以为法会、行道、礼佛之用，并亲自创作佛曲歌赞，编纂《净土五会念佛诵经观行仪》《净土五会念佛略法事仪赞》《净土五会念佛略法事仪赞末》等，建立完备的净土法事仪轨。上举的佛曲歌赞《归去来》中，主要便是法照的作品，内容句句无非宣扬净土信念，可见《归去来》在唐五代的广泛流行。

又《全唐诗》中也载有中唐张炽的《归去来引》："归去来，归期不可违。相见旋明月，浮云共我归。"[②]，其体制作"3、5。5、5。"颇似上举"归西方赞"中"3、5。5、5。5、5。5、5。"之《归去来》。张炽之作可能为琴曲，所以称为"归去来引"。但也有可能是在佛曲歌赞流行下，使用佛教的曲调来充作俗曲。宋词中，柳永也有《归去来》[③]，其名虽同，然体制全然不同。杨万里也有《归去来兮引》十首，内容隐括陶渊明《归去来辞》，则其曲调与佛曲歌赞《归去来》相去更远。尽管如此，但其流行或亦受到净土歌赞流行之影响。

唐五代随着净土念佛法会的风行，净土歌赞《归去来》在道场与民间广为传唱，除了大量的《归去来》歌辞的创作外，也出现有名为《隐去来》歌赞的流传。按："隐去来"一词，见于《晋书·祈嘉传》[④]。《归去来》与《隐去来》，其题意相同。今俄藏敦煌写本《王梵志诗》中

---

① 见《全唐诗》卷810，第9135页。

② 见《全唐诗》卷25，第335页。

③ 柳永《归去来》："初过元宵三五，慵困春情绪。灯月阑珊嬉游处。游尽花、厌欢聚。凭仗如花女。持杯谢、酒朋诗侣。余酲更不禁香醑。歌筵罢、且归去。"

④《晋书·祈嘉传》云："祈孔宾，祈孔宾！隐去来，隐去来！修饰人世，甚苦不可谐。所得未毛铢，所丧如山崖。"

有《隐去来》二首[①]，日本正仓院藏圣武天皇宸翰《杂集》中有《隐去来》五首[②]。首句均以“隐去来”三字起句，又有和声辞，其体制既与净土歌赞《归去来》相似，内容旨趣亦无二致。显然是深受《归去来》流行后的影响。

4.《归去来》在净土法会之使用

中国净土教的发展，东晋慧远开其端，北魏昙鸾、唐初道绰承其绪，至善导而创其宗。经盛唐、中唐慈愍、法照、怀感、少康而大弘。在中国佛教史上，净土宗与禅宗同为佛教中国化最为称著的宗派，也是使用佛曲歌赞最为普遍的佛教宗派。

净土歌赞的兴起与净土教徒礼佛活动的发展关系密切。相较于其他佛教宗派，净土宗的特色则表现在注重具体的修持践行，主张凭借阿弥陀佛的“愿力”与自身修行而往生西方极乐净土。他不如天台宗、华严宗深具玄旨，若单凭念佛则又不免失之单调枯燥，因此历经隋唐五代诸大师的努力，大事倡导文学与音乐的结合，借以调剂其单调之念佛法事，逐渐形成整套的净土法事赞仪轨。不论在念诵、礼拜、忏悔、念佛、转经等法事中，处处可见佛曲歌赞的运用，对佛菩萨的颂德，赞颂佛国净土，更依据经典与修行法门编写创造大量的佛曲歌赞，透过声情来庄严法会，进行修行实践易行法门。佛曲歌赞也就成为净土宗的主要

---

①《隐去来》二首：“隐去来，寻空有。空有毕竟两无名，二境安心欲何守？不长不短鉴空心，若见空心还是有。空有俱遣法无依，智者融心自安偶。隐去来，勿浪波波走。”“隐去来，隐去游朝市。不离烦恼原，无希真妙理。对境息贪痴，何假求高士。是非不二见，法界同昆季。隐去来，大乐无基止。”（见项楚《王梵志诗校注：增订本》，上海：上海古籍出版社，2010年，第716—720页）

②《隐去来》三首：“隐去来，修道去。菩提实行是余心，世间名利非余务。无常苦空何所乐，有身系缚终难住。粗餐一钵得安存，佛境空村足容与。”“隐去来，谁知我家处。隐去来，劝同游。三世佛法皆须伴，一人学道亦当求。强弱两缘相假借，真应双门等共修。废已成恒灭，认恶推善自无头。”“隐去来，同归佛性舟。隐去来，自邀期。心死心生心易灭，法违法顺法难持。六根未净恒须隐，五眼开明得是非。决定诚言终不退，乞愿诸佛助光辉。隐去来，修心自不欺。”

特征。

在诸多的净土歌赞中，《归去来》是一具有期盼呼吁世人修行礼佛，往生西方净土的佛曲歌赞，也是唐五代佛教歌赞极为流行的重要文学样式。净土歌赞《归去来》风行后，更衍生有《隐去来》歌赞的产生。归、隐同意，《归去来》《隐去来》均是用来歌颂期盼归隐净土的心声。其变化，正如同禅宗歌赞中使用《行路难》《行路易》来表示修禅之道难易的心境与历程。净土法事歌赞行仪的完备，突显了净土歌赞在仪式的重要性，更彰显了歌赞文学的音乐特质与文学特质。

第六章

敦煌佛教文学的语言研究

第一节

敦煌佛教文学语言的研究价值

文学是语言艺术的表现，语言则是文学表现的工具。敦煌佛教文学的语言特色主要以口语白话、通俗浅显、佛教名相语汇充斥最为鲜明而凸显。这些鲜明的语言特色正提供了中国中古语言研究宽广的窗口。

语言学的研究主要包含有语音、词汇与语法。语音的演变短期不易察觉，词汇与语法的发展相对于语音而言是较为容易掌握与考察；特别是在唐五代古白话发展的关键期，敦煌文献与禅宗语录等提供了我们珍贵而丰富的研究语料。其中特别是敦煌佛教文学作品，其语言所呈现大量词汇与语法表现，是汉语古白话重要的研究材料。

语言学界习惯以晚唐五代作为分界线，将汉语的历史分成古代汉语和近代汉语两大阶段[①]，敦煌文献则大多属于晚唐五代这个界标前后的产物，在汉语发展史上有着承先启后的关键作用，其中特别是以白话为主体的敦煌佛教文学作品，举凡讲经变文、净土歌赞、禅宗诗偈、禅宗语录等，更是近代汉语语料的渊薮，对于推究古今汉语演变的轨迹，考索宋元白话的源流，有其不可替代的重大价值。

前苏联汉学家 C.E. 雅洪托夫曾说：“我们在变文中找到了几乎所有

① 参见吕叔湘《近代汉语指代词·序》，上海：学林出版社，1985 年。

列入我们清单的近代汉语语素。”[①]这是合乎事实的结论。另一方面禅宗典籍白话的口语特性也开始受到语言学家瞩目，吕叔湘（1904—1998）1941年发表了《释〈景德传灯录〉中“在”、“着”二助词》[②]，开始从汉语语法角度来讨论禅籍语言现象，法国著名汉学家马伯乐（Henri Maspero，1883—1945）也发表了《晚唐几种语录中的白话》[③]，紧接着他的学生高名凯（1911—1965）发表《唐代禅家语录所见的语法成分》[④]，进一步开启了禅籍语法研究的新局面。这些文献语料的发现，为汉语研究注入了新的活力，孕育或推动了近代汉语、俗语词研究等一些新兴学科的诞生和发展。尤其是随着各国庋藏敦煌文献的陆续公布，大量敦煌文献中的语料也随之受到语言学界的关注与利用，特别是以变文、王梵志诗为代表，文本较为庞大、语料较为丰富而时代性、阶层性相当鲜明的敦煌佛教文学作品，顿时成为研究的主体。不论是词汇的考释或语法的分析，研究成果均相当卓著，词汇学的研究成果尤为丰硕。

词汇学的内容包含词形、词义、词变与词用；一般词汇学也分为“历史词汇学”与“描写词汇学”。词汇的发展，自来即持续不断地变化着。就词的音节上来说，是表现在单音词变为复音词；而在词的意义表现来说则为词义的分化与繁衍。就汉语发展史来观察，先秦时已出现相当多的复合词，魏晋六朝则渐趋增多，隋唐以后复音词数量的增加尤其急剧。此一发展更促使汉语由单音节词具优势逐渐转变成复音词具优势的情况。推究其原因，盖为中古以后语音的剧烈简并，因拼合而成的音

---

① 雅洪托夫《七至十三世纪的汉语书面语和口语》，邱广君译，《语文研究》1986年4期 。

② 吕叔湘《释〈景德传灯录〉中“在”、“着”二助词》，《华西大学中国文化研究所集刊》第3期，1941年。收入吕叔湘《吕叔湘文集》2卷，《汉语语法论文集》，北京：商务印书馆，1990年。

③ 马伯乐《晚唐几种语录中的白话》，冯承钧译，收入《西洋汉学家佛学论集》，台北：华宇出版社，1988年，第35—73页。

④ 高名凯《唐代禅家语录所见的语法成分》，《燕京学报》34期，1948年。

节数量锐减，同音字相对剧增，产生言意辨别的混淆，为弥补此一困难，采用两个音节组合而成的复音词自然应运而生；另一方面，由于社会快速变迁，文明进展极繁，需要分别辨析的事物日趋繁杂，原有的单音字义不断地孳乳分化，于是不得不往复音词发展，以使语言表达能精确明晰；又由于佛教东传，佛经翻译的需要，创造了大批新词语来表达佛教的概念。无论音译、梵汉合璧或意译，其结果都是产生大量的复音词。

尤其唐五代词汇的发展，除了语音的变化外，社会经济较前期更形发达，特别是手工业和商业的发展，使城市人民的生活大有改变。于是出现了大量有关工商业和市民生活的新词汇。唐代为我国佛教的黄金时代，佛教的兴盛与发展有所谓"十宗并起"；在佛经翻译史上更是属于大规模有制度的新译时期，亦促进了词汇的快速发展。凡此均促使唐五代成为中国汉语发展史上的关键期。这些新的词汇自然反应在当时的文献中，不过词汇的发展是有其继承性，因此，唐代的语言在文学方面的表现，传统的文人文学固然会跟随着社会经济的发展而发展，其文学作品中固然创造了不少新的词语，可是大多数的词汇还是承袭先秦、六朝的古词语，虽也出现有相当数量的口语词汇，但是这和前一个时代相比，大致是在量上面的增加，实质上并没太大的改变。甚至继承魏晋六朝笔记小说而加以发展的唐人传奇小说，内容上虽不同于传统的文人文学，但是在用词造句上则主要还是文言，而非白话口语，因此也不能充分显现出唐代语汇的特点来。可是作为敦煌佛教文学主体的变文与佛教新兴文献的禅宗语录就不同了，不仅在内容上反映了当时社会的市民生活，在用词造句上也多采用当时的口语。

蒋礼鸿就以为变文提供了汉语史中较多的口语词汇和语法的材料，他在《敦煌变文字义通释》一书的序文中说：

> 古代口头语言的真实面貌，反映在"正统"的文言文里的非常

之少，而在民间的创作以及文人吸取民间口语的作品中可以窥见其一部分。民谣、诗、词、曲、小说、随笔、语录等，其中或多或少地保存着口语的材料。研究古代语言的人，对这些还没有加以足够的注意，以致古代语言真相隐而不显。……变文是唐五代间的民间文学，其中保存有不少当时口语的材料。有些材料，可以和同时代的敦煌其他文字如曲子词以及诗、词、笔记等相印证，有些可以和汉魏六朝及宋元的材料相联系。①

事实上，近代研究唐五代词汇，已渐成古汉语研究的重点之一。其后有针对唐代诗歌口语词集中加以解释的，如 1953 年张相《诗词曲语汇释》②、1980 年王瑛《诗词曲语辞例释》③、1990 年蒋绍愚《唐诗语言研究》④，主要利用散见于历代笔记、杂著及训诂著作中零碎数据进行唐诗语词之解释，由于取材广泛，例证丰富，因此成果显著，成为解读唐人诗歌的一大工具。虽然如此，但口语词汇的使用是具有普遍性的，唐代诗歌毕竟是文人的文学，其口语词汇不集中，涉及的层面也不够广；相形之下，利用大量敦煌文献中的通俗文学变文、曲子词、佛曲、白话诗等丰富的语料、词汇进行研究，所获得的成果更为丰硕。特别是 1959 年蒋礼鸿《敦煌变文字义通释》出版以来，此类研究蔚为风气，论著不断，蒋氏更持续增订，1981 年第四次增订本已较原书多出数倍，1994 年更由其弟子黄征、张涌泉、俞忠鑫、方一新、颜洽茂等人在蒋氏的基础上合力编纂《敦煌文献语言词典》⑤。回顾此类研究主要仰

---

① 蒋礼鸿《敦煌变文字义通释（增补定本）·序目》，上海：上海古籍出版社，1997 年，第 1—2 页。

② 张相《诗词曲语汇释》，北京：中华书局，1955 年。

③ 王瑛《诗词曲语辞例释》，北京：中华书局，1980 年。

④ 蒋绍愚《唐诗语言研究》，郑州：中州古籍出版社，1990 年。

⑤ 蒋礼鸿等《敦煌文献语言词典》，杭州：杭州大学出版社，1994 年。

赖分析、归纳，同时更需要有关数据的补证才能够彻底完成。由于数据时有欠缺，因此词义疑义待质者屡见不鲜。

中古汉语与近代汉语分野最大的特征即在于书面语的口语化。疑伪经的兴起虽在东晋，而盛行则在南北朝末年到隋唐期，就汉语史而言正是中古汉语转向近代汉语间的过渡，也就是书面语与口语的对立逐渐明显的古白话期。

敦煌佛教文学数量可观，且多具通俗白话特性，其在汉语史研究的作用与价值实不可小觑。近年徐时仪《古白话词汇研究论稿》[①]介绍古白话词汇的文献时，重点介绍了敦煌吐鲁番文献，其中用较多的篇幅专门叙述了敦煌文献的整理研究状况，便大力提出敦煌韵书和音义著作、变文、王梵志诗、曲子词、愿文、俗字等对于古白话词汇研究的价值。

佛教东传后，帝王后妃对佛教的崇信，使得佛教信仰得以建立，王公贵族、文人学士接受佛教的浸染，在很大程度上促进了佛教的本土化。然而，佛教最终的目的是要普及于民间，其宣教最广大而又最基层的对象，无疑是民间的百姓。民间百姓对佛教的信仰及佛事活动的参与，是佛教走向大众化、世俗化的重要途径。[②]

因此，佛教为了争取到广大的群众，广泛地运用了各种通俗的文学形式以导俗化众，如敦煌所出的俗讲佛经故事的变文、通俗劝化的佛曲歌赞、开导启悟的禅宗诗偈等。这些作品为了适应百姓理解的需要，使用的语言比较接近当时的生活语言，即所谓的口语。此外，敦煌所出的写本中也不乏民间百姓受到佛教思想影响，而创作的佛教文学作品。无论是僧徒为了向黎民百姓宣教的作品，或是出自于民间的作品，都保存了相当丰富的口语以及反映佛教理念的语言，这不仅可以为佛教文学的

---

① 徐时仪《古白话词汇研究论稿》，上海：上海教育出版社，2000 年。

② 参见俞晓红《佛教与唐五代白话小说研究》，北京：人民出版社，2006 年，第 66—67 页。

语言研究提供极其珍贵的第一手语料，也可以弥补传统以佛教经典为研究对象的不足。

第二节

主要研究成果述评

回顾佛教文献的语言研究，主要集中在汉译佛经中词汇和语法的探究，这方面的相关论著，至为可观，成果也相当丰硕。敦煌佛教文学的词汇与语法研究方面，主要的论著较集中在以变文与王梵志作为语料对象的研究，如1989年梁晓虹《谈王梵志诗中的“着”》[①]，针对王梵志诗中使用频繁的“着”之用法进行探讨，体现了“着”由实到虚的过程，也反映了“着”在佛经语言里的用法，更透露出当时的口语与禅机。1993年王锦慧《敦煌变文语法研究》[②]，由构词、称代、造句三大部分，探讨敦煌变文的语法特色，并由历史语法的角度，考察其变化的轨迹，并突显其扮演的角色。1996年吴福祥《敦煌变文语法研究》[③]，描写敦煌变文的语法事实，并在此基础上，持与唐宋时期的《王梵志诗》《祖堂集》《朱子语类辑略》等十五种白话文献的语法材料，进行共时的差异与历时的变化探讨。1997年蒋礼鸿《敦煌变文字义通释》[④]，针对敦煌

① 梁晓虹《谈王梵志诗中的“着”》，《九江师专学报》1989年4期，第86—88页，后收入《佛教与汉语词汇》，台北：佛光出版社，2001年，第243—252页。

② 王锦慧《敦煌变文语法研究》，台湾师范大学国文研究所硕士论文，1993年。

③ 吴福祥《敦煌变文语法研究》，长沙：岳麓书社，1996年。

④ 蒋礼鸿《敦煌变文字义通释（增补定本）》，上海：上海古籍出版社，1997年。

变文中的八百个词语进行了词义考释，利用唐五代的诗和笔记小说以及汉魏六朝和宋元以后的材料，旁征博引，并从纵横两方面的词义串联，以呈现出词语的特色与发展脉络。2001 年沈荣森《敦煌词叠字与佛教关系浅探》①，以《全唐五代词》中所收录的敦煌词五百零二首为研究语料，由内容、词汇、技巧等方面进行考察，指出敦煌词的叠字，明显受到了佛教的影响，反映了中外文化的汇流。2001 年陈明娥《敦煌变文双音新词全面透视》②，对变文的双音词进行了分类，并从形式、语义、共时和历时等多个侧面，对双音词的组合和聚合特点进行考察，展示变文双音词的特色和运动轨迹。其后又陆续展开了一系列有关变文中词汇的研究，如《从双音新词的存亡看敦煌变文在汉语史上的地位》《从敦煌变文看中近古汉语词缀的新变化》《从敦煌变文多音词看近代汉语复音化的趋势》以及专著《敦煌变文词汇计量研究》③，其专著着眼于变文词汇特点的描写和系统的考察，并透视其共时的静态特征与历时的动态运动轨迹。同时，使用定量定性分析法，通过信息处理的方式，针对变文中的全部词汇作了分类统计和数据分析，以提高论证的说服力。2001 年陈秀兰《敦煌俗文学语汇溯源》④，以汉语词汇史的角度，将敦煌变文作为敦煌俗文学的代表作品与汉译佛典进行比较，进而阐明了中古白话文学作品中一些俗语词和口语词的源头为汉译佛典，并进一步证明佛典的翻译和传播，推动了后世白话文学的发展。2002 年陈秀兰《敦煌变文

---

① 沈荣森《敦煌词叠字与佛教关系浅探》，《东岳论丛》22 卷 1 期，2001 年，第 139—141 页。

② 陈明娥《敦煌变文双音新词全面透视》，《敦煌研究》2001 年 3 期，第 137—142 页。

③ 陈明娥《从双音新词的存亡看敦煌变文在汉语史上的地位》，《中南民族大学学报》（人文社会科学版）2002 年 5 期，第 87—90 页；《从敦煌变文看中近古汉语词缀的新变化》，《宁夏大学学报》（人文社会科学版）2003 年 4 期，第 45—51 页；《从敦煌变文多音词看近代汉语复音化的趋势》，《敦煌学辑刊》2005 年 1 期，第 108—114 页；《敦煌变文词汇计量研究》，南昌：百花洲文艺出版社，2006 年。

④ 陈秀兰《敦煌俗文学语汇溯源》，长沙：岳麓书社，2001 年。

词汇研究》[①]，本书在前书的基础上，进行变文词汇系统特点的描写，书中过滤出变文中的新词新义，并对于新词的产生方式、新义的演变途径、构词构形语素、敦煌俗文学与汉文佛典的关系、敦煌俗文学与后世白话文学的关系作了一些探讨。2006年俞晓红《论敦煌变文语汇的佛典渊源》[②]，说明敦煌变文中的诸多语汇源于佛教典籍，可见汉译佛典对中土俗文学形成和流播的深远影响。

综观敦煌佛教文学的语言研究，最受学者瞩目的语料始终以变文最受青睐。敦煌变文确实具有其研究的重要性和必要性，但是敦煌变文与敦煌其他的佛教文学，虽然有时代、地域和阶层的共通性，然而仅凭敦煌变文，并不能代表敦煌佛教文学的全部。更何况，变文中除了佛教文学之外，还包含有民间传说与历史故事，将这些题材放在一起研究，较难突显变文中佛教文学的语言特色。有鉴于此，有必要将敦煌变文中的佛教文学抽离出来，并结合敦煌文献中其他的佛教文学，进行全面而深入的词汇与语法研究。

---

① 陈秀兰《敦煌变文词汇研究》，成都：四川民族出版社，2002年。

② 俞晓红《论敦煌变文语汇的佛典渊源》，《中国典籍与文化》2006年1期，第90—95页，后收入俞晓红《佛教与唐五代白话小说研究》，北京：人民出版社，2006年，第233—244页。

第三节

敦煌佛教文学语言特色与研究面向

有关敦煌佛教文学的语言特色，其所呈现主要在于词汇与语法，以下谨就这两方面来加以说明：

一、词汇方面

由于佛教东传，佛典的大量汉译，使得梵语借词和新产生的语词，丰富了汉语的词汇，对文学作品的语言产生了巨大的影响。敦煌佛教文学中的词汇，有沿用汉语固有的词汇，也有源于佛典的词汇；更有当代新兴的词汇；在在表现出敦煌佛教文学的口语性与佛教特性，兹略举数例并加说明如下：

1. 沿用汉语固有的词汇

(1) 沿用旧义之词汇

沿用旧义之词汇，系指此词之词形与词义皆承袭汉语固有的词汇而来。

阿姊　姐姐。“阿姊”一词，首见于南北朝，《古文苑·木兰诗》：“阿姊闻妹来，当户理红妆。”敦煌佛教文学承袭前代的用法，“于是两个阿姊，恐被王郎耻嫌丑陋，不肯却归；左右宫人，令皆总急。阿姊无计，思忖且著卑辞，报答王郎云云：‘王郎不用怪笑，只缘新妇幼小，妹

子虽不端严，手头裁缝最巧。'”（《丑女缘起》,《敦煌变文集新书》，第777页）

丈人　古代对老人的尊称。此词最早出现于先秦典籍,《论语·微子》：“子路从而后，遇丈人以杖荷莜。”何晏集解引包咸曰：“丈人，老人也。”此用法在敦煌佛教文学中继续沿用,“‘……有事尽向老人说，均平处断不交偏。’太子叉手启丈人:‘暂听分雪不须瞋。寡人位处储天子，往来半仗每随身。须达大臣短意智，不存上下君臣义，……幸愿丈人照察看，妄说灾祥谁不是?’”（《降魔变文一卷》,《敦煌变文集新书》，第617页）

急手　急速。北魏已见“急手”一词，《洛阳伽蓝记·白马寺》：“东厢屋，急手作。”敦煌佛教文学承古而来，如：“孩子未降，母忧性命逡巡；及至生来，血流洒地。浑家大小，各自忙然，只怕身命参差，急手看其好恶。”（《父母恩重经讲经文（一）》,《敦煌变文集新书》，第454页）“杌杌贪生业，憨人合脑痴。漫作千年调，活得没多时。急手求三宝，愿入涅槃期。”①（《王梵志诗校注》卷二《杌杌贪生业》，第122页)“归去来。娑婆世境苦难裁，急手专心念彼佛，弥陀净土法门开。”②（《敦煌歌辞总编》卷四，《归去来归西方赞》第0580首，第1066页）又“归去来。娑婆秽境不堪停，急手须归安乐国，见佛闻法悟无生。”（《敦煌歌辞总编》卷四《归去来归西方赞》第0586首，第1066页）“急手”亦作“急首”,“家口惣死尽，吾死无亲表。急首卖资产，与设逆修斋。托生得好处，身死雇人埋。”（《王梵志诗校注》卷一《家口惣死尽》，第15页）

减损　减少。此词首见于汉代,《史记·礼书》:“叔孙通颇有所增益减损，大抵皆袭秦故。”敦煌佛教文学承袭前代的用法，用以指病痛减少，

---

① 项楚《王梵志诗校注：增订本》，上海：上海古籍出版社，2010年，第122页。

② 任半塘《敦煌歌辞总编》卷四《归去来归西方赞》，第0580首，上海：上海古籍出版社，1987年，第1066页。

“男女未教忧疑，父容日日尫龟，母貌朝朝憔悴。才闻减损，稍获痊平，浑家顿改忧愁，父母当时欢悦。”（《维摩诘经讲经文(一)》，《敦煌变文集新书》，第 238 页）

恋着 贪恋。《魏书·释老志》：“昔如来阐教，多依山林，今此僧徒，恋着城邑。”此用法在敦煌佛教文学中继续沿用，如：“缘有孙陁罗是妻，容颜殊胜，时为恋着这妻。世尊千方万便，教化令教出家，且不肯来。便言语无端，乱说辞章，缘恋着其妻。”（《难陁出家缘起》，《敦煌变文集新书》，第 647 页）“世间不信我，言我常造恶。不能为俗情，和光心自各。财色终不染，妻子不恋着。”（《王梵志诗校注》卷七《世间不信我》，第 692 页）“第三俗流世界住，恋着妻儿及男女，世世生生相嫁娶，鲁流卢楼胡鲁喻。”(《敦煌歌辞总编》卷三,《悉昙颂俗流悉昙章》第 0462 首，第 933 页）

供给 将钱财或物资提供他人所需。此词首见于先秦,《管子·地图》：“论功劳，行赏罚，不敢蔽贤有私，用货财供给军之求索，使百吏肃敬，不敢解怠行邪，以待君之令，相室之任也。”敦煌佛教文学继续沿用，“因此街坊人众，递互相传，装裹衣裳，供给茶饭。岂空饱一身盲士，兼普济五百贫人。”（《双恩记》,《敦煌变文集新书》，第 92 页）

料理 处置，安排。《世说新语·德行》：“汝若为选官，当好料理此人。”敦煌佛教文学承袭前代的用法，如：“好住四合舍，殷勤堂上妻。无常煞鬼至，火急被追催。露头赤脚走，不容得着鞋。向前任料理，难见却回来。有意造一佛，为设百人斋。”（《王梵志诗校注》卷二《好住四合舍》，第 201 页）“阎老忽嗔迟，即棒伺命使。火急须领兵，文来且取你。不及别妻儿，向前任料理。”（《王梵志诗校注》卷五《生儿拟替公》，第 607 页）

（2）化陈出新之词汇

化陈出新之词汇，系指此词汇仅在词形上沿用了汉语固有的词汇，词义上，则在旧有词义的基础上扩大了范围，甚至转移至另一个范围。

法门 原本用以指称王宫的南门。《谷梁传·僖公二十年》："南门者，法门也。"范宁注："谓天子、诸侯皆南面而治，法令之所出入，故谓之法门。"其后词义有所转移，作为佛教语，用以指修行者入道的门径，亦泛指佛门。"赖得慈悲舍利弗，通容忍耐尽威神。驴骡负重登长路，方知可得比龙鳞。只为心迷邪小径，化遣归依大法门。"（《降魔变文一卷》，《敦煌变文集新书》，第635页）"修道若达此法门，始能行得大慈悲。"（《敦煌歌辞总编》卷三《行路难共住修道》第0505首，第989页）

功德 原本指功业与德行。《礼记·王制》："有功德于民者，加地进律。"佛教东传后，"功德"多含有宗教色彩，《大乘义章·十功德义三门分别》："功谓功能，能破生死，能得涅槃，能度众生，名之为功。此功是其善行家德，故云功德。"亦多泛指念佛、诵经、布施等事。"上来六时之内，有一人受持观世音名号，乃至礼拜者，所得功德，与供养称念六十二亿恒河沙菩萨之人，功德一般云。"（《妙法莲华经讲经文（二）》，《敦煌变文集新书》，第211页）"若欲具真如，勤苦修功德。"（《王梵志诗校注》卷七《有此幻身来》，第676页）

堕落 此词本有脱落之意，《汉书·匈奴传》："年老气衰，发齿堕落，行步失度，单于过听，不足以自污。"亦有衰落之意，《荀子·富国》："徒坏堕落，必反无功。"佛教传入中国以后，扩大了"堕落"一词的用法，用以指陷落于恶道恶事，"供养者现世获福，毁谤者堕落于阿鼻。"（《佛说阿弥陀经讲经文（一）》，《敦煌变文集新书》，第139页）"今此目连亦复然，得道恰似为官位。忆得先亡念慈亲，堕落三涂阿那边，遂将天眼更遥观，欲觅尊亲拟供养。"（《盂兰盆经讲经文》，《敦煌变文集新书》，第489页）

修行 修养德行。《庄子·大宗师》："彼何人者邪？修行无有，而外其形骸。"成玄英疏："彼二人情事难识，修己德行，无有礼仪，而忘外形骸。"佛教的"修行"在原有用法上加以扩大，指修学佛门的戒、定、慧等净行，期能实践佛陀体证之境界。“修行净行不贪嗔，向佛于僧意自纯，每日参禅求问道，终年结社作良因。”（《妙法莲华经讲经文（二）》，《敦煌变文集新书》，第205页）

上人 原指道德高尚的人。汉贾谊《新书·修政语下》：“闻道志而藏之，知道善而行之，上人矣；闻道而弗取藏，知道而弗取行也，则谓之下人也。”其后佛教用以尊称智德兼备的高僧，亦可用以指称菩萨。“尔时波旬语持世曰：‘上人修行日久，禅定时多。劳法德以柄持，继心神如守志。’”（《维摩诘经讲经文（五）》，《敦煌变文集新书》，第347页）此例的“上人”指持世菩萨。

恭敬 对人谦恭有礼貌。《孟子·告子上》：“恭敬之心，人皆有之。”其后“恭敬”用法扩大，有虔诚敬肃之意。“奉劝今朝听法人，闻经切要生恭敬，不唯能长河沙福，亦得无边罪障消。”（《妙法莲华经讲经文（一）》，《敦煌变文集新书》，第192页）

解脱 原有解开之意。《史记·酷吏列传》：“是时九卿罪死即死，少被刑，而成极刑，自以为不复收，于是解脱，诈刻传出关归家。”司马贞索隐：“谓脱钳釱。”亦有开脱、释放之意，《汉书·赵广汉传》：“释质，束手，得善相遇，幸逢赦令，或时解脱。”颜师古注：“或逢赦令，则得免脱也。”佛教用以指摆脱缠缚的烦恼业障而得以无拘无碍、自由自在。“火宅忙忙何日休，五欲终朝生死苦，不似听经求解脱，学佛修行能不能，能者严心合掌著，经题名目唱将来。”（《太子成道经一卷》，《敦煌变文集新书》，第499页）“学问莫倚聪明，打却我慢贡高。出家解脱无事，永离三界逍遥。”（《王梵志诗校注》卷七《学问莫倚聪明》，第756页）

朝廷 本为皇帝与朝臣处理政事的地方，《论语·乡党》：“其在宗庙朝廷，便便言，唯谨尔。”其后词义转移，可用以作为皇帝的代称，《三国志·蜀志·杜微传》：“朝廷今年始十八，天姿仁敏，爱德下士。”甚至扩大用以指朋友，“朝廷”亦作“朝庭”，“此时皇帝缘心□□，便问催子玉，‘卿与李干风为知己朝廷否？’催子玉答曰：‘臣与李干风为朝廷。’帝曰‘卿既与李干风为知己朝庭，情分如何？’子玉曰：‘臣与李干风为朝庭已来，□□管鲍。’……对帝前遥望长安，便言：‘李干风□□真共你是朝廷，岂合将书嘱这个事来！’”（《唐太宗入冥记》，《敦煌变文集新书》，第1096页）“朝庭来相过，设食因杯酌。四海同追游，五郡为欢乐。”（《王梵志诗校注》卷五《朝庭来相过》，第711页）

2. 源于佛典的词汇

源于佛典的词汇，有修行者、修行住处、修行境界，亦有造作恶业及其所堕落处，更有描述身心状态者等。兹举数例于下：

（1）修行者、修行住处、修行境界：

比丘　梵语的译音。指已受具足戒的男性，俗称和尚。敦煌佛教文学中的“比丘”一词是源于梵语的音译，“夫五戒者，是成佛之良因，为入圣之要路，三千威仪，八万细行。比丘有二百五十戒，比丘尼有五百戒。”（《佛说阿弥陀经讲经文（二）》，《敦煌变文集新书》，第152页）“佛告诸比丘，非是帝释，亦非梵天鬼神大将，乃是频婆娑罗王后宫彩女，名功德意，供养塔故，为阿阇世王被害命终，生忉利天，今还下界，来供养我，是彼光耳。”（《频婆娑罗王后宫彩女功德意供养塔生天因缘变》，《敦煌变文集新书》，第749页）

乞士　比丘的别称。“比丘”为梵语的音译，意译为“乞士”。《大智度论》卷三：“云何名比丘？比丘名乞士。”《法华义疏》卷一：“比丘者名为乞士，上从如来乞法以练神，下就俗人乞食以资身，故名乞士。”敦煌佛教文学中所见“乞士”一词源于佛典，“二者名乞士，出家之人虚心求道，无所贮畜，外乞衣食，以资色身。内知门法，度诸人众，故云乞士。”（《双恩记》，《敦煌变文集新书》，第63页）“乞士”亦作“乞事”，“第一名曰怖魔，第二何名乞事。上从诸佛乞法，下从檀越乞食。……或云净命则乞事中摄离四邪五邪等。或云破恶即净持戒，如魔思女持戒，犹如破毒气，直到命终不犯戒故。”（《佛说阿弥陀经讲经文（一）》，《敦煌变文集新书》，第135—136页）

伽蓝 梵语译音“僧伽蓝摩”的节缩词。指僧众居住的庭园，后称佛寺为伽蓝。“须达为人慈善，好给济于孤贫，是以因行立名给孤。布金买地，修建伽蓝，请佛延僧，是以列名经内。”（《降魔变文一卷》，《敦煌变文集新书》，第610页）“佛言：‘夫出家之人，所置须有伽蓝，汝能办否？’须达言：‘我不解仪则，令佛弟子与我指受。’”（《只园图记》，《敦煌变文集新书》，第660页）

菩提 梵文Bodhi的音译。佛教中用以指豁然彻悟的境界，亦指觉悟的智慧和觉悟的途径。《百喻经·驼瓮俱失喻》：“凡夫愚人，亦复如是，希心菩提，志求三乘。”敦煌佛教文学中亦可见源于梵文的音译词“菩提”，“顶礼上方大觉尊，归命难思清净众，四智三身随众愿，慈悲丈六释迦文。百千万劫作轮王，不乐王宫恩爱事，舍命舍身千万劫，直至今身证菩提。”（《温室经讲唱押座文》，《敦煌变文集新书》，第17页）

涅槃 梵语音译“般涅槃”的节缩词，意译“圆寂”“灭度”“入灭”等，是佛教全部修习所要达到的最高理想，一般指熄灭生死轮回后的境界。“若使如罗汉，即自绝嚣尘。将刀且割无明暗，复用利剑断亲姻。究竟涅槃非是远，寻思寂灭即为邻。”（《王梵志诗校注》卷七《渐渐断诸恶》，第684页）“称释子，法门宽，出入往来无碍道，解脱逍遥证涅槃。”（《敦煌歌辞总编》卷三，《出家乐调名本意》第0445首，第918页）

（2）造作恶业及其所堕落处：

阿鼻 是梵语avici译音“阿鼻旨”的节缩词。指佛教传说中八大地狱中最下、最苦的地方。敦煌佛教文学中“阿鼻”一词，便是源于梵语译音的节缩词，“供养者现世获福，毁谤者堕落于阿鼻。”（《佛说阿弥陀经讲经文（一）》，《敦煌变文集新书》，第139页》“自身作罪自身悲，莫怨他家妻与儿。自作业时须自受，他家无因入阿鼻。”（《悉达太子修道因缘》，《敦煌变文集新书》，第543页）“百岁乃有一，人得七十稀。张眼看他死，不能自觉知。痴皮裹脓血，顽骨强相随。两脚行衣架，步步入阿鼻。”（《王梵志诗校注》卷一《百岁乃有一》，第52页）“努力回心归善道，地狱无人造，轮回烦恼作菩提，生死离阿鼻。”（《敦煌歌辞总编》卷三，《求因果修善》第0411首，第870页）

五逆 佛教将杀父、杀母、杀阿罗汉、由佛身出血、破和合僧等五种极为逆理的深重恶罪称为“五逆”，亦作“五逆罪”，是佛教所有恶业中最重者。《阿阇世王问五逆经》：“有五逆罪，若族姓子、族姓女为是五不救罪，必入地狱无疑。云何为五？谓杀父，杀母、害阿罗汉、斗乱众僧、起恶意于如来所。”敦煌佛教文学中源于佛典“五逆”一词的用法，如：“恨汝生迷智，不曾闻好人。五逆向耶娘，万般恶业累。”（《地狱变文》，《敦煌变文集新书》，第742页）“父母生男女，没娑可怜许。逢着好饮食，纸裹将来与。心恒忆不忘，入家觅男女。养大长成人，角睛难共语。五逆前后事，我死即到汝。”（《王梵志诗校注》卷二《父母生男女》，第147页）“莫学五逆堕阿鼻，生生莫做冤家子，世世长为侥幸儿。”（《敦煌歌辞总编》卷三，《失调名须大拿太子度男女》第0350首，第786页）

（3）身心状态：

病患 指患病。佛教认为众生的病是由四大（构成人体的地、水、火、风四要素）不调所引起的。《修行本起经》：“是身为脆哉，常俱四大中。九孔不净漏，有老、有病患。生天皆无常，人间老、病忧。观身如雨、泡，世间何可乐？”敦煌佛教文学中“病患”一词的用法，系源于佛典，“直待女男安健了，阿娘方始不忧愁。思量人世事难裁，父母恩深不可皆；才见女男身病患，早忧性命掩泉台。”（《父母恩重经讲经文（一）》，《敦煌变文集新书》，第466页）

四百四病 指所有疾病的总称。《修行本起经·游观品》：“何如为病？答言：‘人有四大，地水火风。大有百一病，展转相钻。四百四病，同时俱作，此人必以极寒、极热、极饥、极饱、极饮、极渴，将节失所，卧起无常，故致斯病。’”敦煌佛教文学“四百四病”一词源自佛典，“无强无力，人若无疾无恼，身心强盛，气力劲直。若或有病，故是身力衰羸。人有四百四病，皆属四大主持，若或一脉不调，百一病起。”（《维摩诘经讲经文（二）》，《敦煌变文集新书》，第291页）

贡高 骄傲自大。“贡高”一词首见于汉译佛经，《佛说阿那律八念经》：“正治亦有二。不杀盗淫。不自贡高。修德自守。是为世间正治。”敦煌佛教文学中此词的用法源于汉译佛经，“贡高我慢比天长，折挫应交虚见伤，软弱柔和如似水，此个名为真道场。”（《维摩诘经讲经文（四）》，《敦煌变文集新书》，第335页》）“学问莫倚聪明，打却我慢贡高。出家解脱无事，永离三界逍遥。”（《王梵志诗校注》卷七《学问莫倚聪明》，第756页）

热恼 指身心焦灼苦恼。此词最早出现于汉译佛经，《法华经·信解品》：“我等以三苦故，于生死中，受诸热恼，迷惑无知。”敦煌佛教文学中“热恼”一词乃承袭自佛典，“于是我佛在毗耶城内，庵罗园中，将兴方便之门，欲启慈悲之愿，为救四生热恼，愍伤三界含灵，说法而广度有缘，利益而不论高下。”（《维摩诘经讲经文（一）》，《敦煌变文集新书》，第229页）“火宅驱牵长煎炒，千头万绪何时了，恰到病来卧在床，一无支准前途道。心恛惶，生热恼，冤恨随时不预造，转眼艰难声唤频，犹不悟无常抛暗号。”（《敦煌歌辞总编》卷四，《抛暗号调名本意》第0674首，第1123页）

懊恼 心中悔恨、恼怒。此词最早见于汉译佛经，《生经·佛说五仙人经》：“王出宝屐，以示群臣，命梵志出与臣相见，致此异宝，当共原之。群臣启曰：‘此梵志罪，如山如海，不可赦也。献屐一只，何所施补。若获一緉，罪可除也。’王即可之。重逐梵志，令更求一只。梵志懊恼。”敦煌佛教文学中“懊恼”一词系源于汉译佛经，“懊恼？

今生貌不强，紧盘云髻罢红妆，岂料我无端正相，致令暗里苦商量。”（《丑女缘起》，《敦煌变文集新书》，第780页）“长命得八十，不解学修道。悠悠度好日，无心念三宝。把拳入地狱，天堂无人到。拆破五戒身，却入三恶道。一入恒沙劫，不须自懊恼。”（《王梵志诗校注》卷二《虚沾一百年》之二，第217页）“送回来，男女闹，为分财物不停怀懊恼。看看此事到头来，犹不悟无常抛暗号。”（《敦煌歌辞总编》卷四，《抛暗号调名本意》第0673首，第1123页）

3. 当代新兴的词汇

汉语的词汇系统原是以单音词为主的状况，自东汉时期开始，汉语中的双音词逐渐增多，形成汉语词汇的双音化。双音化的主要原因，乃是因为社会文明的快速进展，新事物日益繁杂，使得原有的单音字义已不敷使用，于是不断的孳乳分化，往复音词的方向发展，以便能足够和精确地表达众多的新事物。再者，自东汉佛教传入以来，为了传教的需要，在翻译佛典时，所使用的语言是大众的口语，一般来说，汉语口语的俗语和方言等，以双音词居多，所以通俗白话的文体特点，决定了汉译佛典多用双音节词语。[①]更重要的是，由于佛典的翻译，使得梵汉语言产生了互相的接触，为了表达佛教深奥或崭新的概念，于是许多旧词汇衍生了新意义，当然更创造了大批新的双音节词。因为汉语以单音节为主，而印欧语系的音节复杂，若是音译，以汉字对译其音，则大多为复音词；若是意译，用一字一音一义的单音词难以表示佛教全新的概念和复杂的内容，于是非复音不可。[②]因此，汉语词汇发展的内部规律，加以佛典翻译口语的需要和梵汉语言接触的外部刺激，于是促进了汉魏

---

① 参见梁晓虹《佛教词语的构造与汉语词汇的发展》，北京：北京语言学院出版社，1994年，第177—178页。

② 参见王力《汉语史稿》，北京：中华书局，1996年，第340—343页。参见：竺家宁《文字学》第十五章“词汇的结构”，台北：空中大学，1995年，第499—500页。

六朝以来词汇双音化发展的进程。

受到汉语词汇发展与佛典汉译的影响，汉语词汇双音化成为一个必然的趋势，在敦煌佛教文学中可见当代新兴的复音节词汇，而且数量庞大。若以词性加以分类，有名词、动词、形容词、副词等，皆为当时活生生的口语词，而且有些词汇，如舍得、连忙等，生命力非常强，甚至沿用至现代汉语。

（1）名词：

当代新兴的词汇中，以名词的用语最多，也包含最广，有与佛教思想有关及一般的称谓名词等，兹举数例如下：

多生 佛教指众生造善恶之业，受轮回之苦，生死相续，称之为“多生”。“长嗟累劫沈生死，轮回六道几时休，三涂地狱受辛勤，只为多生造恶业。”（《佛说阿弥陀经讲经文（二）》，《敦煌变文集新书》，第 148 页）“修行曩劫，磨练多生，烦恼多生，烦恼之海欲枯，智惠之山将就。”（《维摩诘经讲经文（四）》，《敦煌变文集新书》，第 318 页）

脓血袋 佛教认为人死之后，脓血自尸体流出，人体像盛脓血的皮袋，所以称人的身体为“脓血袋”。“各各保爱脓血袋，一聚白骨带顽皮。”（《王梵志诗校注》卷一《各各保爱脓血袋》，第 69 页）“受报人中生，本为前身罪。今身不修福，痴愚脓血袋。病困卧着床，悭心犹不改。临死命欲终，吝财不忏悔。”（《王梵志诗校注》卷二《受报人中生》，第 117—118 页）“不净脓血袋，四大共为因。六贼都成体，败坏一时分。风者吹将散，火者焰来亲。水者常流急，土者合成人。体骨变为土，还归足下尘。”（《王梵志诗校注》卷五《不净脓血袋》，第 516 页）

鬼朴 指做鬼的材料，即指死者。“丧车相勾牵，鬼朴还相哭。”（《王梵志诗校注》卷一《夫妇相对坐》，第 50 页）“父母怜男女，保爱掌中珠。一死手遮面，将衣即覆头。鬼朴哭真鬼，连夜不知休。”（《王梵志诗校注》卷五《父母怜男女》，第 563 页）

土馒头、土孔笼　指坟墓。“城外土馒头，馅草在城里。一人吃一个，莫嫌没滋味。”（《王梵志诗校注》卷六《城外土馒头》，第649页）“前死后人埋，鬼朴悲声送。纵得百年活，还入土孔笼。”（《王梵志诗校注》卷二《蹔出门前观》，第199页）

出家儿　指离开家庭当和尚的人，即出家人。“目连哽噎啼如雨，便即回头咨狱主。贫道虽是出家儿，力小那能救慈母。五服之中兼容隐，此即古来圣贤语。惟愿狱主放却娘，我身替娘长受苦。”（《大目乾连冥间救母变文并图一卷并序》，《敦煌变文集新书》，第706页）“欲识我家夫主时，他家还着福田衣。不作俗人之貌相，剃头身作出家儿。”（《难陁出家缘起》，《敦煌变文集新书》，第653页）“粗行出家儿，心中未平实。贫斋行则迟，富斋行则疾。”（《王梵志诗校注》卷六《粗行出家儿》，第629页）

阿师　用以指称僧人。“阿师是如来佛弟子，足解知之父母恩。忽若一朝登圣觉，莫忘娘娘地狱受艰辛。”（《大目乾连冥间救母变文并图一卷并序》，《敦煌变文集新书》，第707页）

阿耶娘　父母亲。“他家孝顺阿耶娘，不孝之男造恶业，他州外乡逐乐去，父母肝肠寸寸断。”（《盂兰盆经讲经文》，《敦煌变文集新书》，第492页）

女男　儿女。“女男得病阿娘忧，未教终须血泪流；茶饭不曾著次第，罢施红粉懒梳头。寻医卜问无时歇，拜鬼求神更不休；直待女男安健了，阿娘方始不忧愁。思量人世事难裁，父母恩深不可皆；才见女男身病患，早忧性命掩泉台。”（《父母恩重经讲经文（一）》，《敦煌变文集新书》，第466页）

阿郎　主人。“或为奴婢偿他力，衣饭何曾得具全，夜头早去阿郎嗔，日午斋时娘子打。”（《佛说阿弥陀经讲经文（二）》，《敦煌变文集新书》，第154页）

娘娘　用以指称母亲。“十月之内，受无限难辛；三年之中，饮没量多血乳。致使娘娘形貌，日日汪羸；慈母颜容，朝朝瘦悴。”（《父母恩重经讲经文（一）》，《敦煌变文集新书》，第458页）“我今随顺哥哥意，只恨娘娘犹未知，放儿暂见娘娘面，须臾还去亦何迟。”（《敦煌歌辞总编》卷三《失调名须大拿太子度男女》第0351首，第786页）

曹主 主人，财物或权力的所有人。“在生之日，女将男子，男将女人，行淫欲于父母之床，弟子于师长之床，奴婢于曹主之床，当堕此狱之中。”（《大目乾连冥间救母变文并图一卷并序》，《敦煌变文集新书》，第698页）“妻嫁后人妇，子变他家儿。奴婢换曹主，马即别人骑。闻强急修福，莫逾百年期。”（《王梵志诗校注》卷五《有钱不造福》，第594页）

食手 厨师。“童子得出家，一生受快乐。饮食满盂中，架上选衣着。平明欲稀粥，食手调羹臛。饱吃取他钱，此是口客作。”（《王梵志诗校注》卷五《童子得出家》，第576页）

豆流 原因。“难陁闻说此来由，走到佛前说豆流，唯愿世尊相拯受，与我如今剃却头。”（《难陁出家缘起》，《敦煌变文集新书》，第653页）

千年调、万年期 长久的打算。“世无百年人，拟作千年调。打铁作门限，鬼见拍手笑。”（《王梵志诗校注》卷六《世无百年人》，第644页）“擎头乡里行，事当逞靴袄。有钱但着用，莫作千年调。”（《王梵志诗校注》卷一《擎头乡里行》，第51页）“大丈夫，自支料，不用教人再三道。七十岁人犹自稀，何须更作千年调。”（《敦煌歌辞总编》卷六《十二时普劝四众依教修行》，第1214首，第1601页）“傍看数个大憨痴，造舍拟作万年期。人人百岁乃有一，纵令长命七十稀。□□□□期却半，欲似流星光暂时。”（《王梵志诗校注》卷一《傍看数个大憨痴》，第66页）

（2）动词：

将谓 以为，认为。“自为新妇到王宫，将谓君心有始终。唯望百年同福贵，掩我如何半路中。”（《太子成道经一卷》，《敦煌变文集新书》，第 511 页）“命亲邻，屈朋友，抚掌高歌饮醲酎，为言恩爱永团圆，将谓荣华不衰朽。”（《敦煌歌辞总编》卷六《十二时普劝四众依教修行》，第 1205 首，第 1597 页）“上三皇，下四皓，番岳美容彭祖少，将谓红颜一世中，也遭白发驱催老。”（《敦煌歌辞总编》卷四《驱催老调名本意》，第 0629 首，第 1105 页）

伴换　陪伴。“大王见说上事，即便归宫，处分彩女嫔妃，伴换太子，恒在左右，不离终朝。”（《八相变》，《敦煌变文集新书》，第 576 页）

舍得　愿意付出，不吝惜。“若是世间七宝，只首交汝难求，可能舍得已身，与我充为高座？”（《妙法莲华经讲经文（一）》，《敦煌变文集新书》，第 191 页）“愿使煞伤皆总免，欲令疲弊尽昭苏。乞王库藏皆充施，未委天心舍得无。”（《双恩记》，《敦煌变文集新书》，第 71 页）

逢头　遇到，碰到。“地下须夫急，逢头取次捉。一家拍一个，勘数犹未足。”（《王梵志诗校注》卷二《地下须夫急》，第 205 页）“虚沾一百年，八十最是老。逢头捉将去，无老亦无小。须臾得暂时，恰同霜下草。”（《王梵志诗校注》卷二《虚沾一百年》，第 197 页）

(3) 形容词：

偻罗　伶俐，机灵，干练。“遮莫你偻罗上陵天，南州北郡置庄田。未待此身裁与谢，商量男女拟分钱。”（《太子成道经一卷》，《敦煌变文集新书》，第 506 页）“抱忠贞。行孝顺。无利之谈休话论。但将好事让他人。早晚偻罗胜百钝。”（《敦煌歌辞总编》卷六《十二时普劝四众依教修行》，第 1219 首，第 1602 页）“齿渐疏，皮渐皱，行动原来一依旧，不须目下骋偻罗，波咤总在无常后。”（《敦煌歌辞总编》卷六《十二时普劝四众依教修行》，第 1297 首，第 1644 页）

貌哨　人的脸色表情难看。“吾富有钱时，妇儿看我好。吾若脱衣裳，与吾迭袍袄。吾出经求去，送吾即上道。将钱入舍来，见吾满面笑。绕吾白鸽旋，恰似鹦鹉鸟。邂逅暂时贫，看吾即貌哨。人有七贫时，七富还相报。图财不顾人，且看来时道。”（《王梵志诗校注》卷一《吾富有钱时》，第 12 页）

肥没忽 身体肥胖或行动迟缓的样子。“手把数珠行，开肚元无物。生平未必识，独养肥没忽。”（《王梵志诗校注》卷二《道人头兀雷》，第 88 页）“儿行母亦征，项腿连脑急。闻道贼出来，母愁空有骨。儿回见母面，颜色肥没忽。”（《王梵志诗校注》卷二《孝是前身缘》，第 150 页）“到大肥没忽，直似饱糠肫。”（《王梵志诗校注》卷五《富儿少男女》，第 566 页）

(4) 副词：

大晒、大曬 非常，很。“见人造恶处强攒头，闻道说经则佯不采(睬)。今生少善不曾作，来世觅人身大晒难。”（《三身押座文》，《敦煌变文集新书》，第 9 页）“殿下！大晒尊高，老相亦复如是。”（《太子成道经一卷》，《敦煌变文集新书》，第 504 页）

连忙 急忙，赶快。“大王既见目连入，合掌逡巡而欲立，和尚又没事由来，连忙案后而祇揖。”（《大目乾连冥间救母变文并图一卷并序》，《敦煌变文集新书》，第 691 页）

二、语法方面

敦煌佛教文学中的语法现象，以承袭古代汉语固有的语法现象占大多数，然亦有不少受汉译佛典影响以及当代新兴的语法现象，兹举其荦荦大者，如：

1. 承袭汉语固有的语法现象

(1) 动补结构：

敦煌佛教文学中的动补结构，其补语为结果补语、程度补语、趋向补语等用法，乃是承袭前代汉语固有的语法现象而来，如：

结果补语的用法　结果补语大多放在动词之后，用以表示动态的结果，此用法首见于先秦，《尚书·盘庚上》："若火之燎于原，不可向迩，其犹可扑灭。"《左传·庄公二十八年》："齐侯伐卫，战败卫师。"敦煌佛教文学承袭前代的用法，如："威雄矾（樊）哙足功能，踏倒弘（鸿）门来救主。"（《维摩碎金》，《敦煌变文集新书》，第390页）"忽悟诸法体空，欲似热病得汗。无智人前莫说，打破君头万段。"（《王梵志诗校注》卷七《法性本来常存》，第714页）

程度补语的用法　程度补语可放在形容词或一般动词之后，用以表示程度，此用法汉代已经出现不少的用例，《史记·李斯列传》："当今人臣之位无居臣上者，可谓富贵极矣。"《史记·吕太后本纪》："太后闻而患之，恐其为乱，乃幽之永巷中，言帝病甚，左右莫得见。"敦煌佛教文学的用法系承古而来，如："大王当时闻语，心中欢喜非常，但知说得莲经，此事有何不得！"（《妙法莲华经讲经文（一）》，《敦煌变文集新书》，第191页）"皇帝闻已，忙怕极甚。"（《唐太宗入冥记》，《敦煌变文集新书》，第1099页）

趋向补语的用法　趋向补语放在动词之后，用以表示动作的趋向，如"来""去""上""下""出""入"等。此用法似萌芽于先秦，如《左传·僖公二十八年》："闻君至，喜，捉发走出，前驱射而杀之，公知其无罪也。枕之股而哭之，歂犬走出，公使杀之。"汉代用例渐多，如《史记·周本纪》："武王渡河，中流，白鱼跃入王舟中。"敦煌佛教文学中承袭前代用法，如："丝绦解解架头鹰，飞入碧霄不可见。"（《妙法莲华经讲经文（二）》，《敦煌变文集新书》，第200页）"难陁登时便走，夜叉从后赶来，牛头喊叫连天，狱子发声动地。"（《难陁出家缘起》，《敦煌变文集新书》，第654页）

（2）被动句：

敦煌佛教文学中的被动句，有"于"字句、"见"字句、"为"字句、"为……所"句式、"被"字句、"吃"字句、"遭"字句、"蒙"字句等，其中“于”字句、“见”字句、“为”字句、“为……所”句式、“被”字句，皆为常见的被动句式，也都萌芽于先秦，敦煌佛教文学的用法乃是承古而来。就中以“被”字句在敦煌佛教文学中出现频率最高，也最为活跃。[①]“被”字句，主要又可分为“被+VP”式和“被+N施事宾语+VP”式，兹说明如下：

“被+VP”式，“被”字后接动词短语的形式产生于先秦，如：“今兄弟被侵，必攻者，廉也；知友被辱，随仇者，贞也。廉贞之行成，而君上之法犯矣。”（《韩非子·五蠹》）“国一日被攻，虽欲事秦，不可得也。是故愿大王熟计之。”（《战国策·齐策一》）“会中维那白其上座，遣出阿难，不令在会。阿难既被遣出，不奈之何，遂合掌望空。”（《双恩记》，《敦煌变文集新书》，第57页）“阿那律、优波离之徒，尽是因逢被辱。”（《维摩诘经讲经文（四）》，《敦煌变文集新书》，第309页）“目连见母被凌迟，如何受苦在阿鼻，遍体尽皆疮癣甚，形骸枯槁改容仪。”（《目连缘起》，《敦煌变文集新书》，第674页）“妻见儿婿怨烦，不免再三盘问。王郎被问，遂乃于实。”（《丑女缘起》，《敦煌变文集新书》，第779页）“有福之人登彼岸，免受三途难。无福之人被弃遗。”（《敦煌歌辞总编》卷三《求因果修善》，第0411首，第870页）“梵志死去来，魂魄见阎老。读尽百王书，不免被捶拷。一称南无佛，皆已成佛道。”（《王梵志诗校注》卷六《梵志死去来》，第655页）

“被+N施事者+VP”式，“被”字与动词短语之间插入施事者句式的出现，晚于“被+VP”式，大约始见于东汉，如：“舜得下廪，不被火焚；穿井旁出，不触土害。”（《论衡·吉验》）此用法唐代开始大量使用。[②]敦煌佛教文学中的用法便是前有所承，如：“几多珠玉被风陷，

---

① 参见王锦慧《敦煌变文语法研究》，台湾师范大学国文研究所硕士论文，1993年，第263—266页。吴福祥《敦煌变文语法研究》，长沙：岳麓书社，1996年，第466—469页。

② 参见王锦慧《敦煌变文语法研究》，台湾师范大学国文研究所硕士论文，1993年，第266—267页。

无限经商遭水吹。”（《双恩记》，《敦煌变文集新书》，第 86 页）“时时爱被翁婆怪，往往频遭伯叔嗔；只为这婴孩相系绊，致令日夜费心神。”（《父母恩重经讲经文（一）》，《敦煌变文集新书》，第 457 页）“除母更教谁。三冬十月洗孩儿。十指被风吹。”（《敦煌歌辞总编》卷三《十恩德报慈母十恩德》，第 0304 首，第 749 页）“宅舍无身护，妻子被人欺。”（《王梵志诗校注》卷一《使者门前唤》，第 58 页）“四时八节日，家家惣哭声。侍养不孝子，酒食祭先灵。惣被外鬼吃，家亲本无名。”（《王梵志诗校注》卷五《四时八节日》，第 522 页）

（3）例程判断句：

敦煌佛教文学中的“是”字判断句，有系词“是”置于主语宾语之间的例程判断句，更有系词“是”后置，而宾语前置的特殊判断句，诸如：“……，……是”、“……，……是也”、“……，即/则……是(也)”、“……，……即/则+是（也)”等。其中系词“是”置于主语和宾语之间的句式，承袭自先秦时期的用法，是敦煌佛教文学中“是”字判断句的最主要形式。

“是”字作为系词，位于主语和宾语之间起联系作用，表示主语和宾语之间的判断关系，所形成的判断句，春秋战国时期已经出现，如：“四牡孔阜，六辔在手，骐骝是中，騧骊是骖。”（《诗经·秦风·小戎》）“韩是魏之县也。”（《战国策·魏策三》）“惠公蠲其大德，谓我诸戎是四狱之裔胄也。”（《左传·襄公十四年》）[①]

敦煌佛教文学中的“是”字判断句，系承袭自先秦时期之用法，如：“佛是牟尼三界主，经是金刚一卷经，”（《金刚般若波罗蜜经讲经文》，《敦煌变文集新书》，第 120 页）“夫五戒者，是成佛之良因，为入圣之要路，三千威仪，八万细行。”（《佛说阿弥陀经讲经文（二)》，

① 参见杨伯峻、何乐士《古汉语语法及其发展》，北京：语文出版社，1992 年，第 706 页、711 页。

《敦煌变文集新书》，第152页）“从此定知栖息处，月宫琼树是家乡。”（《佛说阿弥陀经讲经文（三）》，《敦煌变文集新书》，第173页）“大王自己是万乘之尊，七宝随身，千官拥从，行时音乐，坐乃箫韶，如此富贵多般。”（《妙法莲华经讲经文（一）》，《敦煌变文集新书》，第188页）“我今作何罪，令受种种苦。我是公王种，须使作奴婢。”（《敦煌歌辞总编》卷三《失调名须大拿太子度男女》，第0353首，第787页）“嗔笑是障道，于此道门无嗔笑，澄心须看内外照。眼中有翳须磨曜，铜镜不磨不中照。”（《敦煌歌辞总编》卷三《悉昙颂佛说楞伽经禅门悉谈章》，第0472首，第942页）“身是五阴城，周回无里数，上下九穴门，脓流皆臰瘀。”（《王梵志诗校注》卷五《身是五阴城》，第508页）“鸟饥缘食亡，人穷为财死。钱是害人物，智者常远离。”（《王梵志诗校注》卷五《奴富欺郎君》，第547页）

2. 与佛典有关的语法现象

敦煌佛教文学中系词“是”置于主语宾语之间的例程判断句，源于汉语固有的语法（详见前“承袭汉语固有的语法现象”中的“例程判断句”）。而系词“是”后置，宾语前置的特殊判断句，如“……，……是”、“……，……是也”、“……，即/则……是（也）”、“……，……即/则+是（也）”等，在此前汉语的一般文献里并没有发现，但是汉魏以来的汉译佛典可能受到翻译佛经原典的影响，经常出现此种特殊判断句，并逐渐影响到其他佛教文献和佛教文艺作品，如禅宗著作、敦煌变文等。[①]因此，敦煌佛教文学中系词“是”后置的特殊判断句，可以在汉魏以来的汉译佛典中找到源头。

“……，……是”句式，魏晋以来汉译佛经出现不少用例，如：“时王者，我身是；罪人者，调达是；妻者，怀杅女子是。”（吴康僧会

① 参见袁宾《近代汉语概论》，上海：上海教育出版社，2004年，第219页；向德珍《〈祖堂集〉与唐五代前佛典特式判断句比较研究》，《海南大学学报》（人文社会科学版）23卷1期，2005年3月，第103页。

译《六度集经》，T03，no.152，p.7，a20–21）[①]“吾世世奉诸佛至孝之行，德高福盛，遂成天中之天，三界独步。时睒者，吾身是；国王者，阿难是；睒父者，今吾父是；母者，吾母舍妙是；天帝释者，弥勒是也。”（吴康僧会译《六度集经》，T03，no.152，p.25，a10–14）“魔报我曰：‘汝怨是谁？’我复报曰：‘憍慢者是。’”（东晋瞿昙僧伽提婆译《增壹阿含经》，T02，no.125，p.761，a1–3）敦煌佛教文学沿用汉译佛经的用法，如：“世间何物贵？只有我身是。”（《王梵志诗校注》卷二《世间何物贵》，第125页）

“……，……是也”句式，自汉魏始，屡见于汉译佛经中，如：“尔时忍辱道人者，我身是也；恶生王者，拘怜是也。”（东汉昙果共康孟详译《中本起经》，T04，no.196，p.149，a6–7）“时国王者，弥勒是也；清信士者，吾身是也。”（吴康僧会译《六度集经》，T03，no.152，p.17，a16–17）“时贫人者，吾身是也。”（吴康僧会译《六度集经》，T03，no.152，p.2，b4–5）敦煌佛教文学承袭汉译佛经的句式，如：“若说我家夫主，佛弟难陁是也！”（《难陁出家缘起》，《敦煌变文集新书》，第652页）

“……，即/则……是（也）”句式，首见于东汉的汉译佛经，如：“汝知尔时长者须檀者不？则今父王真净是也。尔时子须摩提者，则我身是。弟修耶舍者，则今地婆达兜是。”（东汉康孟详译《佛说兴起行经》，T04，no.197，p.170，b23–26）“象口所出者。则黄河是也。”（东汉康孟详译《佛说兴起行经》，T04，no.197，p.163，c17–18）其后，魏晋时期的汉译佛经使用得更为频繁，如：“是时大胜者，即种稻梵志是也；时童子郁多者，则我身是也。”（吴支谦译《佛说义足经》，T04，

① 本书以中华电子佛典协会“CBETA 电子佛典”（2010）过滤研究对象，并核以《大正新修大藏经》，台北：新文丰出版公司，1983年。引文出处代表《大正新修大藏经》的册数、经号、页数、栏数、行数，如：T03,no.152,p.7,c20—21，表示此段引文出自《大正藏》第3册，第152经，第7页，第三栏的第20至21行。

no.198，p.175，c11–12）“佛告诸比丘国王及诸比丘：‘买珠男子，则我身是；其女身者，则暴志是。’”（西晋竺法护译《生经》，T03，no.154，p.76，b14–15）敦煌佛教文学中继续承袭汉译佛经的用法，如：“大王！佛之弟子，不是余人，即舍利弗是。”（《降魔变文一卷》，《敦煌变文集新书》，第626页）“就流通分有三：第一、标佛化毕，即‘佛说是经已者’是也。第二、表众同闻，即‘长老须菩提闻佛所说’是也。第三、欢喜奉行，即‘皆大欢喜信受奉行’是也。”（《金刚般若波罗蜜经讲经文》，《敦煌变文集新书》，第122页）“善施者，即须达是也。”（《只园图记》，《敦煌变文集新书》，第659页）“六升者，则六波罗蜜因是也。”（《八相变》，《敦煌变文集新书》，第584页）

“……，……即/则+是（也）”句式，魏晋时期的汉译佛经中已经出现此用法，如：“彼仁王者，我则是也。”（吴康僧会译《六度集经》，T03，no.152，p.6，b17）“所言鹿王，此即是也。”（吴支谦译《菩萨本缘经》，T03，no.153，p.68，a7）“帝释答曰：‘大王，闻有天帝释耶？’答曰：‘闻有帝释。’告曰：‘我即是也。’”（东晋瞿昙僧伽提婆译《中阿含经》，T01，no.26，p.514，b28–29）此句式影响了敦煌佛教文学，如：“穷子品先受其价然后除粪，此即是也。”（《大目乾连冥间救母变文并图一卷并序》，《敦煌变文集新书》，第687页）“寡人闻奏天恩，遣卿容身无地，升沈荣辱，只在呼吸之间；对面千里，叨处荣班，尸禄素餐，卿今即是。”（《降魔变文一卷》，《敦煌变文集新书》，第616页）“若看觅青提夫人者，罪身即是。”（《大目乾连冥间救母变文并图一卷并序》，《敦煌变文集新书》，第704页）“满酌琼浆任醉，谁羡浮生荣与贵，临回看即是。”（《敦煌歌辞总编》卷二《谒金门仙境美》，第0129首，第519页）

3. 当代新兴的语法现象

敦煌佛教文学中出现了一些当代新兴的语法现象，如某些量词与同源动量词、疑问句中的疑问代词、构成复句关系的连词等。兹分述于如下：

(1) 量词与同源动量词：

敦煌佛教文学中有不少当代新兴的量词，如个体名量词“垛”“瓣”“炷”“星”“络”“场”“交”等，群体名量词“对”“林”“队”“串”“般”“截”“亭”“堆”等，容器量词“钵盂”“罗”“釜”“械”等,标准量词“锭”，动量词“遭”“场”等，同源动量词“行”“拜”等。[①]其中特别值得注意的是同源动量，所谓“同源动量”，与其他动量词相同，都是用以表示中心动词的数量，但是其来源乃是直接由动词借用而来，故其与所称量之动词造成同源而异用的“V 一 V”用法，例如：“轮王髻宝此时逢，穷子衣珠今日得，十法行中行一行，六千功德用严身。”（《三身押座文》，《敦煌变文集新书》，第 9 页）“舜子走入宅门，跪拜阿娘四拜，后阿娘见舜子跪拜四拜，立读（五毒）嗔心便岂（起）。”（《舜子变》，《敦煌变文集新书》，第 951 页）

同源动量“V 一 V”的用法，产生于唐五代，但是它并非无端的产生，产生后亦非一成不变地发展。对于其起源和演变的过程，徐正考在《单音节动词重叠形式探源》中有详细的探讨：

单音节动词重叠形式，是指重叠后仍是动词的形式。为了行文方便，文中把这种形式称作“VV”式。“VV”式产生于先秦，表示动作行为的久长或反复多次，这种情况一直延续到唐宋；唐五代开始出现少量表短时、尝试意义的例子，明末大量出现。“V 一 V”式始见于唐五代，表示动作与动量，元末明初开始以表短时意义为主。……“VV”并非来于“V 一 V”，相反的，“V 一 V”受“VV”影响而表短时意义；“VV”与“V 一 V”都来于中古时期的“一

① 参见洪艺芳《敦煌吐鲁番文书中之量词研究》，台北：文津出版社，2000 年，第 244—457 页。

V”。①

由此可知，就同源动量的形式而言，同源动量“V 一 V”是在前代“一+V”和“VV”式具备的基础上所产生出来的。就同源动量的语法意义而言，“VV”式的意义原为“久长或反复多次”，至唐五代开始出现表短时或尝试的意义；而“V 一 V”在唐五代时表示动作与动量，但受到“VV”的影响，元末明初时开始以表短时意义为主。因此，敦煌佛教文学中所见唐五代新兴的同源动量“V 一 V”用法，所表示的是实际的量，其后受到历代的高度沿用，但是在相同的结构形式之下，语法意义已由动量的实际量转变为具有“轻微”“少量”“短暂”或“尝试”之义，如“看一看”“走一走”“拍一拍”等。

(2) 疑问代词：

疑问代词是用来表示疑问的，可用以询问人、事、物、处所等。敦煌佛教文学中的疑问代词，有“孰”“谁”“阿谁”“何”“何物”“何似”“何等”“那”“阿那”“甚”“没”“甚没”“什没”。其中“阿那”，系在疑问代词“那”字加上前缀“阿”而形成的，词义相当于今之“哪”字，其产生年代在唐代，而“甚”“没”“甚没”“什没”，则是“什么”之义，大抵产生于晚唐五代之际。②兹举数例于下：“所吃饮食，滋味都无。只忧身命片时，阿那里有心语话。”（《父母恩重经讲经文（一）》，《敦煌变文集新书》，第453页）“五千步卒逢狂虏，此苦从来阿那经？”（《父母恩重经讲经文（一）》，《敦煌变文集新书》，第462页）“忆得先亡念慈亲，堕落三涂阿那边，遂将天眼更遥观，欲觅尊亲拟供养。直为亡来年岁久，不知神识落何方。”（《盂兰盆经讲经文》，《敦煌变文

① 徐正考《单音节动词重叠形式探源》，《吉林大学社会科学学报》1990年3期，第60页。

② 参见孙锡信《释“什么”商榷》，《中国语文》1985年3期，第216页。王锦慧《敦煌变文语法研究》，台湾师范大学国文研究所硕士论文，1993年，第98—104页。

集新书》，第 489 页）“人生百岁寻常道，阿那个得七十身不夭，才亡三日早安排，送向荒郊看古道。”（《敦煌歌辞总编》卷四《抛暗号》，第 0673 首，第 1123 页）“山胜余山，谓瑞鸟之所栖止。法胜余法，谓上人之所游护。还有甚人？”（《双恩记》，《敦煌变文集新书》，第 61 页）“有何意，舍荣花，刚要求闻妙法花！未审大王缘甚事？心中斗不恋娇奢。”（《妙法莲华经讲经文（一）》，《敦煌变文集新书》，第 185 页）“为复山岩寺宇，为复城廓伽蓝。是何堂殿楼台，有甚幡花宝盖。（《维摩诘经讲经文（四）》，《敦煌变文集新书》，第 329 页）“第一嘱甚嘱？发愿耶娘长万福，十月怀躬受苦辛，乳哺三年相养畜。……第二嘱甚嘱？事须兄弟且和睦，莫听邻里外人言，便即恶发别开口。……第三嘱甚嘱？作牛马驼驴并六畜，盖缘前生负君财，轻驮少扛长君福。”（《敦煌歌辞总编》卷三《失调名(三嘱歌)》，第 0541—543 首，第 1029 页）“佛是谁家种族？先代有没家门？学道咨阚何人？在身有何道德？不须隐匿，具实说看。”（《降魔变文一卷》，《敦煌变文集新书》，第 625 页）“报言：‘和尚，缘有何事，诈认狱中罪人是阿娘，缘没事谩语？’”（《大目乾连冥间救母变文并图一卷并序》，《敦煌变文集新书》，第 704 页）“这日未知承命否，经中道甚没唱将来。”（《维摩诘所说经讲经文》，《敦煌变文集新书》，第 399 页）“前生为什没不修行，今日还来恼乱我。”（《佛说阿弥陀经讲经文（二）》，《敦煌变文集新书》，第 149 页）

（3）连词：

连词的功能，主要是用来连接词、词组及句子，表示它们之间各种关系的词。连词以连接句子（构成复句关系）的功能最多，用法也最为丰富，在敦煌佛教文学中有加合、时间、因果、条件、目的、假设、纵予、让步、转折、递进、衬托、推论、交替、比较、选择等十五类，其中因果、条件、假设、选择等类的某些连词，为唐代新兴的用法。[①]

因果连词，用以表示一个复句的分句之间因果的关系。敦煌佛教文学中唐代新兴的因果连词有“盖缘”“盖为”“为缘”“因为”“为因”“以缘”“缘以”，其中“盖缘”和“盖为”的出现次数最为频繁，例如：“盖缘凡夫之人，以为有我，如来与断也。言即非凡夫者，无实凡夫，若定为凡夫，即不言证圣也。”（《金刚般若波罗蜜经讲经文》，《敦煌变文集新书》，第109页）“正是苦中而取乐，盖缘幻法染心王。”（《维摩碎金》，《敦煌变文集新书》，第378页）“目连慈母，得离阿鼻地狱，免交遭煎苦之忧。盖缘恶增深，未得生于人道，托“荫王城内，化为女狗之身，终朝只向街衢，每日常喰不净。”（《目连缘起》，《敦煌变文集新书》，第677页）“作牛马驼驴并六畜。盖缘前生负君财。轻驮少打长君福。”（《敦煌歌辞总编》卷三《失调名（三嘱歌）》，第0543首，第1029页）“盖为曾持不煞戒，今朝果报得如斯。”（《佛说观弥勒菩萨上生兜率天经讲经文》，《敦煌变文集新书》，第421页）“此时天上解修行，盖为从前习性成。”（《佛说观弥勒菩萨上生兜率天经讲经文》，《敦煌变文集新书》，第423页）“直缘不感怀耽德，盖为全无养育情；所以向三途恶道里，长时受苦不休停。”（《父母恩重经讲经文（一）》，《敦煌变文集新书》，第452页）

条件连词，敦煌佛教文学中用以表示条件的唐代新兴连词“除非”，是由反面提出条件，例如：“免斯因缘，有何方术，除非听受法花经，如此灾殃方得出。”（《妙法莲华经讲经文（一）》，《敦煌变文集新书》，第185页）“有钱惜不吃，身死由妻儿。只得纸钱送，欠少元不知。门前空言语，还将纸作衣。除非梦里见，触体更何时。”（《王梵志诗校注》卷二《有钱惜不吃》，第170—171页）“身如破皮袋，盛脓兼裹

① 有关连词以及下列因果、条件、假设、选择等连词之说明，参见王锦慧《敦煌变文语法研究》，台湾师范大学国文研究所硕士论文，1993年，第199—226页。

骨。将板作皮裘，埋入深坑窟。一入恒沙劫，无由更得出。除非寒食节，子孙冢傍泣。”（《王梵志诗校注》卷二《身如破皮袋》，第 184 页）“虽是僧。性闲暇。唯有炎凉未免也。除非证果离胞胎。这回不向千门化。”（《敦煌歌辞总编》卷四《千门化化三衣》，第 0572 首，第 1058 页）

假设连词，敦煌佛教文学中用以表示假设关系的连词相当多，其中“可中”和“可料”等词，新兴于唐代，例如：“可中修善到诸天，居处生涯一切全，要饭未曾烧火烛，须衣何省用金钱。”（《佛说观弥勒菩萨上生兜率天经讲经文》，《敦煌变文集新书》，第 423 页）“发愿耶娘长万福。十月怀躬受苦辛。乳哺三年相养畜。貌堂堂。仁义足。可中五逆甘采□。死了掇头入地狱。”（《敦煌歌辞总编》卷三《失调名（三嘱歌)》，第 0541 首，第 1029 页）“人家积谷本防饥，养子还徒（图）被老时，可料长成都不孝，直饶十个也何为。”（《父母恩重经讲经文(二)》，《敦煌变文集新书》，第 480 页）

选择连词，一般选择问句大多不用连词，敦煌佛教文学中的并列选择问句，有时可用“为当”“为是”“为复”作为选择问句的连词，表示“还是”之义。其中“为复”为唐代新兴的连词，有时在句中与“为当”交替使用，例如：

“病者唯公一个，为复尽皆如然？”（《八相变》，《敦煌变文集新书》，第 579 页）“为复诸天相恼乱？为复宫中有不安？为复忧其国境事？为复忧念诸女身？”（《破魔变文》，《敦煌变文集新书》，第 595 页）“为当亲姻聚会？为复延屈帝王？”（《降魔变文一卷》，《敦煌变文集新书》，第 611 页）“从七月十五日得一顿饭吃已来，母子更不相见，为当堕于地狱，为复向饿鬼之途？”（《大目乾连冥间救母变文并图一卷并序》，《敦煌变文集新书》，第 714 页）

三、敦煌佛教文学语言研究的展望

1. 研究语料的定性

敦煌文学的研究语料，其分类方式有两种；一种以体裁分类，如变文、曲子词、诗歌、赋、小说、碑铭赞等；一种以主题分类，如佛教、道教、历史、地理、社会、法律、经济等。前贤有关语言的研究多以同一种体裁的语料作为研究的对象。然而属于同一主题的语料，往往具有相同的语言特色，因此若能采用定性的方式，以相同主题的文学作品来作为研究语料，不但可使此一主题语言集体的必然性显现出来，并且也可以弥补以体裁分类的语言研究之局限。

2. 研究方向的扩展

佛教东传与佛典汉译，使得思想文化交流工具的语言呈现快速发展的局面，不仅语言诸要素中变化最快的词汇产生了极大的影响，语法当然也有相当程度的体现。因此，敦煌佛教文学的语言研究，除了前贤着力的词汇研究之外，还可借由语法现象的描写和分析，呈现敦煌佛教文学作品中的语法特征。同时，亦可进一步与汉译佛典中的语法现象进行对比，以发掘敦煌佛教文学中某些语法现象的源头，并凸显汉译佛典与敦煌佛教文学两者语法现象的关系与特殊性。

3. 研究学科的结合

由于敦煌文学与佛教的关系十分密切，以至于研究敦煌文学绝不可与佛教切割开来。再者，研究敦煌佛教文学，若仅从思想与文学的角度去探究，忽略了语言是思想与文学的载体，则将因为缺乏语言的细密分析，而较难以反映思想与文学的实际情形；若仅从语言的角度，撇开思想与文学的背景，则分析的语言仅是语言的表面现象，无法真正掌握敦煌佛教文学中语言的真正意涵与特点。所以若欲使研究增加深度与广度，佛教、敦煌文学与语言跨学科的研究，也将是今后研究的主要面向之一。

第七章

敦煌佛教文学的文化研究

文化是文学的土壤，文学是文化的窗口。文学是一个民族生活、社会文化、时代思潮的投射，也是反映风土民情的主要载体之一。既然文学是反映现实生活的重要载体，它必然就会成为一种生活机制，民俗观念、民俗心理以及文化传统，也就成为文学创作的养分，丰富文学的内涵，造就文学的特色。

过去文学的研究者多半局限在单纯的文学格局，应用文学理论来从事封闭性文学范畴的个别研究；近代随着学术交流与发展，研究视野随之开阔，不但研究方法多元，研究面向开阔，跨领域的交叉学科或科际整合研究的推进，文学研究者逐渐透过借鉴与吸收，扩大研究面向。

在此同时，作为人类文化现象、社会投射的文学，其研究的格局也有所开放，特别是从文化的视角与社会的视角来审视文学作品、解释文学现象，析论各时代、各区域或各阶层的文学特色与表现。

佛教文学的特色，反映的正是佛教团体、寺院这一特有的空间、佛教独特的思想教义以及围绕在这些独特的人、地、时、事、物等等所衍生出来的诸多文化。

佛教典籍所反映与呈现的，主要是佛陀崇高的宗教理念以及教徒共同的信仰。佛教文学所呈现的，则是佛教存在与运作现实种种的折射。

佛教生活的主要空间在于寺院，“寺院”不但是佛教活动的主要场所，也是僧人修行、弘法、宣教以及信众礼佛参拜的重要空间。僧俗佛教事务在此场域依循着佛教特定的时间——纪念节日、岁时节日而展开相关的宗教活动。佛教在中国流行、普及，寺院林立，活动频仍，更随着佛教的中国化、世俗化而衍生出中国特有的寺院文化、佛教节庆文化，相继融入中国日常生活之中，与固有文化相结合而形成中国文化重要的一环。

“寺院”是供信徒举行礼拜、祭祀或集体修道活动专用的场所，“寺院文化”就是专指在寺院这一特殊的空间内进行的文化。

唐代的寺院今天很少保留下来，唐代寺院活动的具体实况也少有记录流传。不过，丝绸之路的佛教圣地敦煌莫高窟却保存有相当多唐五代及唐以前的石窟；同时敦煌藏经洞发现约六万件四世纪到十一世纪的写本文献，是当时社会文化的原始记录。这些文献在偶然间封藏，更在偶然的状况下被发现。这些不经意的保存，丝毫未经后人加工改造，可说是中国中古时期文化的活化石，中国中古社会生活的时空胶囊。

占全部文献百分之九十的佛教文献中，除了经、律、论等佛教典籍外，同时也有为数可观的唐五代寺院文书，可说是当时佛教寺院活动的全记录，为我们研究唐代寺院文化提供了具体而宝贵的一手材料。

佛教文学是在佛教文化中所衍生的文学，其内容的呈现自然以佛教文化为主。佛教文化表现的空间主要以寺院为中心；而在时序中的展演更结合为节庆文化。

寺院活动以其信仰内容为主体，随着佛教的东传，在中国佛教文化中形成了佛诞日、腊八节、盂兰盆会等重要节日，这些节日不但是佛教的重大节日，也是中国社会生活中的重要民俗节庆，这些节日照例在寺院都会有相关的活动。以下结合敦煌佛教文献与佛教文学，分别透过佛教礼忏文观察寺院文化；经由佛诞的诸多仪文观察佛教的节庆文化，借以说明敦煌佛教文学的文化研究之意义。

第一节

敦煌佛教文学与寺院文化——以礼忏文为中心

作为宗教活动空间的寺院，既是僧侣生活、修行道场，信众礼佛参拜的殿堂，也是社会文化传播的主要场域。在这场域中，各式各样的宗教仪式在此展开，音乐文学伴随着仪式进行一一的呈现。历来文学起源论中，宗教总是被列入主要讨论对象，确实有其一定的道理。

僧人在寺院，除了例行早、晚课的诵经、礼佛外，还有许许多多僧团内部的修行活动，这些活动中每每运用各类文学文献配合着仪式来进行，诸如请佛、叹佛、开经、礼拜、忏悔、劝请、回向、发愿等等，因此也就衍生出多式多样的佛教应用文学。这些应用文学是佛教日常生活中的常规，犹如穿衣、吃饭、睡觉一般，稀松平常，极其自然，所以佛教典籍、传世文献鲜有载录，以致人们往往习焉而不察。今敦煌文献中保存了唐五代敦煌地区佛教寺院实际活动的各种应用文书，使我们得以从中窥见各种寺院活动的具体样貌，并可借以理解唐五代佛教寺院文化的实况。1995 年王书庆《敦煌佛学——佛事篇》[①]，从敦煌文献中，选录了有关各种佛事活动文体三百多篇，分功德、礼忏、文学等三篇。其中功德篇，主要介绍唐宋时期僧俗布施、追荐、祈愿、设斋等为达到某

① 王书庆《敦煌佛学——佛事篇》，兰州：甘肃民族出版社，1995 年。

种目的的功德文体；礼忏篇，介绍了唐宋时期的礼忏文体；文学篇，介绍以较浓的文学笔调记载僧俗修习状况及日常活动的佛教文献。

在这些各体各式文学的实际使用，主要由各种仪式的进行来贯串，形成一定的套数。按：仪式（ritual）一词，源自西方，一般用来指称与象征意涵有关的一再重复的一套行为。中文“仪式”一词原有礼仪、科仪、仪轨、祭典、法会等词汇，然而因为这些词汇带有既成的字意，现在学界大多以仪式一词来概括各个宗教、教派所举行的各式宗教活动。

我多年来在从事中国佛教文学教学时，特别关注佛教仪式进行过程中所使用的文学作品。特别是 1991 年秋，景仰已久的国际佛教学大师旅居加拿大的冉云华教授，应邀在台北法光佛教文化研究所客座，开设了“敦煌佛典”课程。当时我在中国文化大学中文系开了“佛教文学”课程，另一方面正因研究变文、佛曲歌赞等佛教文学，而引发对佛教仪式文学的关注。惜课务繁重，无缘亲往聆听教诲，引以为憾；时汪娟正就读博士班，拟以“敦煌佛教仪式文学”作为她的论文范围。于是特别在征得冉先生的同意下，要她全程听课、录音，并于课外多方亲炙请教。之后，冉先生又在北投中华佛学研究所先后开设“敦煌佛学与禅学”“中国佛教斋忏文献”等课，汪娟不但听课，更参与共同讨论。由于冉先生的调教与汪娟的认真，终于在 1996 年，以《敦煌礼忏文研究》为题，完成了博士论文。这便是佛教仪式文学研究的新尝试与新成果。

之后，2010 年李小荣《汉译佛典文体及其影响研究》特立专章讨论“佛教仪式中的文体运用”，其中除了论述佛教仪式文学的渊源外，还归纳出佛教仪式文学的五点特点。①

按：佛教寺院仪式主要可分为礼忏与斋供两大类，而据此也可以将寺院应用文学，概括为礼忏文与斋文两种。二者主要因礼敬对象的不

① 李小荣《汉译佛典文体及其影响研究》，上海：上海古籍出版社，2010 年。

同，而表现的形态也不一致。换句话说，礼忏文是僧人出家修行要用的文类，斋文是僧人应僧俗二众请求做法事而制作的文类。以下尝试从仪式文学的视角，分别简述敦煌礼忏文研究意义，借以说明敦煌佛教文学与寺院文化之关系。

一、礼忏文

礼忏文是礼忏仪式进行过程的文字记录。结合了礼拜的动作、口头的唱诵、虔诚恭敬的心意，是佛教群体共修一种礼仪与程序的整体呈现。换言之，“礼忏文”是指佛教日常修道时所使用的一种文体名称，用来记载礼拜、忏悔等仪节的文书。在敦煌写本中，“礼忏文”多题为“礼”①或“礼文”②，盖为省称。而较少称之为“忏”，可见是以礼拜为主体。

所谓“礼忏”指的就是礼拜、忏悔，也就是礼拜三宝、忏悔罪过的仪式。佛教徒在日常修道进行礼忏仪式时念诵的应用文字，一般称之为“礼忏文”。广义的礼忏文包括礼忏仪式中单项仪节的相关文书，如礼佛文、发愿文等，狭义的礼忏文则是专指记录成套礼忏仪式的应用文书。

有关佛教礼忏文献的研究大约在上世纪 50 年代，日本学者才开始有注意到中国佛教史里的礼忏问题；至于比较有系统的专著，则是近一二十年的事。以敦煌文献为研究对象的论著，也是最近二三十年才出现，1996 年汪娟的博士论文《敦煌礼忏文研究》针对敦煌礼忏文献进行写本、礼忏结构、仪式、梵咒、著作等探讨，可说是以敦煌文书为基础系统地探讨中国佛教礼忏的第一本学术专著，1998 年修订后正式出版。③

---

① 如《法身礼》《降生礼》《秀禅师七礼》等。

② 如《西方阿弥陀佛礼文》《法华七礼文》等。

③ 汪娟《敦煌礼忏文研究》，1996 年 6 月；修订后由台北：法鼓文化出版社，1998 年。

之后更陆续发表多篇论文，并出版了《唐宋古逸佛教忏仪研究》[①]，对佛教礼忏作了系列的整理与研究，搜罗散藏各国的敦煌写卷与古逸文献，杷梳比订；溯本探源，厘清礼忏文的内容与形式结构，建构了佛教礼忏文的系统，阐述了礼忏文在佛教历史文化上的传承与实际意义，填补了中国佛教文化史的空白。

据汪娟的研究，以为敦煌佛教礼忏文献可以分为偏重于礼拜的“礼忏文”与偏重于忏悔的“忏悔文”两类。[②]

礼忏文既偏重于礼拜，因此根据礼拜的对象又可区分为礼拜佛、法、僧三类。今敦煌写本中所保存的礼忏文，依礼拜对象其情况大致如下：

1. 礼拜佛——以礼佛为主的礼忏文有《法身礼》《降生礼》《秀禅师七礼》《往生礼赞》《十二光礼》《西方阿弥陀佛礼文》《七阶礼》《十方礼》《寅朝礼》《黄昏礼》《初夜礼》《瑜伽佛礼》等数种。

其中，《法身礼》是以法身佛作为主要的礼拜对象，目的在于证悟实相的境界；《降生礼》《秀禅师七礼》则是以礼拜释迦牟尼佛为主；《往生礼赞》《西方阿弥陀佛礼文》《十二光礼》都是有关西方净土的礼忏文。《七阶礼》，为三阶教的礼忏文，是目前保存最多写本的礼忏文。《十方礼》是以礼拜十方佛名而立名，《寅朝礼》《黄昏礼》《初夜礼》则是依六时礼忏的时段而立名。《十方礼》《寅朝礼》《黄昏礼》《初夜礼》等礼忏文所礼拜的佛名，大体不出七阶佛名的范围，因此也可以视为《七阶礼》的一部分；《瑜伽佛礼》，则是密教的礼忏文，主要是礼拜金刚顶瑜伽三十七尊。

2. 礼拜法——以佛经为名的礼忏文有《金刚五礼》《法华七礼文》两

---

① 汪娟《唐宋古逸佛教忏仪研究》，台北：文津出版社，2008 年。

② 汪娟《敦煌佛教礼忏文献述要》，收入王维梅主编《二十一世纪敦煌文献研究回顾与展望研讨会论文集》，台中：自然科学博物馆，1999 年，第 77—93 页。

种。

《金刚五礼》又题作“金刚五礼文”“金刚五礼赞”“姚和上金刚五礼”“金光五礼文”“金光五礼赞”等等；是依《金刚经》而立名，从标题得知盖为姚和上所作，指的当是吐蕃占领时期敦煌金光明寺僧人姚利济(生卒年不详)。《金刚五礼》的前三礼分别礼拜《金刚经》的说法者，即释迦牟尼佛的法、报、化三身；第四礼礼拜微妙金刚般若；第五礼礼拜《金刚经》的说法处。《金刚五礼》一般被视为禅宗的礼忏文，但是若从五礼的内容来看，并没有明显的宗派思想，反而在《金刚五礼》的实际使用中，可以发现《金刚五礼》和西方净土、弥勒信仰结合的例子。

《法华七礼文》，是依《法华经》而立名，并以《法华经》的说法者释迦牟尼佛为礼拜对象，目的在于解脱生死，往生极乐。

3. 礼拜僧——以菩萨为主的礼忏文有《上生礼》《观音礼》《揭帝礼》《赞礼地藏菩萨忏悔发愿法》等四种。

其中《上生礼》是以弥勒菩萨作为礼拜对象，主要依据《弥勒上生经》所揭示的修持方法，构成了一套求生兜率内院的礼忏仪式。《观音礼》《揭帝礼》则是礼拜观音菩萨的礼忏文。《揭帝礼》是以观自在菩萨作为礼拜对象，系依《般若心经》中的梵咒“揭谛揭谛”而立名；目的在于灭除惑业得解脱，内容特别偏重于般若思想。《赞礼地藏菩萨忏悔发愿法》是以地藏菩萨作为礼拜对象，目的在于透过地藏菩萨的“久修坚固大愿悲”，“救度无间恶众生”，期望能“离苦得解脱”，主要依据玄奘译《地藏十轮经》而成立。

二、忏悔文

现存敦煌写本中具有成套的礼忏仪式的忏悔文，目前所知见仅《大佛略忏》一种。

《大佛略忏》，今存写本众多，或题作“略忏”“大佛名略忏”“大佛名忏悔”“大佛名忏悔文”“大佛名要略忏悔文”“大佛名忏悔略文”“大佛名十六卷略出忏悔”“大佛名经内略出忏悔”等，可以得知《大佛略忏》是从十六卷本《佛名经》抄出别行的忏悔文，对后代的佛教忏仪具有相当深远的影响①。

礼忏文是仪式文学，所以是由许多仪节组成的，而在各仪节的进行中也伴随着相关佛教文学作品的产生。综合现今所得见的各篇礼忏文仪节来看，大致可分为：(1) 请佛——奉请诸佛菩萨降临道场，接受供养。(2) 叹佛。(3) 礼佛。(4) 五悔。(5) 念佛。(6) 处世界梵。(7) 三皈依、和南。(8) 说偈发愿。(9) 六时偈颂。(10) 无常偈。(11) 密咒。(12) 和声等十二项。以下谨以《上生礼》为例，借以说明敦煌佛教文学与佛教礼忏仪式之关系。

敦煌写本《上生礼》是有关弥勒信仰的文书，内容详细记载了礼拜弥勒的宗教仪式，目的在于祈愿上生兜率内院与会见弥勒。《上生礼》保存了唐代最完整的弥勒忏仪，得以体现出弥勒信仰透过礼忏仪式加以实践，具有不可忽视的珍贵价值。

今所得见之写本计有 S.5433、S.4451、S.8656、P.3840、BD4102(北图 3451V、水 2)、Дx.144 等六件，内容繁简不一，经汪娟比对整理后，可分为四个系统。其中 S.8656 与 S.4451 两件可缀合，是四个系统中内容较为完整而详尽的。②以下谨据缀合后之文本说明《上生礼》的

① 其中最显而易见的是《圆觉经修证仪》和《慈悲水忏法》，几乎都是将整部佛名忏悔文重新散置于忏法中；其他诸如《华严海印道场忏仪》《首楞严坛场修证仪》《礼念弥陀道场忏法》《依楞严究竟事忏》等忏仪，也都直接或间接受到佛名忏悔文的影响。

② 汪娟《敦煌写本〈上生礼〉研究》针对 S.5433、S.4451、P.3840 三篇《上生礼》写本进行讨论（载：中正大学中国文学系所编《全国敦煌学研讨会论文集》，嘉义：中正大学中国文学系所，1995 年 4 月， 第 89—110 页），后又发现 S.8656 写本可与 S.4451 缀合；另又检出 Дx.144，BD4102（北图 3451V、水 2）等写本，乃重新校理考订另撰《〈上生礼〉与弥勒信仰》，收入汪娟《唐宋古逸佛教忏仪研究》，台北：文津出版社，2008 年，第 163—213 页。

仪节与文学。

敦煌本《上生礼》及相关写卷的发现，对中古时期弥勒信仰的弘传与具体实践，具有一定的意义。而且，相对于其他敦煌礼忏文来说，《上生礼》的仪节程序算是其中比较完整的，经由几个不同写本的比对，对于恢复敦煌礼忏文的原貌来说，也颇具珍贵的文献价值。

《上生礼》的仪节程序，第一组为甲本、乙本（BD4102 和 S.5433），其内容较为简略。第二组为丙本、丁本（S.8656+S.4451 和 P.3840），其内容较为完整，但详略的部分则互有参差。尤以丙本的首尾最为详尽，一开始请佛的礼拜、香花偈和仪式最后的诸行无常偈、如来涅槃偈等部分，皆为他本所无；但是省略了和声（2）（3）；梵咒（6）、处世界偈、和南等部分。丁本除了缺少丙本独有的请佛礼拜、香花偈、诸行无常偈、如来涅槃偈以外，只少了念慈氏菩萨四会、处世界、三皈依等项目名称，但是仪文内容皆十分完整，特别是和南的仪节为他本所无。

透过以上的分析可以得知：《上生礼》是一套专门修行弥勒净土法门的宗教仪式，借由请佛供养、赞佛、称名、礼拜、诵咒、发愿、忏悔、回向等种种的修道仪式，期望能达到灭罪增福、往生弥勒净土的目的。

仪节大致可以分为请佛、叹佛、礼慈氏、志心忏悔、志心发愿、念慈氏、处世界梵、回向偈、三皈依、慈氏上生偈、诸行无常偈、如来涅槃偈等项，其中并间以七个梵咒。从《上生礼》中的礼慈氏和三皈依都有和声，发愿（5）中的“弟子某甲等”以及慈氏上生偈前的“白众等听说”来看，皆可证明《上生礼》是一项群体共修的忏仪。特别是经由四件写本的比对，发现 S.4451 在礼佛仪节中所标注的“和同前”等，进一步证明了礼忏文中“和声”的存在，故能得知其他礼忏文在相对应的位置有“愿共诸众生，往生……”等文字，皆属于和声。

《上生礼》是目前所见的显教礼忏文中，唯一固定附有密咒的礼忏文；而且 BD4102（北图 3451V）《上生礼》和密教礼忏文《瑜伽佛礼》

合抄在一起，可以推测应是受到密教流行后的影响，可能属于较晚成立的礼忏文。

综合以上各篇礼忏文的仪节来看，有关佛教礼忏的仪式大致可以分为以下十二项：

(1) 请佛

虽然在大乘佛教的思想中认为佛身是尽虚空、遍法界、无所不在的，但是在礼忏的仪式中一般都有请佛的仪节，奉请诸佛菩萨降临道场，接受供养。在敦煌礼忏文中，则是以庄重虔敬的跪拜仪式来迎请圣众，并且手持香华，口唱偈颂，意作观想，供养一切诸佛菩萨。或云"请佛作梵"，或云"供养作梵"，事实上已经涵盖了请佛、供养的双重意义。至于一般请佛的仪节如下：

一切恭敬　敬礼常住三宝
是诸众等人各胡跪　严持香华　如法供养
愿此香华云　遍满十方界
供养一切佛　化佛并真法
菩萨声闻众　受此香华云
以起光明台　广于无边界
无边无量作佛事（十二光、七阶、黄昏）

(2) 叹佛

奉请诸佛菩萨降临道场，接受供养。一般在叹佛之前也有"一切恭敬，敬礼常住三宝"，至于赞叹的方式多以偈颂来赞佛，但也有使用赞文的情形。目前所见最常用的赞佛偈是：

如来妙色身　世间无与等
无比不思议　是故今敬礼

如来色无尽　智慧亦复然
一切法常住　是故我归依（七阶、黄昏、上生）

（3）礼佛

礼佛是礼忏文中的最重要主体部分，也是用来判断礼忏文类别的重要依据。每一种不同的礼忏文，依其不同的目的，选择不同的礼拜对象。关于礼佛的仪节，可以从三个方面来看：

①就礼拜的对象而论：

A 礼佛三身——礼拜佛陀的法身、报身、化身，在大部分的礼忏文中都有这一项，而且多半是直接称名礼拜。比较特殊的两种情形，其一是在《金刚五礼》中，礼佛三身就占了五礼中的三礼；其二是在《上生礼》中，巧妙地将法、报、化三身的礼赞偈融入了礼拜慈氏的仪节中。

B 各礼忏文中的主要礼拜对象——例如《法身礼》主要是礼拜法身佛，即无相十礼；《十二光礼》主要是礼拜阿弥陀佛的十二光佛名；《七阶礼》主要是礼拜七阶佛；《金刚五礼》主要是礼拜金刚般若；《上生礼》主要是礼拜弥勒菩萨等等。

C 礼三宝——礼拜佛、法、僧三宝，也是多数礼忏文所共有的，而且也是直接称名礼拜。就内容来说，礼拜三宝包括一切佛（含舍利、形象、宝塔）、一切法（含十二部经）、一切僧（含菩萨、声闻、缘觉）等。

②就礼拜的程序而论：

A 称名礼拜——除了口称其名，还要加上礼拜的动作；一般皆于礼敬的对象之前，加上“南无”“敬礼”“一心敬礼”或者“至心归命礼”等字样。

B 礼赞偈——大部分是以偈颂的形式对所礼的对象进行赞叹或者发愿。

C 和声——通常是以“愿共诸众生，往生安乐国”的形式来呈现，第二句随着不同的礼忏文而有改变。

③就为何人礼拜而论：

A 所为——所为是在主体的礼拜大致完成之后，再一次地分别为天人鬼神等各类众生而礼拜三宝。例如《寅朝礼》中逐一“为天龙八部诸善神王”“为过现诸师恒为道首”“为皇帝圣化无穷”“为师僧父母及善知识”等等，分别“敬礼常住三宝”。

B 普为——普为则是大多数礼忏文都有的项目，和所为的意义并无二致，但是礼拜的形式则是以一次总礼来完成，例如“普为释梵天王、龙天八部、师僧父母、信施檀越及无边法界众生，断除三障，归命忏悔”。

(4) 五悔

五悔是指忏悔、劝请、随喜、回向、发愿等五种修道方法。五悔的程序，通常是以“至心××”为领句，加上一首偈颂，接着以“××已，归命礼三宝”进行礼拜。至于五悔的偈颂常以两种方式来表现，其一是将五悔的内容融于一首偈颂之中，例如：

先忏多生业□□　回灾致福渡人天
二申劝请众如来　兴智运悲度群品
三将丹恳咸随喜　□增福慧助殊因
四起无边回向心　总用资粮严圣果
五愿报身□法性　长分化相拯群迷
远承智镜铄烦聋　近沐威光总安乐（降生礼）

其二则是分别以五首偈颂来传达忏悔、劝请、随喜、回向、发愿的心念，而且有一些偈颂是直接援引佛经的。

①至心忏悔：所谓的忏悔是指悔谢罪过，以请求谅解。如《增一阿含》所说：“人造极恶行，悔过转微薄；日悔无懈息，罪根永已拔。”

因此信众每于佛菩萨之前礼拜忏悔，期达灭罪之目的。

一切业障海　皆从妄想生
若欲忏悔者　端坐观实相
众罪如霜露　慧日能消除
是故应至心　勤忏六根罪（十二光、黄昏）

②至心劝请：所谓的劝请是指请求佛菩萨利益众生。例如《佛本行集经》中记载释尊成道时，梵天即前来劝请佛陀，“诸为众生，莫寂静住；唯愿世尊，慈悲说法。”佛入灭时，众弟子则劝请久住。

十方一切佛　现在成道者
我请转法轮　安乐诸众生
十方一切佛　若欲舍寿命
我今头面礼　劝请令久住（十方、寅朝）

③至心随喜：所谓的随喜是指见闻他人行善时，能随之心生欢喜。例如《法华经·随喜功德品》记载，听闻《法华》而随喜者，其人功德无量无边阿僧祇，乃至算数譬喻所不能知。

所有布施福　持戒修禅行
从身口意生　去来今所有
习行三乘人　具足三乘者
一切凡夫福　众等皆随喜（十方、寅朝）

④至心回向：所谓的回向是指以自己所修的善根功德，回施给众生，也使自己趋向佛道。

众罪皆忏悔　诸福尽随喜
及请佛功德　愿成无上智
去来现在佛　于众生最胜
无量功德海　归依合掌礼（七阶、十方、黄昏）

⑤至心发愿：所谓的发愿，即发起誓愿之意。一般发愿多以上求佛果，下化众生为志愿。

愿诸众生等　悉发菩提心
系心常思念　十方一切佛
复愿诸众生　永破诸烦恼
了了见佛性　犹如妙德等（十方、寅朝）

（5）念佛

念佛是指忆念佛的种种功德或名号，目前在礼忏文中另立此项仪节的只有《上生礼》中的"念慈氏菩萨四会"。它的程序是以"念慈氏菩萨摩诃萨四声"加上一首发愿偈为一会，如此重复进行四次，即为四会。但是每回的偈颂各不相同，其中的第一首偈颂，在目前的朝暮课诵本依然通用。

愿灭三障清烦恼　愿得智慧心明了
普愿罪障并清除　世世常行菩萨道

（6）处世界梵

处世界　如虚空　如莲花　不着水
心清净　超于彼　稽首礼　无上尊（十二光、七阶、黄昏、上

生）

处世界梵，应即“处世界”梵呗文的省称，是直接以首句三字作为偈名，出自《超日明三昧经》，偈颂的标题又作“梵呗文”“普诵”“一切诵”等，说明这首偈颂可能是由大众一起唱诵的，它的实际作用仍是叹佛。

（7）三皈依、和南

三皈依的意义是指皈依佛、法、僧三宝。在礼忏文中的表现方式，除了纯粹的三首偈颂以外，或在偈颂之前以“一切恭敬”来领句，或在偈颂之后分别加上和声。例如：

自归依佛、当愿众生、体解大道、发无上意
自归依法、当愿众生、深入经藏、智慧如海
自归依僧、当愿众生、通利大众、一切无碍
（十二光、七阶、十方、寅朝、黄昏）
归佛德菩提　道心恒不退
愿共诸众生　同入真如体
归法萨般若　得大总持门
愿共诸众生　同入真如海
归僧息诤论　□□□□□
愿共诸众生　同入和合海（法身）

第一组偈颂出自《六十华严·净行品》，在目前的佛门朝暮课诵本中仍被广泛地使用。第二组是由四句五言偈颂所组成，每首偈文的末两句（例如“愿共诸众生，同入真如体”），可能即是和声。

三皈依之后接着是和南（vandana），和南也是稽首、敬礼的意思，目的在劝导大众三业清净，奉持佛教，礼敬僧宝。和南的形式一般是在

“七佛通诫偈”（诸恶莫作，诸善奉行，自净其意，是诸佛教）之后，接着“和南一切贤圣”。

(8) 说偈发愿

说偈发愿其实兼具了发愿与回向的双重功能。一般最常用的是：

愿以此功德　普及于一切
我等与众生　究竟成佛道（十二光、七阶、寅朝）

(9) 六时偈颂

六时偈颂是为了配合六时礼忏而设的，将一日分为昼三时、夜三时进行礼忏。六时偈颂是以“白众等听说”或“诸众等听说”来领句，依据举行礼忏的时段不同，分别择取适当的偈颂来搭配。一般在早晨使用清净偈，例如“寅朝清净偈”，外加六念，亦即念佛、念法、念僧、念戒、念施、念天，是佛陀教诫弟子的原始佛法。在中午以后使用无常偈（包含“午时无常偈”“黄昏无常偈”“初夜无常偈”“中夜无常偈”“后夜无常偈”），警醒信众精勤修道。

六时偈颂的绝大部分皆属于无常偈的范畴，其主要内容在于强调“人命如刹那，须臾难可保”“此日已过，命即随减”“老病死时至”“念念催年促”，除了人身不久长之外，世界也是不牢固的，因此勿将“种种不净假名身”，当作真实；只有“疾生厌离心”“勤心行道”，才能解脱生死苦海，求得“无上道”。和下一项中的无常偈，其实具有相同的作用。

(10) 无常偈

诸行无常　是生灭法
生灭灭已　寂灭为乐（十二光、七阶、黄昏、上生）
如来证涅槃　永断于生死

若能志心听　常得无量乐　（十二光、七阶、黄昏、上生）

无常偈一般置于礼忏文的收尾，带有警惕信众世间无常的意义，再一次地对世间法表示否定；而在“寂灭为乐”“常得无量乐”中则提出信众努力精进的目标，是对于出世间法的肯定。两首偈文都是以获得生死解脱的涅槃境界为目标。

（11）密咒

除了属于密教的《瑜伽佛礼》以外，在敦煌礼忏文中的密咒并不常见；比较具有特色的是《上生礼》，分别在请佛、叹佛、礼佛、念佛的仪节之后出现了密咒，或许是受到密教流行的影响吧。

（12）和声

礼忏文的和声大多是以二句的组合出现，并以五言居多；一般出现于礼佛和三皈依等仪节中，例如：

愿共诸众生　同归真如海（法身）
愿共诸众生　往生安乐国（十二光）
愿共诸众生　往生弥勒院（上生）
愿救诸众生　离苦得解脱（地藏）
愿共诸众生咸归命　故我顶礼生彼国（十二光）
愿说正法救众生　离苦得解脱（地藏）

而在《十二光礼》和《赞礼地藏菩萨忏悔发愿法》中则有两组不同形式的和声，可见礼忏文中的和声也具备了活泼、丰富的音乐性。此外，和声的内容大体上也可以表现出礼忏文的目的，例如“愿共诸众生，同归真如海”，说明了《法身礼》是以证悟真如法身、涅槃实相为目的；“愿共诸众生，往生安乐国”，说明了《十二光礼》是以往生极乐世界为目的；“愿共诸众生，往生弥勒院”，说明了《上生礼》是以往生兜率内院为目的等等。

佛教的修行虽然不在于形式，但形式程序在修行活动中却有助于我们达到身心安定。因此，佛教信众在礼佛参拜的修行过程中，透过一定的仪式依次序进行，可以培养自我的安定力与专注力，并进而增加向内的观照力，而达到净化内心的目的。其间相应礼佛拜忏仪式的文学也就自然产生，这些既是礼忏仪式遵循的仪文，也是仪式进行过程的文字记录，形成特有的佛教仪式文学，提供我们考察佛教仪式文化的主要窗口。

第二节

敦煌佛教文学与节庆文化——以佛诞节为例

佛、道二教对中国世俗生活的影响极为深广，佛教弘传的过程中利用民间俗信扩大自己的影响；世俗信众更将世俗人情寄托于佛教的信仰，透过节日活动，展开了圣、俗之间的交往。如此一来，原本佛教的节日也与传统的节日结合，传统的节日引进了佛教的活动，经由交互影响，佛教文化渗入传统的岁时节庆，佛教的节庆也进入中国的时序，成为僧、俗共度的中国节庆文化。

敦煌地区的节庆，一年之中，从正月十五的上元燃灯节，二月八日佛陀出家行城行像，四月八日佛诞日，七月十五盂兰盆节，到腊月八日佛成道日，以及其他诸佛菩萨出家成道节日庆典等，在这些节日里，也多有固定的佛事活动的展开。

今所见的敦煌文献中保存有不少这些节日活动所遗留下来的相关文书，如燃灯文、二月八日文、行像文、行城文、布萨文、安伞文……它全面反映了这些佛教节庆活动的内容、形式与动机、目的；呈现出中国佛教丰富的节庆文化。以下谨以四月八日“佛诞日”为例，借以说明敦煌佛教文学在佛教节庆文化研究的价值与意义。

佛诞节，是庆祝佛教教主释迦牟尼佛生日的日子。在佛教的诸多节日中自然是备受重视，隆重庆祝，而成为寺院文化重要的一环。1988 年罗华庆有《9 至 11 世纪敦煌的行像和浴佛活动》一文[①]简述敦煌的行像与浴佛活动，张弓《汉唐佛寺文化史》[②]书中对汉魏六朝以来“佛诞日”的情形也多有探讨，谭蝉雪《敦煌岁时文化导论》[③]对敦煌岁时民俗文化有系统的论述，其中有关二月八日行像与四月八日浴佛多所论述。以下特在前贤基础上，以敦煌文献中的寺院文书与佛教文学为核心，结合相关的文献记载，尝试着去勾勒“佛诞节”在寺院活动的具体情形及其相关的文化意蕴。

一、敦煌地区的佛诞节日

佛陀诞生，根据佛典记载，摩耶夫人因梦白象入胎而怀孕；分娩前，手攀无忧树，世尊便从其右胁降生，且东西南北四向各自行走七步，步步生莲花，一手指天，一手指地：“天上地下，唯我独尊。”于是天女散花，九龙吐水。这些记述内容不但影响到后世佛诞浴佛习俗的形成，也衍生出丰富的文学与艺术作品。

汉传佛教关于释迦牟尼的生日说法不一。有主张佛生日在二月八日，有主张在四月八日[④]。“二月八日”佛诞说在释门虽有信从者[⑤]，但“四月八日”说的影响更大，中国中古时期南北各地的寺院普遍信从。根据《唐会要》卷五十所载：

---

① 罗华庆《9 至 11 世纪敦煌的行像和浴佛活动》，《敦煌研究》1988 年 4 期，第 98—103 页。

② 张弓《汉唐佛寺文化史》下册，北京：中国社会科学出版社，1997 年，第 948—952 页。

③ 谭蝉雪《敦煌岁时文化导论》，台北：新文丰出版公司，1998 年，第 147—157 页。

④ 见《大宋僧史略》卷上《佛降生年代》，《大正藏》卷 54，第 236 页。

⑤《续高僧传》卷 22《玄琬传》：“（隋京）延兴寺又以二月八日，大圣诞沐之晨，追唯旧绪，敬崇浴具，每年此旦，来讲设斋。”

> 天宝五载二月十三日，太清宫使门下侍郎陈希烈奏：大圣祖玄元皇帝以二月十五日降生，既是吉辰，四月八日佛生日，准令，休假一日。从之。[①]

这则内容也见载于《唐会要》卷八十二“休假”项下。[②]可见唐玄宗天宝以来，唐代官定的节日假中，已明确规定四月八日给假一天。又顾况(727—815?)《八月五日歌》中称：“四月八日明星出，摩耶夫人降前佛。八月五日佳气新，昭成太后生圣人。”[③]将佛诞节与唐玄宗诞辰的千秋节相提并论，也显见唐朝官方规定四月八日为佛诞日。

按：“二月八日”敦煌地区有盛大佛事活动，然主要为“行像”，每年正月中、下旬开始，寺院便忙着修治佛像、造作头冠、缝制幢伞；民间“行像社”则开始选定担像、拽像、擎像人夫，展开行像准备工作。二月六日，诸寺燃灯，正式开始佛诞节活动。二月八日，行像活动正式展开，各色侍佛人抬佛塑像、擎佛画像，自北门出发，巡行街衢，百姓临街瞻仰，散施祈福。活动热闹非常，然而并无浴佛活动，可见敦煌地区以二月八日为佛逾城出家的纪念日，而非佛诞日。

另外，敦煌写本《太子成道变》《悉达太子修道因缘》《八相变》等十种据《佛本行集经》演绎佛传故事的变文，不但反映出佛传故事在当时流行的实况，其中有关四月八日佛诞的情节内容，更是多所铺叙。

除了《佛本行集经》一类经典，及诉诸语言文字的变文、佛曲歌赞

---

① 见《唐会要》卷五十，“杂记”项下。

② 见《唐会要》卷八十二“休假”：“(天宝)五载二月十三日，中书奏：大圣祖以二月十五日降生，请同四月八日佛生之时，休假一日。陈希烈奏。”

③ 顾况《八月五日歌》，载《全唐诗》卷二六五，第2944页。

外，更有透过线条、色彩以雕塑、绘画等艺术作品来呈现，对民众的影响以及佛诞浴佛民俗形成自然深入。

在中国关于佛诞内容的图像创作，北魏时期已经相当盛行，例如云冈石窟第 6 窟后室，方形塔柱四面大龛两侧和窟东、南、西三壁，以及明窗两侧，浮雕释迦牟尼自诞生到成道的故事。在第 20 窟以西小窟也有佛诞故事的浮雕。浮雕中的容颜、服装、场景等等，已表现出中国化的风格倾向。

唐张彦远《历代名画记》中记载长安菩提寺东壁、化度寺内，及东都洛阳圣慈寺，都有佛本行经变壁画。今存敦煌石窟壁画、绢画中也可见到更多具体生动的佛陀诞生内容。敦煌石室旧藏为数可观的唐五代彩色绢幡，上绘佛像、菩萨像、佛传图等等，现大多收藏在大英博物馆及印度博物馆中，其中颇有相关的精彩内容。如印度博物馆藏品中(局部见下图)，有一长条绢幡，自上而下分成四格，分别描绘燃灯佛送释尊到摩耶夫人寝宫入胎，夫人乘轿出游蓝毗尼园，夫人右手攀无忧树，释尊自右胁降生，释尊降生行走七步，步步生莲，手指天地，开口言语等情节。画中屋舍、轿子、人物穿着等，均为唐代风貌。

另外，在大英博物馆藏品中（见下图），也见有长幡绢画，正中画太子降生，上有九龙吐水，旁有执衣巾的宫女，下方则画太子行步生莲，手指天地的情节。

至于敦煌壁画，莫高窟290窟北周时期窟，人字披东披上段，绘有摩耶夫人手攀树枝，太子从右胁出生、行步生莲，手指天地、九龙灌顶等画面。61窟五代时的石窟，南壁下部画有摩耶夫人在蓝毗尼园生下太子的情景；西壁则画有太子行走步步生莲，九龙灌顶，诸天为太子供养，以及大臣摩诃那摩从蓝毗尼园回迦毗罗卫城击鼓报喜，净饭王与诸大臣闻鼓声震天，召见摩诃那摩，记录太子降生种种吉祥之事。另外，如76窟宋代重绘以及西夏营造的安西榆林窟第3窟、肃北五个庙石窟第1窟也都见有佛诞情节壁画。这些都说明了敦煌地区从北朝到唐宋，佛诞故事始终流行不替，而佛诞日的纪念活动与浴佛的文化，似乎也在此氛围下形成。

至于敦煌寺院文书中有关记载四月八日佛诞的写卷，则以敦煌研究院藏编号007号《大慈如来十月廿四日告疏》为最早。这件写卷是1944年敦煌艺术研究所从莫高窟中寺（土地庙）佛像肚中所获得的文献之一。这批文献经学者研究所认为也是出自于敦煌莫高窟第十七窟藏经洞的文献。这件写本长37.1公分，高21.9公分，存18行。有题记作："兴安三年五月十日谭胜写。"按："兴安"为北魏文成帝年号，兴安三年，是公元454年。其内容如下：

> 大慈如来十月廿四号　告疏
> 告阎浮地内诸众人民：长为□
> 九年头。应着勾兰袈裟。济渡□
> 散。住高绳银坐，汝等人民尽是吾子□
> 衣服。四月八日，常出教化。诸众生悉□
> 布施一湌受戒者，尽听见吾功德□
> 是报。答得吾书，隐而不传者，死入地□
> 有脱期答传与他人者，即得无量无□
> □贤者见之莫停，吾不避远近□□
> 勒佛，一心敬礼，称十方诸佛。一心牟尼佛，白□
> 称世尊，一心礼拜，稽首和南。言吾去世后，一
> 坐。奴为沙门，婢为尼僧。五道应亡，留□□傍
> 弥勒，贪王污吾形体，毁经法时，阎浮地□
> 教化。河东河西，当各出神，永治一亿人。尔时□
> 为普修佛法者，门无斯役。若有问知者，庶□
> 莫使断绝，功德无量。告诸贤者，咸使问□

出洽百病。

兴安三年五月十日谭胜写

传教人愿生生之处，长直弥勒。

这件北魏兴安三年（454）五月十日谭胜写的告疏，是敦煌文献中唯一一份告疏，所反映的是北魏时期民间的弥勒信仰，为少见的民俗资料。所谓慈心就是与人以乐之心，正因弥勒修得此心，所以弥勒又名慈氏。阎浮提为梵文之旧称，新称赡部洲，即人类居住之处。这是以弥勒现身说法，要求传教者在四月八日教人化恶为善，说明北魏时敦煌地区的佛教寺院已经有佛诞节活动的进行。

英藏S.8344《四月八日文》，也是佛诞节的斋文，以骈文形式在佛诞法会转读。内容对于佛陀诞生时，九龙吐水等情形多有记叙：

窃以：释迦大圣，修万行而证三身；调御应真，恳六度以成四智。无数大劫，舍国城，离妻子，七珍果满功充，遇然灯佛亲承受记，从此往生兜率，化亿兆之天德；思念凡间，拔死生之重苦。迦罗卫国，是千佛之遗踪。净饭大王，种百生之善本；摩耶圣后，旷劫结无量胜因；下降阎浮，脱胎于夫人腹内。时当四月八日，鸾驾游岚毗尼园无忧树前，攀枝而诞生太子，遂感九龙吐水，沐金色清净之身；七步莲开，举手称三界之尊；黄莺转树，争吟喜圣之歌；蝴蝶荧空，竞引蓬仙之儛。毛群羽族，总百亿而周瞻；神宇天官，直三千而率奉。自后君神仰化，道俗归依，报佛无恩之知会也。伏惟我府主大王。

这是敦煌地区四月八日最重大的佛诞法会，斋会中寺院法师照例要转诵“愿文”，功德主当然是敦煌地区当时的最高领袖，所以最末一句便是“伏惟我府主大王”作结。按：敦煌文献中出现敦煌地区称“大王”的，主要以“瓜沙州大王”为多，如北 0073《普贤行愿王经》内有：瓜沙州大王印（朱色方形）；北 0616《佛说佛名经》题记：“敬写大佛名经贰佰捌拾捌卷，伏愿城隍安泰，百姓康宁，府主尚书曹公已躬永寿，继治长年，合宅枝罗，常然庆吉，于时大梁贞明六年岁次庚辰五月十五日记。”有“瓜州大王印”；S.1181《结坛归愿文》有题记：“道兴念记□□僧官道□念记”“长兴二年（公元 931）十二月廿六日弟子河西归义等军”。卷内有河西节度□□大王、河西都僧统和尚、指挥尚书、阎都衙、董都衙等官名。法藏 P.2733 有《曹大王礼佛疏》，又 P.2761《祈祷文》内容也提及“大王及凉国夫人”，很可能指的是归义军节度使索勋的女婿，张议潮的外孙婿后梁乾化四年（914）后掌政瓜州的曹议金，龙德二年（922）称“托西大王”，据 P.2047 写卷，知清泰元年（934）称“归义军节度使令公大王”。又曹议金为莫高窟第 98 窟窟主，三界寺道真《腊八燃灯分配窟龛名数》称此窟为“大王窟”。

又 S.2832《释门应用文》“十二月应时文”中也有：“四月八日：时属四月维八，如来诞时，七步莲花。既至于日，九龙吐水，亦在于兹辰”，足见四月八日浴佛是从北朝到唐五代敦煌地区佛教民俗活动的常态，因此，才会采以为应用文书的时节应酬语；也证明敦煌地区佛诞日采取的是四月八日。

二、唐五代敦煌佛诞节的寺院文化

四月八日佛诞节在寺院中更有法会、斋会、浴佛等重大活动，同时信众们在此盛大节日中，也多以造幡、写经等行动来展示他们的信仰。这些活动主要是在寺院内所从事的佛教信仰活动，也是寺院文化的一种呈现。根据敦煌写本通俗读物《杂抄》一书中，对于唐代各个节日的起源与活动都有记载，从这本书的性质我们可以得知内容所载的都是当时民间最为流行的民俗。其中提及四月八日的情形说：“四月八日何谓？

天子太子初生之日，广会圣众，设斋供养。”[①]以下分别就“广会圣众，设斋供养”“浴佛”“造幡”“写经”等四月八日佛诞节行事所形成的寺院文化，透过敦煌寺院文书，进行简要的论述。

1. 广会圣众，设斋供养

从魏晋以来，便有四月八举行大法会之俗，如上述的龙华会、刘萨诃的大会平原及齐高祖的斋会等，P.2081 号《不知名佛经》《四月八日、二月八日功德法第五》：

> 圣人出世，托齐有时。是以《因果经》云：如来于四月八日夜明星时，降神母胎。……但寺舍隘狭，或复僻远，行者供养，或不同普。自今已后，诸佛弟子道俗众等，宜预择宽平清洁之地，修为道场。于先一日各送象集此，种种伎乐香花供养，令一切人物得同会行道。若俗人设供请佛及僧，易于是日通书白知。至于明旦日出时，四众侍卫，随缘应供，设供坛主与其眷属，执持香花，路左奉迎，恭敬供养，如法斋会，如是斋毕，然后还寺。

转诵“斋文”“发愿文”是佛教法会、斋会必不可少的一个主要项目之一。四月八日教主释迦牟尼诞辰是重要的纪念日，“斋文”“愿文”更是居于敦煌佛教斋愿文的重要地位。当四月八日佛诞节广会僧众，设斋供养，斋会进行中，必有斋文，法藏 P.3103《浴佛节作斋事祷文》残篇，全文盖以骈文撰写，道出浴佛佳辰，洗僧良节，斋会的盛况：

> 方今三冬季序，八叶初辰；飞烟布而休气浮，日重轮而月抱

---

① 《珠玉抄》又名《杂抄》《益智文》，今所知见计有 S.4664、S.5658、S.5668、S.5755、S.9491、P.2721、P.2816、P.3393、P.3649、P.3662、P.3671、P.3683、P.3769、P.3906、日本羽 663 号等十五件写本。详参郑阿财、朱凤玉合著《敦煌蒙书研究》，兰州：甘肃教育出版社，2002 年，第 165—193 页。

戴。欲令家国延久，阴阳不愆，冀佛日而恒明，愿法轮而常转。彰仁王以无为而化物，示黎庶凭福智以修身。宣传不绝于龙沙，传授无亏于柰苑。所乃效未生怨之盛作，袭祇域王之芳踪。爰当浴佛佳辰，洗僧良节。而乃澄清神思，仰百法以翘诚；除涤笼烦，趋大乘而恳切；繇是求僧侧陋，置席莲宫；导之以阛境玄黄，率之以倾城士庶。幢幡晃炳，梵赞訇锵，论鼓击会喧填，法旌树而场骈塞。而以法施无竭，唯直出于人天；财舍有穷，能资持于福禄。是即捧金炉而香添五分，披诉情诚；合玉掌而花散四莲，献陈珍异。美矣盛矣，休□□□（哉善哉）！尘沙易算于垠（以下残缺）

又在四月八日佛诞日前三日，敦煌官府和都司组织所有出家五众举行转经大会。英藏 S.3879《乾佑四年（951）四月四日应管内外都僧统帖》载：

应管内外都僧统　帖

诸僧尼寺纲管所由等。右奉　处分，今者四月大会，准常例转念三日，应有僧尼大众，除枕疾在床，余者总须齐来。一则功德圆满共报佛恩；二乃荐国资君，廓□河陇。同发胜心，莫违上愿。限五日早晨，并于报恩寺云集，不得一前一后。再劝齐来，更是自家福份。其帖仰仓司就（?）寺丁宁告报。如有故犯，前或不齐同者，责罚取此不轻。毡褥准阳，香花□叶，不令阙少一色。诸寺寺宇扫略，不令违犯者。右仰准此指挡，不得违犯者。

乾佑四年四月四日。应管内外都僧统金光惠。

S.3879 这件帖是河西最高的僧官，也是河西佛教界的最高领袖都僧统下发各寺纲管所由的文书，内容是通知所有僧尼在四月五日早晨前往报恩寺参加所谓的“四月大会”，大会的主要内容是“准常例转念三日”。这件帖的开头称“右奉处分”，在敦煌地区当时能够处分都僧统的只有归义军节度使，可见这个四月大会应该是由官府和归义军时期河西佛教事务的行政机构都僧统司共同组织的。

这件帖虽然没有记载四月大会的缘由，不过，同一写卷还保存有另外一件《都司帖稿》，这件抄写在《应管内外都僧统帖》的后面，内容相同，同记一事。只是前面的《应管内外都僧统帖》有钤印章，是一件实用文书，后面的《都司帖稿》则有多处修改、涂抹，应该是僧统帖的稿件。郝春文以为：唐五代敦煌地区都司设置方等道场时，既有由都僧统签发的《都僧统牓》，又有专门负责方等道场的机构道场司签发的《道场司牓》。准此，上录后一件文书应是都司专门负责“四月大会”机构所发之帖的文稿①。

这件《都司帖稿》中明言四月大会的缘由是为了纪念“释迦降诞之辰”，内容说明如下：

右奉　处分。今者四月八日是释迦降诞之晨，大会转经，僧尼切须整齐，除却染疾患卧，余者老小不容，于时赴会齐来。一则为报佛恩，二乃荐国资君。各各念诵，遂见风调雨顺；个个澄心莲府必获康宁。不得违越上愿，限至五日早晨于报恩寺云集。整齐威仪，雍雍而来。不许一前一后，失于轨范。若有不禀条流，面扫装眉，纳鞋赴众，发长逐伴者，施罚不轻。今遣仓司递帖先报。

从上面《都僧统帖》可见，纪念释迦降诞的四月大会是“准常例转念三日”，既是“常例”，就是每年都要举行的。“转念三日”，也就是从四月五日至四月七日连续转经三天，为四月八日佛诞日的活动暖场，

① 郝春文《唐后期五代宋初敦煌僧尼的社会生活》，北京：中国社会科学出版社，1998年，第232—234页。

到了四月八日佛诞日正日，则是官府与佛教界正式庆祝活动的高潮。S.4632《乾德六年（968）归义军节度使敦煌王曹元忠疏》证明四月八日确有活动，其内容如下：

谨请西南方鸡足山宾头卢颇罗堕上座　和尚

右今月八日，南瞻部洲萨诃世界大宋国沙州就诸寺敬设大会，伏愿

大圣誓授佛敕，不舍苍生，兴运慈悲，依时降驾。谨疏。

乾德六年四月　日弟子归义军节度使检校太师兼中书令敦煌王曹元忠疏。

这件疏的时代虽然是北宋时期，但却是以归义军节度使敦煌王曹元忠的名义发出的告疏，疏中虽没纪录诸寺敬设大会的缘由，但从其时间在四月八日，结合上面《应管内外都僧统帖》等，可推知整个活动都是纪念佛诞日，只是活动盛大，为时四天，转经活动是每年举行的“常例”，因此称之为“四月大会”。四月大会的日程安排是：集中六、七、八三天转经念诵，地点就在报恩寺。这与大会的目的报佛、荐国相吻合。大会有严格的要求，所有僧尼除重病卧床者外，其余一律参加，并要仪容整洁，列队前往，秩序井然，同时所有寺院需打扫卫生，干干净净过佛诞节。

每年四月的佛诞大会，正式活动的高潮是四月八日的佛会，同时也展开贤圣道俗贵贱上下无遮，平等行财法二施的“无遮大会”。S.3050《善惠雪山修道文》中便有：

王舍大城，有一大富长老，常年四月八日设个无遮大会，供养八万个僧，并是恒聋喑哑无数，各布施五百文金钱……

这说明了佛教常年在四月八日设有无遮大会，供养僧人。敦煌地区也在四月大会进行布施，P.2668《新菩萨经》后有“乙亥年四月八日翟奉达七言诗二首”，诗前有小序：“乙亥年（915）四月八日布衣翟奉达，因施主请来，故造短句而述七言，如男庆丰同来执砚。”字体拙劣，系硬笔所写，字迹与前《新菩萨经》同，显非翟奉达手迹，当是学童或小沙弥所抄，虽是如此，但从这也可得知敦煌每年佛诞日的四月大会中，从官府到百姓，均可行大施舍，供养僧人。

2. 浴佛

四月八日佛诞日盛大的法会与斋会之中，“浴佛”的活动更是重要的节目。佛陀诞生的故事不仅是寺院壁画、幡具等的绘画内容，也是形成寺院乃至社会文化活动的重要因素之一，其具体的表现便是“浴佛”的习俗。唐释道世《法苑珠林》“洗僧部第八”：

又《摩诃刹头经》，亦名《灌佛形像经》云：“佛告天下人民：十方诸佛，皆用四月八日夜半时生，皆用四月八日夜半时去家学道，皆用四月八日夜半时得佛道，皆用四月八日夜半时般泥洹。佛言：所以用四月八日者，为春夏之际，殃罪悉毕，万物普生，毒气未行，不寒不热，时气和适。今是佛生日，故诸天下人民共念佛功德，浴佛形像，如佛在时，以示天下人。……四月八日浴佛法：时当取三种香：一都梁香，二藿香，三艾纳香。合三种草香，按而渍之，此则青色水。若香少者，可以绀黛秦皮权代之。又用郁金香，手按渍之于水中，按之以作赤水。以水清净用灌像讫，以白练拭之。断后自占更灌，名曰清净，其福第一也。①

“浴佛”又称“灌佛”，虽源自印度，但印度是平时为之，在中国则

① 唐释道世《法苑珠林》，《大正新修大藏经》53卷，第543a—543b页。

以农历四月八日佛诞当天举行。四月八日浴佛有两重含义，一是象征性地再现佛诞生时的九龙吐水；二是表达对佛的怀念之情。

佛教传入中国后，以浴佛来纪念佛陀诞辰，始于东汉末年徐州浮图祠的浴佛行事[①]。东晋镇北将军彭城（即徐州）人刘牢之有子敬宣，幼年丧母。每逢“四月八日，敬宣见众人灌佛，乃下头上金镜，以为母灌”[②]。《高僧传·佛图澄传》记载，石勒的稚子多养于佛寺，“每至四月八日，勒躬自诣寺，灌佛为儿发愿”[③]。梁宗懔《荆楚岁时记》曰：“四月八日，诸寺设斋，以五色香水浴佛，共作龙华会。”

S.6537 郑余庆《大唐新定吉凶书仪》清楚地记载唐代四月八日浴佛的节仪，说：

> 四月八日赏糕糜，浴佛行道。

郑余庆《大唐新定吉凶书仪》一部并序，结衔作“银青光禄大夫吏部尚书兼太长卿”，可见这是一部代表官方编定的书仪。郑余庆（748—820），字居业。大历中举进士第。贞元初，为翰林学士，以工部侍郎知吏部选，后拜中书侍郎同平章事。宪宗时，为尚书左仆射，详定典制。此书约编撰于元和五年（810），成于元和七年（812），是一部当时盛行的综合类书信参考文范，在书仪系统上具有其一定的地位，影响北宋司马光的《书仪》。这条记载，虽然短短 11 个字，却也明示唐代官方对四月八日节日的认可，同时也提示四月八日佛诞节的具体活动项目与施食的民俗。

---

① 《三国志》卷 49《吴书·刘繇传》：“每浴佛，多设酒饭，布席于路，经数十里，民人来观及就食且万人，费以巨亿计。”

② 《宋书》卷 47《刘敬宣传》。

③ 《高僧传》卷 9《佛图澄传》，第 384 页。

P.2940《斋琬文》中，更有文字骈丽，辞藻华美的“王宫诞质”：

> 四月八日，斯乃气移琁律，景绚朱躔。祥风荡吹于金园，瑞日融辉于宝树，蓂舒八叶，摇翠影于周霄；桂泻半轮，掩浮光于鲁夕。池花含秀，十方开捧步之莲；天雨流芳，九龙洒濯襟之液。恒星落耀，佩日扬辉。味甘露以凝兹，盖鲜云而飔影。黄莺啭树，争吟圣喜之歌；素蝶萦空，竞引蓬山之舞。毛翔羽族，总百亿而同瞻；神境天宫，亘三千而率舞。

诞质，意谓生成形体。王宫诞质即佛陀悉达太子于王宫降生。琁律即玉律，“气移琁律”，说明斗气在转移、变换。而“景绚朱躔”日月星辰运行正是照耀在朱明的时候，也就是夏季的第一个月，四月。“蓂舒八叶”是指初八之日[①]。文中还反映了佛陀诞生时的祥瑞，七步生莲花及九龙洒水，值此盛节，天上人间齐庆贺。《斋琬文》是具有释门杂文、斋文程序、愿文模板的功能，实际上是佛教斋事活动的规范与总纲领。[②]文体以骈文为主，讲求骈四俪六的对句与声律，选择辞藻华丽，以便转诵时朗朗上口。

3. 造幡

在四月八日此一特殊的纪念日里，信众个人也还有透过“造幡”来表达心中的祈愿与追荐亡者。佛教“幡”与“幢”同为佛菩萨的庄严供具。幡是总称，原为武人在战场上用以统领军旅、显扬军威的旌旗，佛

---

①《竹书纪年》卷上：“有草夹阶而生，月朔始生一荚，月半而生十五荚；十六日以后，日落一荚，及晦而尽；月小，则一荚焦而不落。名曰蓂荚，一曰历荚。”蓂荚为传说中的瑞草。每月从初一至十五，每日结一荚；从十六至月终，每日落一荚。所以从荚数多少，可以知道是何日。当蓂草长了八荚，即初八。

② 参见王书庆《敦煌文献中的斋琬文》，《敦煌研究》1997 年 1 期，第 141—147 页；王三庆《敦煌本〈斋琬文〉一卷研究》，收入中国唐代学会编辑委员会编辑《第三届中国唐代文化学术研讨会论文集》，台北：中国唐代学会，1997 年，第 17—67 页。

教则取之以显示佛的威德，而信众也以立幡来表达祈福的愿望。

敦煌研究院藏343号《造幡发愿文》写卷载：

皇兴二年（468）四月八日，岁在戊申，清信士康郍造五色幡四十尺，上十方诸佛，发精诚之愿……愿眷属所生值遇诸佛，得闻经法，信解妙旨，朗悟道场，弃恶入善，三宗为正，史无耶（邪）念。与七世父母、现在眷属、内外诸亲，并无□□，齐均信向，共成菩提，是郍着幡之所至愿。

S.4162《优婆塞戒经》卷二尾题载：

仁寿四年（604）四月八日杨维珍为亡父写《优婆塞经》一部、《灌顶》一部、《善恶因果》一部、《太子成道》一部、《五百问事》一部，造观世（音）像一躯，造卌九尺幡，为法界众生，一时成佛。

《灌顶经》卷十二有云：

我今当劝请众僧：七日七夜，斋戒一心。受持八禁，六时行道，四十九遍，读是经典。劝燃七层之灯，亦劝悬五色续命神幡。阿难问救脱菩萨言：续命幡灯法则云何？救脱菩萨语阿难言：神幡五色四十九尺，灯亦复尔。

七层之灯，一层七灯，灯如车轮。若遭厄难，闭在牢狱，枷锁着身。亦应造立五色神幡，燃四十九灯。[1]

---

① 见《大正藏》卷21，第535b页。

幡的形状，一般由三角形的幡头、长方形的幡身、置于幡身左右的幡手，及幡身下方的幡足构成，通常是以布制成。悬挂的场所，有时是堂内柱上，有时竖立在佛堂的前庭，造幡具有降魔、延寿等种种福德。

4. 写经

佛教倡导抄造经典的法供养，鼓吹抄造佛经于人于已皆可获殊胜功德。早期佛教经典中便有不少强调供养功德的，有强调出家功德的，如《出家功德经》；有鼓吹造塔功德的，如《佛说造塔功德经》；有鼓吹造像功德的，如《佛说大乘造像功德经》；也有鼓吹浴佛功德的，如《浴佛功德经》……多是以专经为名。[①]也有于各经中部分章品随缘提倡各种功德，如《道行般若经》卷二《摩诃般若波罗蜜功德品》第三：

> 善男子，善女人，书般若波罗蜜，持经卷自归作礼，承事供养，名华、捣香、泽香、杂香、缯彩、华盖、旗幡，得福多。[②]

还有经文中显示受持功德的内容，如《法华经》卷四《法师品》第十云：

> 若有人问：何等众生于未来当得作？何以故？若善男子，善女人于《法华经》，乃至一句，受持、读诵、解说、书写、种种供养经卷、华香、璎珞、末香、涂香、烧香、缯盖、幢幡、衣服、伎乐、合掌恭敬，是人一切世间所应瞻奉，应以如来供养而供养之。当知此人是大菩萨，成就阿耨多罗三藐三菩提，哀愍众生，愿生此间，广演分别《妙法花经》，何况尽能受持，种种供养者。[③]

---

① 参见梁丽玲《六朝敦煌佛教写经的供养功德观》，《敦煌学》22辑，1999年12月，第119—138页。

② 见《大正藏》卷8，第432c页。

③ 见《大正藏》卷9，第165c页。

内容皆特别强调供养佛经的无量功德，不但于现世可救苦祈福，未来又可往生佛国净土。此外，尚有《首楞严经》《贤劫经》《方广大庄严经》《大方等大集经》《金光明经》等大乘经典中均有大力鼓吹写经功德的，因此，可以说“写经”已经成为佛教信仰文化的一部分，且源远流长，盛极一时，尤其在雕版印刷尚未普及时，更蔚为一种特有的供养模式。即使在雕版印刷盛行后，基于宗教信仰的祈愿，抄造经典依旧相仍不替。敦煌莫高窟藏经洞发现为数近六万件的写卷，百分之九十以上为佛教文书，其中经律论三藏居多，然依其性质而论，不外乎一切经、日常用经与供养经三类。其中供养经数量最大、重复性最高，即是写经功德的推动所致。以下仅将敦煌写卷中有关四月八日抄写佛经的写卷，依照题记年代先后条列如下，以资参考。

S.2724《华严经》卷第三尾题：

大魏正光三年（522）岁次壬寅四月八日写讫。

大谷50《佛说普门品经》一卷（大谷：余乙一四号），题记：

永熙元年（533）岁次壬子四月八日，讫。弟子受押。

散0707《宝梁经》，题记：

永熙二年（534 ）岁次壬子四月八日讫。

散0871《大般涅槃经》，题记：

大统二年（536 ）四月八日。

S.2724《华严经》题记：

夫妙旨无言，故假教以通理，圆体非形，必藉口以表真，是以亡兄沙门维那慧超，悟财命难恃，识三圣易依，故口资竭贿，唯福是务，图金容于灵刹，写冲典于竹素，而终功未就，迁异世，弟比丘法定，仰瞻遗迹，感慕遂甚，故莹饰图刹，广写众经：《华严》《涅槃》《法华》《维摩》《金刚》《般若》《金光明》《胜鬘》，冀福钟亡兄，腾神梵乡，游形净国，体悟无生，早出苦海，普及含灵，齐成正觉。大魏正光三年（552）岁次壬寅四月八日写讫。

S.4020《思益经》，题记：

大隋开皇八年（588）岁次戊申四月八日，秦王妃崔为法界众生敬造《杂阿含》等经五百卷，流通供养。员外散骑常侍吴显华监，襄州政定沙门惠旷校。

S.2791《大般涅槃经》卷第三十六尾题：

大隋开皇八年（588）四月八日清信女氾仲妃自知形同泡沫、命等风光，识解四非，存心三宝。遂减身口之文。为亡夫写《涅槃经》一部，以此善因，愿亡夫游神净土；七世父母、见在家眷，西生之处，值佛闻法。天穹有限，地极无边，法界有形，同登正觉。

S.2154《佛说甚深大回向经》题记：

大隋开皇九年（589）四月八日皇后为法界众生敬造一切经，流通供养。

P.2413《大楼炭经》，尾题：

大隋开皇九年（589）四月八日，皇后为法界众生，敬造一切经，流通供养。

S.227《大智论释》卷第四十一，尾题：

开皇十三年（593）岁次癸丑四月八日弟子李思贤敬写供养。

按：同一题记也见于S.457《大智论》卷第四十四、S.5130《大智论》卷第四十六、S.4967《大智论》卷第四十七、S.4954《大智论》卷第五十、P.2199《大智论》卷第五十一、散1057《大智度论》卷第六十二等写卷的尾题，显然是李思贤敬写供养《大智论》同一部的不同卷次。

S.4162《优婆塞戒经》卷二，尾题：

仁寿四年（604）四月八日杨维珍为亡父写《优婆塞经》一部、《灌顶》一部、《善恶因果》一部、《太子成道》一部、《五百问事》一部，造观世（音）像一躯，造四十九尺神幡一口，为法界众生，一时成佛。

按：S.4570《优婆塞戒》卷第六，及P.2276《优婆塞戒经》卷十一，尾题有与S.4162相同的题记，当是杨维珍为亡父所抄同一部《优婆塞经》的各卷。

P.2884《佛说般若波罗蜜多心经》，尾题：

景云二年（711）四月八日，孔道生妻张为男思忠敬写。

散 0810《般若波罗蜜经》题记：

唐写开元五年（717）四月八日写了。

S.1911《佛说阿弥陀经佛经》，一卷，尾题：

开元八年（720）四月八日清信弟子孙思忠写了。

按：北 0178 （秋字 097）《佛说阿弥陀经》一卷、北 0166（河字 076）《佛说阿弥陀经》一卷、北 0150（姜字 057）《佛说阿弥陀经》一卷也有同样的题记。

P.2374《佛说天请问经》，尾题：

维大周显德六年（959）四月八日，瓜州承典禅院禅师惠光，发心敬写《延寿命经》《续命经》《天请问经》三卷，计写四十九卷。

由上所举敦煌写卷题记，可见在四月八日抄造佛经的活动，从魏晋以来，直到唐五代至北宋，不论敦煌地区或中原地区，都相当风行。抄造佛经的身份，上自皇后、下至平民百姓，僧俗男女均有。从题记中的愿文来看，有为亡父、为亡夫、为亡兄，更有为法界众生来荐福的，也可为自身及眷属祈福。抄造经典具有无量功德是佛教所鼓吹的，抄造经典的时间，选在四月八日，当然是更具有纪念佛诞的意涵，其宗教文化意义也更形深刻。

上列四月八日所抄造的佛经除了一般的《般若波罗蜜经》《佛说阿弥陀经佛经》《药师琉璃光如来本愿功德经》《佛说般若波罗蜜多心经》等大乘经典外，其中以 S.4162、S.4570、P.2276 等杨维珍为亡父所写的《优婆塞经》《灌顶经》《善恶因果经》《太子成道经》等经，与四月八日佛诞关系密切，同时造四十九尺神幡一口，也是佛诞日祈求延寿续命的特殊意涵。另外，P.2374 瓜州承典禅院禅师惠光，发心敬写《延寿命经》《续命经》《天请问经》三卷，也是具有延寿续命的祈求，特别的是“计写四十九卷”，前举《灌顶经》卷十二，也是强调“六时行道，四十九遍”“神幡五色四十九尺”“燃四十九灯”。显然“四十九”是具有续命的神秘数字。

从上列写经题记，可见四月八日抄经活动的盛行，抄经的种类繁多，抄经的数量卷帙也不少，一般不易完成，因有出资请人担任抄经工作的。敦煌写本中保存有当时敦煌地区抄经费用的相关资料，如 P.2912《康秀华写经施入疏》：

> 写《大般若经》一部，施银盘子叁枚，共三十五两，麦壹百硕、粟伍拾硕、粉肆斤。右施上件物写经，谨请炫和上收掌货卖，充写经直。纸墨笔自供足，谨疏。四月八日弟子康秀华□。

康秀华将物品施入寺院，请炫和上代为变卖以充当写经费用，请人代为抄写《大般若经》一部。又 S.4211 “壬辰年四月十一日支付写经人物色名目”，存 13 行，其中有归义军时期支付写经报酬的一份清单。

从这份资料看，写经人有“僧正”“法律”等僧官，也有衙府的“押牙”等一般官吏，这是他们在完成写经任务后所得的报酬，从时间看此次写经当与四月八相关。由于信众渴望能有抄经功德，除了亲自抄写外，更多的是出资请人代为抄写，因此，形成一种因信仰而产生的新兴文化事业，我们从敦煌文献中发现有各种以代人抄写为生或贴补生活的抄手，这也就不难理解。

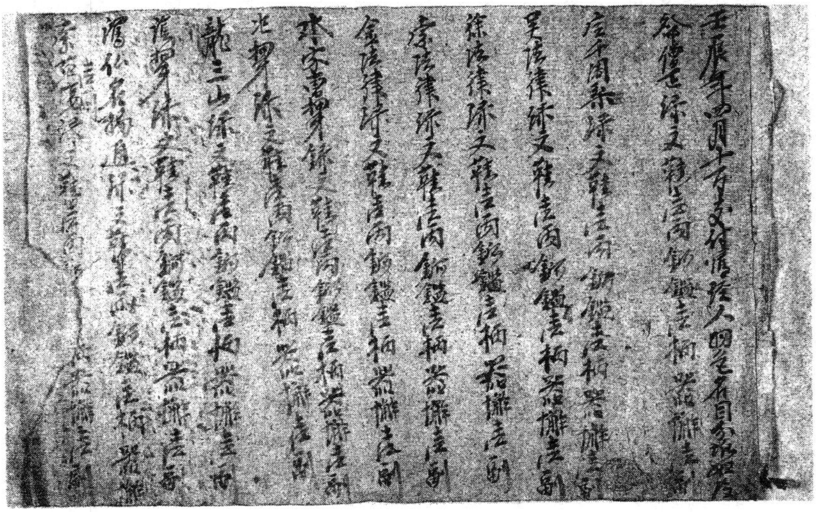
壬辰年四月十一日支付写经人物色名目

四、后语

透过特定节日的庆祝以凝聚信众，是宗教信仰常见的手法。在汉传佛教中，释迦牟尼佛、药师佛、阿弥陀佛、观音菩萨、地藏菩萨、普贤菩萨、文殊菩萨等等的纪念日都是佛教信众的盛事。其中特别是教主释迦牟尼佛的诞辰、出家、成道、涅槃等，更是佛教徒公认的重大节日。

每年四月八日的佛诞日，在同一时间，选择一个共同的空间，不论僧俗、不论贵贱，透过共同的宗教活动，来展现共同的信仰，发挥群体无比的感染力。一时蔚然成风，发展为一种宗教文化，更进而形成为民族的信仰民俗。

寺院是佛教的实体，唐代佛教寺院作为一个兼具宗教、政治、经济等职能的社会组织，发挥了多方面的功能，尤其在文化功能与社会功能上，堪称是当时社会文化中心。佛教传入中国，各地寺院逐渐担负民间文化活动的主要功能，寺院也成为救济的社会福利场所。寺院斋会、庆典成为民间聚会与社会教化的主要活动。

唐五代敦煌地区四月八日佛诞日的转经法会、斋会与浴佛活动，其参与者上至政府官员，下至平民百姓，不仅有宗教信仰的仪式内容，也伴随各种娱乐、教化、艺术活动的产生，突显出以寺院文化为中心扩展而成的社会文化现象。

我们从敦煌文献中的寺院文书，看到了唐五代敦煌地区与中原地区四月八日佛诞节，僧俗宗教活动的具体面貌，也窥见了寺院活动与文化的部分面向。从群体的“广会圣众俗，设斋供养”，到象征再现佛诞与怀念之情的“浴佛”活动的进行，以及个人“造幡”“写经”等荐亡祈福等佛事，进而衍生出寺院代为安排分配写经任务与报酬等，一种新兴宗教文化事业的产生，更可见寺院在敦煌地区的重要功能与敦煌寺院文化的特殊现象。

第八章

敦煌佛教文学与佛教文献传播

佛教东传，初期的传播者主要是外来的高僧，他们传播的方式，凭借着记忆口诵经典，进而诉诸文字。所以佛教初传，经典翻译乃首要之务。透过经典翻译的传播，信众有了凭借可以展开诵习；译经流通与盛行，则正式推动着信仰的流行。这其间佛教文献的传播，也透过了注解、讲说、图像展示，进行教义的宣扬与教法的弘传，快速地推动着佛教在中土的发展，终使原本来自印度经由中亚入传的宗教信仰，建构出汉传佛教的庞大体系，使其成为世界佛教的主体。

隋唐五代，佛教在中国进入全盛时期。佛教的发展与传播也进入了由雅而俗的新阶段。大型法会诉诸语言声音的转经、诵经与说法布道；民间村落法邑经幢镌刻等造经活动，诉诸视觉的造像与绘制壁画等图像的传播，使各阶层与不同地域的信众，得以有缘接受。

因应这一阶段的传播对象，不论是识字而不便或无缘读经的信众；或不识字无法读经的信众，化俗法师透过语言，以讲唱经文或俗曲歌赞唱颂的方式来进行口头的传播。同时在寺院大型壁画的绘制，以线条色彩图像来制作经变画，或以绢本、纸本绘制经变挂画，进行视觉传播。既具图解经文的效用，又可庄严道场，示化信众，发挥视觉传播的最佳功能。这些“图绘变相”“口宣俗讲”的取材，与当时画师、化俗法师们所接触的佛教文献必然有着一定的关系。

敦煌写卷提供我们考察敦煌当地佛教文献的传播、敦煌佛教文学的发展，相当珍贵的材料，同时绘塑有壁画彩塑的 492 个佛教石窟，也提供了我们考察的辅证。

第一节

敦煌佛教文学的主体与传播特性

宗教、文学从起源到发展一直是处于互为表里，相互交融的状态。历来对于“佛教文学”的看法，大多侧重在佛典中譬喻、因缘一类具故事性的文字记述。经典当然是以教理、教法为主要内容，然而许多经典的内容与呈现的形式，实际上，不但具备了文学的特质，有些更是文学的渊源。

随着佛教的发展，弘法布道的通俗化与世俗化，更将佛教教理有意无意地透过文学创作与宣扬鼓吹，形成具佛教主体意识的“中国佛教文学”，在中国文学史或中国佛教史上，随着文学观念与视野的扩展而逐渐受到关注。

地处丝绸之路咽喉的敦煌，在唐代已是一颇具规模的国际商业都市，同时又是佛教圣地。这样特殊的地理历史背景，使得俗讲变文成为唐五代时期敦煌地区佛教传播的主要载体，同时也是民间百姓休闲娱乐活动与知识获取的管道之一。

“保存或仅存于敦煌遗书中的唐五代宋初四百多年间的佛教文学作品”，即所谓的“敦煌佛教文学”。不管从中国文学的立场或佛教文学的立场来看，敦煌藏经洞所发现的这批材料，恐怕最受瞩目的还是首推讲唱“变文”了。“变文”是佛教通俗讲经及其演化的讲唱文学；是佛教徒“揭示或鼓吹佛教教理而有意识地创作的文学作品”①，是不折不扣的“佛教文学”。“变文”是仅保存于敦煌藏经洞文献中的一种佛教文学，更是“敦煌佛教文学”的代表。

中国文学从文学创作的阶层论，可分为三：一、知识分子的雅文学，一般称之为作家文学、文人文学或贵游文学；二、民间文学，一般称之为农民文学；三、俗文学，则是介于农民文学与文人文学之间的市民文学。

就创作的工具与传播的媒介论，雅文学是以文字为创作工具，以传抄或刊刻的书面文字为媒介来传播，因此，一般又称之为书面文学；民间文学，是以口头创作，以语言为媒介，透过口耳相传来传播，一般称之为口头文学或口传文学。至于俗文学，虽然是以文字作为创作工具，但是他的传播媒介则是口头传播与书面传播兼而行之；他是中下层知识分子汲取民间文学素材，进行记录、整编、加工、改写的再创作，既有别于民间文学的口头创作，又有别于雅文学的个人化与原创性。属于教义宣扬弘法的俗讲变文，就性质论，是属于俗文学的范畴，不但是中国佛教文学的组成部分，更是中国俗文学史上重要的一环。

“变文”这种是佛教为了扩大信众、普及信仰而采取通俗化说唱形式的宣讲手法，既有文字记录的底稿写本，又通过口头语言在道场、法会中来进行传播。

---

① 加地哲定《中国佛教文学》，刘卫星译，高雄：佛光出版社，1993 年，第 1 页；福井康顺《代序》。

第二节

敦煌的佛教文献与佛教类书

一、敦煌遗书中的佛教文献

从敦煌“讲唱变文”的性质起源与叙事特色来看，它是具有俗文学特性的佛教文学；在内容上不如作家文学深具原创性，而是依据佛典经义、内容，进行普及化的诠释与宣扬；其内容深受所根据的佛教典籍的制约。因此，“敦煌佛教文学”的发展与敦煌佛教文献之间可说是息息相关。

方广锠曾将敦煌遗书中的佛教文献分作正藏、别藏、天台教典、毗尼藏、禅藏、宣教通俗文书、敦煌寺院文书、疑伪经等八大类，加以说明。[①]敦煌佛经写卷数量虽多，然多重复与残缺，以佛教主要的经典论，敦煌藏经洞所保存十分有限，显得不够完备。我们试着翻检《敦煌大藏经》[②]，便可发现主要如《大般若波罗蜜多经》一部600卷，《大宝积

① 方广锠、许培铃《敦煌遗书中的佛教文献及其价值》，《西域研究》1996年1期，第40—49页。

② 敦煌大藏经编辑委员会编辑《敦煌大藏经》，台北：前景出版社；中国：星星出版公司，1989年。

经》一部120卷等大部头经典；其他保存特别多的佛经，如鸠摩罗什译《金刚经》，总数约在1800号以上，《妙法莲华经》至少也有2000多号，然而也有更多的经典则均未见保存。据方广锠粗略的统计，《开元释教录》《入藏录》1076部经中，不见敦煌写经的经典至少要占三分之一到二分之一。因此，实际上主要日常讽诵、修习所使用的经典，其种类则不太多。

可见佛教文献浩瀚，敦煌大藏经难得一部，所以敦煌写卷中出现不少沙州向长安乞经的文书，如P.3851、P.4607、S.2140、S.3607、S.4640、Дх.2170等。[①]其中S.2140写卷便记载说：

> 沙州先得帝王恩赐藏教。即今遗失旧本，无可寻觅欠数，却于上都乞求者……上件所欠经、律、论本，盖为边方邑众，佛法难闻，而又遗失于教言，何以得安于人物。切望中国檀越慈济乞心，使中外之藏教俱全遣来。今之凡夫转读，便是受佛付嘱传授，教诫得住，久住间矣。

可见敦煌地处边隅，地方官府典藏一部藏经已非易事，私人寺院藏经更属不易，因此，僧人若欲遍览群经实在困难之至，一一翻检，更是不太可能。在佛典收藏如此不足的情况下，抄撮略出的佛教类书则是实用方便的利器，既可发挥博约取要的功能，又能提供各类佛法的主要内容，弥补经典匮乏之缺憾。

---

① 详见方广锠《敦煌遗书〈沙州乞经状〉研究》，《敦煌研究》1989年2期，第73—83页；后收入《敦煌学佛教学论集》下册，香港：中国佛教文化出版有限公司，1998年，第195—232页。

二、佛教类书的发展与敦煌文献中的佛教类书

1. 六朝隋唐佛教类书的兴起

中国图书典籍汗牛充栋，一般阅读、检寻，均极为不便。三国期间，文学发达，“三曹”父子雅好诗文，魏文帝曹丕特命刘劭、王象纂辑《皇览》，采辑群书有关事物之记载，依类编排，以备检索，供作摛文赋诗之参考。南北朝时类书编纂蔚为风气，北齐祖珽等编有《修文殿御览》等，据史志目录著录多达四十几种，今多不传。唐代诗学发达，文风鼎盛，各种类型的类书编纂更是蜂出，传世如虞世南《北堂书钞》、欧阳询等《艺文类聚》、徐坚等《初学记》，为初唐文臣所编的著名类书，均关系着唐代诗赋创作与文风的发展。[①]

不仅儒家文士有诗文典籍类书的编纂，即在佛道也是如此[②]。盖佛教东传，经汉魏、六朝而隋唐，经典翻译由旧译时期到新译时期的大规模译经，卷帙繁多而庞杂，一般寺院除了日常讽诵与修习用经外，其他经典难得俱全；即在长安著名大寺也不易拥有完整一切经的典藏。因此，高僧每就日常阅读经典抄录重要经文以便寻检，形成此一时期一种新的书籍形式，而名之为“抄”。其取意盖在抄撮裒辑各典籍中的精要言论，编纂成书以示其要，并资备忘与检索应用。

“抄”或作“钞”，敦煌遗书中以“抄”为书名者为数甚多。有的是因卷帙繁多，不易研读寻绎，而删繁节要的各种“要抄”“略抄”“摘抄”。正如敦煌写卷 P.2385 卷背《毗尼心疏释》中所言：

---

① 闻一多曾从文学与学术关系的视角，探究《北堂书钞》《艺文类聚》等的编纂，特别是“类书与诗”的互动切入，论述初唐诗坛，颇有见地。见《类书与诗》，原载《大公报》文艺副刊第 52 期 1934.3.24，后收入《闻一多全集》卷 3《唐诗杂论》，北京：三联书店，1984 年。

② 有关道教类书，可参见麦谷邦夫《道教类书と教理体系》，收入：京都大学人文科学研究所编《中国宗教文献研究》，京都：临川书店，2007 年，第 337—354 页。

抄者，略也。因令撮略正文，包括诸意也。略取要义，不尽于文“抄”字着手，即拾掇之义，取其要者。

其所谓的抄，盖取节要、摘录之义。此种情形尤以佛教的大部经、律、论、疏等为多。如《涅槃经节抄》《正法念处经摘抄》《三部律抄》《四分律删繁补缺行事钞》《比丘含注戒本小钞》《四部律并论要抄》《大毗婆沙论杂抄》《大乘百法明门论抄》《因明入正理论略抄》《小乘部义钞》《大乘四法经释抄》《大乘百法明门论开宗义记疏抄》《金刚旨赞疏抄》等。

不仅卷帙繁多的佛教典籍有抄，即使在一般生活中，为了集中问题，提炼精华，也多有抄撮要言编纂成编以切合日常实用的情形，如《勤读书抄》《励忠节抄》《杂抄》（又名《珠玉抄》）等，或为劝勉后辈勤读而“随手札记，以示子孙”；或为教诫学子而类聚圣贤的嘉言懿行，以励忠君爱国；或捃摭抄录日常知识与基本学养的精要，以帮助童稚愚氓之智。

一方面，在世俗类书的风气影响与现实使用情况的推动下，抄撮既多，自然会有分门别类，分别部居，标立名目，以便寻检的佛教类书产生。据史料考察，佛教类书之编纂盖始于萧梁，武帝天监七年（508）敕庄严寺僧旻缉《众经要抄》88卷，十五年（516）敕同寺宝唱撰集《经律异相》55卷（今存）。武帝后的梁简文帝，为太子时，即曾邀集学士编成佛教类书《法宝连璧》200卷。即位后，又命僧人智藏等编成《义林》一部80卷。湘东王记室虞孝敬也编有《内典博要》40卷，在在呈现萧梁时期佛教类书编纂之风行。有唐一代为佛教全盛时期，佛教类书之编尤为精当，道世《诸经要集》20卷、《法苑珠林》100卷，更是现存佛教类书之代表。其中《法苑珠林》，不但在中国佛教学、中国佛教文献学上居有极重要的地位，更是中国文献学、中国佛教文学、中国文学史料学的宝库。

道世《诸经要集》20卷，原名《善恶业报录》，唐开元年间释智升始更名为《诸经要集》，又称《善恶业报论》。全书凡20卷，计分30部185项。是道世于唐高宗显庆四年（659）在《经律异相》基础上编成的。诚如其序所说“文句浩瀚，卒难寻览；故于显庆年中，读一切经，随情逐要，人堪行者。善恶业报，录出一千，述篇三十，勒成两帙。冀道俗依行，传灯有据。敬寻释典深奥，非浅识之所知。”是此书编纂系根据大小乘诸经律论，取其中各种佛教要目，集录要义，加以分类纂辑，以便检寻。

唐总章元年（668）道世更据20卷的《诸经要集》扩编为《法苑珠林》百卷，全书凡分100篇，首起《劫量篇》，终于《传记篇》。篇下分部，部下又分小部，总计668目。每篇开始多以简短骈文总述大意，再以类相从。广博采集经、律、论原典故实，夹叙夹议；篇末或部末多附《感应录》征引感应事迹。除广泛网罗佛教经论外，也兼引外典俗书，全书引用典籍逾400种。当时朝议大夫兰台侍郎李俨为此书作序说：“（道世）爰慕大乘，洞明实相。爰以英博，召居西明。遂以五部余闲，三藏遍览。以为古今绵代，制作多人。虽雅趣佳词，无足于博记。所以搴文囿之菁华，嗅大义之薝卜，以类编录，号曰法苑珠林。总一百篇，勒成十帙，义丰文约，纽虞氏之博要；迹宣道镜，晞佑上之弘明。”说明了《法苑珠林》采取抄撮群籍，分类纂集的类书形式，既希望能凌驾虞孝敬《内典博要》的类书体制，更希望能媲美僧佑《弘明集》弘扬教法的功能。后世以为《法苑珠林》一书既是中国中古文学的渊薮，更是佛教最为重要的百科全书。

2. 敦煌文献中的佛教类书

《金藏论》《经律异相》《诸经要集》《法苑珠林》等大型佛教类书的出现，广泛抄录经典，为大量欠缺藏经的寺院，解决经典严重不足的缺憾；分类编纂，便于寻检，也提供僧人一部体系完备，精要方便的佛教百科全书，有助于化俗法师讲唱时，在题材与内容上的采择。

现存敦煌莫高窟藏经洞所发现较有体系的大型佛教类书，主要有《金藏论》《经律异相》《诸经要集》《法苑珠林》等，兹分别略述如下：

（1）《金藏论》

我关注到敦煌写本《金藏论》，缘于早年从事敦煌蒙书研究时，见到敦煌写本通俗读物《杂抄》一卷，[①]卷末“世上略有十种札室之事”前，有“辩金藏论法”一段文字，内容涉及儒家孝行等立身处事之言行准则[②]，当时据唐释道宣《续高僧传》载：南朝齐释道纪“广读经论，为彼士俗而行开化，故其撰集名为《金藏论》也。一帙七卷，以类相从。寺塔幡灯之由，经像归戒之本，具罗一化，大启福门。”“及开法始更广其门，故彼论初云邪见者是也。所以世传何隐论，师造金藏论，终惟纪也。故改名云。然其所出，抄略正文，深可依准。”[③]怀疑此与《金藏论》有关，不过因为道纪原书不传，无文本可资比对，所以未进一步论述。

2002年荒见泰史发现北京图书馆藏8407号（鸟16号）敦煌卷子应为《众经要集金藏论》，《敦煌遗书总目索引》等均拟题为《法苑珠林》，荒见持与日本兴福寺藏《众经要集金藏论》比对，判定实为《众经要集金藏论》写本。并以为：“《众经要集金藏论》在中国文学研究上一向不为人注意，这个名称简直像从来没被提到过似的。难怪，除了该敦煌写本以外，这个作品在唐宋时代的作品里也一次没被提及，《大唐内典录》《开元释经录》《大周刊定众经目录》《贞元新定释经目录》等的

① 《杂抄》今所知见计有S.4664、S.5658、S.5668、S.5755、S.9491、P.2721、P.2816、P.3393、P.3649、P.3662、P.3671、P.3683、P.3769、P.3906、日本羽663号等十五个写本。

② 辩《金藏论》法：夫人有百行，唯孝为本。大柯不远，以近取譬；从近至方，一步为始。明王受谏则圣，曲木受绳则直。……德润身，富润屋，丰年珠玉，不如俭年麦粟。在丰虑俭，在饱虑饥。故知桑下一飧，尤能扶轮之报……

③ 大唐西明寺释道宣《续高僧传》卷30，《杂科声德篇第十》《高齐邺下沙门释道纪传二》，《大正新修大藏经》第50卷，第701a—b页。

唐代大藏经目录中也未收入。但是，该文献却在日本仅留有一些断片，在日本文学史、尤其是唱导研究以及说话研究上，被视为是很有价值的文献之一，多次被提及。”[①]这个发现相当有意义，并先后发表系列文章[②]，作了详尽的校录与论述。特别提到《东域传灯目录》著录有《众经要集金藏论》，日本存有唐写本，且对日本汉文说话文学《日本灵异记》及日本说话《今昔物语集》等有所影响。

承其惠赐，得以拜读鸿论，对其梳理之功与论证翔实，至感佩服；也再度引起我对《金藏论》的关注，对日本兴福寺沙门永超集《东域传灯目录》在“《诸经要集》二十卷（玄恽）” 上，“《心镜要略》十卷(智觉禅师延寿集）梵释寺（东寺)”下著录“《众经要集》七卷”[③]的排序，以为依其排列时序，此书当在唐释道世前，应非据《法苑珠林》《诸经要集》略出成编，宜在唐前。

南齐释道纪所编的《金藏论》，根据日本大谷大学藏本序文，对其编纂的旨趣，有了如下的说明：

> 且沙？京都汉中之经少，历叹教门丰广，写习难周；简摘要言，撰为约引，集成七卷，别为异部。乃是众经之精，题号《金藏论》。师善模音轨，字等雕金。巧布篇章，言齐镂玉。谈因语行，句句分明；说果从因，文文委悉。……欲尽匈报之功，非我管知能述耳。都合今有九卷，有二十四章，有百九十二条。

① 荒见泰史《敦煌文学与日本说话文学》，收入《敦煌与丝路文化讲座》，北京：北京图书馆出版社，2003 年，第 225—240 页。

② 荒见泰史《敦煌文学与日本说话文学——新发现北京本〈众经要集金藏论〉的价值》，收入陈允吉主编《佛经文学研究论集》，上海：复旦大学出版社，2004 年，第 607—624 页；《中国国家图书馆藏敦煌写本北京 8407（鸟 16）“众经要集金藏论”校录》，《西北出土文献研究》3 号，2006 年，第 67—89 页。

③ 永超《东域传灯目录》（1094 年撰），《大正新修大藏经》55 卷，第 1164c 页。

而唐释道宣《续高僧传》《道纪传》中也说：

> 释道纪，未详氏族。高齐之初，盛弘讲说。……广读经论，为彼士俗而行开化，故其撰集名为《金藏论》也。一帙七卷，以类相从。寺塔幡灯之由，经像归戒之本，具罗一化，大启福门。……所以世传《何隐论》，师造《金藏论》。终惟纪也，故改名云。然其所出，抄略正文，深可依准。

《金藏论》在中国早已散佚，敦煌藏经洞的发现，使隐没千余年南齐道纪所编的佛教类书，有幸得以重见天日，希望能汇整日本所藏唐写本、敦煌写本及其他文献援引，勾勒此书原貌，进一步考察其在中日佛教文学史的发展与价值。

敦煌写本《金藏论》主要为卷五、卷六系统，计有六件，分别如下：

BD03686（北图1322、为86）、俄藏Дх.00977、北京大学D156【卷五、六】

BD07316（北图8407、鸟16）【卷五】

S.3962【卷五】

S.4654【卷六】

总合现存日本大谷大学藏、京都大学藏及敦煌写本《金藏论》，大致情形如下[①]：

---

① 参见本井牧子《大谷大学藏“众经要集金藏论”考》，《大谷学报》85卷3号，2006年7月，第21—43页。又宫井里佳、本井牧子《金藏论本文と研究》，京都：临川书店，2011年。

卷一：含“序文”“述意部”“邪见缘第一”（3则）杀害缘第二（7则）。

卷二：自“好信发欲灌佛缘”，至“暴志比丘泥前身为鳖妇缘”计25则。

卷三：【缺】

卷四：【缺】

卷五：塔缘第十五（9则）、像缘第十六（5则）、香花缘第十七（5则）、灯缘第十八（4则）。

卷六：幡盖缘第十九（4则）、出家缘第二十（5则）、袈裟缘第二十一（4则）、孝养缘第二十二（4则）。

卷七：【缺】

依据道宣《续高僧传》所载，南朝齐释道纪“撰集《金藏论》一帙七卷”，永超《东域传灯目录》著录“《众经要集》七卷”则不著撰者姓名。根据大谷大学藏本序文与《续高僧传》所叙编纂概况相契合，可见《众经要集金藏论》即道纪《金藏论》之全名。至于《东域传灯目录》著录“《众经要集》”卷数同为七卷，有可能《众经要集》也是《众经要集金藏论》的略称。虽然此目不著撰人，且初唐释静泰撰《众经目录》卷第三“别集抄”下著录有：“《众经要集》二十卷，后魏世沙门昙显等撰”，然昙显时代较道纪为后，此二者当是同名异书。

又S.779残卷，存有“蛤听法生天缘（出《善见律毗婆抄要略》）”“鸟闻比丘诵经得生天缘（出《贤愚经》）”“鹦鹉闻说四谛得生天缘（出《贤愚经》）”，P.3426残卷存有“比丘财乞丐作福得报缘（出《譬喻经》略要）”“四梵志避死不得脱缘”“厌三界五道受苦劝声净土缘”，虽形式颇类《金藏论》，然S.779原有标题作《诸经要略文》，且内容多见于《法苑珠林》，又P.3426写卷，前为慧远《胜鬘经义记卷上》，因此，此二件写本恐非《金藏论》。

(2) 敦煌写本《经律异相》

敦煌写卷中现存有梁宝唱编《经律异相》写卷，计有一件，现藏北京中国国家图书馆，编号BD05633（北图8696、李33）题为："《经律异相》卷第二十六"（出《佛说一切施主所行六度檀波罗蜜经》）。

(3) 敦煌写本《诸经要集》

唐释道世《诸经要集》写本，计有七件，分别藏在法国巴黎国家图书馆及北京中国国家图书馆：

①P.2163 《诸经要集》（略出）卷第十二至第二十

②P.2295 《诸经要集》卷第四（引证缘、叹德缘、燃灯缘）

③P.2370 《诸经要集》（圣僧缘第四、施食缘第五）

④P.3653 《诸经要集》（卷第九债负缘第四）

⑤BD07364（北图8406、宿091）《诸经要集》（卷第十一）

⑥BD08494（北图8434、裳094）《诸经要集》（《旧杂譬经》见卷第九、《增一阿含经》见卷第十九）

⑦BD14568（北图新0768）《诸经要集》卷第九

尾题："宝应二年五月一日弟子建康军营田判官果毅都尉侯彦珣自书写讫"

P.2163，《敦煌遗书总目索引》等著录作《诸经要集》，黄永武《敦煌宝藏》则著录作"《诸经要集》卷第十二至第二十"。按：此卷首题《诸经要集》，与文本字迹不同，非一人所抄。此卷前有三行字与首题系同一抄手，作"此集共释道狱主，亦是妄见，直是恶人，重心合心"，止于"又《僧祇律》云：然火向有七纂撰。《诸经要集》比较对勘，大意相类，广略不同。据其及题，欠头十一卷，请后乐道缁俗，高尚哲人，愿寻大藏经文，发心接续者矣。"正文起："答曰：彼见事无利益。一坏演，二坏色，三身羸，四衣垢坏，五卧具坏，六生犯戒缘，七增世俗话。"后有"金藏论　维开元廿有三载于幽州写记之。王庭与吕兰师兄勘校讫"，字迹与正文盖出自一人。

持与今传本道世《诸经要集》20卷比对，今存起于《诸经要集》卷第十一“罪行缘第三”，迄于《诸经要集》卷第二十“录第三”，各卷内容简约为《诸经要集》的十分之一，其次第全同于《诸经要集》。又第22行，卷第十一“罪福缘第五”，高丽本《诸经要集》卷第十一作“杂业缘第五”，敦煌写本BD07364《诸经要集》卷第十一，也作“罪福缘第五”。当是《诸经要集》的略出本。

（4）敦煌写本《法苑珠林》

《法苑珠林》写本，计有六件，分别收藏在伦敦英国图书馆及北京中国国家图书馆：

①S.3997　存卷第三十七

②S.4647　存卷第三十三

③S.5624　存卷第三十八故塔部　第六（以下均为碎片缀合，如角码二前段为卷第三十六，角码四前段为卷第四十七，角码十一前段为卷第三十六，角码十二前段为卷第三十三）

④S.5915　存卷第六十八、卷第七十四、卷第七十五

⑤S.4438　存卷第八十八

⑥S.6888　《法苑珠林》节抄要览，见《法苑珠林》卷第八十八

从现存敦煌藏经洞保存下来的唐写本佛教类书《金藏论》《经律异相》《诸经要集》《法苑珠林》等情形来看，可以推知这些佛教类书是当时敦煌地区佛教的主要参考文献，像《法苑珠林》全书百卷，分为百篇，篇下分部，部下又分小部，体系完备，分类缜密，可说是体大思精，统摄群言的佛教百科全书。据以参考，则可免除“卷轴繁伙，条流深旷，实相真源，卒难详览”之困，且无虑弘法、宣讲时取资采撷之苦。

法师唱导俗讲，只要参考此类类书，一编在案，足资启悟之事义尽在眼前，而傍引譬喻，杂序因缘之所需，自然不必根据《四阿含》《六度集经》《贤愚经》《杂宝藏经》《杂譬喻经》《撰集百缘经》等逐经全典翻检，便可商榷经论，发挥宣唱法理，开导众心之功。

第三节

敦煌变文的题材与佛教文献的关系

敦煌变文的性质、起源与特色，梁慧皎《高僧传·唱导论》已有明确的论述[①]。按：唱导是法会或斋会时，宣说教理以开导众心的一种浅近的教导方法。由于系有关经典的讲演说话，即就经文而讲，所以又称讲经、讲说、唱说、说法、讲导、宣讲、宣唱。唱导师要有“声、辩、才、博”的能力，且要能“知时知众”“与事而兴”，所以“虽于道为末，而悟俗可崇”。在当时的斋集法会中，便出现经师转经歌赞，导师讲唱因缘的形式，其根本起源于“中宵疲极，事资启悟，乃别请宿德，升座说法”，为能发挥效用，法师乃“或杂序因缘，或傍引譬喻”。是知见唱导法师汲取佛经中的因缘、譬喻故事来宣说佛法，具激发兴趣，以提振疲累的心神。敦煌写本法藏 P.3849《俗讲仪式》也说：

---

① 论曰：“唱导者，盖以宣唱法理，开导众心也。昔佛法初传，于时齐集。止宣唱佛名，依文致礼。至中宵疲极，事资启悟，乃别请宿德，升座说法。或杂序因缘，或傍引譬喻。其后庐山释慧远，道业贞华，风才秀发。每至斋集，辄自升高座，躬为导首。先明三世因果，却辩一斋大意。后代传受，遂成永则。……若为君王长者，则须兼引俗典，绮综成辞。若为悠悠凡庶，则须指事造形，直谈闻见。若为山民野处，则须近局言辞，陈斥罪目，凡此变态，与事而兴，可谓知时知众，又能善说。虽然故以恳切感人，倾诚动物，此其上也。”

> 讲《维摩》先作梵；了，次念观世音菩萨三两声；便说押座；了，便索唱经文；了，法师自说经题；了，便说开赞；了，便念佛一两声；了，法师科三分经文；了，便念佛一两声；了，便一一说其经题名字；了，便入经说缘喻；了，便说念佛赞；了，便施主各各恶发愿；了，便回向、发愿、取散。

在佛教经典中，因缘、譬喻是佛教最具故事性的文学。其形式上与“本生”相同。广义来说，包含佛传文学、赞佛文学、因缘故事等等。

唱导法师援引因缘、譬喻来讲唱，固然可以自行采录取用佛典，但是汉译的《贤愚经》《六度集经》《百喻经》《撰集百缘经》《杂宝藏经》等因缘、譬喻经典，在当时并非容易拥有，也不便于寻检批阅，因此有自行抄录以备不时之需；也有选用他人集录的旧本。《高僧传》《唱导论》还说：“若夫综习未广，谙究不长，既无临时捷辩，必应遵用旧本。”这点应是合乎当时佛教经典传播的实情。因此，从数量庞杂的佛典摘录譬喻、因缘等相关故事所谓“略出”的文献，也就成为当时流行的风气。梁僧佑《出三藏记集》录下卷第四《新集续撰杂经录》有云：

> 其一卷，以还五百余部。率抄众经，全典盖寡。观其所抄，多出《四含》《六度》《地道》《大集》《出曜》《贤愚》《譬喻》《生经》。并割品截偈，撮略取义，强制名号，仍成卷轴。

唐释道宣《续高僧传》卷三十《宝岩传》也云：

> 岩之制用随状立义，所有控引，多取《杂藏》《百譬》《异相》《联璧》，观公导文、王孺忏法、梁高、沈约、徐庾、晋宋等数十家包纳喉衿、触兴抽拔。

《义楚六帖》第三“化道人天第二十三”：

> “道纪金藏”高齐之初，大弘成实，后事唱导，广读经论，集金藏行焉。后自讲之，七日一遍。兼养老母，扫塔为业，劝人持八戒。①

可见唐时，由于部分佛教徒致力于佛法的普及，“唱导”法会逐渐演化为“俗讲”法会。所以讲经的对象，不限于教团内的僧侣，寺院外的一般世俗民众也是说法对象。为了布教传道的方便起见，平易通俗的说法成为它的特色，为了使信众易于理解，于是选择有趣且富故事性教材，融合转读、赞呗、讲经说话来进行唱导。《续高僧传》收录数篇唱导时所用的各种辞章、忏悔文、唱导文等，《广弘明集》也收有二十多篇广被使用的唱导文，大多为罗列华丽辞藻所成表白体的唱导文，如真观的《梦赋》、王僧孺的《礼佛唱导发愿文》十数首、《忏悔礼佛文》《初夜文》等。

六朝隋唐分类编纂的佛教类书《金藏论》《经律异相》《法苑珠林》《诸经要集》等，其中更多抄撮汇聚诸经的本生、因缘、譬喻故事，分类编排，尤便讲说引用；而《感应传》《往生传》《灵验传》等的编纂、流布也都与唱导的“先明三世因果，却辩一斋大意”关系密切。敦煌写本中也保存许多佛教灵验记，这些都说明了可能是当时法师用来作为唱导的一种参考②。

荒见泰史推测敦煌文献《金藏论》是作为唱导、讲经纲要的底本，与变文、讲经文、缘起等中国唐代说唱文学间有着一定发展关系。③并

① 见《禅学典籍丛刊》第6卷下，2001年，京都：临川书店。

② 参见郑阿财《敦煌佛教灵应故事综论》，《佛学与文学——佛教文学与艺术学术研讨会论文集、文学部分》，台北：法鼓文化出版社，1998年，第121—152页。

③ 片寄正义《今昔物语集の研究》上，东京：三省堂，1943年。

举 S.4654 这件抄有“愿文”“变文”“金藏论”“押座文”等相关材料的写卷，以为是唱导、讲经文本资料的证据。按：S.4654 写卷，正面计抄有：

> 《(拟) 观音愿文》/《(拟) 愿文》/《舜子变一卷》/《(拟) 佛说问答诗》/《(拟) 众经要集金藏论》/《(拟) 功德赞》/《悉达太子雪山修道赞文壹本》（在《太子成道经》里作为“押座文”）/《丈夫百岁篇》/《(拟) 敦煌昔日等七言诗》/《(拟) 今日同游上碧天等七言诗和五言诗几首》等等。

这个写卷可能是某一位法师为了唱导，预先抄撮整理的相关资料，经过编排，为讲唱时的提纲。换句话说，这个写卷《金藏论》中有关的因缘故事，是用来作为唱导时启发听众的补充材料，这应是相当明确的。

根据这种现象来看，我们对王重民等《敦煌变文集》、潘重规先生《敦煌变文集新书》等，将敦煌写本《搜神记》《孝子传》收入《敦煌变文集》，而安置在书末，主要应该也是着眼于这两本汇集神奇人物故事与孝子故事的笔记小说，是提供变文讲唱题材的重要参考材料。我们只要对照其他变文与《搜神记》《孝子传》的内容，如《董永变》《舜子至孝变》等，便可找到辅证。

第四节

敦煌壁画与故事纲要

本生是讲述佛在过去无数轮回之世，舍身救世、施物济人的故事。因缘则是佛向大众讲述生死轮回、因果业报的事例。早期佛教的传播，本生、因缘、譬喻与佛本行都是最为引人入胜的故事；这些生动的故事，是宣传佛理，教育世人的利器。在佛教传播过程中，除了诉诸语言文字的传播外，也有以线条色彩绘制大型壁画诉诸视觉艺术来进行宣传方法。

寺院道场展开的俗讲，僧人们根据这些本生、因缘、譬喻题材，进行加工演绎，透过曲折的情节以悦众化俗，形成故事性更强，娱乐性更高的佛教宣教文学。同时，石窟壁画也是从中采择主题以入画，其中如《贤愚经》《杂宝藏经》《撰集百缘经》等，经典中的本生、因缘故事多是深受喜爱而迭被引用的材料。由于这些故事散见于诸多经典，所以摘抄、略出的情形较多，如 S.4464 残卷，便摘抄有《贤愚经》中妙色王、宝灯王、月光王等故事；P.3000 则抄录有《杂宝藏经》的“迦尸国王白香象养盲父母并和二国缘”“梵摩达王夫人嫉妒怒伤子法护缘”……“报恩经说忍辱太子舍心眼睹救父王”等故事。梁丽玲《“杂宝藏经“及其故事研究》[①]论及《杂宝藏经》早期流传的写本中所提及的敦煌写本[②]，其中有的是《杂宝藏经》摘抄；又《贤愚经研究》中，有关《贤愚经》的古写本提及的敦煌写本，也颇多属于《贤愚经》摘抄。

至于佛传本行则相对的较为集中，然而唐前汉译佛教经典中涉及佛传的典籍数量较多，其中主要译著有：

东汉　昙果、康孟祥、竺大力译《修起本行经》
东汉　康孟说译《中本起经》
东汉　吴支谦译《太子瑞应本起经》
西晋　竺法护译《普曜经》
西晋　聂道真译《异初菩萨本起经》
(刘)宋　求那跋陀罗译《过去现在因果经》
(刘)宋　释宝云译《佛本行经》
北凉　昙克谶《佛所行赞》
(萧)梁　僧佑撰《释迦谱》
隋　阇那崛多《佛本行集经》
唐　地婆诃罗《方广大庄严经》

这些都是佛教唱导、俗讲与寺院壁画绘制有关佛本生、本行资料题材参考的来源。除了这些经典外，敦煌文献中也出现许多为了化俗法师讲唱取材，或绘画构图起草所需，而辑录的纲要、简目一类的文献。这些文献的抄写，繁简有别，删减不一，然大抵为摘要、略要之编。如《金藏论》每则后均标示“出××经略要”，此所谓“略要”，盖省略一

① 梁丽玲《“杂宝藏经”及其故事研究》，台北：法鼓文化出版社，1998年，第51—64页。
② 梁丽玲《贤愚经研究》，台北：法鼓文化出版社，2002年，第60—68页。

部分者谓之略，摘出重要者谓之要。

宣扬教主生平事迹，是任何宗教共同的特色。本行的佛传故事，也是讲唱与绘画的主要题材，其经典以《太子瑞应本起经》《佛本行集经》最为称著，情节也较为集中，敦煌写本保存也多。然宣讲或绘制壁画，仍须仰赖故事摘要与绘画起稿简目。今所见敦煌佛教文献中便存有不少这类写卷，如 P.2303 卷背有《佛本行集经》摘抄，中题有降王宫品、树下诞生品； S.4194《佛本行集经抄》，内容为卷第 28、卷第 29 中的“太子成道”及“降魔”的故事。P.3317《佛本行集经第三卷已下缘起简子目号》等，也都是有关佛传故事的摘抄或简目。

其中 P.2837 写本《佛本行集经》抄中，出现有“┐”标识，疑为当时用来提示讲唱时所做的提示符号。

P.2837

特别佛传故事中有关乘象入胎、太子降诞、逾城出家……八相成道等故事，极为盛行，从现存变文集收有相当多件写本的情形，足可以反映这种盛况。尤其每年二月八日或四月八日佛诞日，讲唱有关太子成道变文更是节日例行的活动。P.2837 背面为“辰年正月卅日到二月八日施舍疏”多篇，其中有二月八日佛诞会时的施舍疏十一笔，如“二月八日弟子杜善知疏”有：“右弟子所施意者愿报平安，今头（投）道场请为念诵”；“二月八日女弟子无名疏”，“布八尺施入修造——右所施意者愿合家平安，请为念诵，今头（投）道场，乞垂家（加）护”。由此可见，这个写本是在二月八日佛诞会上作为念诵用的底本。

P.3317《佛本行集经第三卷已下缘起简子目号》，存 56 行，首尾完整，墨书直写，计 118 条文字简约条目。每一条目前均冠有数字，条目后均有“处”字作结，如“二十九降下时摩耶夫人梦日轮白象处”。这些条目的内容仅记《佛本行集经》的故事场面，而无具体的故事内容。118 条条目，按自然数字一至一百，以及一至一八，数序连续排列。

敦煌研究院樊锦诗院长发现莫高窟第 61 窟主室西壁下部和南、北壁后半的下部，绘制的佛传故事画，以三十三扇屏风连接而成的连环画，每扇屏风高 1.6 米，宽 0.87 米，总面积为 45.9 平方米，共有 128 个画面，附 128 则榜题[①]。这是敦煌石窟佛传故事画之冠。樊锦诗曾将 P.3317《佛本行集经》的《简子目号》118 条条目持与莫高窟第 61 窟佛

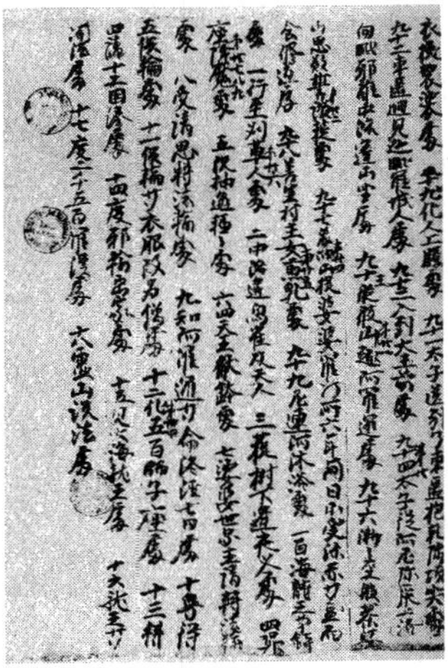

P.3317

莫高窟第 61 榜题

① 樊锦诗《关于莫高窟第 61 窟佛传故事画的几个问题》，收入《学艺兼修·汉学大师——饶宗颐教授九十华诞国际学术研讨会论文》，香港：香港大学，2006 年。

传故事画的画面及榜题进行比对。以为《简子目号》既不是榜题，也不是榜题底稿。它是一份来源自《佛本行集经》第三卷以下佛传故事主要情节形成的子目集成目录。换句话说，就是情节设计稿。它的产生是先由《佛本行集经》第三卷以下相关卷目中选出所需经文，再从所需经文中提炼出佛传故事的主要情节。所以说 P.3317《简子目号》条目乃莫高窟第 61 窟佛传故事画的情节设计稿。

例如上图 P.3317《简子目号》条目有“一百海龙王争钵处”，莫高窟第 61 窟屏风画如上图有榜题由左而右作：“尔时彼河主有一龙女，手执妙茎提奉上。菩萨坐已，取彼二女乳糜而食，讫。以金钵器掷河中，时龙王生大稀有希特之心，执彼金器，拟欲向宫释提桓因比作金翅鸟王从海龙王边夺取金钵，向忉利天恒自供养三十三天，至今不绝，置立钵节而供养。”二者相互辉映，关系相当明确。

又 S.192 残卷，《敦煌遗书总目》拟题为“佛经摘抄”，内容存“第五 如是我闻一时佛在舍卫国时阿难入城一老母乞食，唯有二男偷盗活命，财主捉得时”……“第七……如是我闻一时佛在舍卫国初夜分时”，以“……时”标示故事场面，并以数则“……时”为集合在前标以“第一”到“第七”，也就是每一数字代表一铺画面，数字下的各则故事，则是每铺壁画的故事场面，显然是作为壁画榜书底稿之用。施萍婷曾比对这是莫高窟 108 窟屏风画的榜题底稿。①

金冈照光《敦煌文献の本生谭——壁画と关连して》②一文曾提到“萨埵那太子本生”“须达那太子本生”“尸毗王本生”“须阇提太子本生”“鹿王本生”“毗楞竭梨王本生”“摩诃瑜摩伽本生”“睒子本生”等，这些本生题材大多出自于《贤愚经》《撰集百经缘》《杂宝藏经》等本生、因

① 参见施萍婷《敦煌随笔之四》，《敦煌研究》1987 年 4 期；收入敦煌研究院编，《敦煌习学集》，兰州：甘肃民族出版社，2004 年，第 57—65 页。

② 见金冈照光《敦煌文献と中国文学》，东京：五曜书房，2000 年，第 484—512 页。

缘故事；且敦煌写本 S.4794、S.1365、S.6923 等，也出现有不少敷衍这些题材的变文，正可相互印证。

敦煌佛教文学以敦煌俗讲变文最为代表，且深受学界所瞩目。讲唱变文的题材以佛传本行、本生、因缘与譬喻故事最为主要。这些故事材料主要来自《贤愚经》《杂宝藏经》《撰集百缘经》《佛本行集经》等一类经典，讲唱僧人准备讲唱拟定的讲稿或画师们绘制壁画时前置的起稿，未必参考经典本经原文；主要因为佛教文献传播，由翻译而传抄，卷帙浩瀚，难以齐全。纵或具备，也不易逐一遍检。世俗文献也是如此，如敦煌本《新集文词九经抄》抄录当时通俗蒙书《太公家教》，后代其他书籍引用《太公家教》颇多因袭《新集文词九经抄》，并非直接依据《太公家教》原书，而是出自《新集文词九经抄》所援引的《太公家教》。

六朝隋唐佛教类书兴起，大型类书如《经律异相》《法苑珠林》，攈拾群书，分类立目，体系完备，尤便寻检，洵为佛教文学编撰参考之最佳工具。至于法师实际唱导，为求俗讲主题更形集中，每每随情阅读，专就《贤愚经》《杂宝藏经》《撰集百缘经》《佛本行集经》等一类佛典抄录作为略要，以供草拟具体讲唱之用，期达“傍引譬喻，杂序因缘”宣唱法理，开导众心之效。甚至有选题采择，类聚汇抄，编作教案，以为个人临场参照。因此，也出现有将因缘故事类抄列入俗讲仪式，编入次序，形同个人演讲大纲或底稿的写本。

从上述可见，居于敦煌佛教文学主流的变文，如何在浩瀚的佛典三藏中汲取素材，显然与佛教类书的传播与运用，有着密切的关系。今存敦煌写卷中也有《金藏论》《诸经要集》《法苑珠林》……的写本，证明佛教类书的编纂广为敦煌当地高僧所使用。此外，我们从现存文献也可看出当时俗讲僧编撰讲经变文时参考的具体情形，印证了佛教类书在敦煌的传播与敦煌佛教文学发展的关系。不仅说唱变文如此，石窟壁画绘制的前置作业，起稿构图与榜题也具有异曲同工之妙。显示佛教文学、艺术与敦煌佛教文献的传播可说是息息相关。特别是《金藏论》的传播与接受对中日古代佛教文学之发展与影响，具有相当深远的意义，实有待日后更进一步地探究。

第九章

敦煌佛教文学与敦煌壁画图像

第一节

敦煌佛教叙事图文整合研究之意义

敦煌佛教文献、佛教文学、佛教壁画图像，在过去的研究中各自有其领域，甚少交涉。敦煌佛教石窟群及敦煌文献中占百分之九十以上的佛教文献，其传播时间适值中国佛教发展的关键期，丰富多样的写卷文书与壁画内容是考察佛教东传，乃至中国化、世俗化等发展历程的珍贵材料。

佛教叙事文学是敦煌佛教文学的核心，过去的研究大多以文献溯源法，探讨其与敦煌佛教文献之关系；论述经典与文学间的位移与落差现象；而敦煌佛教叙事图像的研究者，大多集中在分析壁画、绢画、经卷图绘等图像题材的来源，以及图像释读与经典诠释的关系。

随着敦煌学这门学科的发展，以研究材料为对象，逐渐形成为“敦煌文献”“敦煌石窟艺术”“敦煌历史地理”及“敦煌学理论”等四个主要面向。其中，“敦煌文献”与“敦煌石窟艺术”可说是敦煌学的两大区块，不但各自有其学科属性与特质，而且更有着丰硕且可观的研究成果。近年来，研究对象与视野渐趋拓展，所涉及的学科也不断增加，学界对敦煌学所具有鲜明的多学科交叉特征感受更加深切。尤其同一题材的佛教文学与图像由于化俗法师、画工们对经典的理解与诠释不一；因表达工具、传播媒介及时空的差异，不免存在着位移与落差的现象，同时也存在有文本的互文性。透过相关题材的敦煌佛教文学、图像的爬网与对应，展开比对分析，进而论述其间的关系，或许可建构出一个传播与释读的体系，并为传播方式多元化、传播媒介丰富化下，同一佛教故事题材在文学与图像表现所呈现的异同，寻求合理的解释；也是跳脱传统文学与艺术各自为政，甚少交流，罕见科际整合或交叉学科研究之窠臼。

叙事文学与叙事图像之间具有相同的叙事特质，而不同的载体与表现工具，也使它们之间存在着既相异而又可互补的特殊关系。敦煌佛教文学与佛教图像中的“维摩经变”“报恩经变”“父母恩重经变”“佛传文学与佛传壁画”“八相变”“降魔变”，乃至脍炙人口的“目连变”等等，都是值得交叉整合研究的课题。

回顾敦煌学研究史，跨学科的研究也渐有尝试，但主要以文献研究为主，进行文史的交叉整合。此外，偶有利用敦煌文献图像来作为历史、名物考察之佐证者，如图文并茂的佛教伪经《十王经》，生动描绘了地狱十王对罪人进行审判的场景，以往宗教史研究者多利用此文献来探索中国古代地狱观念的变迁。日本研究中国法学史专家仁井田升则利用带图的《十王经》所保存地狱中的刑具图，考察唐宋刑具的形制与样式等问题①。

可见跨学科、科际整合的研究对敦煌学而言，是相当必要的。现虽已有部分成果，但整体而言，敦煌学界对此问题的关注与研究仍有加强的空间。尤其有关敦煌佛教文学与敦煌佛教图像关系之探究，主要都集中在变文与变相关系之论述②，而少见有以同一故事题材在佛教文学与图像表现之间进行研究的。

---

① 仁井田升《敦煌发见の十王经图卷に见えたる刑法史料》，《东洋学报》25卷3期，1938年，第16页。

② 参见郑阿财《变相与变文关系论争平议》，“饶宗颐与华学国际学术研讨会”论文，2011年12月11—12日，泉州：华侨大学、香港大学饶宗颐学术馆主办。

从敦煌佛教文学研究的经验中，深切体认到“图像”可作为“文献”“文学”的形象佐证；“文献”“文学”则提供“图像”的叙事释读。以敦煌佛教叙事文学为核心，结合相关的敦煌佛教文献与敦煌石窟壁画中的佛教叙事图像，将这些数据视为一有机体，采取学科交叉的方法对这批数据进行统整研究，应有助于敦煌佛教文学之研究与阐释，提供研究发展的新窗口。

第二节

敦煌变文与变相

早期结合敦煌佛教文学与图像进行研究的，都集中在变文与变相关系之论述上，主要因文学界对于藏经洞发现的变文最为关切，研究的首要也以变文名义的考究为优先。在讨论“变文”命名的同时，也就牵涉到“变相”的讨论。

由于变文与变相二者皆源自于佛经，其关系的联系主要在“变”这一共同的特性；二者皆是佛教传播过程中的宣传手法，一是将经文内容变更为以线条、色彩、形象表现的视觉图像；另一是以通俗语言、韵散交结形式表现的听觉讲唱。二者都是以宣传佛理，教化俗众为目的，且同样可省称为“变”。

早期学者郑振铎、孙楷第、泽田瑞穗、傅芸子等[①]，他们基本上都是俗文学研究者。因此，他们立论的基础不自觉地从俗文学视角来观察，并从现存俗文学讲唱的具体事物进行类推，咸以为“变文”与“变相”的关系本出同源，皆来自佛经，“变”就是变更佛经，为了传播教义，将艰深、抽象不易理解的佛经，转变成视而可视的图像及通俗易懂的语言文字，以利佛教的传播。更进一步以题材相同的变相与变文来推测二者的关系，以为变文与变相是相辅相成的，变相是讲唱变文视觉图像的辅助工具。此一看法长期以来一直被视为公论。

20世纪60年代以来，随着敦煌变文文本的整理与敦煌石窟壁画图像的公布，开始有不同学术背景的学者，分别从各自的领域，以不同的视角对变文与变相的性质、关系展开论述。尤其是对有些变文具有题材相应的变相，二者是否存在主从关系，究竟是变文为主，变相为从？还是变相为主，变文为从？开始出现了各种讨论与见解。有主张变文是变

① 郑振铎（《中国俗文学史》，1938年，长沙：商务印书馆）提出“变文”像“变相”一样，“变相”是变更佛经的图像，“变文”是变更佛经的文本。唐代“变相”指称寺院中的壁画；“变相”就是将佛经的故事，绘在佛舍壁上的东西。以“变相”的命名来解释“变文”，“变文”就是将佛经故事，写在纸上的东西。认为“变相”与“变文”的得名颇为相似，二者关系密切，同源自佛经，皆起源于僧徒的宣传教义。之后，孙楷第（《读变文》，《现代佛学》1卷10期，1951年）进一步以为：“盖人物事迹以文字描写之，则谓之变文，省称曰变。以图相描写之，则谓之变相，省称亦曰变。其义一也。”认为变文与变相省称皆为“变”且二者所描写、绘画的题材不外乎“经中变异之事”。泽田瑞穗（《唱导文学の生成》，《智山学报》新14，1940年，第73—74页）继承郑振铎的说法。进而观察到变相与变文所采用的题材，他发现有些变相图的题材与变文题目几乎是一样的，如“目连变相”—《目连变文》；“降魔变相”—《降魔变文》等；最后提出变文、变相与俗讲僧有相当密切的关系，俗讲僧在讲述变文时，还辅以寺壁上的变相图，让听众在听的时候同时有具体的图像可看。傅芸子（《俗讲新考》，《新思潮月刊》1卷2期，1945年）也提出与泽田瑞穗近似的说法。并举出唐代两京寺院有吴道子诸人所画的壁画，有与变文所据题材相同。在此前提下，进一步推论讲唱变文时是需要图像作为辅助说明的。起初佛教俗讲宣传教义时，辅以图像来做说明，之后连非佛教故事的变文也采用这个方法，在说故事时也利用图像作为辅助。

相绘制的文本[①]；也有以为变文是变相的说明文字，变相主要是讲唱表演的视觉辅助[②]。艺术史学者巫鸿主张变相是石窟的组成部分，是无法用于讲解变文[③]，他透过敦煌变相与变文关系较为密切的三种变相类型：连环画式与《目连变文》、屏风式与《八相变》、向心式与《降魔变文》为对象，以个案分析进而将图像数据与变文及其他古代文献充分地结合，认为敦煌变相有的直接依据敦煌变文创作，也有仅仅受到敦煌变文的一些影响，这种影响主要表现在整个变相画面的故事性、通俗性。

诸家研究或从俗文学史来考察，或从佛教艺术史的视角、方法出发，或从文献、或从题材；或据讲唱与图像的结构，或据壁画、变文的布局与叙事，分别立论。大都有其凭借之理论与论据，所提出之看法也各有一定的参考价值。

余意以为或可从佛教传播学的视角来考察。盖佛教东传，初期的传播者主要是外来的高僧，他们传播的方式，凭借着记忆口诵经典，进而

---

① 金维诺以壁画的榜题与变文相对照，发现变相是按照变文的情节进行描绘，认为变相并不是作为文字的简单图解，而是透过画家丰富的想象，穿插着更多的情节变化。所以变相与变文的关系，并非只是单纯的一方模仿一方，而是透过讲唱者与画家，先消化佛经后再以不同的方式呈现，且变文与变相二者之间也同时相互影响着。见《〈只园记图〉与变文》，《文物参考数据》，1958 年 11 期， 第 32—35 页；后收入金维诺《中国美术史论集》下册，台北：南天书局，1995 年，第 375—378 页。

② 程毅中明确地主张：“变文就是变相的说明文字”。他认为变文中每一段唱词之前常出现的套语结构“处”字，就是指变相图中的某一场面，有如按图讲唱，很像近代的拉洋片。且此“处”字也可以作为提醒听众，目前正讲到何处，便于听众按图索骥 。此说明了变文与变相之间有密切配合的关系，可以是按图讲唱抑或作为讲唱时的图示。见《关于变文的几点探索》，《文学遗产》增刊第 10 辑，1963 年 7 月；之后，周绍良、金冈照光、白化文、梅维恒（Victor H.Mair）等，也都主张变文是变相的解说文字，变相主要是讲唱表演的视觉辅助。

③ 美·巫鸿《何为变相？——兼论敦煌艺术与敦煌文学的关系》，原载 *Harvard Journal of Asiatic Studies* 52.1（1992），pp.111-192. 原题 “What is Bianxiang? — On the Relationship between Dunhuang Art and Dunhuang Literture.”，郑岩译，载中山大学艺术史研究中心编《艺术史研究》第 2 辑，广州：中山大学出版社，2000 年，第 53—109 页。现收于郑岩译、王睿编《礼仪中的美术：巫鸿中国古代美术史文编》，北京：三联书店，2005 年，第 366 页。

诉诸于文字。所以佛教初传，经典翻译乃首要之务。透过经典翻译的传播，信众有了凭借可以展开诵习；经典流通与盛行，则正式推动着信仰的流行。这其间佛教文献的传播，也透过了注解、讲说、图像展示，进行教义的宣扬与教法的弘传，快速地推动着佛教在中土的发展。终使原本来自印度经由中亚入传的宗教信仰，建构出汉传佛教的庞大体系，使其成为世界佛教的主体。

佛教在中国的传播与发展，是由雅而俗，其传播的手段主要则通过讲经、诵经、俗讲与壁画的绘制来进行。俗讲与壁画的题材，除了佛传故事外，佛经中丰富而脍炙人口的本生、因缘、譬喻故事，以其生动的内容与感人的情节，始终是佛教传播的利器。所以佛教弘传的过程中既产生了精彩的叙事文学，也铺陈绘制为动人的叙事图像。这便是变相与变文题材交集的存在。但由于文字与图像的媒介质性差异，呈现在文字叙事与图像叙事的表现上，也就出现彼此互通但又有各自特色的差异性。

变文虽然是讲唱文学的祖祢，然最早的变文是佛教的讲经文，与一般的讲经相同都是以说教为主，其差别则在于语言通俗浅白，韵散夹杂，既说且唱。他的“变”指的是变更抽象深奥的佛经为通俗易解的讲唱；并非像后期讲唱佛教故事与民间故事的变文，是以叙事为主、娱乐性浓厚的讲唱。因此，初期讲经变文并不一定存在着看图讲唱的情形。随着变文的发展，由引据经文的讲唱，演变为讲唱佛经故事，到佛陀及其弟子的故事，乃至非佛教的中国历史人物及民间故事，而成就深具故事性、叙事性的讲唱文学。这种叙事说唱则大多配有叙事图像以作为讲唱的视觉辅助。我们从文献记载亦可见有关配图讲唱的情形，如中唐诗人李远（生卒年不详）的《转变人》、晚唐诗人李贺（790—816）的《许公子郑姬歌（郑园中请贺作）》、吉师老（约828—907）的《看蜀女转昭君变》等诗中均有关于唐代配图讲唱王昭君变文的描述[①]。又今存变文写卷中也可见配图讲唱的实物遗留，如 P. 4524 为图文结合的《降魔变》写卷，Дx.11018+BD11731+P.5019 的《孟姜女变文》残卷，缀合后，正面文字衔接，背面图画拼合成一幅相对完整的变相。[②]

此外，变文内容中也有涉及配图讲唱的相关记述，如 S.2614 原卷标题有“大目乾连冥间救母变文并图一卷并序”，虽然“并图”二字似有涂抹，但这正可说明讲唱佛弟子目连救母故事的变文，当时是有叙事插图的。BD00876《大目乾连变文》，此写卷的特点是：在一段一段的文字记载之间留有很大的空白部分，有文字记载的部分均有乌丝栏线，但没有文字记载的空白部分则没有栏线，就像是量好长短、预估图像的大小以后，特地把需要的空间预留下来，可见《目连变文》原来还是带图像的[③]。另外，《汉将王陵变》中也有“二将辞王，便往斫营处，从此一铺，便是变初。”《韩擒虎话本》原卷卷末有题记云：“画本既终，并无抄略。”等等，凡此皆可作为明证。只不过这些配图多为写卷带图或挂轴、画帧，并非壁画变相。[④]

总体而言，佛教入传，在中国化、世俗化的发展过程中，叙事图像与叙事文学原本属性不同，各自成长，各自发挥其重要的传播功能；随

---

① 李远《转变人》诗：“绮城春雨洒清埃，同看萧娘抱变来。时世险妆偏窈窕，风流新画独徘徊。场边公子车舆合，帐里明妃锦绣开。休向巫山觅云雨，石幢陂下是阳台。”李贺《许公子郑姬歌（郑园中请贺作）》诗：“长翻蜀纸卷明君，转角含商破碧云。”吉师老《看蜀女转昭君变》诗：“翠眉颦处楚边月，画卷开时塞外云。”

② 关于 BD11731 号+P.5019 号残卷的缀合，参见刘波、林世田《〈孟姜女变文〉残卷的缀合、校录及相关问题研究》，《文献》2009 年 2 期，第 18—25 页。与 Дx.11018 的缀合，参见张新朋《〈孟姜女变文〉〈破魔变〉残片考辨二题》，《文献》2010 年 4 期，第 21—29 页。

③ 荒见泰史《敦煌讲唱文学写本研究》第二章《从新资料来探讨目连变文的演变及其用途》，北京：中华书局，2010 年，第 66—69 页。

④ 参见朱凤玉《论敦煌文献叙事图文结合之形式与功能》，《敦煌文献、考古、艺术综合研究——纪念向达教授诞辰 110 周年国际学术研讨会论文集》，北京：中华书局，2011 年，第 557—573 页。

着佛教的普及与发展，叙事图像与叙事文学的结合陆续展开，于俗讲法会或变场上使用，使俗讲活动增添声色，提高了视听效果，促使佛教快速深入民间。敦煌文献中叙事图文结合的实物与相关记述，印证了此一发展与演变，是中国俗文学史上的焦点，也是佛教文化发展的贡献之一。

但变相原系据经文或叙事语文以线条色彩描绘而成的图像；变文则是根据经典内容以通俗浅近的语言文字与散韵交杂的方式来敷衍铺陈故事情节。二者虽同源自佛教，性质相近，题材颇有交集。但就发展论，初期图文各自独立，属于同源并行的兄弟关系，而非母子关系。变相之发生较早于变文。其后，在历时动态的发展下，二者相互依存，关系复杂交错。壁画变相题材扩大，绘制材质、形制转趋多方，有纸本、绢画，卷轴，挂帧，便于法会或变场讲唱使用。新兴变文的创作，也提供壁画绘制的新鲜题材。如此发展，叙事图文的结合，将抽象的语言文字给予具象成形，化严肃的语境为生动的画境；透过以图叙事，图文交映，达到视听互补之效用。其间发挥各自之叙述特征，使听讲效果倍增。其于俗文学史上既有助于讲唱文学之发展，又开启了话本小说插图绣像盛况，更彰显了变文与变相的关系与价值。

第三节

敦煌佛教叙事文学与叙事图像

出自于同一藏经洞的文献是当时敦煌文化的组成部分；敦煌石窟艺术以及其他敦煌考古文物、古遗址统统都是敦煌文化的一部分。因此，我们在对这些文化遗产进行分科整理、研究的同时，注意他的原生形态是相当重要的。我们不仅要跨越学科，更要能跨越材料属性，关注同一主题所具有相交涉的材料。

从现存文献得见当时俗讲僧编撰讲经变文时参考的具体情形，印证佛教类书的传播与敦煌佛教文学发展的关系。不仅说唱变文如此，石窟壁画绘制的前置作业，起稿构图与榜题也具有异曲同工之妙。P.3317《佛本行集经》的《简子目号》118 条条目与莫高窟第 61 窟佛传故事画的画面及榜题契合，正说明《简子目号》乃 61 窟佛传故事画的情节设计稿。显示佛教文学、艺术与敦煌佛教文献的传播息息相关。

敦煌灵验记也存在文献、图像的互文性。如《刘萨诃和尚因缘记》，此灵验故事既流行于中原地区，也盛传于敦煌。王琰《冥祥记》、慧皎《高僧传》及姚思廉等《梁书·诸夷传》均记载有他在吴越地区的活动与佛教感应事迹；北周姚道安《制像碑》、唐初道宣《续高僧传》及道世《法苑珠林》等则记述他在凉州番禾郡望谷礼佛，预言瑞像的事情；敦煌地区除了有关刘萨诃灵应故事的流传外，莫高窟第 72 窟南壁中央更绘有《刘萨诃因缘变相》，且有榜题可相互印证。这也是文献、文学与图像交叉互文的一个明显例子。

敦煌佛教文学中，以俗讲变文最受瞩目，尤其佛传故事、本生、因缘与譬喻等叙事题材，最为引人入胜；寺院道场展开的俗讲，据此取材而进行加工演绎，形成故事性强，娱乐性高的佛教宣教文学。同时，石窟壁画也多从此采择主题以入画，透过线条色彩的壁画绘制，发挥视觉艺术的宣传效用。

综观过去的研究，对于这些课题，大多单从文学的角度进行变文中佛教故事的研究，或从艺术的角度对佛传故事化、本生、因缘画进行题材的探索或图像意涵的析论。敦煌文献与图像虽然材质属性不同，表现手法有异，然具有同时间、同地域、同社会的产物，当视为整体的有机体，具有文化原生态的特质。除了分别梳理敦煌佛教叙事文学（包含佛教故事变文、佛教本缘故事、佛教灵验记等）与敦煌佛教文献的关系；敦煌佛教叙事图像与敦煌佛教文献的关系；敦煌佛教叙事文学与敦煌佛教叙事图像的关系等几个面向，当是敦煌佛教文学研究的重要课题。

有关敦煌佛教文学与绘画图像关系之探究，以日本的川口久雄最具代表，他先后发表有《敦煌と日本の绘解》《敦煌の讲经と绘画》《敦煌と日本の地狱绘》等论文，后收入《敦煌よりの风》1—6[①]；其重点集中在《双恩记》(《佛报恩经讲经文》)、《父母恩重经》《大目乾连冥间救母变文》等与相关绘画，《十王经》与日本地狱绘等之解说。

至于从艺术史的视角出发，探讨敦煌艺术与敦煌文学的关系，主要如秋山光和对降魔变的变文与壁画的研究[②]。近年较具理论而可观的，主要有美国的巫鸿，他在《何为变相？——兼论敦煌艺术与敦煌文学的

① 川口久雄《敦煌よりの风》1—6，长野：明治书院，1999—2001 年。

② 秋山光和《敦煌本降魔变（牢度叉斗圣变）画卷について》，《美术研究》187 号，1956 年 7 月，第 43—77 页；《敦煌における変文と绘画——再び牢度叉斗圣变（降魔变）を中心に》，《美术研究》211 号，1960 年 7 月，第 47—74 页。

关系》[①]一文中，以降魔变文与敦煌降魔变壁画对照比较，提出文学叙事与图像叙事的异同。以为变相绘画必须具有宗教的题材，还有二维的构图。变相的功能是石窟有机的组成部分，是宗教的奉献，而非通俗娱乐活动。换句话说，变相不是口头说唱的视觉辅助，这些绘画与文学有十分密切的联系，二者相互配合，共同发展。

美国梅维恒（ Victor H.Mair）《绘画与表演：中国的看图讲故事和它的印度起源》[②]主要强调“变相”形式的印度渊源，并且介绍了古今印度、印度尼西亚、中亚诸国以及世界各地的据图讲唱活动，作为佛教文化影响的例证或衬托。提供我们探讨敦煌佛教叙事文学与绘画图像联系的宝贵参考。

整体而言，不论对敦煌佛教故事变文或敦煌佛教壁画研究，前贤成果，均颇有可观，然都各自着眼于某一面向；纵使偶有交叉，也极其有限，且大多集中在变文与变相的系联问题；尚未见有从敦煌佛教文学与文献、图像三者之间存在的内在联系出发，具体地将敦煌佛教文学与图像，逐一地将各个图本与文本对应的作品展开文学叙事与图像叙事之比较研究；并进一步将之视为有机的整体，从敦煌文化原生态来进行总体考察与论述。今日敦煌写卷微卷及大型图录的流通，加上敦煌石窟图像的印行，提供我们较诸以往更为优越的条件。

---

① 美·巫鸿《何为变相？——兼论敦煌艺术与敦煌文学的关系》，原载 *Harvard Journal of Asiatic Studies* 52.1（1992），pp.111-192. 原题“What is Bianxiang? — On the Relationship between Dunhuang Art and Dunhuang Literture.”，郑岩译，载：中山大学艺术史研究中心编《艺术史研究》第 2 辑，广州：中山大学出版社，2000 年，第 53—109 页。现收于郑岩译、王睿编《礼仪中的美术：巫鸿中国古代美术史文编》，北京：三联书店，2005 年。

② 原著“*Painting and Performance: Chinese Picture Recitation and its Indian Genesis*”，Honolulu：University of Hawaii Press，1988. 中译本：梅维恒《绘画与表演：中国的看图讲故事和它的印度起源》，王邦雄、荣新江、钱文忠译，季羡林审定，北京：北京燕山出版社，2000 年。

除了敦煌变文与变相关系之探讨外，从佛教文学研究范畴论，更具体交叉整合的研究课题，则是敦煌佛教文学中存在着相当多可资比较研究相同题材，这些叙事文学与叙事图像之间既具有相同特质且关系密切，又存在着相异的表现方式与可相互补充的特殊内容。例如维摩经变、报恩经变、父母恩重经变、佛传文学与佛传壁画、八相变、降魔变乃至脍炙人口的目连变等等。以下仅以“报恩经变”“目连变”“须大拿太子本生”为例，借以说明敦煌佛教叙事文学与佛教叙事图像整合研究之必要性与可行性。

一、报恩经变文《双恩记》与报恩经变

佛教传入中国，其弘法布道最大的障碍便是与中国传统孝道文化的抵触。为了消弭此一障碍，佛教特别就既有报恩思想中有关报父母恩部分，以专经形态成书，加以提倡，《佛报恩经》便是其中著名的一部。

《报恩经》全称《大方便佛报恩经》，省称《佛报恩经》《报恩经》。旨在宣扬佛教的报恩思想。据经录所载有一卷本、七卷本两种译本。一卷本据载为“汉支谶”所译，但早已亡佚。传世本为七卷，因失译人名，据考证其经文盖为南朝宋梁之际（445年至516年之间），汉地僧人为因应中国传统儒家伦理道德观念，以利弘传，特从《涅槃经》《贤愚经》《杂宝藏》等多部佛经中，辑集略符合忠义仁孝思想的内容，加以增删、改易编纂而成所谓的伪经。

《大方便佛报恩经》经题意旨为广大方便酬报恩德，即宣扬佛教上报三宝恩、中报君亲恩、下报众生恩的报恩思想。今传七卷本，凡九品，分别是《序品》《孝养品》《对治品》《发菩提心品》《论议品》《恶友品》《慈品》《优波离品》《亲近品》。敦煌藏经洞的遗存有关《报恩经》写卷，计48件。俄藏敦煌写卷中更有据《报恩经》讲唱的讲经文《双恩记》。敦煌壁画中据七卷本绘制的报恩经变也多达39铺。

今传七卷本九品的《报恩经》，其故事内容以《孝养品》《恶友品》

的叙事尤为生动、情节最为感人，是佛经中著名的本生故事，特别是善友太子入海求摩尼宝珠的故事更是脍炙人口，其内容思想与中国伦理的孝友相契合，情节富传奇性，因而成为佛教在中国弘传的方便法门与最佳题材。

北周庾信（513—581）《秦州天水郡麦积崖佛龛铭并序》曾提及“昔者如来追福有报恩之经，菩萨去家有思亲之供”①。据此推测，可能北朝时麦积山石窟中就曾出现有“报恩经变”。另晚唐诗人黄滔（？—911）《大唐福州报恩定光多宝塔碑记》有云：“而塔斯处，其北则报恩变相堂九间，洁琉璃之地，等娑娑之世，七宝丛树，五色腾光明。”②是晚唐时福州报恩寺北壁绘制也有“报恩经变相”的绘制。甚至《大慈恩寺三藏法师传》卷九更出现有唐高宗显庆元年（656）玄奘为唐高宗太子满月呈献“报恩经变一部”的记载。③文献载录及实物相互印证，反映了唐代有关《报恩经》的经典、文学与图像均颇流行的事实。④

就目前所知敦煌莫高窟发现据《大方便佛报恩经》铺写而成的讲经变文，有俄藏Φ.96《佛报恩经讲经文》（《双恩记》）写本残存三卷。有

---

① 北周庾信（513—581）《秦州天水郡麦积崖佛龛铭并序》，严可均校辑，《全上古三代秦汉三国六朝文》9《全后周文·庾信》卷12，台北：世界书局，1982年，第1页。

② 晚唐黄滔（？—911）《大唐福州报恩定光多宝塔碑记》，收入黄滔《黄御史集》，台北：艺文出版社，《百部丛书》据清光绪王懿荣《天壤阁丛书》本影印，1965年，第74页。

③ 潘重规先生于1979年举出《大唐大慈恩寺三藏法师传》卷九有“报恩经变一部”的记载，作为俗讲经文可以称作变文的重要证据。以为玄奘公元六五六年献给唐高宗的般若心经一卷，是心经原本；而报恩经独称为“报恩经变一部”，当然不是报恩经原本，而应该是报恩经的俗讲经文。见《敦煌变文新论》，《幼狮月刊》49卷1期，1979年1月，第18—41页。

④ 又就目前所知“报恩经变”仅见存于莫高窟壁画中，而有关《报恩经》《恶友品》《孝养品》中的善友太子和须阇提太子的本生故事，亦见于《贤愚经》中。新疆克孜尔石窟及敦煌莫高窟北周第296窟的善事太子入海本生故事壁画，虽与报恩经变同名，然其表现形式则有所不同。参见李永宁主编《敦煌本生因缘故事画卷》，收入《敦煌石窟全集3》，香港：商务印书馆，2000年，第133—148页。

关报恩经变的敦煌壁画有 39 铺，其绘制时间最早的是盛唐时期，经中唐、晚唐、五代而延续到宋，以吐蕃时期及归义军时期为多。所绘制的壁画内容集中在《序品》《孝养品》《论议品》《恶友品》及《亲近品》等五品。这些讲经变文与经变画的叙事文本多有相同内容，尤其是《恶友品》善友太子入海求摩尼宝珠的故事最为鲜明，正可提供考察佛教文学从经典到文学、图像叙写之发展演变与比较研究。

1. 敦煌写本《双恩记》（《佛报恩经讲经文》）

敦煌文献中幸存有一件题名为《双恩记》的《佛报恩经讲经文》。此件现藏俄国圣彼得堡东方写本研究所，编号为 Φ.96。原卷卷子本，残存三卷。内容系据《大方便佛报恩经》铺写而成。原卷由三卷拼合为一，共四十七纸，存六百八十四行，行十五至二十字。首卷首题“双恩记第三”，十六纸，二百三十七行；次卷首题“双恩记第七”，尾题“佛报恩经第七”，十七纸，二百二十三行；末卷首尾均作“报恩经第十一”，十四纸，二百二十四行[①]。1972 年孟列夫与左义林女士合著出版《报恩经变文（双恩记）研究》一书，将发现的俄藏《双恩记》第三、第七、第十等三残卷，整理研究，并公布全部残卷复印件，[②]旋即引起学界的注意。

翌年 3 月，潘师重规在获得孟列夫赠书，阅读之后，撰有《变文双恩记试论》[③]一文，据孟列夫著作所附《双恩记》复印件进行文本校录，并加解题说明，讨论双恩记抄写年代、双恩记取名、双恩记的评价及文

---

① 《俄罗斯科学院东方研究所圣彼得堡分所藏敦煌文献》第三册，上海古籍出版社，1993 年，第 73—103 页。

② Факсимиле рукописи, исследование, перевод с китайского, комментарий и таблицы Л.Н.Меньшикова.—Изд—во “Наука,” Грав. ред. восточной лит—ры, 1972. 孟列夫因此一研究成果而获得博士学位。

③ 潘重规《变文双恩记试论》，《新亚学术年刊》15 期，1973 年 9 月，第 1—8 页；又收入《列宁格勒十日记》，台北：学海出版社，1975 年，第 40—131 页。

字的校订等。提供学界完整且可据以研究之《双恩记》录文。据残卷推断，整部讲经文至少十四卷，多则可达二十卷左右。内容多故事情节和形象化说明，诗体部分往往用两首以上七言诗连缀运用，一般第一首用仄韵，第二首用平韵，大体上格律工整。由各种特征推断，本卷创作时期不早于中唐，抄写时期可能在晚唐五代，是讲经文创作成熟时期的长篇代表作。

今存报恩经变文中“双恩记第七”的内容，所讲述乃《报恩经·恶友品》中善友太子入海前的一段故事。“双恩记第七”表述的是太子出四门游观回宫、布施国中库藏财宝、苦思并咨询如何致富、到决定入海采宝进宫禀报为止，就经文的架构而言，只是整个《恶友品》中的局部段落；如果将《报恩经·恶友品》故事分成几个重要的段落，那么“双恩记第七”残存的内容是在“出城游观”“入海”“刺目与牛王相救”“利师跋国遭遇”“宝珠宝雨”最根本的五个情节，“出城游观”前的内容为两个太子出生、“善友”“恶友”的名字由来、其日常行为表现，然后是善友太子出城看到耕种、织作、屠畜与网鸟补鱼，之后就接续到现存“双恩记第七”一开始的忧愁不悦回宫。

“双恩记第十一”所演绎的也是《报恩经·恶友品》范围内的情节。开始于善友太子与其弟恶友在岸边重逢，因此可确知的是，前面是从龙宫出来的一段。此卷的最后是结束在遭受刺瞎双眼、牛王救助、牧牛人供养、利师跋国弹瑟乞食的善友太子，正受邀欲入国王果园内看守鸟雀。因此，也可以知道之后是与利师跋王女相遇的一段。

从“双恩记第七”结束在国王不答应善友太子入海，至“双恩记第十一”开始已是入海、拿到宝珠、龙王使神让善友太子飞抵岸边、正与弟重逢的情况来看，残缺的第八、九、十卷，所表现的内容约莫就是入海、到岸边重逢的段落，唯一值得思索的是：变文三卷的分量如何铺陈表达显示这些内容。由《报恩经·恶友品》可知，从国王被要求答应善友太子入海、到上岸重逢，中间经历了几个重要的情节，按顺序分别是

“善友太子绝食争取人海机会”“寻访海师”“岸边送行”“入海”“遇见珍宝山、银山、金山”“海师的死亡”“赴龙宫前遭遇的毒蛇及踩青莲花等”“龙宫风景”“与龙王相谈甚欢”“乞龙王之宝珠”“受龙王供养”“龙王使神飞空乘彩云抵达岸边”等，因此，这些情节表现成三卷应该是足敷的，特别是《双恩记》变文有将简单细节演绎成卷的特色。那么，残缺的八、九、十卷，或许第八卷是表现着善友太子抗争、王后的劝谏、到国王愿意寻访海师，却听闻海师言说大海中种种苦难、至岸边送行得以入海为止；第九卷或许是表现着入海之所见，善友让同伴采宝而归、善友与海师独自前进、海师之死等；第十卷可能是关于龙宫的一切，包括险恶与绮丽的风貌，龙王、宝珠、神变出龙宫等。

俄藏Φ.96《双恩记》残卷公布后，由于此系新公布之敦煌变文的重要材料，不论从佛教讲经变文的发展或佛教叙事文学的视角来看都是极其珍贵的文献。自然引起敦煌文学者的关注，纷纷发为论著，加以探究。除了上举1973年，潘重规先生《变文双恩记试论》外，1980年有《变文“双恩记”校录》①，提供据以研究的完备文本，同年任二北也有《“双恩记”变文简介》②,王文才也有简略校记③的刊载。1982年，白化文、赵匡华有《报恩经讲经文》校录④。

除了以上介绍与文本校录外，有关《双恩记》故事内容考述之相关论文，也纷纷出现。1983年，方南生发表了《〈双恩记〉创作年代初探》

① 潘重规《变文〈双恩记〉校录》，《东洋研究》57，1980年3月，第53—92页；又载《幼狮学志》16卷1期，1980年6月，第16—50页。

② 任半塘《“双恩记”变文简介》，《扬州师院学报》（社会科学版），1980年2期，第3页。

③ 王文才《“双恩记”校记》，《扬州师院学报》（社会科学版），1980年3期，第87—88页。

④ 白化文，赵匡华校录《报恩经讲经文》，载周绍良，白化文编《敦煌变文论文录》，上海：上海古籍出版社，1982年，第812—848页。

一文[①]，从避讳、引书、章服、七律体诗的形成与普及、宣传孝道讲经文的产生时代等五方面分析，认为《双恩记》的创作年代，上限不可能超过唐高宗李治永徽二年（651），下限不可能晚于唐末（907），而可能产生于盛唐末或大历、元和之间。

1984年，龙晦发表有《敦煌变文〈双恩记〉本事考察》[②]，文中认为《双恩记》是比较忠实依照《报恩经》改编成变文的，而《报恩经》则是在《大智度论》《四分律》《贤愚经》之后，参考其情节，经过剪裁融合而成的，绝非后汉或西晋时期的作品。1985年，白化文、程毅中共同撰写《对“双恩记”讲经文的一些推断》[③]，以920年的P.2133《金刚般若波罗蜜经讲经文》、927年的P.2418《父母恩重经讲经文》、933年的P.3808《长兴四年中兴殿应圣节讲经文》等讲经文对照，认为《双恩记》可以看作十世纪初的作品、且在933年之前，并就莫高窟报恩经变壁画认为，《双恩记》最早不会超过现存最早的148窟之大历初年（766年），大概完成于晚唐报恩经变盛行之后。1987年，侯乃慧《变文“双恩记”初探》[④]，就经文（《大方便佛报恩经》）与变文讲唱部分的转变等略作讨论，最后并就讲唱与经文引录关系及唱词两部分来蠡测变文的时代，认为似在初唐即有。

1989年，韩国留学生李殷权的硕士论文《敦煌变文“双恩记”残卷及其故事研究》[⑤]，主要致力于情节内容探讨，整理与变文故事较接近

---

① 方南生《〈双恩记〉创作年代初探》，《社会科学》（甘肃）1983年5期，第102—104页；111—113页。

② 龙晦《敦煌变文〈双恩记〉本事考索》，《世界宗教研究》1984年3期，第52—63页。

③ 白化文，程毅中《对〈双恩记〉讲经文的一些推断》，《敦煌学论集》，兰州：甘肃人民出版社，1985年，第112—129页。

④ 侯乃慧《变文“双恩记”初探》，《中国文化月刊》91，1987年5月，第103—118页。

⑤ 李殷权《敦煌变文〈双恩记〉残卷及其故事研究》，台湾师范大学国文研究所硕士论文，1989年5月。

的文本，从而认为大致有《四分律》影响《贤愚经》，《贤愚经》再影响《报恩经》，而《报恩经》即发展为变文《双恩记》的顺序，其主要观点与龙晦一文相同。

2. 敦煌壁画中报恩经变

敦煌石窟的“报恩经变”，据《敦煌石窟内容总录》[①]所著录，敦煌壁画中据七卷本绘制的报恩经变有35铺，经学者考订当有39铺[②]。石窟壁画绘制的内容丰富，其中《序品》佛说法场面为主体画面，《恶友》《孝养》《论议》《亲近》四品分列主体画面两侧、下方，或布置在《序品》外周的四角。如开凿于大历年间的第31窟，“报恩经变”独立一壁，分为左、中、右三栏，中栏《序品》，《恶友品》居右侧，主要表现“善友太子入海求摩尼宝珠”的本生故事。内容叙说善友太子乐善好施，舍尽国库，乃入海求宝，遭恶友陷害，遇救成婚，取宝还国，造福民众。

又如148窟为敦煌豪门大族李太宾建成于大历十一年的功德窟，其南披便绘制有“恶友品”善友太子入海取宝的故事。此外尚有中唐154窟、晚唐156窟、12窟、五代98窟、108窟、61窟等近20铺，内容均为描绘“恶友品”善友太子与恶友太子相关故事。

至于有关敦煌石窟报恩经变的研究，相对《佛报恩经讲经文》(《双恩记》)而言，是较早开始的。1929年日本川崎芳治即有《大方便佛报恩经変相画に就て》[③]，此文简介了伦敦大英博物馆藏大方便佛报恩经变绢画的内容，并与经文“序品一”“孝养品二”“论议品五”“恶友品六”进行对照；1937年松本荣一《敦煌画の研究》这部早期敦煌图像

---

① 敦煌研究院编《敦煌石窟内容总录》，北京：文物出版社，1996年。

② 施萍婷《敦煌经变画》(《敦煌研究》2011年5期，第1—13页)附录“莫高窟经变画统计表”统计报恩经变41铺。实际上有盛唐2铺、中唐8铺、晚唐11铺、五代13铺、宋代5铺，合计当为39铺。

③ 川崎芳治《大方便佛报恩经変相画に就て》，《国华》463号，1929年6月，第155—161页。

学研究的重要论著，其中便立有《报恩经变相》一章，针对报恩经变的形式和内容提出系统研究。虽然作者一生未曾赴敦煌实地踏勘，但在敦煌学研究初期能利用伯希和等收集及拍摄之有限图版资料，探究经变画的内容与发展，实属难能可贵。松元氏特别主张报恩经变是采用净土变的形式，提出报恩经变中所出现的本生故事有收容图中与配列于外缘两大型态；并以为报恩经变是取自《报恩经》九品中的《序品》《孝养品》《论议品》《恶友品》《亲近品》，而其中《孝养品》《论议品》和《恶友品》是最常表现的内容。

1982年李永宁发表了《报恩经和莫高窟壁画中的报恩经变相》[①]一文，找出与《报恩经》中的故事相同或相似、而出于其他经典（包括《贤愚经》《大般涅槃经》《杂宝藏经》）之处。其次列出敦煌石窟中各窟报恩经变表现出何种外缘故事、并将基本构图形式分成五种；且将报恩经变所表现的五品内容（序品、孝养品、论议品、恶友品、亲近品）以莫高窟61、231、85、148窟等为例，图示详细说明，最后并认为报恩经变的盛行与敦煌的政治社会有所关系。李氏此文提出五种基本构图的区分，几乎成为后来讨论报恩经变构图的基本款式。

2002年殷光明博士论文《敦煌壁画艺术与传统文化——以疑伪经为中心》[②]报恩经变是其全书讨论的主题之一。文中对敦煌各窟的报恩经变现况与其开窟历史描述详尽，主要掌握与历史发展相结合的观看，认为报恩经变所体现的意义在盛唐末是儒佛相融，忠君报国；在中唐是不满吐蕃苛政，怀念李唐王朝；在归义军时期是援儒入佛，孝亲事君。全

---

① 李永宁《报恩经和莫高窟壁画中的报恩经变相》，《敦煌研究文集》，兰州：甘肃人民出版社，1982年，第189—219页。后改题为《报恩经和莫高窟壁画报恩经变》，又载《中国石窟·敦煌莫高窟》4（唐），北京：文物出版社，1987年，第190—203页。

② 殷光明《敦煌壁画艺术与传统文化——以疑伪经为中心》，兰州大学敦煌学研究所博士论文，修订后改名为《敦煌壁画艺术与疑伪经》，列入兰州大学敦煌学研究所敦煌学博士文库，北京：民族出版社，2006年。

书是以中国化的文化进程为主轴论述，将报恩经变到劳度叉斗圣变，作为从“佛道相激”到“佛儒相融”的解释。

回顾前贤之研究，无论是佛教艺术研究者对“报恩经变”的研究，或文学文献研究者对《报恩经讲经文》(《双恩记》) 的研究，均就各自的专长出发，或校录，或考述，其于题材之考述探源，均及于经典之关系，对于图像与文学或文学与图像之关系，或受限于图像未臻完备，或受制于文献公布较晚，以致少有结合文学与图像之研究篇章。近年渐有触及者，如 2004 年简佩琦硕士论文《敦煌报恩经变研究》[①]，针对敦煌石窟壁画的报恩经变展开系统的探究，尝试以图像学研究方法对图像与文本的问题进行研究。除将每一铺报恩经变的构图与内容重新辨识外，在图像分析过程，发现壁画中有几个特殊图像与榜题，其内容异于《佛报恩经》经文。于是汲取敦煌文学研究者的成果，结合《报恩经讲经文》(《双恩记》) 进行考察，关注壁画报恩经变与《双恩记》文本来源的联结性，认为敦煌报恩经变极有可能依据变文《双恩记》来进行绘制。

以《大方便佛报恩经》为主题所绘制的经变画，大多有提示画面的说明文字——榜题，我们若将经文、讲经文及经变画榜题进行文字的比对，当有助于对经文、讲经文讲唱与壁画绘制关系的了解。

3.《佛报恩经讲经文》(《双恩记》) 与“报恩经变”的关系

敦煌写本《佛报恩经讲经文》(《双恩记》) 与敦煌石窟壁画“报恩经变”同源自七卷本的《大方便佛报恩经》，前者以通俗语言、韵散交结形式表现的听觉讲唱；后者则是以线条、色彩、形象表现的视觉图像。二者同是为求达到宣传佛理，教化俗众的目的。今敦煌文献中存有《大方便佛报恩经》写卷约有 50 多件，《佛报恩经讲经文》(《双恩记》) 一件残存三卷，敦煌石窟报恩经变壁画 39 铺。三者关系如何？敦煌石窟

① 简佩琦《敦煌报恩经变研究》，台南艺术学院艺术史与艺术评论研究所硕士论文，2003 年。

壁画报恩经变中，如 4 窟、5 窟、61 窟、85 窟、98 窟、100 窟、108 窟、146 窟、449 窟、454 窟……都保存有提示画面内容的榜题。由于《双恩记》为讲经文，讲释的内容为《大方便佛报恩经》；敦煌壁画报恩经变绘制的内容也是《大方便佛报恩经》，其间关系如何？以下谨参考诸家研究，选择《佛报恩经》中故事内容丰富、情节感人最为代表的《恶友品》为例，将经文、讲经变文及经变画之榜题，三者对照表列，并作说明如下：

<table>
<tr><th>《大方便佛报恩经》经文</th><th>《双恩记》第十一</th><th>敦煌石窟</th><th>报恩经变“恶友品”榜题</th></tr>
<tr><td rowspan="3">得到此岸，见弟恶友，问言：“汝徒党伴侣今何在？”答言：“善友！船舫沉没，一切死尽，唯弟一身牵持死尸，而得全济，一身财贿一切已尽。”</td><td rowspan="3">经：得到此岸，见弟恶友，问言：“汝徒党伴侣今何在？”善友既蒙龙王差鬼兵送出海岸，送已却回，见弟恶友，问：“五百商人，今在何处？”
下经：答云：“善友，船舫沉一切死尽，唯弟一身牵持死尸得全济，众伴财货一切已尽。”</td><td>85 窟</td><td>尔时太子访见恶友船舫沉没死尽。（榜题 I）</td></tr>
<tr><td>98 窟</td><td>尔时太子访见恶友船舫沉没时。（榜题 I）</td></tr>
<tr><td>4 窟</td><td>善友太子见恶友舩舫沉没。（榜题 D）</td></tr>
</table>

续表

<table>
<tr><th>《大方便佛报恩经》经文</th><th>《双恩记》第十一</th><th>敦煌石窟</th><th>报恩经变“恶友品”榜题</th></tr>
<tr><td rowspan="3">尔时恶友次应守宝珠，其兄眠卧，即起求二干竹刺，刺兄两目，夺珠而去。</td><td rowspan="3">经：尔时恶友次应守珠，其兄眠卧，即起求二干竹，刺兄两目，夺珠而去。
……</td><td>4窟</td><td>尔时恶友太子，即□□□□以竹刺□两目，夺珠还国，献父母时。（榜题）</td></tr>
<tr><td>61窟</td><td>尔时善友太子得珠宝已，龙王使龙神飞空送至，得上见弟恶友，问取宝珠，因由兄言□者将竹□目。（榜题）</td></tr>
<tr><td>98窟</td><td>其恶友太子即去恶心与竹□□两目，夺珠而去。
（榜题）</td></tr>
<tr><td rowspan="4">尔时恶友，赍持宝珠归还本国，与父母相见，白言：“父母，我身福德而得全济，善友太子与诸徒伴，薄福德故没水死尽。”</td><td rowspan="4">经：尔时恶友，赍持宝珠归还本国，与父母相见，白言：“父母，我身福得而得全济，善友太子与诸徒伴，薄福德故，没水死尽。”</td><td>85窟</td><td>尔时恶友太子，赍宝珠归还，见其父母云：“恶友太子与诸同伴俱没水厄。”
（榜题）</td></tr>
<tr><td>98窟</td><td>尔时恶友太子，赍宝珠归还，见父母云：“善友太子以诸同伴俱没□厄。”
（榜题）</td></tr>
<tr><td>4窟</td><td>尔时太子得宝归还本国。（榜题）</td></tr>
<tr><td>454窟</td><td>恶友太子夺珠归还本国时。（榜题）</td></tr>
<tr><td rowspan="4">利师跋王有一牧人……放五百牛随逐水草，尔时善友太子坐在道中，尔时牛群垂逼践踏，中有牛王，即以四足骑太子上，令诸牛群皆悉过尽，然后移足右旋宛转，反顾回头，吐舌舐太子两目，拔出竹刺。</td><td rowspan="4">经：尔时善友太子，被刺两目，干竹签刺，无人为拔，徘徊婉转，靡知所趣，当时苦恼，大患饥渴，求生不得、求死不得。渐渐前行，到利师跋王国界。
（散文）：如是啼哭，伴行数日，到利师跋王国界内，其善友太子未入海时，父王许利师跋王女结亲姻，后知入海溺水。太子欲到国数十里，于路上诈为盲乞人座。恰遇牧牛监官，为王放五百牛。其牛王遂以四足骑太子身，放诸牛过，以舌舐眼，拔出竹刺。</td><td>85窟</td><td>时放牛人与五百头牛牧于左，遂有牛王以舌舐之，乃得少逾左右觅珠，以被恶友将走。（榜题）</td></tr>
<tr><td>98窟</td><td>时牧牛人与五白牛牧于左右，遂有牛王与友舐之，□得小逾左□觅珠，与被恶友将走。（榜题）</td></tr>
<tr><td>5窟</td><td>尔时放牛人与……于……王与舌舐……左右不见□□恶友将。（榜题）</td></tr>
<tr><td>100窟</td><td>尔时……于左右，遂有……，被恶友……走时。
（榜题）</td></tr>
</table>

续表

《大方便佛报恩经》经文	《双恩记》第十一	敦煌石窟	报恩经变“恶友品”榜题
		61窟	时善友太子在道中，被牛群□逼践，□牛王即盗骑护太子舐目。（榜题）
		108窟	尔时太子以慈故，牛来舐眼，竹□便落，眼却如故。（榜题）
		146窟	尔时太子以慈故牛来舐眼，竹夹便落，眼却如故。（榜题）
尔时牧牛人寻后得见，问言：“汝是何人？”善友即自念言，我今不应自陈本末炳说上事，脱令我弟得大苦恼，答言：“我是盲乞儿耳！”时放牛人，遍体观望人相有异，语言：“我家在近，当供养汝。”	(散文)：良久，牛王遂去，后牧牛人顾视知异。偈问：……善友蒙问，寻自思维，我若时说，其恶友必遭损害，缘利师王是外舅矣！遂只答言：“我是盲乞人矣！” 经：<u>时牧牛人遍体观望，人相有异，即与阁：“我家在近，当供养汝。”</u>时牧牛人即将善友归还其家，与重重饮食，诫敕家中男女大小：“汝等供侍此人，如我不异。”	454窟	后牧牛人□太子前观相有□，问是何人？太子□□：“我是盲人！”遂请太子□家供养。（榜题）

续表

《大方便佛报恩经》经文	《双恩记》第十一	敦煌石窟	报恩经变“恶友品”榜题
尔时善友太子……到师利跋王国。……时国王有一果园，其园茂盛，常患鸟雀……善友防护鸟雀、兼复弹筝以自娱乐。时师利跋王女，将诸侍从入园观看，见此盲人即往其所，问言：“汝是何人？”答言：“盲乞人耳！”王女见已心生爱念。不能舍离，王复遣使往唤其女，女言不去，为我送食，共此盲人饮食讫竟。……即自咒誓，我若私行，今汝两目始终不差；若不尔者，使汝一目平复如故！作是愿已，其夫一眼……平复如故。“……我是波罗奈王善友太子”……“我若妄语欺诳汝者，使我一目永不得愈；若实语者，使我一目平复如故，令汝得见。”作是念已，即如所誓，睛光耀动如本不异，善友太子两目平复。	经：时王有一果园，其园茂盛，常患鸟雀。时守园监语善友言：“汝当为我防护鸟雀，我当相供给。”	85窟	尔时太子于师利拔城，于果园中防护鸟雀、兼复弹琴以自误乐。利师王女见太子，心生爱念，愿为夫妻，遂两目平复。(榜题)
		98窟	尔时太子师利拔城，于园果中防鸟雀、兼复弹琴以自娱乐。利师王女见太子，心生爱念，愿为夫妻，遂两目平复。(榜题)

由于佛本行、本生、因缘故事，是讲唱变文与绘画经变的主要题材，而宣讲变文或绘制壁画，每每仰赖故事摘要与绘画起稿简目。敦煌文献中也出现许多为了化俗法师讲唱取材，或绘画构图起草所需的本行、本生、因缘、譬喻一类佛教故事纲要、简目等写本。这些文献的抄写，繁简有别，增删不一，然大抵为摘要、略要之编。除了 P.3317 外，又如 P.2303、S.4194、P.2837 等的《佛本行集经抄》，S.192“佛经摘抄”残卷均是。从这些材料我们只能据以说明变相与变文每有取材于共同故事，也利用相关辑录的纲要、简目作为变文撰写、壁画绘制蓝本之参考。

唐五代由于讲唱变文风行，其所讲唱的故事深受喜欢，以致出现有变文题材影响壁画绘制之现象，例如中唐以来民间广泛流行的《大目乾连冥间救母变文》的出现，由于故事的脍炙人口，而佛经中并未见有目连救母故事情节的敷衍与铺陈，因而变文也就成为壁画绘制的文本依据，我们从榆林窟第19窟甬道北壁的目连变相便可以得到印证①。

我们从上表《佛报恩经》《恶友品》的经文、《报恩经讲经文》（《双恩记》）及《报恩经变》榜题的对照，可以窥见报恩经变叙事文学与叙事图像的特征与系统特色；借由讲经文与经变榜题文字的对照，清楚叙事文学与叙事图像的情节与故事结构关系；同时可确立报恩经变的文本来源，进一步探究敦煌经变画的文本转变现象。

《双恩记》变文与报恩经变的关系，由报恩经变榜题与《双恩记》文字的比对，不难发现报恩经变榜题与《双恩记》引据的“经文”文字相似度高，又《双恩记》引据经文系出自《佛报恩经》；“散文”部分则是该段引据经文之解说，文字通俗浅白，而榜题因书写空间的限制，所以文字力求精简，且具明白指示画面情节之特色。榜题的内容与《双恩记》引据“经文”多同。

报恩经变的绘制显然多少都受到变文《双恩记》的影响。如报恩经变榜题中一再出现“施主”二字，而“施主”二字不曾出现在《报恩经》中，但却在“双恩记第七”中发现“施主”一词，“夫为孝子，不逆君心，未可自要结缘，倾竭父母库藏，须是别求财宝，接济贫穷。若不设计营摸，何名为施主?”其中的“施主”与榜题中所言“尔时施主还到其家，便唤饿者，所简衣服饭食而皆施之。”（85窟，榜题）是相同的情境与指涉。

除了榜题之外，报恩经变画的图像一向是从《报恩经》来作理解，

① 樊锦诗、梅林《榆林窟第19窟目连变相考释》，载《段文杰敦煌研究五十年纪念论文集》，世界图书出版公司，1996年，第46—55页。

但只能成功理解城门旁的“阿难”与“婆罗门子”；却无法解释在婆罗门子身旁有“乞者”以及身着华服骑马出城榜题中名之为“施主”的角色，这些画面上的情境与“双恩记第七”所描述善友太子的行径不谋而合，甚且包括榜题中所莫名出现的“施主”角色，在《双恩记》变文中都可以找到善友太子内心旁白的明确意指。

由以上推论可知报恩经变拥有融合《报恩经》与《报恩经讲经文》(《双恩记》) 的元素，不但“榜题”中大部分的文字是与《报恩经》相当，而经文中所未出现的“施主”一角则是指涉向《双恩记》中的记载；在“图像”上，如第 4 窟就完全体现两种文本的融合效应，“阿难”“婆罗门子”为《报恩经》所提及，“乞者”与“施主”为残存《双恩记》所提及，因此，报恩经变所体现的绝非仅止于《报恩经》之表征而已。

特别两个文本内容相较，报恩经变的图像可以说已经溢出《报恩经》可资诠释的范围，而《双恩记》并没有这个问题。以合理与否的角度审视，《报恩经》有无法解释的角色问题，《双恩记》却可以提出说明，因为本来与经文最大接近点是榜题文字上的相似程度，但《双恩记》变文的体例正是组合了“经文”“散文”“韵文”的方式，因此变文中亦不乏与《报恩经》相同的文字。《双恩记》变文这种融合经文于其中的特色，可说与报恩经变中诸如第 4 窟之图像上的融合效应有着异曲同工之妙。

敦煌经变画的文本，至迟在盛唐，便面临因为佛教宣传方式改变而产生的新文体——“变文”的选择性。在曹氏归义军“画行”“画院”之前，图绘系统与文字系统关系仍密切，变文应为敦煌经变绘画表现的文本新宠。

回顾前贤之研究，无论是佛教艺术研究者对“报恩经变”的研究，或文学文献研究者对《报恩经讲经文》(《双恩记》) 的研究，均从各自的专长出发，或校录，或考释。其在题材考述与探源方面，则大抵仅及于与经典关系之考究，至于图像与文学或文学与图像之关系，或囿于图像未臻完备，或限于文献公布较晚，故少见有结合文学与图像以探究之相关篇章。2004 年，简佩琦的论文《敦煌报恩经变研究》是近年少数以图像为主体兼具结合《报恩经讲经文》(《双恩记》）进行图文比较之研究。

展望未来，跳脱文学与艺术各自的本位，在敦煌变文双恩记与敦煌壁画报恩经变既有的研究成果上，扩大研究视野，交叉关注，进而相互结合，以宏观的视角展开整合研究。在文本研究上，不单是力求文字校订、故事情节、文本时代等分析之突破，也是在确立经变的文本依据。在图像研究方面，从历时与共时的面向，对报恩经变的出现与式微进行进一步的论述外，更从整体石窟意识的思考角度，观察报恩经变在石窟整体营造的意识探究，更从敦煌佛教文学叙事图像与叙事文本功能、运用与发展，综合考察，当不失为一可行之进路。

二、敦煌“须大拿本生”叙事文学与叙事图像

除上举报恩经变外，敦煌佛教文学中之叙事文学，也多有壁画图像可资结合探究的，以下试以敦煌“须大拿本生”文学为例，尝试将其叙事文学持与敦煌壁画中相关的叙事图像进行比较，探究其互文性，借以说明敦煌佛教文学与敦煌壁画图像整合研究之意义。

佛本生主要记述佛陀在过去世受生为各种不同身形及身份而行“六度”菩萨道的事迹。由于这类事迹内容生动，情节感人，具有极为强烈的故事性，所以在佛教说法布道的过程中，每每被用来宣扬因果轮回思想及慈悲济世精神。

在众多的佛本生故事中，须大拿（Sudāna）太子本生故事是最为流行的佛教叙事文学之一。有关这一本生故事的记述见于多种文本，故事详略不一，情节也有所增减。同时，在佛教从印度、中亚、敦煌到中原的东传过程中，这一脍炙人口的故事也以线条、色彩等图像在石窟、寺院中向信众传播佛教布施的思想教义。莫高窟壁画及藏经洞发现的写本

中便有此一类题材的叙事图像与讲唱文学。

本文拟以汉译佛典中有关“须大拿”本生故事作为研究对象，析论“须大拿”本生在佛教经典中所呈现内容情节，透过分析、比较，以探究敦煌石窟壁画叙事图像与变文叙事文学对“须大拿本生”故事文本的铺陈、创发与扩散，分析经典文本与图像艺术间的互文性。

1. 汉译佛典中的“大拿本生”及其情节

须大拿，梵名 Sudāna。音译又作须达拿、苏达那、苏达拿。意译作善施、善爱、好爱、善与、一切与、善牙。按：本生，梵语 jātaka，音译作阇多伽、阇陀伽、社得迦，意译本起、本缘、本生谭、本生谈。为印度佛教九部经、十二部经之一。主要记述释迦于过去世受生为各种不同身形及身份而行菩萨道的故事。每个本生故事基本由今生故事、前生故事、偈颂诗、注释、对应等五个部分组成。前生故事，是作品的主体；今生故事，说明佛陀讲述前生故事的地点和缘由；偈颂诗是穿插于故事讲述之中或放在故事最后以点明题旨；注释是解释偈颂诗的含意；对应是将前生故事中的角色与今生故事中的人物加以对应。汉译佛典中因经典性质不同与编译不一，同一题材呈现内容有繁有简，结构有详有略。

今所得见汉译佛典中有关须大拿太子本生故事，有以下几种：

(1) 僧伽斯那撰、吴月支优婆塞支谦译《菩萨本缘经》卷上《一切施品》[①]。

(2) 吴康居国沙门康僧会译《六度集经》卷二“布施度无极章”中《须大拿经》[②]。

---

① 吴支谦译《菩萨本缘经》3 卷，收入《大正藏》，第 3 册，本缘部上，No.153 第 52—69 页。

② 吴康居国沙门康僧会译的《六度集经》8 卷，收入《大正藏》，第 3 册，本缘部上，No. 第 152 页 1—51。

(3) 西秦沙门圣坚奉诏译《太子须大拿经》[①]。

(4) 大唐三藏法师义净奉制译《根本说一切有部毗奈耶药事》卷十四“尾施缚多罗故事”[②]。

(5) 大唐三藏法师义净奉制译《根本说一切有部毗奈耶破僧事》卷十六“自在王子故事”[③]。

上列五种汉译佛典中,《菩萨本缘经》署名僧伽斯那撰、吴月支优婆塞支谦译。全经分上中下三卷,凡八品。分别为:卷上“毗罗摩品第一”“一切施品第二”“一切持王子品第三之一”;卷中“一切持王子品第三之余”“善吉王品第四”“月光王品第五”;卷下“兔品第六”“鹿品第七”“龙品第八”。各品中有许多类似本生的故事。每一故事由序偈、本文、结劝三部分构成。

有关须大拿太子布施故事内容出现在卷上“一切持王子品第三之一”及卷中“一切持王子品第三之余”。全文长计5283字。

须大拿的名称见于多种经典,如支谦所译的《惟日杂难经》一卷中,也提及“为须大拿受荊”之说[④];失译的《菩萨本行经》卷三有“须大拿太子时,二儿及妇持用布施”之事[⑤]。又后秦鸠摩罗什译《大智度论》《释初品中檀波罗蜜法施之余(卷第十二)》提及:“如须提拿太子(秦言好爱)以其二子布施婆罗门,次以妻施,其心不转。”《释初品中到彼岸义第五十(卷三十三)》也提及:“又如须帝隶拿菩萨,下善胜

① 西秦沙门圣坚奉诏译《太子须大拿经》1卷,收入《大正藏》,第3册,本缘部上,No.171,第418—424页。

② 大唐三藏法师义净奉制译《根本说一切有部毗奈耶药事》18卷,收入《大正藏》第24卷,No.1448, 第1—97页。

③ 大唐三藏法师义净奉制译《根本说一切有部毗奈耶破僧事》20卷,收入《大正藏》第24卷,No.1450,第99—206页。

④《大正藏》第17册,第606页下。

⑤《大正藏》第3册,第119页中。

白象，施与怨家，入在深山；以所爱二子，施十二丑婆罗门。”[①]然均仅及于须大拏之名称或布施的片段。

按：梁僧佑《出三藏记集》卷十三《支谦传》载“所出二十七经”，卷二《新集撰出经律论录》著支谦译出“三十六部，四十八卷”，慧皎《高僧传》《支谦传》载有四十九经，均未见有《菩萨本缘经》。有疑此经署名支谦所译盖为后人依托。

又《牟子理惑论》中已有涉及须大拏本生故事，内容说，“须大拏以父之财施于远人，国之宝象以赐怨家，妻子丐与他人”，因而不孝不仁。牟子辩称“须大拏睹世之无常，财货非己宝，故恣意布施，以成大道。父国受其祚，怨家不得入，至于成佛，父母兄弟皆得度世”[②]。虽然未见须大拏本生内容之描述，但已见须大拏故事内容的大概。

考《牟子理惑论》是佛教初传时的一部中国佛教论著，最早见于南朝宋明帝（465—471）敕中书侍郎陆澄（刘宋、南齐时人）所撰的《法论》一书中。《法论》早已失传，今仅见目录保存于《出三藏记集》卷十二中。至于《理惑论》全文也收录在僧佑《弘明集》中[③]。又有关《理惑论》的作者真伪及其成书，学界论述，众说纷纭[④]。任继愈认为前人提出怀疑的理由都不充分，以为此书并非伪书，其成书年代当在三国孙吴初期[⑤]。据此，则《菩萨本缘经》署名支谦所译，纵系依托，也当

① 《大正藏》第 25 册，第 146 页中；第 304 页中。

② 《大正藏》第 52 册，第 3 页下—4 页上。

③ 《牟子理惑正诬论》，梁僧佑撰《弘明集》卷第一，《大正藏》第 52 册，第 1—7 页。

④ 对于《牟子理惑论》真伪及其成书年代的争议，自来学者多所讨论，或从历代著录、序文、本文进行论证与推测。如梁启超《牟子理惑论辨伪》，1924 年，收入《饮冰室专集》第 7 册《佛学研究十八篇》上册，台北：中华书局，1978 年；余嘉锡《牟子理惑论检讨》，《燕京学报》第 20 期纪念专号，1936 年；松元文三郎《牟子理惑论之述作年代考》，《东方学报》12 期第 1 分，1941 年，后收入《佛教史杂考》之卷首；周一良《牟子理惑论时代考》，《燕京学报》36 期，1949 年，后收入《周一良全集》。

⑤ 任继愈《〈牟子理惑论〉及其对佛教的理解》，收入任继愈主编《中国佛教史》1 卷，北京：中国社会科学院，1981 年，第 188 页。

属晋前已存在的一种失译本。

至于《六度集经》署名吴康僧会译。康僧会与支谦同时而稍晚，主籍康居，世居天竺。父因经商而迁交趾。十余岁时，父母双亡，守孝期满后，便出家为僧。不仅精通佛典，且“天文图纬，多所贯涉”。公元247年到东吴，于建业立寺，供奉佛像弘扬佛法。不久受到孙权之信敬，并为他建佛塔，造佛寺，是继支谦之后在江南传教的重要僧人。

《六度集经》卷二“布施度无极章”中有《须大拿经》，学界或以为《六度集经》并非译本，而是编译之作[①]；其所收录的其他经主要是从交州和建业等地早已流传的译经中加以选编的。此则《须大拿经》当早已译出，因此《理惑论》中已涉及须大拿事迹，是牟子得知须大拿的故事，可能从当时在交州的外国僧人或居士闻知，也有可能见到《须大拿经》译本。

《六度集经》卷二“布施度无极章”中的《须大拿经》，全文计4416字。从文字内容看，与圣间译的《太子须大拿经》是同一系统，二者当属异译本的关系。有学者以为其被编入《六度集经》的时间恐在唐朝[②]。按：南朝梁僧旻、宝唱等《经律异相》卷三十一《行菩萨道上诸国太子部上》“须大拿好施为与人白象诘摈山中七”也有“昔者叶波国王号湿随，太子名须大拿，四等普护，受福无穷”，文长达三千字左右。经比对，其内容与《六度集经》卷第二《布施度无极章》所引的《须大拿

① 吴海勇《中古汉译佛经故事文学》，北京：学苑出版社，2004年，第27页。

② 参见陈洪《〈六度集经〉文本的性质与形态》，《徐州师范大学学报》（哲学社会科学版）29卷4期，2003年，第11—17页。又陈洪《须大拿变文残卷研究》，《苏州大学学报》（哲学社会科学版）2004年2期，2004年3月，第59—64页），以为《经律异相》引“须大拿好施为与人白象诘摈山中”尾注“出《须大拿经》”，而非《六度集经》，据类书的引录推论《须大拿经》在唐开元年间始被编入《六度集经》。

经》相同，只是文字较为简略，盖为《六度集经》本之简省节略。[①]因此，以为唐朝时被编入《六度集经》的说法，有待进一步论证。

至于单行经《太子须大拿经》系西秦乞伏干归（388—412）时圣坚（或作法坚）所译。此本篇幅较长，内容最为完整。释圣坚，僧传不见，最早见隋费长房《历代三宝记》卷九"晋孝武世，沙门圣坚于河南国为乞伏国仁译，或云坚公，或云法坚，未详准是。"[②]其后，唐智升《开元释教录》著录此经长十六纸[③]。按：唐朝标准写经每一纸 28 行，行 17 字。以十六纸衡之，与今大藏经传本西秦沙门圣坚奉诏译《太子须大拿经》全文含题长计 7403 字，篇幅长短吻合。《续高僧传》《彦琮传》有云："释彦琮……初投信都僧边法师，因试令诵《须大拿经》。减七千言，一日便了。"[④]是彦琮所诵之《须大拿经》当指《太子须大拿经》，《须大拿经》盖为省称。执此，并据今传本内容考察，圣坚奉诏译《太子须大拿经》当是汉译中最为完整而通行的本子。今存圣坚译《太子须大拿经》采三段式结构模式，即缘起、前生故事、对应三部分组成。

而《根本说一切有部毗奈耶药事》《根本说一切有部毗奈耶破僧事》同属根本说一切有部的律事系列，为义净自南海取经返唐后所译，其呈现的情节有婆罗门乞施白象、跪别父母、布施马匹、须大拿妻采果、乞

---

① 如《六度集经》："昔者叶波国王号曰湿随。其名萨阇。治国以正。黎庶无怨。王有太子。名须大拿。容仪光世。慈孝难齐。四等普护。言不伤人。王有一子宝之无量。太子事亲同之于天。有知之来。常愿布施拯济群生。令吾后世受福无穷。愚者不睹非常之变。谓之可保。"《经律异相》："昔者叶波国王号曰湿随。太子名须大拿。四等普护。言不伤人。常愿布施拯济群生。令吾后世受福无穷。愚者不睹非常之变。谓之可保。"（上引加黑下划线者为《经律异相》卷三十一《行菩萨道上诸国太子部上》的文字）

② 《大正藏》第 49 册，第 83 页。

③ 《开元释教录》卷 19："《太子须大拿经》一卷（或云《须大拿》）十六纸。"《大正藏》第 55 册，第 684 页。

④ 《续高僧传》卷第二《彦琮传》，《大正藏》第 50 册，第 436 页。

子、狮子当路、施妻、国王买回小儿、迎太子返国团圆等。内容较为简略，虽载有须大拿布施事，然因律典与本生经性质有别，面貌也不同，并不存在对应关系，而是平行文本的关系。

须大拿太子本生内容主要在传播佛教的“布施”思想，其叙述表现以须大拿的种种布施为故事核心。以下试将各汉译佛典，有关须大拿太子本生主要情节，兹在前贤研究基础上①，进行增补，表列对照如下：

表一 “汉译佛典须大拿本生情节对照表”

内容情节	支谦译《菩萨本缘经》	康僧会译《六度集经》	圣坚译《太子须大拿经》	《根本说一切有部毗奈耶药事》	《根本说一切有部毗奈耶破僧事》
太子游观	×	×	○	×	×
普施众生	○	○	○	○	○
道士八人施白象	○婆罗门	○梵志	○	○	○
道士累骑白象而返	○婆罗门	○梵志	○	×	×
诸臣告王	○	○	○	×	×
群臣议处	×	×	○	×	×
驱摈檀特山	○驱摈深山	○十年	○十二年	×	×
布施七日	×	○	○	×	×
妃誓与共	○	○	○	×	×
诣母辞别	○	○	○	○	○
国人送行	×	○	○	×	×
婆罗门乞马、乞车	×	○梵志	○	○	○

① 谢振发《北朝中原地区〈须大拿本生图〉初探》，附表三“须大拿本生经文对照表”，《台湾大学美术史研究集刊》6期，1999年，第31—32页。

续表

内容情节	支谦译《菩萨本缘经》	康僧会译《六度集经》	圣坚译《太子须大拿经》	《根本说一切有部毗奈耶药事》	《根本说一切有部毗奈耶破僧事》
婆罗门乞衣	×	×	○	×	×
徒步入山	○负子入山	○	○	×	×
到化城	×	×	○	×	×
渡河	×	×	○	×	×
访阿州陀道人	×	○道士阿周陀	○	×	×
婆罗门乞子因缘	×	○梵志	○	×	×
婆罗门逢猎师	×	○梵志	○	×	×
须大拿妻采果	○	○	○	○	○
婆罗门乞子	○	○梵志	○	○	○
婆罗门鞭子	×	×	○	×	×
狮子当道	×	○	○	○	○
须大拿妻寻子	○	○	○	○	○
婆罗门乞妃	×	○梵志	○	○	○
国王赎买回太子儿	○	○	○	○	○
迎太子返国团圆	×	○	○	○	○

总的来说，今传世汉译佛典的“须大拿本生”故事，各本内容基本相同，《大正藏》将《菩萨本缘经》《六度集经》及《太子须大拿经》归“本缘部”；《根本说一切有部毗奈耶药事》《根本说一切有部毗奈耶破僧事》入“律部”。各个佛典的属性不同，所以结构、文字不尽相同，情节繁简也有所差别。其中署名支谦译的《菩萨本缘经》文长5283字。

语言风格古朴，内容简要，情节不事铺陈。主要叙述乐好布施的须大拏将神异的白象施予敌国的婆罗门而被放逐檀特山，以及须大拏来到山中先后布施儿女和妻子等情节[①]。相较于署名康僧会译的《六度集经》本《须大拏经》(4416 字)，虽然文字略长，然《菩萨本缘经》经文中偈颂长行夹杂，占据大量篇幅，实际叙事情节反较简单；而相较于圣坚译文7403 字的《太子须大拏经》文字尤短且情节更为简单。

至于《六度集经》引用的《须大拏经》，其故事除了布施白象、放逐檀特山、布施儿女及妻子等核心情节外，更增添了国人送行、入檀特山途中先后布施马匹、车乘、衣服，以及入山后亲访阿周陀道人、婆罗门乞子因缘、山中值遇猎人等情节[②]，使整个故事内容更形完整，情节更加曲折而丰富，其呈现的文本形态相对完整而成熟。篇幅最长的圣坚译单经本《太子须大拏经》，显然是在《六度集经》本《须大拏经》的基础上又增添一些情节，尤其是到化城而不入、渡河、须大拏夫妻累世的结发誓约[③]，当较《菩萨本缘经》《六度集经》晚出。敦煌写本《太子须大拏经》有 S.2096、S.4456a、P.2166 三残卷。其中，S.2096 残存 15行，首题“佛说太子须大拏经”，S.4456a 残存 22 行，尾题“太子须大拏经一卷”，P.2166 首尾完具，首题“佛说太子须达拏经”，三件内容均属圣坚本《太子须大拏经》之抄本。可见圣坚本《太子须大拏经》是内容最完整且最通行的文本，并且有可能成为敦煌须大拏本生壁画、敦煌须大拏变文文本依据之可能性。

2. 敦煌壁画中的须大拏本生故事

本生故事是叙述佛于过去世的种种受生，所行菩萨道的故事。须大拏太子本生是印度早期佛教美术的重要题材，北魏《宋云行记》及唐代

---

① 支谦译《菩萨本缘经》卷上，《大正藏》第 3 册，第 55 页上—61 页中。
② 康僧会译《六度集经》卷一，《大正藏》第 3 册，第 7 页下—11 页上。
③ 圣坚译《太子须大拏经》，《大正藏》第 3 册，第 418 页下—424 页上。

玄奘《大唐西域记》中便记载有犍陀罗的檀特山仍有此圣迹[①]。随着佛教的传播，有关须大拿太子本生题材的图像更在印度、中亚、敦煌、中原等地出现。如巴呼特（Bharhut）佛塔、山奇（Sanchi）一号佛塔、阿玛拉瓦提（Amaravati）佛塔、阿旃塔（Ajanta）石窟第17窟、犍陀罗（Gandhara）地区、新疆龟兹克孜尔石窟第81窟等10处、克孜尔尕哈石窟第11、14窟、吐鲁番伯孜伯里克等。对于这些相关图像题材，学者考索，多可参考[②]。基本上，这些图像呈现的故事内容，主要情节为婆罗门乞施白象、累骑白象而归、国人送行、布施马匹以及布施子女（乞子、鞭子、狮子当路）等。

中原地区北朝期间也出现有须大拿本生造像，今所得见，如永平二年坐佛三尊像、龙门宾阳洞正光四年三佛、北魏孝昌三年蒋伯仙造像、永熙三年立佛三尊像、武定元年李道赞等五百人造像碑、武定元年道俗九十人造像碑、天保二年杨善万等造像碑等9件造像[③]。这些造像保存

---

① 北魏《宋云行记》(北魏杨衒之《洛阳伽蓝记》卷5,《大正藏》第51册，第1021页)："复西行十三日至佛沙伏城，……城北一里有白象宫。寺内佛事皆是石像。……寺内图太子夫妻以男女乞婆罗门像，胡人见之，莫不悲泣。"《大唐西域记》(季羡林等校注，北京：中华书局，2000年，第256页）卷第2《健驮逻国》"跋虏沙城"下云："商莫迦菩萨被害东南行二百余里，至跋虏沙城。城北有窣堵波，是苏达拿太子（唐言善牙）。以父王大象施婆罗门，蒙谴被摈，顾谢国人，既出郭门，于此告别。"

② 如松本荣一《敦煌画の研究》图像篇（东京：东方文化学院东京研究所，1937年，第257—268页）一书，以敦煌伯希和编号135窟（即莫高窟428窟）为中心，除了考订428窟的图像内容及其绘制时所参照的经典外；同时也考察巴呼特（Bharhut）佛塔、山奇（Sanchi）一号佛塔、阿玛拉瓦提（Amaravati）佛塔以及犍陀罗（Gandhara）地区的须大拿本生造像，借以追溯须大拿本生图的渊源。熊谷宣夫《大谷ミッション将来の版画须大拿本生图について》(《文化》20卷2期，1956年3月，第162—175页）则进一步指出：西域和中国北朝的须大拿本生图是印度系图像的亚流，内容均以布施白象、子女作为图像表现的核心。

③ 谢振发《北朝中原地区〈须大拿本生图〉初探》(《台湾大学美术史研究集刊》6期，1999年，第1—41页)，在前贤基础上，根据今所得见的9件北朝中原地区《须大拿本生》图像，归纳其表现特征，进而比较其与域外图像的异同，以考察北朝须大拿本生图的开展，探究其传承与演变的原因。

下来有关须大拿本生的画面与情节不多，其中“天保二年杨万善等造像碑”是保存画面较多的一件，其情节计有普施众生、婆罗门乞、施白象、婆罗门得象乘归、跪别父母、国人送行、渡河、婆罗门值遇猎人、须大拿妻采果、乞子、婆罗门鞭子、狮子当路等。

整体来看，北朝中原地区造像的须大拿本生图，基本上继承印度、中亚须大拿本生图像的情节，但其中也出现“到化城”“渡河”等印度、中亚造像所未曾出现之情节。这些北朝时期须大拿本生图像的文本，根据上文“汉译佛典须大拿本生情节对照表”，可见其题材文本依据当系采自西秦圣坚译《太子须大拿经》。

在中国有关须大拿本生图像主要见诸于敦煌莫高窟的壁画，根据《敦煌石窟内容总录》①所载，绘制有须大拿太子本生故事的计有七个洞窟。分别是北周的428窟，294窟；隋代419窟窟顶前部东披，423窟窟顶前部东披，427窟中心柱南、西、北向面座沿；晚唐第9窟中心柱东向龛内北壁；宋代454窟窟南壁和西壁。其中采取连环图画形式的北周428窟、隋419窟、423窟，画面故事情节较为丰富。兹略述其情况如下：

莫高窟428窟东壁门北“北周须达拿太子本生图”，全图分三段，画面由上而下，呈“己”字形。上段由左到右，画面有辞父出游、请父王开库布施、八梵志乞施白象等情节。中段由右而左，画面有梵志累骑白象而去、大臣控告太子施象、太子被罚去檀特山思过、临行布施、跪辞父母、国人送行等情节。下段由左而右，画面为婆罗门乞马而去、求车而去、乞衣物而去；太子及妃负子女入山；帝释化城留太子、太子穿城而过；抵檀特山，结庐修行；太子将子女施予婆罗门，子女绕树不行，为婆罗门鞭打。画面到此而止。

---

① 敦煌研究院编《敦煌石窟内容总录》，北京：文物出版社，1996年。

莫高窟 428 窟东壁门北

按：北周 428 窟是敦煌石窟有关须大拿本生壁画时代最旦，而且幅面最大，位置也最显著。施萍婷、贺世哲《敦煌石窟艺术·莫高窟第四二八窟》一书中曾详为解说，并从新疆南道的米兰、北道克孜尔等残留的壁画，以及中原地区北魏造像碑、龙门宾阳洞浮雕、东魏、北齐等造像碑浮雕进行探究，以为 428 窟的须大拿太子本生是莫高窟首次出现的新题材。在情节的选取、连环形式等方面，既有与西域相似之处，又有与中原的须大拿本生图一致的地方。[①]在画面呈现的形式上，428 窟采画卷形式，凸显了须大拿本生故事画所具有的说话特质[②]。

1993 年李玉珉《敦煌四二八窟新图像源流考》[③]，在前贤的基础上，透过搜罗更为完备的数据，作了部分订正与补充。经由新疆和中原

① 施萍婷、贺世哲《敦煌石窟艺术·莫高窟第四二八窟》《进盛中原远接西域——莫高窟第四二八窟研究》，南京：江苏美术出版社，1998 年，第 10—27 页。施、贺二氏并指出在故事情节的选择上，四二八窟的须大拿本生图还打上了明显的时代烙印，即宣传儒家的孝道。化城情节的出现，突显太子认为"违父王命，非孝子也"。这与北周时代朝廷提倡儒学有关。

② 小岛登茂子《敦煌壁画の版画须大拿本生图——北周隋代の说话表现特质》，《美学美术史研究论集》17、18，1999、2000 年， 第 1—22 页、第 452—463 页。

③ 李玉珉《敦煌四二八窟新图像源流考》，《故宫学术季刊》10 卷 4 期，1993 年夏季，第 1—34 页。

地区须大拿太子本生图像在故事情节的取舍和画面安排同异的比较，探究此二地区须大拿太子本生图的特色。她以为敦煌428窟北周时建平公于义所开凿，其有关须大拿本生故事壁画采手卷连环画的表现形式，很可能是来自中原造像的影响。

北周294窟（五代、清重修）为覆斗形顶，西壁开龛。四披绘佛传、本生图，被烟熏致使壁画内容模糊，不易辨识；经比定西披、南披画面内容为须大拿本生故事。画面从西披开始到南披。西披分上下二栏，内容情节从上栏右边开始，先右而左，再下而左，再上而左，再下而左；然后过渡到南披，则是从下栏右边开始，而上，再转下左而上，再转下而左而上。画面内容情节分别是游观、普施众生、婆罗门求白象、婆罗门累骑白象离去、太子临行前尽施财物、告别父母、国人送行、婆罗门求马、太子施马、婆罗门得马而去、求车、施车、得车而去，求衣、施衣，太子尽施衣物，太子到化城，穿城而出，太子渡河到檀特山，拜见阿周陀，婆罗门求施儿女，太子施儿女，最后为太子妻儿与国王团圆等场面。

画面中上留有部分榜题，分别是“……背财之时”“……得马时”“……坐迎时”“□□□得车之时”“太子至化城时”“至□□□□河时”“太子至山见周陀道人时”“……儿女时”“……女与乞人时”。

隋419窟（西夏重修），前部人字披顶，后部平顶，西壁开一龛。前室顶西披存土红色椽条。西壁门上西夏画供宝、二飞天、七佛（残），门北西夏画文殊变（残）。主室窟顶前部西披上二行画法华经变譬喻品，下一行画萨埵太子本生。东披上三行画须大拿太子本生，下一行画萨埵太子本生。

419窟东披画面四段，上三段为须大拿太子本生画，构图基本与428窟同。画面也是分上中下三段，表现呈“S”形。李永宁以为：“此图在同题故事画中情节最全，但画面变色，较难辨认，有一些细节又似为画家所加：如最后一个画面，婆罗门入宫及国王赐食，婆罗门躺于王宫前地下等，就难知其含意。”①

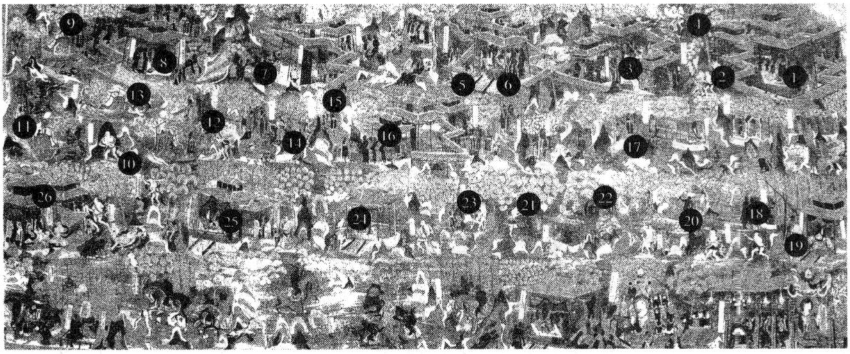

莫高窟 419 窟东披

全图故事情节分别是宫廷、婆罗门求白象、太子施象、婆罗门骑象离去、大臣告太子施象、罚太子到檀特山、太子临行前布施、告别父母、大臣百姓送别、婆罗门求马、骑马而去、求车、拉车而去、求衣，太子悉皆施予、太子负子女前行、帝释化城，太子稍息后离云、太子到檀特山，拜见仙人、结庐居住、孩子与野兽玩乐、丑婆罗门妇井边被调笑、美妇逼丑婆罗门买奴隶、丑婆罗门求太子儿女、施予子女、帝释变狮阻上山采果的太子妃回家、丑婆罗门鞭赶子女、美妇要求卖掉子女、将子女卖给国王、国王给婆罗门金银并赐食等场面。

隋 423 窟，前部人字披顶，后部平顶，西壁开一龛。窟顶前部东披画须大拿太子本生一铺，全图分上中下三段，画面由上而下，情节与情节之间以山间隔。上段由左到右，画面分别为太子及妃在宫内、婆罗门求象、太子施象、国王罚太子去檀特山思过、妃誓与太子同往、太子请求布施自己家财七日、布施、辞别父母、大臣百姓送别、婆罗门求马等

① 李永宁主编《敦煌本生因缘故事画卷》，收入《敦煌石窟全集 3》，香港：商务印书馆，2000 年，第 174 页。

场面。中段与下段由右而左，画面顺序错综。如下图示：

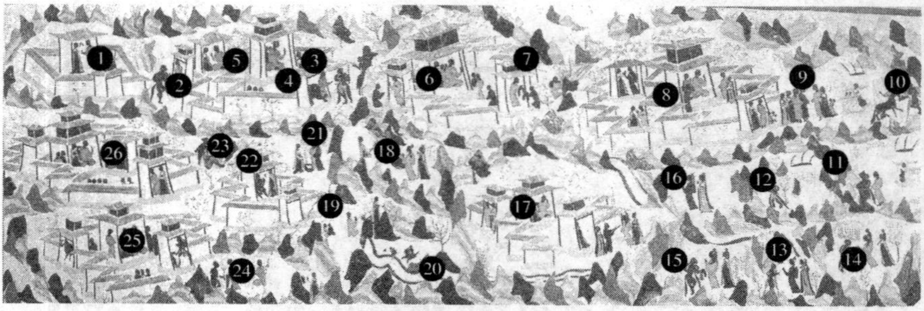

莫高窟 423 窟窟顶前部东披

中段及下段的画面分别为婆罗门拉车而去、婆罗门求衣、尽施全家衣饰、负子女前行、太子不留在帝释所化的城郭、到檀特山，向阿州陀仙人求教。结庐思过、小儿子骑狮游玩、丑婆罗门美妻在井边遭调戏、美妻哭诉要找奴隶、丑婆罗门打听太子所在、太子送儿女给丑婆罗门、小儿女被卖到皇宫、国王接回太子和妃等场面。

上述四窟须大拿太子本生图，北周第 428 窟、隋第 419 窟、第 423 窟等其画面均分上、中、下三段，北周第 294 窟分上下两段。其中 428 窟情节走向呈“己”字形；419 窟情节走向呈“S”形。第 423 窟情节走向近似 428 窟，但中下段走向回旋而复杂。这种构图最大的优点在于画幅容量大，能将情节繁多的故事详尽描绘，故事安排好似中原的手卷形式，情节之间基本上用山围成环状或以山石、树木加以分隔。这种独特的构图形式，也出现在萨埵那太子舍身饲虎一类的本生故事，如北周 428 窟、北魏 254 窟等；北魏 257 窟九色鹿王本生等，凸显了本生故事画在中国所具有的说话特质。

就故事的情节论，上述四窟壁画所呈现的须大拿太子本生故事，构图基本相同，内容也大抵一致，均系以圣坚译《太子须大拿经》为文本而铺陈绘制的。其中 428 窟画面三段虽然完整，然就故事情节而论，仅到太子将子女施予婆罗门、子女绕树不行、为婆罗门所鞭打，以下便戛然而止。经文后段所述婆罗门在叶波国贩卖太子的子女，及国王迎太子返国等事，则完全省略。所以情节最为完整的当推419窟。

中国国家图书馆BD00462号（洪062）壁画榜题（拟），全卷11纸，264行。为归义军时期写本。全卷共书写十一扇壁画榜书，内容大体为本生与佛传故事。其中第一扇首部残缺，内容为《须大拏太子本生》，第二扇《须大拏太子本生》，第三扇“修楼婆王故事”与《须大拏太子本生》，次序凌乱。1988年白化文有整理[①]，据录文，全文除首部残缺外，大抵完整，计存1473字。内容情节文字大抵与圣坚译本《太子须大拏经》相同。

兹将圣坚译《太子须大拏经》与敦煌428窟等四窟壁画以及BD00462的榜题内容所呈现的情节对照，表列如下：

表二　敦煌莫高窟须大拏本生图情节对照表

情节	428窟 北周	294窟 北周	419窟 隋	423窟 隋	BD00462 榜题	《太子须 大拏经》
太子游观	○	○	○	○	○	○
普施众生	○	○	○	○	○	○
八道人乞施白象	○	○	○	○	○	○
八道人累骑白象	○	○	○	×	×	○
诸臣告国王	○		○	×	○	○
驱摈檀特山思过	○		○	○	○	○
妃誓共相随	×		×	○	×	○
临行布施七日	×	○	○	○	○	○

① 白化文《变文和榜题——京洪字62号等几个卷子中“榜题”的录文及相关问题的讨论》，《敦煌研究》1988年1期，第41—50页。

续表

情节	428 窟 北周	294 窟 北周	419 窟 隋	423 窟 隋	BD00462 榜题	《太子须 大拿经》
太子诣母辞别	○	○	○	○	○	○
国人送行	○	○	○	○	○	○
婆罗门乞马得马	○	○	○	○	○	○
婆罗门乞车得车	○	○	○	○	○	○
婆罗门乞衣得衣	○	○	○	○	○	○
太子负子女入山	○	○	○	○	○	○
到化城	○	○	○	○	○	○
渡河	○	○	×	×	○	○
访阿州陀道人	○	○	○	○	○	○
结庐苦修	○		○	○	○	○
山中禽兽喜附太子	○		○	○	○	○
婆罗门乞子因缘	×	○	○	○	○	○
太子施予儿女	○	○	○	○	○	○
须大拿妻采果	×		○	○	○	○
帝释化狮子当路	×		○	×	○	○
婆罗门鞭子	○		○	×	○	○
美妇求卖子	×		○	×	○	○
国王买回小儿	×	○	○	○	○	○
迎太子返国团圆	×		○	○	○	○

整体而言，有关须大拿本生故事的叙事图像，不论印度、中亚或北朝中原地区的须大拿本生图像，基本上内容集中在布施白象、子女（参表一），图像画面有限，情节简单。敦煌莫高窟所保存的须大拿本生壁画则画面较为广大，描绘较为详细，内容情节相对丰富，形象也更加生

动。除了承继印度、中亚造像的图式与情节外，更随着《六度集经》本《须大拿经》与圣坚译《太子须大拿经》的流传，丰富的故事情节进入了画面，适时采用中原的画卷图式，展现须大拿乐施的种种场面，集中在布施白象、布施马车衣物、负子女携妻徒步入檀特山、布施子女等场面的铺陈，特别是布施子女的感人情节。

3. “须大拿太子本生”之叙事文学

敦煌藏经洞虽然是在 1900 年发现的，但是敦煌文献中有关须大拿太子故事的写本一直到 1965 年俄国古列维奇《佛本生变文残片》一文[①]，才引起学界的注意。此文揭示俄藏敦煌写卷 Дх2167、2150、285 是“迄今未知的《太子须大拿经》变文的片段”，并公布了 Дх285（Ⅰ、Ⅱ、Ⅲ）《太子须大拿经》变文的断片。他以为一般讲经变文是先引一段经文，然后是较长的讲唱变文；但此写本不符合上述常例。此写本有部分完全同于经文，有些稍有差别而不伤原意。另有些为经文所无，这些多半是叙述中富于情感色彩的部分。更证明此稿本是某一变文作品的断片，Дх-285·Ⅱ中有五言、七言诗句（第 3—5 行），而经文全是散体。诗句是地道的汉文诗（押韵），应不是从另外经文汉译文中摘来的诗句，因为佛偈是无韵的。

1989 年白化文根据古列维奇论文所附照片加以校录，定名为《须大拿太子本生因缘》，认为是“‘因缘类’作品中之一种最原始、最初级的粗制毛坯”，收入《敦煌变文集补编》[②]，翌年并以《〈须大拿太子本生因缘〉残卷校录并解说》一文发表[③]；1997 年黄征、张涌泉《敦煌变文

① 古列维奇《佛本生变文残片》，《苏联科学院亚洲民族研究所简报》69 期，1965 年。

② 白化文《敦煌变文集补编》，《须大拿太子本生因缘》，北京：北京大学出版社，1989 年，第 83—89 页。

③ 白化文《〈须大拿太子本生因缘〉残卷校录并解说》，《敦煌吐鲁番学研究论文集》，上海：汉语大词典出版社，1990 年，第 288—295 页。

校注》据照片参照经文校录，以为“原卷为三段残片，头尾皆残，故不存原题。据故事内容可知此为《太子须大拿经》所演绎之变文，因《经律异相》卷三一《行菩萨道诸王子部上据太子须大拿经》列题为《须大拿好施为与人白象诘摈山中》，又据《经律异相》卷三《须达所造给孤独缘》等有‘缘’字模拟之，故拟名为《须大拿太子好施因缘》。”[①]。本文前已论及《经律异相》卷三十一《行菩萨道上诸国太子部上》“须大拿好施为与人白象诘摈山中七”有关须大拿太子故事，内容与《六度集经》卷第二《布施度无极章》所引的《须大拿经》相同，只是文字较为简略，《经律异相》所引当为《六度集经》本之简省节略。又敦煌本的文字不同于《经律异相》或《六度集经》所引的《须大拿经》，而是多同于圣坚译《太子须大拿经》经文。

1998 年，日本玄幸子《“须大拿太子变文”について》，除根据 BD08006（北图 8531、字 6）、Дx285 外，又据《俄藏敦煌文献》第 6 册图版补录了 Дx.2150、Дx.2167、Дx.3123 等残片，提供了较为完整的“须大拿太子变文”文本[②]。除指出敦煌本口语词汇丰富，抒情性强外；并将录文持与圣坚译《太子须大拿经》一一对照，确定敦煌本须大拿太子变文其所依据当是西秦圣坚译的《太子须大拿经》。

2004 年陈洪《敦煌须大拿变文残卷研究》[③]一文，讨论敦煌本 Дx.285 和 BD08006（北图 8531、字 6）残卷《须大拿太子佛本生故事》的情况，考证残卷的佛经来源为圣坚所译《太子须大拿经》；重新将残卷拟名为《太子须大拿经讲经文》；对残卷校注辨正，并附带讨论圣坚译本与《六度集经》的关系。透过比对，以为北藏残卷与俄藏残片显然

---

① 黄征、张涌泉《敦煌变文校注》，北京：中华书局，1997 年，第 501—506 页。

② 玄幸子《“须大拿太子变文”について》，《人文科学研究》（新潟大学）95 辑，1998 年，第 1—25 页。

③ 陈洪《敦煌须大拿变文残卷研究》，《苏州大学学报》（哲学社会科学版），2004 年 2 期，第 59—64 页。

是同本异抄。

2006年张涌泉、张新朋《敦煌写卷〈须大拏太子本生因缘〉新校》比较了相关的8个写卷，更正了《敦煌变文校注》的疏失。指出北BD08006（北图8531、字6）与圣坚译《太子须大拏经》最为接近，俄藏诸卷可能另有来源。并以BD08006号为底本，重新录校，[①]提供了敦煌本《须大拏太子本生因缘》（《须大拏太子变文》）的完整校本。

根据今所得见敦煌写本《须大拏太子变文》计有俄藏Дx.285、Дx.2150、Дx.2167、Дx.2960、Дx.3020、Дx.3123及中国国家图书馆藏BD08006（北图8531、字6）等7件。由于敦煌须大拏太子本生故事的有关写本都为残卷，缺题。学者纷纷据内容拟题，或作《佛本生变文》、《须大拏太子变文》、或定名为《须大拏太子本生因缘》（《补编》）、《须大拏太子好施因缘》（《校注》）、《须大拏太子缘起》（陈洪）。张涌泉以为：实质上三家对于俄藏诸残卷属于“因缘”已无分歧，“本生”为宣说释迦牟尼佛过去世时历种种生死、行菩萨道、教化众生、普行六度之事。《须大拏太子本生》乃佛本生之一，俄藏诸残卷当即据《须大拏太子本生》演绎，准此并参之敦煌壁画中诸多佛本生故事画均题有“本生”二字，因此，《补编》所拟题目较为贴切。

按：最早的变文——“讲经文”，是引据经文，穿插故事，使之通俗化，既说且唱，用以吸引听众。它的仪式是讲前有押座文，次唱经题名目。唱经题毕，用白话解释题目，叫开题，开题后摘诵经文，以后一白一歌，又说又唱，直至讲完为止。今存须大拏太子故事的敦煌写本，内容虽本于圣坚译《太子须大拏经》，然详审其体制，显然并非讲经文，因此不宜题为《太子须大拏经讲经文》。又佛教变文的发展，从引据经文进行讲唱的讲经文，进一步开展，有不唱经文，可以随意选择经文中

---

① 白化文主编《周绍良先生纪念文集》，北京：北京图书馆出版社，2006年，第482—496页。其中S.4456a为《太子须大拏经》残卷。

故事加以宣说，即所谓佛教故事变文的出现。例如据《佛本行集经》讲唱悉达太子成道故事的，称为《太子成道经》，或拟题为《太子成道变》《悉达太子修道因缘》。准此，则有关须大拿太子故事的敦煌写本，以称作《须大拿太子变文》《太子须大拿经》或《须大拿太子本生因缘》为宜。

现存《须大拿太子因缘》残卷7件。俄藏6件残片，属同一写本的断裂，经玄幸子比对缀合，其前后顺序与内容大要如下：

（1）俄藏Дx.285残片一，残存6行，内容为道士八人向须大拿太子乞施白像。（2）Дx.2150残片，残存24行内容与Дx.285残片相衔接，叙述太子布施白象，八道人累骑白象欢喜而去。国中诸臣闻太子以白象布施怨家，报告国王。王与诸臣共议惩罚太子。（3）Дx.2167残片，残存24行，内容与Дx.2150残片相衔接，叙述有一智臣嫌诸臣语，建议放逐山中思过。太子不敢违命，尽施财物乃辞国赴檀特山。（4）Дx.2960残存二行，内容与Дx. 2167残片相衔接。（5）Дx.3020残存5行，内容与Дx.2960相衔接。（6）Дx.3123残片，存19行，内容与Дx.3020残片相衔接，叙述太子夫人曼坻欲随太子入山之对话。6残片缀合后总共残存79行，起于"……何等？道士八人……"（对应圣坚本《太子须大拿经》《大正藏》第419页中20），迄"……心则于汝身……曼坻……"（对应《大正藏》第420页中22）。（7）中国国家图书馆藏BD08006（北8531、字6），册子本，首尾残缺，存中间六个折页（其中一个折页仅存一角），正反两面钞写，页8行或9行，行22—28字不等，起："（上缺）审大王当见听不？父王答言：姿汝所欲……"（对应圣坚本《太子须大拿经》《大正藏》第419页上27），迄："心，则于汝……曼（坻）（下缺）"（对应圣坚本《太子须大拿经》《大正藏》第419页中20）。内容叙述普施众生、婆罗门乞施白象、婆罗门累骑白象而去、大臣告国王、群臣议处、驱摈檀特山、妃誓与共相随。

整体看，敦煌本《须大拿太子本生因缘》文本确是依据圣坚本《太子须大拏经》，其全文并非引据经文进行敷衍以为讲唱，而是依附经文加以叙述，也就是将经文字句纳入全文加以连缀、润饰成篇，使全文叙事流畅，情节更加细腻，发挥讲唱之效果。兹举片段以窥一斑：

北 8531（字 6）

王以（与）诸臣共议之言："如今太子须苦刑罚。"中有一臣言："以脚入象厩中，当截其脚；手牵象者，当截其手；眼视象者，当挑其眼。"或言："当断其头。"或言："身节百段。"

诸臣共议各言如是。王闻是语，更益悲哀，闷绝倒地，小得苏心，微声告诸臣言："我于先时，求天愿地，得此一子，儿大好道惠布施人，臣等皆言苦刑我子，我不忍见。臣等慈悲看我面孔，先断我命后形（刑）我子，交我全在争忍眼前而见此事耳。"

吟云：为宫无太子　苦自求天地　得此一娇儿　不忍眼前死

愿诸臣等起慈悲　我之颜面莫相违　乃可先头断我命　然后方始煞我儿

中里有一智臣，嫌诸臣议："汝等出言快不当尔。王唯有是一子，甚爱重之。岂生如是恶心苦刑害耳？是王之太子。不合受斯治罚也。"遂即进步向前启白王言："臣亦不敢使王太子禁止拘闭苦痛刑害也，但逐出国，置野田山中十二年许，不见人烟坐伏身心，当使惭愧。他自衣食不好，经遭苦事，合改心幸爱惜仓库耳。"

以上凡有下划线者乃圣坚本《太子须大拏经》所无，未标示者乃圣坚本《太子须大拏经》原文所有。由此可见，讲唱者巧妙地在圣坚本《太子须大拏经》经文上进行加工改造，使其合乎佛教讲唱文学之形式，同时也使枯燥生硬的翻译文字，变得流畅活泼，呈现出佛教讲唱文学叙事的特色。

4."须大拏太子本生"叙事图像与文学之互文性关系

“互文性”是20世纪60年代西方文学理论提出的新术语，通常被用来指示两个或两个以上文本间发生的互文关系，包括两个具体或特殊文本之间的关系；或某一文本通过记忆、重复、修正，向其他文本产生的扩散性影响。

佛教的传播，除了经典外，同时也选择以线条、色彩为工具，绘制叙事图像来进行图像传播；或以语言、文字为媒介，经由口头讲说或文学记述来进行文学传播。在传播的过程中，既存在着理解、诠释与表达的差异；也受到媒介工具材质、时间、空间等制约，因此，经典、图像与文学间也就出现了所谓的互文关系。

本生是古印度民间寓言故事集成，也是佛典翻译文学中，艺术价值最高且最为普及的。今传汉译佛典中保存本生故事的有十几部，主要在本缘部。此外，还散见于中亚其他经、律、论之中。原来体裁是多种多样，译成汉语则多采韵、散结合的文体。因此，无论文体或表现手法，汉地作品与印度、本生也就有着相当的差异。

汉传佛教大乘思想流行，汉译本生更多地表现大乘佛教积极入世、自利利他的菩萨观念。菩萨救济善行，舍己救人、舍身求法则成为汉译佛典中常见的主题。本生故事主要表现集中在六度（六波罗蜜），即布施、持戒、忍辱、精进、禅定和智慧。尤其以“布施”的宣扬最为突出。佛典中多强调“布施”为菩萨修行的第一步。佛陀讲说过去前生种种布施行菩萨道之故事，成了本生因缘之主题，有的布施甚至达到不可思议的程度。如著名的尸毗王割肉贸鹰、萨埵太子舍身饲虎等，立意在赞颂菩萨，把舍己救人的品德表现得淋漓尽致。须大拿太子彻底布施的事迹也是佛教喜闻乐道的本生故事之一。

据考察，须大拿太子本生故事原是印度古老的民间传说，佛陀宣说各种布施时，将这些群众所习闻的传说引为例证进行说法。佛灭后几经弟子辗转相传，便以彻底布施的典范人物须大拿太子及其事迹附会为佛陀前生的故事而成本生故事。随着佛教的传布，经由经典、图像与文学的媒介快速地传播在各个佛教文化圈。

首先在佛典中，须大拏乐好布施的题材，由于不同场合的说法，形成不同性质的经典，焦点各有侧重，呈现出表述上的差异。今汉译佛典中《菩萨本缘经》《六度集经》《太子须大拏经》同属“本缘部”经典，《根本说一切有部毗奈耶药事》《根本说一切有部毗奈耶破僧事》则属“律部”经典。经典属性不同，经文组织结构不同，尽管同一故事题材，情节基本相同，然繁简不一，详略有别，各成系统。即使是同属“本缘部”的《菩萨本缘经》《六度集经》《太子须大拏经》，也基于佛典翻译过程中时间、空间、译者的语言、文体、思想、文化等内外环境的影响与制约，而产生异同的现象。

《菩萨本缘经》顾名思义，旨在强调菩萨的本生因缘，以行菩萨道为核心。其卷上“一切持王子品第三之一”、卷中“一切持王子品第三之余”便是以彰显乐好布施的须大拏太子事迹为主。而《六度集经》也是集录佛陀在过去世行菩萨道时之九十一则本生故事，配合大乘佛教所说之布施、持戒、忍辱、精进、禅定、智慧等六度而成，旨在阐扬大乘佛教之菩萨行。卷二引《须大拏经》，以宣扬布施度的精神，内容情节较《菩萨本缘经》丰富而叙事流畅。《太子须大拏经》则是以独立的单经形式呈现，有说经缘起，内容最为丰富而完整。

《菩萨本缘经》保存印度本生经的形式，有偈颂、长行。内容简要，情节简单，语言古朴；《六度集经》《太子须大拏经》叙事完整，情节细致，语言生动，人物描绘鲜明。就故事情节论，以布施白象、放逐深山思过、及布施二子为共同的故事核心。围绕这些故事核心，各佛典铺陈的情节多少不一，情节的描述粗略与细致有别。其中以圣坚本《太子须大拏经》最为完整。如开头的“太子游观”；布施白象后引起的“群臣议处”；太子入山前的“婆罗门乞衣”；入山时的“到化城”“渡河”；布施二子后的“婆罗门鞭子”等情节都是《菩萨本缘经》《六度集经》所无，为圣坚本独有的情节。至于行前“布施七日”；入山前“婆罗门乞马、车”；山中“访阿州陀道人”“婆罗门乞子因缘”“婆罗门逢猎师”“狮子当阻妻子”“婆罗门乞妻”；最后的“迎太子团圆”等，则是《六度集经》《太子须大拿经》同有，《菩萨本缘经》没有的情节。

须大拿太子本生故事人物在佛典中的呈现，《菩萨本缘经》由于叙述简单，旨在表义，因此人物大多不具名，仅说“王有子名一切持”。圣坚本与《六度集经》叙事丰富，情节描述相对细致，人物繁多且都具名，如圣坚本《太子须大拿经》：王号湿波、太子须大拿、妃名曼坻、檀特山中十二年、男名耶利、女名罽拏延、道人名阿州陀。不但人物具名，甚至点出国名叶波，放逐之深山为檀特山，甚至布施的白象也有名字，称之为“须檀延”。《六度集经》与圣坚本大抵一致，不过称“道士名阿周陀”“象名罗阇和大檀”略有不同而已。

其次，在图像方面，须大拿太子本生故事在印度早已脍炙人口，各地并且保存有相关的遗迹[①]，随着佛教的传播在各地也出现有相关的造像。今印度如巴呼特（Bharhut）佛塔、山奇（Sanchi）一号佛塔、阿玛拉瓦提（Amaravati）佛塔、阿旃塔（Ajanta）石窟、中亚犍陀罗（Gandhara）地区、新疆龟兹克孜尔、克孜尔尕哈、吐鲁番伯孜伯里克石窟等也都保存有关于须大拿太子本生题材的图像。

至于中原地区也有相关主题的北朝造像，尤其敦煌石窟壁画中，有许多美丽而生动的本生壁画，其中须大拿太子本生壁画更是以画面广大、情节丰富紧凑而称著。这种以叙事图像来描绘佛陀在过去生中修菩萨行舍己利他的故事，不仅构成佛教艺术的重要题材，同时也衍生出优美的佛教文学。

---

① 《大唐西域记》（卷三至七）中便记载有唐玄奘旅行印度时，就曾瞻礼过须大拿太子本生处。《法显传》中也记载了法显游历锡兰时适逢供养佛牙大会，游行中还见到：“夹道两边，作菩萨五百身已来种种变现或作须大拿、或作睒变、或作象王、或为鹿马，如是形像，皆彩画庄校，状若生人。”

就上所述，我们发觉不论是各种汉译佛典或印度佛教造像，乃至于敦煌壁画，所呈现的共同文本，主要在于婆罗门乞施白象、坌骑白象而归、国王放逐檀特山思过、太子布施马车衣物、布施子女等核心情节。

透过经典与图像，我们可以发现，印度、中亚、西域以布施白象及布施子女为核心。布施白象是太子放逐檀特山的起因；檀特山思过之过程中，婆罗门先后乞施马、车，乃至尽施衣物则是太子彻底布施的展现；除了财物布施外，最难割舍应是亲情，布施子女更是凸显太子彻底布施的最高表现，自然是故事的主轴。国王买赎回孙儿、迎太子返国团圆，大团圆的圆满结局，显然是中土文化孝道思想影响下的必然发展。

又“到化城”是圣坚本《太子须大拏经》独有的情节，叙述须大拏太子先后将马、车及衣物尽施婆罗门后，夫妻肩负儿女徒步入山，“行在空泽中，大苦饥渴。忉利天王帝释即于圹泽中，化作城郭市里街巷，伎乐衣服饮食。城中有人出迎太子，便可于此留止饮食，以相娱乐。”太子妃建议进城暂作休息，太子坚决反对，认为“父王徙我著檀特山中，于此留者，违父王命，非孝子也。”遂便出城。这一情节既表现须大拏道心的考验，也明显看出中国儒家孝道思想的渗透。敦煌 428 窟、294 窟、419 窟、423 窟壁画也都有此情节画面的出现。

须大拏太子本生中，须大拏是佛陀的过去身。《太子须大拏经》最后明白地指示说：“佛告阿难，太子须大拏者，我身是也。”由于佛陀成道前为净饭王太子悉达，因此悉达太子与须大拏太子有意无意地被混淆。特别在佛教中国化、世俗化的发展过程中，因其性质相似，悉达、须大音又相近，致使部分情节往往产生嫁接的现象。敦煌变文 P.2999《太子成道经》开头“我本师释迦牟尼求菩提缘，于过去无量世时，百千万劫，多生波罗奈国。广发四弘愿，为求无上菩提，不惜身命，常以己身及一切万物给施众生。”紧接着列举了慈力王、歌利王、尸毗王、月光王、萨埵王子等舍身布施之本生故事，之后有一段描写悉达太子布施的内容说：“悉达太子之时，广开大藏，布施一切饥饿贫乏之人，令得饱满。兼所有国城、妻子、象马七珍等施一切众生。”这段文字内容也出现在《悉达太子修道因缘》与《八相变》中①。《太子成道经》《悉达太子修道因缘》《八相变》都是讲唱有关悉达太子成道的故事，然而这一段布施的描述从未见诸佛典中悉达太子的传记资料，特别是布施“妻子、象马、七珍”，更是悉达太子故事所无。试加按核，正合于须大拿太子本生的“普施众生”“布施白象”“布施、车、衣物”“布施子女”“布施妻子”等情节，当是将须大拿的情节嫁接到悉达太子身上。

除此之外，情节的嫁接还出现在须大拿被放逐“檀特山”。中国国家图书馆藏 BD07676（北 8441、皇 76）、英藏 S.3711《悉达太子赞》有云：

迦维卫国净饭王，悉达太子厌无常。誓求无上菩提果，夜半逾城坐道场。

太子十九远离宫，夜半腾身越九重，莫怪不辞父王去，修行暂到雪山中。

二月八日夜逾城，行至雪山犹未明，父王忆念号咷哭，姨母捶胸发大声。

太子行至檀特山，出家修道有何难。誓愿发心离宫阙，降魔成道度人天。

雪山修道定安禅，苦修真心难更难。日十一麻或一麦，鸦鹊巢居顶上安。

此《悉达太子赞》文字内容也出现在日本龙谷大学藏《悉达太子修

① 《太子成道经》（黄征、张涌泉《敦煌变文校注》，北京：中华书局，1997 年，第 434 页）、《悉达太子修道因缘》（同前，第 469 页）、《八相变》（同前，第 507 页）。

道因缘》开头的《悉达太子押座文》，其中“檀特山”音近作“檀德山”[①]。悉达太子夜半逾城、入雪山求道，为大家熟知的佛传故事情节，但从未见有任何经典提到悉达太子檀特山修道之事[②]，这明显地也是将悉达太子与须大拿太子混为一人，须大拿故事中的檀特山，嫁接到悉达太子成道故事中的另一现象。

敦煌文献、佛教文学、壁画图像，在过去的研究中各自有其领域，甚少交涉。敦煌佛教石窟群及敦煌文献中占百分之九十的佛教文献，其传播时间适值中国佛教发展的关键期，丰富多样的写卷文书与壁画内容，为考察佛教东传，乃至中国化等发展历程提供了极为珍贵的材料。

汉传佛教全盛时期，佛教的发展与传播也进入了由雅而俗的新阶段。因应这一阶段的传播对象，不论是识字而不便或无缘读经的信众；或不识字无法读经的信众，化俗法师透过语言，以讲唱经文或俗曲歌赞唱颂的方式来进行口头的传播。同时在寺院绘制大型壁画，以线条色彩图像来制作经变画，进行视觉传播。既具图解经文的效用，又可庄严道场，示化信众，发挥视觉传播的最佳功能。

丰富的本生故事，生动的内容与感人的情节，是佛教传播的利器。佛教说法每多采用本生故事以宣传佛理教义，这些脍炙人口的题材形成了佛教的叙事文学，也铺陈绘制为精彩的叙事图像。由于文字与图像的媒介质性差异，呈现在文字叙事与图像叙事的表现上，也就出现彼此互通之中但又有各自的特色。

以上我们借由报恩经、目连变及“须大拿本生”等，主题相同而在图像、文学中的各自呈现，并透过叙事文本中人物、情节异同的比较，

---

① 《悉达太子修道因缘》，黄征、张涌泉《敦煌变文校注》，北京：中华书局，1997 年，第 468 页。

② 参见陈开勇《须大拿与悉达——唐代俗讲的新倾向及其影响》，《敦煌学辑刊》2008 年 2 期，第 121—126 页。

可见文字叙事到图像叙事间的转换，不是叙事方式和叙事内容的简单移植，而是一种具有互文性的创造与对话，显现各文本间的交流，透过情节的组合、再现、改易或嫁接，寻求其间“存异”“求同”的关系。

参考文献

一、中文参考文献

巴宙《论敦煌佛学韵文》，《海潮音》45 卷 6 期，1964 年 6 月，第 13—16 页。

巴宙《敦煌韵文集》，高雄：台湾佛教文化服务处，1965 年。

白化文、李鼎霞、许德楠校注《入唐求法巡礼行记校注》，石家庄：花山文艺出版社，1992 年。

白化文《变文和榜题——京洪字 62 号等几个卷子中“榜题”的录文及相关问题的讨论》，《敦煌研究》1988 年 1 期，第 41—50 页。

白化文《敦煌变文集补编》，北京：北京大学出版社，1989 年，第 83—88 页。

白化文《〈须大拿太子本生因缘〉残卷校录并解说》，《敦煌吐鲁番学研究论文集》，上海：汉语大词典出版社，1990 年，第 288—295 页。

柴剑虹《模糊的敦煌文学》，《敦煌文学论集》，成都：四川人民出版社，1997 年，第 1—8 页。

柴剑虹《敦煌古小说浅说》，收入《1990 年敦煌学国际研讨会文集》（石窟史地·语文篇），沈阳：辽宁美术出版社，1995 年，第 272—285

页。

柴剑虹《转型期敦煌文学研究的新课题》，收入柴剑虹《敦煌学与敦煌文化》，上海：上海古籍出版社，2007 年，第 157—169 页。

陈洪《须大拏变文残卷研究》，《苏州大学学报》（哲学社会科学版）2004 年 2 期，第 59—64 页。

陈开勇《须大拏与悉达——唐代俗讲的新倾向及其影响》，《敦煌学辑刊》2008 年 2 期，第 121—126 页。

陈明娥《敦煌变文双音词全面透视》，《敦煌研究》2001 年 3 期，第 137—142 页。

陈明娥《从双音新词的存亡看敦煌变文在汉语史上的地位》，《中南民族大学学报》（人文社会科学版）2002 年 5 期，第 87—90 页。

陈明娥《从敦煌变文看中近古汉语词缀的新变化》，《宁夏大学学报》（人文社会科学版）2003 年 4 期，第 45—51 页。

陈明娥《从敦煌变文多音词看近代汉语复音化的趋势》，《敦煌学辑刊》2005 年 1 期，第 108—114 页。

陈明娥《敦煌变文词汇计量研究》，南昌：百花洲文艺出版社，2006 年。

陈庆浩《法忍抄本残卷王梵志诗初校》，《敦煌学》12，1987 年 2 月，第 83—98 页。

陈庆浩、朱凤玉合撰《王梵志诗之整理与研究》，收入《新世纪敦煌学论集》，成都：巴蜀书社，2003 年，第 156—167 页。

陈尚君辑校《全唐文补编》，北京：中华书局，2005 年。

陈秀兰《敦煌俗文学语汇溯源》，长沙：岳麓书社，2001 年。

陈秀兰《敦煌变文词汇研究》，成都：四川民族出版社，2002 年。

陈燕珠《房山石经中辽末与金代刻经之研究》，台北：觉苑出版社，1995 年。

陈引驰《佛教文学》，上海：上海人民美术出版社，2003 年。

陈寅恪《敦煌劫余录序》,《金明馆丛稿二编》,上海:上海古籍出版社,1980年,第236—237页。

陈寅恪《〈忏悔灭罪金光明经冥报传〉跋》,《国立北平图书馆馆刊》2卷1号,1928年6月,第58—59页。

陈自力《从陆机〈百年歌〉到敦煌〈九想观〉诗》,《敦煌研究》2001年3期,第130—136页。

陈祚龙《新校重订敦煌写本〈十空赞〉表隐》,收入《东洋文化论集:福井博士颂寿纪念》,东京:早稻田大学出版社,1969年,第18—318页。

陈祚龙《刘萨河研究——敦煌佛教文献解析之一》,《华冈佛学学报》3卷,1973年5月,第33—56页。

陈祚龙《新校重订敦煌古钞释亡名的〈绝学箴〉》,《海潮音》56卷1期,1975年1月,第19—21页。

陈祚龙《新集中世敦煌三宝感通录》,《敦煌学海探珠》下,台北:台湾商务印书馆,1977年,第333—343页。

陈祚龙《关于李唐玄宗御注金刚经》,《狮子吼》16卷8期,1977年8月,第13—16页。

陈祚龙《敦煌写本〈赞普满偈〉之研钻》,《日本东京东方宗教》30,1967年10月,第35—55页。

陈祚龙《敦煌写本〈法体十二时〉订正》,《华冈学报》4,1967年12月,第149—155页。

陈祚龙《释云辩及其诗文》,《华学月刊》24期,1973年12月,第38—53页。

陈祚龙《关于五代名僧云辩的"诗"与"偈"——云楼杂简之二》,《东方杂志》复刊9卷2期,1975年8月,第68—74页。

陈祚龙《关于中世敦煌流行某些"偈"或"偈子"》,《海潮音》62卷1期,1981年1月,第16—27页。

陈祚龙《关于敦煌古抄〈心海集〉》,《海潮音》63卷9—10期，1982年10月，第44—54页。

程毅中《关于变文的几点探索》,《文学遗产》增刊10辑，1963年7月，第80—101页。

程正《法照撰〈净土法身赞〉の依据文献について》,《印度学佛教学研究》53卷1号，2004年12月，第175—177页。

董志翘《敦煌文书词语考释》,《敦煌研究》1998年1期，第131—135页。

杜斗城《关于敦煌本〈五台山赞〉与〈五台山曲子〉的创作时代问题》，《敦煌学辑刊》1987年1期，第50—55页。

杜斗城《敦煌所见〈五台山图〉与〈五台山赞〉》，收入郑炳林主编《敦煌吐鲁番文献研究》，兰州：兰州大学出版社，1995年8月，第391—401页。

杜晓勤《敦煌变文的整理与研究》,《隋唐五代文学研究》，北京：北京出版社，2001年。

樊锦诗、梅林《榆林窟第19窟目连变相考释》，收入《段文杰敦煌研究五十年纪念文集》，北京：世界图书出版公司，1996年，第47—49页。

樊锦诗《关于莫高窟第61窟佛传故事画的几个问题》，收入《学艺兼修·汉学大师——饶宗颐教授九十华诞国际学术研讨会论文》，香港：香港大学，2006年。

方广锠、许培铃《敦煌遗书中的佛教文献及其价值》,《西域研究》1996年1期，第40—49页。

方广锠《敦煌遗书〈沙州乞经状〉研究》,《敦煌学佛教学论集》下册，香港：中国佛教文化出版有限公司，1998年。

伏俊琏《百年敦煌赋研究》，收入《2000年敦煌学国际学术讨论会文集》历史文化卷下，兰州：甘肃民族出版社，2003年，第333—351

页。

蒋礼鸿等《敦煌文献语言词典》，杭州：杭州大学出版社，1994 年。

蒋礼鸿《敦煌变文字义通释（增补定本）》，上海：上海古籍出版社，1997 年。

方广锠《敦煌学佛教学论丛》，香港：中国佛教文化出版公司，1998 年。

傅芸子《敦煌俗文学之发现与展开》，《中亚细亚》1 卷 2 期，1942 年 10 月，第 36—42 页。

傅芸子《俗讲新考》，《新思潮月刊》1 卷 2 期，1961 年。

高名凯《唐代禅家语录所见的语法成分》，《燕京学报》34 期，1948 年。

葛兆光《重理中国宗教与文学之因缘》，《华学》第 2 辑，1996 年 12 月，第 218—226 页；后收入葛兆光《中国宗教与文学论集》，北京：清华大学出版社，1998 年，第 1—19 页。

郝春文《唐后期五代宋初敦煌僧尼的社会生活》，北京：中国社会科学出版社，1998 年。

黄征、张涌泉《敦煌变文校注》，北京：中华书局，1997 年。

洪艺芳《敦煌吐鲁番文书中之量词研究》，台北：文津出版社，2000 年。

胡适《新校订的敦煌写本神会和尚遗著两种》，《史语所集刊》29，1958 年，第 827—882 页。

胡适《神会和尚语录的第三个敦煌写本〈南阳和尚杂征议：刘澄集〉》，《史语所集刊外编》4 上，1960 年 7 月，第 1—31 页。

胡适《胡适校敦煌写本神会和尚遗集》，台北：胡适纪念馆，1982 年。

幻生《见于敦煌卷子的古代戒牒问题》,《菩提树》316 期，1979 年 3 月，第 21—27 页。

幻生《介绍〈心海集〉——读敦煌胶卷笔记之五》，《内明》101期，1980年8月，第3—7页。后收入《敦煌佛经卷子巡礼》，1981年9月，第164—187页。

季羡林等校注《大唐西域记校注》，北京：中华书局，2000年。

暨远志《敦煌写本〈谒法门寺真身五十韵〉考论》，《敦煌研究》1992年2期，第71—80页。

金维诺《〈只园记图〉与变文》，《哈尔滨师范学院学报》（人文科学）1960年1期。

梁晓虹《谈王梵志诗中的“着”》，《九江师专学报》1989年4期，第86—88页。

梁晓虹《佛教词语的构造与汉语词汇的发展》，北京：北京语言学院出版社，1994年。

李小荣《敦煌佛曲〈散花乐〉考源》，《法音》2000年10期。

李小荣《汉译佛典文体及其影响研究》，上海：上海古籍出版社，2010年。

李正宇《试论敦煌所藏〈禅师卫士遇逢因缘〉》，《文学遗产》3，1989年，第48—56页。

李正宇《敦煌学导论》，兰州：甘肃人民出版社，2008年。

李永宁主编《敦煌本生因缘故事画卷》，收入《敦煌石窟全集3》，香港：商务印书馆，2000年，第174页。

李玉昆《敦煌遗书〈泉州千佛新著诸祖师颂〉研究》，《敦煌学辑刊》1995年1期，第29—35页。

林仁昱《唐代净土赞歌之形式研究》，中山大学中国文学研究所硕士论文，1985年6月。

林仁昱《敦煌佛教歌曲之研究》，中正大学中国文学系博士论文，2001年5月，修订后由高雄：佛光山文教基金会出版，2004年1月。

林聪明《敦煌俗文学研究》，东吴大学中文研究所博士论文，1984

年 7 月。

刘波、林世田《〈孟姜女变文〉残卷的缀合、校录及相关问题研究》,《文献》2009 年 2 期，第 18—25 页。

龙晦《论敦煌词曲所见之禅宗与净土宗》,《世界宗教研究》1986年 3 期，第 59—67 页。

龙晦《敦煌佛曲五更转兼十二时、维摩托疾跋——维摩诘文学试论》，《世界宗教研究》1988 年 4 期，第 17—28 页。

龙晦《龙晦文集》，成都：巴蜀书社，2009 年。

罗华庆《9 至 11 世纪敦煌的行像和浴佛活动》，《敦煌研究》1988 年 4 期，第 98—103 页。

罗振玉《敦煌零拾》，上虞罗氏铅印本，1924 年。又罗振玉《佛曲三种跋》。

马伯乐《晚唐几种语录中的白话》，冯承钧译，收入《西洋汉学家佛学论集》，台北：华宇出版社，1988 年，第 35—73页。

潘重规《敦煌变文新论》，《幼狮月刊》49 卷 1 期，1979 年 1 月，第 18—41 页。

潘重规《敦煌变文集新书》，台北：文津出版社，1994 年。

曲金良《敦煌佛教文学研究》，台北市：文津出版社，1995 年。

冉云华《北宗禅籍拾遗——记寂和尚偈》，《敦煌学》10，1985 年 10 月，第 1—8 页。

冉云华《〈南宗赞〉小记》，原载《敦煌学》15，1989 年 12 月，第 1—7 页；收入《中国佛教文化研究论集》，台北：东出出版社，1990 年，第 185—195 页。

冉云华《敦煌遗书与中国禅宗历史研究》，《中国唐代学会会刊》4 期，1993 年，第 49—64 页。

任半塘编《敦煌歌辞总编》，上海：上海古籍出版社，1987 年。

任二北《敦煌曲初探》，上海：上海文艺联合出版社，1954 年。

任二北校《敦煌曲校录》，上海：上海文艺联合出版社，1955 年。

沈荣森《敦煌词叠字与佛教关系浅探》，《东岳论丛》22 卷 1 期，2001 年，第 139—141 页。

施萍婷《敦煌习学集》，兰州：甘肃民族出版社，2004 年。

施萍婷《法照与敦煌文学》，《社科纵横》1994 年 4 期，第 12—14 页。

施萍婷《法照与敦煌初探》，收入《1994 年敦煌学国际学术研讨会论文集》“宗教文史卷上”，兰州：甘肃民族出版社，2000 年，第 75—104 页。

孙昌武《唐代文学与佛教》，西安：陕西人民出版社，1985 年。

孙昌武《佛教与中国文学》，上海：上海人民出版社，1988 年。

孙昌武《艺术性与宗教性的成功结合——佛传：〈佛所行赞〉》，收入觉醒主编《觉群·学术论文集》，商务印书馆，2001 年，第 288—293 页。

孙楷第《读变文》，《现代佛学》1 卷 10 期，1951 年。

邵文实《敦煌佛教文学与边塞文学》，《敦煌学辑刊》2001 年 2 期，第 24—31 页。

谭蝉雪《敦煌岁时文化导论》，台北：新文丰出版公司，1998 年。

汪泛舟《敦煌佛教文学儒化倾向考》，《孔子研究》1991 年 3 期，第 85—91 页。

汪泛舟《敦煌僧诗校辑》，兰州：甘肃人民出版社，1994 年。

汪泛舟《敦煌九想观诗地域时代及其他》，《社科纵横》1994 年4 期，第 15—18 页。

汪泛舟《敦煌石窟僧诗校释》，香港：和平图书有限公司，2002 年。

王利器《敦煌文学中的〈韩朋赋〉》，《文学遗产增刊》1 期，1955年 9 月。

王重民等《敦煌变文集》，北京：人民文学出版社，1957 年。

王重民《读十二辰歌》，《上海申报·文史周刊》30，1947 年 6 月 4

日。

王重民《说十二时》，《上海申报·文史》22，1948 年 5 月 8 日。

王书庆《敦煌佛学——佛事篇》，兰州：甘肃民族出版社，1995 年。

王书庆《敦煌文献中的斋琬文》，《敦煌研究》1997 年 1 期，第 141—147 页。

王冀青《论“敦煌学”一词的词源》，《敦煌学辑刊》第 2 期，2000 年，第 110—132 页。

汪娟《从敦煌写本〈十二光礼〉看礼忏文的构造与变化》，铭传大学应用中文系“学理与应用研讨会”，1996 年 4 月。

汪娟《敦煌写本〈上生礼〉研究》，收入中正大学中国文学系所编《全国敦煌学研讨会论文集》，嘉义：中正大学中国文学系所，1995 年 4 月，第 89—110 页。

汪娟《敦煌本〈大佛略忏〉在佛教忏悔文中的地位》，收入项楚主编《敦煌文学论集》，四川人民出版社，1997 年，第 388—402 页。

汪娟《敦煌礼忏文研究》，台北：法鼓文化，1998 年。

汪娟《敦煌佛教礼忏文献述要》，收入王维梅主编《二十一世纪敦煌文献研究回顾与展望研讨会论文集》，台中：自然科学博物馆，1999 年 12 月，第 77—93 页。

汪娟《唐宋古逸佛教忏仪研究》，台北：文津出版社，2008 年。

王晓平《远传的衣钵：日本传衍的敦煌佛教文学》，银川：宁夏人民出版社，2005 年。

王小盾《〈行路难〉与魏晋南北朝的说唱艺术》，《清华大学学报》17，2002 年，第 9—13 页。

巫鸿《何为变相？——兼论敦煌艺术与敦煌文学的关系》，郑岩译，原载：中山大学艺术史研究中心编《艺术史研究》第 2 辑，广州：中山大学出版社，2000 年，第 53—109 页。现收于郑岩译、王睿编《礼仪中的美术：巫鸿中国古代美术史文编》，北京：三联书店，2005 年。

吴福祥《敦煌变文语法研究》，长沙：岳麓书社，1996 年。

吴海勇《中古汉译佛经故事文学》，北京：学苑出版社，2004 年。

吴其昱《卧轮禅师逸语敦煌吐蕃文（伯希和 116 号）译本考察兼论卧轮与摩诃衍入蕃所授禅法之关系》，《敦煌学》4，1979 年 7 月，第 41—52 页。

项楚《敦煌诗歌导论》，台北：新文丰出版公司，1993 年。

项楚《王梵志诗校注：增订本》，上海：上海古籍出版社，2010 年。

项楚、张子开、谭伟、何剑平《唐代白话诗派研究》，成都：巴蜀书社，2005 年。

向达《禅门十二曲》，《国立北平图书馆馆刊》6 卷 6 期，1932年，第 55—56 页。

向达《唐代俗讲考》，原载《燕京学报》第 16 期，1934 年，第 1—13 页；修订后又刊于《文史杂志》3 卷 9 期、10 期合刊，1944 年，第 40—60 页；后收入《唐代长安与西域文明》，北京：三联书店，1957 年，第 294—336 页。

向达《唐代长安与西域文明》，北京：三联书店，1957 年 4 月。

徐俊《关于〈禅门秘要诀〉——敦煌释氏歌偈写本三种合校》，收入《庆祝吴其昱先生八秩华诞敦煌学特刊》，台北：文津出版社，2000 年，第 221—242 页。

徐俊《敦煌诗集残卷辑考》，北京：中华书局，2000 年。

徐俊《敦煌写本〈山僧歌〉缀合与斯 5692 蝴蝶装册的还原》，《中国典籍与文化论丛》第二辑，1995 年，第 72—80 页。

徐俊波《王梵志研究的百年回顾》，《湖北师范学院学报》（哲学社会科学版）22 卷 2 期，2002 年，第 86—90 页。

徐时仪《古白话词汇研究论稿》，上海：上海教育出版社，2000 年。

颜廷亮主编《敦煌文学》，兰州：甘肃人民出版社，1989 年。

颜廷亮主编《敦煌文学概论》，兰州：甘肃人民出版社，1993 年。

杨宝玉《敦煌本佛教灵验记校注并研究》，兰州：甘肃人民出版社，2009 年。

游靖珠《敦煌佛传变文研究》，嘉义大学中国文学系研究所硕士论文，2011 年。

于向东《榆林窟第 19 窟目连变相与〈目连变文〉》，《敦煌学辑刊》2005 年 1 期。

俞晓红《佛教与唐五代白话小说研究》，北京：人民出版社，2006 年。

湛如《敦煌佛教律仪制度研究》，收入《法藏文库·中国佛教学术论典》第 51 册，高雄：佛光山文教基金会，2002 年；又见北京：中华书局，“华林博士文库”，2003 年。

张弓《汉唐佛寺文化史》，北京：中国社会科学出版社，1997 年。

张鸿勋《从唐代俗讲转变到宋元说经——以〈佛说目连救母经〉为中心》，收入《敦煌俗文学研究》，兰州：甘肃教育出版社，2002 年，第 117—119 页。

张锡厚《王梵志诗校辑》，北京：中华书局，1983 年。

张锡厚《全敦煌诗》，北京：作家出版社出版，2006 年。

张锡厚《敦煌文学》，上海：上海古籍出版社，1980 年。

张先堂《敦煌本唐代净土五会赞文与佛教文学》，《敦煌研究》1996 年 4 期，第 63—73 页。

张先堂《敦煌写本〈悟真与京僧、朝官酬赠诗〉新校》，《周绍良先生欣开九秩庆寿文集》，北京：中华书局，1997 年，第 388—396页。

张先堂《晚唐至宋初净土五会念佛法门在敦煌的流传》，《敦煌研究》1998 年 1 期，第 48—64 页。

张新朋《〈孟姜女变文〉、〈破魔变〉残片考辨二题》，《文献》2010 年 4 期，第 21—29 页。

张勇《傅大士研究》，台北：法鼓文化出版社，1999 年。

张涌泉《张涌泉敦煌文献论丛》，上海：上海古籍出版社，2011年。

张涌泉《汉语俗字丛考》，北京：中华书局，2000年。

张政烺《敦煌写本杂抄跋》，收入《周叔弢先生六十生日纪念论文集》，香港：龙门书店，1951年。

郑阿财《孝道文学敦煌写卷〈十恩德〉初探》，《华冈文科学报》13，1981年，第229—279页。

郑阿财《敦煌写卷定格联章〈十二时〉研究》，《木铎》第10期(林景伊先生逝世周年纪念论文集)，1984年，第229—260页。

郑阿财《敦煌孝道文学研究》，中国文化大学中文所博士论文，1982年。

郑阿财《敦煌写本定格联章〈百岁篇〉研究》，《木铎》第11期，1987年，第263—274页。

郑阿财《敦煌本〈持诵金刚经灵验功德记〉综论》，《敦煌学》第20辑，1995年12月，第119—146页。

郑阿财《敦煌本龙兴寺毗沙门天王灵验记与唐五代的毗沙门信仰》，收入中国唐代学会编辑委员会编《第三届中国唐代文化学术研讨会论文集》，台北：中国唐代学会，1997年，第427—442页。

郑阿财《敦煌写本九想观初探》，《敦煌文学论集》，成都：四川人民出版社，1997年，第21—42页。

郑阿财《敦煌写本道明和尚还魂故事研究》，收入《山鸟下听事，檐花落酒中——唐代文学论丛》，嘉义：中正大学中国文学系，1998年，第693—735页。

郑阿财《敦煌佛教灵应故事综论》，《佛学与文学——佛教文学与艺术学术研讨会论文集、文学部分》，台北：法鼓文化出版社，1998年，第121—152页。

郑阿财《敦煌写本〈佛顶心观世音菩萨救难神验经〉研究》，《新国学》1，成都：巴蜀书社，1999年12月，第313—333页。

郑阿财《敦煌写本〈忏悔灭罪金光明经传〉研究》，收入《敦煌文薮》下册，台北：新文丰出版公司，1999 年，第 69—92 页。

郑阿财，朱凤玉主编《1908—1997 敦煌学研究论著目录》，台北：汉学研究中心，2000 年。

郑阿财《敦煌写本〈九想观〉诗歌新探》，《敦煌佛教艺术文化论文集》，兰州：兰州大学出版社，2002 年，第 512—538 页。又《普门学报》12，2002 年，第 87—120 页。

郑阿财、朱凤玉合著《敦煌蒙书研究》，兰州：甘肃教育出版社，2002 年。

郑阿财《佛曲偈赞在敦煌讲唱文学的应用》，《文学与宗教全国学术研讨会论文集》，台北：新文丰出版公司，2003 年，第 635—665 页。

郑阿财《唐代佛教文学与俗曲——以敦煌写本〈五更转〉、〈十二时〉为中心》，《普门学报》20，2004 年，第 93—136 页。

郑阿财《敦煌禅宗歌诗〈行路难〉综论》，《文学新钥》第 3 期，2005 年 7 月，第 1—24 页。

郑阿财《敦煌文献中圆鉴大师作品考论》，《文学新钥》4 期，2006 年 7 月，第 1—18 页。

郑阿财，朱凤玉主编《1998—2005 敦煌学研究论著目录》，台北：乐学书局，2006 年。

郑阿财《敦煌净土歌赞〈归去来〉析论》，《敦煌学辑刊》2007 年 4 期，第 6—24 页。

郑阿财《见证与宣传——敦煌佛教灵验记研究》，台北：新文丰出版公司，2010 年。

郑炳林《敦煌碑铭赞辑释》，兰州：甘肃教育出版社，1992 年。

郑炳林《敦煌归义军史专题研究三编》，兰州：甘肃文化出版社，2005 年。

郑振铎《佛曲叙录》，载《小说月报》（中国文学研究）17 号外，

1927 年 6 月。

郑振铎《敦煌的俗文学》,《小说月报》20 卷 3 期，1929 年。

郑振铎《中国俗文学史》，上海：商务印书馆，1938 年。

周丕显《敦煌俗曲中的分时联章体歌辞——关于五更转、十二时辰、十二月的考察》,《关陇文学论丛 (敦煌文学研究专集)》，兰州：甘肃人民出版社，1982 年，第 1—14 页。

周丕显《敦煌俗曲分时联章体歌体再议》,《敦煌学辑刊》创刊号，1983 年，第 14—22 页。

周丕显《敦煌佛教文学》,《敦煌文献研究》，兰州：甘肃文化出版社，1995 年，第 79—115 页。

周绍良《敦煌文学刍议初稿》,《社会科学》(甘肃)，1988 年 1 期，第 100—111 页；后收入《绍良文集》下册，北京：北京古籍出版社，2005 年，第 1714—1765 页。

周绍良《五代俗讲僧圆鉴大师》,《佛教文化》创刊号，1989 年 12 月，第 2—7 页。

周绍良《绍良文集》，北京：北京古籍出版社，2005 年。

朱凤玉《王梵志诗研究》，台北：中国文化大学中文研究所博士论文，1984 年 12 月；又台北：台湾学生书局，2 册，1986 年 8 月；1987 年 11 月。

朱凤玉《敦煌字书绪论》,《华冈文科学报》第 18 期，1991 年 11 月，第 81—118 页。

朱凤玉《敦煌写本碎金研究》，台北：文津出版社，1997 年。

朱凤玉《敦煌曲子词研究述评与研究方法之考察》,《文学新钥》第 4 期，2006 年 7 月，第 19—34 页。

朱凤玉《敦煌学郎诗抄析论》,《东海大学文学院学报》48，2007年 7 月，第 111—138 页。

朱凤玉《敦煌赋的范畴与研究发展》,《敦煌吐鲁番研究》第 10卷，

2007年9月，第317—329页。

朱凤玉《敦煌蒙书〈古贤集〉与中晚唐代咏史诗》，收入刘进宝、高田时雄主编《转型期的敦煌学》，上海：上海古籍出版社，2007年，第129—145页。

朱凤玉《论敦煌文献叙事图文结合之形式与功能》，《敦煌文献、考古、艺术综合研究——纪念向达教授诞辰110周年国际学术研讨会论文集》，北京：中华书局，2011年，第557—573页。

二、日文参考文献

坂口玄章《日本佛教文学序说》，东京：启文社，1935年。

本井牧子《大谷大学藏“众经要集金藏论”考》，《大谷学报》85卷3号，2006年7月，第21—43页。

池田温《敦煌文书的世界》，北京：中华书局，2007年，第54—68页。

池田温《中国古代写本识语集录》，东京大学东洋文化研究所报告，《东洋文化研究所丛刊》第11辑，1990年。

川口久雄《敦煌よりの风》1—6，长野：明治书院，1999—2001年。

川崎ミチコ《敦煌本十二时—禅门十二时（一）——について》，《东洋大学纪要》15，1979年。

川崎ミチコ《校异试译敦煌本“法体十二时”》，《东洋学研究》14，1979年3月，第9—90页。

川崎ミチコ《修道偈·定格联章》，收入筱原寿雄、田中良昭主编《讲座敦煌8·敦煌佛典と禅》，东京：大东出版社，1980年，第263—280页。

川崎ミチコ《礼赞文·塔文》，收入筱原寿雄、田中良昭编《讲座敦煌8·敦煌佛典と禅》，东京：大东出版社，1980年，第307—316页。

川崎ミチコ《佛母赞管见》,《东洋学论丛》41，1988年3月，第119页。

芳村修基《徽心行路难残卷考》，收入《西域文化研究》1，京都：法藏馆，1958年3月，第191—196页。

广川尧敏《敦煌出土法照关系资料について》，收入《石田充之博士古稀纪念论文集：净土教の研究》，京都：永田文昌堂，1972年。

广川尧敏《敦煌出土七阶佛名经について——三阶教と净土教との交涉》，《宗教研究》251，1982年3月，第71—105页。

广川尧敏《礼赞》，收入牧田谛亮、福井文雅编《讲座敦煌7·敦煌と中国佛教》，东京，大东出版社，1984年，第425—470页。

黑部通善《日本佛传文学の研究》，大阪：和泉书院，1989年。

黑田彰、黑田彰子《佛教文学概说》，大阪：和泉书院，2004年。

河内昭圆《持诵金刚经灵验功德记私考》，《大谷大学所藏敦煌古写经》，京都，1972年，第93—102页。

荒见泰史《敦煌文学与日本说话文学——新发现北京本〈众经要集金藏论〉的价值》，收入陈允吉主编《佛经文学研究论集》，上海：复旦大学出版社，2004年，第607—624页。

荒见泰史《中国国家图书馆藏敦煌写本北京8407（鸟16）“众经要集金藏论”校录》，《西北出土文献研究》第3号，2006年2月，第67—89页。

荒见泰史《敦煌讲唱文学写本研究》，北京：中华书局，2010年。

荒见泰史《敦煌变文写本的研究》，北京：中华书局，2010年。

加地哲定《中国佛教文学研究》，高野町（和歌山县）：高野山大学文学部中国哲学研究室，1965年10月。

加地哲定《中国佛教文学》，刘卫星译，高雄：佛光出版社，1993年。

金冈照光《敦煌の文学》，东京：大藏出版株式会社，1971年。

金冈照光《敦煌の佛教文学》，《三康文化研究所报》9，1974 年 3 月，第 5—27 页。

金冈照光《敦煌出土文学文献分类目录附解说——スタトン本.ペリオ》，日本东京东洋文库敦煌文献研究委员会，1971 年 3 月。

金冈照光《敦煌本赞偈类数则》，《东方宗教》46，1975 年 10 月，第 1—14 页。

金冈照光《敦煌本和声联章の一问题——北京本俗流悉昙章を中心として》，《东方学会创立四十周年纪念东方论集》，东京：东方学会，1987 年，第 275—第 289 页。

金冈照光《敦煌文献と中国文学》，东京：五曜书房，2000 年。

井ノ口泰淳《敦煌本“礼忏文”について》，收入岩井博士古稀纪念事业会《岩井博士古稀纪念论文集》，同事业会编、刊，1963 年 6 月，第 80—89 页。

井ノ口泰淳《敦煌本“佛名经”の诸系统》，《东方学报》（京都）35，1964 年 3 月，第 397—437 页。

柳田圣山《语录の历史——禅文献の成立史的研究》，《东方学报》57，1985 年 3 月，第 211—663 页；后收入《柳田圣山集第 2 卷·禅文献の研究上》，京都：法藏馆，2001 年，第 3—540 页。

柳田圣山《传法宝记与其作者——围绕伯希和 3559 号文书的北宗系研究资料的札记 1》，《禅学研究》53，1963 年。

铃木哲雄《荷泽神会より坛经に于ける五更转颂の背景》，《驹泽大学佛教学研究会年报》3，1968 年，第 17—23 页。

铃木哲雄《神会和尚五更转试论（一）》，《驹泽大学佛教学研究会年报》2，1968 年，第 49—56 页。

铃木哲雄《荷泽神会における五更转颂の背景》，《爱知大学论丛》（一般教育研究）17 卷 4 期，1969 年 2 月，第 1—7 页。

铃木哲雄《荷泽神会と五更转》，《宗教研究》198，1969 年 3 月，第539—553页。

铃木贞太郎《敦煌出土（荷泽）神会（禅师语）录·附解说》，东京：森江书店，1934年。

吕斯微《禅门十二时（敦煌文献ペリオ三六〇四）について》，《印度学佛教学研究》54卷1号，2005年，第159—162页。

吕斯微《"南宗定邪正五更转"に于ける顿悟思想とその文学的表现》，《禅学研究》84，2006年1月，第109—134页。

入矢义高《太子修道赞》，《墨美》62，1937年。

入矢义高《王梵志について》(上)(下)，《中国文学报》3、4，1956年4月；1956年10月，第50—60页；第19—56页。

入矢义高《王梵志诗集考》，《神田博士还历纪念书志学论集》，东京：平凡社，1957年11月，第491—501页。

入矢高义《徵心行路难——定格联章の歌曲について》，收入《冢本博士颂寿纪念佛教史学论集》，京都：冢本博士颂寿纪念会，1961年2月，第79—93页。

入矢高义《敦煌定格联章曲子补录》，《京都东方学报》35，1961年3月，第523—543页。

马渊和夫《忏悔灭罪金光明经传について》，收入永山勇博士退官纪念会编《国语国文学论集》，东京：风间书房，1974年，第73—84页。

麦谷邦夫《道教类书と教理体系》，收入京都大学人文科学研究所编《中国宗教文献研究》，京都：临川书店，2007年2月，第337—354页。

片寄正义《今昔物语集の研究》上，东京：三省堂，1943年。

秋山光和《敦煌本降魔变（牢度叉斗圣变）画卷について》，《美术研究》187号，1956年7月，第43—77页。

秋山光和《敦煌における变文と绘画——再び牢度叉斗圣变（降魔变）を中心に》，《美术研究》211号，1960年7月，第47—74页。

仁井田升《敦煌发见の十王经图卷に见えたる刑法史料》,《东洋学报》25卷3期，1938年。

砂冈和子《散华乐曲の来た道（敦煌卷）》,《驹泽女子大学研究纪要第三号》，1996年，第137—151页。

砂冈和子《敦煌散花乐和声曲辑考》,《敦煌佛教文化研究》，兰州：甘肃社科纵横编辑部，1996年1月，第22—29页。

山田胜久《唐代敦煌的佛教文学——大目乾连冥间救母变文研究》,《东洋哲学研究所纪要》4，1988年12月，第25—44页。

山田胜久《敦煌出土女人百岁篇について》,《语学文学》（北海道教育大学）24，1986年，第31—40页。

上山大峻《敦煌出土〈净土法身赞〉について》,《真宗研究》21，1976年12月，第62—71页。

深浦正文《佛教文学物语》，东京：东林书房，1929年。

深浦正文《佛教文学概论》，京都：永田文昌堂，1970年。

矢吹庆辉《鸣沙余韵》，东京：岩波书店，1933年。

石井修道《传法偈の成立の背景に关す当一考察》,《宗学研究》22，1980年3月，第199—205页。

石井修道《讲座敦煌8·敦煌佛典と禅》，东京：大东出版社，1980年。

松本荣一《敦煌画の研究》图像篇，东京：东方文化学院东方研究所，1937年。

松本文三郎《敦煌石室古写经の研究》,《艺文》第2年第5号、第6号，1911年。

松阴了谛《敦煌出土善导礼赞偈に就いて》,《龙谷大学论丛》297，1931年，第16—36页。

田中良昭《传法偈に关する敦煌新出资料とその关系》,《宗学研究》3，1961年。

田中良昭《敦煌出土〈行路难〉数种について——ペリオ本 3409 号を中心として》,《驹泽大学佛教学会志》3，1961 年 2 月，第 70—79 页。

田中良昭《敦煌新出ベリオ本楞伽师资记二种について——特に净觉序の首欠を补ら》,《宗学研究》4，1962 年。

田中良昭《付法藏因缘传と禅の传灯——敦煌资料数种を中心として》，《印度学佛教学研究》10 卷 1 期，1962 年，第 243—246 页。

田中良昭《〈僧亡名息心铭〉と敦煌本〈亡名和尚绝学箴〉》,《印度学佛教学研究》12 卷 1 号总 23，1964 年 1 月，第 275—278 页。

田中良昭《敦煌本〈禅门秘要诀〉をめぐる诸问题》,《宗学研究》6，1964 年 4 月，第 73—78 页。

田中良昭《敦煌禅宗资料分类目录初稿：I 传灯·嗣承论》,《驹泽大学佛教学部研究纪要》27，1969 年 3 月，第 1—17 页。

田中良昭《敦煌禅宗资料分类目录初稿：II 禅法·修道论〔I〕》,《驹泽大学佛教学部研究纪要》29，1971 年 3 月，第 1—18 页。

田中良昭《敦煌禅宗资料分类目录初稿：II 禅法·修道论〔2〕》,《驹泽大学佛教学部研究纪要》32，1974 年 3 月，第 30—49 页。

田中良昭《敦煌禅宗资料分类目录初稿：II 禅法·修道论〔3〕》,《驹泽大学佛教学部研究纪要》34，1976 年 3 月，第 1—24 页。

田中良昭《〈行路难〉と〈安心难〉——P3409 写本考》,《驹泽大学宗教学论集》9，1979 年 12 月，第 217—241 页。

田中良昭《讲座敦煌 8·敦煌佛典と禅》，东京：大东出版社，1980 年 11 月。

田中良昭《修道偈 I》,《讲座敦煌 8·敦煌佛典と禅》，东京：大东出版社，1980 年，第 245—262 页。

田中良昭《敦煌禅籍（汉文）研究概史》,《东京大学文学部文化交流研究设施研究纪要》第 5 号，1981 年，第 23—41 页。

田中良昭《敦煌禅宗文献の研究》，东京：大东出版社，1983年。

田中良昭、程正《敦煌禅宗文献分类目录》，《驹泽大学禅研究所年报》第20号，2008年12月，第250—280页。

田中良昭、程正《敦煌禅宗资料分类目录I传灯类》，《驹泽大学禅研究所年报》20，2008年12月，第13—43页。

田中良昭、程正《敦煌禅宗资料分类目录II语录类〔1〕》，《驹泽大学禅研究所年报》21，2009年12月，第37—61页。

田中良昭、程正《敦煌禅宗资料分类目录II语录类〔2〕》，《驹泽大学禅研究所年报》22，2010年12月，第1—35页。

田中良昭、程正《敦煌禅宗资料分类目录II语录类〔3〕》，《驹泽大学禅研究所年报》23，2011年12月，第15—37页。

田中良昭、程正《敦煌禅宗资料分类目录II语录类〔4〕》，《驹泽大学佛教学部论集》42，2011年10月，第1—24页。

桐野好觉《"五位颂"与"五更转类"についての考察》，《驹泽大学佛教学部论集第二十六号》，1995年10月，第275—290页。

杤尾武《百咏和歌の研究——陆机·百咏和歌·敦煌本百岁篇を读む》，《成城文艺》161，1998年，第1—31页。

五十岚明宝述《净土五会念佛略法事仪赞》，京都：永日文昌堂，2001年。

小岛登茂子《敦煌壁画の版画须大拿本生图——北周隋代の说话表现特质》，《美学美术史研究论集》17、18，1999、2000，第1—22页、第452—463页。

小川琢治《北支那旅行概报附敦煌石室遗书》，《地学杂志》第23年，第266号，1911年2月。

小野玄妙《佛教文学概论》，东京：甲子社书房，1925年。

玄幸子《"须大拿太子变文"について》，《人文科学研究》（新潟大学）95辑，1998年，第1—25页。

玄幸子《关于须大拿太子变文以及小小黄（皇）宫养赞》，《佛教文献与文学》，高雄：佛光文化公司，2011 年，第 497—527 页。

岩井大慧《圣武天皇宸翰杂集に见えたる隋大业主净土诗に就いて》，《东洋学报》17 卷第 2 号，1928 年 10 月，收入《日支佛教史论考》，东京：原书房，1980 年，第 1—94 页。

岩井大慧《広法事赞を通して再び圣武天皇宸翰净土诗を论ず》，《东洋学报》21 卷第 2 号，1934 年 1 月，收入《日支佛教史论考》，东京：原书房，1980 年，第 95—136 页。

衣川贤次《荷泽寺神会和尚五更转译注》，《禅学研究》74，1996年 3 月，第 81—104 页。

伊藤博之、今成元昭、山田昭全编《佛教文学讲座》，东京：勉诚社，1994 年。

永井义宪《日本佛教文学研究》，东京：古典文库，1957 年。

熊谷宣夫《大谷ミッション将来の版画须大拿本生图について》，《文化》20 卷 2 期，1956 年 3 月，第 162—175 页。

泽田瑞穗《支那佛教·唱导文学の生成》，《智山学报》第 13 卷，1939 年。

泽田瑞穗《支那佛教·唱导文学の生成（续）》，《智山学报》第 14 卷，1940 年。

泽田瑞穗《佛教と中国文学》，东京：国书刊行会，1975 年。

折口信夫《唱导文学——序说として》，《日本文学讲座》第二卷，改造社，1934 年 8 月；后收入《折口信夫全集》4，东京：中央公论社，1995 年 5 月。

冢本善隆《唐中期的净土教——特に法照禅师の研究》，《东方文化学院京都研究所研究报》第 4 册，第 171—174 页。

冢本善隆《唐中期の净土教》，日本东方文化学院京都研究所出版，1933 年；京都：法藏馆，1975 年修订再版。

佐佐木惠璋《佛教文学の过去及び将来》(一) —(三),《禅宗》7—9,1895 年 5—8 月。

佐藤哲英《龙大图书馆山内文库藏法照和尚念磨赞——本文并解说》,日本庆华文化研究会,1951 年。

佐藤哲英《法照和尚念佛赞の纸背文书について》,《佛教学研究》5,1951 年 6 月,第 71—72 页。

佐藤哲英《法照和尚念佛赞——文本并解说》,《龙大图书馆山内文库庆华丛书》,京都:京都庆华文化基金会,1951 年。

佐藤哲英《法照和尚佛赞について》(上),《佛教史学》3 卷 1 期,1952 年 6 月,第 42—64 页。

佐藤哲英《法照和尚佛赞について》(下),《佛教史学》3 卷2 期,1952 年 10 月,第 38—48 页。

三、西文参考文献

Chen Tsu-Lung, "La vie et les oeuvres de Wou-Tchen (816—895) Contribution à I'histoire culturelle de Touen-houang", École française d' Extrême-Orient, Paris, 1966.

Noël Péri, "Une mission archéologique japonaise en Chine",*BEFEO*, Tome XI, 1911,pp.171—198.

Paul Demiéville, "Une descente aux enfers sous T'ang, La biographie Houang Che-kiang, "*udes d'historire et de literature chinoises offertes au Professeur Jaroslav Pr ek*",1977.

Paul Demieville, "Airs de Touen-houang", Centre National de La Recherche Scientifique; Paris, 1971.

Paul Demieville, "L'oeu vre de Wang le Zélateur (Wang Fant-che), Suivie des instruction del' aieul (T'ai-kong Kia-kiao)Poèmes populairies des T'ang", College De Frznce institut Des Hautes Etudes Chinoises, PARIS,1982.

[illegible]
8，1898年。
[illegible]
[illegible]
[illegible]
[illegible]
[illegible]
1958年10月 [illegible]

三、[illegible]

[illegible] Paris [illegible]

[illegible]

Paul Demiéville, [illegible]

Paul Demiéville, [illegible]

Paul Demiéville, [illegible]